『文選』李善注の活用

文學言語の創作と繼承

富永一登著

研文出版

『文選』李善注の活用——文學言語の創作と繼承——／目　次

序　章　言語表現へのこだわり……3

第一部　文學言語の創作と繼承

第一章　李善注の引書の活用……15
第一節　注引『論語』から見た文學言語の創作　15
第二節　注引「子虛賦」「上林賦」から見た文學言語の繼承　52
第三節　注引「西京賦」から見た文學言語の繼承　65
第四節　注引曹植詩文から見た文學言語の創作と繼承　71
第五節　注引陸機・潘岳の詩文から見た文學言語の創作と繼承　105
第二章　文學言語の繼承と語意の變化……143
第一節　「孤」を用いた文學言語の展開　―陶淵明に至るまで―　143
第二節　「散志」考　―昭明太子の言葉―　170
第三節　「情」と「自然」、「山水」と「山河」について　188
（附）書評「林英德著『《文選》與唐人詩歌創作』」（知識產權出版社）　193

第二部　『文選』版本考

第三章　板本『文選』李善注の形成過程……223

第一節　舊鈔無注本『文選』に見られる「臣君」について　223

第二節　『文選』李善注の增補改變　―従省義例「已見～」について―　236

第三節　『文選』李善注の傳承　―唐鈔本から尤本へ―　251

（附）書評「岡村繁著『文選の研究』」（岩波書店）　274

第四章　『文選』李善注の原形……311

第一節　唐鈔李善單注本『文選』殘巻考　311

第二節　唐鈔李善單注本『文選』殘巻校勘記　360

結　章　『文選』李善注活用の展望……565

初出一覽……577

あとがき……581

語彙索引……i

『文選』李善注の活用——文學言語の創作と繼承——

序章　言語表現へのこだわり

人文學の諸分野には、先達が築かれた國内外に誇ることのできる傳統的な研究遺産が數多く蓄積されている。これらを十分に活用して、より發展させた研究成果を發信し續けるには、當然ながら、「今讀む」という新たな視點の導入を缺くことはできない。過去の世界に浸りつつも、常に現在を生きる我々の眼をもって對象に接することが必要なのである。先達に對する尊敬はもちろん大切なことであるが、それが妄信となっては、個性が發揮できず、自分の世界が築けなくなるであろう。

「今」の大切さは、長田弘著『すべてきみに宛てた手紙』（晶文社、二〇〇一年）に、

　時代の歴史のなかには、そのような「今」という時間が、ゆっくりと座りこんでいます。本を読むというのは、そのような「今」を、じぶんのもついま、ここにみちびくこと、そして、その「今」を酵母《こうぼ》に、一人のわたしの経験を、いま、ここに醸《かも》すことです。

　書を読むに、古き事の跡を古き書の上にて視、古き人の説を古き書の中にて聴くとおもへばおもしろからず、今ある事今ある人の上なりとおもひて読めば近々と明かに其《その》跡其《その》説も心に映るものなり。

そう言ったのは、幸田露伴でした。

今ある事今ある人の上なりとおもひて読むとは、その本の中に生きている「今」という時間を読むということ

です。

一冊の本がみずからその行間にひそめるのは、その「今」という時間のもつ奥ふかい魅惑です。

と書かれている。

また、研究を通して自分の世界を構築することについては、谷川俊太郎・長谷川宏著『魂のみなもとへ―詩と哲學のデュオ―』（近代出版、二〇〇一年）で、長谷川氏が詩に文をつけることを説明し、「批評」と「つける」ことの違いを、

対象とは異質な自分を打ち立てるのが批評だとすれば、「つける」は対象の色に染まりつつ自分を打ち出す試みなのだ。

と述べている。研究對象に半ば染まりながら自分の思考を重ねていき、研究對象を自分色にいかに染めていくのか、その染め方の妙味、苦心して染め上げたものを見る樂しみ、ここに自分が研究する意味がある。

自分色に染めることについては、先人の言葉を典據にしつつ詩文を創作することが主流だった中國古典でも同様である。

一　陶淵明の言語表現

陶淵明（三六五―四二七）は、六朝美文の風潮の中にあって、修辞の潮流からはずれていると考えられがちだが、實はそうではない。彼もまた自身の心情にふさわしい言葉を典據を活用しながら巧みに創作している。

陶淵明の代表作の一つ「歸去來」（『文選』巻四五）には、三箇所に「孤」の字が使われている。家に歸り、氣ままにくつろげる我が家での生活を樂しみ、つえをついてあちこち歩き回って、はるかかなたを眺めながら、「雲無心而出岫、鳥倦飛而知還。景翳翳以將入、撫孤松而盤桓。」（雲は無心にして岫《みね》を出で、鳥は飛ぶに倦《う》みて還《かへ》るを知る。景《ひ》は翳翳

として以て將に入らんとし、孤松を撫して盤桓す。）と詠い、「孤松」という言葉を使う。

また、春になって農耕を始めることを詠み、「或命巾車、或棹孤舟。」（或いは巾車を命じ、或いは孤舟に棹《さを》さす。）と、農耕に出かける時の描寫に「孤舟」を使う。そして最後に、自然の成り行きにまかせよう、富貴は私の願うものではないし、神仙世界はあてにはできないと言い、與えられた天命を樂しもうと結ぶ。その結語の前の自然の成りゆきのままに過ごす生活を、「懷良辰以孤往、或植杖而耘耔。登東皐以舒嘯、臨清流而賦詩。（良辰を懷《おも》ひて以て孤《ひと》り往き、或いは杖《つゑ》を植《た》てて耘耔す。東皐に登りて以て舒《おもむろ》に嘯《うそぶ》き、清流に臨みて詩を賦す。）、天氣の良い日を待ちこがれて獨りで出かけ、つえを立てて草を刈り、苗の根元に土をかけたりする。東の丘に登って靜かに詩を口ずさみ、清らかな流れを前にして詩を作ると詠む。そこに、「孤往」という言葉が見える。

この「孤往」を含む句の李善注は、次のようである。


東征賦曰、選良辰而將行。淮南子要略曰、山谷之人、輕天下、細萬物、而獨往者也。司馬彪曰、獨往、任自然、不復顧世。（東征賦に曰く、「良辰を選びて將に行かんとす」と。淮南子要略に曰く、「山谷の人、天下を輕んじ、萬物を細として、獨り往く者なり」と。司馬彪曰く、「獨往は、自然に任せ、復た世を顧みず」と。）


後漢・曹大家（班昭）の「東征賦」（『文選』巻九）を引いて「良辰」に注した後、『淮南子要略』と司馬彪注を引いて「孤往」の注とする。「孤往」という言葉は、先例を見たことがなかったので、李善は、隱者の行動を表す「獨往」の語が先例としてあることを示したと思われる。この李善注から、陶淵明が「獨」を「孤」に變えて使ったと想像できる。

「歸去來」において、陶淵明は、冒頭の「歸去來兮。田園將蕪、胡不歸。」（歸りなん去來《いざ》。田園將に蕪《あ》れんとするに、胡《なん》ぞ歸らざる。）」に續けて、「既自以心爲形役、奚惆悵而獨悲。」（既に自《みづか》ら心を以つて形の役《えき》と爲す、奚《なん》ぞ惆悵として獨り悲しまん。）という。「獨」字を「悲」に附している。從來の言葉を踏まえれば、「孤往」も「獨往」でいいはずなのに、なぜわざわざ「孤」にしたのか。どうも陶淵明には、「孤」に對するこだわりがあるように思える。「孤松」「孤舟」「孤往」には、隱遁後の獨自の生き方を表すのに、「孤」という言葉が陶淵明にとって、重要な意味を持つ言葉だったのであろう。

實は、陶淵明は修辭に工夫を凝らし、典據の意を變えたり、同じ言葉でも意味を違えて使用することがある。たとえば、「壑舟」がそうである。二〇〇四年に發見された唐代の日本からの留學生の井眞成（六九九―七三四）の墓誌に「□遇移舟、隙逢奔駟。」という文がある。あっという閒の人生だったという意で、「□」には「壑」が入る。この文の典故は、陶淵明にある。陶淵明は、『莊子』大宗師篇の「藏舟於壑」（舟を壑《たに》に藏《かく》す）という句から、「壑舟」という言葉を作り、「終懷在壑舟」（終懷　壑舟に在り「乙巳歲三月、爲建威參軍使都經錢溪」）と、隱遁の意で使う。『莊子』では、人閒の知惠は舟を壑に隱してもすぐに見つかってしまうのと同樣に取るに足らないものだというのだが、それを隱遁の意に變えている。更に、「雜詩（其五）」では、「壑舟無須臾、引我不得住。」（壑舟　須臾《しゅゆ》無く、我を引きて住《とど》まるを得ざらしむ。）と、同じ「壑舟」を使って、時があっという閒に過ぎていくことをいう。これは『莊子』の舟がすぐに見つかってしまう意を「壑舟」に込めている。後者が井眞成の墓誌の典故になっているのである。

陶淵明は、「孤」を用いた言葉で自己の獨自性を表現することによって、自己の生き方を確認し、自己の充實をはかるべく孤獨を維持しようとしていたのであろう。陶淵明の「孤」は、今を生きる我々にも重要なメッセージとなっていて、現代にも通じるものがある。古典研究には、「今讀む」という視點が大切で、過去の世界に浸りつつも、常に現在を生きる自分の眼で研究對象に接し、その對象を自分色にいかに染めて他者に發信するのか、そこに古典文學研究の意味がある。陶淵明の「孤」へのこだわりについては、第二章第一節で詳述する。

二　李善の言語表現へのこだわり

陶淵明の「孤」へのこだわりを知る契機となったのは、先に引いた唐・李善の『文選』注（六五八年上表）である。先人の言葉を巧妙に利用して自己の思いを作品に結實させた六朝の詩文が大半を占める梁・昭明太子（五〇一―五三一）が編集した『文選』は、唐から近代に至るまで中國文學の規範の一つとされてきた。『文選』の文學觀は、昭明太子が序に言う「事出於沈思、義歸乎翰藻」（事は沈思に出で、義は翰藻に歸す）に集約されているが、唐以後の文學に對して、『文選』の及ぼした影響として看過できないのは、その作品内容に關わる「沈思」よりも、むしろ言語表現の美をいう「翰藻」の方であろうと思う。文學言語の創作と繼承という面で、『文選』が後世の文人に與えた影響は極めて大きい。後人は、『文選』の中から、いかに言葉を作るかを學び取ろうとした。

たとえば盛唐の詩人杜甫について、吉川幸次郎氏はその詩と『文選』の關係について折に觸れて言及し、『文選』が杜甫の文學の最も重要な榮養源だったと述べられる（『杜甫Ⅰ』あとがき　筑摩書房「世界古典文學全集」、一九六七年）。その杜甫の詩も、宋の朱熹によれば、李白が終始『文選』に倣っていたのに對して、杜甫の晩年の詩は『文選』の規範から逸脱しているという。だから朱熹は李白は晩年まで良い詩を作ったのに、杜甫の晩年の詩は良くないという（『朱子語類』巻一四〇「論文下」）。朱熹にとっても『文選』が詩作の規範だったのである。

このように文學言語の創作の規範として準據するにせよ、そこからの脱却を試みるにせよ、『文選』が、後世の文學言語創作にとって最も重要な基準の一つであったことに變わりはない。

『文選』が文學言語創作の規範となるにあたっては、李善注が極めて大きな役割を擔っている。というよりも李善注があったからこそ規範になったと言っても過言ではない。李善は、『文選』の約四萬箇所に、二千種の文獻や作品を典據として引いているが、そこには、李善の言語表現への強いこだわりを見ることができる。以下、李善注を活用した文學言語の創作と繼承を追究するという本書の意圖を明確にするために、前書（『文選李善注の研究』研文出版、一九九九年）でも述べたことを交えながら要點を記す。

李善は、巻一、班固「兩都賦序」の冒頭「或曰、賦者、古詩之流也。」（或ひと曰く、賦は、古詩の流れなり。）に對して、『毛詩』大序を引いて正文の典據を示した後に、「諸引文證、皆擧先以明後、以示作者必有所祖述也。他皆類此。」（諸引の文證、皆先を擧げて以て後を明らかにし、以て作者必ず祖述する所有るを示すなり。他皆此に類す。）と、『文選』に注するに當たっての基本姿勢を示している。正文作者の言語表現には必ず典據があるので、それを明らかにするのが注釋の目的だという。

そして、典據が判明しない場合は、巻一、班固「兩都賦序」の「朝廷無事」の注に、「朝廷」という言葉について、一應、都のことを直接呼ぶのを避けて「朝廷」というのだという蔡邕の『獨斷』の説を擧げるが、蔡邕は正文作者の班固より後の人であり、『獨斷』を班固の言葉の典據とすることはできない。そこで、「諸釋義、或引後以明前、示臣之任不敢專。他皆類此。」（諸釋義、或いは後を引きて以て前を明らかにし、臣の任　敢へて專らにせざるを示す。他皆此に類す。）と注記する。正文の語に先行する典據が見つからない時でも、自分の言葉で勝手に解釋することは避け、あくまで根據のあるものに依ろうという姿勢を示す。

巻四、張衡「南都賦」の「以速遠朋」の李善注に、「儀禮曰、速賓。鄭玄曰、速、召也。論語曰、有朋自遠方來。」とある。「速」一字の解釋にも『儀禮』鄉飲酒禮の本文と鄭玄注を引き、「遠朋」には、『論語』學而篇の「朋有り遠方自《よ》り來たる。」を引く。これによって、「遠朋」は後漢の張衡（七八―一三九）が『論語』をもとに創作した言葉であることが分かり、なおかつ『論語』の續きの句「不亦樂乎。」（亦樂しからずや。）を思い起こさせ、「以て遠朋を速《まね》く」という句の背後には、友を招く樂しみがあることも分かるのである。

當然ながら、文人は先人の語をそのまま使用するとは限らない。言葉は同じでも違う意味で使ったり、字を變えたり、或いは新しい語を造ったりする。それに對して、李善は適宜典據を指摘したり、説明を加えたりしている。

卷二三、王粲の「蔡子篤に贈る詩」は、友人の蔡睦（字、子篤）との別れに際して王粲が贈った詩で、王粲は、友との別れを「風流雲散、一別如雨」（風のごとく流れ雲のごとく散り、一たび別るれば雨の如し）と詠う。別れを「雨の如し」と表現するのは、見慣れない比喩である。これに對して李善は、禰衡「鸚鵡賦」の仲の良かった者が離ればなれになることをいった「何今日以雨絶」（何ぞ今日以て雨のごとく絶え）［現行本、卷一三、禰衡「鸚鵡賦」では「雨」を「兩」に作り「以」を「之」に作る。それだと「何ぞ今日のふたつながら絶え」と讀むことになる。しかし、「鸚鵡賦」の該當個所で、「胡氏考異」が指摘するように、李善注本はもともと「雨」に作っていたとするのが妥當である。］と、陳琳の「呉の將校・部曲に檄する文」（卷四四）の放逐されて滅んでしまうことをたとえた「雨絶于天」（雨は天に絶え）という二作品に同様の表現が見えることを指摘した後、「然諸人同有此言、未詳其始。」（然れども諸人同《とも》に此の言有るも、未だ其の始めを詳らかにせず。）という。遠く別れ二度と會えないことを、天から離れて地上に降る雨にたとえる表現が、王粲と同時期の文人である禰衡と陳琳には見られるが、それらに先行する使用例、つまり典據はわからないと記す。なお、卷三一、江淹「雜體詩」（潘黄門）では、「雨絶」を永遠の別れである死を表現する言葉として使用している。そこの李善注は、禰衡「鸚鵡賦」を引證とする。以下の曹植「洛神賦」等の資料も同様の例である。

○卷一九、曹植「洛神賦」の「踐遠遊之文履」注

［李善注］繁欽定情詩曰、何以消滯憂、足下雙遠遊。有此言、未詳其本。

「遠遊」という履物について、曹植と同時代の繁欽の詩にも見えることを指摘したあと、「此の言有るも、未だ其の本を詳らかにせず」と、その本となる典據は不明だという。あくまで先人の言語表現に典據を求め、同時代人の表現は典據としないという嚴格な姿勢を示している。

○卷一九、曹植「洛神賦」の「歎匏瓜之無匹兮、詠牽牛之獨處」注

［李善注］阮瑀止慾賦曰、傷匏瓜之無偶、悲織女之獨勤。倶有此言、然無匹之義、未詳其始。

正文の「匏瓜の匹無きを歎き」と同様の表現が、曹植と同時代の阮瑀の「止慾賦」にあることを指摘した後で、匏瓜星に連れ合いがないということの先例が見あたらないので、「倶に此の言有り、然れども匹無きの義、未だ其の始めを詳らかにせず」という。

○巻一一、何晏「景福殿賦」の「温房承其東序、涼室處其西偏」の注

［李善注］温房涼室、二殿名。卞蘭許昌宮賦曰、則有望舒涼室、羲和温房。然卞何同時、今引之者、轉以相明也。他皆類此。

「温房」「涼室」には、典據として擧げるべき過去の使用例が無いので、何晏と同時代の卞蘭の「許昌宮賦」を引いて、「温房」「涼室」を明らかにしようとして、「然れども卞何は同時なり、今之を引くは、轉《うたた》以て相明らかにせんとすればなり。他皆此に類す」という。

○巻一四、顏延之「赭白馬賦」の「豈不以國尚威容、軍駄趫迅而已」注

［李善注］庾中丞昭君辭曰、聯雪隱天山、崩風盪河澳、朔障裂寒笳、氷原嘶代駄。顏庾同時、未詳所見。

「豈《あに》以て國は威容を尙び、軍は趫迅を駄とするのみならずや」の「駄」字の使用例として、庾中丞（南朝宋・庾徽之）の「昭君辭」を擧げるが、それは先例ではなく顏延之と同時代のものなので、「顏・庾は時を同じくす、未だ見る所を詳らかにせず」という。

あくまで正文の言語表現の「祖述」にこだわる李善が、先例が無く、同時代の同様の表現しか指摘できないということは、これらは、その時代に出現した新しい言語表現である可能性が高いと考えても差し支えないであろう。更に、以下のような李善の注釋からも言語表現の創作過程を窺い知ることができる。

正文と同じ言葉が典據とすべき文獻に見られない場合には、釋義によって言葉を置き換えてから引書する。これも

李善の注釋義例の一つである。

○巻二四（集注本巻四七1b）、曹植の「徐幹に贈る」詩の「圓景光未滿」（圓景　光　未だ滿たず）の注に、李善は、「圓景、月也。」（圓景は、月なり）とまず釋義した後に、『論衡』説日篇の「日月之體、狀如正圓。」（日月の體、狀は正圓の如し）と、『毛詩』小雅車舝の「高山は仰ぎ、景行は行く」の句の鄭玄の箋「景、明也。」（景は、明なり）及び『釋名』釋天篇の「望、月滿之名也。」（望は、月滿つるの名なり）を引用する。これで、「圓景」は、滿月を表す言葉だとわかる。李善が先例を擧げていないので、「圓景」が曹植の創作した文學言語と判斷してよいと思われる。

○巻二四、陸機の「尙書郎の顧彦先に贈る」詩の「大火貞朱光」（大火は朱光を貞《ただ》す）の注の「朱光、朱明也。爾雅曰、夏爲朱明。」（朱光は、朱明なり。爾雅に曰く、夏を朱明と爲す）も、「朱光」を「朱明」に置き換えたあと、『爾雅』釋天を引いて「朱光」が「夏」の意であることを示す。この夏を「朱光」と表現するのも陸機の造語だと思われる。

○巻三〇（集注本巻五九上14a）、謝惠連の「七月七日夜に牛女を詠ず」詩の「傾河易迴斡」（傾河は迴斡し易し）の注の「傾河、天漢也。陸機擬古詩曰、天漢東南傾。」（傾河は、天漢なり。陸機擬古詩に曰く、天漢　東南に傾く）も、「傾河」は、「天漢」の意とした上で、「天漢」と「傾」が併せ出てくる陸機の「擬古詩」（『文選』巻三〇）を典據として引用している。これによって、謝惠連が、陸機の詩をもとに「傾河」という言葉を創作したことがわかる。

○巻二八（集注本巻五六18a）、鮑照の「白頭吟」の「直如朱絲繩」（直きこと朱絲の繩《ひも》の如く）の注の「朱絲、朱絃也。禮記、清廟之瑟、朱絃而疏越。」（朱絲は、朱絃なり。禮記にいふ、清廟の瑟、朱絃にして疏越と）も、正文の「朱絲」が、單なる赤い絲ではなく、清淨な場である祖先をまつる廟で使用される琴に張られた弦の意であることをいうために、「朱絃」に置き換えておいて、『禮記』樂記をその典據として擧げる。これによって、下句の「清如玉壺氷」（清きこと玉壺の氷の如し）と對になっている「直きこと朱絲の繩の如く」という正文の「直」の意がよくわかる。また、鮑照が「朱絃」を「朱絲」に替えて表現したこともわかる。なお、鮑照の作品には、このような注がよく見られ、新しい言語表現を追求した詩人だというのが李善注によって確認できる。『文選』を自家藥籠中の物としていた唐代の詩人たちから評價されるのもこのあたりに起因するのかもしれない。

これらは、正文の意味を取るには、釋義さえすれば事足りるのかもしれない。しかし、李善は、「作者必ず祖述する所有る」という執念にも似た典據へのこだわりを見せている。この姿勢は中國の古典文學を理解する上では最も大切なものであり、とりわけ典故表現を驅使して美的表現を追求した作品を多く收錄する『文選』においては、必要不可缺なものであった。このように李善は、文學的言語表現の繼承を明らかにしている。したがって、李善注を通して『文選』を讀む者は、文學言語の創作とその繼承をうかがい知ることができ、新たな創作への契機ともすることができたのだと思われる。

『文選』の現行本李善注には、後人の手による增補が散見する。李善注を文學言語研究の資料とするには、唐寫本、集注本と現行版本との比較が缺かせない。そこで、本書では、第二部として唐寫本の眞相を解明し、『文選』版本研究の方向性を述べた。

第一部　文學言語の創作と繼承

第一章　李善注の引書の活用

第一節　注引『論語』から見た文學言語の創作

本節では、李善が『文選』正文の引證とする『論語』を活用して、人口に膾炙されていた『論語』の文が、漢魏六朝文學においてどのような形で文學言語の創作に使用されていたのかを檢證してみたい。李善注引『論語』のテキストについては、『文選』と『論語』雙方の版本間の異同によって、李善注所引の『論語』が何本に依ったものかを卽斷することは難しい。ただ、『論語』の注としては、孔安國注44、馬融注34、鄭玄注34、包氏注30、何晏注10、王肅注2、周生烈・陳羣・皇侃注各1が引用されているので、李善注引『論語』が古注に基づくことは明白であり、本稿の檢證作業では、集解や義疏の解釋を勘案しつつ進めれば支障ないと考える。

一　典據に基づく文章表現

典據に基づく文章表現としてまず考えられるのが、原典の文をそのまま使用することである。『論語』を典據とするものにも次のような例が見られる。

○巻51・8b4東方朔「非有先生論」[1]放鄭聲、遠佞人。［李注］論語、顔回問爲邦、子曰、放鄭聲、遠佞人。鄭聲淫、佞人殆。

吳王が政道を正すことを述べる中で、「みだらな音樂を追放し、へつらう者を遠ざける」というのに、衞靈公篇の孔子が國の治め方について語った「鄭聲を放ち、佞人を遠ざけよ」の句をそのまま使用している。

○巻51・15a9王褒「四子講德論」齊桓有管鮑隰甯、九合諸侯、一匡天下。［李注］論語、子曰、桓公九合諸侯、不以兵車、管仲之力也。又曰、管仲相桓公、一匡天下、民到于今受其賜。

齊の桓公が管仲・鮑叔・隰朋・甯戚の臣下を得て覇者となったことを、憲問篇の「諸侯を九合す」と、同じく憲問篇の「天下を一匡す」をそのまま使って表現している。

○巻1・28b2班固「東都賦」溫故知新已難、而知德者鮮矣。［李注］論語曰、溫故而知新、可以爲師矣。又曰、由、知德者鮮矣。

爲政篇の「故《ふる》きを溫《たづ》ねて新しきを知る、以て師と爲るべし」と、衞靈公篇の「由よ、德を知る者は鮮《すく》なし」をそのまま使って、「故きを溫ねて新しきを知ること已に難く、而して德を知る者は鮮なし」と表現している。しかし、前二例と異なり、『論語』のそれぞれの句意のみを利用している。以下の例も同樣である。

○巻3・1a9張衡「東京賦」安處先生於是似不能言、憮然有閒。［李注］論語曰、孔子、似不能言者。

馮虛公子から西京のことを聞いた安處先生の樣子を、鄕黨篇の「孔子、鄕黨に於いて恂恂如たり、言ふこと能はざる者に似たり」の一句を利用して表現する。ただ、同じ句をそのまま使っていても、次の任昉の文では、孔子を評した言葉である『論語』の文意を十分に活用したものとなっている。

○巻36・2b7任昉「宣德皇后令」辯析天口、而似不能言。［李注］七略、齊田駢好談論、故齊人爲語曰、天口駢。天口者、言田駢子不可窮、其口若事天。論語曰、孔子於鄕黨、恂恂然似不能言者。[2]

梁公（蕭衍）を稱えて、「辯舌は天の理を明晰に説くほどであるのに、口も利けない様子をなさる」というのに、孔子を評した言葉「似不能言」をそのまま使っている。[3]

○巻40・18ａ4陳琳「荅東阿王牋」載懽載笑、欲罷不能。［李注］論語、顏淵曰、夫子博我以文、約我以禮、欲罷不能。

曹植から贈られた「龜賦」を讀んで「樂しくおもしろく、止めようと思っても止められません」というのに、子罕篇の顏淵の言葉「夫子は循循然として善く人を誘ひ、我を博むるに文を以てし、我を約するに禮を以てす。罷めんと欲するも能はず」の一句をそのまま利用している。

以上は、言語表現の典據となる原典の意全てを踏まえるか、或いは當該の句意のみを利用するかの違いはあるが、表現自體はそのまま使用した例である。しかし、典故表現の妙味は、本來限られた字句の中に、原典の前後の文意を含ませることにある。たとえば、次の如くである。

○巻53・15ａ10李康「運命論」必須富乎、則齊景之千駟、不如顏回原憲之約其身也。［李注］論語、子曰、齊景公有馬千駟。死之日、民無得而稱焉。又曰、顏淵問仁。子曰、克己復禮爲仁。馬融曰、克己、約身也。家語曰、原憲、宋人、字子思。清約守節、貧而樂道。

徳を立てる條件として富を否定し、「必ず富を須《ま》たんか、則ち齊景の千駟は、顏回原憲の其の身を約にせるに如《し》かざるなり」という。これは、「齊景之千駟」が『論語』季氏篇の「齊の景公　馬千駟有り。死するの日、民得て稱すること無し」[4]を、「顏回原憲之約其身」が『論語』顏淵篇と馬融注、及び『孔子家語』弟子解を、それぞれ踏まえて創作されたものである。また、同じ季氏篇の文意を踏まえて、潘岳は、

○巻26・15ｂ1潘岳「河陽縣作」齊都無遺聲、桐鄉有餘謠。［李注］論語曰、齊景公有馬千駟、死之日、人無徳而稱焉。

齊の都に死後に殘る譽れがなかったことを、「齊都に遺聲無し」と表現している。

このような同一典據による文章表現の比較には、李善注の活用が有效なものとなる。たとえば、既に拙著（『文選李善注引書索引』研文出版、一九九六年）で例に擧げた、子罕篇の「子在川上曰、逝者如斯夫、不舍晝夜。」を李善が引用している十二箇所の正文の比較がそれである。その他にも、次のようなものがある。

○卷58・14ａ10蔡邕「陳太丘碑文」斯可謂存榮沒哀、死而不朽者已。

○卷56・25ａ9曹植「王仲宣誄」生榮死哀、亦孔之榮。嗚呼哀哉。

○卷38・11ｂ4傅亮「爲宋公求加贈劉前軍表」榮哀既備、寵靈已泰。［李注］論語、子貢曰、夫子其生也榮、其死也哀。

いずれも、李善注には、『論語』子張篇の「夫子は其の生くるや榮え、其の死するや哀《かな》しまる」が引かれている。蔡邕は「存榮沒哀」（存しては榮え沒しては哀しまれ）と、曹植は「生榮死哀」（生きて榮え死して哀しまる）とそれぞれ四字句を作り、傅亮はその意味を約めて「榮哀」の二字で表現し、宋の元勳劉穆之を、生きては榮え死んでからも慕われた上に寵愛にも惠まれたと稱え、「榮哀既に備はり、寵靈已に泰《ゆた》かなり」という。

○卷58・12ａ6蔡邕「陳太丘碑文」其爲道也、用行舍藏、進退可度、［李注］論語、子謂顏淵曰、用之則行、舍之則藏。

○卷10・3ａ3潘岳「西征賦」孔隨時以行藏、蘧與國而舒卷。［李注］論語、子謂顏淵曰、用之則行、舍之則藏。唯我與爾有是夫。

○卷47・27ｂ4袁宏「三國名臣序贊」而用舍之閒、俄有不同、［李注］論語、子曰、用之則行、舍之則藏。

○卷31・29ｂ9江淹「雜體詩（鮑參軍）」豎儒守一經、未足識行藏。［李注］論語、子謂顏淵曰、用之則行、捨之則藏。唯我與爾有是夫。

この四例はいずれも李善注に孔子が顔淵に言った言葉「之を用ふれば則ち行ひ、之を舍《す》つれば則ち藏《かく》る」（述而篇）を典據としたものである。蔡邕は「用ひらるれば行ひ舍てらるれば藏れ」の四字句で、潘岳は「孔は時に隨ひて以て行藏し」と「行藏」の二字を作り、袁宏は「用舍の閒」と「用舍」の二字を作り、江淹は「未だ行藏を識るに足らず」と潘岳の作った言葉を使用している。

このようにして、文人たちは典據を踏まえて如何に表現の工夫を凝らすかにしのぎを削ることになる。そして、典據の言語表現を利用した新しい言葉を創作し、文學言語の創作自體に價値を見いだすまでになっていった。四六駢儷文と稱される六朝美文はこのようにして形成されたものである。その文學言語創作の過程を探るには、正文作者の言語表現の典據を擧げることに拘った李善の『文選』注を活用することが有力な手段となる。以下、李善注引『論語』を使って、『文選』正文作者たちの文學言語創作の修辭技法を檢證してみよう。

二　文學言語創作の仕方―句作り―

李善注には七六五箇所に『論語』が引かれている。『文選』正文とその『論語』の文を比較檢討すれば、『文選』正文作者の文學言語創作の仕方が見えてくる。まず句作りであるが、これは次の五つに分けられる。

A　句の一部を改變して利用する例

○卷1・4a3班固「西都賦」博我以皇道、弘我以漢京。〔李注〕論語、顏淵曰、夫子博我以文。

東都主人が西都賓に「我を博むるに皇道を以てし、我を弘むるに漢京を以てせよ」と、古の皇帝の道と長安のことを話すように願う言葉である。班固は文意には關係なく、子罕篇の「夫子は循循然として善く人を誘ひ、我を博むるに文を以てし、我を約するに禮を以てす」の「博我以～」という表現を利用している。下句の「弘我以」も、「博」を「弘」に變えただけの同樣の表現である。

○巻37・12a9曹植「求自試表」聖主不以人廢言、［李注］論語、子曰、君子不以人廢言。

衛靈公篇の「君子は言を以て人を擧げず、人を以て言を廢せず」の下句を使い、「君子」を「聖主」に變えている。

○巻53・25b10陸機「辯亡論」其求賢如不及、卹民如稚子。［李注］論語曰、子曰、見善如不及。

呉の孫權を稱えて、「其の賢を求むること及ばざるが如く、民を卹《うれ》ふること稚子の如くす」というのに、季氏篇の「善を見ては及ばざるが如くし」の句の「見善」を「求賢」に變えて表現している。

○巻35・18a6張協「七命」余雖不敏、請尋後塵。［李注］論語、顏回曰、回雖不敏、請事斯語。

顏淵篇の「回不敏なりと雖も、請ふ斯の語を事とせん」を利用して、「余不敏なりと雖も、請ふ後塵に尋《つ》がん」という(5)。

B　一句或いは二句以上を改變して新しい句を創作する例

先に擧げた蔡邕の「陳太丘碑文」、曹植の「王仲宣誄」が子張篇の「子貢曰、夫子其生也榮、其死也哀」を踏まえて、それぞれ「存榮沒哀」、「生榮死哀」の四字句を作り、また「河陽縣作」で、潘岳が季氏篇の「齊景公有馬千駟、死之日、人無德而稱焉」を踏まえて、「齊都無遺聲」という句を作っていたのがこの例であり、その他にも多數見られる。班固、張衡、蔡邕、潘岳、陸機などの例を擧げてみよう。

○巻1・6a3班固「西都賦」於是既庶且富、娛樂無疆。［李注］論語曰、子適衛、冉有僕。子曰、庶矣哉。冉有曰、既庶矣、又何加焉。曰、富之。

人が多くお金もあふれ贅澤に限度がない西都の繁華な樣を、子路篇の「既に庶《おほ》し、又何をか加へん」、「之を富まさん」という冉有と孔子の會話を踏まえて、「既に庶くして且つ富み、娛樂すること疆《かぎ》り無し」と表現している。

○巻15・1b1張衡「思玄賦」匪仁里其焉宅兮、匪義迹其焉追。［李注］論語曰、里仁爲美。

張衡は、里仁篇の「里は仁なるを美《よ》しと爲す」（鄭玄注に「里者、仁之所居」という）をもとに、「仁里」の語を作り、仁の里でなければ住まないことを「仁里に匪《あら》ずんば其れ焉《いづ》くんぞ宅《を》らん」と表現する。

○巻58・10a3蔡邕「郭有道碑文」收文武之將墜、拯微言之未絶。［李注］論語、子貢曰、文武之道、未墜於地。

蔡邕は、子張篇の「文武の道、未だ地に墜《お》ちず」を踏まえ、「未墜」を「將墜」に變えて「文武の將に墜ちんとするを收め」と、郭泰の學德を稱えている。それを繼いで陸機は、

○巻17・10a2陸機「文賦」濟文武於將墜、宣風聲於不泯。［李注］論語、子貢曰、文武之道、未墜於地。

「文武を將に墜ちんとするに濟《すく》ふ」という句を作っている。李善は『論語』を引證とするのみであるが、陸機のこの表現は蔡邕の句を繼承したものと考えて差し支えなかろう。

○巻16・7b8潘岳「閑居賦」稱萬壽以獻觴、咸一懼而一喜。［李注］論語、子曰、父母之年、不可不知、一則以喜、一則以懼。孔安國曰、見其壽則喜、見其衰老則懼。

だれも行く末の長くないことを恐れるとともに、その長生きを喜ぶことを「咸《みな》一は懼れて一は喜ぶ」と表現するのは、里仁篇の「一は則ち以て喜び、一は則ち以て懼る」を變えたものである。

○巻60・20b2陸機「弔魏武帝文」委軀命以待難、痛沒世而永言。［李注］論語、子曰、君子疾沒世而名不稱焉。

衞靈公篇の「君子は世を沒するまで名の稱せられざるを疾《にく》む」の「疾沒世而」の部分だけを取って、この世を去るのを悲しんで遺言したということを「世を沒せんことを痛んで永言す」と表現している。「永言」というのも『論語』の「名不稱」を十分に意識した言葉作りである。

○巻47・13a7陸機「漢高祖功臣頌」拾代如遺、偃齊猶草。［李注］又（漢書）、梅福上書曰、高祖取楚如拾遺。論語曰、草上之風必偃。

淮陰侯韓信が落とし物でも拾うようにいとも簡單に代の夏説を虜にし、風が草をなびかすように齊を平定したことを、「代を拾ふこと遺の如く、齊を偃《たふ》すこと猶ほ草のごとし」という。上句は、『漢書』梅福傳の「高祖の楚を取るや、

遺《お》ちたるを拾ふが如し」の「拾遺」の閒に「代如」の二字を入れ、下句は顏淵篇の「草は之に風を上《くは》ふれば必ず偃《ふ》す」の「偃」と「草」の閒に「齊猶」の二字を入れて、對句としている。陸機の修辭技巧を凝らした句作りの一つである。(6)

C　二箇所の典據を組み合わせて句を創作する例

○卷45・15a3班固「荅賓戲」是以仲尼抗浮雲之志、孟軻養浩然之氣。［李注］孔叢子、子思曰、抗志則不愧於道。論語、子曰、不義而富且貴、於我如浮雲。

○卷16・3a10潘岳「閑居賦」於是覽止足之分、庶浮雲之志、［李注］論語、孔子曰、不義而富且貴、於我如浮雲。班固荅賓戲曰、仲尼抗浮雲之志。

班固は、孔子の「不義にして富み且つ貴きは、我に於いて浮雲の如し」（述而篇）という言葉を、『孔叢子』抗志篇「志を抗《あ》ぐれば則ち道に愧《は》ぢず」の「抗志」と組み合わせて、「仲尼は浮雲の志を抗ぐ」と表現する。これを繼いで潘岳は、富貴にこだわらないことを「浮雲の志を庶《こひねが》ふ」という。李善注に『論語』と班固「荅賓戲」が引かれているのは、その言語表現の繼承を示すものである。また、

○卷19・24b7張華「勵志」安心恬蕩、棲志浮雲。［李注］荅賓戲曰、仲尼抗浮雲之志。

を見れば、張華の「志を浮雲に棲《す》ましむ」という句が、班固の「荅賓戲」から考えられたものであることがわかる。ただ、ここでは『論語』は引かれていない。既に拙著（18頁）で述べたように、概して李善は、『文選』所收の作品で時代的に最も古い作品の言葉に、それに先んずる文獻を典據として擧げ、以後の作品の言葉にはその『文選』所收の作品自體を以て引證としていることが多い。

○卷36・15a5王融「永明十一年策秀才文」下邑必樹其風、一鄉可以爲績。［李注］論語曰、子之武城、聞絃歌之聲。鄭玄曰、武城、魯之下邑。尙書曰、章善癉惡、樹之風聲。

陽貨篇鄭注の「下邑」と『尙書』畢命の「之が風聲を樹《た》てよ」を組み合わせて、「下邑必ず其の風を樹て」と表現

する。「下邑」の語には、當然ながら、陽貨篇正文の子游が武城を禮樂で治めたことが意識されている。(7)

D　典據とは逆の表現をする句作りの例

○巻51・18b4王襃「四子講德論」夫名自正而事自定也。［李注］論語曰、名不正、則言不順、言不順、則事不成。

子路篇の「名正からざれば、則ち言順ならず、言順ならざれば、則ち事成らず」を、逆にして「夫れ名自ら正しうして事自づから定まる」と表現する。

○巻58・14b2蔡邕「陳太丘碑文」如何昊穹、既喪斯文。［李注］論語、子曰、文王既沒、文不在茲乎。天之將喪斯文也、後死者不得與於斯文也。

子罕篇の「天の將に斯の文を喪《ほろ》ぼさんとするや」を、「如何ぞ昊穹、既に斯の文を喪ぼせる」と變えている。

○巻35・20b4潘勗「册魏公九錫文」即我高祖之命、將墜於地。［李注］論語、子貢曰、文武之道、未墜於地。

子張篇の「未だ地に墜《お》ちず」の「未」を「將」に變えて、漢の命運が盡きようとしている狀態を「將に地に墜ちんとす」と表現する。Bの例に擧げた蔡邕と陸機も同じく「未墜」を「將墜」に變えていたが、それぞれ「收文武之將墜」、「濟文武於將墜」と「收」「濟」の字を附けていて、潘勗の表現とは違う。

○巻10・16b6潘岳「西征賦」曾遷怒而橫撞、碎玉斗其何傷。［李注］論語曰、不遷怒。

雍也篇の「怒りを遷さず」の「不」を除いて、鴻門の會で范曾（增）が怒ったことを、「曾怒りを遷して橫《ほしいまま》に撞き」という。

○巻16・4a5潘岳「閑居賦」有道吾不仕、無道吾不愚。［李注］論語、子曰、甯武子、邦有道則智、邦無道則愚。其智可及也、其愚不可及也。又曰、君子哉蘧伯玉。邦有道則仕、邦無道則卷而懷之。

衞靈公篇の「邦に道有らば則ち仕へ」を「道有るも吾仕へず」に、公冶長篇の「邦に道無ければ則ち愚なり」を「道無きも吾愚ならず」に變えて、自分の處世の拙さを表現している。

○巻56・28b4潘岳「楊荊州誄」祁祁搢紳、升堂入室。［李注］論語、子曰、由也升堂矣。未入於室也。潘岳は妻の父楊肇のもとに知識人が續々とやって來たことを、先進篇の「由や堂に升れり。未だ室に入らざるなり」の「未」を除いて、「堂に升り室に入る」という。

○巻57・3b9潘岳「夏侯常侍誄」莫涅匪緇、莫磨匪磷。［李注］論語、子曰、不曰堅乎、磨而不磷。不曰白乎、涅而不緇(8)。

陽貨篇の「堅しと曰はずや、磨するも磷《うすろ》がず。白しと曰はずや、涅《でつ》するも緇《くろ》まず」（本當に堅いものはこすってもすり減らず、本當に白いものは泥につけても黒くならない）を、「涅《くろ》むとして緇《くろ》まざる莫く、磨《みが》くとして磷《うすろ》がざる莫し」（黒く染めれば皆黒くなり、磨けば皆薄くなる）と、意味を逆轉させて使用している。

○巻38・23b3任昉「爲蕭揚州薦士表」誠言以人廢、而才實世資。［李注］論語、子曰、君子不以言擧人、不以人廢言。

衛靈公篇の「君子は言を以て人を擧げず、人を以て言を廢せず」をもとに、「誠に言は人を以て廢するも、才は實に世の資《たすけ》なり」という。

○巻40・30a3任昉「百辟勸進今上牋」龜玉不毀、誰之功歟。［李注］論語曰、季氏將伐顓臾、冉有、季路見於孔子、孔子曰、虎兕出於柙、龜玉毀於櫝中、是誰之過歟。

季氏篇の「龜玉櫝中に毀《こは》るるは、是れ誰の過ちぞや」を逆に使って、「龜玉毀れざるは、誰の功ぞや」と言い、國家の秩序が破壞されなかったのは、蕭衍のお蔭だと稱贊する。

E　意味を變えて使用する例

○巻46・5a8陸機「豪士賦序」河海之跡、堙爲窮流、一簣之釁、積成山嶽。［李注］論語曰、譬如爲山。未成一簣、止吾止也。

榮譽を貪ると全てを失ってしまうことを、「河海の跡は、堙《うづも》れて窮流と爲り、一簣の畳《つみ》は、積んで山嶽を成す」という。子罕篇の「譬へば山を爲《つく》るが如し。未だ成らざること一簣なるも、止むは吾が止むなり」を踏まえての表現であるが、あと一簣で山が完成するところで止めるという『論語』の文意を、「一簣の畳《つみ》」が積もって山となり災いとなるというように變えている。

○巻28・7a8陸機「君子有所思行」淑貌色斯升、哀音承顔作。［李注］言淑貌以色斯而見升、哀音亦承顔哀而作也。論語曰、色斯擧矣。

郷黨篇の「色斯擧矣、翔而後集」は、馬融注に「見顔色不善、則去之」というように、古注では、鳥が人の顔色の險惡なのを見て飛び去るの意に解し、「色みて斯《ここ》に擧がり、翔《かけ》りて後に集《とど》まる」と讀む。清・王引之は、「色斯」は「色然」と同意で「驚駭の貌」だとする（『經傳釋詞』）。その説だと「色斯《しきし》として擧がり」と讀む。

この句に關しては、戸川芳郎氏に詳細な論考があり、「東漢、魏晉を通じて、仕官した賢能の士に出處進退をおしえる語句として、もっぱら解されている。すなわち「色斯」とは、官職をみずから辭去する意味の「輕擧」という語の、雅語として上奏文や碑文に用いられた」（「色斯䬙翔—漢魏の世相一斑—」『中哲文學會報』6、一九八一年）と言われる。ところが、陸機はここで「淑貌は色のままに斯に升り、哀音は顔を承《う》けて作《おこ》る」(9)と、麗しい美女が色あでやかに現れ、もの悲しい調べが容色の衰えゆく定めを嘆いて奏でられるという表現に使っている。『論語』の意味を一變させた修辭法である。從って、李善も「言ふこころは淑貌は以て色のままに斯に升《のぼ》せられ、哀音も亦顔の衰ふるを承けて作《おこ》るなり」と釋義を施している。それにしても聖人孔子の言葉を集めた『論語』の文意を女性のなまめかしさの意に變えて使用するとは、大膽な修辭であり、韓愈が「其れ魏晉氏に下りて、鳴る者古《いにしへ》に及ばず。然れども亦未だ嘗て絶えざるなり。就《たと》ひ其の善き者も、其の聲清くして以て淫なり。其の節數にして以て急なり。其の辭淫にして以て哀《いた》めり。其の志弛《ゆる》くして以て肆《ほしいまま》なり。其の言たるや、亂雜にして章無し。將《は》た天其の徳を醜《にく》みて、之を顧みること莫《な》きか。何爲《なんす》れぞ其の善く鳴る者を鳴らさざるや」（「送孟東野序」）と、魏晉の文學を否定するのは、このあたりにもその一因があるかと思わせるほどである。

○巻17・2b3陸機「文賦」遊文章之林府、嘉麗藻之彬彬。［李注］論語曰、文質彬彬、然後君子。孔安國注曰、彬彬、文質見半之貌。（『論語集解』は包氏注とする。）

雍也篇では、「質文に勝てば則ち野なり。文質に勝てば則ち史なり。文質彬彬として、然る後に君子なり」と、「文」と「質」が互いに調和している狀態を「彬彬」というが、陸機は「文章の林府に遊び、麗藻の彬彬たるを嘉《よみ》す」と「文」の美しさを言うのに使っている。(10)

三　文學言語創作の仕方―言葉作り―

言うまでもなく修辭の基本は漢字二字の組み合わせによる言葉作りにある。『論語』の文章もその言葉作りに大いに利用されている。たとえば、次のようである。

○巻1・2a2班固「兩都賦序」以興廢繼絕、潤色鴻業。［李注］論語、子曰、興滅國、繼絕世。然文雖出彼而意微殊、不可以文害意。他皆類此。論語、子曰、東里子產潤色之。

班固は、堯曰篇の「興滅國」の上の二字だけを取り「滅」を「廢」に變えている。「繼絕」も上の二字だけを取っている。典據となる『論語』の「滅國を興し」「絕世を繼ぎ」という文の「一字＋二字」という句の構成は考慮せず、上一字の「興」「繼」と下二字の最初の「滅」「絕」だけを取って二字語としているのである。ただ『論語』が國家の復活再興を言うのに對して、「兩都賦序」では文化制度の再興を言っており、「興廢繼絕」の内容が少し違う。李善が「然れども文は彼に出づと雖も意は微かに殊なり、文を以て意を害ふべからず」というのは、そのことを指摘したものであろう。これと同じ堯曰篇の文を典據としたものに次のような例がある。

○巻35・23b8潘勗「冊魏公九錫文」敦崇帝族、援繼絶世。［李注］論語曰、繼絶世。

曹操が天子一族を厚く敬い、滅びようとした世を助け繼いだと稱えて、「帝族を敦崇し、絶世を援繼す」と、『論語』の「繼絶世」に「援」字を附けて「援繼」と「絶世」の「二字＋二字」の四字句としている。

○巻38・2a4張悛「爲吳令謝詢求爲諸孫置守冢人表」故三王敦繼絶之德、［李注］論語曰、繼絶世。

禹・湯・武王は國が滅亡した後を繼ぐという德を重んじたということを、「故に三王は絶を繼ぐの德を敦くし」と、班固「兩都賦序」と同樣に「繼絶」二字によって表現している。更に張悛は同じ作品で、

○巻38・2b6「興滅加乎萬國、繼絶接于百世。」［李注］論語、子曰、興滅國、繼絶世。

萬國について滅んだものを再興し、絶えていた跡繼ぎを末永く繼續させたということを、「滅びたるを興すこと萬國に加はり、絶へたるを繼ぐこと百世に接す」と、『論語』の文から「興滅」「繼絶」二字を取って使用している。

○巻46・27b3任昉「王文憲集序」拔奇取異、興微繼絶。［李注］興微、卽興滅也。論語、子曰、興滅國、繼絶世。

任昉は、滅びた家を再興する意を、「微を興し絶を繼ぐ」と、「滅」を「微」に變えて表現している。そこで李善は「興微は、卽ち興滅なり」と釋義した後で、『論語』を引く。

最初に擧げた班固「兩都賦序」の下句「潤色鴻業」の「潤色」は、憲問篇の「東里の子産之を潤色す」の「潤色」を意味も字もそのまま使用している。ところが曹植は、

○巻42・13a8曹植「與楊德祖書」常作小文、使僕潤飾之。［李注］論語曰、行人子羽脩飾之、東里子產潤色之。

「常《かつ》て小文を作り、僕をして之を潤飾せしむ」と、技巧を加えて仕上げをする意味で、『論語』の上句「行人子羽之を修飾し」の「修飾」と併せて、「潤飾」という言葉を作っている。一方、左思は、

○集注本巻8・3a左思「三都賦序」假稱珍怪、以爲潤色。［李注］論語曰、東里子產潤色之。（板本無此注。）

司馬相如「上林賦」・楊雄「甘泉賦」・班固「西都賦」・張衡「西京賦」を評して、「珍怪を假稱し、以て潤色を爲す」

というのに、『論語』の言葉をそのまま使っている。(11)

以上の例から、各文人が『論語』の語句を使用して、字句や意味の改變を行い、様々な工夫を凝らして新しい文學言語を創作しているのがわかるであろう。以下、李善注引『論語』をもとに創作された言葉について、創作の仕方を分類してみよう。

F　二字をそのまま切り取って使用する例

○巻19・22a4韋孟「風諫」五服崩離、宗周以墜。[李注]論語、子曰、邦分崩離析。

○巻10・6b5潘岳「西征賦」踰十葉以逮赧、邦分崩而爲二。[李注]論語、子曰、邦分崩離析。

○巻37・26b4劉琨「勸進表」自京畿隕喪、九服崩離、[李注]論語、子曰、邦分崩離析。

○巻36・17a9王融「永明十一年策秀才文」宋人失馭、淮汴崩離。[李注]論語、子曰、邦分崩離析、而不能守也。

いずれも季氏篇の「邦《くに》分崩離析すれども、守ること能はず」を踏まえての言葉であるが、潘岳の「分崩」の語以外は、『論語』の文の「分崩」「離析」という二字の固まりを無視して、「崩離」という切り取り方をしている。これは、漢の景帝期の韋孟に始まることがわかる。

○巻51・12b7王褒「四子講德論」浮遊先生色勃眥溢、[李注]論語、子曰、君召使擯、色勃如也。

浮遊先生が顔色を變えて目をむいて怒る様子を「色は勃《いか》り眥《まなじり》は溢《み》ちて」と表現する、「色勃」は、郷黨篇の「色勃如《ぼつじょ》たり」の上二字を切り取ったものである。

○巻37・14a5曹植「求通親親表」以敍骨肉之歡恩、全怡怡之篤義、[李注]論語、子曰、兄弟怡怡如也。

子路篇の「兄弟には怡怡如たり」(12)を踏まえて、「以て骨肉の歡恩を敍《の》べ、怡怡の篤義を全うし」と、兄弟の意を「怡怡」で表している。

○巻42・24a4應璩「與廣川長岑文瑜書」想雅思所未及。謹書起予。[李注]論語、子曰、起予者商也。

『論語』八佾篇では、孔子が子夏の『詩』の解釋を稱えて「予を起こす者は商なり。始めて與《とも》に詩を言ふべきのみ」と言っているので、「起予」は自分を啓發してくれるものの意となる。それを應璩は、手紙の結びに「想《おも》ふに雅思の未だ及ばざる所ならん。謹んで起予を書す」（あなたのまだお氣づきにならなかったことでしょう。ご參考になればと思いお手紙を書きました）と、あなたご自身の啓發となるものという意で使っている。

○卷23・19b6潘岳「悼亡詩」命也可奈何。長戚自令鄙。［李注］論語曰、小人長戚戚。長笛賦曰、長戚之[13]不能閑居。

「長く戚《うれ》へて自ら鄙《いや》しからしむ」の「長戚」の語は、述而篇の「小人は長へに戚戚たり」に基づくが、既にその語は馬融の「長笛賦」で「長戚の閑居する能はず」と使用されている。ただなぜか「長笛賦」の李善注には當然あるはずの『論語』による引證がない。

○卷24・12b9何劭「贈張華」鎭俗在簡約、樹塞焉足摹。［李注］論語曰、或問、管仲知禮乎。孔子曰、邦君樹塞門、管氏亦樹塞門。

「俗を鎭《おさ》むるは簡約に在り、樹《う》ゑ塞《ふさ》ぐこと焉《いづ》くんぞ摹《のつと》るに足らん」の「樹塞」の語は、八佾篇の「樹して門を塞《ふさ》ぐ」の上二字を切り取ったものである。

○卷36・5a8傅亮「爲宋公修張良廟教」微管之歎、撫事彌深。［李注］論語、子曰、管仲相桓公、霸諸侯、一匡天下、民到于今受其賜。微管仲、吾其被髮左衽矣。

張良がいなかったらどうなっていたのだろうかという思いが、政治を行っているとますます深まるということを「微管の歎、事を撫すれば彌いよ深し」と表現している。この「微管」という言葉は、憲問篇の「管仲微《な》かりせば、吾其れ被髮左衽せん」の上二字を切り取ったものである。この傅亮の創作した語は、謝朓、任昉へと繼承されている。

○卷30・17b7謝朓「和王著作八公山」阽危賴宗衰、微管寄明牧。

○卷40・28b1任昉「百辟勸進今上牋」經綸草昧、嘆深微管。

謝脁は「管の微《な》きには明牧（謝玄）に寄る」と、人材がいなくて國が滅びそうな時の意に使い、任昉は「嘆きは微管より深し」と、蕭衍を稱える比喩に使って、蕭衍がいなかったならという嘆きは管仲がいなかったらという嘆きよりも深いという。當然ながら二例ともに李善は『論語』憲問篇を引證とする。[14]

G　二字を組み合わせて言葉を作る例

二字をそのまま切り取るのではなく、間の字を抜いて二字としたり、語順を變えて二字としたり、別の句の一字ずつを組み合わせたりした例である。

○卷41・19a7楊惲「報孫會宗書」言鄙陋之愚心、則若逆指而文過。［李注］言逆會宗之指、自文飾己之過。論語、子曰、小人之過也必文。孔安國曰、文飾其過、不言實也。

「鄙陋の愚心を言へば、則ち指《むね》に逆らひ過《あやま》ちを文《かざ》るが若し。」の「文過」は、子張篇の「小人の過つや必ず文る」の二字を踏まえて作られている。

○卷47・3b2王褒「聖主得賢臣頌」齊桓設庭燎之禮、故有匡合之功。［李注］論語、子曰、管仲相桓公、一匡天下、民到于今受其賜。又、子曰、桓公九合諸侯、不以兵車、管仲之力也。

○卷54・8a6陸機「五等論」豈世乏曩時之臣、士無匡合之志歟。［李注］聖主得賢臣頌曰、齊侯設庭燎之禮、故有匡合之功。論語、子曰、管仲相桓公、一匡天下。又曰、桓公九合諸侯。

王褒は、齊の桓公が諸侯を糾合したことを「匡合の功有り」と表現しているが、これは憲問篇の二句「天下を一匡す」と「諸侯を九合す」から「匡」と「合」を抜き出して組み合わせたものである。陸機はそれを繼承して、管仲とは關係なく漢の滅亡について「豈に世に曩時の臣に乏しく、士に匡合の志無からんや。」と使用している。

○卷4・7a4張衡「南都賦」以速遠朋嘉賓是將、［李注］論語曰、有朋自遠方來。

「以て遠朋嘉賓を速《まね》きて是に將《すす》め」と、祭りを行う際招くに遠くの友を「遠朋」というのは、學而篇の「朋有り遠方自《よ》り來たる」を踏まえての言葉である。

○巻58・12a7、8蔡邕「陳太丘碑文」不徼訐以干時、不遷貳以臨下。［李注］論語、子貢曰、悪徼以爲智者、悪訐以爲直者。又、哀公問弟子孰爲好學。孔子對曰、有顔回者好學、不遷怒、不貳過。

　蔡邕は、陳寔が人の言葉を盗んだり祕密を暴露したりして出世することはせず、下の者に八つ當たりしたり過ちを繰り返したりしなかったと譽めて、「徼訐して以て時に干《もと》めず、遷貳して以て下に臨まず」という。この「徼訐」と「遷貳」は、それぞれ陽貨篇の「徼《かす》めて以て智と爲す者を悪む。訐《あば》きて以て直と爲す者を悪む」、雍也篇の「怒りを遷さず、過ちを貳《ふたた》びせず」の字を組み合わせたものである。

○巻16・4a5潘岳「閑居賦」雖吾顔之云厚、猶內媿於甯蘧。［李注］論語、子曰、甯武子、邦有道則智、邦無道則愚。其智可及也、其愚不可及也。又曰、君子哉蘧伯玉。邦有道則仕、邦無道則巻而懷之。

○巻47・24a8袁宏「三國名臣序贊」故蘧甯以之巻舒、柳下以之三黜、［李注］論語、子曰、君子哉蘧伯玉。邦有道則仕、邦無道則可巻而懷之。又曰、甯武子、邦有道則智、邦無道則愚。

　ともに公冶長篇の甯武子と衞靈公篇の蘧伯玉を踏まえて、出處進退をわきまえた者の代表として「甯蘧」「蘧甯」の二字を作っている。

○巻36・5b5傅亮「爲宋公修張良廟教」固已參軌伊望、冠德如仁。［李注］論語、子曰、桓公九合諸侯、不以兵車、管仲之力也。如其仁。如其仁。

　張良が伊尹や呂望のような補佐をし、德は管仲よりも優れていることを、「固より已に軌《あと》を伊望に參《まじ》へ、德を如仁に冠たらしむ」という、管仲を表す「如仁」の二字は、憲問篇の「如《いか》んぞ其れ仁ならんや」の「其」を拔いた二字に基づく。一方沈約も同じ典據を踏まえて同じ言葉を使うが、

○巻59・16a5沈約「齊故安陸昭王碑文」如仁夕惕之志、中夜九迴。

民を思う仁愛の心を「如仁夕惕の志」と表現していて、管仲のこととは全く關係がない。なお「夕惕」の語は、『周易』乾卦の「君子夕惕若厲」（君子は夕べに惕若として厲たり）の二字を、先のFの例に擧げた王褒「四子講德論」の「色勃」と同じ方法で切り取ったものである。(15)

H　典據の字を變えたり新たな字を加えたりして二字の言葉を作る例

○卷34・4a5枚乘「七發」於是背秋涉冬、使琴摯斫斬以爲琴、［李注］論語曰、師摯之始、關雎之亂、洋洋乎盈耳哉。鄭玄曰、師摯、魯太師也。以其工琴、謂之琴摯。猶京房善易、謂之易京。

「是に於いて秋に背き冬に渉り、琴摯をして斫斬して以て琴を爲《つく》らしめ」の「琴摯」というのは、泰伯篇の「師摯の始めとせる、關雎の亂は、洋洋乎として耳に盈つるかな」に見える魯の樂師摯のことである。枚乘は名の「摯」の上に「琴」の字を冠して「琴摯」の語を創作している。そこで李善は、「其の琴に工《たくみ》なるを以て、之を琴摯と謂ふ。猶ほ京房の易を善くして、之を易京と謂ふがごとし」と解説を加える。

○卷10・3a3潘岳「西征賦」蘧與國而舒卷。［李注］又（論語）曰、君子哉蘧伯玉。邦有道、則仕。邦無道、可卷而懷之。

○卷47・24a8袁宏「三國名臣序贊」故蘧甯以之卷舒、［李注］（「西征賦」と同じく『論語』衞靈公篇を引く。）

○卷57・19b5顏延之「陶徵士誄」哲人卷舒、［李注］西征賦曰、蘧與國而卷舒。（案、〈卷舒〉當作〈舒卷〉、此誤倒耳。）

「蘧は國と舒卷す」の「舒卷」の語は、衞靈公篇の「邦に道無くんば、則ち卷きて之を懐《ふところ》にすべし」の「卷」に、上句「邦に道有らば、則ち仕へ」の意を踏まえて「舒」字を加えたものである。Gの例では、潘岳の「甯蘧」に對して袁宏は「蘧甯」としていたが、ここでも袁宏は潘岳の「舒卷」に對して「卷舒」と語順を逆にしている。顏延之も「卷舒」するが、李善は『論語』は引かず「西征賦」のみ引證とする。ところで、「卷舒」の語は、卷24・12b何劭「贈張華」〈四時更代謝、懸象迭卷舒〉、卷31・23a江淹「雜體詩〈謝僕射〉」〈卷舒雖萬緒、動復歸有靜〉にも見えるが、いずれも移り變わる變化の意味であり、出處進退の意ではない。そこで李善は『淮南子』を引證としている。これは李善の引書の使い分けの例である。

○巻25・25ａ1謝靈運「還舊園作見顏范二中書」事躓兩如直、心愜三避賢。［李注］論語、子曰、直哉史魚、邦有道如矢、邦無道如矢。

「事は兩如の直に躓《つまづ》き」の「兩如直」は、衞の大夫の史魚が常に矢のように眞っ直ぐであることを稱した衞靈公篇の「直なるかな史魚、邦に道有れば矢の如く、邦に道無きも矢の如し」を踏まえて、二つの「矢の如き」の「直」と表現したものである。

○巻22・18ｂ6顏延之「車駕幸京口三月三日侍遊曲阿後湖作」春方動辰駕、望幸傾五州。［李注］論語、子曰、爲政以德、譬如北辰。故謂天子爲辰也。

「春方辰駕動かんとし」の「辰駕」は、天子の車の意であり、爲政篇の「政を爲すに德を以てすれば、譬へば北辰の其の所に居て、衆星の之に共《むか》ふが如し」を踏まえて、「辰」を天子と見なして創作された語である。李善はそのことを指摘して爲政篇を引いた後、「故に天子を謂ひて辰と爲すなり」という。

○巻23・22ｂ9顏延之「拜陵廟作」束紳入西寢、伏軫出東坰。［李注］紳、大帶也。論語、子曰、赤也束帶立於朝。

「赤や束帶して朝に立ち、賓客と言はしむべきなり」という孔子の言葉の「束帶」を「束紳」に變えて使用する。(16)

以上の分類の結果、『論語』を典據を利用した修辭法は、漢代からすでに見られ、特に班固・蔡邕に顯著であることがわかり、潘岳・陸機において修辭的技巧が飛躍的に增大し、傅亮・顏延之あたりから特殊化する傾向があるという從來の文學史で指摘されていることも檢證できた。揚雄が賦を創作することに懷疑的になり「童子の彫蟲篆刻」（『法言』吾子篇）と言い、曹植は「七啓」で鏡機子に「夫れ辨言の艷なる、能く窮澤をして流れを生ぜしめ、枯木をして榮《はな》を發《ひら》かしむ」と言わせつつも、「與楊德祖書」（『文選』巻四二）ではまだ揚雄の發言を意識して「辭賦は小道」と謙遜した言い方をしている。しかし、潘岳・陸機から傅亮・顏延之を經た後の任昉は「宣德皇后令」（『文選』巻36）の中で、後の梁の武帝蕭衍の才を稱えて「文は彫龍を擅《ほしいまま》にす」と言う。「彫龍」を積極的に評價するまでになっていて、修辭技巧に對する價値觀が大きく變化している。そのような過程を經て、言葉を豐かにし文學言語創作の方法を多様化した六朝美文が、『文選』李善注を通して自ずと唐代以降の文人たちの創作意識の底に根附いていったのである。李善注を活用すればその實體が解明できるのではと考えている。ただ一つ問題がある。たとえば、次のような例である。

○巻22・7ａ2殷仲文「南州桓公九井作」廣筵散汎愛、逸爵紆勝引。［李注］論語、子曰、汎愛衆而親仁。說文曰、紆、屈也。勝引、勝友也。引、猶進也。良友所以進己、故通呼曰勝引。

桓玄が大きな宴席を設けて恩惠を多くの人に分かち、飛びかう杯は良き友の間をめぐるということを、「廣筵に汎愛を散じ、逸爵は勝引に紆《めぐ》る」と表現している。李善は、「汎愛」には『論語』學而篇を引き、「勝引」には「勝引は、勝友なり。引は、猶ほ進むなり。良友は己を進める所以《ゆえん》、故に通じて呼びて勝引と曰《い》ふ」と釋義の注を施しているので、「汎愛」が學而篇からの切り取りであり、「勝引」が殷仲文の造語であると推測できる。しかし、「逸爵」(17)についてては何もふれていない。李善が注を付していない語については、現行本李善注の問題とも關連して細心の注意を要する。

典據を利用した句作り言葉作りの問題に關しては、福井佳夫氏の『六朝美文學序說』（汲古書院、一九九八年）に、過去の諸說を整理しつつ檢討が加えられている。そこで使用されている用語を使えば、Ｄの例の中には「典故の反用」に類するものがあろうし、Ｆ・Ｇ・Ｈの例には「剪裁」「改字」「代字」「斷語」に相當するものがあろう。ただ本稿では、修辭用語と全ての典據利用の實體を一致させるところまでは至らなかったので、敢えてそれらの用語を使用せずに分類した。この點は、音律の問題や、各文人の句作り言葉作りの背後にある創作の情念を探ることと併せて今後の大きな課題である。

注

（1）以下の葉數・行數は、胡刻本『文選』の『論語』が引かれている箇所を示す。

（2）集注本巻71 5b「七略」下有「曰」字。「爲語」作「爲諺」。「天事」作「事天」。「然」作「如然」二字、今『論語』作「如也」。

（3）「辯析」の「析」字は、諸本皆同じであるが、集注本の「今案」によれば、李善本は「折」に作り、五臣本が「析」に作っていたという。「折」だと、李善は「辯は天口といわれた田駢を言い負かすほどであるのに」の意に解釋していたことになる。

（4）次に擧げた巻26・15b1潘岳「河陽縣作」齊都無遺聲注引、及び巻38・26b1任昉「爲范始興作求立太宰碑表」亦無得而稱焉注引は、「得」を「德」に作り、今本『論語』と一致する。恐らくここの「得」は「德」の譌であろう。「民德として稱すること無し」を踏まえたとする方が、正文の主旨と合う。

（5）Aの例にはその他に次のようなものがある。

○巻29・9b5蘇武「詩」四海皆兄弟、誰爲行路人。［李注］論語、子夏謂司馬牛曰、四海之內、皆爲兄弟。君子何患乎無兄弟。（顏淵）

○巻8・14a7司馬相如「上林賦」游于六藝之囿、馳鶩乎仁義之塗。［郭璞注］論語曰、游於藝。塗、道也。（述而）

○巻51・14a7王褒「四子講德論」先生微矜於談道、又不讓乎當仁、［李注］論語、子曰、當仁、不讓於師。（衞靈公）

○巻41・19a9楊惲「報孫會宗書」默而自守、恐違孔氏各言爾志之義。［李注］論語曰、顏淵、季路侍、子曰、盍各言爾志。（公冶長）

○巻1・29b4班固「東都賦」小子狂簡、不知所裁。既聞正道、請終身而誦之。［李注］論語、子曰、吾黨之小子狂簡、斐然成章、不知所以裁之。（公冶長）又曰、不忮不求、何用不藏、子路終身誦之。（子罕）

○卷50・18b2班固「述高紀」寔天生德、聰明神武。［李注］論語、子曰、天生德於予。（述而）

○卷9・20b2曹大家「東征賦」小人性之懷土兮、自書傳而有焉。［李注］論語、子曰、君子懷德、小人懷土。孔安國曰、懷、安也。（里仁）

○卷9・21b9曹大家「東征賦」盍各言志、慕古人兮。［李注］論語曰、顏淵、季路侍、子曰、盍各言爾志。（公冶長）

○卷3・30b9張衡「東京賦」一言幾於喪國、我未之學也。［李注］論語曰、一言可以喪邦乎。（子路）

○卷58・13a6蔡邕「陳太丘碑文」慙於臧文竊位之負。［李注］論語曰、臧文仲其竊位者歟。知柳下惠之賢而不與立也。（衞靈公）

○卷37・2b6孔融「薦禰衡表」使衡立朝、必有可觀。［李注］論語、子曰、赤也、束帶立于朝、可使與賓客言。（公冶長）又曰、必有可觀者焉。（子張）

○卷20・6a10曹植「責躬詩」危軀授命、知足免戾。［李注］論語、子曰、見危授命、亦可以爲成人矣。（憲問）

○卷34・22b6曹植「七啓」予聞君子樂奮節以顯義、烈士甘危軀以成仁。［李注］論語、子曰、志士仁人、有殺身以成仁。（衞靈公）

○卷37・6b1曹植「求自試表」入則事父、出則事君。［李注］論語、子曰、出則事公卿、入則事父兄。（子罕）

○卷42・16a10曹植「與楊德祖書」古之君子、猶亦病諸。［李注］論語、子曰、堯、舜其猶病諸。（雍也、憲問）

○卷11・26a10何晏「景福殿賦」任重道遠、厥庸孔多。［李注］論語曰、任重而道遠。（泰伯）

○卷47・22b3夏侯湛「東方朔畫贊」涅而無滓、既濁能清。［李注］論語、子曰、涅而不緇。（陽貨）

○卷23・13b9嵇康「幽憤詩」實恥訟免、時不我與。［李注］論語曰、陽貨曰、日月逝矣、歲不我與。（陽貨）

○卷37・18a7羊祜「讓開府表」惟陛下察匹夫之志、不可以奪。［李注］論語、子曰、匹夫不可奪志。（子罕）

○卷19・24a6張華「勵志」逝者如斯、曾無日夜。［李注］論語曰、子在川上曰、逝者如斯夫、不捨晝夜。（子罕）

○卷17・4b1陸機「文賦」在有無而僶俛、當淺深而不讓。［李注］論語、子曰、當仁、不讓於師。（衞靈公）

○卷28・13a8陸機「日出東南隅行」暮春春服成、粲粲綺與紈。［李注］論語、曾點曰、暮春者、春服既成。（先進）。

○卷54・10a6陸機「五等論」秦漢之典、殆可以一言蔽矣。［李注］論語、子曰、詩三百、一言以蔽之、曰、思無邪。（爲政）

○巻55・19b2陸機「演連珠」臣聞鑽燧吐火、以續湯谷之晷。［李注］論語、宰予曰、鑽燧改火。（陽貨）
○巻55・24a1陸機「演連珠」故在乎我者、不誅之於己。存乎物者、不求備於人。［李注］論語、周公曰、無求備於一人。（微子）
○巻60・18a8陸機「弔魏武帝文」故前識所不用心、而聖人罕言焉。［李注］論語、子曰、飽食終日、無所用心。（陽貨）又曰、子罕言利。（子罕）
○巻7・16a6潘岳「藉田賦」昔者明王以孝治天下、其或繼之者、鮮哉希矣。［李注］論語、子曰、其或繼周者、雖百世可知也。（爲政）
○巻10・19b4潘岳「西征賦」或被髮左袵、奮迅泥滓。［李注］論語曰、吾其被髮左袵矣。（憲問）
○巻10・15b6潘岳「西征賦」乃實愼終追舊、篤誠款愛。［李注］論語曰、愼終追遠。（學而）
○巻10・28a5潘岳「西征賦」雖靡率於舊典、亦觀過而知仁。［李注］論語、子曰、人之過也、各於其黨。觀過、斯知仁矣。（里仁）
○巻10・31a7潘岳「西征賦」杖信則莫不用情、無欲則賞之不竊。［李注］論語、子曰、上好信、則人莫敢不用情。（子路）又曰、季康子患盜、孔子曰、苟子之不欲、雖賞之不竊也。（顏淵）
○巻10・31a10潘岳「西征賦」如其禮樂、以俟來哲。［李注］論語、冉求曰、如其禮樂、以俟君子。（先進）
○巻56・26b10潘岳「楊荊州誄」學優則仕、乃從王政。［李注］論語、子夏曰、仕而優則學、學而優則仕。（子張）
○巻56・30b10潘岳「楊仲武誄」視予猶父、不得猶子。［李注］論語曰、顏回死、門人欲厚葬之。子曰、回也視予猶父也、予不得視猶子也。（先進）
○巻57・2b4潘岳「夏侯常侍誄」徒謂吾生、文勝則史。［李注］論語、子曰、文勝質則史。（雍也）
○巻57・2b5潘岳「夏侯常侍誄」心照神交、唯我與子。［李注］論語、子謂顏回曰、唯我與爾有是夫。（述而）
○巻21・4b2左思「詠史」連璽燿前庭、比之猶浮雲。［李注］論語、子曰、不義而富且貴、於我如浮雲。（述而）
○巻23・11a1歐陽建「臨終詩」伯陽適西戎、子欲居九蠻。［李注］論語曰、子欲居九夷。（子罕）
○巻29・30a1張協「雜詩（其十）」君子守固窮、在約不爽貞。［李注］論語曰、子路慍見曰、君子亦有窮乎。子曰、君子固窮。（衛靈公）

○卷35・7a6張協「七命」樂以忘戚、游以卒時。［李注］論語、子曰、樂以忘憂。（述而）
○卷19・16b5束皙「補亡詩」蒨蒨士子、涅而不渝。［李注］論語、子曰、不曰白乎、涅而不緇。（陽貨）
○卷25・3a7傅咸「贈何劭王濟」進則無云補、退則恤其私。［李注］論語曰、退而省其私。（爲政）
○卷45・28b5皇甫謐「三都賦序」周監二代、文質之體、百世可知。［李注］論語、子曰、周監於二代、郁郁乎文哉、吾從周。（八佾）又、子曰、其或繼周者、雖百世、可知也。（爲政）
○卷49・6b2干寶「晉紀總論」和而不弛、寬而能斷。［李注］論語曰、君子和而不同。（子路）
○卷49・10b5干寶「晉紀總論」故其民有見危以授命、而不求生以害義、［李注］論語、子張曰、士見危致命。（子張）又、子曰、志士仁人、無求生以害仁。（衛靈公）
○卷47・25a1袁宏「三國名臣序贊」靜亂庇人、抑亦其次。［李注］論語、子曰、抑亦可以爲次也。（子路）
○卷47・26b4袁宏「三國名臣序贊」治國以禮、民無怨聲、［李注］論語曰、爲國以禮。（先進）
○卷47・28b6袁宏「三國名臣序贊」文明映心、鑽之愈妙。［李注］論語、顏淵曰、鑽之彌堅。（子罕）
○卷47・29b5袁宏「三國名臣序贊」仁者必勇、德亦有言。［李注］論語、子曰、有德者必有言、仁者必有勇。（憲問）
○卷45・19a6陶潛「歸去來」悟已往之不諫、知來者之可追。［李注］論語、楚狂接輿歌曰、往者不可諫、來者猶可追。（微子）
○卷31・5b3鮑照「擬古」富貴人所欲、道德亦何懼。［李注］論語曰、富與貴、是人之所欲、不以其道得之、不處也。（里仁）
○卷57・17b8顏延之「陶徵士誄」和而能峻、博而不繁。［李注］論語、子曰、和而不同。（子路）
○卷50・3a2范曄「後漢書二十八將傳論」將所謂導之以法、齊之以刑者乎。［李注］論語、子曰、導之以政、齊之以刑、民免而無恥。（爲政）
○卷36・4a8任昉「宣德皇后令」豐功厚利、無德而稱。［李注］論語、孔子曰、太伯三以天下讓、人無德而稱焉。（泰伯）
○卷38・18a8任昉「爲范尚書讓吏部封侯第一表」恭己南面、責成斯在。［李注］論語、子曰、舜夫何爲哉。恭己正南面而已。（衛靈公）
○卷38・26b1任昉「爲范始興作求立太宰碑表」道非兼濟、事止樂善、亦無得而稱焉。［李注］論語曰、齊景公有馬千駟、

死之日、民無德而稱焉。（季氏）

○卷54・14b10劉峻「辯命論」循循善誘、服膺儒行。［李注］論語、顏淵曰、夫子循循然善誘人。（子罕）

（6）Bの例にはその他に次のようなものがある。

○卷39・16a5枚乘「上書諫吳王」危於累卵、難於上天。［李注］論語曰、天不可階而升也。（子張）胡氏考異云、「袁本作〈論語猶天之不可階而升〉。茶陵本作〈國語曰升天之無階也〉。案、此處袁脩改、似初同茶陵、無以考也。」

○卷9・19a1班彪「北征賦」君子履信無不居兮、雖之蠻貊何憂懼兮。［李注］論語曰、子張問行、子曰、言忠信、行篤敬、雖蠻貊之邦行矣。（衛靈公）

○卷45・16b10班固「荅賓戲」顏潛樂於簞瓢、孔終篇於西狩、［李注］論語、子曰、賢哉回也。一簞食、一瓢飲、在陋巷、人不堪其憂、回也不改其樂。（雍也）

○卷9・21b2曹大家「東征賦」知性命之在天、由力行而近仁。［李注］論語、子夏曰、死生有命、富貴在天。（顏淵）

○卷3・11b5張衡「東京賦」慕唐虞之茅茨、思夏后之卑室。［李注］論語云、禹、卑宮室、而盡力於溝洫也。（泰伯）

○卷3・18b2張衡「東京賦」盛夏后之致美、爰敬恭於明神。［李注］論語曰、惡衣服而致美於黻冕、菲飲食而致孝於鬼神。（泰伯）

○卷6・7b2左思「魏都賦」鑒茅茨於陶唐、察卑宮於夏禹。［李注］墨子曰、堯、舜茅茨不翦。論語、子曰、禹、卑宮室。（泰伯）

○卷53・26b3陸機「辯亡論」卑宮菲食、［李注］論語曰、禹菲飲食、而致孝乎鬼神。卑宮室、而盡力乎溝洫。馬融曰、菲、薄也。（泰伯）

○卷56・6a8崔瑗「座右銘」在涅貴不淄、曖曖內含光。［李注］論語、子曰、不曰堅乎。磨而不磷。不曰白乎。涅而不淄。（陽貨）

○卷58・11a8蔡邕「郭有道碑文」宮牆重仞、允得其門。［李注］論語、子貢謂叔孫武叔曰、夫子之牆數仞、不得其門而入、不見宗廟之美、百官之富。得其門者或寡矣。（子張）

○卷58・12a5蔡邕「陳太丘碑文」使夫少長咸安懷之。［李注］論語曰、老者安之、少者懷之。（公冶長）

○卷56・10b9陸倕「石闕銘」安老懷少、伐罪弔民、［李注］論語曰、老者安之、少者懷之。（公冶長）

○卷58・12a6蔡邕「陳太丘碑文」其爲道也、用行舍藏、進退可度。［李注］論語、子曰、用之則行、舍之則藏。（述而）
○卷58・12a10蔡邕「陳太丘碑文」德務中庸、教敦不肅。［李注］論語、子曰、中庸之爲德、其至矣乎。民鮮久矣。（雍也）
○卷35・26b1潘勗「册魏公九錫文」官才任賢、群善必擧。［李注］論語、子曰、擧善而教不能則勸。（爲政）
○卷41・22a5孔融「論盛孝章書」吾祖不當復論損益之友、［李注］論語、子曰、益者三友、損者三友。（季氏）吾祖、即謂孔子也。
○卷42・10a5魏文帝「與吳質書」後生可畏、來者難誣、［李注］論語、子曰、後生可畏、焉知來者之不如今。（子罕）
○卷40・19a3吳質「荅魏太子牋」其唯嚴助壽王、與聞政事、［李注］論語曰、冉子退朝、子曰、何晏也。對曰、有政。子曰、其事也、如有政、雖不吾以、吾其與聞之。（子路）
○卷37・9b5曹植「求自試表」如微才不試、沒世無聞、［李注］論語曰、君子疾沒世而名不稱。（衞靈公）
○卷56・21b9曹植「王仲宣誄」朝聞夕沒、先民所思。［李注］論語曰、朝聞道、夕死可也。（里仁）
○卷56・23a6曹植「王仲宣誄」棊局逞巧、博弈惟賢。［李注］論語、子曰、不有博弈者乎。爲之猶賢乎已。（陽貨）
○卷11・3a7王粲「登樓賦」懼匏瓜之徒懸兮、畏井渫之莫食。［李注］論語、子曰、吾豈匏瓜也哉、焉能繫而不食。鄭玄曰、我非匏瓜、焉能繫而不食者、冀往仕而得祿。（陽貨）
○卷55・22a6陸機「演連珠」臣聞遯世之士、非受匏瓜之性。［李注］論語、子曰、吾豈匏瓜也哉。焉能繫而不食。（陽貨）
○卷41・29a1陳琳「爲曹洪與魏文帝書」仰司馬楊王遺風、有子勝斐然之志、［李注］論語曰、吾黨之小子狂簡、斐然成章。（公冶長）
○卷11・28b2何晏「景福殿賦」欽先王之允塞、悅重華之無爲。［李注］論語曰、無爲而治者、其舜也歟。（衞靈公）
○卷21・21b1應璩「百一詩」下流不可處、君子愼厥初。［李注］論語曰、紂之不善、不如是之甚也。是以君子惡居下流、天下之惡皆歸焉。（子張）
○卷42・24b10應璩「與從弟君苗君胄書」雖仲尼忘味於虞韶、楚人流遯於京臺、無以過也。［李注］論語曰、子在齊聞韶、三月不知肉味、曰、不圖爲樂之至於斯也。（述而）
○卷18・30a9成公綏「嘯賦」鍾期棄琴而改聽、孔父忘味而不食。［李注］論語曰、子在齊聞韶、三月不知肉味。曰、不圖於韶樂之至於斯。周生烈曰、孔子在齊、聞韶樂之盛、故忽忘肉味。王肅曰、不圖作韶樂之至於此。此、齊也。（述而）

胡刻本〈不知肉味〉下有〈孔安國〉三字、疑衍、今刪。
○巻23・6b9阮籍「詠懷詩（其十一）」昔年十四五、志尙好書詩。［李注］論語、子曰、吾十有五而志于學。（學而）
○巻31・5b8鮑照「擬古」十五諷詩書、篇翰靡不通。［李注］論語曰、吾十有五而志於學。（學而）
○巻43・9b1孫楚「爲石仲容與孫皓書」乘桴滄流、交疇貨賄、［李注］論語、子曰、乘桴浮于海。（公冶長）
○巻19・16b5束晳「補亡詩」彼居之子、色思其柔。［李注］言承望父母顏色須其柔順也。子夏問孝、子曰、色難。（爲政）
○巻19・24a8張華「勵志」仁道不遐、德輶如羽。求焉斯至、衆鮮克擧。［李注］論語、子曰、仁遠乎哉。我欲仁、斯仁至矣。（述而）
○巻16・15b10陸機「歎逝賦」啓四體而深悼、懼茲形之將然。［李注］論語曰、曾子有疾、召門弟子曰、啓予足、啓予手。（泰伯）
○巻28・26a10陸機「挽歌詩」周親咸奔湊、友朋自遠來。［李注］論語、子曰、友朋自遠方來。（學而）〈友〉字、集注本（巻56・34a）同。胡氏考異云、「茶陵本〈友〉作〈有〉、是也。袁本亦誤〈友〉。論語音義〈有〉或作〈友〉、非、可證。」
○巻54・10a5陸機「五等論」然則八代之制、幾可以一理貫。［李注］論語曰、吾道一以貫之。（里仁）
○巻60・19a9陸機「弔魏武帝文」悟臨川之有悲、固梁木其必顚。［李注］論語、子在川上曰、逝者如斯夫。（子罕）
○巻58・25b2王儉「褚淵碑文」感逝川之無捨、哀淸暉之眇默。［李注］論語、子在川上曰、逝者如斯夫。不捨晝夜。（子罕）
○巻60・19b5陸機「弔魏武帝文」信斯武之未喪、膺靈符而在茲。［李注］論語曰、子畏於匡、曰、文王既沒、文不在茲乎。天之未喪斯文也、匡人其如予何。（子罕）
○巻7・12a3潘岳「藉田賦」似衆星之拱北辰也。［李注］論語、子曰、爲政以德、譬如北辰、居其所、而衆星共之。（爲政）
○巻7・16a10潘岳「藉田賦」勸穡以足百姓、所以固本也。［李注］論語、孔子曰、百姓足、君孰與不足。（顏淵）
○巻10・2a9潘岳「西征賦」嗟鄙夫之常累、固既得而患失。［李注］論語、子曰、鄙夫不可與事君、其未得之、患得之。既得之、患失之。（陽貨）
○巻10・9a2潘岳「西征賦」殆肆叔於朝市。［李注］論語、子服景伯曰、吾力猶能肆諸市朝。鄭玄曰、陳其尸曰肆。（憲

問）
○卷10・13ａ5潘岳「西征賦」不語怪以徵異、我聞之於孔公。［李注］論語曰、子不語怪力亂神。（述而）
○卷10・14ｂ4潘岳「西征賦」勁松彰於歲寒、貞臣見於國危。［李注］論語、子曰、歲寒、然後知松柏之後凋。（子罕）
○卷20・34ｂ7潘岳「金谷集作詩」春榮誰不慕。歲寒良獨希。［李注］論語曰、歲寒、然後知松柏之後凋。（子罕）
○卷23・11ｂ1歐陽建「臨終詩」松柏隆冬悴、然後知歲寒。［李注］論語、子曰、歲寒、然後知松柏之後彫。（子罕）
○卷10・29ａ7潘岳「西征賦」凡厥寮司、既富而教。［李注］論語、冉有曰、既富矣、又何加焉。曰、教之。（子路）
○卷16・6ａ7潘岳「閑居賦」訓若風行、應如草靡。［李注］論語、孔子曰、君子之德風、小人之德草、草上之風必偃。（顏淵）
○卷58・26ｂ4王儉「褚淵碑文」如風之偃、如樂之諧。［李注］論語曰、草上之風必偃。（顏淵）
○卷36・20ａ1任昉「天監三年策秀才文」上之化下、草偃風從、［李注］論語、子曰、君子之德風、小人之德草、草上之風必偃。（顏淵）
○卷20・12ａ3潘岳「關中詩」師旅既加、飢饉是因。［李注］論語、子曰、加之以師旅、因之以飢饉。（先進）　胡氏考異云、「何校〈子〉下添〈路〉字、陳同。各本皆脱。」
○卷57・2ｂ2潘岳「夏侯常侍誄」如彼錦繢、列素點絢。［李注］論語、子夏問曰、巧笑倩兮、美目眄兮、素以爲絢兮。何謂也。子曰、繢事後素。鄭玄曰、繢、畫文也。（八佾）
○卷58・3ａ1顏延之「宋文皇帝元皇后哀策文」亦既有行、素章增絢。［李注］論語曰、子夏問曰、巧笑倩兮、美目盼兮、素以爲絢兮、何謂也。子曰、繪事後素。曰、禮後乎。馬融曰、絢、文貌也。（八佾）
○卷57・2ｂ9、10潘岳「夏侯常侍誄」事君直道、與朋信心。［李注］論語、柳下惠曰、直道而事人。（微子）又、子夏曰、與朋友交、言而有信。（學而）
○卷47・34ｂ6袁宏「三國名臣序贊」屢摧逆鱗、直道受黜。［李注］論語、柳下惠曰、直道而事人、焉往而不三黜。（微子）
○卷57・3ｂ10、4ａ1潘岳「夏侯常侍誄」雖不爾以、猶致其身。［李注］論語、周公謂魯公曰、不使大臣怨乎不以。（微子）又、子夏曰、事君能致其身。（學而）
○卷57・5ａ1潘岳「夏侯常侍誄」非子爲慟、吾慟爲誰。［李注］論語曰、顏淵死、子哭之慟。從者曰、子慟矣。子曰、

非夫人之爲慟而誰爲。（先進）

○卷24・27b9潘尼「贈河陽」桐鄉建遺烈、武城播弦歌。［李注］論語曰、子之武城、聞弦歌之聲。孔安國曰、子游爲武城宰。（陽貨）

○卷26・18b2潘尼「迎大駕」俎豆昔嘗聞、軍旅素未習。［李注］論語曰、衞靈公問陣於孔子、孔子對曰、俎豆之事、則嘗聞之矣。軍旅之事、未之學也。（衞靈公）

○卷45・29b3皇甫謐「三都賦序」煥乎有文、蔚爾鱗集、［李注］論語、子曰、大哉堯之爲君、煥乎其有文章也。（泰伯）

○卷21・8b1張協「詠史」咄此蟬冕客、君紳宜見書。［李注］論語曰、子張問行、子曰、言忠信、行篤敬。子張書諸紳。（衞靈公）

○卷35・16a1張協「七命」群萌反素、時文載郁。［李注］論語、子曰、周監於二代、郁郁乎文哉。（八佾）

○卷35・18a5張協「七命」下有可封之民、上有大哉之君。［李注］論語、子曰、大哉堯之爲君。（泰伯）

○卷25・11a9劉琨「重贈盧諶」吾衰久矣夫、何其不夢周。［李注］論語曰、甚矣吾衰也、久矣吾不復夢見周公。（述而）

○卷28・29b7劉琨「扶風歌」君子道微矣、夫子故有窮。［李注］論語曰、夫子在陳絶糧、子路慍見曰、君子亦有窮乎。子曰、君子固窮、小人窮斯濫矣。（衞靈公）

○卷25・12a7盧諶「贈劉琨書」卷異蘧子、愚殊甯生。［李注］論語、子曰、蘧伯玉、邦無道、可卷而懷之。（衞靈公）又曰、甯武子邦無道則愚。（公冶長）

○卷47・31a10袁宏「三國名臣序贊」求仁不遠、期在忠孝。［李注］論語、子曰、仁遠乎哉。我欲仁、斯仁至矣。（述而）

○卷57・18b5顏延之「陶徵士誄」人否其憂、子然其命。［李注］論語、子曰、賢哉回也。一簞食、一瓢飮、在陋巷、人不堪其憂、回也不改其樂。（雍也）

○卷26・12b2范彥龍「贈張徐州稷」儐從皆珠玳、裘馬悉輕肥。［李注］論語、子曰、赤之適齊也、乘肥馬、衣輕裘。（雍也）

○卷58・16a4王儉「褚淵碑文」盡歡朝夕、人無閒言。［李注］論語、子曰、孝哉閔子騫、人不閒於其父母昆弟之言。（先進）

○卷46・12a10王融「三月三日曲水詩序」可謂巍巍弗與、蕩蕩誰名、［李注］論語、子曰、巍巍乎、舜禹之有天下而不與

焉。（泰伯）又曰、大哉堯之爲君、蕩蕩乎民無能名焉。（泰伯）
○卷46・14ａ4王融「三月三日曲水詩序」崇文成均之職、導德齊禮。［李注］論語、子曰、導之以德、齊之以禮。（爲政）
○卷31・26ｂ3江淹「雜體詩（謝法曹）」共秉延州信、無慙仲路諾。［李注］論語、子曰、子路無宿諾。（顏淵）
○卷60・3ｂ6任昉「齊竟陵文宣王行狀」選衆而擧、敦悅斯在。［李注］論語、子夏曰、舜有天下、選於衆、擧皋陶、不仁者遠矣。（顏淵）
○卷59・18ｂ3沈約「齊故安陸昭王碑文」疑獄得情而弗喜、宿訟兩讓而同歸。［李注］論語、曾子曰、上失其道、民散久矣。如得其情、則哀矜而勿喜。（子張）
○卷59・29ａ8沈約「齊故安陸昭王碑文」在上哀矜、臨下莊敬。［李注］論語曰、季康子問使民以敬如之何。子曰、臨之以莊則敬。（爲政）
○卷55・4ａ6劉峻「廣絕交論」雲飛電薄、顯棣華之微旨。［李注］論語曰、棠棣之華、偏其反而。何晏曰、逸詩也。棠棣之華、反而後合。賦此詩以言權反而後至於大順也。（子罕）
○卷55・7ｂ7劉峻「廣絕交論」故魚以泉涸而呴沫、鳥因將死而鳴哀。［李注］論語、曾子曰、鳥之將死、其鳴也哀。（泰伯）

（7）　Ｃの例にはその他に次のようなものがある。
○卷51・6ｂ9東方朔「非有先生論」三人皆詐僞、巧言利口、以進其身、［李注］論語、子曰、巧言令色、鮮矣仁。（學而、陽貨）又曰、惡利口之覆邦家。（陽貨）
○卷48・12ａ1楊雄「劇秦美新」郁郁乎煥哉。［李注］論語曰、郁郁乎文哉。（八佾）又曰、煥乎其有文章。（泰伯）
○卷9・18ｂ7班彪「北征賦」夫子固窮遊藝文兮、樂以忘憂惟聖賢兮。［李注］論語、子曰、君子固窮。（衞靈公）又曰、遊於藝。（述而）
○卷29・4ａ10「古詩十九首〈其七〉」昔我同門友、高擧振六翮。［李注］論語曰、有朋自遠方來、不亦樂乎。鄭玄曰、同門曰朋。（學而）
○卷42・9ａ10魏文帝「與吳質書」而偉長獨懷文抱質、恬惔寡欲、有箕山之志、可謂彬彬君子者矣。［李注］論語、子曰、文質彬彬、然後君子。桓子新論、雍門周曰、身財高妙、懷質抱眞。

○巻42・9b4魏文帝「與吳質書」德璉常斐然有述作之意、［李注］論語曰、斐然成章。（公冶長）又曰、述而不作。（述而）

○巻53・15a10李康「運命論」必須富乎、則齊景之千駟、不如顏回原憲之約其身也。［李注］論語、子曰、齊景公有馬千駟、死之日、民無得而稱焉。又曰、顏淵問仁。子曰、克己復禮爲仁。馬融曰、克己、約身也。（顏淵）家語曰、原憲、宋人、字子思。清約守節、貧而樂道。

○巻53・17a8李康「運命論」天動星迴而辰極猶居其所、［李注］論語、子曰、爲政以德、譬如北辰、居其所而衆星拱之。鄭玄曰、北極謂之北辰。（爲政）

○巻54・9b2陸機「五等論」修己安民、良士之所希及。［李注］論語、子曰、修己以安百姓。（憲問）尚書、咎繇曰、在安民。

○巻57・10a4潘岳「馬汧督誄」咸使有勇、致命知方。［李注］論語、子路曰、千乘之國、攝乎大國之閒、加之以師旅、因之以飢饉、由也爲之、比及三年、可使有勇、且知方也。（先進）又、子張曰、士見危致命。（子張）

○巻47・32b7袁宏「三國名臣序贊」推賢恭己、久而可敬。［李注］司馬遷書曰、推賢進士爲務。論語、子曰、君子、其行己也恭。（公冶長）又曰、晏平仲善與人交、久而敬之。（公冶長）

○巻25・8b1劉琨「荅盧諶詩」如彼龜玉、韞櫝毀諸。［李注］論語、孔子曰、虎兕出於柙、龜玉毀於櫝中、是誰之過與。（季氏）又曰、有美玉於斯、韞櫝而藏諸。馬融曰、韞、藏也。（子罕）

○巻26・8b5謝朓「在郡臥病呈沈尚書」坐嘯徒可積、爲邦歲已朞。［李注］論語、子曰、善人爲邦百年、可以勝殘去殺矣。（子路）又曰、苟有用我者、期月而已可也、三年有成。（子路）

（8）　胡氏考異云、「〈莫涅匪緇〉案、〈緇〉當作〈淄〉、注引論語作〈淄〉、可證。後漢書皇后紀論〈遂忘淄蠹〉、章懷注云、〈淄、黑也〉。座右銘〈在涅貴不淄〉注亦引〈涅而不淄〉、〈淄〉、〈緇〉同字耳、不知者誤改之也。袁本幷善注改爲〈緇〉字、大誤。」今案、集注本（巻113上11a）正文「緇」作「淄」、注字作「緇」。胡氏説未必是。

（9）　「色斯」の讀みは九條本及び慶安和刻本によった。「色斯」を王引之と同樣に雙聲の擬態語と見なして「色斯として」と讀むことも可能であり、その場合は美女のあでやかな樣を意味することになる。五臣劉良注は、「淑、美也。言以此美色之女升進君、以亡國之樂、承君顏而作。刺時以聲色冒於上也。哀音、亡國之音。」（淑は、美なり。言ふこころは此の美色の女を以て升せて君に進め、亡國の樂を以て、君の顏を承けて作すなり。時の聲色を以て上を冒すを刺《そし》るなり。哀音は、亡國の音なり）と、美色の女を主君に進め侍らすの意にとる。

（10）その他次のような例がある。

○巻54・17a1劉峻「辯命論」故言而非命、有六蔽焉爾。［李注］論語、子曰、由汝聞六言六蔽矣乎。（陽貨）然文雖出此、蔽義則殊。

　孔子は「仁、知、信、直、勇、剛」の六言についてそれぞれ學問を伴わない場合の六つの弊害（六蔽）をいうが、劉峻の「辯命論」では、天命を否定する人の間違いを六つ指摘しており、「六蔽」の内容が違う。そこで李善は、「然れども文は此に出づと雖も、蔽の義は則ち殊なり」という。

（11）ただ、次の例のように、李善注も完全なものではないことに留意しておく必要がある。

○巻6・22a9左思「魏都賦」陟中壇、卽帝位。改正朔、易服色。繼絕世、脩廢職。

この「繼絕世」は、「跡繼ぎの絕えた家を新たに繼がせる」という、『論語』堯曰篇と同文同意であるのに、李善は注を施していない。このように當然引證があるべき箇所に注が無い場合が散見する。

（12）皇侃義疏本・敦煌本などに「如也」の二字がある。

（13）「不」字各本誤作「士」。今據巻十八「長笛賦」（7b10）改。

（14）Fの例にはその他に次のようなものがある。

○巻1・23a6班固「東都賦」扇巍巍、顯翼翼。［李注］論語、子曰、巍巍乎、舜禹之有天下也。（泰伯）

○巻3・1a9張衡「東京賦」若客所謂、末學膚受、貴耳而賤目者也。［李注］又（論語）曰、膚受之愬。（顏淵）

○巻15・1a10張衡「思玄賦」仰先哲之玄訓兮、雖彌高而弗違。［李注］論語、顏回曰、仰之彌高。（子罕）

○巻58・11b1蔡邕「郭有道碑文」棲遲泌丘、善誘能教。［李注］論語、顏淵曰、夫子循循然善誘人。（子罕）

○巻58・12a4、5蔡邕「陳太丘碑文」於鄉黨則恂恂焉、彬彬焉、善誘善導、仁而愛人。［李注］論語曰、孔子於鄉黨、恂恂如也。（鄉黨）又曰、文質彬彬、然後君子。（雍也）善誘、已見上文。論語曰、樊遲問仁。子曰、愛人。（顏淵）

○巻46・28b8任昉「王文憲集序」雖單門後進、必加善誘。［李注］論語曰、夫子善誘人。（子罕）

○巻20・13b4王粲「公讌詩」願我賢主人、與天享巍巍。［李注］主人、謂太祖也。論語、子曰、巍巍乎、惟天爲大、惟

堯則之。（泰伯）

○巻11・3a2王粲「登樓賦」人情同於懷土兮、豈窮達而異心。［李注］論語、子曰、小人懷土。孔安國曰、懷、思也。（里仁）

○巻35・4b6張協「七命」羇旅懷土之徒、流宕百罹之疇。［李注］論語曰、小人懷土。（里仁）

○巻43・2b7嵇康「與山巨源絶交書」又仲尼兼愛、不羞執鞭、［李注］論語、子曰、富而可求、雖執鞭之士、吾亦爲之。（述而）

○巻46・2a3陸機「豪士賦序」庸夫可以濟聖賢之功、斗筲可以定烈士之業。［李注］論語、子貢曰、今之從政者何如。子曰、噫。斗筲之人、何足算也。（子路）

○巻56・30a1潘岳「楊仲武誄」心安陋巷、體服菲薄。［李注］論語、子曰、回也在陋巷、人不堪其憂。（雍也）

○巻57・4b8潘岳「夏侯常侍誄」存亡永訣、逝者不追。［李注］論語、子在川上曰、逝者如斯夫。（子罕）

○巻22・5a8王康琚「反招隱詩」周才信衆人、偏智任諸己。［李注］論語、子曰、君子求諸己。（衞靈公）

○巻21・16a1顏延之「秋胡詩」如何久爲別、百行諐諸己。［李注］論語曰、君子求諸己。（衞靈公）

○巻22・7a2殷仲文「南州桓公九井作」廣筵散汎愛、逸爵紆勝引。［李注］論語、子曰、汎愛衆而親仁。（學而）

○巻54・24b7劉峻「辯命論」不充詘於富貴、不遑遑於所欲。［李注］論語曰、富與貴、是人之所欲也。（里仁）

（15）Gの例にはその他に次のようなものがある。

○巻1・26b6班固「東都賦」韶武備、泰古畢。［李注］論語曰、子謂韶、盡美矣、又盡善也。謂武、盡美矣、未盡善也。（八佾）

○巻42・9b4魏文帝「與吳質書」德璉常斐然有述作之意、［李注］論語曰、斐然成章。（公冶長）又曰、述而不作。（述而）

○巻20・5a7曹植「責躬詩」不忍我刑、暴之朝肆。［李注］殺人陳其尸曰肆。論語、子服景伯曰、吾力猶能肆諸市朝。（憲問）

○巻37・7a6曹植「求自試表」而位竊東藩、爵在上列、［李注］論語、子曰、臧文仲其竊位者與。（衞靈公）

○巻23・28b7王粲「贈文叔良」視明聽聰、靡事不惟。［李注］論語、孔子曰、君子有九思、視思明、聽思聰。（季氏）

○卷27・11b1王粲「從軍詩」不能效沮溺、相隨把鋤犁。［李注］論語曰、長沮、桀溺耦而耕。（微子）

○卷30・8a2謝靈運「齋中讀書」既笑沮溺苦、又哂子雲閣。［李注］論語曰、長沮、桀溺耦而耕。（微子）

○卷29・28a8張協「雜詩〈其九〉」結宇窮岡曲、耦耕幽藪陰。［李注］論語曰、長沮、桀溺耦而耕。（微子）

○卷26・22b7陶淵明「辛丑歲七月赴假還江陵夜行塗口」商歌非吾事、依依在耦耕。［李注］論語曰、長沮、桀溺耦而耕。（微子）

○卷40・17b7陳琳「荅東阿王牋」此乃天然異稟、非鑽仰者所庶幾也。［李注］論語、顏淵曰、仰之彌高、鑽之彌堅。（子罕）

○卷37・5a6諸葛孔明「出師表」苟全性命於亂世、不求聞達於諸侯。［李注］論語、子張曰、在邦必聞。又、孔子曰、在邦必達。（顏淵）

○卷21・21b8應璩「百一詩」所占於此土、是謂仁智居。［李注］論語曰、智者樂水、仁者樂山。（雍也）

○卷11・30a1何晏「景福殿賦」朝觀夕覽、何與書紳。［李注］言朝夕觀覽圖畫、何如書紳之事乎。論語曰、子張書諸紳。（衛靈公）

○卷31・13a3江淹「雜體詩」寫懷良未遠、感贈以書紳。［李注］論語曰、子張問行、子曰、言忠信、行篤敬。子張書諸紳。（衛靈公）

○卷53・17a8李康「運命論」天動星迴而辰極猶居其所、［李注］論語、子曰、爲政以德、譬如北辰、居其所而衆星拱之。鄭玄曰、北極謂之北辰。（爲政）

○卷60・19a6陸機「弔魏武帝文」將覆簣於浚谷、擠爲山乎九天。［李注］論語、孔子曰、譬如平地、雖覆一簣、進、吾往也。（子罕）

○卷59・10b1王巾「頭陁寺碑文」慨深覆簣、悲同棄井。［李注］論語曰、譬如爲山、雖覆一簣、進、吾往也。（子罕）

○卷10・3a3潘岳「西征賦」孔隨時以行藏、蘧與國而舒卷。［李注］論語、子謂顏淵曰、用之則行、舍之則藏、唯我與爾有是夫。（述而）

○卷47・27b4袁宏「三國名臣序贊」而用舍之閒、俄有不同、［李注］論語、子曰、用之則行、舍之則藏。（述而）

○卷31・29b9江淹「雜體詩」豎儒守一經、未足識行藏。［李注］論語、子謂顏淵曰、用之則行、捨之則藏、唯我與爾有

是夫。（述而）
○卷10・26b8潘岳「西征賦」欲法堯而承羞、永終古而不刊。［李注］論語曰、不恆其德、或承之羞。（子路）
○卷16・2b6潘岳「閑居賦」自弱冠涉乎知命之年、［李注］論語、子曰、五十而知天命。孔安國曰、知天命之終始。（爲
政）
○卷57・4a8潘岳「夏侯常侍誄」曾未知命、中年隕卒。［李注］論語、子曰、五十而知天命。（爲政）
○卷16・8a4潘岳「閑居賦」退求己而自省、信用薄而才劣。［李注］論語、孔子曰、君子求諸己。（衞靈公）
○卷20・8a5潘岳「關中詩」德博化光、刑簡枉錯。［李注］論語曰、擧直錯諸枉。（顏淵）
○卷56・28b6潘岳「楊荊州誄」位貶道行、身窮志逸。［李注］論語、子曰、道之將行也與、命也。（憲問）
○卷56・30a1潘岳「楊仲武誄」心安陋巷、體服菲薄。［李注］又（論語）曰、禹菲飮食。馬融曰、菲、薄也。（泰伯）
○卷37・18b8李密「陳情事表」零丁孤苦、至于成立。［李注］國語曰、晉趙文子冠、韓獻子戒之曰、此之謂成人。論語
曰、三十而立。（爲政）
○卷25・20a2盧諶「贈魏子悌」寄身蔭四嶽、託好憑三益。［李注］論語、孔子曰、益者三友、友直、友諒、友多聞、益
矣。（季氏）
○卷31・23b7江淹「雜體詩（陶徵君）」素心正如此、開逕望三益。［李注］論語曰、益者三友、友直、友諒、友多聞、益
矣。（季氏）
○卷18・29a4成公綏「嘯賦」舒蓄思之悱憤、奮久結之纏緜。［李注］論語、子曰、不憤不啓、不悱不發。（述而）
○卷12・17a8郭璞「江賦」湫壑生浦、區別作湖。［李注］論語曰、區以別矣。（子張）
○卷38・8a3桓溫「薦譙元彥表」而能抗節玉立、誓不降辱。［李注］論語、子曰、不降其志、不辱其身、伯夷、叔齊與。
（微子）
○卷47・32b7袁宏「三國名臣序贊」推賢恭己、久而可敬。［李注］論語、子曰、君子其行己也恭。（公冶長）
○卷50・9a8范曄「逸民傳論」是以堯稱則天、而不屈潁陽之高。［李注］論語、子曰、唯天爲大、唯堯則之。（泰伯）
○卷46・10b3王融「三月三日曲水詩序」體元則大、悵望姑射之阿。［李注］論語、子曰、唯天爲大、唯堯則之。（泰伯）
○卷38・11b4傅亮「爲宋公求加贈劉前軍表」榮哀既備、寵靈已泰。［李注］論語、子貢曰、夫子其生也榮、其死也哀。

（子張）
○卷26・23a10謝靈運「永初三年七月十六日之郡初發都」愛似莊念昔、久敬曾存故。［李注］論語曰、晏平仲善與人交、久而敬之。（公冶長）
○卷26・24b7謝靈運「過始寧墅」淄磷謝淸曠、疲薾慙貞堅。［李注］論語、子曰、不曰堅乎、磨而不磷。不曰白乎、涅而不淄。（陽貨）
○卷57・16b8顏延之「陶徵士誄」道不偶物、棄官從好。［李注］論語、子曰、從吾所好。（述而）
○卷58・7a6謝朓「齊敬皇后哀策文」十亂斯佚、四教罔忒。［李注］論語、武王曰、予有亂臣十人。孔子曰、才難、不其然乎。唐、虞之際、於斯爲盛、有婦人焉、九人而已。馬融曰、其一人謂文母也。（泰伯）
○卷46・17a9王融「三月三日曲水詩序」禊飮之日在茲、風舞之情咸蕩。［李注］論語曰、風乎舞雩、詠而歸。（先進）
○卷58・15b3王儉「褚淵碑文」深識臧否、不以毀譽形言。［李注］論語曰、吾之於人、誰毀誰譽。如有所譽者、其有所試矣。（衞靈公）
○卷60・1b9任昉「齊竟陵文宣王行狀」公實體之、非毀譽所至。［李注］論語、子曰、吾之於人、誰毀誰譽。如有所譽。（衞靈公）
○卷59・4a4王巾「頭陁寺碑文」憑五衍之軾、拯溺逝川。［李注］論語曰、子在川上曰、逝者如斯。（子罕）
○卷59・30a10沈約「齊故安陸昭王碑文」逝川無待、黄金難化。［李注］逝川已見上文。
○卷39・25a2任昉「奉荅勑示七夕詩啓」惟君知臣、見於訥言之旨。［李注］論語、子曰、君子欲訥於言而敏於行。（里仁）
○卷39・27a2任昉「啓蕭太傅固辭奪禮」且奠酹不親、如在安寄。［李注］又（論語）曰、祭神如神在。（八佾）
○卷46・22a9任昉「王文憲集序」年始志學、家門禮訓。［李注］論語、子曰、吾十有五而志于學。（爲政）
○卷60・1b7任昉「齊竟陵文宣王行狀」公道亞生知、照隣幾庶。［李注］論語、孔子曰、生而知之者上也、學而知之者次也。（季氏）
○卷60・10b1任昉「齊竟陵文宣王行狀」山藻與蓬茨俱逸。［李注］論語曰、臧文仲山節藻梲。包咸曰、節者、栭刻鏤爲山。梲者、梁上楹。畫以藻文。（公冶長）

（16）Hの例にはその他に次のようなものがある。

○巻3・14b9張衡「東京賦」命膳夫以大饗、饔餼浹乎家陪。［薛注］家陪、謂公卿大夫之家。［李注］論語曰、陪臣執國命。（季氏）

○巻53・22b6陸機「辯亡論」而呉莞然坐乘其弊。［李注］論語曰、子之武城、聞絃歌之聲、莞爾而笑。何晏曰、莞爾、小笑貌。（陽貨）

○巻24・28a1潘尼「贈河陽」弱冠步鼎鉉、既立宰三河。［李注］論語曰、三十而立。（爲政）

○巻35・17a7張協「七命」皆象刻於百工、兆發乎靈蔡。［李注］論語、子曰、臧文仲居蔡。鄭玄曰、蔡、謂國君之守龜也。（公治長）

○巻26・4b7顏延之「直東宮荅鄭尙書」知言有誠貫、美價難克充。［李注］論語、子貢曰、有美玉於斯、韞櫝而藏諸、求善價而沽諸。（子罕）（今『論語』〈價〉作〈賈〉。）

○巻58・3a1顏延之「宋文皇帝元皇后哀策文」率禮蹈和、稱詩納順。［李注］南都賦曰、率禮無違。論語曰、禮之用和爲貴。（學而）

（17）　五臣の呂延濟は「逸爵は猶ほ飛杯のごとし」と注する。『漢語大詞典』は「華美的酒器」の意に解して殷仲文のこの詩を引く。

第二節　注引「子虛賦」「上林賦」から見た文學言語の繼承

本節では、李善注に引かれる司馬相如の「子虛賦」「上林賦」について、正文の語句と比較して、賦の語彙を後の文人達がどのように自己の作品中に取り込んでいったのかということについて考察してみたい。なお、『文選』正文及び李善注は、特に注記するもの以外は、胡刻本に從った。

李善注には、約四萬箇所にわたって、六五〇種の文獻・一八〇種の注釋、二六五人の一一一一作品、計一九五〇種の文獻と作品が引用されている。作者と作品別に引用數を示せば次のようになる。

〔作者〕	〔作品數〕	〔引用數〕	〔作品〕	〔引用數〕
張衡	20	429	西京賦	184
揚雄	32	357	上林賦	135
司馬相如	12	331	古詩十九首	132
班固	20	305	西都賦	106
曹植	99	242	東京賦	82
宋玉	8	167	子虛賦	67
陸機	55	158	南都賦	58
潘岳	45	135	高唐賦	57

蔡邕	44	122	甘泉賦	54
左思	6	101	李陵書	52
李陵	6	89	荅賓戲	52
魏文帝	25	87	封禪文	50
賈誼	5	81	報任少卿書	48
謝靈運	27	74	解嘲	44
王褒	6	65	曹植樂府詩	41
王粲	20	60	羽獵賦	41
傅毅	10	55	吳都賦	41
嵇康	7	54	長楊賦	40
司馬遷	2	53	神女賦	39
枚乘	6	51	過秦論	39
李尤	20	48	東都賦	39

李善注の引書によって、後の詩人に、賦の語彙が多大な影響を與えていること、曹植・陸機・潘岳・蔡邕などの作品が数多く言語表現の典據として利用されていることがわかり、文學史の基本線が見えてくる。更に詳細に分析すれば、作者作品間の個別の影響關係を探る一助とすることも可能であろう。

司馬相如の「子虚賦」「上林賦」は、李善の注に併せて二〇二箇所（「子虚賦」六七、「上林賦」一三五）に引用されていて、張衡の「西京賦」（一八四箇所）と並んで多い。その李善注をもとに、注引「子虚賦」「上林賦」と正文を比較してみると、正文作者が司馬相如の言葉をそのまま踏襲した表現が多い。たとえば次のようである。

○巻1・7a7班固「西都賦」其陽則崇山隱天、［李注］上林賦曰、崇山巃嵸崔嵬。
○巻1・8b3班固「西都賦」離宮別館、［李注］離、別、非一所也。上林賦曰、離宮別館、彌山跨谷。
○巻1・8b8班固「西都賦」踰崑崙、越巨海。［李注］子虛賦曰、東注巨海也。
○巻1・8a5班固「西都賦」張鳳蓋、建華旗。［李注］上林賦曰、乘法駕、建華旗。
○巻1・17a9班固「西都賦」割鮮野食、擧烽命釂。［李注］子虛賦曰、割鮮染輪。
○巻2・22a7張衡「西京賦」割鮮野饗、犒勤賞功。［李注］子虛賦曰、割鮮染輪。
○巻2・3b4張衡「西京賦」澶漫靡迤、作鎮於近。［李注］子虛賦曰、登降迤靡、案衍澶漫。
○巻2・3b8張衡「西京賦」日北至而含凍、此焉清暑。［李注］上林賦曰、盛夏含凍裂地。
○巻2・8b2張衡「西京賦」後宮不移、樂不徙懸。［李注］上林賦曰、庖廚不徙、後宮不移。
○巻2・16b6張衡「西京賦」周以金堤、樹以柳杞。［李注］金堤、言堅也。子虛賦曰、上金堤。
○巻2・18b3張衡「西京賦」弧旌枉矢、虹旃蜺旄。［李注］上林賦曰、拖蜺旌也。
○巻3・17b5張衡「東京賦」鸞旗皮軒、通帛縓旆。［李注］上林賦曰、前皮軒、後道斿。
○巻3・17b7張衡「東京賦」雲罕九斿、［李注］上林賦曰、載雲罕。
○巻3・33a8張衡「東京賦」雖系以隤牆塡壍。［李注］司馬相如上林賦、其卒曰、乃命有司、隤牆塡壍、使山澤之人得至焉。
○巻3・35a2張衡「東京賦」得聞先生之餘論。［李注］子虛賦曰、願聞先生之餘論。
○巻43・20b6劉峻「重荅劉秣陵沼書」緒言餘論、蘊而莫傳。［李注］子虛賦曰、願聞先生之餘論。
○巻55・7b3劉峻「廣絕交論」攀其鱗翼、丐其餘論。［李注］子虛賦曰、願聞先生之餘論。

○巻4・4a4張衡「南都賦」騰猨飛蠝棲其間。〔李注〕上林賦曰、蜼玃飛蠝。張揖曰、蠝、飛鼠也。蠝與猵同、竝音壘。

○巻4・5a4張衡「南都賦」亘望無涯。〔李注〕上林賦曰、察之無涯。

○巻4・5b3張衡「南都賦」嚶嚶和鳴、澹淡隨波。〔李注〕上林賦曰、隨風澹淡。

○巻4・6b4張衡「南都賦」以爲芍藥。〔李注〕子虛賦曰、芍藥之和、具而後進也。文穎曰、五味之和。

○巻34・5a6枚乘「七發」勺藥之醬。〔李注〕韋昭上林賦注曰、勺藥、和齊鹹酸美味也。

○巻35・12b10張協「七命」和兼勺藥。〔李注〕文穎上林賦注曰、勺藥、五味之和。

○巻4・9a2張衡「南都賦」汰瀺灂兮船容裔、〔李注〕上林賦曰、瀺灂隕隊。

○巻24・8b10嵆康「夜贈秀才入軍」（其三）魚龍瀺灂、〔李注〕上林賦曰、瀺灂霣墜。

○巻4・11b5張衡「南都賦」望翠華兮葳蕤、建太常兮緋緋。〔李注〕上林賦曰、建翠華之旗。葳蕤、翠華貌。太常已見東京賦。上林賦曰、紛紛緋緋。

○巻4・25a1左思「蜀都賦」躡五屼之蹇滻。〔李注〕子虛賦曰、蹇滻溝瀆。

○巻4・26a9左思「蜀都賦」景福肸蠁而興作。〔李注〕上林賦曰、肸蠁布寫。

○巻5・2b5左思「呉都賦」翫其磧礫而不窺玉淵者、〔李注〕上林賦曰、下磧礫之坻。

○巻5・17b9左思「呉都賦」旍魚須、常重光。〔李注〕子虛賦曰、靡魚須之撓旃。

○巻6・13a8左思「魏都賦」丹藕凌波而的皪、〔李注〕的皪、光明也。上林賦曰、的皪江靡。

○巻6・17a3左思「魏都賦」賨幏積墆、琛幣充牣。〔李注〕子虛賦曰、充牣其中。

○巻54・21a9劉峻「辯命論」種落繁熾、充牣神州。〔李注〕子虛賦曰、充牣其中、不可勝記。

○巻7・5b1楊雄「甘泉賦」雷鬱律於巖窔兮、〔李注〕上林賦曰、巖窔洞房。

○卷11・20b4王延壽「魯靈光殿賦」巖突洞出、逶迤詰屈。［李注］子虛賦曰、巖突洞房。（胡氏考異云、「案〈突〉當作〈宊〉、注同。各本皆誤。上林賦作〈窔〉、〈宊〉與〈窔〉同字也。」）
○卷7・6a3楊雄「甘泉賦」溶方皇於西清。［李注］西清、西廂清淨之處也。上林賦曰、象輿偃蹇於西清。
○卷7・11a9潘岳「藉田賦」清洛濁渠、引流激水。［李注］子虛賦曰、激水推移。
○卷34・14a7曹植「七啓」左激水、右高岑。［李注］子虛賦曰、其西則激水推移。
○卷46・19a10王融「三月三日曲水詩序」任激水而推移。［李注］子虛賦曰、涌泉清池。激水推移。
○卷7・12a4潘岳「藉田賦」於是前驅魚麗、屬車鱗萃。［李注］子虛賦曰、珍怪鳥獸、萬端鱗萃。
○卷8・20a3楊雄「羽獵賦」萃從沇溶、淋離廓落。［李注］上林賦曰、沇溶淫鬻。
○卷10・21a8潘岳「西征賦」次後庭之猗靡。［李注］子虛賦曰、飛襳垂髾、扶輿猗靡。
○卷10・28b7潘岳「西征賦」乘雲頡頏、隨波澹淡。［李注］上林賦曰、浮淫汎濫、隨波澹淡。
○卷10・28b8潘岳「西征賦」瀺灂驚波、唼喋菱芡。［李注］上林賦曰、唼喋菁藻。
○卷11・20a8王延壽「魯靈光殿賦」長途升降、［李注］上林賦曰、長途中宿。郭璞曰、途、樓閣閒陛道。
○卷12・20b4郭璞「江賦」珍怪之所化產、［李注］高唐賦曰、珍怪奇偉。子虛賦曰、珍怪鳥獸。
○卷13・23a6禰衡「鸚鵡賦」思鄧林之扶疏。［李注］上林賦曰、垂條扶疏。
○卷30・4a9陶淵明「讀山海經詩」繞屋樹扶疎。［李注］上林賦曰、垂條扶疎。
○卷14・4a1顏延之「赭白馬賦」故能代驂象輿、［李注］上林賦曰、象輿婉僤於西清。
○卷15・13a2張衡「思玄賦」漂通川之碄碄。［李注］上林賦曰、通川過於中庭。
○卷22・5b8魏文帝「芙蓉池作」嘉木繞通川。［李注］上林賦曰、通川過於中庭。
○卷25・23b8謝惠連「西陵遇風獻康樂」曲氾薄停旅、通川絕行舟。［李注］上林賦曰、通川過於中庭。

○巻15・14a1張衡「思玄賦」顔的礫以遺光。［李注］上林賦曰、宜笑的礫。

○巻16・5b8潘岳「閑居賦」煌煌乎、隠隠乎。［李注］蒼頡篇曰、煌煌、光明也。上林賦曰、煌煌扈扈。隠隠、盛也。又（上林賦）曰、沈沈隠隠。一作殷殷、音義同。

○巻16・5b10潘岳「閑居賦」而王制之巨麗也。［李注］上林賦曰、君未覩夫巨麗。

○巻16・24b7江淹「恨賦」紫淵爲池。［李注］上林賦曰、丹水更其南、紫淵徑其北。

○巻17・11b1王褒「洞簫賦」玄猨悲嘯、［李注］上林賦曰、玄猨素雌。

○巻28・5a10陸機「樂府十七首・苦寒行」玄猿臨岸嘆。［李注］上林賦曰、玄猿素雌。

○巻17・14b1王褒「洞簫賦」愺恅瀾漫、亡耦失疇。［李注］瀾漫、分散也。上林賦曰、瀾漫遠遷。

○巻17・17b1傅毅「舞賦」眉連娟以增繞兮、［李注］連娟、細貌。繞、謂曲也。言眉細而益曲也。上林賦曰、長眉連娟。

○巻17・17b3傅毅「舞賦」華袿飛髾而雜纖羅。［李注］上林賦曰、飛纖垂髾。司馬彪曰、髾、燕尾也、衣上假飾。子虚賦曰、雜纖羅、垂霧縠。司馬彪曰、纖、細也。

○巻34・21a1曹植「七啓」被輕縠之纖羅。［李注］子虚賦曰、雜纖羅也。

○巻18・16b1嵇康「琴賦」紆餘婆娑。［李注］上林賦曰、紆餘委蛇。

○巻26・20a6陸機「赴洛道中作」（其二）山澤紛紆餘、［李注］上林賦曰、紆餘逶迤。

○巻18・16b5嵇康「琴賦」新衣翠粲、纓徽流芳。［李注］子虚賦曰、翕呷翠粲。張揖曰、翠粲、衣聲也。班婕妤自傷賦曰、紛翠粲兮紈素聲。洛神賦曰、披羅衣之璀粲。字雖不同、其義一也。

○巻18・17b4嵇康「琴賦」布濩半散。［李注］上林賦曰、布濩宏澤。

○巻18・18a6嵇康「琴賦」案衍陸離。［李注］案衍、不平貌。上林賦曰、陰淫案衍之音。

○巻18・18b2嵇康「琴賦」縹繚瀲冽。〔李注〕上林賦曰、轉騰瀲冽。瀲冽、水波浪貌、言聲似也。
○巻18・28a5成公綏「嘯賦」或冉弱而柔撓、〔李注〕上林賦曰、柔撓嫚嫚。
○巻20・13a5王粲「公讌詩」竝坐蔭華榱。〔李注〕上林賦曰、華榱璧璫。
○巻20・21a2應貞「晉武帝華林園集詩」羽蓋朱輪。〔李注〕子虛賦曰、建羽蓋。
○巻20・34b1潘岳「金谷集作」前庭樹沙棠、後園植烏椑。〔李注〕上林賦曰、沙棠櫟儲。西京雜記曰、上林有烏椑沙棠樹。
○巻22・5b9魏文帝「芙蓉池作」卑枝拂羽蓋、〔李注〕子虛賦曰、上拂羽蓋。
○巻22・23b1沈約「宿東園」野徑既盤紆、〔李注〕子虛賦曰、其山則盤紆岪鬱。
○巻23・2b6阮籍「詠懷詩」(其二)猗靡情歡愛、〔李注〕子虛賦曰、扶輿猗靡。
○巻25・4a4陸雲「爲顧彦先贈婦」京室多妖冶、粲粲都人子。〔李注〕上林賦曰、妖冶閑都。(『文選』作「妖冶嫺都」、『漢書』作「妖冶閑都」、『史記』作「姣冶嫺都」)
○巻30・22a6沈約「詠湖中鴈」羣浮動輕浪、〔李注〕上林賦曰、鴻鷫鵠鴇、……(羣)浮乎其上。
○巻31・29b1江淹「雜體詩三十首」(鮑參軍)磧礫皆羊腸。〔李注〕上林賦曰、下磧礫之坻。
○巻34・7a1枚乘「七發」淑漻薵蓼、〔李注〕上林賦曰、悠遠長懷、寂漻無聲。淑與寂、音義同也。
○巻34・14a6曹植「七啓」入乎泱漭之野。〔李注〕子虛賦曰、過乎泱漭之野。(當作上林賦)
○巻34・18a3曹植「七啓」馳騁足用蕩思、游獵可以娛情。〔李注〕子虛賦曰、終日馳騁、曾不下輿。又曰、游獵之地、饒樂若此者乎。
○巻34・20b7曹植「七啓」采菱華、擢水蘋。〔李注〕子虛賦曰、外發芙蓉菱華。
○巻35・6b9張協「七命」出華鱗於紫淵之裏。〔李注〕上林賦曰、紫淵徑其北。

○巻35・7a3張協「七命」榜人奏采菱之歌。［李注］子虚賦曰、榜人歌。張揖曰、船長也。
○巻36・21a5任昉「天監三年策秀才文」風流遂往。［李注］上林賦曰、遂往而不反矣。
○巻46・6a5顔延之「三月三日曲水詩序」雖淵流遂往、［李注］上林賦曰、恐後代靡麗、遂往而不反。
○巻40・27a3任昉「到大司馬記室牋」將使伊周奉轡、［李注］上林賦曰、孫叔奉轡。
○巻57・4a4潘岳「夏侯常侍誄」奉轡承華。［李注］上林賦曰、孫叔奉轡。
○巻46・8b2顔延之「三月三日曲水詩序」南除輦道、［李注］上林賦曰、輦道纚屬。
○巻46・8b3顔延之「三月三日曲水詩序」略亭皋、跨芝廛。［李注］上林賦曰、亭皋千里、靡不被築。
○巻59・13b6王巾「頭陁寺碑文」膴膴亭皋、幽幽林薄。［李注］上林賦曰、亭皋千里、靡不被築。
○巻46・9b5顔延之「三月三日曲水詩序」靚莊藻野、［李注］上林賦曰、靚莊刻飾。
○巻47・7a6史岑「出師頌」授以雄戟。［李注］子虚賦曰、建干將之雄戟。
○巻47・17a5陸機「漢高祖功臣頌」揚節江陵。［李注］上林賦曰、揚節上浮。
○巻50・7b8范曄「宦者傳論」南金、和寶、冰紈、霧縠之積、［李注］子虚賦、雜纖羅、垂霧縠。
○巻54・16a5劉峻「辯命論」交錯糾紛、［李注］子虚賦曰、交錯糾紛。
○巻55・3b1劉峻「廣絶交論」主人听然而笑曰、［李注］上林賦曰、亡是公听然而笑。
○巻58・20b4王儉「褚淵碑文」建旗則日月蔽虧。［李注］子虚賦曰、岑崟參差、日月蔽虧。
○巻59・20b2沈約「齊故安陸昭王碑文」東渚鉅海、南望秦稽。［李注］子虚賦曰、齊東渚鉅海、南有琅耶。

しかし、中には新しい言葉の創作の工夫も見られる。たとえば、次のようである。

A　一字を抽出する例

○卷2・19a4張衡「西京賦」奮鬣被般。〔李注〕毛萇曰、鬣般、虎皮也。上林賦曰、被班文。般與班、古字通。

○卷26・18a6潘尼「迎大駕」凄風尋帷入。〔李注〕子虛賦曰、張翠帷、建羽蓋。然此雖無翠羽、而蓋卽同也。

○卷34・19a10曹植「七啓」批熊碎掌、拉虎摧斑。〔李注〕斑、虎文也。上林賦曰、被斑文。

○卷35・13b9張協「七命」頳尾丹鰓、紫翼青鬐。〔李注〕上林賦曰、揵鬐掉尾、振鱗奮翼。

B　字を變える例

○卷2・23b5張衡「西京賦」搤水豹、馽潛牛。〔李注〕上林賦曰、沈牛麈麋。

○卷6・25b6左思「魏都賦」末上林之隤牆、〔張載注〕司馬相如上林賦曰、頹牆填塹、使山澤之人得至。

○卷7・3a8楊雄「甘泉賦」駟蒼螭兮六素虯。〔李注〕上林賦曰、乘鏤象、六玉虯。

○卷10・17a9潘岳「西征賦」聽覽餘日。〔李注〕上林賦曰、聽覽餘閑。舞賦曰、餘日怡蕩。

○卷36・19b9任昉「天監三年策秀才文」聽覽之暇、三餘靡失。〔李注〕上林賦曰、朕以覽聽餘閑、無事弃日。

○卷11・15a10王延壽「魯靈光殿賦」洞轇轕乎其無垠也。〔李注〕上林賦曰、張樂乎膠葛之寓。郭璞曰、言曠遠深邈貌。

○卷11・33a8何晏「景福殿賦」豈惟盤樂而崇侈靡。〔李注〕子虛賦曰、奢言淫樂而顯侈靡也。

○卷12・3a3木華「海賦」於是鼓怒、溢浪揚浮。〔李注〕言風既疾、而波鼓怒也。上林賦曰、沸乎暴怒。

○卷12・3a5木華「海賦」狀如天輪、膠戾而激轉。〔李注〕上林賦曰、宛潬膠盭。

○卷12・13a6郭璞「江賦」揚鰭掉尾、噴浪飛唌。〔李注〕上林賦曰、揵鬐掉尾。

○卷12・18b7郭璞「江賦」撫淩波而鳧躍、〔李注〕廣雅曰、淩、馳也。上林賦曰、馳波跳沫。

○卷15・18b1張衡「思玄賦」乘焱忽兮馳虛無。〔李注〕上林賦曰、凌驚風、歷駭焱、乘虛無、與神俱。

○卷16・4a3潘岳「閑居賦」傲墳素之場圃、〔李注〕上林賦曰、翺翔乎書圃。

○巻17・19b5傅毅「舞賦」纖縠蛾飛、［李注］纖縠、細縠也。蛾飛、如蛾之飛也。紛猋、飛揚貌。上林賦（當作子虛賦）曰、垂霧縠。
○巻18・13b5嵇康「琴賦」安回徐邁、寂爾長浮。［李注］安回、波靜遠去象。上林賦曰、安翔徐回。又曰、寂漻無聲。
○巻23・17a6張載「七哀詩」頽隴竝墾發、萌隷營農圃。［李注］司馬相如上林賦曰、地可墾闢、悉爲農郊、以贍萌隷。
○巻30・10b9鮑照「翫月城西門解中」娟娟似蛾眉。［李注］上林賦曰、長眉連娟。毛詩曰、螓首蛾眉。
○巻34・16b2曹植「七啓」滋味既殊、遺芳射越。［李注］上林賦曰、衆香發越。郭璞曰、香氣射散也。
○巻34・19a2曹植「七啓」機不虛發、中必飲羽。［李注］子虛賦曰、弓不虛發、中必決眥。
○巻35・7b6張協「七命」建雲髦、啓雄芒。［李注］雲髦、雲旆竿上施旄也。上林賦曰、連雲旆。髦與旄、古字通。子虛賦曰、建干將之雄戟。芒、鋒刃也。

C　四字を二、三字に約める例

○巻15・18a2張衡「思玄賦」弄狂電之淫裔。［李注］上林賦曰、淫淫裔裔。
○巻22・25a5徐悱「古意酬到長史溉登琅邪城詩」茲山復鬱盤。［李注］子虛賦曰、其山則盤紆岪鬱。
○巻31・30a7江淹「雜體詩三十首」（休上人）悵望陽雲臺。［李注］子虛賦曰、楚王乃登雲陽之臺。

D　その他の例

○巻10・10b2潘岳「西征賦」分身首於鋒刃、洞胸腋以流矢。［李注］子虛賦曰、洞胸達腋。
「子虛賦」の「胸を洞《つらぬ》き腋を達《とほ》す」を、潘岳は「胸腋を洞くに流矢を以てす」とする。
○巻15・19a8張衡「思玄賦」與仁義乎逍遙。［李注］上林賦曰、馳騖乎仁義之塗。

「上林賦」の「仁義の塗《みち》に馳騖す」を、「仁義と與《とも》に逍遙せん」と言い換えている。

○卷27・5b5謝朓「之宣城出新林浦向版橋」江路西南永、歸流東北騖。［李注］上林賦曰、東西南北、馳騖往來。

謝朓は「上林賦」の「東西南北に、馳騖往來す」を使って、「江路　西南に永く、歸流　東北に騖《は》す」という。

○卷27・21a6曹植「樂府四首」（美女篇）美女妖且閑。［李注］上林賦曰、妖冶閑都。（『文選』作「妖冶嫺都」、『漢書』作「妖冶閑都」、『史記』作「姣冶嫺都」）

曹植は「上林賦」の「妖」と「閑」（嫺）を抽出し、「妖にして且つ閑」という。

○卷28・8a5陸機「樂府十七首」（齊謳行）孟諸呑楚夢、百二侔秦京。［李注］子虛賦曰、齊浮渤澥、游孟諸、呑若雲夢者八九、於其胸中曾不蔕芥。

○卷28・16a3謝靈運「樂府・會吟行」連峯競千仞、背流各百里。［李注］上林賦曰、蕩乎八川分流、相背而異態。

陸機は「子虛賦」の「孟諸に游び、……雲夢の若《ごと》き者八九を呑《の》む」を、「孟諸は楚夢を呑む」という句にし、謝靈運は「上林賦」の「八川分流し、相背きて態を異にす」から「背流」という語を作っている。

また各詩人の獨自の詩語を創作しようとする創意工夫の跡は、次の例からもうかがえる。

卷七、「子虛賦」の楚の雲夢澤にある山について、「其山則盤紆岪鬱、隆崇嵂崒。岑崟參差、日月蔽虧。交錯糾紛、上干青雲。罷池陂陀、下屬江河。」という表現がある。李善はこの部分を、次のような句に注として引用している。

○卷22・23b1沈約「宿東園」野徑既盤紆、荒阡亦交互。［李注］子虛賦曰、其山則盤紆岪鬱。

○卷22・25a5徐悱「古意酬到長史漑登琅邪城詩」此江稱豁險、茲山復鬱盤。［李注］子虛賦曰、其山則盤紆岪鬱。

22・25a7脩篁壯下屬、危樓峻上干。［李注］上干、已見上注。

○卷22・22a7沈約「鍾山詩應西陽王教」發地多奇嶺、干雲非一狀。［李注］子虛賦曰、其山則交錯糾紛、上干青雲。

○巻27・6a7謝朓「敬亭山詩」上干蔽白日、下屬帶迴谿。［李注］子虛賦曰、日月蔽虧。交錯糾紛、上干青雲。罷池陂陀

○巻43・25b5孔稚珪「北山移文」干青雲而直上。［李注］子虛賦曰、上干青雲。

○巻58・20b4王儉「褚淵碑文」建旗則日月蔽虧。［李注］子虛賦曰、岑崟參差、日月蔽虧。

これを見ると、次のことが分かる。梁・沈約は、「子虛賦」の「盤紆」をそのまま使って、野の道がうねり曲がっている様を表現するが、梁・徐悱は、「子虛賦」の「盤紆岪鬱」四字から「鬱盤」という語を創作している。また、「子虛賦」の「上干青雲」を、南齊・謝朓が「上干」二字にし、上句の「日月蔽虧」と併せて「上干蔽白日」という句を創作している。徐悱は「上干」を踏襲し、沈約は「干雲」とし、南齊・孔稚珪は、「干青雲而直上」と表現を改めている。ただ、同じ「干雲」でも建物の場合、

○巻10・21a2潘岳「西征賦」擢仙掌以承露、干雲漢而上至。

○巻11・32b3何晏「景福殿賦」飛閣干雲、浮堦乘虛。

では張衡「西京賦」の「干雲霧而上達」を引く。これは李善注義例の引書の使い分けである。[1]

同様に、李善注では、巻八「上林賦」の美女の香氣を表現した「芬芳漚鬱、酷烈淑郁」という句が、以下の作品の句に引かれている。

○巻4・20a5左思「蜀都賦」芬芬酷烈。

○巻15・1b10張衡「思玄賦」美襞積以酷烈兮、

○巻34・16b10曹植「七啓」酷烈馨香。

○巻55・18b2陸機「演連珠」郁烈之芳、

○巻55・2a6劉峻「廣絕交論」言鬱郁於蘭茝。

後漢・張衡「思玄賦」は、「子虚賦」の縫いつづった襞の様子を表わす「襞積」と組み合わせて、屈原をまねて香草を身にまとった我が身の様子を「酷烈」と表現する。魏・曹植「七啓」は、「酷烈」の後に「馨香」の語を加えて、美酒がふつふつと沸くときの香りを表現する。晉・左思「蜀都賦」は、「酷烈」の前に「芬芬」の語を加えて、ブドウやザクロが熟しきったときの香りを表現する。晉・陸機「演連珠」は、「酷烈淑郁」の四字から「郁烈」の語を、梁・劉峻「廣絶交論」は「芬芳漚鬱、酷烈淑郁」の二句から「鬱郁」の語を創作して、かぐわしい香りを表現する。

それぞれがより「奇」なる表現を求めて、「賦」の語句をもとに新しい言葉を創作している。まさに文學言語の繼承と創作である。その後を追っていると、詩人達は、この言葉の繼承と創作に、昭明太子「文選序」の「竝《なら》びに耳に入るの娯《たの》しみ爲《た》り」「倶《とも》に目を悦《よろこ》ばしむるの玩《もてあそ》び爲《た》り」というような快感にも似た樂しみを感じていたのではないかと思われてくる。小尾郊一先生は、昭明太子の文學觀について、「文學の娯樂性」を指摘され、

> 要するに文學作品の目的は娯樂に在るということをいったと解してよい。この發言は頗る重大な發言であると考える。詩を始めとして種々の文學は、人を樂しませる目的を持っているもので、いってみれば文學は娯樂の用に供するものであるというのである。鑑戒的に考えがちな從來の文學觀と比べると、重大な轉換である。……文學の娯樂性を宣言したのはおそらく昭明太子を嚆矢とするであろう。(2)

と述べられている。唐代以降の詩人達も意識的に、或いは無意識の内に、『文選』李善注を通してそれを讀み取り、自らの文學作品の表現に活かしたのであろう。

注

（1）拙著『文選李善注引書索引』（研文出版、一九九六年）の「解題」參照。

（2）小尾郊一著作選Ⅰ『沈思と翰藻』（研文出版、二〇〇一年）一三九～一四〇頁。

第三節　注引「西京賦」から見た文學言語の繼承

本節では、李善注に個別の作品としては最も引用數の多い張衡の「西京賦」を取り上げて、その作品中の言葉がどのように繼承され、新しい言葉の創作にどのように影響しているのかを檢討してみたい。「西京賦」は、薛綜注のみを引く二四箇所、「已見西京賦」（すでに「西京賦」の注で説明したという標記）の七箇所を含めて、李善注の二一五箇所に引用されている。

李善注引「西京賦」と正文を比較してみると、正文作者が張衡の言葉をそのまま踏襲した表現が半數を占める。たとえば次のようである。

○巻6・8b3左思「魏都賦」榱題黮䨴、階隋嶙峋。〔李注〕西京賦曰、抵鍔嶙峋。
○巻7・12a5潘岳「藉田賦」閶闔洞啓、參塗方駟。〔李注〕西京賦曰、旁開三門、參塗夷庭。
○巻9・12b5潘岳「射雉賦」蘙薈菶茸。〔李注〕西京賦曰、苯䔿菶茸。
○巻11・1b8王粲「登樓賦」覽斯宇之所處兮、〔李注〕西京賦曰、雖斯宇之既坦。
○巻11・6b5孫綽「遊天台山賦」跨穹隆之懸磴、〔李注〕穹隆、長曲貌。西京賦曰、閣道穹隆。
○巻11・19b7王延壽「魯靈光殿賦」鴻荒朴略、厥狀睢盱。〔李注〕西京賦曰、睢盱跋扈。
○巻12・1b4木華「海賦」洪濤瀾汗、萬里無際。〔李注〕西京賦曰、起洪濤而揚波。
○巻12・11a5郭璞「江賦」荊門闕竦而磐礴。〔李注〕闕竦、如闕之竦也。西京賦曰、圜闕竦以造天。
○巻14・10b3鮑照「舞鶴賦」巾拂兩停、丸劍雙止。〔李注〕西京賦曰、跳丸劍之揮霍。

○卷16・7b10潘岳「閑居賦」浮杯樂飲、絲竹駢羅。［李注］西京賦曰、蓬萊而駢羅。
○卷18・18b9嵆康「琴賦」何變態之無窮。［李注］西京賦曰、盡變態乎其中。
○卷18・29b9成公綏「嘯賦」于時緜駒結舌而喪精、［李注］西京賦曰、喪精亡魄。
○卷20・7b2曹植「應詔詩」前驅擧燧、後乘抗旌。［李注］西京賦曰、升觴擧燧。薛綜曰、燧、火也。
○卷20・11a6潘岳「關中詩」情固萬端、于何不有。［李注］西京賦曰、林麓之饒、于何不有。
○卷22・22a9沈約「鍾山詩應西陽王教」鬱律構丹巘、［李注］西京賦曰、隱轔鬱律。
○卷23・13a3嵆康「幽憤詩」感悟思愆、怛若創痏。［李注］西京賦曰、所惡成創痏。蒼頡篇曰、痏、毆傷也。
○卷28・15a6陸機「樂府十七首」（塘上行）發藻玉臺下、［李注］西京賦曰、西有玉臺、連以昆德。
○卷30・7a10謝靈運「田南樹園激流植援」靡迤趨下田、［李注］西京賦曰、澶漫靡迤。
○卷35・6a6張協「七命」交綺對幌。［李注］西京賦曰、交綺豁以疏寮。文字集略曰、幌、以帛明窗也。
○卷44・16a9陳琳「檄吳將校部曲文」誠乃天啓其心、［李注］西京賦曰、天啓其心。
○卷46・9b6顏延之「三月三日曲水詩序」故以殷賑外區、［李注］西京賦曰、鄕邑殷賑。
○卷46・17b4王融「三月三日曲水詩序」福地奧區之湊、［李注］西京賦曰、寔惟地之奧區神皐。
○卷59・20a10沈約「齊故安陸昭王碑文」禹穴神皐、［李注］西京賦曰、寔惟地之奧區神皐。
○卷60・5a8任昉「齊竟陵文宣王行狀」神皐載穆、［李注］西京賦曰、寔惟地之奧區神皐。

しかし、中には新しい言葉の創作の工夫も見られる。たとえば、次のようである。

A　一字を變えた例

○卷4・22a1左思「蜀都賦」亦有甲第、當衢向術。［李注］西京賦曰、北闕甲第、當道直啓。

○巻5・5a3左思「吳都賦」巨鼇贔屓、［李注］玄中記曰、鼇、巨龜也。西京賦曰、巨靈贔屓。
○巻11・32b3何晏「景福殿賦」飛閣干雲、［李注］西京賦曰、干雲霧而上達。
○巻21・20b3虞羲「詠霍將軍北伐」日逐次亡精。［李注］西京賦曰、喪精亡魂。
○巻24・8b2嵆康「贈秀才入軍」盤于遊田、其樂只且。［李注］西京賦曰、盤于游畋、其樂只且。
○巻31・7a1鮑照「代君子有所思」繡甍結飛霞、［李注］西京賦曰、雕楹玉舃、繡栭雲楣。
○巻56・9a6陸倕「石闕銘」電動風驅、［李注］西京賦曰、千乘雷動、萬騎龍趨。

Ｂ　一字を追加した例

○巻9・13b10潘岳「射雉賦」騁絶技。［李注］西京賦曰、妙材騁伎。薛君韓詩章句曰、騁、施也。
○巻28・14b1陸機「樂府十七首」（前緩聲歌）南要湘川娥。［李注］西京賦曰、懷湘娥。（巻12・21b6郭璞「江賦」乃協靈爽於湘娥。［李注］西京賦曰、懷湘娥。）
○巻34・22a2曹植「七啓」縱輕體以迅赴、［李注］西京賦曰、紛縱體而迅赴。

Ｃ　一句の中の字を組み合わせ、新たな言葉を創作した例

○巻6・11b6左思「魏都賦」皦日籠光於綺寮。［李注］西京賦曰、交綺豁以疏寮。
○巻11・30a2何晏「景福殿賦」蕭曼雲征。［李注］蕭曼、蕭條曼延、言高遠也。西京賦曰、途閣雲曼。
○巻55・7b5劉峻「廣絶交論」陽舒陰慘、［李注］西京賦曰、人在陽時則舒、在陰時則慘。
○巻56・15a2陸倕「石闕銘」興復表門、草創華闕。［李注］西京賦曰、正紫宮於未央、表嶢闕於閶闔。
○巻57・19b6顏延之「陶徵士誄」布在前載。［李注］西京賦曰、多識前世之載。

Ｄ　一句を二句に分けて使用した例

○巻16・6a7潘岳「閑居賦」故髦士投紱、名王懷璽。［李注］西京賦曰、懷璽藏紱。

○巻22・19a10顏延之「車駕幸京口三月三日侍遊曲阿後湖作」金練照海浦、笳鼓震溟洲。［李注］西京賦曰、䨓聲震海浦。
○巻30・25b4陸機「擬古詩十二首」（擬靑靑陵上柏）高門羅北闕、甲第椒與蘭。［李注］西京賦曰、北闕甲第、當道直啓。

E　一句の表現を變えた例

○巻5・14a6左思「吳都賦」蘭錡內設。［劉逵注］西京賦曰、武庫禁兵、設在蘭錡。
○巻6・8a6左思「魏都賦」綺井列疏以懸蔕、華蓮重葩而倒披。［李注］西京賦、蔕倒茄於藻井、披紅葩之狎獵。
○巻10・14a2潘岳「西征賦」面終南而背雲陽、跨平原而連嶓冢。［李注］漢書、武功山有太一、古文以爲終南。此賦下云太一、明與終南別山。西京賦曰、於前則終南、太一。二山明矣。漢書、左馮翊有雲陽縣。西京賦曰、後則高陵、平原。又曰、連岡乎嶓冢。
○巻10・14b3潘岳「西征賦」張叙神臯隩區。［李注］西京賦曰、寔惟地之奧區神臯。
○巻10・21a2潘岳「西征賦」干雲漢而上至。［李注］西京賦曰、干雲霧以上達。
○巻11・32a1何晏「景福殿賦」樹以嘉木、植以芳草。［李注］西京賦曰、嘉木樹庭、芳草如積。
○巻16・2a2潘岳「閑居賦」巧誠有之、拙亦宜然。［李注］西京賦曰、小必有之、大亦宜然。
○巻34・18b7曹植「七啓」當軌見藉、値足遇踐。［李注］西京賦曰、當足見蹍、値輪被轢也。
○巻34・18b9曹植「七啓」翼不暇張、足不及騰。［李注］西京賦曰、鳥不暇擧、獸不得發。

F　二句または數句の言葉を組み合わせた例

○巻11・12b5鮑照「蕪城賦」魚龍爵馬之玩。［李注］西京賦曰、海鱗變而成龍。又曰、大雀踆踆。又曰、爵馬同轡。
○巻11・24b1何晏「景福殿賦」飛櫚翼以軒翥、反宇𪖐以高驤。［李注］西京賦曰、反宇業業。飛櫚𪖐𪖐。又曰、鳳騫翥於甍標。

○巻28・11ａ6陸機「樂府十七首」（呉趨行）重欒承游極、［李注］西京賦曰、跱游極於浮柱、結重欒以相承。

○巻30・15ｂ6謝朓「和伏武昌登孫權故城」衿帶窮巖險、［李注］西京賦曰、巖險周固、衿帶易守。

○巻47・23ｂ3袁宏「三國名臣序贊」歷世承基。［李注］西京賦曰、若歷世而長存。又曰、繼體承基。

G新たな言葉の創作例

○巻31・27ｂ9江淹「雜體詩三十首」（袁太尉）宸網擬星懸。［李注］宸網、天畢也。西京賦曰、天畢前驅。薛綜曰、畢、網也、象畢星。

○巻34・20ａ3曹植「七啓」金墀玉箱。［李注］金墀、猶金戺也。西京賦曰、金戺玉階。

○巻35・9ａ7張協「七命」酒駕方軒。［李注］西京賦曰、酒車酌醴、方駕授饔。

○巻35・9ａ8張協「七命」千鐘電釂、萬燧星繁。［李注］孔叢子曰、堯飲千鐘。西京賦曰、升觴擧燧、既釂鳴鍾。說文曰、釂、飲酒盡也。

H他の典據との組み合わせによって新しい言葉を創作した例

○巻22・17ｂ3顏延之「車駕幸京口侍遊蒜山作」巖險去漢宇、衿衞徙吳京。［李注］言巖險之固、去彼漢宇。衿帶周衞、徙此吳京。宋都吳地、故曰吳京也。西京賦曰、巖險周固、衿帶易守。吳都賦曰、山川不足以周衞。

○巻31・25ｂ1江淹「雜體詩三十首」（顏特進）下輦降玄宴。［李注］西京賦曰、恣意所幸、下輦成宴。尙書曰、玄德升聞。玄、猶聖也。

以上、文人たちの工夫の跡をいくつかのパターンに分類してみた。これによって、文學言語の繼承と創作の一端が見えてくる。特に、曹植の「七啓」では工夫の跡が顯著である。たとえば、

○巻34・22b7曹植「七啓」交黨結倫。重氣輕命、感分遺身。〔李善注〕西京賦曰、輕死重氣、結黨連羣。

のように、「西京賦」の二句を前後入れ替え、「輕死」を「輕命」に、「結黨」を「交黨」に、「連羣」を「結倫」に變えて表現している。繼承から創作への典型といえよう。

第四節　注引曹植詩文から見た文學言語の創作と繼承

梁・鍾嶸は、『詩品』の中で曹植を「陳思の文章に於けるや、人倫の周・孔有るに譬ふ」と絶賛し、陸機・謝靈運について「曹植を宗とす」と言う。曹植の作品が後の六朝文學に多大な影響を與えたことは、贅言を要しないし、李善注に引用される作品數、回數の多さはそれを物語っている。ただ、特定の文學言語を曹植が創作したかどうか、後人が使用する言葉がそれを繼承したものであるのかどうかを見極めるのは、今に傳わらない多數の作品が存在していたことを考えれば非常に難しい問題である。そこで、有用なのが李善注の存在である。というのは、李善は詩人が使用する言葉の由來に執拗なこだわりをもって究明しようとしているからである。

そこで本節では、李善注に個人では最も多くの種類の九十九作品が二百四十二箇所に引用されている曹植の詩文と、その正文の語句を比較檢討して、曹植の言葉を後の六朝の詩人達がどのように自己の作品中に取り込んでいったのかということについて考察してみたい。

ただ、李善注が絶對的な基準になり得るというものではない。版本問題も絡んで、義例に合わない例が散見するし、當然あってしかるべき引書がなかったり、檢索機能が格段に進展している現在から見れば、補足しないといけない例は、いくつもある。一例を擧げれば、次のようである。

○巻20・4a7曹植「責躬詩」超商越周、與唐比蹤。［李注］商周用師、故云超越。唐虞禪讓、故云比蹤。

「商に超え周に越え、唐と蹤《あと》を比《なら》ぶ」の李善注は、釋義だけで言葉の典據については何も觸れていないが、「比蹤」の語は、『藝文類聚』巻四七に引く張衡「司空陳公誄」に「眇論前績、莫與比蹤。」（前績を眇論するに、與《とも》に蹤を比ぶるもの莫《な》し）とある。李善注の義例から言えば、當然引證とすべきものであろう。李善注の活用に際して、愼重な檢證が必要であることは言うまでもない。なお、『文選』正文及び李善注は、特に注記するもの以外は、胡刻本に從った。

一　曹植の言葉の繼承

李善注に引かれる曹植の詩文の數を、曹植以後の作者別に見ると、次のようになる。（數字は引用回數を表す。詳細は末尾の附錄に掲載した。）

嵇康5、李密1、孫楚2、趙景眞1、傅玄1、棗據1、張華3、左思4、潘岳28、陸機24、陸雲5、石崇2、張協9、束晳1、傅咸1、郭泰機1、何劭1、應貞1、木華3、劉琨4、盧諶3、郭璞2、孫綽1、謝瞻4、陶淵明2、鮑照11、顏延之16、謝靈運17、謝惠連2、謝莊1、王微1、王僧達1、袁淑1、劉鑠3、謝朓9、王融5、王儉2、王巾1、陸厥3、江淹26、沈約15、任昉9、劉峻4、陸倕2

引用回數は、ほぼ『文選』に收錄されている作品數に應じたものになっている。これらの中では、以下のように語或いは一句をほぼそのまま繼承するものが半數近くを占める。

○卷29・19a1張華「情詩」佳人處遐遠、蘭室無容光。［李注］曹植離別詩曰、人遠精魂近、寤寐夢容光。

曹植は、「古詩十九首」其十六（『文選』卷二九）の「夢想見容輝」（夢に想《おも》ひて容輝を見る）を踏まえて、「寤寐に容光を夢む」と詠み、更に張華はそれを受けて「蘭室に容光無し」と表現する。

○卷30・11a3鮑照「翫月城西門解中」夜移衡漢落、徘徊帷戶中。［李注］曹植七哀詩曰、明月照高樓、流光正徘徊。

○卷31・30a4江淹「雜體詩」（休上人）露采方汎豔、月華始徘徊。［李注］曹子建七哀詩曰、明月照高樓、流光正徘徊。

曹植は、夫と長い閒別れている妻の思いを「明月　高樓を照らし、流光　正に徘徊す」と、月光のたゆたいとして表現する。それを鮑照や江淹が繼承して「帷戸の中に徘徊す」「月華 始めて徘徊す」と詠む。

○巻30・19a5謝朓「和王主簿怨情」生平一顧重、宿昔千金賤。［李注］列女傳曰、楚成鄭子瞀者、楚成王之夫人也。初、成王登臺、子瞀不顧、王曰、顧、吾與女千金。子瞀遂行不顧。曹植詩曰、一顧千金重、何必珠玉錢。

曹植は、『列女傳』（節義傳）の鄭子瞀が千金を與えられると聽いても振り返らなかった故事を踏まえて、「一顧 千金の重」と詠み、謝朓は更にそれをもとに「生平 一顧 重く」と表現する。[1]

この他、別な意味を附與したり、或いは、表現を變える工夫や新たな言葉の創出を行っているものもある。以下、その具體例を擧げてみよう。

○巻37・19a1李密「陳情事表」の「煢煢獨立、形影相弔」注
○巻16・25a8江淹「恨賦」の「弔影慙魂」注
○巻40・25b2謝朓「拜中軍記室辭隋王牋」の「輕舟反溯、弔影獨留」注

この三箇所ともに李善は、曹植の「上責躬應詔詩表」（『文選』巻二〇）の「形影相弔、五情愧赧。」（形影相弔《と》ひ、五情愧《は》ぢ赧《は》づ）を引く。李密は曹植の孤獨な狀態を表す「形影相弔」の一句をそのまま使っているが、江淹は曹植の二句を「弔影慙魂」（影を弔ひ魂に慙づ）の四字句とし、謝朓も「弔影獨留」（影を弔ひ獨り留まる）の一句で孤獨感を表す。

○巻29・22b8棗據「雜詩」既懼非所任、怨彼南路長。［李注］曹子建贈白馬王詩曰、怨彼東路長。
○巻24・23a1陸機「贈弟士龍」行矣怨路長、惄焉傷別促。［李注］曹子建贈白馬王詩曰、怨彼東路長。……曹子建送應氏詩曰、別促會日長。
○巻25・5a8陸雲「荅兄機」悠遠塗可極、別促怨會長。［李注］機贈詩曰、行矣怨路長、惄焉傷別促。曹子建送應氏詩曰、別促會日長。

棗據は、曹植の「贈白馬王彪」詩（『文選』巻二四）の「怨彼東路長」（彼の東路の長きを怨む）をほぼそのまま使い、

「怨彼南路長」（彼の南路の長きを怨む）というが、陸機は、曹植のその同じ詩と、「送應氏」詩（『文選』巻二〇）の「別促會日長」（別れは促かにして會ふ日は長し）とを踏まえて、「行かんとして路の長きを怨み、惄焉として別れの促かなるを傷む」という。陸雲はそれに答えて、二句を併せて「別れの促かにして會うことの長きを怨む」と詠んでいる。

○巻16・7a5潘岳「閑居賦」蘘荷依陰、時藿向陽。［李注］曹子建求親表曰、葵藿之傾葉太陽。

潘岳は、曹植の「葵藿の葉を太陽に傾く」という句を、「時藿向陽」（時に藿 陽《ひ》に向かふ）の四字句で表現する。

○巻16・21b7潘岳「寡婦賦」耳傾想於疇昔兮、目仿佛乎平素。［李注］曹植任城王誄曰、目想宮城、心存平素。

曹植の「目は宮城を想《おも》ひ、心は平素を存す」を踏まえて、潘岳は「耳 疇昔を傾想し、目 平素を仿佛す」と、「目」と「心」を「耳」と「目」に變えて表現する。

○巻57・3b4潘岳「夏侯常侍誄」執戟疲楊、長沙投賈。［李注］曹子建楊德祖書曰、楊子雲、先朝執戟之臣耳。

曹植の「楊子雲は、先朝の執戟の臣のみ」という句を、潘岳は「執戟に楊を疲らし」という四字句で表現する。

○巻26・12a1陸厥「奉荅内兄希叔」渤海方搖滯、宜城誰獻酬。［李注］陳思王酒賦曰、酒有宜城濃醪、蒼梧漂清。

曹植の「酒に宜城の濃醪、蒼梧の漂清有り」という句から、陸厥は地名の「宜城」を酒の意で使う。

○巻16・27b7江淹「別賦」知離夢之躑躅、意別魂之飛揚。［李注］曹植悲命賦曰、哀魂靈之飛揚。

江淹は、曹植の「魂靈の飛揚するを哀《かな》しむ」という句を利用して、「別魂の飛揚するを意《おも》ふ」と別れた人の魂の飛び回ることを詠む。

○巻30・20b2沈約「應王中丞思遠詠月」高樓切思婦、西園游上才。［李注］曹子建七哀詩曰、明月照高樓、流光正徘徊、上有愁思婦、悲歎有餘哀。

曹植の四句を、沈約は月の光が「高樓に思婦を切にし」と、一句で詠む。

○巻56・17b6陸倕「新刻漏銘」陸機之賦、虚握靈珠。孫綽之銘、空擅崑玉。［李注］陸機、孫綽皆有漏刻銘。曹子建與楊德祖書曰、人人自謂握靈蛇之珠、家家自謂抱荊山之玉。新序、固乘曰、珠產江漢、玉產崑山。

曹植の「人人自ら謂《おも》へらく靈蛇の珠を握れりと、家家自ら謂へらく荊山の玉を抱けりと」という、それぞれが自身の才を寶物としていたという表現を受けて、陸倕は「虛しく靈珠を握り」「空しく崑玉を擅《ほしいまま》にす」とマイナスの評價に使う。後述の謝靈運の表現と似たところがある。

また、言葉は同じでも、典據とは違う意味をもたせるものも見られる。

○巻24・12a3張華「荅何劭」忝荷旣過任、白日已西傾。［李注］白日西傾、以喩年老也。洛神賦曰、日旣西傾。

曹植は夕方になったことを「日旣に西に傾く」というのに對して、張華は年老いたことを「白日已《すで》に西に傾く」という。

○巻10・12b9潘岳「西征賦」發閿鄉而警策。［李注］曹子建應詔詩曰、僕夫警策。鄭玄周禮注曰、警、勅戒之也。

○巻17・5b8陸機「文賦」立片言而居要、乃一篇之警策。［李注］以文喩馬也。言馬因警策而彌駿、以喩文資片言而益明也。夫駕之法、以策駕乘、今以一言之好、最於衆辭、若策驅馳、故云警策。論語、子曰、片言可以折獄。左氏傳、繞朝贈士會以馬策。曹子建應詔詩曰、僕夫警策。鄭玄周禮注曰、警、勅戒也。

曹植の「應詔詩」（『文選』巻二〇）の「僕夫は策《むち》を警《いま》しめ」の「警策」の語を、潘岳「西征賦」では、「閿《ぶん》鄉を發して警策し」と、馬にむち打つという同じ意味で使うが、陸機「文賦」では、「片言を立てて要に居る、乃ち一篇の警策なり」と、文章のことに使う。そこで李善は、典據となる曹植の詩を擧げる前に、意味の違いを指摘して、「文を以て馬に喩ふるなり。言ふこころは馬は警策に因りていよいよ駿《はや》し、以て文の片言に資《よ》りて益ます明らかなるに喩ふるなり」と說明している。

○巻10・28a7潘岳「西征賦」開襟乎清暑之館、游目乎五柞之宮。［李注］曹植閑居賦曰、愬寒風而開襟。

○巻22・24a8沈約「遊沈道士館」開衿濯寒水、解帶臨清風。［李注］曹子建閑居賦曰、愬寒風而開衿。

曹植が思いを訴える意で「開襟」を使うのに對して、潘岳は涼を求める意で使い、沈約は俗世の塵を洗い流す意で使用する。

○卷20・18b7陸雲「大將軍讌會被命作詩」俯觀嘉客、仰瞻玉容。［李注］曹植罷朝表曰、覲玉容而慶鷹、奉權宴而慈潤。

○卷30・26a10陸機「擬西北有高樓」玉容誰得顧、傾城在一彈。［李注］玉容傾城、竝已見上。（＝20・18b7曹植罷朝表曰、覲玉容而慶鷹、奉權宴而慈潤。）

「玉容」の語、曹植が皇帝、陸雲が大將軍についていうのに對して、陸機は女性の姿についていう。

○卷47・10a9陸機「漢高祖功臣頌」萬邦宅心、駿民效足。［李注］曹植與陳琳書曰、驥騄不常一步、應良御而效足。

「效足」の語、曹植が馬が足を運ぶ意で使っているのに對して、陸機は馬ではなく人が高祖のために働く意で使う。(2)

また、曹植の言葉を契機として新たな言葉が創出されたものもある。

○卷56・29b9潘岳「楊仲武誄」子以妙年之秀、［李注］曹子建自試表曰、終軍以妙年使越。

○卷10・19b1潘岳「西征賦」終童山東之英妙、賈生洛陽之才子。［李注］漢書曰、終軍、字子雲、濟南人也、年十八選爲博士弟子。上書言事、武帝異其文、拜爲謁者。死時年二十餘、故世謂之終童。曹植自試表曰、終軍以妙年使越。

潘岳は、「楊仲武誄」では曹植の「妙年」という言葉を踏襲して「妙年之秀」と表現するが、「西征賦」では「英妙」という語を作っている。

○卷21・19a9鮑照「詠史詩」の「仕子彯華纓、遊客竦輕轡」

○卷28・23a1鮑照「放歌行」の「素帶曳長飇、華纓結遠埃」

二例ともに李善注は、「七啓」（『文選』卷三四）の「華組之纓」を引く。鮑照は、曹植の一句から「華纓」という二字の言葉を作っている。

○巻21・14b8顔延之「秋胡行」年往誠思勞、事遠闊音形。［李注］曹子建荅楊德祖書曰、思子爲勞。

顔延之は、曹植の「子を思へば勞を爲す」の句から、「年往きて誠に思ひ勞せり」と「思勞」という語を作っている。

○巻31・3b6劉鑠「擬行行重行行」涙容不可飾、幽鏡難復治。［李注］曹植七哀詩曰、膏沐誰爲容、明鏡闇不治。

曹植の「明鏡」に對して、劉鑠は「幽鏡」の語を創出している。

○巻40・25a6謝朓「拜中軍記室辭隋王牋」撫臆論報、早誓肌骨。［李注］陳思王責躬表曰、抱疊歸蕃、刻肌刻骨。

曹植の「疊《つみ》を抱き蕃に歸り、肌を刻み骨を刻む」という深く自戒する意味から、謝朓は心に深く誓う意で「誓肌骨」（肌骨に誓ふ）という表現を創出している

○巻26・11b7陸厥「奉荅內兄希叔」愧茲山陽讌、空此河陽別。［李注］魏氏春秋曰、嵇康寓居山陽縣、與向秀遊於竹林、號曰七賢。曹植送應氏詩曰、親昵竝集送、置酒此河陽。

嵇康や向秀ら竹林の遊を「山陽讌」とし、曹植の「親昵は竝びに集ひ送り、此の河陽に置酒す」という句から、「河陽別」という言葉を創出している。

○巻50・14b6沈約「宋書謝靈運傳論」子建函京之作、仲宣灞岸之篇。［李注］曹子建贈丁儀王粲詩曰、從軍度函谷、驅馬過西京。王仲宣七哀詩云、南登霸陵岸、回首望長安。

沈約は、曹植の「軍に從ひて函谷を度《わた》り、馬を驅りて西京を過ぐ」という詩句から、曹植の作品を「函京の作」と名附けている。

このような曹植の詩文の繼承を見ていると、詩人達は言葉の繼承と創作に、昭明太子「文選序」の「竝びに耳に入《い》るの娯《たの》しみ爲《た》り」「倶《とも》に目を悅《よろこ》ばしむるの玩《もてあそ》びもの爲《た》り」というような快感にも似た樂しみを感じていたのではなかろうかと思われる。唐代以降の詩人達も意識的に、或いは無意識の内に、『文選』李善注を通してそれを讀み取り、

自らの文學作品の表現に活かしたのであろう。

以上の擧例中、「開襟」「玉容」のように、潘岳・陸機・沈約などに曹植の言葉を繼承しつつ、新たな意味で使用したものが見られたが、これはあくまで作品内に於ける表現上の工夫の一つとして曹植の言葉を借りた結果であると思われる。これに對して、謝靈運の繼承の仕方には、それらと違う側面が見られる。

二　謝靈運における曹植の言葉の繼承と改變

李善注に引かれている曹植の詩文との關係で、最も興味深いのは、謝靈運の表現である。謝靈運には曹植への對抗心を感じさせるような繼承と意圖的な改變が見られるのである。まず、その該當箇所十七例を見てみよう。

①巻19・20ａ1「述祖徳詩」達人貴自我、高情屬天雲。［李注］天雲、言高也。曹植七啓曰、獨馳思乎天雲之際。
曹植の「獨り思ひを天雲の際に馳《は》す」というのは、巻三四「七啓」の李善注によれば、後漢・傅毅「舞賦」（『文選』巻一七）の「獨馳思乎杳冥」（獨り思ひを杳冥に馳す）に基づく句である。謝靈運は、曹植の「天雲」の語をそのまま使用する。

②巻19・21ａ2「述祖徳詩」拯溺由道情、龕暴資神理。［李注］曹植武帝誄曰、人事既闕、聰鏡神理。
後の④、及び巻四六、王融「三月三日曲水詩序」の「設神理以景俗」注に「神理、猶神道也。周易曰、聖人以神道設教、而天下服。曹植武帝誄曰、聰鏡神理。」（集注本巻九一下5ａ、胡刻本李善注無曹植武帝誄曰聰鏡神理十字）とあるによれば、曹植の使う「神理」の語は、『周易』（觀卦彖傳）の「神道」に基づく。

③巻20・36ａ2「鄰里相送方山詩」祇役出皇邑、相期憩甌越。［李注］曹子建詩曰、清晨發皇邑。
曹植の「贈白馬王彪」詩（『文選』巻二四）の語「皇邑」をそのまま使う。

④巻22・8ｂ10「從游京口北固應詔」事爲名教用、道以神理超。［李注］周易曰、聖人以神道設教而天下服。曹植武

帝誄曰、聴竟神理。（②、集注本巻九一下5a引竟作鏡）

先の②と同じく、曹植「武帝誄」の「神理」の語をそのまま使う。

⑤巻22・11a1「遊南亭」時竟夕澄霽、雲歸日西馳。［李注］曹子建詩曰、朝雲不歸山、霖雨成川澤。然雨則雲出、晴則雲歸也。

謝靈運が「雲歸り 日 西に馳《は》す」と、雨上がりのことを「雲歸」と表現するのは、曹植の「贈丁儀」詩（『文選』巻二四）の「朝雲 山に歸らず」という、雨がやまないことを表現する句を典據とする。李善はそれを指摘した上で、「然らば雨ふれば則ち雲出で、晴るれば則ち雲歸るなり」と説明している。

⑥巻22・12a2「遊赤石進帆海」川后時安流、天吳靜不發。［李注］洛神賦曰、川后靜波。楚辭曰、使江水兮安流。山海經曰、朝陽之谷神曰天吳、是水伯也、其獸也八首八足八尾、背黄青。

曹植が「洛神賦」（『文選』巻一九）で河伯のことを「川后」と表現したのを使い、更に『山海經』（海外東經）にある水の神「天吳」を使って對にする。

⑦巻23・21a6「廬陵王墓下作」徂謝易永久、松柏森已行。［李注］曹植寡婦詩曰、高墳鬱兮巍巍、松柏森兮成行。[3]

謝靈運の「松柏 森として已に行《つら》なる」というのは、曹植の「松柏 森として行を成す」をほぼ踏襲したものである。

⑧巻26・26a8「七里瀨」孤客傷逝湍、徒旅苦奔峭。［李注］曹植九詠曰、何孤客之可悲。

曹植の「孤客」の語を悲愁の意を含めてそのまま使用する。

⑨巻26・31a9「入華子崗是麻源第三谷」遂登羣峯首、邈若升雲烟。［李注］曹子建遊仙詩曰、遊將升雲煙。

曹植の「遊びて將に雲煙に升らんとす」の句をほぼ踏襲して、「邈として雲烟に升るが若《ごと》し」と詠む。

⑩巻28・16a5「會吟行」兩京愧佳麗、三都豈能似。［李注］兩京、東西二京也。曹子建贈丁儀詩曰、佳麗殊百城。

謝靈運は、曹植の「又贈丁儀王粲」詩（『文選』巻二四）の西京（長安）を贊美した「佳麗なること百城に殊なり」

の「佳麗」の語を使って、會稽の地に對して、兩京（長安・洛陽）もその「佳麗」さに愧じるという。「佳麗」は、「又贈丁儀王粲」詩で李善が、「高誘戰國策注曰、佳、大也。麗、美也。」と注するように、『戰國策』（中山策）に「臣聞、趙天下善爲音佳麗人之所出也。」（臣聞く、趙は天下の善く音を爲す佳麗の人の出づる所なり）とある、本來、人を許する言葉であるが、ここでは地域を評する意で共通する曹植の詩を引用する。

⑪巻30・6b6「南樓中望所遲客」圓景早已滿、佳人猶未適。［李注］曹子建贈徐幹詩曰、圓景光未滿、衆星粲已繁。

李善注に引く曹植の「贈徐幹」詩（『文選』巻二四）は、先に「圓景」を曹植の造語として指摘したときに取り上げた（序章）。謝靈運は、曹植の詩句を踏まえつつ、「光 未だ滿たず」を「早に已に滿《つ》つ」と、曹植とは逆の表現をしている。

⑫巻30・8b5「石門新營所住四面高山迴溪石瀨脩竹茂林詩」芳塵凝瑤席、淸醑滿金樽。［李注］曹子建樂府詩曰、金樽玉杯、不能使薄酒更厚。

謝靈運の「淸醑 金樽に滿つ」は、曹植の「金樽玉杯、薄酒をして更に厚くせしむる能はず」を踏まえたものである。⑰も同じ。

⑬巻30・28a4「擬魏太子鄴中集詩」（魏太子）天地中橫潰、家王拯生民。［李注］家王、謂魏太祖也。陳思行女哀辭曰、家王征蜀漢。

謝靈運の「家王 生民を拯《すく》ふ」の「家王」の語は、曹植の「家王 蜀漢を征《う》つ」に基づき、ともに曹操のことを指す。

⑭巻30・28b7「擬魏太子鄴中集詩」（王粲）伊洛旣燎煙、函崤沒無像。［李注］曹子建送應氏詩曰、洛陽何寂寞、宮室盡燒焚。

曹植の「送應氏」詩（『文選』巻二〇）の「洛陽 何ぞ寂寞たる、宮室 盡く燒焚せらる」を踏まえて、謝靈運は「伊洛 旣に燎煙せられ」という。

⑮巻30・29b8「擬魏太子中鄴集詩」（陳琳）愛客不告疲、飲讌遺景刻。［李注］曹子建公讌詩曰、公子敬愛客、終讌不知疲。（巻二〇「讌」作「宴」）

曹植の「公讌詩」（『文選』巻二〇）の「公子 客を敬愛し、宴を終ふるまで疲るるを知らず」を踏まえて、謝靈運は「客を愛して疲るるを告げず、飲讌して景刻を遺《わす》る」という。

⑯巻30・30b2「擬魏太子鄴中集詩」（徐幹）清論事究萬、美話信非一。［李注］曹植四言詩曰、高談虛論、問彼道原。

これは、言葉の典據ではなく、李善は謝靈運の「清論 事は萬を究め」という句が、曹植の詩句の意を踏まえたものであることを指摘している。

⑰巻30・32a1「擬魏太子鄴中集詩」（應瑒）列坐廕華榱、金樽盈清醑。［李注］金樽、清醑、竝已見上。

「已見上」金樽」は、⑫（30・8b5）注引「曹子建樂府詩曰、金樽玉杯、不能使薄酒更厚。」を指す。

以上の例の中には、他の詩人たちにはあまり見られない謝靈運獨特の曹植の語の繼承が散見する。(4)

⑤では、曹植が「雲不歸」（雨が止まない）と言うのに對して、謝靈運は「雲歸」（雨が止む）と言い、⑪では、曹植が「光 未だ滿たず」と言うのに對して、「早に已に滿つ」と言い、⑬でも、曹操を指す「家王」という語を繼承しながら、曹植が「蜀漢を征《う》つ」というのに對して、謝靈運は「生民を拯《すく》ふ」と、表現上では逆の言い方をする。謝靈運は曹植の言葉を使用しつつ逆の表現をしているのである。

また、⑥では、曹植が「洛神賦」で、「屛翳收風、川后靜波」（屛翳は風を收め、川后は波を靜《しづ》む）と、「屛翳」(5)と「川后」を對にしたのに對抗するかのように、「川后」に對して「天吳」を使用する。更に、⑩では、長安を絶贊した曹植の「佳麗」という言葉を使いながら、會稽の地が長安などよりも素晴らしいという。曹植の詩句を念頭に讀めば、相當に皮肉っぽい表現だとも感じられる。同じ曹植の語を使っても、巻二十八謝朓「鼓吹曲」江南佳麗地、金陵帝王州」（江南は佳麗の地、金陵は帝王の州(6)）のようであれば素直なのだが、謝靈運の表現が屈折したものになっているのは、曹植の句意を意識したからこそだと思われる。⑫の「淸酤 金樽に滿つ」、⑰の「金樽に淸酤 盈つ」も、ともに曹植の句を踏まえてはいるが、曹植が「金樽」も「薄酒」を濃くすることができないと言えば、謝靈運は、「金樽」に「淸酤」が滿ちていると言う。これも曹植の句意を念頭に一ひねりしたような表現である。

謝靈運が曹植の表現を意識していたことは、次の例からも分かる。

○巻19・14a8曹植「洛神賦」於是洛靈感焉。〔李注〕謝靈運山居賦注曰、河靈、河伯也。東阿所謂洛靈。

先に述べた⑥のように、謝靈運は、河伯を「川后」と表現した曹植の新語を使ったり、曹植の作った「洛靈」を「河靈」に言い換えて、自ら「山居賦注」で「河靈は、河伯なり。東阿の所謂洛靈なり」という。曹植の作った文學言語を十分に意識して新しい表現を試みているのである。(7)

以上、『文選』正文作者の言語表現の由來に執拗なまでのこだわりをもって究明しようとしている李善の注をもとに、曹植の詩文がどのように繼承されているのかを考察した。限定的な考察ではあるが、曹植の言葉が、潘岳・陸機・張協・謝靈運・顏延之・鮑照・江淹・謝朓・任昉・沈約などにそのまま踏襲されたり、或いは、別な意味を附與されたりしている實態が檢證できた。また、それぞれの詩人が表現を變える工夫や新たな言葉の創出を行っている具體的な事例も見えてきた。鍾嶸『詩品』が曹植を絶贊し、陸機・謝靈運について曹植を宗とするというのも首肯できる。中でも、謝靈運には、曹植を十分に意識した詩作態度が窺われるとともに、その屈折した表現からは謝靈運の言葉作りに對する自尊心のようなものも感じられた。それは、謝靈運自身が「述祖德詩」の冒頭に言う「達人貴自我、高情屬天雲」（達人は自我を貴び、高情は天雲に屬す）という「我が個性」を第一とする精神と、彼の文學表現に共通するものであろう。

注

（1）同様の例には、次のようなものがある。
○巻24・8a9嵆康「贈秀才入軍」風馳電逝、躡景追飛。〔李注〕七啓曰、忽躡景而輕鶩。
○巻29・18a6傅玄「雜詩」纖雲時髣髴、渥露沾我裳。〔李注〕曹植魏德論曰、纖雲不形、陽光赫戲。
○巻6・10b9左思「魏都賦」蘭渚莓莓、石瀨湯湯。〔李注〕曹植責躬詩曰、夕宿蘭渚。
○巻6・27b2左思「魏都賦」英辯榮枯、能濟其厄。〔李注〕曹植輔臣論曰、英辯博通。
○巻16・21b4潘岳「寡婦賦」仰神宇之寥寥兮、瞻靈衣之披披。〔李注〕曹植九詠曰、葛蔓滋兮冒神宇。（30・21b7引同）
○巻20・34a5潘岳「金谷集作詩」何以敍離思、攜手游郊畿。〔李注〕曹子建雜詩曰、離思故難任。
○巻23・18b2潘岳「悼亡詩」流芳未及歇、遺挂猶在壁。〔李注〕洛神賦曰、蘅步薄而流芳。
○巻26・16a5潘岳「河陽縣作」依水類浮萍、寄松似懸蘿。〔李注〕毛詩曰、蔦與女蘿、施于松柏。曹植雜詩曰、寄松爲女蘿、依水如浮萍。
○巻57・3a1潘岳「夏侯常侍誄」雖實唱高、猶賞爾音。〔李注〕曹植求自試表曰、或有賞音而識道。
○巻24・18a6陸機「於承明作與士龍」牽世嬰時網、駕言遠徂征。〔李注〕曹子建責躬詩曰、舉挂時網。
○巻24・22a1陸機「爲顧彥先贈婦」東南有思婦、長歎充幽闥。〔李注〕曹子建七哀詩曰、上有愁思婦、悲歎有餘哀。
○巻26・19a2陸機「赴洛」撫膺解攜手、永歎結遺音。〔李注〕曹子建雜詩曰、翹思慕遠人、願欲託遺音。
○巻26・19a7陸機「赴洛」亹亹孤獸騁、嚶嚶思鳥吟。〔李注〕曹子建詩曰、孤獸走索羣。
○巻28・5b2陸機「苦寒行」離思固已久、寤寐莫與言。〔李注〕曹子建雜詩曰、離思一何深。
○巻28・12a9陸機「短歌行」人壽幾何、逝如朝霜。〔李注〕曹植送應氏詩曰、人壽若朝霜。
○巻25・4b9陸雲「爲顧彥先贈婦」華容溢藻幄、哀響入雲漢。〔李注〕洛神賦曰、華容阿那。
○巻29・28b7張協「雜詩」養眞尙無爲、道勝貴陸沈。〔李注〕曹植辨問曰、君子隱居以養眞也。（26・22b8引同）
○巻25・2b5傅咸「贈何劭王濟」攜手升玉階、竝坐侍丹帷。〔李注〕曹植娛賓賦曰、丹帷曄以四張。
○巻25・18b2盧諶「贈崔溫」逍遙步城隅、暇日聊遊豫。〔李注〕曹植蟬賦曰、始遊豫乎芳林。
○巻25・18b6盧諶「贈崔溫」遊子恆悲懷、舉目增永慕。〔李注〕曹子建應詔詩曰、長懷永慕。

○卷21・27a10郭璞「遊仙詩」圓丘有奇草、鍾山出靈液。［李注］靈液、謂玉膏之屬也。曹植苦寒行曰、靈液飛波、蘭桂參天。
○卷25・21a7謝瞻「於安城荅靈運」華宗誕吾秀、之子紹前胤。［李注］魏志、曹植上疏曰、華宗貴族、必有應斯學者。（46・29b5引同）
○卷26・22b8陶淵明「辛丑歲七月赴假還江陵夜行塗口」養眞衡茅下、庶以善自名。［李注］曹子建辯問曰、君子隱居以養眞也。（29・28b7引同）
○卷30・3b8陶淵明「雜詩」日入羣動息、歸鳥趨林鳴。［李注］曹子建贈白馬王彪詩曰、歸鳥赴喬林。
○卷28・24a2鮑照「升天行」冠霞登綵閣、解玉飲椒庭。［李注］椒庭、取其芬香也。洛神賦曰、踐椒塗之郁烈。
○卷14・8a4顏延之「赭白馬賦」竟先朝露、長委離兮。［李注］曹子建自試表曰、常恐先朝露。
○卷26・7a3王僧達「荅顏延年」寒榮共偃曝、春醞時獻斟。［李注］曹植酒賦曰、或秋藏冬發、或春醞夏開。
○卷31・3a3袁淑「效古」迺知古時人、所以悲轉蓬。［李注］曹植雜詩曰、轉蓬離本根、飄颻隨長風、類此客遊子、捐軀遠從戎。
○卷31・3a10劉鑠「擬行行重行行」堂上流塵生、庭中綠草滋。［李注］曹植曹仲雍誄曰、流塵飄蕩魂安歸。
○卷31・4a1劉鑠「擬明月何皎皎」玉宇來清風、羅帳延秋月。［李注］曹植芙蓉賦曰、退潤玉宇、進文帝庭。
○卷26・7b4謝朓「郡內高齋閑坐荅呂法曹」中列遠岫、庭際俯喬林。［李注］曹子建詩曰、歸鳥赴喬林。
○卷27・8a8謝朓「京路夜發」文奏方盈前、懷人去心賞。［李注］曹子建聖皇篇曰、侍臣首文奏、陛下躰仁慈。
○卷26・12a4陸厥「奉荅內兄希叔」惜哉時不與、日暮無輕舟。［李注］曹子建贈王仲宣詩曰、有彼孤鴛鴦、哀鳴無匹儔。我願執此鳥、惜哉無輕舟。
○卷31・17a2江淹「雜體詩」（張黃門）高談玩四時、索居慕疇侶。［李注］曹子建求通親表曰、高談無所與陳。
○卷31・19b5江淹「雜體詩」（郭弘農）傲睨摘木芝、淩波采水碧。［李注］洛神賦曰、淩波微步。
○卷22・23b1沈約「宿東園」東郊豈異昔、聊可閑餘步。［李注］七啓曰、雍容閑步。
○卷30・21b7沈約「學省愁臥」虛館清陰滿、神宇曖微微。［李注］曹植九詠曰、蔓葛滋兮冒神宇。（16・21b4引同）
○卷30・22b8沈約「三月三日卒爾成篇」清晨戲伊水、薄暮宿蘭池。［李注］曹子建名都篇曰、清晨復來還。

○巻59・23a3沈約「齊故安陸昭王碑文」於是驅馬原隰、巻甲遄征。［李注］曹植詩曰、指日遄征。（20・10a9引同）
○巻59・28b8沈約「齊故安陸昭王碑文」膺期誕德、絕後光前。［李注］曹植上文帝誄表曰、階靑雲而誕德。
○巻40・26a10任昉「到大司馬記室牋」含生之倫、庇身有地。［李注］曹植對酒行曰、含生蒙澤、草木茂延。
○巻46・29b5任昉「王文憲集序」公生自華宗、世務簡隔。［李注］魏志、曹植上疏曰、華宗貴族、必應斯擧。（25・21a7引同）

（2）巻14・7b10顔延之「赭白馬賦」の「效足中黃、殉驅馳兮」注にも同文を引く。顔延之は曹植と同じく馬が足を運ぶ意で使っている。

（3）胡氏考異云、「陳云、〈詩〉、〈賦〉誤。是也。各本皆誤。」

（4）似た例に、先に述べた陸倕の一例と、陸機の次の二例がある。
○巻28・6b5陸機「門有車馬客行」親友多零落、舊齒皆彫喪。［李注］曹子建箜篌引曰、親友從我遊。孔融與曹操書曰、海內知識、零落殆盡。
曹植が「親友 我に從ひて遊ぶ」というのに對して、陸機は同じ「親友」の語を使って「親友 多く零落す」と、親友がいなくなった方向で詠む。
○巻28・13b7陸機「日出東南隅行」丹脣含九秋、妍迹陵七盤。［李注］洛神賦曰、丹脣外朗。
曹植が「丹脣 外に朗《て》り」と仙女の明るさを詠むのに對して、陸機は「丹脣 九秋を含み」と、憂いを含んだ「九秋」の曲を口ずさむように表現する。ただ、陸機、陸倕ともに他の曹植の詩句の繼承を見ると表現の工夫の範圍内であって、謝靈運ほどには意識的に逆用してはいないと思われる。

（5）「屛翳」の語は、李善注に「王逸楚辭注曰、屛翳、雨師名。虞喜志林曰、韋昭云、屛翳、雷師。喜云、雨師。然說屛翳者雖多、並無明據。曹植詰洛文曰、河伯典澤、屛翳司風。植既皆爲風師、不可引他說以非之。川后、河伯也、已見上文。」（19・15a4）とあるように、王逸の『楚辭』天問注などに見えるが、曹植は風の神の意で使用している。なお、李善注の「已見上文」は、「洛神賦」の「洛靈感焉」注（19・14a8）に見える。「詰洛文」については、胡氏考異に「案、〈洛〉當作〈咎〉。各本皆譌。文今載集中。袁本、茶陵本〈詰〉譌〈結〉、陳云當作〈禊〉、大非。王伯厚嘗言、曹子建詰咎文、假天帝之命、以詰風伯、雨師。名篇之意顯然矣。」という。

（6）　李善注には「佳麗、已見上文。（集注本巻六一上32a無此六字。）呉録曰、張紘言於孫權曰、秣陵、楚武王所置、名爲金陵。秦始皇時、望氣者云、金陵有王者氣、故斷連崗、改名秣陵也。曹植贈王粲詩曰、壯哉帝王居、佳麗殊百城。」（28・24b2）とある。

（7）　『宋書』謝靈運傳に引く「山居賦」と自注では、「河靈懷慚於海若。［自注］河靈、河伯居河、所謂河靈。懼於海若、事見莊周秋水篇。」（河靈は、河伯 河に居る、所謂河靈なり）という意味の通じ難い文になっている。『全宋文』校注本（第6冊302頁、河北教育出版社、一九九七年）では、「所謂河靈」を下の句に附けて、「河靈、河伯居河。所謂河靈懼於海若、事見莊周秋水篇。」と讀んでいるが、これでも、文意が通じ難い。恐らく李善注に引くように、もともと「所謂」の上に「東阿」の二字があったのであろう。

（附）作者別李善注引曹植詩文

〔嵇康〕

①巻18・16b6「琴賦」新衣翠粲、纓徽流芳。［李注］子虛賦曰、翕呷翠粲。張揖曰、翠粲、衣聲也。班婕妤自傷賦曰、紛翠粲兮紈素聲。洛神賦曰、披羅衣之璀粲。字雖不同、其義一也。

②巻18・17a10「琴賦」揚和顏、攘皓腕。［李注］洛神賦曰、攘皓腕於神滸。（陸雲②25・4b6同）

③巻24・8a9「贈秀才入軍」風馳電逝、躡景追飛。［李注］七啓曰、忽躡景而輕騖。

④巻24・9a2「贈秀才入軍」思我良朋、如渴如飢。［李注］曹植責躬詩曰、遲奉聖顏、如渴如飢。

⑤巻24・9a3「贈秀才入軍」願言不獲、愴矣其悲。［李注］曹植責躬詩曰、心之云慕、愴矣其悲。

〔李密〕

①巻37・19a1「陳情事表」煢煢獨立、形影相弔。［李注］曹植責躬表曰、形影相弔、五情愧赧。（江淹①16・25a8、謝朓⑨40・25b2同）

〔孫楚〕

①巻43・8b8「爲石仲容與孫皓書」協建靈符、天命既集。［李注］曹植大魏篇曰、大魏應靈符、天祿乃始。（潘岳㉓24・24a1、陸機㉓60・19b5同）

②卷43・8b9「爲石仲容與孫皓書」遂廓洪基、奄有魏域。〔李注〕曹植魏德論曰、武創洪基、克光厥德。（王融①36・12b9同）

〔趙至〕

①卷43・14b8「與嵆茂齊書」今將植橘柚於玄朔、蔕華藕於脩陵。〔李注〕曹植橘賦曰、背江洲之氣煖、處玄朔之肅清。

〔傅玄〕

①卷29・18a6「雜詩」纖雲時髣髴、渥露沾我裳。〔李注〕曹植魏德論曰、纖雲不形、陽光赫戲。

〔棗據〕

①卷29・22b8「雜詩」既懼非所任、怨彼南路長。〔李注〕曹子建贈白馬王詩曰、怨彼東路長。（陸機⑤24・23a1同）

〔張華〕

①卷24・12a3「荅何劭」忝荷既過任、白日已西傾。〔李注〕白日西傾、以喩年老也。洛神賦曰、日既西傾。

②卷24・12a5「荅何劭」道長苦智短、責重困才輕。〔李注〕曹植上表曰、爵重才輕。

③卷29・19a1「情詩」佳人處遐遠、蘭室無容光。〔李注〕曹植離別詩曰、人遠精魂近、寤寐夢容光。

〔左思〕

①卷4・23b4「蜀都賦」吉日良辰、置酒高堂、以御嘉賓。〔李注〕曹植箜篌引曰、置酒高殿上。（江淹⑤31・9b4同）

②卷5・24a10「吳都賦」荊艷楚舞、吳愉越吟。〔李注〕曹植妾薄相行曰、齊謳楚舞紛紛。（4・8a10作古樂府歷九秋妾薄相行、18・19a7作古妾薄命行歌）

③卷6・10b9「魏都賦」蘭渚莓莓、石瀨湯湯。〔李注〕曹植責躬詩曰、夕宿蘭渚。

④卷6・27b2「魏都賦」英辯榮枯、能濟其厄。〔李注〕曹植輔臣論曰、英辯博通。

〔潘岳〕

①卷9・10a4「射雉賦」奮勁骸以角槎、瞵悍目以旁睞。〔李注〕曹植鬬鷄詩曰、悍目發朱光。

②卷10・4a1「西征賦」牧疲人於西夏、攜老幼而入關。〔李注〕陳思王述征賦曰、恨西夏之不綱。（陸機㉔60・19b9同）

③卷10・4a7「西征賦」猶犬馬之戀主、竊託慕於闕庭。〔李注〕曹植責躬表曰、不勝犬馬戀主之情。

④卷10・10b3「西征賦」有褰裳以投岸、或攘袂以赴水。〔李注〕毛詩曰、褰裳涉洧。又曰、攘袂而興。（胡氏考異云、陳云、

「又」字當作「七啓」二字。是也。各本皆誤。）
⑤巻10・11b8「西征賦」厭紫極之閑敞。［李注］紫極、星名。王者爲宮以象之。曹植上表曰、情注于皇居、心在乎紫極。
⑥巻10・12b9「西征賦」發閿鄉而警策。［李注］曹子建應詔詩曰、僕夫警策。（陸機①17・5b8同）鄭玄周禮注曰、警、勑戒之也。
⑦巻10・19b1「西征賦」終童山東之英妙、賈生洛陽之才子。［李注］漢書曰、終軍、字子雲、濟南人也、年十八選爲博士弟子。上書言事、武帝異其文、拜爲謁者。死時年二十餘、故世謂之終童。曹植自試表曰、終軍以妙年使越。（潘岳㉖56・29b9同）
⑧巻10・28a7「西征賦」開襟乎清暑之館、游目乎五柞之宮。［李注］曹植閑居賦曰、愬寒風而開襟。（沈約③22・24a8同）
⑨巻16・7a5「閑居賦」囊荷依陰、時藿向陽。［李注］鄭玄儀禮注曰、藿、豆葉也。曹子建求親表曰、葵藿之傾葉太陽（胡氏考異云、何校「求」下添「通親」二字、陳同、是也。各本皆脫。）
⑩巻16・7b3「閑居賦」席長筵、列孫子。［李注］曹子建名都篇曰、列坐竟長筵。言屈軌不行也。
⑪巻16・20a1「寡婦賦」情長感以永慕兮、思彌遠而逾深。［李注］曹子建應詔詩曰、長懷永慕。（盧諶③25・18b6同）
⑫巻16・20a7「寡婦賦」懼身輕而施重兮、若履冰而臨谷。［李注］曹植鸚鵡賦曰、怨身輕而施重、恐往惠之中虧。
⑬巻16・21a6「寡婦賦」時曖曖而向昏兮、日杳杳而西匿。［李注］楚辭曰、日杳杳而西頽。丁儀妻寡婦賦曰、時翳翳而稍陰、日亹亹以西墜。曹植贈白馬王詩曰、白日忽西匿。
⑭巻16・21b4「寡婦賦」仰神宇之寥寥兮、瞻靈衣之披披。［李注］曹植九詠曰、葛蔓滋兮冒神宇。（沈約⑤30・21b7同）
⑮巻16・21b7「寡婦賦」耳傾想於疇昔兮、目仿佛乎平素。［李注］曹植任城王誄曰、目想宮城、心存平素。
⑯巻16・24a5「寡婦賦」要吾君兮同穴、之死矢兮靡佗。［李注］毛詩曰、柏舟、恭姜自誓也。衞世子恭伯早死、其妻守義、父母欲奪而不許。注、恭伯、僖侯之世子也。曹植文帝誄曰、願投骨於山足、報恩養於下庭。（疑後人增補。胡氏考異云、注「毛詩曰柏舟」下至「報恩養於下庭」、袁本、茶陵本無此五十五字。案、恭姜、柏舟、歸骨山足、善均於上注訖、何得更有云云。觀此可知尤增多之、無足取也。）
⑰巻20・8b10「關中詩」素甲日曜、玄幕雲起。［李注］曹植辨問曰、赫然而日曜之。
⑱巻20・10a9「關中詩」命彼上谷、指日遄逝。［李注］曹植應詔詩曰、指日遄征。（沈約⑫59・23a3同）

⑲卷20・34a5「金谷集作詩」何以敍離思、攜手游郊畿。〔李注〕曹子建雜詩曰、離思故難任。

⑳卷23・18b2「悼亡詩」流芳未及歇、遺挂猶在壁。〔李注〕洛神賦曰、步蘅薄而流芳。

㉑卷23・18b3「悼亡詩」如彼翰林鳥、雙栖一朝隻。〔李注〕曹植善哉行曰、如彼翰鳥、或飛戾天。王弼周易注曰、翰、鳥飛也。曹植種葛篇曰、下有交頸禽。卽雙栖禽也。

㉒卷23・20a9「悼亡詩」孤魂獨煢煢、安知靈與無。〔李注〕曹子建贈白馬王彪詩曰、孤魂翔故城。

㉓卷24・24a1「爲賈謐作贈陸機」子嬰面櫬、漢祖膺圖。〔李注〕東京賦曰、高祖膺錄受圖。曹植大魏篇曰、大魏膺符。（孫楚①43・8b8、陸機㉓60・19b5同）

㉔卷26・14b1「河陽縣作」微身輕蟬翼、弱冠忝嘉招。〔李注〕曹植表曰、身輕蟬翼、恩重丘山。楚辭曰、蟬翼爲輕也。

㉕卷26・16a5「河陽縣作」依水類浮萍、寄松似懸蘿。〔李注〕淮南子曰、夫萍樹根於水、木樹根於土、天地性也。毛詩曰、蔦與女蘿、施于松柏。曹植雜詩曰、寄松爲女蘿、依水如浮萍。（江淹④31・8b6同）

㉖卷56・29b9「楊仲武誄」子以妙年之秀、〔李注〕曹子建自試表曰、終軍以妙年使越。（潘岳⑦10・19b1同）

㉗卷57・3a1「夏侯常侍誄」雖實唱高、猶賞爾音。〔李注〕宋玉對問曰、曲彌高者、其和彌寡。曹植求自試表曰、或有賞音而識道。

㉘卷57・3b4「夏侯常侍誄」執戟疲楊、長沙投賈。〔李注〕曹子建楊德祖書曰、楊子雲、先朝執戟之臣耳。（胡氏考異云、何校「楊」上添「與」字、陳同、是也。各本皆脫。）

〔陸機〕

①卷17・5b8「文賦」立片言而居要、乃一篇之警策。〔李注〕以文喩馬也。言馬因警策而彌駿、以喩文資片言而益明也。夫駕之法、以策駕乘、今以一言之好、最於衆辭、若策驅馳、故云警策。論語、子曰、片言可以折獄。左氏傳、繞朝贈士會以馬策。曹子建應詔詩曰、僕夫警策。（潘岳⑥10・12b9同）鄭玄周禮注曰、警、勑戒也。

②卷24・18a6「於承明作與士龍」牽世嬰時網、駕言遠徂征。〔李注〕鄒陽上書曰、豈拘於俗、牽於世。曹子建責躬詩曰、舉挂時網。

③卷24・19a5「贈尙書郎顧彥先」望舒離金虎、屛翳吐重陰。〔李注〕楚辭曰、屛翳起雨。王逸曰、屛翳、雨師名也。曹子建贈王粲詩曰、重陰潤萬物。

④卷24・22a1「爲顧彦先贈婦」東南有思婦、長歎充幽闥。〔李注〕曹子建七哀詩曰、上有愁思婦、悲歎有餘哀。（沈約④30・20b2同）

⑤卷24・23a1「贈弟士龍」行矣怨路長、惄焉傷別促。〔李注〕曹子建贈白馬王詩曰、怨彼東路長。（棗據①29・22b8同）……曹子建送應氏詩曰、別促會日長。（陸雲④25・5a8）

⑥卷26・19a2「赴洛」撫膺解攜手、永歎結遺音。〔李注〕曹子建雜詩曰、翹思慕遠人、願欲託遺音。

⑦卷26・19a7「赴洛」亹亹孤獸騁、嚶嚶思鳥吟。〔李注〕亹亹、走貌也。曹子建詩曰、孤獸走索羣。

⑧卷26・19a8「赴洛」感物戀堂室、離思一何深。〔李注〕曹子建雜詩曰、離思一何深。（陸機⑨28・5b2同）

⑨卷28・5b2「苦寒行」離思固已久、寤寐莫與言。〔李注〕曹子建雜詩曰、離思一何深。（陸機⑧26・19a8同）

⑩卷28・6b5「門有車馬客行」親友多零落、舊齒皆彫喪。〔李注〕曹子建箜篌引曰、親友從我遊。

⑪卷28・9a1「長安有狹邪行」伊洛有岐路、岐路交朱輪。〔李注〕楊惲書曰、乘朱輪者十人。曹植妾薄相行曰、輜軿飛轂交輪。

⑫卷28・12a1「吳趨行」文德熙淳懿、武功侔山河。〔李注〕曹植令曰、相者文德昭、將者武功烈。（劉琨①25・10a6同）

⑬卷28・12a9「短歌行」人壽幾何、逝如朝霜。〔李注〕左氏傳曰、俟河之清、人壽幾何。曹植送應氏詩曰、人壽若朝霜。

⑭卷28・12b2「短歌行」來日苦短、去日苦長。〔李注〕曹植苦短篇曰、苦樂有餘。

⑮卷28・13b7「日出東南隅行」丹脣含九秋、妍迹陵七盤。〔李注〕洛神賦曰、丹脣外朗。

⑯卷28・14b2「前緩聲歌」肅肅宵駕動、翩翩翠蓋羅。〔李注〕曹植飛龍篇曰、芝蓋翩翩。甘泉賦曰、咸翠蓋而鸞旗。

⑰卷28・26b8「挽歌詩」重阜何崔嵬、玄廬竄其間。〔李注〕曹植曹喈誄曰、痛玄廬之虛廓。

⑱卷28・28a2「挽歌詩」振策指靈丘、駕言從此逝。〔李注〕曹植感節賦曰、豈吾鄉之足顧、戀祖宗之靈丘。

⑲卷30・26a10「擬西北有高樓」玉容誰得顧、傾城在一彈。〔李注〕玉容傾城、竝已見上。（玉容見陸雲①20・18b7曹植罷朝表曰、觀玉容而慶薦、奉懽宴而慈潤。）

⑳卷30・27a3「擬明月皎夜光」織女無機杼、大梁不架楹。〔李注〕言有名無實也。織女、已見上。（謝惠連②30・5a6曹植九詠注曰、織女牽牛之星、各處河之旁。〔曹植①19・14b6、魏文帝①27・19b5、謝惠連①30・5a5同〕）

㉑卷47・10a9「漢高祖功臣頌」萬邦宅心、駿民效足。〔李注〕曹植與陳琳書曰、驥騄不常一步、應良御而效足。（顏延之①14・

7b10同）

㉒巻55・20b4「演連珠」是以玄晏之風恆存、動神之化已滅。［李注］曹植魏德論曰、玄晏之化、豐洽之政。

㉓巻60・19b5「弔魏武帝文」信斯武之未喪、膺靈符而在茲。［李注］曹植大魏篇曰、大魏膺靈符、天祿方茲始。（孫楚①43・8b8、潘岳㉓24・24a1同）春秋孔演圖曰、靈符滋液、以類相感。

㉔巻60・19b9「弔魏武帝文」憤西夏以鞠旅、泝秦川而擧旗。［李注］陳思王述征賦曰、恨西夏之不綱。（潘岳②10・4a1同。胡氏考異云、袁本、茶陵本「征」作「行」、是也。）

〔陸雲〕

①巻20・18b7「大將軍讌會被命作詩」俯觀嘉客、仰瞻玉容。［李注］曹植罷朝表曰、覲玉容而慶薦、奉懽宴而慈潤。（陸機⑲30・26a10同）

②巻25・4b6「爲顧彥先贈婦」鳴簧發丹脣、朱絃繞素腕。［李注］禮記曰、淸廟之瑟、朱絃而疏越。洛神賦曰、攘皓腕。（嵆康②18・17a10同）

③巻25・4b9「爲顧彥先贈婦」華容溢藻幄、哀響入雲漢。［李注］洛神賦曰、華容阿那。

④巻25・5a8「荅兄機」悠遠塗可極、別促怨會長。［李注］機贈詩曰、行矣怨路長、惄焉傷別促。……曹子建送應氏詩曰、別促會日長。（陸機⑤24・23a2同）

⑤巻25・5b7「荅張士然」行邁越長川、飄颻冒風塵。［李注］新序、孔子張曰、臣犯霜露、冒塵埃。曹植出行曰、蒙霧犯風塵。（謝朓・④30・18a6同。胡氏考異云、案、「出」上當有「亟」字。各本皆脫。後八公山詩注引可證。）

〔石崇〕

①巻27・24a1「王明君詞」辭訣未及終、前驅已抗旌。［李注］曹子建應詔曰、前驅擧燧、後乘抗旌。

②巻27・24a9「王明君詞」殺身良不易、默默以苟生。［李注］曹子建三良詩曰、殺身誠獨難。

〔張協〕

①巻29・27a5「雜詩」長鋏鳴鞘中、烽火列邊亭。［李注］楚辭曰、帶長鋏之陸離。王逸曰、長鋏、劍名也。曹植結客篇曰、利劍鳴手中、一擊兩尸僵。

②巻29・28b7「雜詩」養眞尙無爲、道勝貴陸沈。［李注］曹植辨問曰、君子隱居以養眞也。

③卷35・2b4「七命」蓋聞聖人不卷道而背時、智士不遺身而匿迹。［李注］應瑒釋賓曰、聖人不違時而遯迹、賢者不背俗而遺功。七啓曰、感分遺身。

④卷35・3a3「七命」今將榮子以天人之大寶、悅子以縱性之至娛。［李注］列子、楊朱曰、從性而游、不逆萬物所好。七啓曰、說游觀之至娛。

⑤卷35・5b7「七命」爾乃嶢榭迎風、秀出中天。［李注］曹子建七啓曰、迎清風而立觀。

⑥卷35・6b3「七命」遡蕙風於衡薄、眷椒塗於瑤壇。［李注］洛神賦曰、踐椒塗之郁烈、步衡薄而流芳。（鮑照⑩28・24a2同）

⑦卷35・8a4「七命」既乃內無疏蹊、外無漏迹。［李注］七啓曰、下無漏迹、上無逸飛。

⑧卷35・13a8「七命」靈淵之龜、萊黃之鮐。［李注］七啓曰、寒方苓之巢龜。

⑨卷35・14a1「七命」紅肌綺散、素膚雪落。［李注］七啓曰、玄熊素膚。又曰、離若散雪。

〔東皙〕

①卷19・17a8「補亡詩」終晨三省、匪惰其恪。［李注］陳思王魏德論曰、位冠萬國、不惰厥恪。

〔傅咸〕

①卷25・2b5「贈何劭王濟」攜手升玉階、竝坐侍丹帷。［李注］曹植娛賓賦曰、丹帷曄以四張。

〔郭泰機〕

①卷25・3b3「荅傅咸」皦皦白素絲、織爲寒女衣。［李注］素絲、喻德。寒女、喻賤也。傅咸贈詩曰、素絲豈不絜、寒女難爲容。……曹植閑居賦曰、願同衾於寒女。

〔何劭〕

①卷21・22b3「遊仙詩」揚志玄雲際、流目矚巖石。［李注］七啓曰、抗志雲際。

〔應貞〕

①卷20・19b6「晉武帝華林園集詩」玄澤滂流、仁風潛扇。［李注］玄澤、聖恩也。曹子建責躬詩曰、玄化滂流。

〔木華〕

①卷12・6b1「海賦」鮫人之室、［李注］曹子建七啓曰、戲鮫人。（郭璞①12・5a4同）劉淵林吳都賦注曰、鮫人、水底居。

②卷12・6b5「海賦」若乃雲錦散文於沙汭之際、綾羅被光於螺蚌之節。［李注］言沙汭之際、文若雲錦。螺蚌之節、光若綾羅也。……曹植齊瑟行曰、蚌蛤被濱崖、光采如錦紅。

③卷12・7b5「海賦」不汎陽侯、乘蹻絶往。［李注］曹植苦寒行曰、乘蹻追術士、遠在蓬萊山。抱朴子曰、乘蹻可以周流天下。蹻道有三法、一曰龍蹻、二曰氣蹻、三曰鹿盧蹻。

〔劉琨〕

①卷25・10a6「荅盧諶詩」資忠履信、武烈文昭。［李注］漢武帝贈故朱崖太守董廣詔曰、伐叛柔服、文昭武烈。曹植令曰、相者文德昭、將者武功烈。（陸機⑫28・12a1同）

②卷25・10a10「荅盧諶詩」何以贈子、竭心公朝。［李注］毛詩曰、何以贈之。鸚䳇賦曰、苟竭心於所事。曹子建求親親表曰、執政不廢於公朝也。（任昉⑤38・22a8同）

③卷37・26b3「勸進表」自京畿隕喪、九服崩離。［李注］曹子建責躬詩曰、得會京畿。

④卷37・29a1「勸進表」方今鍾百王之季、當陽九之會。［李注］曹植九詠章句曰、鍾、當也。（鮑照③14・8b4同）

〔盧諶〕

①卷25・18b2「贈崔溫」逍遙步城隅、暇日聊遊豫。［李注］曹植蟬賦曰、始遊豫乎芳林。

②卷25・18b3「贈崔溫」北眺沙漠垂、南望舊京路。［李注］說文曰、漠、北方流沙也。曹子建白馬篇曰、揚聲沙漠垂。

③卷25・18b6「贈崔溫」遊子恆悲懷、舉目增永慕。［李注］李陵書曰、舉目言笑、誰與爲懽。曹子建應詔詩曰、長懷永慕。（潘岳⑪16・20a1同）

〔郭璞〕

①卷12・15a4「江賦」淵客築室於巖底、鮫人構館于懸流。［李注］鮫人、已見海賦。（［木華①12・6b1］曹子建七啓曰、戲鮫人。劉淵林呉都賦注曰、鮫人、水底居。）

②卷21・27a10「遊仙詩」圓丘有奇草、鍾山出靈液。［李注］東方朔十州記曰、北海外有鍾山、自生千歲芝及神草。靈液、謂玉膏之屬也。曹植苦寒行曰、靈液飛波、蘭桂參天。

〔孫綽〕

①卷11・6a10「遊天台山賦」被毛褐之森森、振金策之鈴鈴。［李注］七啓曰、余好毛褐、未暇此服也。

〔謝瞻〕

①卷20・22b1「九日從宋公戲馬臺集送孔令詩」臨流怨莫從、歡心歎飛蓬。〔李注〕言己牽於時役、未果言歸、臨流念鄕、已結莫從之怨、而以侍宴暫歡之志、重歎飛蓬之遠也。楚辭曰、臨流水而太息。王逸曰、念舊鄕也。曹植應詔詩曰、朝覲莫從。（謝朓⑥40・24b3同）

②卷21・10b10「張子房詩」息肩纏民思、靈鑒集朱光。〔李注〕毛詩曰、天鑒在下、有命既集。曹植離友詩曰、靈鑒無私。（顏延之⑨27・14a10同）賈逵國語注曰、鑒、察也。

③卷25・21a7「於安城荅靈運」華宗誕吾秀、之子紹前胤。〔李注〕魏志、曹植上疏曰、華宗貴族、必有應斯學者。（任昉⑧46・29b5同）

④卷25・22b8「於安城荅靈運」行矣勵令猷、寫誠詶來訊。〔李注〕補亡詩曰、賔寫爾誠。曹植與吳重書曰、得所來訊、文采委曲。（胡氏考異云、陳云、「吳」下脫「季」字。案、非也、重卽季重、例見前。）

〔陶淵明〕

①卷26・22b8「辛丑歲七月赴假還江陵夜行塗口」養眞衡茅下、庶以善自名。〔李注〕曹子建辯問曰、君子隱居以養眞也。衡門、茅茨也。

②卷30・3b8「雜詩」日入羣動息、歸鳥趨林鳴。〔李注〕曹子建贈白馬王彪詩曰、歸鳥赴喬林。（謝朓①26・7b4同）

〔謝靈運〕①〜⑰については本論中に既述。

〔鮑照〕

①卷11・11b4「蕪城賦」糊頳壤以飛文、〔李注〕七啓曰、燿飛文。

②卷11・12b8「蕪城賦」東都妙姬、南國麗人。〔李注〕曹子建詩曰、南國有佳人、華容若桃李。

③卷14・8b4「舞鶴賦」鍾浮曠之藻質、〔李注〕曹植九詠章句曰、鍾、當也。（劉琨④37・29a1同）

④卷21・19a9「詠史詩」仕子彯華纓、遊客竦輕轡。〔李注〕七啓曰、華組之纓。（鮑照⑨28・23a1同）

⑤卷28・19a1「結客少年場行」題注〔李注〕曹植結客篇曰、結客少年場、報怨洛北芒。

⑥卷28・20b1「苦熱行」題注〔李注〕曹植苦熱行曰、行遊到日南、經歷交阯鄕、苦熱但曝霜、越夷水中藏。

⑦卷28・20b8「苦熱行」日月有恆昏、雨露未嘗晞。〔李注〕曹植感時賦曰、惟淫雨之永降、曠三旬而未晞。毛詩曰、白露未

晞。毛萇曰、晞、乾也。

⑧卷28・21a7「苦熱行」飢猨莫下食、晨禽不敢飛。〔李注〕曹植七哀詩曰、南方有鄣氣、晨鳥不得飛。

⑨卷28・23a1「放歌行」素帶曳長飆、華纓結遠埃。〔李注〕七啓曰、華組之纓。（鮑照④21・19a9同）

⑩卷28・24a2「升天行」冠霞登綵閣、解玉飲椒庭。〔李注〕椒庭、取其芬香也。洛神賦曰、踐椒塗之郁烈。（張協⑥35・6b3同）

⑪卷30・11a3「翫月城西門解中」夜移衡漢落、徘徊帷戶中。〔李注〕曹植七哀詩曰、明月照高樓、流光正徘徊。（江淹㉔31・30a4同）

〔顔延之〕

①卷14・7b10「赭白馬賦」效足中黄、殉驅馳兮。〔李注〕曹植與陳林書曰、驥騄不常步、應良御而效足。（陸機㉑47・10a9同）……曹植令曰、今皇帝損乘車之副、竭中黄之府。

②卷14・8a4「赭白馬賦」竟先朝露、長委離兮。〔李注〕朝露至危、而又先之、言甚速也。漢書、李陵謂蘇武曰、人生如朝露。曹子建自試表曰、常恐先朝露。

③卷21・14b8「秋胡行」年往誠思勞、事遠闊音形。〔李注〕曹子建苔楊德祖書曰、思子爲勞。

④卷21・15b4「秋胡行」明發動愁心、閨中起長歎。〔李注〕曹子建美女篇曰、中夜起長歎。

⑤卷26・5b4「和謝監靈運」弔屈汀洲浦、謁帝蒼山蹊。〔李注〕曹子建贈白馬王詩曰、謁帝承明廬。

⑥卷27・2b10「北使洛」伊穀絶津濟、臺館無尺椽。〔李注〕曹植毀故殿令曰、秦之滅也、則阿房無尺椽。

⑦卷27・3a6「北使洛」隱憫徒御悲、威遲良馬煩。〔李注〕洛神賦曰、車殆馬煩。

⑧卷27・3a9「北使洛」蓬心既已矣、飛薄殊亦然。〔李注〕曹植吁嗟篇曰、吁嗟此轉蓬、居世亦然之。

⑨卷27・14a10「宋郊祀歌」靈監叡文、民屬叡武。〔李注〕曹植離友詩曰、靈鑒無私。（謝瞻②21・10b10同）

⑩卷27・14b2「宋郊祀歌」亘地稱皇、罄天作主。〔李注〕曹植玄暢賦曰、罄天壤而作皇。孝經鉤命決曰、道機合者稱皇。張儼請立太子師傅表曰、陛下膺期、順乾作主。

⑪卷27・14b5「宋郊祀歌」月竄來賓、日際奉土。〔李注〕曹植玄暢賦曰、絙日際而來王。潘岳爲賈謐贈陸機詩曰、奉土歸疆。

⑫卷46・8a6「三月三日曲水詩序」皇祇發生之始、后王布和之辰。〔李注〕皇、天神也。祇、地神也。周禮曰、大宗伯掌天

神地祇之禮。曹植九詠曰、皇祇降兮潛靈舞。爾雅曰、春爲發生。
⑬卷46・8b7「三月三日曲水詩序」略亭皋、跨芝廛。［李注］洛神賦曰、稅駕乎衡皋、秣駟乎芝田。
⑭卷46・9a8「三月三日曲水詩序」銜組樹羽之器。［李注］阮諶三禮圖曰、筍虡、兩頭並爲龍以銜組。曹植九詠曰、雲龍兮銜組、流羽兮交横。毛詩曰、設業設虡、崇牙樹羽。
⑮卷58・2a1「宋文皇帝元皇后哀策文」龍輁纚紼、容翟結驂。［李注］劉熙釋名曰、容車、婦人所載小車也、其蓋施帷、所以隱蔽其形容。曹植宣后誄表曰、容車飾駕、以合北辰。周禮曰、王后之五路、重翟鍚面朱總、厭翟勒面繢總、皆有容蓋。鄭司農云、容、謂幨車也。鄭玄曰、蓋、如今小車蓋也。
⑯卷58・3b3「宋文皇帝元皇后哀策文」用集寶命、仰陟天機。［李注］天機、喩帝位也。尙書考靈耀曰、璿璣玉衡、以齊七政。尙書爲此璣。曹植秋胡行曰、歌以永言、大魏承天璣。然璣與機同也。

〔謝惠連〕

①卷30・5a5「七月七日夜詠牛女」雲漢有靈匹、彌年闕相從。［李注］毛詩曰、倬彼雲漢。曹植九詠注曰、牛女爲夫婦、七月七日得一會同也。（曹植①19・14b6、魏文帝①27・19b5、陸機⑳30・27a3同）
②卷30・5a6「七月七日夜詠牛女」遐川阻昵愛、脩渚曠清容。［李注］曹植九詠注曰、織女牽牛之星、各處河之旁。（曹植①19・14b6、魏文帝①27・19b5、陸機⑳30・27a3同）爾雅曰、昵、近也。孫炎曰、親之近也。

〔謝莊〕

①卷57・21a6「宋孝武宣貴妃誄」敢撰德於旂旐、［李注］周易曰、雜物撰德。楊雄元后誄曰、著德太常、注諸旒旐。曹植卞太后誄曰、敢揚厚德、表之旐旌。

〔王微〕

①卷30・9b4「雜詩」詎憶無衣苦、但知狐白溫。［李注］曹植贈丁儀詩曰、狐白足禦冬、焉念無衣客。

〔王僧達〕

①卷26・7a3「苔顏延年」寒榮共偃曝、春醞時獻斟。［李注］曹植酒賦曰、或秋藏冬發、或春醞夏開。

〔袁淑〕

①卷31・3a3「效古」迺知古時人、所以悲轉蓬。［李注］曹植雜詩曰、轉蓬離本根、飄颻隨長風、類此客遊子、捐軀遠從戎。

〔劉鑠〕

①卷31・3a10「擬行行重行行」堂上流塵生、庭中綠草滋。［李注］曹植曹仲雍誄曰、流塵飄蕩魂安歸。

②卷31・3b6「擬行行重行行」淚容不可飾、幽鏡難復治。［李注］曹植七哀詩曰、膏沐誰爲容、明鏡闇不治。

③卷31・4a1「擬明月何皎皎」玉宇來淸風、羅帳延秋月。［李注］曹植芙蓉賦曰、退潤玉宇、進文帝庭。

〔謝朓〕

①卷26・7b4「郡內高齋閑坐荅呂法曹」中列遠岫、庭際俯喬林。［李注］曹子建詩曰、歸鳥赴喬林。（陶淵明②30・3b8同）

②卷27・8a8「京路夜發」文奏方盈前、懷人去心賞。［李注］曹子建聖皇篇曰、侍臣首文奏、陛下躰仁慈。

③卷28・24b2「鼓吹曲」江南佳麗地、金陵帝王州。［李注］爾雅曰、江南曰揚州。佳麗、已見上文。（集注本61上32a無此六字。［謝靈運⑩28・16a5］曹子建贈丁儀詩曰、佳麗殊百城。）吳錄曰、張紘言於孫權曰、秣陵、楚武王所置、名爲金陵。秦始皇時、望氣者云、金陵有王者氣、故斷連崗、改名秣陵也。曹植贈王粲詩曰、壯哉帝王居、佳麗殊百城。（謝靈運⑩28・16a5同）

④卷30・18a6「和王著作八公山」風煙四時犯、霜雨朝夜沐。［李注］曹植亟出行曰、蒙霧犯風塵。（集注本59下26b作氣出行）（陸雲⑤25・5b7同）

⑤卷30・19a5「和王主簿怨情」生平一顧重、宿昔千金賤。［李注］鄭玄毛詩箋曰、顧、迴首也。列女傳曰、楚成鄭子瞀者、楚成王之夫人也。初、成王登臺、子瞀不顧、王曰、顧、吾與女千金。子瞀遂行不顧。曹植詩曰、一顧千金重、何必珠玉錢。

⑥卷40・24b3「拜中軍記室辭隋王牋」況廼服義徒擁、歸志莫從。［李注］孟子曰、予浩然有歸志。曹植應詔詩曰、朝覲莫從。（謝瞻①20・22b1同）

⑦卷40・25a4「拜中軍記室辭隋王牋」榮立府庭、恩加顏色。［李注］曹植豔歌行曰、長者賜顏色。（江淹㉖39・21a5同）

⑧卷40・25a6「拜中軍記室辭隋王牋」撫臆論報、早誓肌骨。［李注］陳思王責躬表曰、抱釁歸蕃、刻肌刻骨。

⑨卷40・25b1「拜中軍記室辭隋王牋」輕舟反溯、弔影獨留。［李注］言舟反而己留也。洛神賦曰、浮輕舟而上溯。曹子建責躬表曰、形影相弔、五情愧赧。（李密①37・19a1、江淹①16・25a8同）

〔王融〕

①卷36・12b9「永明九年策秀才文」朕獲纂洪基、思弘至道。［李注］曹植魏德頌曰、武創洪基、克光厥德。（孫楚②43・8b

9同）

②卷36・16ａ4「永明十一年策秀才文」豈薪槱之道未弘、爲網羅之目尙簡。〔李注〕曹子建書曰、仲宣獨步於漢南、孔璋鷹揚於河朔、吾王設天網以該之。文子曰、有鳥將來、張羅而得鳥者、羅之一目也。今爲一目之羅、卽無時得鳥。

③集注本卷91下5ａ〈46・12ａ3〉「三月三日曲水詩序」設神理以景俗、〔李注〕神理、猶神道也。周易曰、聖人以神道設教、而天下服。曹植武帝誄曰、聰鏡神理。（謝靈運②19・21ａ2、謝靈運④22・8ｂ10同）

④卷46・16ｂ10「三月三日曲水詩序」邁三五而不追、踐八九之遙迹。〔李注〕八九、謂七十二君。曹植魏德論曰、越八九於往素、踵黃帝之靈矩。

⑤卷46・17ａ2「三月三日曲水詩序」功既成矣、世既貞矣。〔李注〕禮記曰、王者功成作樂。老子曰、王侯得一、以爲天下貞。曹植魏德論曰、帝猷成矣、殷肱貞矣。

〔王儉〕

①卷58・20ｂ4「褚淵碑文」鼓棹則滄波振蕩、建旗則日月蔽虧。〔李注〕曹子建責躬詩曰、建旗東嶽。子虛賦曰、岑崟參差、日月蔽虧。

②卷58・20ｂ6「褚淵碑文」出江派而風翔、入京師而雷動。〔李注〕曹植任城王誄曰、矯矯元戎、雷動雲徂。楚辭曰、雷動電發。

〔王巾〕

①卷59・9ａ2「頭陁寺碑文」後有僧勤法師、貞節苦心、求仁養志。〔李注〕楚辭曰、原生受命于貞節。曹植擬九詠曰、徒勤躬兮苦心。

〔陸厥〕

①卷26・11ｂ7「奉荅內兄希叔」愧茲山陽讌、空此河陽別。〔李注〕魏氏春秋曰、嵇康寓居山陽縣、與向秀遊於竹林、號曰七賢。曹植送應氏詩曰、親昵並集送、置酒此河陽。

②卷26・12ａ1「奉荅內兄希叔」渤搖方搖滯、宜城誰獻酬。〔李注〕陳思王酒賦曰、酒有宜城濃醪、蒼梧漂淸。毛詩曰、獻酬交錯。

③卷26・12ａ4「奉荅內兄希叔」惜哉時不與、日暮無輕舟。〔李注〕言無輕舟以相從也。賈逵國語注曰、惜、痛也。劉越石贈

盧諒詩曰、時哉不我與。曹子建贈王仲宣詩曰、有彼孤鴛鴦、哀鳴無匹儔。我願執此鳥、惜哉無輕舟。

〔江淹〕

①巻16・25a8「恨賦」弔影慙魂。〔李注〕曹子建表曰、形影相弔。（李密①37・19a1、謝朓⑨40・25b2同）

②巻16・27b7「別賦」知離夢之躑躅、意別魂之飛揚。〔李注〕曹植悲命賦曰、哀魂靈之飛揚。

③巻27・8b9「望荊山」玉柱空掩露、金樽坐含霜。〔李注〕曹子建樂府詩曰、金樽玉杯、不能使薄酒更厚。（謝靈運⑫30・8b5、謝靈運⑰30・32a1同）

④巻31・8b6「雜體詩」（古離別）兔絲及水萍、所寄終不移。〔李注〕爾雅曰、女蘿、兔絲也。毛詩曰、蔦與女蘿、施於松柏。淮南子曰、夫萍樹根於水、木樹根於土、天地性也。曹植雜詩曰、寄松爲女蘿、依水如浮萍。（潘岳㉕26・16a5同）

⑤巻31・9b4「雜體詩」（魏文帝）置酒坐飛閣、逍遙臨華池。〔李注〕曹子建詩曰、置酒高殿上。（左思①4・23b4同）西都賓曰、脩途飛閣。

⑥巻31・9b5「雜體詩」（魏文帝）神飇自遠至、左右芙蓉披。〔李注〕曹子建公讌詩曰、神飇接丹轂。魏文帝詩曰、蘭芷生兮芙蓉披。

⑦巻31・9b7「雜體詩」（魏文帝）綠竹夾清水、秋蘭被幽涯。〔李注〕曹植公讌詩曰、秋蘭被長坂、朱華冒淥池。

⑧巻31・9b8「雜體詩」（魏文帝）月出照園中、冠珮相追隨。〔李注〕曹植公讌詩曰、清夜遊西園、飛蓋相追隨。

⑨巻31・10a2「雜體詩」（魏文帝）賓還城邑、何以慰吾心。〔李注〕曹子建名都篇曰、雲散還城邑、清晨復來還。

⑩巻31・10a10「雜體詩」（陳思王）朝與佳人期、日夕望青閣。〔李注〕魏文帝秋胡行曰、朝與佳人期、日夕殊不來。曹子建美女篇曰、青樓臨大路。

⑪巻31・10b1「雜體詩」（陳思王）褰裳摘明珠、徙倚拾蕙若。〔李注〕洛神賦曰、或采明珠、或拾翠羽。

⑫巻31・10b3「雜體詩」（陳思王）眷我二三子、辭義麗金雘。〔李注〕曹子建贈丁翼詩曰、吾與二三子。

⑬巻31・10b4「雜體詩」（陳思王）延陵輕寶劍、季布重然諾。〔李注〕延陵、已見上。（集注本〈巻61上32a〉作「曹子建贈丁儀詩曰、思慕延陵子、寶劍非所惜。」）

⑭巻31・11a6「雜體詩」（劉文學）微臣固受賜、鴻恩良未測。〔李注〕曹植天地篇曰、復爲時所拘、羈紲作微臣。

⑮巻31・11b10「雜體詩」（王侍中）侍宴出河曲、飛蓋遊鄴城。〔李注〕魏文帝與吳質書曰、時駕而遊、北遵河曲。曹子建公讌

詩曰、飛蓋相追隨。
⑯卷31・13b1「雜體詩」（阮步兵）沈浮不相宜、羽翼各有歸。［李注］曹子建七哀詩曰、沈浮各異世。
⑰卷31・14a1「雜體詩」（張司空）佳人撫鳴琴、清夜守空帷。［李注］曹子建雜詩曰、妾身守空閨。
⑱卷31・16b5「雜體詩」（左記室）顧念張仲蔚、蓬蒿滿中園。［李注］曹子建贈徐幹詩曰、顧念蓬室士。趙岐三輔決錄注曰、張仲蔚、扶風人也。少與同郡魏景卿隱身不仕。明天官、博學、好爲詩賦。所居蓬蒿沒人也。
⑲卷31・16b8「雜體詩」（張黄門）丹霞蔽陽景、綠泉涌陰渚。［李注］曹子建情詩曰、微陰翳陽景。
⑳卷31・17a2「雜體詩」（張黄門）高談玩四時、索居慕儔侶。［李注］曹子建求通親表曰、高談無所與陳。（胡氏考異云、袁本、茶陵本「通」作「親」。案、此尤添「通」字而誤改去上「親」字耳。當兩有、作「求通親親」。）
㉑卷31・19b5「雜體詩」（郭弘農）傲睨摘木芝、凌波采水碧。［李注］洛神賦曰、凌波微步。
㉒卷31・25a10「雜體詩」（顏特進）山雲備卿藹、池卉具靈變。［李注］魏文帝東閣詩曰、高山吐慶雲。西京賦曰、濯靈芝之朱柯。陳思王靈芝篇曰、靈芝生玉池。
㉓卷31・29b3「雜體詩」（鮑參軍）寒陰籠白日、太谷晦蒼蒼。［李注］曹植贈白馬王詩曰、太谷何寥廓、山樹鬱蒼蒼。
㉔卷31・30a4「雜體詩」（休上人）露采方汎豔、月華始徘徊。［李注］曹子建七哀詩曰、明月照高樓、流光正徘徊。（鮑照⑪30・11a3同）
㉕卷31・30a10「雜體詩」（休上人）桂水日千里、因之平生懷。［李注］洛神賦曰、託微波而通辭。鍾會懷士賦曰、記遠念於興波。
㉖卷39・21a5「詣建平王上書」大王惠以恩光、顧以顏色。［李注］曹植豔歌曰、長者賜顏色、泰山可動移。（謝朓⑦40・25a4同）

〔沈約〕

①卷22・23a9「宿東園」陳王鬭雞道、安仁采樵路。［李注］陳思王名都篇曰、鬭雞東郊道、走馬長楸閒。
②卷22・23b1「宿東園」東郊豈異昔、聊可閑余步。［李注］七啓曰、雍容閑步。
③卷22・24a8「遊沈道士館」開衿濯寒水、解帶臨清風。［李注］曹子建閑居賦曰、愬寒風而開衿。（潘岳⑧10・28a7同）
④卷30・20b2「應王中丞思遠詠月」高樓切思婦、西園游上才。［李注］曹子建七哀詩曰、明月照高樓、流光正徘徊、上有愁

思婦、悲歎有餘哀。（陸機④24・22a1同）
⑤卷30・21b7「學省愁臥」虛館淸陰滿、神宇曖微微。［李注］曹植九詠曰、蔓葛滋兮冒神宇。（潘岳⑭16・21b4同）
⑥卷30・22b8「三月三日卒爾成篇」淸晨戲伊水、薄暮宿蘭池。［李注］曹子建名都篇曰、淸晨復來還。
⑦卷30・23a5「三月三日卒爾成篇」且當忘情去、歎息獨何爲。［李注］曹子建贈白馬王詩曰、太息將何爲。
⑧卷40・12a10「奏彈王源」潘楊之睦、有異於此。［李注］曹子建求自試表曰、古之受爵祿者、有異於此。
⑨卷50・14b6「宋書謝靈運傳論」子建函京之作、仲宣灞岸之篇。［李注］曹子建贈丁儀王粲詩曰、從軍度函谷、驅馬過西京。
⑩卷59・15a6「齊故安陸昭王碑文」立行可模、置言成範。［李注］曹植學宮頌曰、言爲世範、行爲時矩。
⑪卷59・21b2「齊故安陸昭王碑文」南陽葦杖、未足比其仁。［李注］曹植對酒歌曰、蒲鞭葦杖示有刑。
⑫卷59・23a3「齊故安陸昭王碑文」於是驅馬原隰、卷甲遄征。［李注］孫子兵法曰、卷甲趨利、日夜不處。曹植詩曰、指日遄征。（潘岳⑱20・10a9同）
⑬卷59・24b10「齊故安陸昭王碑文」耕夫釋耒、桑婦下機。［李注］曹植苟侯誄曰、機女投杼、農夫輟耕也。
⑭卷59・27b9「齊故安陸昭王碑文」思所以克播遺塵、弊之穹壤。［李注］曹植露盤頌曰、弊之天壤、以顯元功。
⑮卷59・28b8「齊故安陸昭王碑文」膺期誕德、絕後光前。［李注］曹植上文帝誄表曰、階青雲而誕德。

〔任昉〕

①卷23・24b10「出郡傳舍哭范僕射」伊人有涇渭、非余揚濁淸。［李注］伊人、謂范雲也。綜核人物、涇渭殊流、非余狂生能揚淸激濁也。毛詩曰、涇以渭濁、湜湜其沚。孫綽曰、涇渭殊流。雅鄭異調。曹子建贈丁儀詩曰、涇渭揚濁淸。
②卷36・2b1「宣德皇后令」在昔晦明、隱鱗戢翼。［李注］曹植矯志詩曰、仁虎匿爪、神龍隱鱗。成公綏慰志賦曰、惟潛龍之勿用、戢鱗翼而匿景。
③卷38・13a4「爲齊明帝讓宣城郡公第一表」寄深同氣、［李注］曹植求自試表曰、與國分形同氣、憂患共之。
④卷38・13b7「爲齊明帝讓宣城郡公第一表」且陵土未乾、訓誓在耳。［李注］曹植求自試表曰、墳土未乾、而身名竝滅。
⑤卷38・22a8「爲蕭揚州薦士表」庠序公朝、萬夫傾望。［李注］孟子曰、夏曰秋、殷曰序、周曰庠、學則三代共之。曹植求通親親表曰、執政不廢於公朝。（劉琨②25・10a10同）
⑥卷40・26a10「到大司馬記室牋」含生之倫、庇身有地。［李注］曹植對酒行曰、含生蒙澤、草木茂延。

⑦卷40・29b10「百辟勸進今上牋」不習孫吳、遘茲神武。〔李注〕曹植上疏曰、不取孫吳、而闇與之會。

⑧卷46・29b5「王文憲集序」公生自華宗、世務簡隔。〔李注〕魏志、曹植上疏曰、華宗貴族、必應斯舉。（謝瞻③25・21a7同）

⑨卷59・30b10「劉先生夫人墓誌」復有令德、一與之齊。〔李注〕曹植王仲宣誄曰、既有令德、材技廣宣。

〔劉峻〕

①卷54・13b7「辯命論」夷叔斃淑媛之言、〔李注〕崔琦七蠲曰、三王行化、夷、叔隱己。古史考曰、伯夷、叔齊者、殷之末世、孤竹君之二子也、隱於首陽山、采薇而食之。野有婦人謂之曰、子義不食周粟、此亦周之草木也。於是餓死。曹植與楊脩書曰、有南威之容、乃可以論於淑媛。

②卷55・1b10「廣絕交論」嚶鳴相召、星流電激。〔李注〕曹植辯問曰、游說之士、星流電耀。荅賓戲曰、游說之徒、風颺電激。

③卷55・2a5「廣絕交論」且心同琴瑟、〔李注〕毛詩曰、妻子好合、如鼓瑟琴。曹子建王仲宣誄曰、好和琴瑟。

④卷55・13b4「廣絕交論」裂裳裹足、棄之長騖。〔李注〕曹植應詔詩曰、弭節長騖。

〔陸倕〕

①卷56・17b6「新刻漏銘」陸機之賦、虛握靈珠。孫綽之銘、空擅崑玉。〔李注〕曹子建與楊德祖書曰、人人自謂握靈蛇之珠、家家自謂抱荊山之玉。

②卷56・21b2「新刻漏銘」配皇等極、爲世作程。〔李注〕呂氏春秋曰、後世以爲法程。高誘曰、程、度也。曹植列女傳頌曰、尚卑貴禮、來世作程。

〔曹植以前・同期の作品に對する引用〕

〔枚乘〕

①卷34・12a6「七發」凌赤岸、篲扶桑、橫奔似雷行。〔李注〕赤岸、蓋地名也。曹子建表曰、南至赤岸。山謙之南徐州記曰、京江、禹貢北江。春秋分朔、輒有大濤、至江乘、北激赤岸、尤更迅猛。然並以赤岸在廣陵。而此文勢似在遠方、非廣陵也。

〔曹大家〕

①卷9・19b8「東征賦」諒不登樔而椓蠡兮、得不陳力而相追。〔李注〕陳思王遷都賦曰、覽乾元之兆域兮、本人物乎上世、

紛混沌而未分、與禽獸乎無別。椓蠡蝱而食疏、摭皮毛以自蔽。然陳思之言蓋出於此也。

〔魏文帝〕

①卷27・19b5「燕歌行」牽牛織女遙相望、爾獨何辜限河梁。〔李注〕史記曰、牽牛爲犧牲、其北織女。織女、天女孫也。曹植九詠注曰、牽牛爲夫、織女爲婦、織女牽牛之星、各處一旁、七月七日得一會同矣。（曹植①19・14b6、陸機⑳30・27a3、謝惠連①30・5a5、5a6同）

〔楊脩〕

①卷40・14a4「荅臨淄侯牋」自周章於省覽、何遑高視哉。〔李注〕曹植書曰、足下高視於上京也。

②卷40・15a3「荅臨淄侯牋」脩家子雲、老不曉事、強著一書、悔其少作。〔李注〕曹植書曰、楊雄猶稱壯夫不爲。楊子法言、或問吾子少好賦、曰、然、童子彫蟲篆刻。俄而曰、壯夫不爲。

③卷40・15a8「荅臨淄侯牋」若乃不忘經國之大美、流千載之英聲。〔李注〕曹植書曰、采庶官之實錄、成一家之言。東京賦曰、忘經國之長基。

④卷40・15b3「荅臨淄侯牋」敢望惠施以忝莊氏。〔李注〕曹植書曰、其言之不慚、恃惠子之知我也。修言已豈敢望比惠施之德、以忝辱於莊周之相知乎。莊周、喩植也。惠施、莊周相知者也、故引之。

⑤卷40・15b4「荅臨淄侯牋」季緒瑣瑣、何足以云。〔李注〕曹植書曰、劉季緒好詆訶文章。魏志曰、劉季緒、名脩、劉表子、官至樂安太守。

〔曹植の作品に對する引用〕

①卷19・14b6「洛神賦」歎匏瓜之無匹兮、詠牽牛之獨處。〔李注〕史記曰、四星在危南。匏瓜。牽牛爲犧牲。其北織女。織女、天女孫也。天官星占曰、匏瓜、一名天鷄、在河鼓東。牽牛、一名天鼓、不與織女値者、陰陽不和。曹植九詠注曰、牽牛爲夫、織女爲婦。織女、牽牛之星、各處河鼓之旁。七月七日、乃得一會。（魏文帝①27・19b5、陸機⑳30・27a3、謝惠連①30・5a5、5a6同）阮瑀止慾賦曰、傷匏瓜之無偶、悲織女之獨勤。倶有此言。然無匹之義、未詳其始。

②卷19・15a4「洛神賦」於是屛翳收風、川后靜波。〔李注〕王逸楚辭注曰、屛翳、雨師名。虞喜志林曰、韋昭云、屛翳、雷師。喜云、雨師。然說屛翳者雖多、竝無明據。曹植詰洛文曰、河伯典澤、屛翳司風。植既皆爲風師、不可引他說以非之。川后、河伯也、已見上文。（胡氏考異云、案、「洛」當作「咎」。各本皆譌。文今載集中。袁本、茶陵本「詰」譌「結」、陳云當作「禊」、

大非。王伯厚嘗言、曹子建詰咎文、假天帝之命、以詰風伯、雨師。名篇之意顯然矣。）

③卷20・5a10「責躬詩」改封兗邑、于河之濱。［李注］魏志曰、帝以太后故、貶爵安鄉侯。又曰、黄初二年、改封鄄城、屬東郡、舊兗州之境。尚書曰、濟河惟兗州。植表曰、行至延津、受安鄉印綬。

④卷20・5b2「責躬詩」煢煢僕夫、于彼冀方。［李注］植集曰、詔云、知到延津、遂復來。求出獵表曰、臣自招罪亹、徙居京師、待罪南宮。然植雖封安鄉侯、猶住冀州也。時魏都鄴、鄴、冀州之境也。一云時魏以雒爲京師、比堯之冀方也。大戴禮曰、驪駒在門、僕夫具存。毛萇詩傳曰、于、往也。尚書、五子之歌曰、惟彼陶唐、有此冀方。

⑤卷20・5b5「責躬詩」嗟余小子、乃罹斯殃。赫赫天子、恩不遺物。［李注］謂至京師、蒙恩得還也。植求習業表曰、雖免大誅、得歸本國。

⑥卷20・6a8「責躬詩」願蒙矢石、建旗東嶽。［李注］左氏傳曰、荀偃親受矢石。東嶽鎭吳之境。子建詩曰、我心常怫鬱、思欲赴太山。與此義同。

⑦卷29・16b10「雜詩」拊劍西南望、思欲赴太山。［李注］左氏傳曰、子朱怒、撫劍從之。太山、東嶽、接吳之境。西、喩蜀。責躬詩曰、願蒙矢石、建旗東嶽、意與此同也。

⑧卷37・16a3「求通親親表」冀陛下儻發天聰而垂神聽也。［李注］尚書曰、天聰明。已見自試表。（當作「曹植求自試表曰、伏惟陛下少垂神聽。」）

第五節　注引陸機・潘岳の詩文から見た文學言語の創作と繼承

李善注から見た文學言語の創作と繼承という視點から、前節では、李善注に引用されている曹植の詩文と、その正文の語句を比較検討したが、その結果、曹植の言葉を後の六朝の詩人達がさまざまな工夫を凝らして自己の作品中に取り込んでいるのが分かった。中でも陸機・潘岳・謝靈運などには、典據を踏まえた新語の創出、意味の改變という特徴が見られた。

陸機・潘岳は、沈約「宋書謝靈運傳論」（『文選』巻五〇）で、「降及元康、潘陸特秀。律異班賈、體變曹王。縟旨星稠、繁文綺合。」（降りて元康に及ぶや、潘・陸特《ひと》り秀づ。律は班・賈に異なり、體は曹・王に變ず。縟旨は星のごとく稠《しげ》く、繁文は綺のごとく合ふ。）といわれるように、六朝の修辭主義文學の先導者とされる。陸機は自身「文賦」で「謝朝華於已披、啓夕秀於未振。」（朝華を已に披《ひら》けるに謝《さ》り、夕秀を未だ振《ひら》かざるに啓《ひら》く。）と言うように、曹植の言葉の繼承を検討した時も、新しさを出そうとする意圖が見えた。一方、潘岳は死者を悼む感傷的な作品を美的表現で飾ったことでその名が知られ、『晉書』本傳（巻五五）に「岳美姿儀、辭藻絶麗、尤善爲哀誄之文。」（岳　姿儀美にして、辭藻絶麗、尤も善く哀誄の文を爲す。）といわれる。彼らの美文がどのように繼承されているのかを検證すれば、六朝美文の技巧の流れが見えてくると思われる。そこで本節では、曹植に次いで多くの作品が李善注に引かれている陸機（五十五作品、百五十八箇所）、潘岳（四十五作品、百三十五箇所）について、考察してみたい。なお、『文選』正文及び李善注は、特に注記するもの以外は、胡刻本に從った。

一　陸機・潘岳の言葉の繼承

李善注に引かれる陸機・潘岳の詩文の數を、彼ら以降（東晉以降）の作者別に見ると、次のようになる。（數字は引用回數を表し、上段が陸機、下段が潘岳である。なお地名に關する引證となっている陸機の『洛陽記』、潘岳の『關中記』は除いた。詳細は末尾の附錄參照。）

劉琨0・1、郭璞0・2、袁宏2・1、謝混0・1、謝瞻9・2、陶淵明3・2、傅亮0・1、謝靈運14・10、謝惠連4・3、鮑照9・1、顏延之24・17、謝莊3・4、王微1・1、王僧達2・0、袁淑1・0、范曄1・2、劉鑠1・1、謝朓10・8、王融0・4、王儉2・5、孔稚珪0・1、江淹25・16、任昉4・14、丘遲0・2、沈約9・13、王巾3・0、虞羲1・0、劉峻9・7、陸倕8・1

（江淹には、「雜體詩」で陸機（12）・潘岳（9）を詠んだ作品への引證を含む。）

陸機の詩文が百四十五箇所、潘岳の詩文が百二十箇所に引かれている。個別に見ても、陸機では、「漏刻銘」が陸倕の「新刻漏銘」に、潘岳では、哀文が任昉・沈約の同類の作品に、それぞれ多く引かれていることを除けば、謝瞻と鮑照の作品で引用數に大差があるほか、謝靈運・顏延之・謝朓・江淹など皆陸機の引用數が潘岳を上回っていて、影響力の差が見られる。ここでは、引用數が大きく違う謝瞻と鮑照の作品について検討してみよう。

謝瞻の作品に引かれているものは、次のようである。

岳①卷20・35a9「王撫軍庾西陽集別作」方舟新舊知、對筵曠明牧。［李注］楊仲武誄曰、惟我與爾、對筵接几。

「筵を對して明牧に曠《とほ》くならんとす」の「對筵」が潘岳「楊仲武誄」（『文選』卷五六）に見える言葉だという。

①卷20・35a10「王撫軍庾西陽集別作」擧觴矜飮餞、指途念出宿。［李注］劉琨荅盧諶詩序曰、擧觴對膝。毛詩曰、出宿于濟、飮餞于禰。陸士衡贈弟詩曰、指塗悲有餘。

前に擧げた二句の續きである。「觴《さかづき》を擧げて飲餞に矜《つと》め、途《みち》を指して出宿を念《おも》ふ」の「指途」が、陸機「贈弟士龍」詩（『文選』巻二四）の「途を指せば悲しみは餘り有り」(1)に見えるという指摘である。この下句に「臨觴歡不足」（觴に臨むも歡びは足らず）とあり、「擧觴」と對にする謝瞻の二句と似ている。また、「飲餞」「出宿」も、『毛詩』邶風・泉水に基づく言葉であるが、陸機「挽歌詩」（『文選』巻二八）にも「飲餞觴莫擧、出宿歸無期」（飲餞するも觴 擧ぐる莫く、出宿するも歸るに期無し）とあり(2)、「擧觴」も含めて、この二句は全て陸機の言葉を意識していたと思われる。

②巻21・11a3「張子房詩」伊人感代工、聿來扶興王。［李注］陸機遂志賦曰、扶興王以成命、延衰期乎天祿。

「興王を扶《たす》く」が、陸機「遂志賦」（藝文『類聚』巻二六引には此二句が無い）に見える言葉だという。

③巻21・12a9「張子房詩」聖心豈徒甄、惟德在無忘。［李注］陸機高祖頌曰、念功惟德。

「德を惟《おも》ふ」が、陸機「漢高祖功臣頌」（『文選』巻四七）に見える言葉だという。

④⑤巻25・21a2「荅靈運」牽率詶嘉藻、長揖愧吾生。［李注］文賦曰、嘉藻麗之彬彬。……陸機贈潘岳詩曰、僉曰吾生、明德惟允。

「牽率せられて嘉藻に詶《むく》ゆるも、長揖して吾生に愧《は》づ」の「嘉藻」（立派な詩の意、靈運の贈詩を指す）が、陸機「文賦」（『文選』巻一七）の「藻麗の彬彬たるを嘉《よみ》す」に基づく言葉であり、「吾生」（君の意、靈運を指す）が陸機「贈潘岳」（逯欽立『晉詩』巻五にこの二句を錄するのみ）に見えるという。

⑥巻25・21a9「於安城荅靈運」綢繆結風徽、烟熅吐芳訊。［李注］周易曰、天地烟熅、萬物化醇。演連珠曰、肆義芳訊。

「烟熅として芳訊を吐く」の「芳訊」（麗しい問いかけの意、靈運の贈詩を指す）が、陸機「演連珠」（『文選』巻五五）に見える言葉だという。この言葉は、陸機の「長安有狹邪行」（巻二八）にも「傾蓋承芳訊」とあるが、李善は何も注していないので、陸機の創作した語かもしれない。なお、李善は顏延之「皇太子釋奠會作詩」の「肆議芳訊」注（20・

28b10）、顔延之「直東宮荅鄭尚書」の「君子吐芳訊」注（26・4b3）、ともに「演連珠」を引く。「烟熅」は、『周易』繫辭傳下に基づく言葉であり、張衡「思玄賦」などいくつかの使用例があり李善は全て『周易』を引く。潘岳も「爲賈謐作贈陸機」（『文選』巻二四）で「二儀烟熅」という。前句の「絪繆して風徽を結び」の「風徽」には、引證がないが、或いは、陸機「演連珠」に「因雲灑潤、則芬澤易流。乘風載響、則音徽自遠。」（雲に因りて潤ひを灑《そそ》げば、則ち芬澤は流れ易し。風に乘じて響きを載すれば、則ち音徽は自《おのづか》ら遠し。）とあるのに基づく言葉かもしれない。陸機「擬古詩」（『文選』巻三〇「擬行行重行行」）にも「思君徽與音」（君が徽と音とを思ふ）とあり、「風徽」（徳のある態度）と「芳訊」（麗しい詩文）の意に解することができる。

⑦岳②巻25・21b8「於安城荅靈運」萎葉愛榮條、涸流好河廣。［李注］萎葉、涸流、自喩也。……潘安仁河陽詩曰、峻巖敷榮條。文賦曰、豁若涸流。

「萎葉は榮える條《えだ》を愛しみ、涸流は河の廣きを好む」の「榮條」（謝靈運を指す）が潘岳の「河陽縣作」（『文選』巻二六）に、「涸流」（謝瞻自身を喩える）が陸機の「文賦」に見える言葉だという。

⑧⑨巻25・22a2「於安城荅靈運」履運傷荏苒、遵塗歎緬邈。［李注］張茂先勵志詩云、日與月與、荏苒代謝。陸機贈馮文熊(3)曰詩、遵塗遠蹈。又擬古詩曰、緬邈若飛沈。

「塗《みち》に遵《したが》はんとするも緬邈たるを歎《なげ》く」の「遵塗」と「緬邈」が、それぞれ陸機の「贈馮文羆遷斥丘令」（『文選』巻二四）、「擬古詩」（『文選』巻三〇「擬行行重行行」）に見える言葉だという。「遵塗」は、「贈馮文羆遷斥丘令」の李善注に「四子講德論曰、未若遵塗之疾也。」（未だ塗に遵ふの疾《と》きに若《し》かざるなり。）というように、漢・王褒の用例が先にあるし、「緬邈」も潘岳「寡婦賦」（『文選』巻一六）に「緬邈兮長乖」（緬邈として長く乖《そむ》く）とある。(4)また、前句の「荏苒」は、潘岳「悼亡詩」（『文選』巻二三）にも「荏苒冬春謝」（荏苒として冬春謝《さ》る）とある。

謝瞻の詩には、陸機と潘岳の作品に見られる言葉がよく使われている。特に陸機の言葉が多く引かれている謝瞻の詩が謝靈運に宛てたものであり、謝靈運の詩を評價するのに「嘉藻」「芳訊」という陸機の詩文から取った言葉が使用されている。それを讀んだ謝靈運は當然、陸機を意識したであろう。これについては、後述する。

鮑照の場合は、次のようである。

①卷11・12b7「蕪城賦」の「東都妙姫、南國麗人。［李注］陸機擬東城一何高曰、京洛多妖麗、玉顏侔瓊蕤。然京洛卽東都也。

「東都の妙姫」という句が、陸機「擬古詩」（『文選』卷三〇）の「京洛 妖麗多し」を踏まえたものだという。

②卷14・8b6「蕪城賦」帀日域以迴鶩、窮天步而高尋。［李注］毛詩曰、天步艱難。陸機擬古詩曰、粲粲光天步。然文雖出彼而意竝殊。不以文害意也。

「天步」は、『毛詩』（小雅・白華）では天下の狀況の意、陸機「擬古詩」（『文選』卷三〇「擬迢迢牽牛星」）では「粲粲として天を光《かがや》かして步む」の意で使われている。(5) これに對して、「舞鶴賦」は「天步を窮めて高く尋ぬ」（天空高く飛ぶの意）なので、「然れども文 彼に出づと雖も而るに意竝びに殊なり。文を以て意を害せざるなり。」という。鮑照は、『毛詩』から「天步」という言葉を、陸機の「光天步」から天空という意味をとって、「日域」と對にしたものと思われる。

④卷22・20a7「行藥至城東橋」開芳及稚節、含采吝驚春。［李注］以草喻人也。草之開芳、宜及少節、既以含彩、理惜驚春。夫草之驚春、花葉必盛、盛必有衰、固所當惜也。陸機桑賦曰、豐稚節以夙茂、蒙勁風而後凋。

「開芳 稚節に及び」の「稚節」（若い時期）が、陸機「桑賦」（『藝文類聚』卷八八引にはこの二句が無い）に見える言葉だという。次の二例も同樣に陸機の言葉をそのまま使用したものである。

⑥卷28・24a2「樂府八首」（升天行）冠霞登綵閣、解玉飲椒庭。［李注］陸機雲賦曰、(6) 似長城曲蜿、綵閣相扶。

⑦集注本卷59上33b「數詩」三朝國慶畢、休沐還舊邦。［李注］五等論曰、國慶獨享其利。(7)

⑤巻22・20ａ10「行藥至城東橋」容華坐消歇、端爲誰苦辛。［李注］陸機長歌行曰、容華宿夜零。無故自消歇。

鮑照の「容華　坐《そぞろ》に消歇す」は、陸機「長歌行」（『文選』巻二八）の「容華夙夜零、體澤坐自捐」(8)（容華　夙夜に零《お》ち、體澤　坐《そぞろ》に自《おのづか》ら捐《す》つ）という二句をもとにして一句にしたことがわかる。

⑨巻30・11ａ2「翫月城西門解中」夜移衡漢落、徘徊帷戸中。［李注］衡、斗中央也。漢、天漢也。已見上文（＝30・5ａ10）。

夜が更けて天の川が傾くことを詠んだ先例があることは、すでに指摘しているという。それは、巻三〇謝惠連「七月七日夜詠牛女」の「傾河易迴斡」注（30・5ａ10）に、「傾河、天漢也。陸機擬古詩曰、天漢東南傾。」とあることを指す。謝惠連の創作した「傾河」という言葉が、陸機「擬古詩」（『文選』巻三〇「擬明月何皎皎」）の「天漢　東南に傾く」をもとにしていることを示している。鮑照はそれに「衡」（北斗）を附け加えて「傾」を「落」に變え、「衡漢落」と表現したのである。

⑩巻30・11ａ5「翫月城西門解中」客游厭苦辛、仕子倦飄塵。［李注］陸機荅張士然詩曰、飄颻冒風塵。

鮑照の「仕子は飄塵に倦《う》む」の「倦飄塵」という表現が、陸機「荅張士然」（『文選』巻二五）の「飄颻として風塵を冒《かうむ》る」をもとにしたものであることがわかる。

⑪巻30・11ａ10「翫月城西門解中」の「肴乾酒未缺、金壺啓夕淪。［李注］肴雖乾而酒未止、金壺之漏、已啓夕波。……陸機漏賦曰、伏陰蟲以承波、呑恆流其如揖。

「金壺　夕淪を啓《ひら》く」とは、刻漏の水が金壺（水受け）に夜の滴りを始めるという意で、陸機「漏賦」（『藝文類聚』巻六八引作「漏刻賦」）の「陰蟲を伏して以て波を承《う》く」も、同じく夜になることを刻漏の水受けを用いて表現していることを指摘している。

岳①巻28・23ｂ4「樂府八首」（升天行）翩翻類迴掌、恍惚似朝榮。［李注］潘岳朝菌賦曰、柰何兮繁華、朝榮兮夕斃。

鮑照の「恍惚たること朝榮に似たり」の「朝榮」が、潘岳「朝菌賦」（佚句）に見える言葉であるという。

鮑照は、前節で考察した曹植同様、陸機の言葉についても多く繼承し、なおかつそれをもとにして新たな創作をしているのが分かる。ただ、潘岳についてほとんどそれが見られない。この詩文の繼承に見られる差異は、潘・陸の影響を考える上で興味深い現象であるが、これについては、潘・陸評價の資料も併せて稿を改めて檢討してみたい。

二　繼承と創作の方法

その他の詩人の作品に對する引用についても、謝瞻・鮑照と同じような繼承と創作の仕方が見られる。以下、項目ごとに例を擧げてまとめておく。

〈語或いは一句をほぼそのまま繼承したもの〉

これは、以下のように、陸機・潘岳の詩文の言葉や句をそのまま使用しているものである。

○卷20・25a7顏延之「應詔讌曲水作詩」崇虛非徵、積實莫尙。［李注］言崇尙虛假、諒非有徵、積累成實、則莫能尙也。演連珠曰、積實雖微、必動於物、崇虛雖廣、不能移心。

○卷20・28b10顏延之「皇太子釋奠會作詩」肆議芳訊、大教克明。［李注］演連珠曰、肆議芳訊、非庸聽所善。孔安國尙書傳曰、肆、陳也。鄭玄毛詩箋曰、訊、言也。（謝瞻⑥25・21a9、顏延之⑩26・4b3同）

○卷21・15b8顏延之「秋胡詩」高張生絕弦、聲急由調起。［李注］高張生於絕弦、以喩立節、期於效命。……演連珠曰、繁會之音、生乎絕弦。（謝靈運⑩26・30b10）

○卷27・8a7謝朓「京路夜發」故鄉邈已夐、山川脩且廣。［李注］陸機赴洛詩（赴洛道中作）曰、遠遊越山川、山川脩且廣。

○卷31・10a8江淹「雜體詩」（陳思王）從容冰井臺。清池映華薄。［李注］陸機君子有所思曰、曲池何湛湛、清川帶華薄。
○卷59・27a5沈約「齊故安陸昭王碑文」撫僚庶盡盛德之容、［李注］辯亡論曰、接士盡盛德之容。
○卷46・31a1任昉「王文憲集序」昉嘗以筆札見知、思以薄技效德。［李注］陸機表詣吳王曰、臣本以筆札見知。
○卷25・10a5劉琨「苔盧諶詩」資忠履信、武烈文昭。［李注］閑居賦曰、資忠履信以進德。
○卷47・28a10袁宏「三國名臣序贊」赫赫三雄、竝迴乾軸。［李注］潘岳爲賈謐贈陸機詩曰、三雄鼎足。
○卷22・8a1謝混「遊西池」褰裳順蘭沚、徙倚引芳柯。［李注］潘岳河陽詩曰、歸鴈映蘭持。沚與持同。
○卷58・26a10王儉「褚淵碑文」五臣茲六、八元斯九。［李注］潘岳魯武公誄曰、昂昂公侯、實天誕育。八元斯九、五臣茲六。
○卷31・11b2江淹「雜體詩」（王侍中）崤函復丘墟、冀闕緬縱橫。［李注］西征賦曰、冀闕緬其堙盡。

この陸機・潘岳の言葉をほぼそのまま踏襲する例を、作者別に見ると次のようになる。上段が陸機、下段が潘岳で、それぞれ全引用數中の何例がこの項目に該當するかを示している。例えば、謝瞻の「8／9・2／2」は、陸機の詩文が引かれている9例中8例が、潘岳の2例中2例すべてがそのまま踏襲したものということである。

劉琨0・1／1、郭璞0・1／2
袁宏2／2・1／1、謝混0・1／1
謝瞻8／9・2／2、陶淵明3／3・1／2
傅亮0・1／1、謝靈運8／14・6／10
謝惠連1／4・3／3、鮑照4／9・1／1
顏延之20／24・14／17、謝莊1／3・0／4
王微1／1・1／1、王僧達1／2・0

袁淑0／1・0、范曄0／1・2／2
劉鑠1／1・0／1、謝朓6／10・4／8
王融0・4／4、王儉1／2・5／5
孔稚珪0・1／1、江淹16／25・11／16
任昉2／4・13／14、丘遲0・1／2
沈約7／9・11／13、王巾3／3・0
虞羲1／1・0、劉峻7／9・1／7
陸倕5／8・0／1

これによれば、陸機・潘岳の言葉を典據としつつ獨自の表現をするのは、謝靈運・謝惠連・鮑照以後であり、謝朓や江淹においてもその傾向が見られるが、顔延之はそのまま繼承していることが多いのがわかる。これに他の典據の利用の仕方も併せて檢討すれば、各詩人の創作方法の特徴が窺えるのではないかと思われる。

ただ、全く同じ言葉を使用していても、句中での意味を變えるという使い方をしていることもある。たとえば、次のようである。

○巻22・20b7謝朓「遊東田」の「不對芳春酒、還望青山郭。［李注］言野外昭曠、取樂非一、若不對茲春酒、還則望彼青山。魏武帝短歌行曰、對酒當歌。陸機悲行(9)曰、遊客芳春林。毛詩曰、爲此春酒。

「芳春の酒に對せずして、還《かへ》って青山の郭を望む」の「芳春」は、陸機「悲哉行」（『文選』巻二八）の「遊客は春林を芳しとするも、春芳しくして客心を傷ましむ」という春の林の芳しさを表現した言葉に基づくと思われるが、謝朓は春の酒の芳しさを表現するのに使っている。

○巻31・14a10江淹「雜體詩」（潘黃門）殯宮已肅清、松柏轉蕭瑟。［李注］陸機挽歌曰、殯宮何嘈嘈。寡婦賦曰、虛坐兮肅清[10]。

陸機「挽歌」（『文選』巻二八）では、「殯宮 何ぞ嘈嘈たる、哀響 中闈に沸く」と、「殯宮」が嘆聲でざわざわとしているというが、江淹は潘岳「寡婦賦」（『文選』巻一六）の「虛坐の肅清なるに奉ず」と組み合わせて、逆にひっそりと靜まりかえっていると表現している。このような例は、すでに謝靈運に數例見られるので、次章で考察することにして、以下、謝靈運以外の新しい言葉の創作の工夫の例を擧げておく。

〈一字、または語順を變えたもの〉

○巻20・25b8顏延之「應詔讌曲水作詩」柔中淵映、芳猷蘭祕。［李注］陸機宣猷堂詩曰、茂德淵沖。

○巻27・4a9顏延之「始安郡還都與張湘州登巴陵城樓作」水國周地嶮、河山信重復。［李注］陸機荅張士然詩曰、余固水鄉士。呂氏春秋注曰、鄉、國也。

○巻13・13b3謝莊「月賦」抽毫進牘、以命仲宣。［李注］此假王仲宣也。毫、筆毫也。文賦曰、或含毫而藐然。

○巻13・15b2謝莊「月賦」徘徊房露、惆悵陽阿。［李注］防露、蓋古曲也。文賦曰、寤防露與桑間、又雖悲而不雅。房與防古字通。

○巻13・15b8謝莊「月賦」美人邁兮音塵闕、隔千里兮共明月。［李注］陸機思歸賦曰、絕音塵於江介、託影響乎洛湄。

○巻22・23b8沈約「宿東園」若蒙西山藥、頽齡儻能度。［李注］陸機應詔曰、悲來日之苦短、悵頽年之方侵[11]。（范曄①20・23a8同）

○巻27・7a8謝朓「休沐重還道中」賴此盈罇酌、含景望芳菲。［李注］陸機曰、日出東南隅[12]、清川含藻景。

○巻27・8a10謝朓「京路夜發」行矣倦路長、無由税歸鞅。［李注］陸機贈弟詩曰、行矣怨路[13]（陸雲②25・5a7同）

○巻40・25a6謝朓「拜中軍記室辭隋王牋」撫臆論報、早誓肌骨。［李注］演連珠曰、撫臆論心。

○巻58・20b8王儉「褚淵碑文」鳴控弦於宗稷、流鋒鏃於象魏。[李注]五等論曰、鋒鏑流乎絳闕。
○巻31・15b2江淹「雜體詩」(陸平原)流念辭南澨、銜怨別西津。[李注]陸機赴洛道中詩曰、永歎遵北渚、遺思結南津。(謝靈運⑨26・28a7、江淹⑨見下注31・15b1)
○巻31・15b8江淹「雜體詩」(陸平原)日暮聊揔駕、逍遙觀洛川。[李注]陸機荅張士然詩曰、余固水鄉士、揔轡臨清川。(顏延之⑰27・4a9同)
○巻31・20b4江淹「雜體詩」(孫廷尉)浪迹無蚩妍、然後君子道。[李注]妍蚩、猶美惡也。……文賦序曰、妍蚩、好惡也。
○巻31・21b8江淹「雜體詩」(許徵君)曲櫺激鮮飇、石室有幽響。[李注]陸機吳趨行曰、泠泠鮮風過。
○巻31・29a10江淹「雜體詩」(鮑參軍)戎馬粟不煖、軍士冰爲漿。[李注]陸機苦寒行曰、渴飲堅冰漿。
○巻22・23a2沈約「鍾山詩應西陽王教」君王挺逸趣、羽旆臨崇基。[李注]旆、旌旗之垂者。旂旗以羽爲飾、故云羽旆。陸機樂府詩(前緩歌行)曰、羽旗棲瓊鸞。
○巻21・27a7郭璞「遊仙詩」(其七)「蕣榮不終朝、蜉蝣豈見夕。[李注]潘岳朝菌賦序曰、朝菌者、時人以爲蕣華、莊生以爲朝菌。其物向晨而結、絶日而殞。
　○巻56・21a5陸倕「新刻漏銘」授受靡僭、登降弗爽。[李注]籍田賦曰、挈壺掌升降之節。

〈一句をもとに新たな言葉を創作したもの〉

○巻30・5a10謝惠連「七月七日夜詠牛女」の「傾河易迴斡、款顏難久悰。[李善注]傾河、天漢也。陸機擬古詩(擬明月何皎皎)曰、天漢東南傾。(鮑照⑨已見30・11a2同)
○巻26・6b7王僧達「荅顏延年」の「珪璋既文府、精理亦道心。[李注]言珪璋之麗、既光於文府。精理之妙、亦窮於道心。文賦曰、遊文章之林府。

○卷31・2b10袁淑「效古」四面各千里、從橫起嚴風。[李注]陸機從軍行曰、涼風嚴且苛。
○卷31・3b5劉鑠「擬古二首」(擬行行重行行)の「臥覺明燈晦、坐見輕紈緇。[李注]陸機爲顧彦先贈婦詩曰、京洛多風塵、素衣化爲緇。(謝朓③26・10a5同)
○卷31・15a10江淹「雜體詩」(陸平原)明發眷桑梓、永歎懷密親。[李注]陸機贈顧彦先曰、眷言懷桑梓。
○卷31・27a9江淹「雜體詩」(王徵君)錬藥矚虚幌、汎瑟臥遙帷。[李注]文賦曰、同朱絃之淸汎。朱絃、瑟絃也。
○卷39・21b5江淹「詣建平王上書」の「迹墜昭憲、身恨幽圄。[李注]陸機謝内史表曰、幽執囹圄、當爲誅始。
○卷38・19a7任昉「爲范尙書讓吏部封侯第一表」既義異疇庸、實榮乖儒者。[李注]陸機高祖功臣頌曰、帝疇爾庸、後嗣是膺。(任昉①36・3a8同)
○卷55・3a1劉峻「廣絶交論」駱驛縱橫、煙霏雨散。[李注]煙霏雨散、衆多也。……陸機列仙賦曰、騰煙霧之霏霏。劇秦美新曰、霧集雨散。
○卷56・19a8陸倕「新刻漏銘」金筒方員之制、飛流吐納之規。[李注]陸機漏刻銘曰、口納胸吐、水無滯咽。
○卷27・4b4顏延之「始安郡還都與張湘州登巴陵城樓作」悽矣自遠風、傷哉千里目、[李注]潘安仁在懷縣詩曰、涼飇自遠集。
○卷30・17a6謝朓「和王著作八公山」茲嶺復巑岏、分區奠淮服。[李注]潘岳贈陸機詩(爲賈謐贈陸機詩)曰、區域以分。
○卷60・4a7任昉「齊竟陵文宣王行狀」邪叟忘其西昊、龍丘狹其東臯。[李注]潘安仁楊經誄云、日昊景西、望子朝陰。
○卷20・30b6丘遲「侍讌樂遊苑送張徐州應詔詩」小臣信多幸、投生豈酬義。[李注]西征賦曰、豈生命之易投。
○卷55・6a10劉峻「廣絶交論」魚貫鳧躍、颯沓鱗萃。[李注]貫魚、已見鮑昭出自薊北門行。潘岳哀辭曰、望歸曾見、鳧藻踴躍。

〈一句を二句に分けて使用したもの〉

○巻55・10a7劉峻「廣絶交論」循環飜覆、迅若波瀾。［李注］陸機樂府詩（君子行）曰、休咎相乘躡、飜覆若波瀾。

〈一句の表現を變えたもの〉

○巻25・23b1謝惠連「西陵遇風獻康樂」行行道轉遠、去去情彌遲。［李注］陸機赴洛詩（赴洛道中作）曰、行行遂已遠。

○巻20・23a8范曄「樂遊應詔詩」聞道雖已積、年力互頽侵。［李注］陸機應嘉賦曰、悲來日之苦短、恨頽年之方促。(14)
（沈約⑤22・23b8同）

○巻31・18a4江淹「雜體詩」（劉太尉）功名惜未立、玄髮已改素。［李注］陸機東宮詩曰、柔顏收紅藻、玄髮吐素華。
（謝靈運③22・10a2同）

○巻36・3a8任昉「宣德皇后令」功隆賞薄、嘉庸莫疇。［李注］陸機高祖功臣頌曰、帝疇爾庸、後嗣是膺。（任昉④38・19a7同）

○巻56・20b8陸倕「新刻漏銘」洪殺殊等、高卑異級。［李注］陸機漏刻賦曰、擬洪殺於漏鍾、順卑高而爲級。

○巻56・21a1陸倕「新刻漏銘」微若抽繭、逝如激電。［李注］陸機漏刻賦曰、形微獨繭之絲、逝若垂天之電。

○巻30・3b6陶潛「雜詩二首」（其二）汎此忘憂物、遠我達世情。［李注］毛詩曰、微我無酒、以遨以遊。毛萇曰、非我無酒、可以忘憂也。潘岳秋菊賦曰、汎流英於淸醴、似浮萍之隨波。

○巻57・16b10顏延之「陶徵士誄」灌畦鬻蔬、爲供魚菽之祭。［李注］閑居賦曰、灌園鬻蔬、供朝夕之膳。公羊傳、齊大夫陳乞曰、常之母有魚菽之祭。

○巻57・23b8謝莊「宋孝武宣貴妃誄」維慕維愛、曰子曰身。［李注］潘岳妹哀辭曰、庭祖兩柩、路引雙轜。爾身爾子、永與世辭。
○卷57・24b4謝莊「宋孝武宣貴妃誄」重扃閟兮燈已黯、中泉寂兮此夜深。［李注］哀永逝曰、戸闔兮燈滅、夜何時兮復曉。
○卷26・9a5謝朓「暫使下都夜發新林至京邑贈西府同僚」引顧見京室、宮雉正相望。［李注］潘岳河陽縣詩曰、引領望京室。（謝朓④27・7b4同）
⑮○卷40・24b4謝朓「拜中軍記室辭隋王牋」邈若墜雨、翩似秋蔕。［李注］潘岳楊氏七哀詩曰、漼如葉落樹、邈然雨絶天。論衡曰、雲散水墜、成爲雨矣。
○卷31・18a8江淹「雜體詩」（盧中郎）大廈須異材、廊廟非庸器。［李注］潘岳在懷縣詩曰、器非廊廟姿。爾雅曰、庸、常也。謂非凡常之器也。
○卷59・30a1沈約「齊故安陸昭王碑文」趙徂昌國、列邦揮涕。［李注］史記曰、樂毅爲燕伐齊、破之。封樂毅於昌國。昭王卒、燕惠王疑毅、毅降趙、號曰望諸君、而卒於趙。潘岳太宰魯公碑曰、趙喪望諸、列國同傷。家語、敬姜曰、無揮涕。涕以手揮之也。
○卷54・12b10劉峻「辯命論」鬼神莫能預、聖哲不能謀。［李注］西征賦曰、生有脩短之命、位有通塞之遇、鬼神莫之要、聖哲弗能預。
○卷54・16a7劉峻「辯命論」而其道密微、寂寥忽慌。［李注］西征賦曰、寥廓忽恍。
○卷55・5b2劉峻「廣絶交論」九域聳其風塵、四海疊其燻灼。［李注］毛萇詩傳曰、疊、懼也。西征賦曰、當恭、顯之任勢也。燻灼四方、震燿都鄙。
○卷55・6b7劉峻「廣絶交論」陸大夫宴喜西都、郭有道人倫東國。［李注］西征賦曰、陸賈之優游宴喜。
○卷55・10a7劉峻「廣絶交論」或前榮而後悴、或始富而終貧、或初存而末亡、或古約而今泰。［李注］笙賦曰、有始泰終約、前榮後悴。

〈二句または數句の言葉を組み合わせたもの〉

○巻21・14b8顏延之「秋胡詩」年往誠思勞、事遠闊音形。［李注］陸機贈顧彦先詩曰、形影曠不接、所說聲與音、聲音日夜闊、何以慰吾心。

○巻26・10a5謝朓「詶王晉安」誰能久京洛、緇塵染素衣。［李注］陸機爲顧彦先贈婦詩曰、京洛多風塵、素衣化爲緇。（劉鑠①31・3b5同）

○巻27・7b4謝朓「晩登三山還望京邑」灞涘望長安、河陽視京縣。［李注］潘岳河陽縣詩曰、引領望京室、南路在伐柯。（謝朓②26・9a5同）

〈他の典據との組み合わせによるもの〉

○巻46・7b1顏延之「三月三日曲水詩序」輶車朱軒、懷荒振遠之使。［李注］楊雄荅劉歆書曰、嘗聞先代輶軒之使。風俗通曰、周、秦常以八月輶軒、使采異代方言。辯亡論曰、輶軒騁於南荒。尙書大傳曰、未命爲士、不得朱軒。

三　謝靈運における陸機・潘岳の言葉の繼承

前節で指摘したように、謝靈運には曹植への對抗心を感じさせるような繼承と意圖的な改變が見られた。同様に、李善注をもとに陸機と潘岳の言葉の繼承について検討すると、謝靈運の兩者に對する差異が認められるのが興味深い。陸機の言葉に對しては、句の意味を逆にして用いているものが散見する。たとえば、次のようである。

①巻20・36a8謝靈運「鄰里相送方山詩」各勉日新志、音塵慰寂蔑。［李注］陸機思歸賦曰、絕音塵於江介。（謝莊③13・15b8同）

陸機は「思歸賦」（『藝文類聚』巻二七引無此句）で、「音塵を江介に絕つ」というのに對して、謝靈運は「音塵もて寂蔑を慰めよ」と音信を通じる方向で使っている。

⑦巻25・25a3謝靈運「還舊園作見顔范二中書」託身青雲上、棲巖挹飛泉。［李注］陸機詩曰、託身承華側。（江淹⑮31・15b7同）

陸機が「赴洛詩」（『文選』巻二六）で「身を承華の側に託す」と、東宮に仕えることをいうのに對して、謝靈運は「身を青雲の上に託し、巖に棲みて飛泉を挹《く》む」と、山水の遊に身を任せる意味で使っている。

また、一字あるいは語順を變えた例でも、同様なものが見られる。

②巻22・9b2謝靈運「從游京口北固應詔」曾是縈舊想、覽物奏長謠。［李注］歎逝賦曰、覽前物而懷之。（謝靈運⑤已見22・14b7）

陸機が「歎逝賦」（『文選』巻一六）で、「前物を覽《み》て之を懷《おも》ふ」と、遺品を見て思い出すことをいうのに對して、謝靈運はその言葉を借りて「物を覽て長謠を奏す」と、現在の風景を見る意で使っている。

⑤巻22・14b7謝靈運「於南山往北山經湖中瞻眺」撫化心無厭、覽物眷彌重。［李注］覽物、已見上文。眷、猶戀也。（謝靈運②22・9b2同）

ここでも謝靈運は、「物を覽て眷《かへり》みること彌《いよ》いよ重なる」と、同じく目前の景物を見る意で使っている。

⑨巻26・28a7謝靈運「初去郡」理棹遄還期、遵渚騖脩坰。［李注］潘岳在懷縣詩曰、感此還期淹。遄、速也。陸機[16]越洛詩曰、永歎遵北渚。（江淹⑨見下注31・15b1、江淹⑩31・15b2）

陸機が「赴洛道中作」（『文選』巻二六）で「永歎して北渚に遵《したが》ひ、思ひを遺《のこ》して南津に結ぶ」と、嘆きながら北の渚づたいに行くというのに對して、謝靈運は「棹を理《おさ》めて還期を遄《はや》くし、渚に遵ひて脩坰を騖《は》す」と、宮仕えをやめて歸る時の氣持ちよさを表現している。なお、ここでは潘岳が「在懷縣作」（『文選』巻二六）で「此の還期の淹《ひさ》しきに感ず」と、なかなか歸れないことをいうのに對しても、逆の意味での使用になっている。

⑩巻26・30b10謝靈運「入彭蠡湖口」徒作千里曲、絃絶念彌敦。[李注] 言奏曲冀以消憂、絃絶而念逾甚、故曰徒作也。琴賦曰、千里別鶴。演連珠曰、繁會之音、生乎絶絃。（顔延之⑦21・15b8同）

陸機が「演連珠」（『文選』巻五五）で、「繁會の音は、絶絃より生ず」と盛んな音樂を生み出すものとしているのに對して、謝靈運は「絃 絶えて念《おも》ひ彌いよ敦《あつ》し」と弦が切れて旅の愁いが募る意味で使っている。

謝靈運の詩文の李善注に引かれている陸機の詩文の半數近くが、このように逆の意味で使われている。[17]ところが、潘岳の場合は、逆の意味の中で使用されているのは、先の「還期」（26・28a7）と次の例だけである。

○巻20・24a3謝靈運「九日従宋公戯馬臺集送孔令詩」歸客遂海嵎、脱冠謝朝列。[李注] 凡仕則冕弁、謝職故曰脱冠。閑居賦序（秋興賦）曰、猥厠朝列。（顔延之⑦26・2b7〈作秋興賦〉同）

潘岳が「秋興賦」（『文選』巻一三）で「猥《みだ》りに朝列に厠《まじ》る」と、宮仕えすることをいうのに對して、謝靈運は「冠を脱ぎて朝列に謝す」と、官職を辭することで使用している。

この謝靈運の陸機と潘岳に對する差異は、彼の對抗心の現れではないかと思われる。陸機に對しては、曹植と同樣の意識を持っていたのではなかろうか。先に觸れたように、謝瞻が謝靈運に宛てた詩の中に多く陸機の詩文の言葉を用いたのも、陸機を意識させる刺激を與えていたと考えられる。

以上、『文選』正文作者の言語表現の由來に、「作者必ず祖述する所有るを示す」という方針のもとに、こだわりをもって究明しようとしている李善の注を利用して、陸機・潘岳の詩文がどのように繼承されているのかを考察した。限定的な考察ではあるが、陸機・潘岳の言葉が、後世の詩人にそのまま踏襲されたり、或いは、別な意味を附與されたりしていることが檢證できた。また、曹植の繼承については、陸機・潘岳から表現の工夫が始まっていたが、陸機・潘岳の場合は、謝靈運・鮑照から始まるということが分かった。特に謝靈運・鮑照には潘岳よりも陸機に對する意識が強く感じられた。この點に關しては、今後更に考察を深めてみたい。

注

（1）巻二四では「塗」を「途」に作る。

（2）「挽歌詩」の李善注は、『毛詩』邶風・泉水を引くのみで、劉琨の詩序は引かない。

（3）「熊」字は、「胡氏考異」に「熊當作羆。各本皆譌。」というように、「羆」の誤りである。

（4）李善注には「國語、聲子曰、椒擧奔鄭、緬然引領南望。賈逵曰、緬、思貌也。」とある。なお、巻三〇「擬行行重行行」には注が無い。また謝靈運「登江中孤嶼」（巻二六）にも「緬邈區中緣」の句があるが、「緬邈」についての李善注は無い。

（5）ここの李善注は「天步」という言葉として解していないので、「步、行也。言行止之盛、微步而光耀於天。」と記すだけで、『毛詩』を引かない。

（6）集注本巻五六・26a作陸雲賦。

（7）胡刻本（30・10a4）は「五等論曰國慶獨享其利」の十字を「會周禮曰國有福事卽慶賀之」に作る。

（8）ここの李善注には「無故自捐曰坐也。」と言う。巻二二の李善注の「無故自消歇」の五字は、恐らく正文に渉って誤ったものであろう。

（9）「胡氏考異」に「悲下當有哉字。各本皆脫。」という。

（10）『文選』巻一六潘岳「寡婦賦」には、「虛」の上に「奉」字がある。

（11）巻20・23a8范曄「樂遊應詔詩」の「聞道雖已積、年力互頽侵」注引は、「陸機應嘉賦曰、悲來日之苦短、恨頽年之方促。」に作る。

（12）「胡氏考異」に「陳云、曰字衍、隅下脫行字。案、行下當有曰字。各本皆誤。」という。

（13）この句の表現は、曹植の「贈白馬王彪」詩（『文選』巻二四）の「怨彼東路長」（彼の東路の長きを怨む）に由來する。

（14）巻22・23b8沈約「宿東園」の「若蒙西山藥、頽齡儻能度」注引は、「陸機應詔曰、悲來日之苦短、悵頽年之方侵。」に作る。

（15）「雨絶」の表現については、「序章」で述べた。

（16）「胡氏考異」に「越當作赴。各本皆譌。」という。

（17）この他の例は、次の通りである。

③巻22・10a2謝靈運「晩出西射堂」撫鏡華緇鬢、攬帶緩促衿。［李注］陸機東宮詩曰、柔顏收紅藻、玄鬢吐素華。（江淹⑲31・18a4同）

④巻22・14a1謝靈運「登石門最高頂」惜無同懷客、共登靑雲梯。［李注］陸機詩（爲顧彥先贈婦詩）曰、感念同懷子。

⑥巻25・24a9謝靈運「還舊園作見顏范二中書」聖靈昔迴眷、微尙不及宣。［李注］聖靈、謂高祖也。陸機弔魏［武帝文曰庶聖靈之響像。魏］文帝柳賦曰、行旅仰而迴眷。（胡氏考異云、「注 陸機弔魏文帝柳賦曰 何校魏下添武帝文曰庶聖靈之響像魏十一字。陳同、是也。各本皆脫。」）

⑧巻26・23a7謝靈運「初發都」辛苦誰爲情、遊子値頹暮。［李注］陸機赴洛詩曰、辛苦誰爲心。

⑪巻30・6b4謝靈運「南樓中望所遲客」與我別所期、期在三五夕。［李注］陸機贈馮文羆詩曰、問子別所期、耀靈緣扶木。

⑫巻30・8a1謝靈運「齋中讀書」懷抱觀古今、寢食展戲謔。［李注］文賦曰、觀古今於須臾。

⑭巻30・29a7謝靈運「擬魏太子鄴中集詩」（王粲）綢繆淸讌娛、寂寥梁棟響。［李注］陸機集有皇太子淸宴詩。

⑯巻30・30b2謝靈運「擬魏太子鄴中集詩」（徐幹）已免負薪苦、仍游椒蘭室。［李注］陸機詩（擬靑靑陵上柏）曰、甲第椒與蘭。

（附）作者別李善注引陸機・潘岳詩文

1．注引陸機詩文

〔劉琨〕

①巻37・25b4「勸進表」且悲且惋、五情無主。［李注］五情、已見上謝平原內史表注。（37・22a8「五情震悼」注引『文子』）。莊子、葉公見龍、失其魂魄、五情無主。

〔庾亮〕

①卷38・6a8「讓中書令表」而微誠淺薄、未垂察諒、憂惶屛營、不知所厝。［李注］屛營、已見上謝平原内史表。（37・23a6「臣不勝屛營延仰」注引『國語』）

〔袁宏〕

①卷47・27b5「三國名臣序贊」況沈迹溝壑、遇與不遇者乎。［李注］漢書高祖功臣頌曰、沈迹中鄕。（集注本卷94中無此注。胡氏考異云、案、「書」字不當有。各本皆衍。）孟子曰、志士不忘在溝壑。

②卷47・33b9「三國名臣序贊」昂昂子敬、拔迹草萊。［李注］陸機謝平原表曰、振影拔迹。（集注本卷94下無此注）莊子曰、農夫無草萊之事。

〔桓溫〕

①卷38・7b9「薦譙元彦表」于時皇極遘道消之會、群黎蹈顚沛之艱。［李注］道消顚沛、已見謝平原内史表。（37・21a6「遭國顚沛」無注、又謝平原内史表無「道消」語。此注疑有誤。）

〔殷仲文〕

①卷38・9b6「解尚書表」憲章既明、品物思舊。［李注］禮曰、仲尼憲章文武。品物、已見歎逝賦。（16・15a2「率品物其如素」注引『周易』）

〔謝瞻〕①～⑨については本論中に既述。

〔陶淵明〕

①卷30・4a2「詠貧士詩」萬族各有託、孤雲獨無依。［李注］孤雲、喩貧士也。陸機鼈賦曰、揔美惡而兼融、播萬族乎一區。（王巾④59・11b10同）

②卷30・4a4「詠貧士詩」曖曖虚中滅、何時見餘輝。［李注］陸機擬古詩（擬明月皎夜光）曰、照之有餘輝。

③卷45・19b4「歸去來」引壺觴以自酌、眄庭柯以怡顏。［李注］陸機高祖功臣頌曰、怡顏高覽。

〔謝靈運〕⑬⑮以外、①②⑤⑦⑨⑩は本論で、③④⑥⑧⑪⑭⑯は注17で既述。

⑬卷30・28b1「擬魏太子鄴中集詩」（魏太子）急絃動飛聽、清歌拂梁塵。［李注］梁塵、已見陸機擬東城一何高詩。（30・26a5「再唱梁塵飛」注引『七略』）

⑮卷30・29a8「擬魏太子鄴中集詩」（王粲）綢繆淸讌娯、寂寥梁棟響。［李注］梁棟響、則歌聲繞也。已見陸機擬今日良宴會

詩。（30・23b9「哀音繞棟宇、遺響入雲漢」注引『列子』）

〔鮑照〕③⑧以外は本論中に既述。

③卷14・9b3「舞鶴賦」唳清響於丹墀、舞飛容於金閣。［李注］唳、鶴聲也。八王故事、陸機歎曰、欲聞華亭鶴唳、不可復得。（謝朓④27・6a8同）

⑧卷30・10a10「數詩」七盤起長袖、庭下列歌鍾。［李注］張衡舞賦曰、歷七盤而屣蹝。（胡氏考異云、此十一字誤衍。下云「七盤已見陸機羅敷歌」、茶陵本複出之如此。尤、袁兩有者非。）七盤、已見陸機羅敷歌。（28・13b7「姸迹陵七盤」注引張衡「舞賦」）。

〔顔延之〕

①卷20・25a7「應詔讌曲水作詩」崇虛非徵、積實莫尙。［李注］言崇尙虛假、諒非有徵、積累成實、則莫能尙也。演連珠曰、積實雖微、必動於物、崇虛雖廣、不能移心。

②卷20・25b8「應詔讌曲水作詩」柔中淵映、芳猷蘭祕。［李注］周易曰、其用柔中。陸機宣猷堂詩曰、茂德淵沖。

③卷20・28b10「皇太子釋奠會作詩」肆議芳訊、大教克明。［李注］演連珠曰、肆議芳訊、非庸聽所善。孔安國尙書傳曰、肆、陳也。鄭玄毛詩箋曰、訊、言也。（謝瞻⑥25・21a9、顔延之⑩26・4b3同）

④卷21・13b2「秋胡詩」嘉運既我從、欣願自此畢。［李注］陸機從梁陳詩曰、在昔蒙嘉運。（江淹⑫31・15b4略同）

⑤卷21・14a10「秋胡詩」歲暮臨空房、涼風起座隅。［李注］陸機靑靑河畔草詩曰、空房來悲風。

⑥卷21・14b8「秋胡詩」年往誠思勞、事遠闊音形。［李注］陸機贈顧彦先詩曰、形影曠不接、所說聲與音、聲音日夜闊、何以慰吾心。

⑦卷21・15b8「秋胡詩」高張生絕弦、聲急由調起。［李注］高張生於絕弦、以喻立節、期於效命。聲急由乎調起、以喻辭切、興於恨深。楊雄解嘲曰、弦者高張急徽。物理論曰、琴欲高張、瑟欲下聲。演連珠曰、繁會之音、生乎絕弦。（謝靈運⑩26・30b10同）

⑧卷21・18b5「五君詠」（向常侍）向秀甘淡薄、深心託豪素。［李注］文賦曰、唯豪素之所擬。

⑨卷23・22b10「拜陵廟作」衣冠終冥漠、陵邑轉葱靑。［李注］弔魏武文曰、悼繐帳之冥漠。（顔延之㉒57・18b9）

⑩卷26・4b3「直東宮荅鄭尙書」君子吐芳訊、感物惻余衷。［李注］演連珠曰、肆義芳訊。（顔延之③20・28b10、謝瞻⑥25・

21a9同）

⑪巻26・4b5「直東宮荅鄭尙書」惜無丘園秀、景行彼高松。［李注］陸機演連珠曰、丘園之秀、因時則揚。

⑫巻26・5a7「和謝監靈運」伊昔遘多幸、秉筆待兩閨。［李注］陸機荅賈謐詩曰、伊昔有皇。（顏延之㉓58・3b1同）

⑬巻27・3a4「北使洛」陰風振涼野、飛雪瞀窮天。［李注］陸機苦寒行曰、涼野多險難。

⑭巻27・3b4「還至梁城作」振策睠東路、傾側不及羣。［李注］陸機赴洛詩（赴洛道中作）曰、振策陟崇丘。

⑮巻27・3b5「還至梁城作」息徒顧將夕、極望梁陳分。［李注］陸機從梁陳詩曰、遠遊越梁陳。（江淹⑪31・15b3同）

⑯巻27・4a9「始安郡還都與張湘州登巴陵城樓作」經塗延舊軌、登闉訪川陸。［李注］陸機豫章行曰、川陸殊塗。

⑰巻27・4a9「始安郡還都與張湘州登巴陵城樓作」水國周地嶮、河山信重復。［李注］陸機荅張士然詩曰、余固水鄉士。呂氏春秋注曰、鄉、國也。（江淹⑯31・15b8略同）

⑱巻46・7b1「三月三日曲水詩序」輶車朱軒、懷荒振遠之使、論德于外。［李注］楊雄荅劉歆書曰、嘗聞先代輶軒之使。風俗通曰、周、秦常以八月輶軒、使采異代方言。辯亡論曰、輶軒騁於南荒。尙書大傳曰、未命爲士、不得朱軒。

⑲巻46・8b8「三月三日曲水詩序」閱水環階、引池分席。［李注］歎逝賦曰、閱水以成川。

⑳巻57・16a3「陶徵士誄」而首路同塵、輟塗殊軌者多矣。［李注］陸機俠邪行曰、將遂殊塗軌、要子同歸津。

㉑巻57・16a4「陶徵士誄」豈所以昭末景、汎餘波。［李注］陸機詩曰、惆悵懷平素、豈樂于茲同。豈宴棲末景、游豫躡餘蹤。

㉒巻57・18b9「陶徵士誄」糾纆斡流、冥漠報施。［李注］弔魏武文曰、悼繐帷之冥漠。（顏延之⑨23・22b10同）

㉓巻58・3b1「宋文皇帝元皇后哀策文」伊昔不造、鴻化中微。［李注］謂少帝之時。陸機詩（荅賈謐詩）曰、伊昔有皇。（顏延之⑫26・5a7同）

㉔巻60・24a7「祭屈原文」恭承帝命、建旟舊楚。［李注］陸機高祖功臣頌曰、舊楚是分。

〔**謝惠連**〕

①巻23・10a5「秋懷」夷險難豫謀、倚伏昧前筭。［李注］夷險、謂道、以喩時也。演連珠曰、才經夷險、不爲世屈。淮南子曰、接徑歷遠、直道夷險。

②巻25・23b1「西陵遇風獻康樂」行行道轉遠、去去情彌遲。［李注］陸機赴洛詩（赴洛道中作）曰、行行遂已遠。

③巻30・5a10「七月七日夜詠牛女」傾河易迴斡、款顏難久悰。［李注］傾河、天漢也。陸機擬古詩（擬明月何皎皎）曰、天

漢東南傾。邊讓章華臺賦曰、天河既迴、歡樂未終。如淳漢書注曰、斡、轉也。（鮑照⑨已見30・11a2同）
④卷30・5b2「七月七日夜詠牛女」沃若靈駕旋、寂寥雲幄空。〔李注〕陸機雲賦曰、藻帟高舒、長帷虹繞。

〔謝莊〕
①卷13・13b3「月賦」抽毫進牘、以命仲宣。〔李注〕此假王仲宣也。毫、筆毫也。文賦曰、或含毫而邈然。
②卷13・15b2「月賦」徘徊房露、惆悵陽阿。〔李注〕防露、蓋古曲也。文賦曰、寤防露與桑間、又雖悲而不雅。房與防古字通。
③卷13・15b8「月賦」美人邁兮音塵闕、隔千里兮共明月。〔李注〕陸機思歸賦曰、絕音塵於江介、託影響乎洛湄。（謝靈運①20・36a8同）

〔王微〕
①卷30・9a8「雜詩」思婦臨高臺、長想憑華軒。〔李注〕陸機爲顧彥先贈婦詩曰、東南有思婦。

〔王僧達〕
①卷26・6b7「荅顏延年」珪璋既文府、精理亦道心。〔李注〕言珪璋之麗、既光於文府。精理之妙、亦窮於道心。文賦曰、遊文章之林府。

〔袁淑〕
②卷31・4b3「和琅邪王依古」顯軌莫殊轍、幽塗豈異魂。〔李注〕陸機泰山吟曰、幽塗延萬鬼、神房集百靈。

〔范曄〕
①卷31・2b10「效古」「四面各千里、從橫起嚴風。〔李注〕陸機從軍行曰、涼風嚴且苛。
①卷20・23a8「樂遊應詔詩」聞道雖已積、年力互頹侵。〔李注〕陸機應嘉賦曰、悲來日之苦短、恨頹年之方促。（22・23b8注引作「陸機應詔曰、悲來日之苦短、悵頹年之方侵」）（沈約⑤22・23b8同）

〔劉鑠〕
①卷31・3b5「擬古」（擬行行重行行）臥覺明燈晦、坐見輕紈緇。〔李注〕陸機爲顧彥先贈婦詩曰、京洛多風塵、素衣化爲緇。（謝朓③26・10a5同）
②卷31・3b7「擬古」（擬行行重行行）願垂薄暮景、照妾桑榆時。〔李注〕陸機塘上行曰、願君廣末光、照妾薄暮年。日在桑榆、以喻人之將老。東觀漢記、光武曰、失之東隅、收之桑榆。

〔謝朓〕
①卷22・20b7「遊東田」不對芳春酒、還望青山郭。〔李注〕言野外昭曠、取樂非一、若不對茲春酒、還則望彼青山。魏武帝短歌行曰、對酒當歌。陸機悲行曰、遊客芳春林。（胡氏考異云、案、「悲」下當有「哉」字。各本皆脫。）毛詩曰、爲此春酒。
②卷26・8b7「在郡臥病呈沈尚書」絃歌終莫取、撫机令自嗤。〔李注〕陸機赴洛詩曰、撫机不能寐。
③卷26・10a5「詶王晉安」誰能久京洛、緇塵染素衣。〔李注〕陸機爲顧彦先贈婦詩曰、京洛多風塵、素衣化爲緇。（劉鑠①31・3b5同）
④卷27・6a8「敬亭山詩」獨鶴方朝唳、飢鼯此夜啼。〔李注〕八王故事曰、陸機歌曰、欲聞華亭鶴唳、不可得也。（胡氏考異云、何校「歌」改「歎」、陳同。各本皆譌。）（鮑照③14・9b3同）
⑤卷27・7a8「休沐重還道中」賴此盈罇酌、含景望芳菲。〔李注〕陸機曰、日出東南隅、淸川含藻景。（胡氏考異云、陳云「曰」字衍、「隅」下脫「行」字。案、「行」下當有「曰」字。各本皆誤。）
⑥卷27・8a7「京路夜發」故鄉邈已夐、山川脩且廣。〔李注〕陸機赴洛詩（赴洛道中作）曰、遠遊越山川、山川脩且廣。
⑦卷27・8a107「京路夜發」行矣倦路長、無由稅歸鞅。〔李注〕陸機贈弟詩曰、行矣怨路長。（陸雲②25・5a7同）
⑧卷30・12b6「始出尚書省」中區咸已泰、輕生諒昭洒。〔李注〕文賦曰、佇中區以玄覽。
⑨卷30・18a1「和王著作八公山」道峻芳塵流、業遙年運倐。〔李注〕陸機大暮賦曰、播芳塵之馥馥。（50・12b4作「大暑賦」）
（沈約⑥50・12b4同）
⑩卷40・25a6「拜中軍記室辭隋王牋」撫臆論報、早誓肌骨。〔李注〕演連珠曰、撫臆論心。
⑪卷58・8b9「齊敬皇后哀策文」始協德於蘋蘩兮、終配祇而表命。〔李注〕晉中興書、策明穆皇后曰、正位閨房、以著協德之義。辯亡論曰、趙達以機祥協德。

〔王儉〕
①卷58・17a2「褚淵碑文」升降兩宮、實惟時寶。〔李注〕陸機謝内史表曰、官成兩宮。
②卷58・20b8「褚淵碑文」鳴控弦於宗稷、流鋒鏃於象魏。〔李注〕周禮曰、太宰縣治象之法于象魏。五等論曰、鋒鏑流乎絳闕。

〔王巾〕
①卷59・5a1「頭陁寺碑文」導亡機之權、而功濟塵劫。〔李注〕辯亡論曰、魏氏功濟諸華。

②卷59・6a5「頭陁寺碑文」竝振頽綱、俱維絶紐。〔李注〕陸機大將軍宴會詩曰、頽綱既振。（案此文見『文選』卷二〇陸雲「大將軍讌會被命作詩」）謝莊爲沈慶之荅劉義宣書曰、皇綱絶而復紐、區夏墜而更維。
③卷59・6b5「頭陁寺碑文」九十六種無藩籬之固。〔李注〕邪黨分崩、無藩籬以自固。羅什維摩經注曰、摩訶、秦言無大、亦言勝大。能勝九十六種論議。辯亡論曰、城池無藩籬之固。
④卷59・11b10「頭陁寺碑文」涉器千名、含靈萬族。〔李注〕陸機鼈賦曰、揔美惡而融融、播萬族乎一區。（陶淵明①30・4a2同）

〔江淹〕

①卷31・9b10「雜體詩」（魏文帝）高文一何綺、小儒安足爲。〔李注〕陸機今日良宴會詩曰、高談一何綺。
②卷31・10a8「雜體詩」（陳思王）從容冰井臺。清池映華薄。〔李注〕陸機君子有所思曰、曲池何湛湛、清川帶華薄。
③卷31・10b7「雜體詩」（陳思王）處富不忘貧、有道在葵藿。〔李注〕陸機君子有所思曰、無以肉食資、取笑葵與藿。
④⑤卷31・13b10「雜體詩」（張司空）佳人撫鳴琴、清夜守空帷。〔李注〕陸機擬古詩（擬西北有高樓）曰、佳人撫鳴瑟。又（擬東城一何高）曰、閑夜撫鳴琴。曹子建雜詩曰、妾身守空閨。
⑥卷31・14a10「雜體詩」（潘黃門）殯宮已肅清、松柏轉蕭瑟。〔李注〕陸機挽歌曰、殯宮何嘈嘈。寡婦賦曰、虛坐兮肅清。
⑦⑧⑨卷31・15a10「雜體詩」（陸平原）明發眷桑梓、永歎懷密親。〔李注〕陸機贈顧彥先曰、眷言懷桑梓。又赴洛道中作詩曰、嗚咽辭密親。永歎、見下注。（31・15b1「銜怨別西津」注引陸機「赴洛道中詩」）（江淹⑩31・15b2、謝靈運⑨、26・28a7同）
⑩卷31・15b2「雜體詩」（陸平原）流念辭南澨、銜怨別西津。〔李注〕陸機赴洛道中詩曰、永歎遵北渚、遺思結南津。（謝靈運⑨26・28a7、江淹⑨見下注31・15b1同）
⑪卷31・15b3「雜體詩」（陸平原）馳馬遵淮泗、旦夕見梁陳。〔李注〕陸機從梁陳詩曰、夙駕尋清軌、遠遊越梁陳。（顏延之⑮27・3b5同）
⑫卷31・15b4「雜體詩」（陸平原）服義追上列、矯迹廁宮臣。〔李注〕陸機從梁陳詩曰、在昔蒙嘉運、矯迹入崇賢。（顏延之④21・13b2略同）
⑬卷31・15b6「雜體詩」（陸平原）朱黻咸髦士、長纓皆俊人。〔李注〕陸機從梁陳詩曰、長纓麗且鮮。

⑭⑮巻31・15b7「雜體詩」(陸平原) 契闊承華內、綢繆踰歲年。[李注] 陸機從梁陳詩曰、契闊踰三年。又赴洛詩曰、託身承華側。(謝靈運⑦25・25a3同)

⑯巻31・15b8「雜體詩」(陸平原) 日暮聊揔駕、逍遙觀洛川。[李注] 陸機荅張士然詩曰、余固水鄉士、揔轡臨清川。(顏延之⑰27・4a9略同)

⑰巻31・16a1「雜體詩」(陸平原) 遊子易感愾、躑躅還自憐。[李注] 陸機道中詩曰、佇立望故鄉、顧影悽自憐。

⑱巻31・16a2「雜體詩」(陸平原) 願言寄三鳥、離思非徒然。[李注] 陸機赴洛詩曰、感物戀堂室、離思一何深。

⑲巻31・18a4「雜體詩」(劉太尉) 功名惜未立、玄髮已改素。[李注] 陸機東宮詩曰、柔顏收紅藻、玄髮吐素華。(謝靈運③22・10a2同)

⑳巻31・20b4「雜體詩」(張廷尉) 浪迹無蚩妍、然後君子道。[李注] 文賦序曰、妍蚩、好惡也。

㉑巻31・21b8「雜體詩」(許徵君) 曲櫺激鮮颸、石室有幽響。[李注] 陸機吳趨行曰、泠泠鮮風過。

㉒巻31・21b9「雜體詩」(許徵君) 去矣從所欲、得失非外奬。[李注] 陸機招隱詩曰、稅駕從所欲。

㉓巻31・26b7「雜體詩」(謝法曹) 今行嶀嵊外、銜思至海濱。[李注] 陸機赴洛道中詩曰、朝徂銜思往。

㉔巻31・27a9「雜體詩」(王徵君) 鍊藥矚虛幌、汎瑟臥遙帷。[李注] 文賦曰、同朱絃之清汎。朱絃、瑟絃也。

㉕巻31・29a10「雜體詩」(鮑參軍) 戎馬粟不煖、軍士冰爲漿。[李注] 陸機苦寒行曰、渴飲堅冰漿。

㉖巻39・21b5「詣建平王上書」迹墜昭憲、身恨幽圄。[李注] 陸機謝內史表曰、幽執囹圄、當爲誅始。

〔沈約〕

①②巻22・22a6「鍾山詩應西陽王教」北阜何其峻、林薄杳葱青。[李注] 陸機擬古詩(擬東城一何高)曰、西山何其峻。又赴洛詩(赴洛道中作)曰、林薄杳阡眠。

③巻22・23a2「鍾山詩應西陽王教」君王挺逸趣、羽斾臨崇基。[李注] 斾、旌旗之垂者。旆旗以羽爲飾、故云羽斾。陸機樂府詩(前緩歌行)曰、羽旗棲瓊鸞。

④巻22・23a4「鍾山詩應西陽王教」淹留訪五藥、顧步佇三芝。[李注] 日出東南隅行曰、顧步咸可懽。蒼頡篇曰、顧、旋也。王逸楚辭注曰、步、徐行也。

⑤巻22・23b8「宿東園」若蒙西山藥、頹齡儻能度。[李注] 陸機應詔曰、悲來日之苦短、悵頹年之方侵。(范曄①20・23a8

作「陸機應嘉賦曰、悲來日之苦短、恨頽年之方促。」）
⑥卷50・12b4「宋書謝靈運傳論」屈平宋玉導清源於前、賈誼相如振芳塵於後。〔李注〕陸機大暑賦曰、播芳塵之馥馥。（謝朓⑨30・18a1作「大暮賦」）
⑦卷50・14a10「宋書謝靈運傳論」若夫敷衽論心、商搉前藻。〔李注〕陸機樂府篇（吳趨行）曰、商搉爲此歌。
⑧卷50・14b2「宋書謝靈運傳論」夫五色相宣、八音協暢。〔李注〕文賦曰、曁音聲之迭代、若五色之相宣。
⑨卷59・27a5「齊故安陸昭王碑文」撫僚庶盡盛德之容、交士林忘公侯之貴。〔李注〕辯亡論曰、接士盡盛德之容。
⑩卷59・29a5「齊故安陸昭王碑文」惠露沾吳、仁風扇越。〔李注〕陸機謝成都王牋曰、慶雲惠露、止於落葉。

〔任昉〕

①卷36・3a8「宣德皇后令」功隆賞薄、嘉庸莫疇。〔李注〕陸機高祖功臣頌曰、帝疇爾庸、後嗣是膺。（任昉④38・19a7同）
②卷38・17b1「爲范尚書讓吏部封侯第一表」夫銓衡之重、關諸隆替。〔李注〕陸機顧譚誄曰、遷吏部尚書、才長於銓衡而綜核人物。
③卷38・17b10「爲范尚書讓吏部封侯第一表」天機暫發、顧無足算。〔李注〕天機、已見文賦。（17・9a2「方天機之駿利」注引『莊子』）
④卷38・19a7「爲范尚書讓吏部封侯第一表」既義異疇庸、實榮乖儒者。〔李注〕陸機高祖功臣頌曰、帝疇爾庸、後嗣是膺。（任昉①36・3a8同）
⑤卷38・22a4「爲蕭揚州薦士表」辭賦清新、屬言玄遠。〔李注〕陸機陸雲別傳曰、雲亦善屬文、清新不及機、而口辯持論過之。
⑥卷46・31a1「王文憲集序」昉嘗以筆札見知、思以薄技效德。〔李注〕陸機表詣吳王曰、臣本以筆札見知。
⑦卷60・13b3「齊竟陵文宣王行狀」黜殯之請、至誠懇惻。〔李注〕黜殯、已見演連珠注。（55・17b7「是以柳莊黜殯」注引『韓詩外傳』）

〔虞羲〕

①卷21・20a8「詠霍將軍北伐」雲屯七萃士、魚麗六郡兵。〔李注〕晉陸機從軍行曰、胡馬如雲屯。

〔劉峻〕

①卷43・21a2「重荅劉秣陵沼書」雖隙駟不留、尺波電謝。〔李注〕陸機詩（長歌行）曰、寸陰無停晷、尺波豈徒旋。

②巻43・21b2「重荅劉秣陵沼書」蓋山之泉、聞絃歌而赴節。〔李注〕文賦曰、舞者赴節以投袂。
③巻54・13a3「辯命論」觸山之力無以抗、倒日之誠弗能感。〔李注〕陸機弔魏武文曰、夫以迴天倒日之力、而不能振形骸之内。
④巻54・18a1「辯命論」夜哭聚雲、鬱興王之瑞。〔李注〕漢高祖功臣頌曰、彤雲晝聚、素靈夜哭。國語曰、興王賞諫臣。
⑤巻54・21a4「辯命論」左帶沸脣、乘閒電發。〔李注〕辯亡論曰、電發荊南。
⑥巻55・3a1「廣絶交論」駱驛縱横、煙霏雨散。〔李注〕煙霏雨散、衆多也。……陸機列仙賦曰、騰煙霧之霏霏。劇秦美新曰、霧集雨散。
⑦巻55・4b2「廣絶交論」至夫組織仁義、琢磨道德、驩其愉樂、恤其陵夷。〔李注〕陵夷、已見五等論。（54・3b9「陵夷之禍」注引『漢書』）
⑧巻55・7a10「廣絶交論」於是有弱冠王孫、綺紈公子。〔李注〕弱冠、已見辯亡論。（53・18b6「弱冠秀發」注引『禮記』）
⑨巻55・9a9「廣絶交論」南荊之跋扈、東陵之巨猾。〔李注〕南荊、謂楚也。演連珠曰、南荊有寡和之歌。
⑩巻55・10a7「廣絶交論」循環翻覆、迅若波瀾。〔李注〕陸機樂府詩（君子行）曰、休咎相乘躡、翻覆若波瀾。
⑪巻55・11a8「廣絶交論」英跱俊邁、聯横許郭。〔李注〕辯亡論曰、武將連衡。

〔陸倕〕

①巻56・9b5「石闕銘」莫不援旗請奮、執鋭爭先。〔李注〕豪士賦序曰、援旗誓衆、奮於阡陌之上。
②巻56・17b6「新刻漏銘」陸機之賦、虚握靈珠。孫綽之銘、空擅崑玉。〔李注〕陸機、孫綽皆有漏刻銘。
③巻56・18a7「新刻漏銘」積水違方、導流乖則。〔李注〕陸機刻漏賦曰、積水不過一鍾、導流不過一筐也。
④巻56・18b10「新刻漏銘」以爲星火謬中、金水違用。〔李注〕陸機漏刻銘曰、寤蟾蜍之栖月、識金水之相緣。
⑤巻56・19a8「新刻漏銘」金筒方員之制、飛流吐納之規。〔李注〕陸機漏刻銘曰、口納胸吐、水無滯咽。
⑥巻56・19b1「新刻漏銘」以考辰正晷、測表候陰。〔李注〕陸機集志議曰、考正三辰、審其所司、是談天紀綱也。
⑦巻56・20b8「新刻漏銘」洪殺殊等、高卑異級。〔李注〕陸機漏刻賦曰、擬洪殺於漏鍾、順卑高而爲級。
⑧巻56・21a1「新刻漏銘」微若抽繭、逝如激電。〔李注〕陸機漏刻賦曰、形微獨繭之絲、逝若垂天之電。
⑨巻56・21b1「新刻漏銘」況我神造、通幽洞靈。〔李注〕陸機漏刻賦曰、來象神造、猶鬼之變。

2. 注引潘岳詩文

〔劉琨〕

①巻25・10a5「荅盧諶詩」資忠履信、武烈文昭。［李注］閑居賦曰、資忠履信以進德。

〔盧諶〕

①巻21・9b7「覽古」西缶終雙擊、東瑟不隻彈。［李注］西缶、東瑟、已見西征賦。（10・7b4「恥東瑟之偏鼓提西缶而接刃」注引『史記』）

②巻25・12b10「贈劉琨」昔聶政殉嚴遂之顧、荊軻慕燕丹之義。［李注］荊軻、已見西征賦。（10・22b9「燕圖窮而荊發」注引『史記』）

③巻25・16a8「贈劉琨」日磾效忠、飛聲有漢。［李注］金日磾、已見西征賦。（10・18b2「曁乎秺侯之忠孝淳深」注引『漢書』）

④巻30・2b10「時興」摵摵芳葉零、橤橤芬華落。［李注］摵、已見射雉賦。（9・9b3「陳柯摵以改舊」徐爰注。案集注本巻五九上作徐爰射雉賦注曰摵彫柯皃也。）

〔郭璞〕

①巻12・11b5「江賦」溭淢濜涓、龍鱗結絡。［李注］潘岳金谷詩曰、濫泉龍鱗瀾。

②巻21・27a7「遊仙詩」（其七）蕣榮不終朝、蜉蝣豈見夕。［李注］潘岳朝菌賦序曰、朝菌者、時人以爲蕣華、莊生以爲朝菌。其物向晨而結、絶日而殞。

〔庾亮〕

①巻38・4a10「讓中書令表」既眷同國士、又申之婚姻。［李注］國士婚姻、已見懷舊賦。（16・18b2「名余以國士、眷余以嘉姻」注引『史記』）

〔袁宏〕

①巻47・28a10「三國名臣序贊」赫赫三雄、竝迴乾軸。［李注］潘岳爲賈謐贈陸機詩曰、三雄鼎足。

〔干寶〕

①巻49・17a9「晉紀總論」又況我惠帝以蕩蕩之德臨之哉。［李注］惠帝、已見西征賦。（10・25b3「越安陵而無譏」注引『漢書』）

〔桓溫〕

①巻38・7b8「薦譙元彥表」抱德肥遯、揚淸渭波。［李注］渭水、已見西征賦。（10・14a8「北有淸渭濁涇」注引「毛萇詩傳」）

〔孫綽〕

①巻11・9a3「遊天台山賦」爾乃羲和亭午、遊氣高褰。［李注］徐爰射雉賦注曰、褰、開也。

〔殷仲文〕

①巻22・6b1「南州桓公九井作」獨有淸秋日、能使高興盡。［李注］潘安仁有秋興賦。

〔謝混〕

①巻22・8a1「遊西池」褰裳順蘭沚、徙倚引芳柯。［李注］潘岳河陽詩曰、歸鴈映蘭洔。沚與洔同。

〔陶潛〕

①巻30・3b6「雜詩」汎此忘憂物、遠我達世情。［李注］毛詩曰、微我無酒、以遨以遊。毛萇曰、非我無酒、可以忘憂也。潘岳秋菊賦曰、汎流英於淸醴、似浮萍之隨波。

②巻30・4b3「讀山海經詩」微雨從東來、好風與之俱。［李注］閑居賦曰、微雨新晴。

〔謝瞻〕①②は本論中に既述。

〔傅亮〕

①巻38・10a3「爲宋公至洛陽謁五陵表」將屆舊京、威懷司雍。［李注］威懷、已見潘岳關中詩。（20・8a10「威懷理二」注引『左氏傳』）

②巻38・10a8「爲宋公至洛陽謁五陵表」觀宇之餘、鞠爲禾黍。［李注］鞠爲茂草、已見西征賦。（10・18a2「禁省鞠爲茂草」注引『毛詩』）

③巻38・10a9「爲宋公至洛陽謁五陵表」廛里蕭條、鷄犬罕音。［李注］蕭條、已見上西征賦。（10・17a9「街里蕭條」無注）

④巻38・10b6「爲宋公至洛陽謁五陵表」既開翦荊棘、繕修毀垣。［李注］西京賦曰、步毀垣而延佇。（案此文見卷一〇「西征

賦」。「京」當作「征」、各本皆誤。）

〔謝靈運〕

①卷19・20b4「述祖德詩」清塵竟誰嗣、明哲時經綸。［李注］清塵、已見懷舊賦。（16・18b1「承戴侯之清塵」注引『楚辭』）

②卷20・24a3「九日從宋公戲馬臺集送孔令詩」歸客遂海嵎、脫冠謝朝列。［李注］閑居賦序曰、猥厠朝列。（顏延之⑦26・2b7同）

③卷20・24a10「九日從宋公戲馬臺集送孔令詩」彼美丘園道、喟焉傷薄劣。［李注］閑居賦曰、信用薄而才劣。

④卷23・21b1「廬陵王墓下作」解劍竟何及、撫墳徒自傷。［李注］潘岳虞茂春誄曰、姨撫墳兮告辭、皆莫能兮仰視。顧愷之拜宣武墓詩曰、遠念羨昔存、撫墳哀今亡。

⑤卷25・26b2「登臨海嶠與從弟惠連」淹留昔時歡、復增今日歎。［李注］潘岳哀永逝曰、憶舊歡兮增新悲。

⑥卷25・26b8「登臨海嶠與從弟惠連」高高入雲霓、還期那可尋。［李注］潘安仁在懷縣詩曰、感此還期淹。（謝靈運⑩26・28a7同）

⑦卷25・27a4「酬從弟惠連」永絕賞心望、長懷莫與同。［李注］潘安仁詩（悼亡詩）曰、歲寒無與同。（江淹⑩31・14b5同）

⑧卷26・23a4「初發都」述職期闌暑、理棹變金素。［李注］潘岳悼亡詩曰、溽暑隨節闌。闌、猶盡也。

⑨卷26・24b9「過始寧墅」拙疾相倚薄、還得靜者便。［李注］拙、謂拙官也。閑居賦曰、巧誠有之、拙亦宜然。

⑩卷26・28a7「初去郡」理棹遄還期、遵渚騖脩坰。［李注］潘岳在懷縣詩曰、感此還期淹。遄、速也。（謝靈運⑥25・26b8同）

⑪卷30・8a5「齋中讀書」執戟亦以疲、耕稼豈云樂。［李注］潘安仁夏侯湛誄曰、執戟疲楊。（集注本卷五九上無此注）

⑫卷30・29b5「擬魏太子鄴中集詩」（陳琳）相公實勤王、信能定蝥賊。［李注］勤王、已見西征賦。（10・10b1「痛百寮之勤王」注引『左氏傳』）

⑬卷30・30b3「擬魏太子鄴中集詩」（徐幹）清論事究萬、美話信非一。［李注］話、已見秋興賦。（13・4b5「談話不過農夫田父之客」注引『說文』）

〔謝惠連〕

①卷22・8a10「泛湖歸出樓中翫月」亭亭映江月、瀏瀏出谷飈。［李注］王逸楚辭注曰、瀏、風疾貌。寡婦賦曰、風瀏瀏而夙

興。
②卷23・10b1「秋懷」賓至可命觴、朋來當染翰。［李注］秋興賦序曰、染翰操紙、慨然而賦。
③卷60・23a6「祭古冢文」曜質幾年、潛靈幾載。［李注］寡婦賦曰、潛靈邈其不反。

〔鮑照〕本論中に記した①のみ。

〔顏延之〕
①卷14・2a4「赭白馬賦」妙簡帝心、用錫聖皁。［李注］潘安仁夏侯湛誄曰、妙簡邦良。（王融①36・15b6同）
②卷14・4b7「赭白馬賦」飛輶軒以戒道、環轂騎而清路。［李注］清路、已見射雉賦。（9・14b1「清道而行」注引「司馬相如上疏」）
③卷20・25a3「應詔讌曲水作詩」太上正位、天臨海鏡。［李注］潘岳魯公詩曰、如地之載、如天之臨。
④卷20・25b6「應詔讌曲水作詩」君彼東朝、金昭玉粹。［李注］東朝、東宮也。潘岳贈陸機詩（爲賈謐贈陸機詩）曰、繾綣東朝。
⑤卷21・15a4「秋胡詩」義心多苦調、密比金玉聲。［李注］潘岳從姊誄曰、義心清尙、莫之與鄰。
⑥卷21・15a8「秋胡詩」上堂拜嘉慶、入室問何之。［李注］閑居賦曰、太夫人在堂。
⑦卷26・2b7「贈王太常」舒文廣國華、敷言遠朝列。［李注］秋興賦曰、猥廁朝列。爾雅曰、列、業也。（謝靈運②20・24a3同）
⑧卷26・5a10「和謝監靈運」徒遭良時詖、王道奄昏霾。［李注］潘岳河陽縣詩曰、徒恨良時泰。
⑨卷27・4b2「始安郡還都與張湘州登巴陵城樓作」却倚雲夢林、前瞻京臺囿。［李注］懷舊賦曰、前瞻太室。
⑩卷27・4b4「始安郡還都與張湘州登巴陵城樓作」悽矣自遠風、傷哉千里目。［李注］潘安仁在懷縣詩曰、涼颷自遠集。
⑪卷27・14b5「宋郊祀歌」月竁來賓、日際奉土。［李注］潘岳爲賈謐贈陸機詩曰、奉土歸疆。
⑫卷46・7b2「三月三日曲水詩序」懷荒振遠之使、論德于外。［李注］西征賦曰、銜命則蘇屬國、震遠則張博望。
⑬卷46・9b4「三月三日曲水詩序」華裔殷至、觀聽騖集。［李注］籍田賦曰、居靡都鄙、民無華裔。
⑭卷57・12a5「陽給事誄」値國禍荐臻、王略中否。［李注］潘岳陽（楊）肇誄曰、將宏王略。（集注本卷113下無此注）
⑮卷57・12a8「陽給事誄」列營緣戍、相望屠潰。［李注］關中詩曰、列營基峙。（集注本卷113下無此注）

⑯巻57・16b10「陶徵士誄」灌畦鬻蔬、爲供魚菽之祭。［李注］閑居賦曰、灌園鬻蔬、供朝夕之膳。

⑰巻57・19b5「陶徵士誄」哲人卷舒、布在前載。［李注］西征賦曰、蘧與國而卷舒。

⑱巻58・5a2「宋文皇帝元皇后哀策文」撫存悼亡、感今懷昔。［李注］潘岳祭庾新婦文曰、伏膺飲涙、感今惟昔。

〔謝荘〕

①巻57・21a4「宋孝武宣貴妃誄」國軫喪淑之傷、家凝賈庇之怨。［李注］潘岳秦氏從姉誄曰、家失慈覆、世喪母儀。鄭玄禮記注曰、庇、覆也。庇或爲妣、非也。

②巻57・23a5「宋孝武宣貴妃誄」靈衣虛襲、組帳空煙。［李注］寡婦賦曰、瞻靈衣之披披。

③巻57・23b8「宋孝武宣貴妃誄」維慕維愛、曰子曰身。［李注］潘岳妹哀辭曰、庭祖兩柩、路引雙轜。爾身爾子、永與世辭。

④巻57・24b4「宋孝武宣貴妃誄」重扃閟兮燈已黯、中泉寂兮此夜深。［李注］哀永逝曰、戶闔兮燈滅、夜何時兮復曉。

〔王微〕

①巻30・9a9「雜詩」思婦臨高臺、長想憑華軒。［李注］潘岳爲賈謐贈陸機詩曰、珥筆華軒。韋昭漢書注曰、軒、檻上板也。

〔范曄〕

①巻50・2a1「後漢書二十八將傳論」至使英姿茂績、委而勿用。［李注］潘岳楊肇誄曰、茂績惟嘉。

②巻50・9b2「逸民傳論」長往之軌未殊、而感致之數匪一。［李注］西征賦曰、悟山潛之逸士、卓長往而不返。（孔稚珪①43・26b6同）

〔劉鑠〕

①巻31・4a3「擬古」（擬明月何皎皎）誰爲客行久、屢見流芳歇。［李注］潘岳悼亡詩曰、流芳未及歇。

〔謝朓〕

①巻23・23b9「同謝諮議銅雀臺詩」玉座猶寂漠、況迺妾身輕。［李注］寡婦賦曰、懼身輕而施重。

②巻26・9a5「暫使下都夜發新林至京邑贈西府同僚」引顧見京室、宮雉正相望。［李注］潘岳河陽縣詩曰、引領望京室。東都賦曰、京室密淸。（謝朓④27・7b4同）

③巻26・9b3「暫使下都夜發新林至京邑贈西府同僚」常恐鷹隼擊、時菊委嚴霜。［李注］潘岳河陽詩曰、時菊耀秋華。（江淹⑱31・23a1同）

④巻27・7b4「晩登三山還望京邑」灞涘望長安、河陽視京縣。［李注］潘岳河陽縣詩曰、引領望京室、南路在伐柯。（謝朓②26・9a5同）

⑤巻30・16b1「和伏武昌登孫權故城」舞館識餘基、歌梁想遺轉。［李注］西征賦曰、陛殿之餘基。

⑥巻30・17a5「和王著作八公山」二別阻漢坻、雙崤望河澳。［李注］殽有二陵、已見西征賦。（10・8b5「皐記墳於南陵」注引『左氏傳』）

⑦巻30・17a6「和王著作八公山」茲嶺復巑岏、分區奠淮服。［李注］潘岳贈陸機詩（爲賈謐贈陸機詩）曰、區域以分。

⑧巻40・24b4「拜中軍記室辭隋王牋」邈若墜雨、翩似秋蔕。［李注］潘岳楊氏七哀詩曰、漼如葉落樹、邈然雨絶天。論衡曰、雲散水墜、成爲雨矣。

〔王融〕

①巻36・15b6「永明十一年策秀才文」頃深汰珪符、妙簡銅墨。［李注］潘安仁夏侯湛誄曰、妙簡邦良。爾雅曰、簡、擇也。（顏延之①14・2a4同）

②巻46・14a7「三月三日曲水詩序」書笏珥彤、紀言事於仙室。［李注］潘岳賈武公誄曰、惟帝以公、通揚祖宗、延登東序、服袞珥彤。

③巻46・15a2「三月三日曲水詩序」耆年闕市井之游、稚齒豐車馬之好。［李注］閑居賦曰、昆弟班白、兒童稚齒。

④巻46・19a4「三月三日曲水詩序」虎視龍超、雷駭電逝。［李注］潘岳閑居賦曰、礮石雷駭。

〔王儉〕

①巻58・21b4「褚淵碑文」天厭宋德、水運告謝。［李注］射雉賦曰、青陽告謝。王逸楚辭注曰、謝、去也。

②巻58・22a1「褚淵碑文」公實仰贊宏規、參聞神筭。［李注］潘岳賈充誄曰、使夫疑廟定於神筭。

③巻58・23b10「褚淵碑文」太祖升遐、綢繆遺寄。［李注］禮記曰、天子崩、告喪曰、天王登遐。西征賦曰、武皇忽其升遐。

④巻58・25a8「褚淵碑文」經始圖終、式免祗悔。［李注］潘岳家風詩曰、經始復圖終、葺宇營丘園。

⑤巻58・26a10「褚淵碑文」五臣茲六、八元斯九。［李注］潘岳魯武公誄曰、昂昂公侯、實天誕育。八元斯九、五臣茲六。

〔孔稚珪〕

①巻43・26b6「北山移文」或歎幽人長往、或怨王孫不遊。［李注］西征賦曰、悁山潛之逸士、悼長往而不反。（范曄②50・9

b6同）

〔江淹〕

①卷16・25b2「恨賦」朝露溘至、握手何言。〔李注〕史記、繆賢曰、燕王私握臣手曰、願結交。潘岳邢夫人誄曰、臨命相決、交腕握手。

②卷16・25b6「恨賦」搖風忽起、白日西匿。〔李注〕登樓賦曰、白日忽其西匿。潘岳寡婦賦曰、日杳杳而西匿。

③卷16・26a2「恨賦」左對孺人、顧弄稚子。〔李注〕稚子、見寡婦賦。（16・23a4「鞠稚子於壞抱兮」注引『史記』）

④卷31・11b2「雜體詩」（王侍中）崤函復丘墟、冀闕緬縱橫。〔李注〕西征賦曰、冀闕緬其堙盡。

⑤卷31・13a2「雜體詩」（嵇中散）柳惠善直道、孫登庶知人。〔李注〕柳下惠、已見西征賦。（10・2a10「無柳季之直道」注引『論語』）（嵆康①已見23・13a7同）

⑥卷31・14a8「雜體詩」（潘黃門）青春速天機、素秋馳白日。〔李注〕潘岳悼亡詩曰、曜靈運天機、四節代遷逝。（劉楨①已見23・30a6、江淹⑬31・15a7同）

⑦卷31・14a9「雜體詩」（潘黃門）美人歸重泉、悽愴無終畢。〔李注〕潘岳悼亡詩曰、之子歸窮泉、重壤永幽隔。

⑧卷31・14b1「雜體詩」（潘黃門）殯宮已肅清、松柏轉蕭瑟。〔李注〕寡婦賦曰、虛坐兮肅清。

⑨卷31・14b3「雜體詩」（潘黃門）撫襟悼寂寞、怳然若有失。〔李注〕潘岳悼亡詩曰、撫襟長歎息。

⑩卷31・14b5「雜體詩」（潘黃門）明月入綺窗、髣髴想蕙質。〔李注〕潘岳悼亡詩曰、歲寒無與同、朗月何朧朧、獨無李氏靈、髣髴覩爾容。（謝靈運⑦25・27a4同）

⑪卷31・14b7「雜體詩」（潘黃門）消憂非萱草、永懷寧夢寐。〔李注〕毛詩曰、終其永懷。寡婦賦曰、願假夢以通靈。

⑫卷31・14b8「雜體詩」（潘黃門）夢寐復冥冥、何由覩爾形。〔李注〕潘岳哀永逝賦曰、既目遇兮無兆、曾寤寐兮不夢。

⑬⑭卷31・15a7「雜體詩」（潘黃門）日月方代序、寢興何時平。〔李注〕潘岳悼亡詩曰、四節代遷逝。（劉楨①已見23・30a6、江淹⑥31・14a8同）又曰、寢興自存形。

⑮卷31・15a10「雜體詩」（陸平原）儲后降嘉命、恩紀被微身。〔李注〕潘岳河陽詩曰、微身輕蟬翼。

⑯卷31・18a8「雜體詩」（盧中郎）大廈須異材、廊廟非庸器。〔李注〕潘岳在懷縣詩曰、器非廊廟姿。爾雅曰、庸、常也。謂非凡常之器也。

⑰卷31・21b7「雜體詩」（許徵君）丹葩耀芳蕤、綠竹蔭閑敞。［李注］洞簫賦曰、又足樂乎其閑敞。西征賦曰、厭紫極之閑敞。

⑱卷31・23a1「雜體詩」（謝僕射）時菊耀巖阿、雲霞冠秋嶺。［李注］潘安仁河陽詩曰、時菊耀秋華。（謝朓③26・9b3同）

〔任昉〕

①卷38・16a10「爲范尙書讓吏部封侯第一表」兼以東皋數畝、控帶朝夕。［李注］秋興賦曰、耕東皋之沃壤、輸黍稷之餘稅。

②卷38・16b10「爲范尙書讓吏部封侯第一表」泥首在顏、輿櫬未毀。［李注］輿櫬、卽輿櫬也、已見潘安仁贈陸機詩（爲賈謐作贈陸機）。（24・23b10「子嬰面櫬」注引『左氏傳』）

③卷38・21a8「爲蕭揚州薦士表」寢議廟堂、借聽輿皁。［李注］左氏傳曰、晉侯聽輿人之誦。輿皁、已見射雉賦。（9・14b4「豈唯皁隸」注引『左氏傳』。但無輿皁語。）

④卷38・24b2「爲褚諮議蓁讓代兄襲封表」稟承在昔、理絕終天。［李注］天道無終、而云終天、永訣之辭也。徐廣赴謝車騎葬還詩曰、潛壙既掩扉、終天隔幽壤。潘岳哀永逝曰、今奈何兮一舉、邈終天而子不反。

⑤卷38・25a6「爲范始興作求立太宰碑表」既絕故老之口、必資不刊之書。［李注］西征賦曰、兆惟奉明、邑號千人。訊諸故老、造自帝詢。

⑥卷40・3a3「奏彈曹景宗」率厲義勇、奮不顧命。［李注］潘安仁汧馬督誄曰、率厲有方。

⑦卷40・3a4「奏彈曹景宗」全城守死、自冬徂秋。［李注］潘安仁汧馬督誄、大將軍疏曰、臨危奮節、保穀全城。論語、子曰、守死善道。

⑧卷40・3b5「奏彈曹景宗」不時言邁。［李注］毛詩曰、旋車言邁。（胡氏考異云、「袁本作言邁已見潘岳金谷集詩、是也。茶陵本複出、非。此初同袁、修改誤依複出。」〈20・34a4「親友各言邁」注作毛詩曰還車言邁。〉）

⑨卷集注本卷79・7a「奏彈曹景宗」雖然、猶應固守三關。［李注］管子曰、民無恥不可以固守。汧馬督誄曰、敦固守孤城。（胡刻本40・4a4無此注）

⑩卷40・4a7「奏彈曹景宗」不有嚴刑、誅賞安寘、景宗卽主。［李注］西征賦曰、峻徒御以誅賞。

⑪卷40・5a10「奏彈曹景宗」奉而行之、實弘廟筭。［李注］西征賦曰、彼雖衆其焉用。故制勝於廟筭。孫子曰、夫未戰而廟筭勝、得筭多也。

⑫卷40・5b3「奏彈曹景宗」聖朝乃顧、將一車書。［李注］汧馬督誄曰、聖朝西顧、關右震惶。

⑬巻59・31b6「劉先生夫人墓誌」夫貴妻尊、匪爵而重。［李注］潘岳夏侯湛誄曰、惟爾之存、匪爵而貴。
⑭巻60・2a1「齊竟陵文宣王行狀」天才博贍、學綜該明。［李注］潘岳任府君畫讚曰、學綜羣籍、智周萬物。
⑮巻60・4a7「齊竟陵文宣王行狀」邪叟忘其西昊、龍丘狹其東皐。［李注］潘安仁楊經誄云、日昊景西、望子朝陰。
⑯巻60・5b8「齊竟陵文宣王行狀」朝旨以董司岳牧、敷興邦教。［李注］潘岳關中詩曰、岳牧慮殊。
⑰巻60・10a10「齊竟陵文宣王行狀」華袞與縕緒同歸、山藻與蓬茨俱逸。［李注］潘岳密陵侯鄭公碑曰、公雖違華袞、猶朱其紱。

〔丘遲〕

①巻20・30a10「侍讌樂遊苑送張徐州應詔詩」輕荑承玉輦、細草藉龍騎。［李注］藉田賦曰、天子御玉輦。
②巻20・30b6「侍讌樂遊苑送張徐州應詔詩」小臣信多幸、投生豈酬義。［李注］西征賦曰、豈生命之易投。

〔沈約〕

①巻20・31a6「應詔樂遊苑餞呂僧珍詩」推轂二崤岨、揚旆九河陰。［李注］藉田賦曰、九旗揚旆。（沈約⑩59・23a2同）
②巻22・23a9「宿東園」陳王鬬雞道、安仁采樵路。［李注］潘岳詩曰、東郊、歎不得志也。出自東郊、憂心搖搖、遵彼萊田、言采其樵。
③④巻22・24a3「遊沈道士館」銳意三山上、託慕九霄中。［李注］西征賦曰、切託慕於闕庭。潘岳書曰、長自絕於埃塵、超遊身乎九霄。
⑤巻40・12a9「奏彈王源」潘楊之睦、有異於此。［李注］潘岳楊仲武誄曰、潘楊之睦、有自來矣。
⑥巻40・13a1「奏彈王源」薫蕕不雜、聞之前典。［李注］汧馬督誄曰、聞之前典。（集注本巻七九無此注）
⑦巻50・15a4「宋書謝靈運傳論」如曰不然、請待來哲。［李注］西征賦曰、如其禮樂、以俟來哲。
⑧巻59・16a4「齊故安陸昭王碑文」太祖龍躍俟時、作鎭淮泗。［李注］潘岳金谷會詩曰、遂擁朱旄、作鎭淮泗。
⑨巻59・19a8「齊故安陸昭王碑文」澤無不漸、螻蟻之穴靡遺。［李注］西征賦曰、澤靡不漸、恩無不逮。
⑩巻59・23a2「齊故安陸昭王碑文」揚旆漢南、非公莫可。［李注］籍田賦曰、九旗揚旆。（沈約①20・31a6同）
⑪巻59・27a6「齊故安陸昭王碑文」虛懷博約、幽關洞開。［李注］西征賦曰、胸中豁其洞開。
⑫巻59・27b5「齊故安陸昭王碑文」豈唯僑終蹇謝、輿謠輟相而已哉。［李注］潘岳賈充誄曰、秦亡蹇叔、舂者不相杵。史記、趙良曰、五羖大夫死、舂者不相杵。史記以爲五羖、而云蹇叔、未詳潘、沈之旨。

⑬巻59・28b6「齊故安陸昭王碑文」景皇燕哉、實啓洪祚。〔李注〕潘岳羊夫人誄策文曰、光啓洪祚、慶流萬國。

⑭巻59・30a1「齊故安陸昭王碑文」趙徂昌國、列邦揮涕。〔李注〕史記曰、樂毅爲燕伐齊、破之。封樂毅於昌國。昭王卒、燕惠王疑毅、毅降趙、號曰望諸君、而卒於趙。潘岳太宰魯公碑曰、趙喪望諸、列國同傷。家語、敬姜曰、無揮涕。涕以手揮之也。

〔**劉峻**〕

①巻54・12b10「辯命論」鬼神莫能預、聖哲不能謀。〔李注〕西征賦曰、生有脩短之命、位有通塞之遇、鬼神莫之要、聖哲弗能預。

②巻54・16a7「辯命論」而其道密微、寂寥忽慌。〔李注〕西征賦曰、寥廓忽恍。

③巻55・5b2「廣絶交論」九域聳其風塵、四海疊其燻灼。〔李注〕西征賦曰、當恭、顯之任勢也。燻灼四方、震燿都鄙。

④巻55・6a10「廣絶交論」魚貫鳧躍、颯沓鱗萃。〔李注〕潘岳哀辭曰、望歸瞥見、鳧藻踴躍。

⑤巻55・6b7「廣絶交論」陸大夫宴喜西都、郭有道人倫東國。〔李注〕西征賦曰、陸賈之優游宴喜。

⑥巻55・10a7「廣絶交論」或前榮而後悴、……或古約而今泰。〔李注〕笙賦曰、有始泰終約、前榮後悴。

〔**陸倕**〕

①巻56・21a5「新刻漏銘」授受靡諐、登降弗爽。〔李注〕籍田賦曰、挈壺掌升降之節。

第二章　文學言語の繼承と語意の變化

第一節　「孤」を用いた文學言語の展開—陶淵明に至るまで—

言葉は人とともに生きるものであり、その意味は、長年にわたって繼承されることもあるし、時代とともに變わることもある。變化は世の價値觀の違いによってもたらされる場合もあるが、文學言語においては詩人の個性によって將來されるのが大半であろう。あるいは詩人によって新たな言葉が創出されたりもする。先人の言葉を巧妙に利用して自己の思いを作品に結實させた六朝の詩文が大半を占める『文選』は、その文學言語の繼承と創作の過程を知るのに格好のものであり、その際、李善の注が極めて大きな役割を果たすことは言うまでもない[1]。

たとえば、第一章第四節で述べたように、陸機は「文賦」（『文選』巻一七）で馬にむち打つの意の「警策」の語を一編の文章を引き立たせる名句の意で使っていた。そして李善注は引證と釋義によって、言葉の繼承と意味の變化を指摘していた。それは次の例からもわかる。

○巻10・28a7潘岳「西征賦」開襟乎清暑之館、游目乎五柞之宮。［李注］曹植閑居賦曰、愬寒風而開襟。

○巻11・2a10王粲「登樓賦」憑軒檻以遙望兮、向北風而開襟。［李注］言感北風、逾增鄉思也。……風賦曰、有風颯然而至、王乃披襟而當之。

○巻22・24ａ8沈約「遊沈道士館」開衿濯寒水、解帶臨清風。［李注］曹子建閑居賦曰、愬寒風而開衿。

宋玉が「風賦」（『文選』巻一三）で風の快感を「披襟」と表現し、王粲が望鄉の念を「開襟」といい、ほぼ同時期曹植は思いを訴える意で「開襟」を使い、それに對して、潘岳は涼を求める意で、沈約は俗世の塵を洗い流す意で使用している。

「孤」を用いた文學言語にも同様の展開が見られる。「孤」は孤獨感を象徴する言葉として使用され、唐詩においても、人の狀態を表す老・幼などはもとより、雲・山・月などの景物、猿・鳥・松などの動植物、遊・行・飛などの行爲、燭・枕などの器物をはじめ實にさまざまな語に附けて、隱逸・望鄉・別離・流謫・老病に孤高・寂寞・憔悴・傷心・悲哀などの種々の情感をこめて詠われている。たとえば、「叢菊兩開他日涙、孤舟一繫故園心」（杜甫「秋興」）、「親朋無一字、老病有孤舟」（杜甫「登岳陽樓」）、「孤舟蓑笠翁、獨釣寒江雪」（柳宗元「江雪」）と、孤獨を一艘の舟に凝縮する「孤舟」という表現は、陶淵明に始まり、「仕官と隱逸という知識人の運命を象徴する詩語だった」という指摘もある。(2)

『文選』正文には、「孤」を用いた言葉は、百十三例（そむくの意の三例を除く）あるが、その言葉に李善が注するものは四十五例（引證三十四、釋義九、薛綜注二）に過ぎない。それだけその時々の新しい言葉が多かったのであろうか。本稿では、『文選』中の言葉を中心に、「孤」を用いた文學言語の畫期となると思われる陶淵明までの展開を考察してみたい。

一　古來の「孤」のイメージ

『孟子』（梁惠王下）に「老而無妻曰鰥、老而無夫曰寡、老而無子曰獨、幼而無父曰孤。」（『禮記』王制〈鰥作矜〉にも

見える）、『説文』に「孤、無父也。」と言うように、古來「孤」には「鰥寡獨孤」の「孤兒」という特定のイメージが強く、『毛詩』には、「小雅・頍弁」序に「孤」字が一つあるだけで、詩には毛傳を含めて「孤」字は全く使用されていない。唯一「孤」字が見られる「小雅・頍弁」序は、次の通りである。

　頍弁、諸公刺幽王也。暴戻無親、不能宴樂同姓、親睦九族、孤危將亡。故作是詩也。（頍弁は、諸公 幽王を刺《そし》るなり。暴戻にして親無く、同姓を宴樂し、九族を親睦する能はず、孤危にして將に亡びんとす。故に是の詩を作るなり。）

その詩の「蔦與女蘿、施于松柏」（蔦と女蘿と、松柏に施《し》く）の毛傳「喩諸公非自有尊、託王之尊。」（諸公自ら尊有るに非ず、王の尊に託するを喩ふ）を受けて、鄭箋に「託王之尊者、王明則榮、王衰則微。刺王不親九族、孤特自恃、不知己之將危亡也。」（王の尊に託すとは、王 明なれば則ち榮え、王 衰ふれば則ち微なり。王 九族を親しまず、孤特にして自ら恃《たの》み、己の將に危亡ならんとするを知らざるを刺るなり）という。この「孤危」は、王が孤立して危険な状態になっていることをいうのである。詩は續いて、「未見君子、憂心奕奕」（未だ君子を見ざれば、憂心奕奕たり）と詠い、王の「孤危」を憂えている。

ただ「孤」字が無いからといって、『毛詩』に孤獨感が詠われていないというのではない。「小雅・正月」は、序に「大夫刺幽王也。」（大夫 幽王を刺るなり）というように、幽王の政治を憂える者の心情が表現されていて、全十三章中、「我心憂傷」（我が心 憂傷す）、「念我獨兮、憂心京京」（我が獨りなるを念《おも》ひ、憂心 京京たり）など、自分ひとりが國政を憂える心情表現が何度も詠われている。その第十二章に、[3]

　彼有旨酒、又有嘉殽　　彼に旨酒有り、又 嘉殽有り
　洽比其隣、昏姻孔云　　其の隣に洽比し、昏姻 孔《はなは》だ云《とも》たり
　念我獨兮、憂心慇慇　　我が獨りなるを念ひ、憂心 慇慇たり

王の取り巻きの小人たちは酒宴を開き、親戚仲間を呼び集めているが、自分はひとりで憂いに沈んでいるという。こ

の鄭箋に「此賢者孤特自傷也。」（此の賢者は孤特にして自ら傷むなり）とある。(4) これは屈原と同様な憂いの吐露であり、最終第十三章の最後の句で、「哿矣富人、哀此惸獨」（哿なり富める人、哀《かな》し此の惸獨）の「惸獨」は孤獨と表記してもいいはずだが、「孤」字は使っていない。恐らく「孤」には、「無父之子」というイメージが強くあったからだと思われる。(5)

ただ『毛詩』の孤獨感の詠出には一つの傾向があり、社會生活・政治制度の中での一人である状態をいい、精神的に自己の孤獨を意識するというものではないし、もちろん後に現れる社會生活・政治制度からの解放感を伴う「孤」の意識は見られない。因みに鄭箋で「孤」字を使って解釋している詩句で「小雅・正月」以外の四例は、次の通りである。

○鄭風・子衿「一日不見、如三月兮」（一日見ざれば、三月の如し）

〈鄭箋〉君子之學、以文會友、以友輔仁。獨學而無友、則孤陋而寡聞、故思之甚。（君子の學は、文を以て友を會し、友を以て仁を輔《たす》く。獨學にして友無ければ、則ち孤陋にして聞くこと寡《すく》なし、故に之を思ふこと甚し。）

正義に指摘するように、前半は『論語』顔淵篇の文、「孤陋」を含む後半は『禮記』學記篇の文で、學生を一人にしておくと、見識が狭いものになることをいう。

○小雅・鴻鴈「爰及矜人、哀此鰥寡」（爰《ここ》に矜人に及び、此の鰥寡を哀《あは》れむ）

〈鄭箋〉鰥寡則哀之、其孤獨者收斂之、使有所依附。（鰥寡は則ち之を哀れみ、其の孤獨なる者は之を收斂し、依附する所有らしむ。）

毛傳に「老無妻曰鰥、偏喪曰寡。」（老いて妻無きを鰥と曰ひ、偏喪を寡と曰ふ）と言うのを受けての解釋であり、この「孤獨」は、正義に「無父之孤、無子之獨」と指摘するように、憐れむべき四者「鰥寡獨孤」のことである。(6)

○小雅・苕之華「苕之華、芸其黃矣」（苕の華、芸《うん》として其れ黃なり）

〈鄭箋〉華衰則黃、猶諸侯之師旅罷病將敗、則京師孤弱。（華衰ふれば則ち黃なりとは、猶ほ諸侯の師旅罷病して將に敗れんとすれば、則ち京師孤弱なるがごとし。）

この詩は、序によれば、幽王の時に周がまわりから攻め立てられ、王室が滅びようとするのを嘆いたもので、この句はそれを救う者のいない狀態を表現しているという。

○周頌・閔予小子「閔予小子、遭家不造、嬛嬛在疚」（閔なるかな予《われ》小子、家の造《な》らざるに遭ひ、嬛嬛として疚に在り）

〈鄭箋〉遭武王崩、家道未成、嬛嬛然孤特、在憂病之中。（武王の崩ずるに遭ひ、家道未だ成らず、嬛嬛然として孤特にして、憂病の中に在り。）

これは周の成王が父の武王が崩御し、王室がまだ整っていないことを嘆いたものであり、「孤特」は「無父之孤」と通じる。

「小雅・正月」と同樣な疎外感、孤獨感、或いは孤高の精神が詠われる屈原の「離騷」にも「孤」字は使用されていない。『楚辭』の屈原の作と言われるものでは、「九章・悲回風」に「孤子唫而抆淚兮、放子出而不還」（孤子は唫じて淚を抆《ぬぐ》ひ、放子は出でて還らず）という一例が見られるだけである。これは、王逸注に「自哀煢獨、心悲愁也。」（自ら煢獨を哀しみ、心悲愁なり）「遠離父母、無依歸也。屈原傷己無安樂之志、而有孤放之悲也。」（遠く父母に離れ、依りて歸る無きなり。屈原 己に安樂の志無くして、孤放の悲しみ有るを傷むなり）というように、屈原自らを孤兒、放子にたとえたもので、「無父之子」の意味での使用である。[7]

もちろん、「離騷」にも孤獨の表現はある。たとえば、女嬃が屈原に對して世と妥協するようにいう「夫何煢獨而不予聽」（夫れ何ぞ煢獨にして予に聽かざる）の「煢獨」などがそれであり、王逸注に「煢、孤也。詩曰、『哀此煢獨。』言世俗之人、皆行佞僞、相與朋黨、竝相薦擧、忠直之士、孤煢特獨、何肯聽用我言、而納受之也。」（煢は、孤なり。詩に曰く、「此の煢獨を哀しむ」と。言ふこころは世俗の人、皆佞僞を行ひ、相與《とも》に朋黨し、竝びに相薦擧するに、忠直の士、孤煢特獨にして、何ぞ肯へて我が言を聽き用ひて、之を納受せんや）というように、先の『毛詩』小雅・正月〈煢作惸〉の幽王の政治を憂える者の心情表現と同様のものである。(8)

他の經書、諸子を含めて先秦までの「孤」のイメージをまとめると次のようになる。

○家族の關係「鰥寡獨孤」

「無父之子」の意味で使われる「孤」であり、『論語』泰伯「可以託六尺之孤」のような單獨使用以外にも、「孤子」（『周禮』天官外饔など）・「孤寡」（『禮記』月令など）・「孤獨」（『禮記』王制など）・「藐諸孤」（『左氏傳』僖公九年）・「孤疾」（『左氏傳』襄公二十六年など）・「孤幼」（『左氏傳』昭公十四年など）・「孤童」（『墨子』兼愛下）・「孤老」（『管子』幼官圖「養孤老」など）・「孤犢」（『莊子』列禦寇など、親を離れた小牛）・「孤駒」（『莊子』天下、親を離れた小馬）・「弱孤」（『尚書』盤庚上）・「幼孤」（『韓非子』姦劫弑臣など）・「老孤」（『周禮』地官遺人）・「主孤」（『禮記』雜記上、喪主の意）などの言葉として使われ、「孤」の使用例として最も多く、「孤」のイメージの主たるものである。

○王の自稱

・『禮記』曲禮下「庶方小侯、入天子之國、曰某人。於外曰子、自稱曰孤。」（庶方の小侯は、天子の國に入りては、某人と曰ふ。外に於いては子と曰ひ、自ら稱して孤と曰ふ）、『老子』第三十九章「侯王自謂孤、寡、不轂」（侯王自ら孤・寡・不轂と謂ふ）とあり、單獨使用として多く見られる。

○官職の稱（三公を補佐する少師・少傅・少保）

・「孤卿」（『周禮』天官掌次など）・「三孤」（『尚書』周官）。

○特產物

・「孤桐」（嶧山の南に產する桐、琴の材）……『尚書』禹貢「嶧陽孤桐」、孔安國傳「孤、特也。嶧山之陽特生桐、中琴瑟。」（孤は、特なり。嶧山の陽の特生の桐は、琴瑟に中《あ》つ）。

・「孤竹」（笛の材、後に竹笛や樂曲名となる）……『周禮』春官大司樂「孤竹之管」、鄭玄注「孤竹、竹特生者。」（孤竹は、竹の特に生ずる者なり）。また、國名や姓としての使用も多い。地名としては、「孤突」（『管子』輕重丁）もある。

以上四つの意で使用されているのがほとんどであり、その他としては、「德不孤」（『周易』坤卦文言傳、『論語』里仁）のように孤立した狀態を表すものがあり、「孤陋」（『禮記』學記、世から孤立して見聞が狹い）・「孤臣」（『孟子』盡心上、君主に見捨てられた臣下）・「孤夷」（『墨子』天志下、遠い蠻夷の國）・「孤憤」（『韓非子』孤憤、ひとり忠を盡くして世に入れられない憤り）・「孤特」（『韓非子』孤憤、『管子』形勢解、ひとりぼっちで助けがない）・「孤獨」（『呂氏春秋』仲秋紀決勝、敵を孤立させる）などの熟語が見え、また君主が孤立して危うい狀態を「孤獨」（『荀子』君道）・「孤特」（『管子』明法解）・「微孤」（『管子』七臣七主）・「孤寡」（『呂氏春秋』審分覽君守）がある程度で、「孤」は限定された範圍で使用されている。[9]

二　宋玉から建安期における「孤」を用いた言葉の創出

宋玉から前漢の作品でも、「鰥寡獨孤」の意を踏まえた「孤子」（『文選』卷一九宋玉「高唐賦」、『古文苑』卷二宋玉「笛賦」、『文選』卷三四枚乘「七發」、劉向「九歎・怨思」）・「孤獨」（『文選』卷七司馬相如「上林賦」、卷五一東方朔「非有先生論」、『史記』卷六秦始皇本紀）・「孤弱」（『文選』卷九楊雄「長楊賦」）・「幼孤」（『文選』卷四四司馬相如「難蜀父老」）などがある（以下、「王の自稱」「官職の稱」「特産物」及び固有名詞に用いられる「孤」は特に必要な場合以外は取り上げない）。しかし、同じ意を含むものではあるが、「孤立」（『文選』卷四一司馬遷「報任少卿書」、『史記』卷六秦始皇本紀）・「孤雌」（『文選』卷一六司馬相如「長門賦」、卷一七王褒「洞簫賦」、劉向「九歎・怨思」、雄を失った鳥）[10]という新しい言葉も見られる。

更に、「鰥寡獨孤」の意を離れた「孤畝」（『文選』卷一九宋玉「高唐賦」、水の流れを一筋の畝にたとえる）[11]・「孤生」（『古文苑』卷三淮南王劉安「屛風賦」）・「孤聖」（東方朔「七諫・沈江」）・「孤居」（『史記』張儀傳）・「孤傷」（『史記』春申君傳）・「孤豚」（『文選』卷四五東方朔「荅客難」、『史記』莊周傳、親を離れた子豚、卑しいもののたとえ）[12]・「孤立」（『史記』酷吏傳、單獨で行動する意）・「孤學」（『漢書』禮樂志引宋曄上書）・「孤魂」（『漢書』貢禹傳「貢禹上書」、死者の魂(13)）などの言葉が作られている。

また、注目すべきは、鄒陽「獄中上書自明」（『文選』卷三九）で、范雎と司馬喜について「此二人者、皆信必然之畫、捐朋黨之私、挾孤獨之交。故不能自免於嫉妬之人也。」（此の二人の者は、皆必然の畫《はかりごと》を信じ、朋黨の私を捐《す》て、孤獨の交はりを挾む。故に自ら嫉妬の人に免るる能はざるなり）といい、從來のイメージとは違う單獨行動の意で「孤獨」の言葉を使っていることである。これは賦、詩の展開とともに「孤」を用いた言葉の增大を豫想させる。

後漢から建安期にかけては、「孤蒙」（『文選』卷一四班固「幽通賦(14)」）・「孤賤」（『後漢書』文苑傳上黄香「讓東郡太守疏」）・「孤生竹」（『文選』卷二九「古詩十九首」其八）・「孤危」（『文選』卷四一孔融「論盛孝章書」）・「孤孩」（『文選』卷一六潘岳「寡婦賦」李善注引王粲「寡婦賦」）・「孤苦」（『宋書』樂志三曹操「善哉行(15)」）・「遺孤」「孤棲」（『藝文類聚』卷三四曹丕「寡婦賦」）・「孤煢」（『宋書』樂志四曹植「靈芝篇」）・「孤嗣」（『文選』卷五六曹植「王仲宣誄」の「翩翩孤嗣」李善注引蔡邕「袁成碑」）など舊來の「鰥寡獨孤」の意を踏まえたものの他に、以下のように、そのイメージを離れた言葉が多く見られる。

・『漢書』諸侯王表序「漢興之初、海內新定、同姓寡少、懲戒亡秦孤立之敗。」（漢興るの初め、海內新たに定まるも、同姓寡少、亡秦孤立の敗を懲戒とす(16)。）

・張衡「思玄賦」（『文選』卷一五）「何孤行之煢煢兮、孑不羣而介立。」（何ぞ孤行の煢煢たる、孑として羣せずして介立《ひとり》てり。）

・張衡「應閒」（『後漢書』張衡傳）「曾何貪於支離、而習其孤技邪。」（曾《かつ》て何ぞ支離に貪りて、其の孤技を習はざるか。）

・杜篤「首陽山賦」（『古文苑』卷五）「嗟首陽之孤嶺、形勢窟其盤曲。」（嗟《ああ》首陽の孤嶺、形勢窟として其れ盤曲す。）

・馬融「琴賦」（『藝文類聚』卷四四引）「孤煢特行、懷閔抱思。」（孤煢特行し、閔を懷《いだ》き思ひを抱く。）（曹丕「短歌行」（『宋書』樂志三）「我獨孤煢、懷此百離。憂心孔疚、莫我能知(17)。」）

・馬融「長笛賦」(『文選』巻一八)「託九成之孤岑兮、臨萬仞之石磎。」(九成の孤岑に託し、萬仞の石磎に臨む。)
・蔡邕「瞽師賦」(『北堂書鈔』巻一一一引)「類離鵾之孤鳴、似杞婦之哭泣。」(離鵾の孤鳴に類し、杞婦の哭泣に似る。)
・邊讓「章華臺賦」(『後漢書』邊讓傳)「縱輕軀以迅赴、若孤鵠之失羣。」(輕軀を縱《ほし》いままにして以て迅赴し、孤鵠の羣を失ふが若《ごと》し。)
・王粲「從軍詩」其三(『文選』巻二七)「蟋蟀夾岸鳴、孤鳥翩翩飛。」(蟋蟀は岸を夾《はさ》みて鳴き、孤鳥は翩翩として飛ぶ。)
・應瑒「報趙淑麗詩」(『藝文類聚』巻三二)「離羣猶宿、永思長吟。有鳥孤栖、哀鳴北林。嗟我懷矣、感物傷心。」(羣を離れて猶ほ宿り、永く思ひて長吟す。鳥の孤栖する有り、北林に哀鳴す。嗟《ああ》我懷《おも》ひ、物に感じて心を傷ましむ。)
・繁欽「柳賦」(『藝文類聚』巻八九)「有寄生之孤柳、託余寢之南隅。」(寄生の孤柳有り、余が寢ねしの南隅に託す。[18])
・蔡琰(董祀妻)「悲憤詩」其一(『後漢書』列女傳)「出門無人聲、豺狼號且吠。煢煢對孤景、怛咤糜肝肺。」(門を出づれども人聲無く、豺狼號《さけ》び且つ吠ゆ。煢煢として孤景に對し、怛咤して肝肺を糜す。)
・蔡琰(董祀妻)「悲憤詩」其二(『後漢書』列女傳引)「胡笳動兮邊馬鳴、孤雁歸兮聲嚶嚶。」(胡笳動きて邊馬鳴き、孤雁歸りて聲嚶嚶たり。)(曹丕「雜詩」(『文選』巻二九)「漫草蟲鳴何悲、孤鴈獨南翔。鬱鬱多悲思、緜緜思故鄉。」・曹植「離繳雁賦」(『藝文類聚』巻九一)「憐孤雁之偏特兮、情惆焉而內傷。」・曹植「雜詩」(『文選』巻二九)「孤鴈飛南游、過庭長哀吟。」)
・曹丕「丹霞蔽日行」(『藝文類聚』巻四一)「孤禽失羣、悲鳴雲間。」(孤禽 羣を失ひ、雲間に悲鳴す。[19])(曹植「九愁賦」(『藝文類聚』巻三五)「見失羣之離獸、覿偏棲之孤禽。」)
・曹丕「彈棊賦」(『類聚』巻七四)「或接黨連興、或孤據偏停。」(或いは黨に接して連《しきり》に興り、或いは孤據して偏《ひとへ》に停《とど》まる。)
・曹植「九愁賦」(『藝文類聚』巻三五)「竄江介之曠野、獨眇眇而汎舟。思孤客之可悲、愍予身之翩翔。」(江介の曠野

に窠《かく》れ、獨り眇眇として舟を汎《うか》ぶ。孤客の悲しむ可きを思ひ、予が身の翩翔たるを愍《あわれ》む。）〔曹植「九詠」（『文選』巻二六謝靈運「七里瀬」李善注引）「何孤客之可悲」〕

・曹植「七哀詩」（『文選』巻二三）「借問歎者誰、言是客子妻。君行踰十年、孤妾常獨棲。」（借問す歎ずる者は誰ぞと、言ふ是れ客子の妻と。君行きて十年を踰《こ》え、孤妾常に獨り棲《す》む。）

・曹植「贈王粲詩」（『文選』巻二四）「中有孤鴛鴦、哀鳴求匹儔。」（中に孤なる鴛鴦有り、哀鳴して匹儔を求む。）

・曹植「贈白馬王彪詩」（『文選』巻二四）「歸鳥赴喬林、翩翩厲羽翼。孤獸走索羣、銜草不遑食。感物傷我懷、撫心長太息。」（歸鳥は喬林に赴き、翩翩として羽翼を厲《ふる》ふ。孤獸は走りて羣を索《もと》め、草を銜《は》むも食ふに遑《いとま》あらず。物に感じて我が懷《おも》ひを傷ましめ、心を撫して長太息す。）

張衡「思玄賦」の「孤行」は、李善が『毛詩』の「獨行煢煢(20)」を引くように、「獨行」を「孤行」に變えた表現であり、後の陶淵明の「孤往」の創作を連想させる。ただ、次句の「孑不羣而介立」からすれば、一見、特立獨行（注9參照）の堅持を詠っているようだが、上句に「尙前良之遺風兮、恫後辰而無及。」（前良の遺風を尙《たつと》び、辰《とき》に後《おく》れて及ぶ無きを恫《いた》む）、下句に「感鸞鷖之特棲兮、悲淑人之希合。」（鸞鷖の特《ひと》り棲《す》むに感じ、淑人の合ふこと希《まれ》なるを悲しむ）とあり、『毛詩』と同樣の一人行くことの心細さを悲しむ表現であることに變わりはない。王粲「從軍詩」も、下句に「征夫心多懷、惻愴令吾悲。」（征夫 心に懷《おも》ひ多く、惻愴として吾をして悲しましむ）とあるように、「孤鳥」は兵士の憂いを象徵するものとして詠じられている。また、曹植も先人の「孤雌」（『藝文類聚』巻九〇「鶡賦」、『藝文類聚』巻九一「鸚鵡賦」）・「孤魂」（「贈白馬王彪」）・「孤煢」（「靈芝篇」）・「孤嗣」（「王仲宣誄」）・「孤雁（鴈）」（「離繳雁賦」「雜詩」）などを繼承するとともに、先例を見ない「孤禽」・「孤客」・「孤鴛鴦」・「孤獸」・「孤妾」などの言葉を使用しているが、いずれも寂寞・悲哀・憂愁を表現したものである。しかし、中にわずかではあるが、ただ一つのという意だけで使用されている「孤技」「孤岑」「孤柳」という言葉が見られるのは、「孤」と悲哀の關係を必然としない發想の芽生えとして

注目に値する。更に、徐幹『中論』法象篇では、

人性之所簡也、存乎幽微。人情之所忽也、存乎孤獨。夫幽微者、顯之原也。孤獨者、見之端也。胡可簡也、胡可忽也。是故君子敬孤獨而愼幽微。（人の性の簡《なほざり》にする所は、幽微に存す。人の情の忽《ゆるが》せにする所は、孤獨に存す。夫れ幽微なる者は、顯の原なり。孤獨なる者は、見の端なり。胡《なん》ぞ簡にすべけんや、胡ぞ忽せにすべけんや。是の故に君子は孤獨を敬《つつし》みて幽微を愼む。）

と、『禮記』中庸の「莫見乎隱、莫顯乎微。故君子愼其獨也。」（隱れたるよりも見《あら》はるるは莫《な》く、微なるよりも顯《あき》らかなるは莫し。故に君子は其の獨を愼むなり。）を踏まえて、(21)「孤獨」を古來の「孤」のイメージとは違う單に一人でいる狀態、閑居と同樣に使用している。これは、經書には見られなかった「孤」の用い方であり、建安期までにおける「孤」に對する意識の變化を象徵する例だと思われる。

三　陸機による「孤」の積極的評價

魏・西晉・東晉においても、「孤」を用いた表現には、前代までの繼承と、新たな創作が見られる。「鰥寡獨孤」の意を踏まえた繼承には、「孤弱」（『文選』卷三七李密「陳情事表」）・「孤苦」（『文選』卷三七李密「陳情事表」）・「孤嗣」（『文選』卷五六潘岳「楊荊州誄」）・「幼孤」（『文選』卷五六潘岳「楊仲武誄」）などがあり、中でも潘岳は、「寡婦賦」（『文選』卷一六）で、舊來の「孤弱」「孤寡」「孤孩」「孤立」や新たな「孤女」「偏孤」(22)という言葉に加えて、前代に「鰥寡獨孤」とは關係なく創出された「孤鳥」も利用し、「孤」字を隨所に鏤めて寡婦の情を表現している。その他、「鰥寡獨孤」の意を踏まえた新たな言葉としては、「孤豎」（『三國志』後主禪傳裴注引諸葛亮集載劉禪「出軍詔」）・「孤露」（『文選』卷四三嵆康「與山巨源絶交書」）・「孤鵠」（『藝文類聚』卷八八庾儵「大槐賦」）・「孤雛」（『樂府詩集』卷三八傅玄「放歌行」、『晉書』張駿傳引「姑臧謠」）・「孤虛」（『玉臺新詠』卷九傅玄「歷九秋篇董逃行」(23)）・「孤貧」（『文選』卷五六潘岳「楊仲武誄」）・「撫孤」

（『文選』巻五七潘岳「夏侯常侍誄」）・「孤人」（『藝文類聚』巻二六引陸機「遂志賦」）・「孤藐」（『藝文類聚』巻一六陸機「愍懷太子誄」）・「孤散」（『宋書』樂志四「拂舞歌詩・獨祿篇」）・「窮孤」（『文選』巻二五盧諶「贈劉琨詩」、范曄『後漢書』何敞傳）・「舊孤」（『文選』巻二五劉琨「荅盧諶詩」）・「孤寒」（『晉書』文苑傳王沈「釋時論」、陶侃傳「上表遜位」）・「孤沖」（『藝文類聚』巻一三引郭璞「元皇帝哀策文」）・「孤棄」（『藝文類聚』巻二〇孫綽「表哀詩」）・「孤微」（『後漢書』酷吏傳黃昌、儒林傳上周防）などが見られる。

「鰥寡獨孤」の意以外でも、前代までの言葉を繼承したものとしては、「孤行」（阮籍「詠懷詩」其四十九）・「孤弱」（『文選』巻五二曹冏「六代論」）・「孤立」（『文選』巻五二曹冏「六代論」、『文選』巻五四陸機「五等論」、『藝文類聚』巻六三、『水經注』巻五河水引張協「玄武館賦」、『道藏』本郭璞『山海經圖贊』）・「孤魂」（『藝文類聚』巻一七引呂安「髑髏賦」、『文選』巻二三潘岳「悼亡詩」、巻五七潘岳「哀永逝文」、『藝文類聚』巻三四引潘岳「悼亡賦」、「京陵女公子王氏哀辭」、巻一六引「皇女誄」、陸機「愍懷太子誄」、『北堂書鈔』巻九二引陸機「王侯挽歌辭」、陸士衡集巻三「與弟清河雲詩」、『宋書』樂志四「魏鼓吹曲・舊邦曲」）・「孤雌」（『玉臺新詠』巻二傅玄「朝時篇」）・「孤生」（『文選』巻二九陸機「園葵詩」、巻三五張協「七命」、『藝文類聚』巻八二引陸機「園葵詩」、巻二六引陸機「懷土賦」）・「孤鳥」（『藝文類聚』巻二六引陸機「懷土賦」）・「孤陋」（『文館詞林』巻一五七曹攄「答趙景猷詩」）・「孤客」（『玉臺新詠』巻三楊方「合歡詩」）・「孤影」（『廣弘明集』巻三〇上支遁「詠懷詩」）・「孤景」（『藝文類聚』巻三四引鈕滔母孫氏（孫瓊）「悼艱賦」）・「孤居」（『出三藏記集』巻六釋道安「陰持入經序」、「了本生死經序」）・「孤禽」（『文選』巻二三張載「七哀詩」、『文館詞林』巻一五六張翰「贈張弋陽詩」）・「孤獸」（『文選』巻二六陸機「赴洛道中作」其一）などがある。特に、以下のような曹植「贈白馬王彪」（『文選』巻二四）などに見られた群れを離れた「鳥」と「獸」の對を使って憂愁・悲哀の情を表すものがよく見られる。

・阮籍「詠懷詩」其十五（『文選』巻二三）「孤鳥西北飛、離獸東南下。」（孤鳥　西北に飛び、離獸　東南に下る。）
・陸機「贈從兄車騎」（『文選』巻二四）「孤獸思故藪、離鳥悲舊林。」（孤獸　故藪を思ひ、離鳥　舊林を悲しむ。）

・陸機「赴洛」（『文選』卷二六）「亹亹孤獸騁、嚶嚶思鳥吟。感物戀堂室、離思一何深。」（亹亹として孤獸は騁《は》せ、嚶嚶として思鳥は吟ず。物に感じて堂室を戀ひ、離思 一つに何ぞ深き。）

・陸沖「雜詩」（『藝文類聚』卷二八）「俯悼孤行獸、仰歎偏翔禽。」（俯しては孤行の獸を悼み、仰ぎては偏翔の禽を歎ず。）

新たに見られる言葉では、おおむね憂いや寂しさを想起させるものと、「孤」と憂愁の情の關係を必然としないものとに分けられる。(24) たとえば、前者に屬するものは、

・阮籍「詠懷詩」其一（『文選』卷二三）「孤鴻號外野、朔鳥鳴北林。徘徊將何見、憂思獨傷心。」（孤鴻 外野に號《さけ》び、朔鳥 北林に鳴く。徘徊して將《はた》何をか見る、憂思 獨り心を傷ましむ。）

・阮籍「首陽山賦」（阮籍集）「靜寂寞而獨立兮、亮孤植而靡因。」（靜かに寂寞として獨り立ち、亮《まこと》に孤《ひとり》植《た》ちて因《よ》る靡《な》し。）

・潘岳「西征賦」（『文選』卷一〇）「瞰康園之孤墳、悲平后之專絜。」（康園の孤墳を瞰《み》て、平后の專絜を悲しむ。(25)）

・曹攄「答趙景猷詩」（『文館詞林』卷一五七）「嗟我孤根、枝葉胥胥。歲寒靡託、遠播江渚。」（嗟《ああ》我は孤根にして、枝葉胥胥たり。歲寒くして託する靡《な》く、遠く江渚に播《のが》る。）

・王敬伯「詩」（『御覽』卷五七七引『晉書』）「低露下深幕、垂月照孤琴。空絃益宵淚、誰憐此夜心。」（低露 深幕に下り、垂月 孤琴を照らす。空絃は宵の淚を益すも、誰か此の夜の心を憐れまん。(26)）

がそれであり、その他「立影對孤軀」（『藝文類聚』卷三一陸機「贈顧彥先詩」）・「固守孤城」（『文選』卷五七潘岳「馬汧督誄」）・「有孤黍生焉」（『藝文類聚』卷八五引嵇含「孤黍賦序」）・「不亦孤孑乎」（『隋書』天文志上引葛洪「渾天儀注」）・「殊爲孤懸」（『晉書』范汪傳引「請嚴詔諭庾翼還鎭疏」）・「悵恨孤思積」（『廣弘明集』卷三〇上支遁「八關齋詩」）・「武都孤遠」（『三國志』楊阜傳）・「孤境獨守」（『晉書』應詹傳引「三郡民爲應詹歌」）・「孤州遠域」（『晉書』張寔傳「遺南陽王保書」）・「皆選寒門孤宦」（『晉書』閻纘傳「輿棺詣闕上書理愍懷太子」）・「孤運其照」（『大正新修大藏經』卷四五『肇論』引劉遺民「書問」）「道不孤運、弘之由人。」（『出三藏記集』卷八釋僧肇「維摩詰經序」）などが見られる。

後者は、前代にわずかに見られた「孤技」「孤岑」「孤柳」など、ただ一つの、一人でという意だけで使用されているものであり、この期にはかなり多く見られるようになる。

・歐陽建「登櫓賦」（『藝文類聚』巻六三引）「面孤丘之峻峙、岨曲岸之脩崖。」（孤丘の峻峙たるに面し、曲岸の脩崖を岨《そば》にす。）

・木華「海賦」（『文選』巻一二）「則有崇島巨鼇、峌峴孤亭。」（則ち崇島巨鼇有りて、峌峴として孤《ひとり》亭《た》てり。）

・木華「海賦」（『文選』巻一二）「魚則横海之鯨、突扤孤遊。」（魚は則ち横海の鯨、突扤として孤《ひとり》遊ぶ。）

・曹攄「答趙景猷詩」（『文館詞林』巻一五七）「孤柏亭亭、迴山峨峨。」（孤柏亭亭として、迴《めぐ》れる山は峨峨たり。）

・棗嵩「贈杜方叔詩」（『文館詞林』巻一五七）「爰有良木、結基崇岸。孤根挺茂、豔此豐幹。」（爰《ここ》に良木有り、基を崇《たか》き岸に結ぶ。孤根　挺茂し、此の豐幹を豔《うつく》しくす。）

・郭璞「江賦」（『文選』巻一二）「迅蜼臨虚以騁巧、孤玃登危而雍容。」（迅蜼　虚に臨んで以て巧を騁《は》せ、孤玃　危に登りて雍容す。）

・郭璞「江賦」（『文選』巻一二）「鬻如晨霞孤征、眇若雲翼絶嶺。」（鬻《ゆ》くこと晨霞の孤《ひとり》征《ゆ》くが如く、眇《はる》かにして雲翼の嶺を絶《わた》るが若《ごと》し。）

・湛方生「遊園詠」（『藝文類聚』巻六五）「對荊門之孤阜、傍魚陽之秀岳。」（荊門の孤阜に對し、魚陽の秀岳に傍《そ》ふ。）

がそれであり、その他「恐秦川之卒不可孤擧」（『三國志』毌丘儉傳裴注引文欽「與郭淮書」）・「崛孤停而嵥峙」（『藝文類聚』巻七引郭璞「巫咸山賦」）・「擢孤莖而特挺」（『藝文類聚』巻六八引陶侃「相風賦」）・「奇巫咸之孤峙」（『藝文類聚』巻六三引郭璞「登百尺樓賦」）・「山孤映而若浮」（『藝文類聚』巻九引顧愷之「觀濤賦」）・「離世孤逸」（『道藏』本郭元祖「列仙傳賛・琴高」）・「鄭人有逃暑于孤林之下者」（『太平御覽』巻四九九引「苻子」）・「邦亂則振錫孤游」（『弘明集』巻一二引支遁「與桓玄書論州符求沙門名籍」）・「乘冥寄而孤遊」（『出三藏記集』巻九釋僧衞「十住經含注序」）・「孤峯秀起」（『文選』巻二二江淹「從冠軍

建平王登廬山香爐峯」題辭李善注引慧遠「廬山記」)・「今羽已孤迸」(『三國志』趙儼傳)などが見られ、前者とほぼ同等に使われるようになっている。同じ「孤根」であっても、先の曹攄「答趙景猷詩」と違って、棗嵩「贈杜方叔詩」に憂愁の情はない。これは、「孤」卽憂愁ではなく、「孤」が自在に使用されるようになっていることを物語るものであろう。「孤」を用いた表現が古來の「鰥寡獨孤」のイメージに拘束されなくなってきたのである。

その中で、特筆すべきは、「孤」に對する積極的な評價が見られるようになってきていることである。陸機は「文賦」(『文選』卷一七)で、

或苕發穎豎、離衆絶致。形不可逐、響難爲係。塊孤立而特峙、非常音之所緯。心牢落而無偶、意徘徊而不能揥。石韞玉而山輝、水懷珠而川媚。(或いは苕のごとく發し穎のごとく豎《た》ち、衆を離れ致を絶つ。形 逐ふべからず、響き係を爲し難し。塊として孤立して特《ひと》り峙《た》ち、常音の緯する所に非ず。心 牢落して偶《とも》無く、意徘徊して揥《と》る能はず。石は玉を韞《つつ》んで山は輝き、水は珠を懷《いだ》きて川は媚《こ》ぶ。)

と、文章の中の衆辭とかけ離れてすばらしい趣を持つ言葉を苕の花や穎にたとえて、その衆辭の中から拔きんでた言葉を「塊孤立而特峙」と表現する。「孤立」したものであるから、當然のこととして、作者の氣持ちはその孤立した言葉の仲間を見つけられずさびしくて捨て去ろうとするのだが、それもできない。そのような「孤立」した言葉の存在は、美玉があって山全體が輝き、珠玉があって川の流れが美しく見えるようなものだと稱えている。孤立への贊辭である。

「孤立」という言葉は、司馬遷「報任少卿書」(『文選』卷四一)・『史記』秦始皇本紀に「鰥寡獨孤」の意で、『漢書』諸侯王表序・曹冏「六代論」(『文選』卷五二)・陸機「五等論」(『文選』卷五四)に政治的に孤立した狀況の意で、『史記』『漢書』の酷吏傳(注16參照)などに單獨行動の意で、それぞれ使用されているが、『漢書』傅喜傳に「孤立憂懼」とあるように、いずれもそれ自體を肯定的に評價するものではなかった。たとえ文章に關することとはいえ、陸機の

この文は、「孤」の意識に對する廣がりを端的に表したものと言えよう。[27] ただ、「文賦」でこの直後に「或託言於短韻、對窮跡而孤興。俯寂寞而無友、仰寥廓而莫承。譬偏絃之獨張、含清唱而靡應。」（或いは言を短韻に託し、窮跡に對して孤《ひとり》興る。俯しては寂寞として友無く、仰ぎては寥廓として承くる莫し。譬へば偏絃の獨り張り、清唱を含みて應ずる靡《な》し。）と、短文の缺點として孤立した文章を指摘するように、從前の意識で使用される「孤」も、當然ながら繼承され續けている。「文賦」のこの二段は、「孤」が持つプラスとマイナスの兩面から用いている點で興味深いものがある。

劉琨の「荅盧諶詩」（『文選』巻二五）に、「亭亭孤幹、獨生無伴。綠葉繁縟、柔條修罕。」（亭亭たる孤幹、獨り生《お》ひて伴無し。綠葉は繁縟して、柔條は修罕なり。）と、孤兒となった盧諶の力強く成長する様を表現している。「獨生無伴」の悲哀を主とせず、「亭亭孤幹」[28]と表現するようになったのも、「孤」の意味の廣がりを示すものであろう。更に陶淵明の頃には、隱逸への肯定的な思いを「孤」に託した表現も見られるようになっていて、たとえば周祇「祭梁鴻文」（『藝文類聚』巻三八引）に後漢の隱者梁鴻を評して「可謂高奇絶倫、孤生莫和者也。」（高奇絶倫、孤生にして和する莫き者と謂ふべし。）と言い、曹丕「寡婦賦」・應場「報趙淑麗詩」では悲哀を伴った言葉だった「孤棲（栖）」が戴逵「閑遊贊」（『藝文類聚』巻三六引）では「終古皆孤棲于一巖、獨玩于一流。」（終古 皆一巖に孤棲し、獨り一流に玩《あそ》ぶ。）と使われるなど、「孤」に積極的な價値を見いだしている。

四　陶淵明の「孤」

陶淵明の詩文に、「孤」を用いた言葉は十五例あり、うち八例は先例を見ないものである。以下、それらについて考察してみる。

・「眇眇孤舟逝、緜緜歸思紆。」（眇眇として孤舟逝《ゆ》き、緜緜として歸思紆《まつは》る。）〈「始作鎭軍參軍經曲阿」[29]〉

隆安三年（三九九）、三十五歳のとき[30]、鎭軍參軍の職に就き、赴任する途中、故郷から遠ざかるにつれて、歸郷の思いが絶え間なくまつわりついてくるという。この詩は最後に、「眞想初在襟、誰謂形跡拘。聊且憑化遷、終返班生廬。」（眞想は初めより襟《むね》に在り、誰か謂ふ形跡に拘せらると。聊か且《しばら》く化に憑りて遷り、終には班生の廬に返らん）と、歸鄉の決意を詠っているので、一艘の舟に身を託し故鄉をはるかに離れていく心情は憂愁そのものであったに違いない。それが凝縮されて「孤舟」という言葉になったのであろう。

・「懷役不遑寐、中宵尙孤征。」（役を懷《おも》ひて寐《い》ぬるに遑《いとま》あらず、中宵 尙ほ孤《ひとり》征《ゆ》く。）〈「辛丑歲七月赴假還江陵夜行塗口」〉

隆安五年（四〇一）、三十七歲のとき、休暇を終えて江陵に歸任途中、公務のことを考えて眠る暇もなく夜中に一人旅をするという。ただ下句に「商歌非吾事、依依在耦耕。」（商歌は吾が事に非ず、依依たるは耦耕に在り）と續けることから、この詩も鄉里に歸って束縛されずに農耕生活を送ることへの決意を詠うことに變わりはない。「孤征」という言葉は、すでに郭璞「江賦」（『文選』卷一二）に見られたが[31]、それはただ舟の速く行く樣を朝の霞が消えていくのにたとえたものであった。陶淵明の「孤征」には、故鄉を離れていく憂愁の情が込められている。陶淵明の「孤」のうち、憂愁の情を伴うものには、あと次の五例がある。

・「欲言無予和、揮杯勸孤影。」（言はんと欲して予に和する無く、杯を揮《ふる》ひて孤影に勸む。）〈「雜詩」其二〉

上句に「風來入房戶、夜中枕席冷。氣變悟時易、不眠知夕永。」（風來りて房戶に入り、夜中 枕席冷やかなり。氣變じて時の易《か》はるを悟り、眠られずして夕の永きを知る）、下句に「日月擲人去、有志不獲騁。念此懷悲悽、終曉不能靜。」（日月 人を擲《なげう》ちて去り、志有るも騁《は》するを獲ず。此を念《おも》ひて悲悽を懷《いだ》き、終曉 靜かなること能はず）というように、時の推移を思い影を相手に獨酌する悲しみをいう。「孤影（景）」は、蔡琰「悲憤詩」・支遁「詠懷詩」（「端坐鄰孤影、眇罔玄思劬」）・孫瓊「悼艱賦」（「仰慈尊以飮泣、撫孤景以恊慕」）にも孤獨感の詠出に使われていた。謝靈運も「石門新營所住四面高山廻溪石瀨茂林脩竹」（『文選』卷三〇）で「結念屬霄漢、孤景莫與諼。[32]」（結念 霄漢に屬《つ》け、孤景 與《とも》に諼《わす》るる莫《な》し。）と、自分の影に向かうだけで憂いを忘れることができないと詠う。

・「鳥悽聲以孤歸、獸索偶而不還。悼當年之晩暮、恨茲歲之欲殫。」（鳥は聲を悽《いた》ましくして以て孤《ひと》り歸り、獸は偶《つれ》を索《もと》めて還らず。當年の晩暮を悼み、茲の歲の殫《つ》きんと欲するを恨む。）〈閑情賦〉

これは先に述べた建安期以來の「鳥」と「獸」を對にして寂寥感を詠出する表現を踏襲したものであるが、「孤歸」という言葉は先例が見られない。この他、「祭程氏妹文」に「鰥寡獨孤」の意で「哀哀遺孤」・「遺孤滿眼」・「藐藐孤女」（『藝文類聚』巻一三引郭璞「元皇帝哀策文」に「藐藐孤沖」とある）の三例が見られる。

陶淵明は、義熙元年（四〇五）十一月、四十一歲のとき、彭澤縣の令を辭し、鄕里に歸隱、以後、元嘉四年（四二七）六十三歲で沒するまで二度と出仕することはなかった。その時の作が隱遁宣言と言われる「歸去來辭」である。その四百字の作品の中に、三つ「孤」を用いた言葉が使用されている。

・「雲無心以出岫、鳥倦飛而知還。景翳翳以將入、撫孤松而盤桓。」（雲は無心にして岫《くき》を出で、鳥は飛ぶに倦みて還るを知る。景《ひ》は翳翳として以て將に入らんとし、孤松を撫して盤桓す。）

家に歸り、氣ままにくつろげる我が家での生活を樂しむ前段の最後に、つえをついてあちこち歩き回って、はるかかなたを眺めながら、「雲は自然に山の岩穴から出て行き、鳥は飛ぶのに疲れるとねぐらに歸ることを知っている。日はほの暗く今にも沈もうとしており、私は一本の松を撫でながらその場を立ち去りがたくたたずむ」という。

このとき陶淵明には、念願の歸隱を果たした滿足感とともに、今後の生活に對する不安もあったと思われる。その心境が「孤松」に込められているからであろう、從來、この「孤松」については、寂しい孤獨感の象徵、理想的な生き方の象徵という二つのとらえ方がある。[33] ただ、この前に「三逕就荒、松菊猶存。」（三逕 荒に就くも、松菊 猶ほ存す）と、松と菊が自分の歸りを待ってくれていたかのようにまだ以前のままに存在してくれていたという安堵感を詠い、直前には自然のままに存在するものとして陶潛の好んだ雲と鳥、しかも時は彼が「山氣 日夕に佳なり、飛鳥 相與《とも》に還る」（「飮酒」其五）と詠む夕暮れ、一日の中で最も心やすらぐ、自然と一體となることのできる時間である。また、

歸隱後の作と言われる「飲酒詩二十首」其四に、

・「因値孤生松、歛翮遙來歸。」（孤生の松に値《あ》ふに因り、翮《つばさ》を歛《おさ》めて遙《はるか》に來たり歸る。）

群れを失った鳥が日暮れて一本の松に出會い、飛ぶことをやめて歸って來たという。續けて、「勁風無榮木、此蔭獨不衰。託身已得所、千載不相違。」（勁風に榮木無きも、此の蔭 獨り衰えず。身を託するに已に所を得たり、千載 相違《さ》らず）というように、「孤松」は我が身を託する安住の地なのである。また、義熙元年（四〇五）に建威參軍となって都の建康に使いするときの作「乙巳歲三月、爲建威參軍使都經錢溪」にも、「園田日夢想、安得久離析。終懷在壑舟、諒哉宜霜柏。」（園田 日びに夢想す、安くんぞ久しく離析するを得んや。終懷 壑舟に在り、諒《まこと》なるかな霜柏宜《よろ》しとは）と、霜にも色を變えぬ柏に自己の生き方を貫く思いを託している。

これらからすると、陶淵明は、「歲寒くして、然る後に松柏の彫《しぼ》むに後るるを知る。」（『論語』子罕篇）、「亭亭たり山上の松、瑟瑟たり谷中の風。風の聲は一に何ぞ盛んなるに、松の枝は一つに何ぞ勁《つよ》き。」（『文選』卷二三劉楨「贈從弟」其二）という霜雪にあっても本性を變えない松に獨自性を示す「孤」を冠したと考えるのが妥當であろう。孤立して生息し續けてきた一本の松に、自己の今からの生き方を重ね合わせた一體感を表して、自己をいたわったものであり、官界との緣を絕って自己の思う道を歩んでいこうとする氣持ちを「孤松」を撫でつつ自己確認したのだと思われる。

實は、「孤松」という言葉は、陶淵明の少し前に、李充が「弔嵇中散」（『太平御覽』卷五九六引）で、「寄欣孤松、取樂竹林。」（欣《よろこ》びを孤松に寄せ、樂しみを竹林に取る）と、嵇康が我が思いを寄せたものとして表現されている。[34] あるいは陶淵明はこれを意識して使ったのかもしれない。

次いで、春になって農耕を始めることを詠み、

・「農人告余以春及、將有事於西疇。或命巾車、或棹孤舟。」（農人余に告ぐるに春の及べるを以てし、將に西疇に事有らんとす。或いは巾車を命じ、或いは孤舟に棹さす。）

と、農耕に出かける時の描寫に「孤舟」という言葉を使用している。この後に「既窈窕以尋壑、亦崎嶇而經丘。木欣欣以向榮、泉涓涓而始流。」（既に窈窕として以て壑《たに》を尋ね、亦崎嶇として丘を經《ふ》。木は欣欣として以て榮に向かひ、泉は涓涓として始めて流る）と、春の自然の息吹を樂しむ描寫が續く。この「孤舟」は、「自然の時間のサイクルの中でゆったりと生きる喜びの舟に變貌している(35)」と言われるように、先の「始作鎮軍參軍經曲阿」にあった故鄕を離れていく時の憂愁を伴う孤獨感は見られない。

その後、「善萬物之得時、感吾生之行休。」（萬物の時を得たるを善《よみ》し、吾が生の行ゆく休するを感ず）と、我が老いて死に向かうのを感じる。だが死はどうしようもない、自然の運行にまかせよう、富貴は私の願うものではないし、神仙世界はあてにはできないと言った後、

・「懷良辰以孤往、或植杖而耘耔。登東皐以舒嘯、臨清流而賦詩。聊乘化以歸盡。樂夫天命復奚疑。」（良辰を懷《おも》ひて以て孤《ひとり》往き、或いは杖を植《た》てて耘耔す。東皐に登りて以て舒《おもむろ》に嘯《うそぶ》き、清流に臨みて詩を賦す。聊か化に乘じて以て盡くるに歸し、夫《か》の天命を樂しみて復た奚《なに》をか疑はん。）

と、與えられた天命を樂しもうと結ぶ。その結語の前の自然の成りゆきのままの生活を「天氣の良い日を待ちこがれて獨りで出かけ、つえを立てて草を刈り、苗の根元に土をかけたりする。東の丘に登って靜かに詩を口ずさみ、清らかな流れを前にして詩を作る」と詠む中に、「孤往」の言葉が使われている。もちろんこれも憂愁の情を伴うものではなく、獨自の生き方を樂しもうという意を帶びている。

この「孤往」は、序章で記したように、陶淵明の「孤」に唯一、李善が引證している（『文選』卷四五）ものである。李善は「東征賦」の「選良辰而將行。」（良辰を選びて將に行かんとす）を引いた後、「淮南子要略曰、山谷之人、輕天下、細萬物、而獨往者也。司馬彪曰、獨往、任自然、不復顧世。」（淮南子要略に曰く、山谷の人、天下を輕んじ、萬物を細として、獨り往く者なりと。司馬彪曰く、獨往は、自然に任せ、復た世を顧みずと）と注する(36)。「孤往」は先例を見なかったから

であろう、李善は、隱者の行動を表す「獨往」の語が先例としてあることを示す。李善注からすれば、陶淵明が「獨」を「孤」に變えて使ったと考えられる。「歸去來辭」において、陶淵明は「獨」字を「既自以心爲形役、奚惆悵而獨悲。」（既に自ら心を以て形の役と爲す、奚《なん》ぞ惆悵として獨り悲しまん）と、「悲」に冠している。ここも「獨」で問題はなく、わざわざ「孤」にする必要もないのに、「孤往」という言葉を作っている。「孤松」「孤舟」「孤往」と、獨自の生き方を表す「孤」にこだわっていたように思われてならない。

・「總髮抱孤介、奄出四十年。」（總髮より孤介を抱き、奄《たちま》ち出づ四十年。）〈戊申歳六月中遇火〉

義熙四年（四〇八）、四十四歳のとき、家が全焼したことを詠む詩である。「孤介」は「孤念」に作るテキストもあるが、いずれにしても先例を見ない言葉であり、獨自の精神を持ち續けたことをいう。この後に「形迹憑化往、靈府長獨閑。貞剛自有質、玉石乃非堅。」（形迹 化に憑《よ》りて往くも、靈府 長く獨り閑なり。貞剛 自ら質有り、玉石も乃《なほ》堅きに非ず）と、肉體は老いに向かっていくが、精神はのびやかなままであり、それは玉石よりも堅固であるという。この「孤介」も獨自性を表している。

・「誠謬會以取拙、且欣然而歸止。擁孤襟以畢歳、謝良價於朝市。」（誠に謬會 以て拙を取り、且《しばら》く欣然として歸せん。孤襟を擁して以て歳を畢《を》へ、良價を朝市に謝せん。）〈感士不遇賦〉

董仲舒「士不遇賦」、司馬遷「悲士不遇賦」を讀んで、固窮、守拙の志を守る決意を述べた作品の結びの四句である。「孤襟」も先例を見ない言葉であるが、自分一人の思いという意であり、それを守って生涯を過ごし、高い俸祿で官界に呼ばれても斷ろうという。ここでも守るべき獨自性を「孤」を用いて表現している。

・「緬懷千載、託契孤遊。」（緬《はる》かに千載を懷《おも》ひ、契に託して孤《ひとり》遊ばん。）〈扇上畫贊〉

荷篠丈人から周陽珪までの八人の隱者への贊辭を記した後の結びに、わび住まいに琴書、千年の昔に思いを馳せ、憧れの人々と意氣投合してひとり心遊ばせようという。「孤遊」は、木華「海賦」をはじめ、支遁「與桓玄書論州符求沙門名籍」・釋僧衞「十住經含注序」に見られたが、いずれもひとり自由に樂しむ意で使われている。

・「上絃驚別鶴、下絃操孤鸞。」（上絃 別鶴に驚かせ、下絃 孤鸞を操る。）〈「擬古詩」其五〉

「別鶴」「孤鸞」ともに、隱者が演奏してくれた琴の曲名である。それを聽いて「願留就君住、從今至歲寒。」（願はくは留まりて君に就きて住み、今より歲寒に至らん）と、このまま隱者のもとに留まって冬の季節まで過ごしたいという。「孤鸞」は先例を見ない言葉だが、隱者の獨居孤高の精神を象徵した曲として名づけたものであろう。

・「萬族各有託、孤雲獨無依。」（萬族 各おの託する有るに、孤雲 獨り依る無し。）〈「詠貧士」其一〉

「孤雲」も先例を見ない言葉であり、李善注（『文選』卷三〇）に「孤雲、喻貧士也。」（孤雲は、貧士に喻ふるなり）というように、寄る邊ない貧窮の士をはなれ雲にたとえたものである。この二句だけみれば、この「孤」には、やるせない寂寞の情が託されているのだが、「量力守故轍、豈不寒與飢。知音苟不存、已矣何所悲。」（力を量りて故轍を守るに、豈に寒さと飢ゑとあらざらんや。知音 苟《いや》しくも存せずんば、已《や》んぬるかな何の悲しむ所ぞ）と結ぶのを見れば、時流に同調することなく、「固窮の節」を守り通そうとする獨自の生き方を表す「孤」である。

　孤獨には、ロンリネス lonlines とソリチュード solitude があると言われる。疎外感にさいなまれさみしいという痛みを伴う孤獨と自己を充實させる孤獨である。(37) 陶淵明は、「孤」を用いた言葉で自己の獨自性を表現することによって、自己の生き方を確認し、自己の充實をはかるべく孤獨を維持しようとしているように思われる。

　宋・顏延之は陶淵明を追悼する「陶徵士誄」（『文選』卷五七）の冒頭で、「物尙孤生、人固介立。」（物すら尙ほ孤《ひとり》生ずるを、人は固《もと》より介《ひとり》立つ）物でさえひとりで生ずるのだから、人が我が道をひとりで行くのは當然だと言い、「孤生」「介立」の言葉でもって陶淵明の生き方を稱えている。その顏延之も同鄉の王僧達によって、「祭顏光祿文」（『文選』卷六〇）で、「逸翮獨翔、孤風絕侶。」（逸翮もて獨り翔《かけ》り、孤風にて侶《とも》を絕つ）と評されている。自己の獨自な生き方を堅持する特立獨行に對する評價は、孤獨の寂しさだけでなく一つの「風」として認知されていくのである。

以上、『文選』を中心に、「孤」を用いた文學言語について、陶淵明に至るまでの經過を考察した。心情を表現する詩人の言葉の選擇の妙味を追究していると、言葉が輝きを發する瞬間を垣閒見る思いがする。淵明の「歸去來辭」における「孤松」「孤舟」「孤往」の三語がそれであった。『毛詩』と屈原の作品には見られなかった「孤」を用いた言葉は、「鰥寡獨孤」を主としたイメージに始まり、後漢から建安期にかけて多樣化の兆しが現れ、文章表現の比喩ではあったが、陸機による積極的評價を經て、陶淵明に至って完全に自己の心情を象徴するものになった。ここにまで至れば、あとは個々の詩人が場合に應じて自由自在に詩語として「孤」を使う素地が形成されたと言える。

本論中で指摘した以外にも、この後、「孤」を用いた言葉は、たとえば、曹植「九詠」・「九愁賦」の「孤客」が謝靈運「七里瀬」（『文選』巻二六）・鮑照「擬古詩」に、阮籍「詠懷詩」の「孤鴻」が鮑照「紹古辭」に、李充・陶淵明の「孤松」が王儉「贈徐孝嗣詩」（『藝文類聚』巻三一）にと繼承されている。また、「孤飛」（『文選』巻一三謝惠連「雪賦」）・「孤燈」（『文選』巻二三謝惠連「秋懷」）・「孤蓬」（『文選』巻三一王僧達「和琅琊王依古」、『文選』巻一一鮑照「蕪城賦」）・「孤映」（『文選』巻四三孔稚珪「北山移文」）など多數の言葉が新たに創作されている。特に鮑照（「驚孤」（「代別鶴操」）・「孤志」（「與荀中書別詩」）・「孤光」（「發後渚詩」）・「孤寂」（「紹古辭」）・「孤貞」（「學劉公幹體五首其二」）・「孤枕」（「夢歸鄉詩」）など）と、謝朓（「孤猿」（『文選』巻二六「郡内高齋閒坐荅呂法曹」）・「孤月」（「懷故人詩」）・「孤觴」（「賦貧民田詩」）など）の創作には注目すべきものがある。これが唐詩の詩語の創作に繼承されていく。

注

（1）　李善の注釋の有效性については、趙振鐸『訓詁學史略』（中州古籍出版社　一九八八年）第三編第十一章「文選李善注」第二節「體例和引書」でも、「語言是社會現象、它具有社會性、每個詞語的出現都不是從天上掉下來的、它總是前代語言要素的繼承和發展。李善這種釋義方式正是體現了語言學上這一重要原則。」という。

（2）後藤秋正・松本肇編『詩語のイメージ』（東方書店、二〇〇〇年）。

（3）斯波六郎著『中國文學における孤獨感』（岩波書店、一九五八年）に、この詩を引き、「周圍から拒否された、そして何人にも訴えることのできない、自分の悩みを歌ったものである」という。

（4）正義は鄭箋を解釋して、「彼小人如此、念我無祿而孤獨兮、憂心慇慇然孤特自傷耳。」と、「孤獨」を使っている。

（5）「獨」の方は、「ひとりで～」という副詞的用法で使われることもあり、「無子之獨」の意識に拘束されることは少なかったのであろう。『毛詩』の正文でも、

○邶風・擊鼓「土國城漕、我獨南行」（國に土し漕に城《きづ》く、我獨り南に行く）

○衞風・考槃「獨寐寤言、永矢弗諼」（獨り寐《い》ね寤《さ》めて言ふ、永く矢《ちか》ひて諼《わす》れずと）

○唐風・杕杜「獨行踽踽」（獨り行きて踽踽たり）、「獨行睘睘」（獨り行きて睘睘たり）

○唐風・葛生「予美亡此、誰與獨處」（予が美《よきひと》此に亡し、誰と與《とも》にか獨り處《を》らん）

○豳風・東山「敦彼獨宿、亦在車下」（敦《たい》たる彼の獨宿も、亦車下に在り）

など、十六篇に使われている。

（6）斯波六郎著『中國文學における孤獨感』（前揭注3）に、前漢・司馬相如「上林賦」までに見える「孤獨」という熟語について、「主として物質生活上における、たよりのないものをいうのであって、現今、普通に行われておる孤獨なる語が主として精神生活についていうのと、その內容にずれがある。」と記されている。

（7）屈原或いは景差の作と言われる「大招」に「孤寡存只」（王逸注「言三圭之君、不但知賢愚之類、乃察知萬民之中、被篤疾病早夭死、及隱逸之士、存視孤寡而振贍之也。」）と、「孤」字が使用されているが、これも「無父之子」の意である。その他『楚辭』では東方朔「七諫・沈江」「七諫・自悲」劉向「九歎・怨思」（二例）、王逸「九思・憫上」の四作品五箇所に見えるだけである。

（8）「惸獨」は、「九章・抽思」の「既惸獨而不羣兮」（既に惸獨にして羣せず）にも見られる（王逸注「行與衆異、身孤特也。」）。その他、王逸注には、「九章・懷沙」の「獨無匹兮」注に「匹、雙也。言己懷敦篤之質、抱忠信之情、不與衆同、故孤煢獨行、無有雙匹也。」、「九辯」の「羇旅而無友生」注に「遠客寄居、孤單特也。」、「九辯」の「獨處廓」注に「孤立

特止、居一方也。」など、「孤」字を用いた解釋が見られる。

(9) ただ一例、『呂氏春秋』孝行覽本味に、「士有孤而自恃、人主有奮而好獨者、則名號必廢熄、社稷必危殆。」（士に孤にして自ら恃む有り、人主に奮ひて獨を好む者有れば、則ち名號必ず廢熄し、社稷必ず危殆せん）と、孤高を持して自ら恃む意で使われているが、それは好ましいものではなく、名號や國家が滅んでいくことに陥る否定すべき對象に過ぎない。ただし、「孤」を使わなければ、「特立獨行」（『禮記』儒行篇）という他と違う優れた行爲を評價する言葉はある。

(10) 「九歎・怨思」の「孤雌吟於高墉兮」王逸注に「言冤鶵之生、早失其雄、其母孤居、吟於高牆之上、將復遇害也。言己亦失其所居、在於林澤、居非其處、恐顛仆也。」という。

(11) 「長風至而波起兮、若麗山之孤畝。」（長風至りて波起こり、山に麗《つ》くの孤畝の若《ごと》し）の李善注に「言風吹水勢、浪文如孤壟之附山。」という。

(12) 李善注に、「應劭風俗通曰、按方言、豚、豬子也。今人相罵曰孤豚之子是也。」とある。また、『古文苑』卷四揚雄「蜀都賦」に「獨竹孤鶬」（章樵注云、竹屬通用屬玉鶬皆水鳥名不牝牡則味全。）とあるが、『揚雄文集箋注』（鄭文著、巴蜀書社、二〇〇〇年）に「不解此注」と指摘するように、この「孤鶬」は意味不明である。

(13) 張衡「思玄賦」（『文選』卷一五）に「痛火正之無懷兮、託山阪以孤魂。」、曹植「贈白馬王彪詩」（『文選』卷二四）に「孤魂翔故域、靈柩寄京師。」（李善注云、漢書貢禹上書曰、骸骨棄捐、孤魂不歸。）とあり、李陵錄別詩（『古文苑』卷四）にも「孤魂遊窮暮、飄颻安所依。」とある。

(14) 「咨孤蒙之眇眇兮、將圮絶而罔階」の曹大家注に「蒙、童蒙也。眇、微也。圮、毀也。言己孤生童、微陋鄙薄、將毀絶先祖之迹、無階路以自成也。」という。

(15) 逯氏「魏詩」校注云、「疑此孟德之詩。宋書蓋傳寫有誤。」

(16) 『漢書』にはこの他、ここと同じ國家、個人の政治的立場の「孤立」をいうものが五例（項籍傳・楚元王傳劉向・高五王傳贊・傅喜傳・元后傳）、單獨行動の意のものが二例（張湯傳・酷吏傳趙禹）見られる。

(17) 『文選』卷一六潘岳「寡婦賦」李善注引丁儀妻「寡婦賦」にも「靜閉門以却掃、塊孤惸以窮居。」とある。

(18) 李陵錄別詩（『古文苑』卷四）にも「童童孤生柳、寄根河水泥。」とある。

(19) 魏明帝曹叡「歩出夏門行」（『宋書』樂志三）にもこの二句がある。

（20）今『毛詩』唐風・杕杜作「獨行睘睘」、釋文云、「睘本亦作煢、又作焭。」

（21）「君子愼其獨也」は、『禮記』の禮器篇にも見え、また大學篇では「小人閑居爲不善、無所不至。」と對で記されている。

（22）『藝文類聚』卷二〇引孫綽「表哀詩」にも、「微微沖弱、眇眇偏孤。」とある。

（23）「妾受命兮孤虛、男兒墮地稱珠。」（妾 命を受くるや孤虛、男兒は地に墮《お》つるや珠と稱せらる）とある。「孤虛」はもと十干十二支による占いをいう（『史記』龜策傳）が、ここでは孤兒と同樣の狀態をいうと思われる。

（24）その他に、「孤竹」を變えた言葉と思われる「孤篠」（『文選』卷一八潘岳「笙賦」）、字謎の「車無軸、倚孤木、桓字也。」（『太平廣記』卷三六八「桓玄篡時小兒歌」）と桓玄「登荊山詩」（『藝文類聚』卷七）「理不孤湛、影比有津。」・孫綽「望海賦」（『初學記』卷三〇）「三餘孤戲、比目雙游。」（竝びに意味不明）がある。

（25）李善注に、「平帝葬康陵。又曰、孝平王皇后、莽女也。及漢兵誅莽、燔燒未央宮、后曰、何面目以見漢家。自投火中而死。后不合葬、故曰孤墳。」という。また、李陵錄別詩（『古文苑』卷四）にも「孤墳在西北、常念君來遲。」とある。

（26）逯氏『晉詩』は、「泫易訛爲低。」と注し、「低」を「泫」に改めて、「泫露詩」に作る。

（27）李善は「孤立」については、「六代論」の「君孤立於上、臣弄權於下。」注と「五等論」の「顚沛之釁、實由孤立。」注に『漢書』諸侯王表序の「漢興、懲戒亡秦孤立之敗。」を引くのみである。

（28）李善注に、「孤幹、孤生之竹。以喩諶。」とある。

（29）以下本文は、逯欽立校注『陶淵明集』（中華書局、一九七九年）による。

（30）陶澍の『陶靖節年譜考異』による。元興三年（四〇四）四十歲との說もある。

（31）李善注（『文選』卷二六）には、引用されていない。

（32）李善注には、蔡琰の詩を引いた後に「張翰詩曰、單形依孤影。」ともう一つ引證しているが、これは李善注の引書義例にあわず、集注本（卷五九上）にはないことから、後人の增添の可能性が高い。逯氏『晉詩』にもこの張翰詩は收錄していない。

（33）たとえば、斯波六郎著『中國文學における孤獨感』（前揭注3）に「いったい松は、常綠樹の代表として、その色の變わらないもちまえを愛でられるのであるが、その木の姿には、いつもいい知れぬ寂しさが漂うておるのではあるまいか。殊にそれが、ひょろひょろと生えておる一本の松であるとき、その感がひとしお深いように思われる。淵明も恐らく、松の木のもつ常綠の性質のほかに、その木から醸し出される、こういう寂しさを感じて、みずからいだく孤獨感をそれに託したのであろう。」といい、高橋進「孤松への憧れ—淵明における隱逸の理想—」（『漢文學會報』第21集、一九七五年）に「多くの松が喬木であるように常に雄々しく自己を主張する一本松の生き方の中にこそ、彭澤の縣令を辭去した自分が追求しつづけた理想的な自己の在り方を發見し得たのであろう。」という。

(34)　先に擧げた曹攄の「答趙景猷詩」に「孤柏亭亭」という句があるが、これは單に風景描寫をしているだけで、自己の思いとの重なりは見られない。

(35)　後藤秋正・松本肇編『詩語のイメージ』（前揭注（2））。長谷川滋成著『陶淵明の精神生活』（汲古書院、一九九五年）でも、陶淵明の「孤」「獨」を分析し、この「孤舟」について「孤舟の孤は寂寥・孤獨の情ではなく、自由・解放を象徵する表現のように思われる」と指摘される。また、後の「孤往」についても「ここには寂寥や孤獨はない」と述べられている。

(36)　「淮南子要略」は、李善注の他の引書からして、『淮南王莊子略要』という佚書であると思われる。小尾郊一他著『文選李善注引書攷證』下卷（研文出版、一九九二年）參照。

(37)　ハビエル・ガラルダ『自己愛とエゴイズム』（講談社、一九八九年）に「孤独にはおもに二つの種類があると思う。大衆の中の孤独という痛い lone-liness はその一つである。これは人間本来のありようでもなければ肯定すべき生き方でもない。もう一つの種類は、心の沈黙の中の充実した solitude なのである。これは孤立とは違うし、そして音が聞こえないというような受け身的な状態とも異なる孤独である。さらに退屈な緊張状態から生まれる気まずい沈黙とも違う孤独なのである。」という。また、諸富祥彦『孤独であるためのレッスン』（日本放送出版協会、二〇〇一年）に、「孤独は、決して、避けるべき否定的なものなどではない。」「こんな時代だからこそ「充実したひとり」の時間をすごすことは、ますます大切になってきています。」「真の孤独とは、自分自身の深い深いところと、つながっている状態。自分の存在の核とつながり、その声を聞いているような状態です。」、長田弘『私の好きな孤独』（潮出版社、一九九九年）に「孤独はいまは、むしろのぞましくないもののようにとらえられやすい。けれども、孤独がもっていたのは、本来はもっとずっと生き生きと積極的な意味だった。」という。

第二節　「散志」考――昭明太子の言葉――

「言は風波なり」とは、『莊子』（人閒世篇）の言葉である。人の心情によって變わる「言語の不安定性」を、風や波の定めない動きにたとえたものであるという。[1] 言葉には、人により時により、受け取り方が異なり、評價が逆になるものもある。「散」の字を使う言葉もその一つであろう。たとえば、「散心」には「心が亂れる」「憂さを晴らす」の兩用の意味がある。また、「散逸」は「なくなる」意であるが、仕事がなく暇であることを樂しみとすれば、隱逸と同義となり「性愛林泉、特好散逸。」（性 林泉を愛し、特に散逸を好む。[2]）と表現されるようになる。「散人」は、役に立たない無用の人の意であるが、それに價値を見出せば、唐・陸龜蒙「江湖散人傳」のように、「散人者、散誕之人也。」（散人は、散誕の人なり。）と、世俗に拘束されず自由に生きる人ということになる。

因みに、「散」は日本語でも、「氣が散る」（氣持ちが一つに集中しないで、いろいろなことに心がひかれる。注意が散漫になる。）、「氣が散ずる」（心の中に鬱積しているものがなくなって、はればれとした氣持ちになる。）、「氣を散ずる」（おさえられていた氣持ちを發散させる。うっぷんをはらす。[3]）と、音讀みと訓讀みで意味を異にしている。また「氣を散らす」は、讀み方に關係なく、時と場合により兩用の使われ方をする。

昭明太子が使用している「散志」にも、それ以前の用例とは異なる心情を讀み取ることができる。その變化は、六朝の文學精神の變遷に通じるものがあると思われる。以下、梁代までの、「散」字を使って心情を表す言葉について檢討し、昭明太子の「文選序」に見られる文學の樂しみとの關連について考察してみたい。

一　「散志」について

昭明太子は、「殿賦」で、美麗な宮殿の様子を述べたあとに、「卷高帷於玉楹、且散志於琴書。」（高帷を玉楹に卷き、且《しばら》く志を琴書に散ず。(4)）と記し、帷を卷き上げて美しい高殿の眺めを前に、琴書に親しむという。

琴書に親しむというのは、劉歆「遂初賦」の「玩琴書以滌暢。」（琴書を玩《もてあそ》びて以て滌暢す。）に始まり、陶淵明が、「弱齡寄事外、委懷在琴書。」（弱齡より事外に寄せ、懷《おも》ひを委ぬるは琴書に在り。(5)）、「悅親戚之情話、樂琴書以消憂。」（親戚の情話を悅《よろこ》び、琴書を樂しみて以て憂ひを消す。(6)）というように、俗事を離れた樂しみをいう。

「散志」については、『禮記』祭統の文中に見える。

及時將祭、君子乃齊。齊之爲言齊也。齊不齊以致齊者也。是故君子非有大事也、非有恭敬也、則不齊。不齊、則於物無防也、嗜欲無止也。及其將齊也、防其邪物、訖其嗜欲、耳不聽樂。故記曰、「齊者不樂。」言不敢散其志也。（時に及びて將に祭らんとすれば、君子は乃ち齊す。齊の言たる齊《ととの》ふるなり。齊はざるを齊へて以て齊ふるを致す者なり。是の故に君子は大事有るに非ず、恭敬有るに非ざれば、則ち齊せず。齊せざれば、則ち物に於いて防ぐ無きなり、嗜欲止む無きなり。其の將に齊せんとするに及びてや、其の邪物を防ぎ、其の嗜欲を訖《や》め、耳に樂を聽かず。故に記に曰く、「齊する者は樂せず」と。敢へて其の志を散ぜざるを言ふなり。）

齋戒するときに、意を散漫にしない、つまり集中力を保つことの必要性を、「敢へて其の志を散ぜず」という。その上、散漫な心を集中安定させるための最初の七日間は、「散齊」と名附けられている。(7)

『禮記』にいう「散志」というのは、集中力の缺如をいう負の評價を持つ言葉である。しかし、昭明太子は、『禮記』のように負の言葉としては使っていない。むしろ、「散志」を解放感として樂しんでいるのである。「散志」の意味は、「氣持ちを散らす」という點では同じだが、その評價は正負を異にしている。

「散志」には、この他に、次のような用例が見られる。

○『禮記』月令「專而農民、毋有所使」鄭玄注

言專一女農民之心、令之豫有志於耕稼之事、不可傜役。傜役之、則志散失業也。（言ふこころは女《なんぢ》農民の心を專一にし、之をして豫《やす》んじて志を耕稼の事に有らしめ、傜役すべからず。之を傜役せば、則ち志散じ業を失するなり。）

○『漢書』巻五十一鄒陽傳「始孝文皇帝據關入立、寒心銷志、不明求衣。」張晏注

據函谷關立爲天子。諸國聞文帝入關、爲之寒心散志也。（函谷關に據りて立ちて天子と爲る。諸國文帝の關に入るを聞き、之が爲に寒心して志を散ずるなり。）文帝が即位したことを聞き、諸國は心おののき氣もそぞろになったという。[8]

○阮籍「詠懷詩」其六十三

多慮令志散、寂寞使心憂。翺翔歡陂澤、撫劍登輕舟。但願長閑暇。後歲復來遊。[9]（多慮 志をして散ぜしめ、寂寞 心をして憂へしむ。翺翔して陂澤に歡《よろこ》び、劍を撫して輕舟に登る。但だ願はくは長く閑暇ありて、後歲 復た來遊せんことを。）あれこれ考えすぎると氣持ちが定まらないという。阮籍は、「淸思賦」でも、「心恍忽而失度、情散越而靡治。」（心は恍忽として度を失ひ、情は散越して治むる靡《な》し。）と、情が散ずることを、集中できないという、負の評價の言葉として使っている。いずれも昭明太子の用法とは違う。このように見れば、昭明太子の「散志」は、岸田衿子「アランブラ宮の壁の」という詩に、「わたしは迷うことが好きだ。出口から入って入り口をさがすことも。」というのに似た、發想の轉換が見られる。通常は迷いをふっきろうと必死になるのに、それを「好きだ」という。この逆轉の發想は、結ぼれた心を解き放ってくれる力にもなる。

昭明太子に至るまでの閒、いったい、どういう經緯をたどってこのような變化が起こったのであろうか。

二 「散」を使って心情を表す言葉

もともと「散」自體は、正負兩方の捉え方が出來る言葉であり、統一がとれていない不正常なしまりのない狀態と捉えるのか、或いは規律に拘束されない自由な狀態と取るのかによって、その評價は變わってくる。

「散」は、「上其の道を失ひ、民散ずること久し。」（『論語』子張篇）、「桑閒濮上の音は、亡國の音なり。其の政散じ、其の民流る。」（『禮記』樂記篇）のように、バラバラになる、放漫・散漫という意味に使われることが多い。この他に、『莊子』人閒世篇の「散木」や『荀子』勸學篇の「散儒」のように、役立たないという意味などにも使われるが、本論では、先の「散志」に關連がある、心情を表すときの「散」の使われ方について、時代を追って檢討してみたい。

1　先秦・漢

この期の文獻では、「散」が心情を表す言葉自體が少ない。「散志」以外では、次のような例が見られる。

○漢・枚乘「七發」（『文選』卷三四）

莫離散而發曙兮、內存心而自持。（離散すること莫《な》く發して曙にいたり、內に心を存して自ら持す。）

〈李善注〉莫離散、謂精神不離散也。（離散すること莫しとは、精神離散せざるを謂ふなり。）

○『戰國策』中山策

楚人自戰其地、咸顧其家、各有散心、莫有鬪志。（楚人自ら其の地に戰い、咸《み》な其の家を顧み、各おの散心有りて、鬪志有る莫《な》し。）

○『漢書』卷六十五東方朔傳

臣聞樂太甚則陽溢、哀太甚則陰損。陰陽變則心氣動、心氣動則精神散、精神散而邪氣及。銷憂者莫若酒。（臣聞く樂太甚《はなは》だしければ則ち陽溢《あふ》れ、哀太甚だしければ則ち陰損はる。陰陽變ずれば則ち心氣動き、心氣動けば則ち精神散じ、精神散ずれば邪氣及ぶと。憂ひを銷《け》す者は酒に若《し》くは莫《な》し。）

○『漢書』卷六九趙充國傳

使虜聞東方北方兵竝來、分散其心意、離其黨與、雖不能殄滅、當有瓦解者。（虜をして東方北方の兵竝びに來たると聞き、其の心意を分散し、其の黨與を離れしめば、殄滅する能はずと雖も、當に瓦解する者有るべし。）

○『禮記』曲禮上「齊者不樂不弔」鄭玄注

爲哀樂則失正、散其思也。（哀樂を爲さば則ち正を失ひ、其の思ひを散ずるなり。）

この四例の「散」は、氣持ちが離れ散漫になることをいう。

○『列子』周穆王篇

周之尹氏大治產。其下趣役者、侵晨昏而弗息。有老役夫、筋力竭矣。而使之彌勤。晝則呻呼而卽事、夜則昏憊而熟寐。精神荒散、昔昔夢爲國君。（周の尹氏大いに產を治む。其の下の趣役する者、晨昏を侵して息《や》まず。老役夫有り、筋力竭《つ》きたり。而るに之をして彌《いよ》いよ勤めしむ。晝は則ち呻呼して事に卽《つ》き、夜は則ち昏憊して熟寐す。精神荒散して、昔昔夢に國君と爲る。）

○『列子』力命篇

汝寒溫不節、虛實失度。病由飢飽色欲、精慮煩散。非天非鬼。雖漸、可攻也。（汝 寒溫節ならず、虛實度を失ふ。病は飢飽色欲、精慮煩散に由る。天に非ず鬼に非ず。漸《はげ》しと雖も、攻《をさ》む可きなり。）

この二例の「散」は、心が亂れること、あちこち氣を配って心を使い過ぎることをいう。先の四例とあわせて、すべてマイナス方向の意で使われている。

ただ次の一例だけは、結ぼれた氣持ちを解放する意で「散思」の語を使っている。

○後漢・馮衍「顯志賦」（『後漢書』卷二八下馮衍傳）

誦古今以散思兮、覽聖賢以自鎭。嘉孔丘之知命兮、大老聃之貴玄。（古今を誦して以て思ひを散じ、聖賢を覽《み》て以て自ら鎭む。孔丘の命を知るを嘉《よみ》し、老耼の玄を貴ぶを大とす。）

この「顯志賦」に見られる用法が、次の魏晉の時代以降多く見られるようになる。

2　魏・西晉

この期も、當然、前代と同樣、マイナス方向で使われているものもある。以下の六例がそれである。

○魏・阮瑀「文質論」（『藝文類聚』卷二二）

專一道者、思不散也。（一道を專らにする者は、思ひ散ぜざるなり。）

○魏・曹植「卞太后誄」

憂荒情散、不足觀樂。(10)（憂へ荒《みだ》れ情散じ、観採するに足らず。）趙幼文校注に「情散、意志不集中。」という。

○魏・曹植「謝初封安鄕侯表」（『藝文類聚』卷五一）

臣自知罪深責重、受恩無量、精魂飛散、忘軀殞命。（臣自ら罪深く責重く、恩を受くること無量なるを知り、精魂飛散し、軀を忘《うしな》ひ命を殞《おと》すがごとし。）

○魏・吳質「荅東阿王書」（『文選』卷四二）

自旋之初、伏念五六日、至于旬時。精散思越、惘若有失。（旋《かへ》る自《よ》りの初め、伏して念《おも》ふこと五六日より、旬時に至る。精散じ思ひ越《わす》れて、惘として失ふこと有るが若《ごと》し。）

○魏・嵇康「與山巨源絶交書」（『文選』卷四三、『藝文類聚』卷二一）

又縱逸來久。情意傲散、簡與禮相背、嬾與慢相成。（又縱逸し來ること久し。情意傲散し、簡は禮と相背き、嬾は慢と相成る。）

○晉・向秀「難嵇康養生論」（『文選』卷三一江淹「雜體詩」許徵君李善注引）

養生有五難、名利不滅、此一難。喜怒不除、此二難。聲色不去、此三難。滋味不絶、此四難。神慮消散、此五難。（養生に五難有り、名利滅ぜず、此れ一難。喜怒除かれず、此れ二難。聲色去らず、此れ三難。滋味絶えず、此れ四難。神慮消散す、此れ五難。）

これらは、集中できない狀態、心ここにあらざる狀態、勝手氣ままなこと、集中力の無さを「散」を使って表現している。

これに對して、同樣の言葉を使いながら、馮衍の「顯志賦」と同じく、「散ずる」ことをプラスの方向で使用しているものが十二例ある。これがこの期の特徵であり、特に曹植に多く見られる。

○魏・阮瑀「爲曹公作書與孫權」（『文選』卷四二）

常思除棄小事、更申前好、二族倶榮、流祚後嗣、以明雅素中誠之效。抱懷數年、未得散意。（常に小事を除棄し、更に前好を申《かさ》ね、二族倶に榮え、祚を後嗣に流《つた》へ、以て雅素中誠の效を明らかにせんことを思ふ。懷《おも》ひを抱くこと數年、未だ意を散ずるを得ず。）胸につかえている思いを述べて發散することをいう。先の『漢書』趙充國傳の「分散其心意」を「散意」の二字に約めたもので、氣持ちを分散するという意味は同じであるが、分散することがプラスになる方向で使用されている。

○魏・曹植「洛神賦」（『文選』卷一九）

日既西傾、車殆馬煩。爾迺稅駕乎蘅皐、秣駟乎芝田。容與乎楊林、流眄乎洛川。於是精移神駭、忽焉思散。（日は既に西に傾き、車は殆《あやふ》く馬は煩《つか》る。爾《しか》して迺《すなは》ち駕を蘅皐に稅《と》き、駟《うま》に芝田に秣《まぐさか》ふ。楊林に容與し、洛川に流眄す。是に於いて精《こころ》移り神駭《こころおどろ》き、忽焉として思ひは散ず。）

〈李善注〉情思消散、如有所悅。（情思消散し、悅ぶ所有るが如し。）頭の中がすっきりし、樂しい氣分になることをいう。

○魏・曹植「釋愁文」（『藝文類聚』卷三五）

莊生爲子具養神之饌、老聃爲子致愛性之方。趣遐路以棲跡、乘輕雲以高翔。於是精駭意散、[11]改心回趣、願納至言、仰崇玄度。（莊生は子の爲に養神の饌を具へ、老聃は子の爲に愛性の方を致す。遐路に趣きて以て棲跡し、輕雲に乘りて以て高翔す。是に於いて精駭《おどろ》き意散じ、心を改め回趣し、至言を納め、玄度を仰崇せんと願ふ。）愁いから解放されることをいう。

○魏・曹植「陳審擧表」

列有職之臣、賜須臾之問、使臣得一散所懷、攄舒蘊積、死不恨矣。[12]（有職の臣に列し、須臾の問を賜り、臣をして一たび懷《おも》ふ所を散じ、蘊積を攄舒するを得ば、死すとも恨みず。）心に積もった思いを述べ、發散することをいう。

○魏・曹冏「六代論」（『文選』卷五二、『藝文類聚』卷一一）

吳楚憑江、負固方城、雖心希九鼎、而畏迫宗姬、姦情散於胸懷、逆謀消於脣吻。（吳・楚は江に憑りて、固めを方城に負《たの》み、心に九鼎を希《こひねが》ふと雖も、而《しか》れども宗姬を畏迫し、姦情は胸懷に散じ、逆謀は脣吻に消ゆ）邪心が胸中から消えることをいう。

○『孔子家語』卷一〇曲禮公西赤問

顏淵之喪既祥、顏路饋祥肉於孔子。孔子自出而受之。入彈琴以散情、而後乃食之。（顏淵の喪に既に祥し、顏路 祥肉を孔子に饋《おく》る。孔子自ら出でて之を受く。入りて琴を彈《ひ》きて以て情を散じ、而る後乃ち之を食ふ。）顏淵の父から、顏回の喪明けの祭りの肉を受けとった孔子は、琴を鳴らして悲しみの情を散じてから、その肉を食べたという。『孔子家語』は、魏の王肅が漢の孔安國に假託して著したものと言われる。これは、『禮記』檀弓上篇「顏淵之喪、饋祥肉。孔子出受之。入彈琴而后食之。」から採錄した話なのだが、『禮記』にはない「散情」の二字が入っている。經書・戰國諸子の書に「散情」などの語がないところからすると、魏の王肅が書き加えた可能性が高い。

○魏・嵇康「酒會詩」其五

斂紘散思、遊釣九淵。(13)（紘を斂《おさ》めて思ひを散じ、九淵に遊釣す。）どのような思いかは不明だが、それを解消するために「遊釣」する。

○『三國志』卷五二諸葛瑾傳裴注引『江表傳』

瑾之在南郡、人有密讒瑾者。此語頗流聞於外。陸遜表保明瑾無此、宜以散其意。（瑾の南郡に在るや、人密かに瑾を讒する者有り。此の語頗る外に流聞す。陸遜表して瑾に此無きを保明し、宜しく以て其の意を散ずべしといふ。）陸遜が孫權に諸葛瑾の不安な氣持ちを取り除くように進言している。

○晉・皇甫謐「釋勸論」（『晉書』卷五一皇甫謐傳）

今子以英茂之才、游精於六藝之府、散意於衆妙之門者有年矣。（今子は英茂の才を以て、精を六藝の府に游ばせ、意を衆妙の門に散ずる者《こと》年有り。）老莊の學問に心を向けることをいう。「顯志賦」と同じく、「意」を向ける對象が示されているのが注目される。

○晉・裴頠「崇有論」（『晉書』卷三五裴頠傳）

處官不親所司、謂之雅遠。奉身散其廉操、謂之曠達。（官に處《を》りて所司に親しまず、之を雅遠と謂ふ。身を奉じて其の廉操を散ず、之を曠達と謂ふ。）操にこだわらないことをいう。

○晉・成公綏「嘯賦」（『文選』卷一八）

散滯積而播揚、蕩埃藹之溷濁。（滯積を散じて播揚し、埃藹の溷濁を蕩《なが》す。）滯った思いを吹き拂い、塵埃の濁りを流す。

○晉・潘尼「贈司空掾安仁」（『文館詞林』卷一五二）

幽冥必探、凝滯必散。（幽冥は必ず探り、凝滯は必ず散ず。）この二例は、つもり積もった思いを發散させ、氣持ちを晴らすことをいう。

「散意」「意散」「散情」「情散」「散思」「思散」「散懷」などの言葉で、積もった思いの發散、憂い、悲しみの情の解消、邪心の除去、不安な氣持ちの除去や、老莊に心を向けること、こだわりを捨てることを表現している。爽快感、解放感をもたらす「散」の用い方である。

そもそも、「鬱は、舒散せざるなり」（『周禮』冬官考工記「梟氏弁則鬱」鄭玄注）というように、「散ずる」ことがないものが憂いであるから、それを發散すれば、解放感が味わえるのは當然である。それがこの時期、多く表現され始めたのは、個人の情と詩文が結びついたことに起因しているのであろう。

3　東晉

この期は、前代の後半の例と同様に、「散ずる」ことをプラスの方向で表現するものが多い。たとえば、次のようである。

○東晉・孫綽「遊天台山賦」（『文選』巻一一）

余所以馳神運思、晝詠宵興、俛仰之閒、若已再升者也。方解纓絡、永託茲嶺。不任吟想之至、聊奮藻以散懷。（余が神《こころ》を馳せ思ひを運《めぐら》し、晝は詠じ宵は興し、俛仰の閒、已に再び升れるが若《ごと》き所以の者なり。方に纓絡を解き、永く茲の嶺に託せん。吟想の至りに任《た》へず、聊か藻を奮ひて以て懷《おも》ひを散ず。）文章を書いて氣晴らしをすることをいう。

○東晉・湛方生「秋夜詩」（『藝文類聚』巻三）

拂塵衿於玄風、散近滯於老莊。（塵衿を玄風に拂ひ、近滯を老莊に散ず。）積もった思いが老莊で解消するという。

また、『世說新語』にも、その狀況が反映されている。

○雅量篇1（吳・顧劭）豁情散哀、顏色自若。（情を豁《ひろ》くし哀を散じ、顏色自若たり。）

○賞譽篇42（庾亮）神氣融散、差如得上。（神氣は融散し、差上《ややのぼ》るを得たるが如し。）

○賞譽篇52（王澄）風氣日上、足散人懷。（風氣日び上り、人の懷《おも》ひを散ずるに足る。）

○棲逸篇7（孔愉）遊散名山。（名山に遊散す。）
○賢媛篇30（謝玄の姉）王夫人神情散朗、故有林下風氣。（王夫人神情散朗にして、故《もと》より林下の風氣有り。）
○讒險篇1（王澄）王平子形甚散朗、内實勁俠。（王平子形甚だ散朗なるも、内實は勁俠なり。）

これらは、悲しみを忘れ、思いを晴らし、のびのびと、さっぱりした氣分になることを「散」を使って表している。

特に、以下の王羲之などの「蘭亭詩」には、數多く「散」字によって解放感が表現されている。

○王羲之　迺携齊契、散懷一丘。（迺《すなは》ち携へて齊《ひと》しく契《ちぎ》り、懷《おも》ひを一丘に散ず。）
○王徽之　散懷山水、蕭然忘羈。（山水に懷《おも》ひを散じ、蕭然として羈《つな》がるるを忘る。）
○虞説　神散宇宙内、形浪濠梁津。（神《こころ》は宇宙の内に散じ、形は濠梁の津に浪《さまよ》ふ。）
○王玄之　消散肆情志、酣暢豁滯憂。（消散して情志を肆《ほしいまま》にし、酣暢して滯憂を豁《ひら》かん。）
○王蘊之　散豁情志暢、塵纓忽已捐。（散豁として情志暢《の》び、塵纓は忽ち已に捐《す》つ。）
○曹茂之　時來誰不懷、寄散山林閒。（時來たらば誰か懷《おも》はざらん、山林の閒に寄散せんと。）
○袁嶠之　激水流芳醪、豁爾累心散。（激水に芳醪を流せば、豁爾として累心散ず。）

ここに見られる「散懷」について、小尾郊一先生は、先の孫綽「遊天台山賦」序とあわせて、「ある抑壓された懷を發散させることであろう。換言すれば平素かくありたいと望んでいる懷を發散させ、滿足させることにもなるであろう。[14]」と指摘されている。また、長谷川滋成氏は、「蘭亭詩」の中の「暢」と「散」の語を含む詩句を考察し、蘭亭詩人の宴遊の思いを、「「心」「神」「情」「志」の内實は、心中に鬱積した怨み・愁いであり、具體的には世のしがらみである。それに束縛されず擴散して氣を晴らすのが、「暢」という行爲である。」と指摘され、「「散」もまた「暢」の意に近い。」「死生一如・修短齊一の死生觀を否定し、死と生とを峻別して生を充實させるために「暢」や「散」を多用することは、蘭亭詩人をもって嚆矢とするであろう。[15]」と言われる。

これは、王羲之「蘭亭集詩序」に「雖無絲竹管絃之盛、一觴一詠、亦足以暢敍幽情。」（絲竹管絃の盛んなる無しと雖も、一觴一詠は、亦た以て幽情を暢敍するに足る。）と、孫綽「後序」に「屢借山水、以化其鬱結」（屢しば山水を借りて、以て其の鬱結を化せん）と言い、山水によって鬱屈した思いを晴らそうとすることと符合する。この鬱屈した思いは、森野繁夫氏が「殷浩の北伐のために、王羲之一門も悲しい犠牲と痛手を負わされていた。[16]」と指摘される殷浩の北伐と關連があるであろう。また、王羲之「蘭亭集詩序」に、「所以游目騁懷、足以極視聽之娯、信可樂也。」（目を游ばしめ懷《おも》ひを騁《は》する所以にして、以て視聽の娯《たの》しみを極むるに足り、信《まこと》に樂しむべきなり。）という「目前の樂しみ[17]」を樂しむ人生觀とも深く關わっている。そして、「散ずる」方向が、老莊や山水であることは、隱遁が「山水の遊」と同義になり、『晉書』などに「山水を樂しむ」「山水に遊ぶ」「山水を好む」という言葉がしばしば見られることとも一致する。

ここにおいて「散」は、結ぼれた氣持ちを解き放ち、樂しみを得ることを表現する言葉として定着した感がある。文學不毛の時代と評されるこの時期ではあるが、政治世界で活躍することだけが人生ではなく、精神を遊ばせる樂しみに價値を見出し、それを詩に詠むという、發想を轉換し新しい價値觀を定着させた點は、重要である。これが陶淵明や謝靈運の詩を生み出す基盤になっていると考えられる。

4　宋・齊・梁

東晉の後を受けて、正負樣々な方向へ「散ずる」例が見られ、「散歩」などの言葉も現れる。

○宋・陶淵明「挽歌辭」

魂氣散何之、枯形寄空木（魂氣 散じて何くにか之《ゆ》く、枯形 空木に寄す。）死を意味する。

○宋・鮑照「舞鶴賦」（『文選』巻一四）

既散魂而盪目、迷不知其所之。（既に魂を散じて目を盪《とろか》し、迷ひて其の之《ゆ》く所を知らず。）恍惚とした狀態をいう。

○宋・劉璡「上書」（『宋書』卷七二文九王傳建平宣簡王宏子景素）
王雖遘愍離凶、而誠分彌款。散情中孚、揮斥滿素。（王 愍《うれ》ひに遘《あ》ひ凶に離《かか》ると雖も、而《しか》れども誠分彌《いよ》いよ款《まこと》なり。情を中孚に散じ、滿素に揮斥す。）信を得ていることをいう。

○宋・劉休範「與袁粲・褚淵・劉秉書」（『宋書』卷七九文五王傳桂陽王休範）
孤子承奉今上、如事先朝、夙宵恭謹、散心雲日、晦望表驛、相從江衢、有何虧違、頓至於此。（孤子 今上に承奉すること、先朝に事《つか》ふるが如く、夙宵に恭謹にして、心を雲日に散じ、晦望に表驛し、江衢に相從ふに、何の虧違有りて、頓《にわ》かに此に至るか。）心を天子に向けることをいう。

○齊・何昌寓「與司空褚淵書」（『南齊書』卷四三何昌寓傳）
散情風雲、不以塵務嬰衿、明發懷古、惟以琴書娛志。（情を風雲に散じ、塵務を以て衿に嬰《か》けず、明發より古《いにしへ》を懷《おも》ひ、惟《た》だ琴書を以て志を娛《たの》しましむ。）自然への發散をいう。

○「子夜四時歌七十五首、春歌二十首其十一」（『樂府詩集』卷四四）
畫眉忘注口、遊步散春情。（眉を畫《えが》くも注口を忘れ、遊步して春情を散ず。）

○「子夜四時歌七十五首、夏歌二十首其二十」（『樂府詩集』卷四四）
泛舟芙蓉湖、散思蓮子間。（舟を芙蓉の湖に汎《うか》べ、思ひを蓮子の間に散ず。）

○梁・虞騫「登鍾山下峯望」詩（『藝文類聚』卷七、逯氏「梁詩」）
冠者五六人、携手巖之際。散意百仞端、極目千里睇。（冠する者五六人と、手を巖の際に携ふ。意を百仞の端に散じ、目を千里の睇《なが》めに極む。）

○梁・劉勰『文心雕龍』書記篇
本在盡言、所以散鬱陶、託風采。（本《もと》は言を盡くすに在り、鬱陶を散じ、風采を託する所以《ゆゑん》なり。）書簡の根本の一つが、胸にわだかまる思いを散じることにあるという。

「遊心」「遊情」「放志」などと同様に、「散意」「散情」「散思」「散心」「散懷」「散神」が使われるようになっている。このような經緯を經て、昭明太子の「散志」が出現する。

三　「多暇日」について

前の1~4の「散」の例の中に、「散志」は見られなかった。これは經書『禮記』にある言葉であり、しかも集中力を失うという負の評價を持っている。それを樂しみに向かうプラスの方向に轉換することは、典故を重視する詩人には考え難かったものと思われる。しかし、昭明太子は、敢えて「散志於琴書」という表現で、「散志」を集中力を失うことから、氣持ちを琴書に向けて樂しむという方向に轉換している。

また、すでに指摘されている「多暇日」（暇日多し）という言葉も、方向の轉換を示す一つの例である。[18] 昭明太子は「文選序」に、

余監撫餘閑、居多暇日、歷觀文囿、泛覽辭林、未嘗不心遊目想、移晷忘倦。」（余 監撫の餘閑に、暇日多きに居る。歷《あまね》く文囿を觀《み》、泛《ひろ》く辭林を覽《み》るに、未だ嘗て心に遊び目に想《おも》ひ、晷《かげ》を移して倦むを忘れずんばあらず。）

と記す。監國撫軍という職務は餘暇が多いので、詩文をあまねく讀み、そこに書かれていたことを想像して心や瞼に描いてみては、日が暮れるまで飽きることがなかったという。

この「多暇日」は、『荀子』修身篇に、「道雖邇、不行不至。事雖小、不爲不成。其爲人也、多暇日者、其出人不遠矣。」（道邇《ちか》しと雖も、行かざれば至らず。事小なりと雖も、爲さざれば成らず。其の人と爲りや、暇日多き者は、其の人に出づること遠からず。）とあり、楊倞注に、「多暇日、謂怠惰。出入、謂道路所至也。[19]」（暇日多しとは、怠惰を謂ふ。出入は、道路の至る所を謂ふなり。）という。

本來、「多暇日」は、怠惰なことを意味する言葉であった。それを昭明太子は、讀書の樂しみを得る時間の多さとして、プラスに變えている。ただ、この轉換は昭明太子に始まったわけではない。因みに、『文選』所收の作品などでは、「暇日」「多暇日」「多暇」が、次のように使われている。

○卷一一王粲「登樓賦」

登茲樓以四望兮、聊暇日以銷憂。（茲の樓に登りて以て四望し、聊か日を暇《か》りて以て憂ひを銷《け》す。）

〈李善注〉孫卿子曰、多暇日者、其出入不遠也。賈逵國語注曰、暇、閑也。暇或爲假。楚辭曰、遷逡次而勿驅、聊假日以消時。邊讓章華臺賦曰、冀彌日以銷憂。

○卷一三謝莊「月賦」

陳王初喪應劉、端憂多暇。（陳王　初め應・劉を喪《うしな》ひ、端憂して暇《いとま》多し。）

○卷一九張華「勵志」詩

〈李善注〉孫卿子曰、其爲人也、多暇日者其出入不遠。

雖有淑姿、放心縱逸、田般于游、居多暇日、如彼梓材、弗勤丹漆、雖勞朴斲、終負素質。（淑《よ》き姿有りと雖も、心を放ち逸《たのしみ》を縱《ほしいまま》にし、出でて游びに般《たの》しみ、居りて暇日多ければ、彼の梓材に、丹漆を勤めざるが如く、朴斲に勞すと雖も、終に素質に負《そむ》かん。）

〈李善注〉孫卿子曰、其爲人也多暇日者、其出入不遠也。

○卷二五盧諶「贈劉琨」詩

昔在暇日、妙尋通理。（昔在《むかし》暇日に、通理を妙《つぶさ》に尋ぬ。）

〈李善注〉孟子曰、壯者、以暇日脩其孝悌忠信也。[20]（壯者には、暇日を以て其の孝悌忠信を脩めしむるなり。）

○卷二五盧諶「贈崔溫」詩

逍遙歩城隅、暇日聊遊豫。（逍遙して城隅に歩み、暇日に聊か遊豫す。）

〈李善注〉毛詩曰、俟我於城隅。暇日、已見上文。

ここでは遊び樂しむというが、實はそれは、後の「遠念賢士風、遂存往古務。」（遠く賢士の風を念《おも》ひ、遂に往古の務めを存す）という賢士たちを思う導入に使われているのであって、單に遊び樂しむというのとは違う。したがって、李善は「暇日、已見上文」と注して、この「暇日」が、同巻にある盧諶「贈劉琨」詩と同じく、『孟子』（梁惠王上）の、暇なときでも修身に勵む意を踏まえたものであると指摘している。

○巻四七袁宏「三國名臣序贊」

余以暇日、常覽國志、考其君臣、比其行事。（余は暇日を以て、常《かつ》て國志を覽《み》、其の君臣を考へ、其の行事を比《くら》ぶ。）

〈李善注〉無し。

○巻五七顏延之「陶徵士誄」

深心追往、遠情逐化。自爾介居、及我多暇。伊好之洽、接閻隣舍。宵盤晝憩、非舟非駕。（心を深くして往を追ひ、情を遠くして化を逐ふ。爾《なんぢ》の介居せし自《よ》り、我が暇多きに及ぶ。伊《こ》れ好《よしみ》の洽《あまね》き、閻を接し舍を隣にす。宵《よる》は盤《たの》しみ晝は憩《いこ》ひ、舟に非ず駕に非ず。）

〈李善注〉孫卿子曰、其爲人也多暇日者、其出入不遠。

張華の「勵志」詩では、明らかに『荀子』と同じく怠惰な意を含んで使われているし、謝莊の「月賦」でもいい意味は込められていない。また、『孟子』を踏まえた盧諶の二首の詩も、暇な折りにも修身に勵むというのであり、暇自體を肯定的にとらえたものではない。ただ、王粲の「登樓賦」、袁宏の「三國名臣序贊」、顏延之の「陶徵士誄」では、暇を活用するという點では、「文選序」と同じ使われ方である。これらの場合、李善注は、單に言葉の典據を示しているだけで、その内容までは考慮していない。

『文選』所收の作品以外でも、謝靈運が「多暇日」の言葉を使用している。

○謝靈運「山居賦」（『宋書』謝靈運傳、『藝文類聚』巻六四）

爰暨山棲、彌歴年紀。幸多暇日、自求諸己。（爰《ここ》に山棲に暨《およ》びて、年紀を彌歴《わた》る。幸ひに暇日多く、自ら諸《これ》を己に求む。）

○謝靈運「辨宗論」（『廣弘明集』巻十八）

余枕疾務寡、頗多暇日。聊伸由來之意、庶定求宗之悟。（余は枕疾にして務め寡《すくな》く、頗る暇日多し。聊か由來の意を伸べ、求宗の悟を定めんと庶《ねが》ふ。）

兩者ともに、「文選序」と同様の意であり、怠惰の意は含まれていない。そもそも「暇が多い」という言葉を、怠惰と解するか、自由に樂しめる時間と解するかは、人によって或いは時によって受け取り方に違いがある。袁宏・顏延之・謝靈運・昭明太子は、後者の自由に好きなことを樂しむ時間として表現したのである。

昭明太子の「文選序」には、「耳に入《い》るの娯《たの》しみ」、「目を悦《よろこ》ばしむるの玩《もてあそ》びもの」という。確かに『文選』の正文作者の言語表現へのこだわりを調べていると、彼らはより「奇」なるものを創作する樂しみ、それを讀む樂しみを堪能していたのだと感じられる。

「文選序」のこの記述は、先に記した王羲之の「目を游ばしめ懷《おも》ひを騁《は》する所以にして、以て視聽の娯《たの》しみを極むるに足り、信《まこと》に樂しむ可きなり」というのと趣が似ている。ただ遊び樂しむ對象が山水か書物で異なっているだけである。王羲之らの「散」字の使用が、昭明太子の「散志」と通じているのも、「遊び」「樂しみ」を基盤とする文學精神が共通していたからであろう。

注

（1）福永光司『莊子』（中國古典選、朝日新聞社、一九六六年）。
（2）『南史』巻五四梁元帝諸子傳忠烈世子方等。
（3）『日本國語大辭典』（小學館、一九七六年）による。「氣を散らす」は、採錄されていない。
（4）『梁昭明太子文集』巻一。
（5）「始作鎭軍參軍經曲阿作」（『文選』巻二六）。
（6）「歸去來」（『文選』巻四五）。
（7）『禮記』祭統に、「散齊七日以定之。」（散齊七日以て之を定む。）という。
（8）この『漢書』本文の解釋は、臣瓚注に、「文帝入關而立、以天下多難、故乃寒心戰慄、未明而起。」と言い、顏師古もこの臣瓚の說を是とするように、文帝自身が天下の多難を思い心凍え身震いし、夜の明けぬうちに衣を求め起床したととる方がよい。
（9）『阮籍集校注』陳伯君校注（中華書局、一九八七年）による。
（10）『曹植集校注』（趙幼文校注、人民文學出版社、一九八四年）による。
（11）『曹子建集』では、「意」を「魂」に作る。
（12）『曹植集校注』（趙幼文校注、人民文學出版社、一九八四年）による。
（13）『嵇康集校注』（戴明揚校注、人民文學出版社、一九六二年）による。
（14）『中國文學に現われた自然と自然觀』（岩波書店、一九六二年）。
（15）『孫綽の研究』（汲古書院、一九九九年）。
（16）『王羲之傳』（白帝社、一九八八年）。
（17）森野繁夫氏の著書（前揭注16）による。
（18）岡村繁『文選の研究』（岩波書店、一九九九年）に指摘されている。
（19）楊倞注本は「出人」を「出入」に作る。
（20）『孟子』（梁惠王上）には、「也」字が無い。

第三節　「情」と「自然」、「山水」と「山河」について

一　「情」と「自然」

そもそも「情」と文學は不可分の關係にある。古く『詩經』の序に、「詩者志所之也。在心爲志、發言爲詩。情動於中、而形於言。」（詩は志の之《ゆ》く所なり。心に在るを志と爲し、言に發するを詩と爲す。情 中に動きて、言に形《あらは》る。）というように、詩はまさしく「情」から生まれてくるのである。のち、晉・陸機は「詩緣情而綺靡。」（詩は情に緣《よ》りて綺靡なり。）〈『文選』卷一七「文賦」〉といい、梁・沈約は「以情緯文、以文被質。」（情を以て文を緯し、文を以て質に被らしむ。）〈『文選』卷五〇「宋書謝靈運傳論」〉といい、梁・劉勰『文心雕龍』（情采篇）にも、「辯麗本於情性。」（辯麗は情性に本づく。）「情者文之經、辭者理之緯。」（情は文の經にして、辭は理の緯なり。）と、「情」が文の根源であり、修辭の縱絲であるという。

陶淵明、謝靈運の詩も、實は「情」と密接に關わっている。陶淵明は、「歸去來」（『文選』卷四五）に「悅親戚之情話、樂琴書以消憂。」（親戚の情話を悅び、琴書を樂しみて以て憂ひを消す。）と、隱遁して「情話」を喜んでいる。

山水詩人謝靈運の詩は、ともすれば自然美の表現に目を向けられがちであるが、實は彼の詩にも「情」字が多く見られる。索引を繙けば、樂府詩（十七首中、「情」字は三首に見える）を除く六十四首中二十三首にのべ三十二回も使用されている。賦でも、「撰征賦」に八回、「山居賦」に十回使われている。かなりの頻度である。今、『文選』所收の詩からいくつか例を擧げてみよう。

○「登臨海嶠、初發彊中作、與從弟惠連、見羊何共和之」（卷二五）

・中流袂就判、欲去情不忍。（中流にて袂《たもと》は判《わか》れに就き、去らんと欲すれば情は忍びず）

・豈惟夕情斂、憶爾共淹留。（豈に惟《た》だに夕情の斂《おさ》まるのみならんや、爾《なんぢ》と共に淹留せしを憶《おも》ふ）

・茲情已分慮、況迺協悲端。（茲《こ》の情 已に慮を分かつ、況んや迺《すなは》ち悲端に協《あ》へるをや）

○「酬従弟惠連」（卷二五）

・別時悲已甚、別後情更延。（別れし時 悲しみは已に甚だしきも、別れし後 情は更に延《ひ》けり）

○「鄰里相送方山詩」（卷二〇）

・析析就衰林、皎皎明秋月。含情易爲盈、遇物難可歇。（析析として衰林に就き、皎皎として秋月は明らかなり。情を含んでは盈を爲し易く、物に遇《あ》ひては歇《や》むべきこと難《かた》し。）

これらは皆別離の「情」を詠じたものであり、夕暮れや秋とともに深まる惜別の氣持ちを表している。このような贈答、送別の詩に「情」が詠われるのは何の不思議もないが、次のような遊覽の詩にも「情」字はよく見られる。

○「晩出西射堂」（卷二二）

・羇雌戀舊侶、迷鳥懷故林。含情尙勞愛、如何離賞心。（羇《たび》の雌《めとり》は舊侶を戀ひ、迷へる鳥は故林を懷《おも》ふ。情を含んで尙ほ勞愛す、如何ぞ賞心を離れんや）

李善は、「言鳥含情、尙知勞愛、況乎人而離賞心也。」（言ふこころは鳥すら情を含み、尙ほ勞愛するを知る。況んや人にして賞心に離るるをや。）と注する。「含情」は、魏・王粲の「公讌詩」（『文選』卷二〇）に、「今日不極懽、含情欲待誰。」（今日 懽《たの》しみを極めずして、情を含んで誰をか待たんと欲する。）とあるのに基づく。その李善注には、「含情、謂含其歡情而不暢也。」（含情とは、其の歡情を含んで暢《の》べざるを謂ふなり。）という。王粲の詩では、喜びの感情の果てぬことを表現しているが、謝靈運はその言葉を借りて、舊居を戀い慕う果てぬ思いを表している。この詩の詠い出し、「步出西城門、遙望城西岑。連鄣疊巘崿、靑翠杳深沈。曉霜楓葉丹、夕曛嵐氣陰。」（步みて西城の門を出で、遙《はるか》に城西の岑《みね》を望む。

連鄣は巘崿を疊《かさ》ね、青翠は杳として深沈たり。曉霜に楓葉は丹《あか》く、夕曛に嵐氣は陰《くも》れり）という色鮮やかな美しい山水描寫には、「含情」（果てぬ思い）が潜んでいるのである。いや、「含情」があってこそ、このような自然への觀察力が生まれたといった方がよいかも知れない。謝靈運は、祖父の謝玄の德を述べた次の詩のような心境を夢想していたと思われる。

○「述祖德詩」（卷一九）

・達人貴自我、高情屬天雲。（達人は自我を貴び、高情 天雲に屬す）

・遺情捨塵物、貞觀丘壑美。（情を遺《わす》れて塵物を捨て、丘壑の美を貞觀す）

自己の氣持を大切にして、超俗の心を天に遊ばせ、俗情を捨てて山水の美を素直な氣持で眺めるという。俗情を自然の山水に解き放とうとすることは、謝靈運の直前の時代にすでに盛んであった。東晉・孫綽「遊天台山賦」（『文選』卷一一）に、「釋域中之常戀、暢超然之高情。」（域中の常戀を釋《す》て、超然の高情を暢《の》ばす）と言い、王羲之の「蘭亭詩」に「迺携齊契、散懷一丘。」（迺《すなは》ち携へて齊《ひと》しく契《ちぎ》り、懷《おも》ひを一丘に散ず）、王蘊之の「蘭亭詩」に「散豁情志暢、塵纓忽已捐。」（散豁として情志暢《の》び、塵纓は忽《たちま》ち已《すで》に捐《す》つ）とあるなど、數多く「散」「暢」字によって「情」の解放感が表現されている。

ただ「祖德を述ぶる詩」に詠われているのは、あくまで想像の心境であって、現實はそう簡單に「情」を捨てきれるものではなかろう。そこで謝靈運は、「情」の處理に「賞」と「理」を持ちこんでいる。

○「從斤竹澗越嶺溪行」（卷二二）

・情用賞爲美、事昧竟誰辨。（情は賞を用《もつ》て美と爲すも、事 昧《くら》くして竟《つひ》に誰か辨ぜん。）

李善が「言事無高翫、而情之所賞、卽以所美爲。此理幽昧、誰能分別乎。」（言ふこころは事に高翫無くして、情の賞する所、卽ち以て美と爲す。此の理 幽昧にして、誰か能く分別《あき》らかにせんや。）と注するように、自然に對して、高尚な玩味の仕方などはなく、自分の氣持が感動して味わえるものこそが美であるという。「情」と自然の閒に「賞」する心を挿入し、「情」を「賞」する心に轉換することによって、山水詩の文學が誕生したのである。

○「於南山往北山經湖中瞻眺」（巻二二）

・孤遊非情歎、賞廢理誰通。（孤遊は情の歎ずるところに非ず、賞廢《すた》れば 理 誰か通ぜん）

李善は、「言己孤遊、非情所歎。而賞心若廢、茲理誰爲通乎。」（言ふこころは己の孤遊は、情の歎ずる所に非ず。而るに賞心 若《も》し廢せば、茲の理 誰か通ずることを爲さんや。）と解する。孤獨な遊覽は嘆くものではないが、「賞」する心がなくなれば、自然の道理が誰にも分からなくなってしまうという。謝靈運は、山水の美を共に樂しむ人がいない孤獨の「情」を抑え込むのに、「賞」と「理」を設定していることがわかる。

○「石門新營所住、四面高山、迴溪・石瀨・脩竹・茂林詩」（巻三〇）

・感往慮有復、理來情無存。（感の往きて慮の復《かへ》る有り、理の來りて情の存する無し）

李善は、「言悲感已往、夭壽紛錯、故慮有迴復。妙理若來、而物我倶喪、故情無所存。」（言ふこころは悲感已《すで》に往けば、夭壽紛錯し、故に慮に迴復する有り。妙理若《も》し來らば、物我倶《とも》に喪《うしな》はれ、故に情に存するところ無し。）と解する。悲しみが湧いてくると、命の長短にあれこれ思い惱むが、妙理が浮かぶと、その情は消えるという。現實では處理しきれない「情」を自然の山水へと向け、それを味わうことによって美しく表現した謝靈運ではあるが、處理しきれない「情」は殘り續けたのであろう。「賞」と竝んで「理」を得て「情」を拂拭しようとしている。しかしそれでも拂拭しきれない「情」が殘る。だからこそ自然の山水を詠い續けたのである。「情」のないところから詩は生まれてこないはずだから。なお、この「情」と「理」の對比的表現は謝靈運の詩文によく見られる。

思いつくままに、謝靈運が詠む「情」字を見てきたが、一見無緣のように見える、「情」と自然、山水詩とが、實は表裏一體のものであったことがわかった。謝靈運が「情」の字を多用するのはそのことを物語っている。『文心雕龍』に言うように、「情」と「理」の縦絲と横絲とがバランスよく巧みに組み合わさって、山水詩などの文學作品は創作された。『文選』李善注を活用して文學言語の繼承と創作を考えようとするとき、言葉の創作の背後にある「情」も考える必要があるという新たな課題が浮かび上がった。

二　「山水」と「山河」

自然を意味する「山水」という言葉が、詩語として頻繁に使用されるのは、實は唐詩からである。『文選』には、三例しかない。內、後漢・馬融の「長笛賦」（巻一八）の一例は「山からあふれ出た水」の意で、自然を指す「山水」の語は、晉・左思の「招隱」詩（巻二二）の「山水有清音」（山水に清音有り）、宋・謝靈運の「石壁精舍還湖中作」詩（巻二二）の「山水含清暉」（山水 清暉を含む）の二例のみである。現存する謝靈運の詩全體でもその一例のみで（賦と散文には三例ある）、陶淵明の詩には「自然」「山川」の語は見られるが、「山水」の語は見あたらない。梁代の詩全體でも三例のみである。「山川」は、『文選』で三十三例、梁代の詩で十八例、「山河」は、『文選』に九例、梁代の詩に七例ある。ところが『全唐詩』になると、「山水」（三百三十例）が「山川」（三百十例）を上回っている。その傾向は杜甫（「山水」十例、「山河」七例、「山川」六例）、白居易（「山水」二十七例、「山河」五例、「山川」六例）などに顯著に見られる。『論語』（雍也篇）に「知者は水を樂しみ、仁者は山を樂しむ」とあり、梁・劉勰『文心雕龍』（明詩篇）にも宋初に山水詩が多くなったことを「山水方滋」（山水方に滋《しげ》し）といい、『晉書』『宋書』には「遊山水」（山水に遊ぶ）「樂山水」（山水を樂しむ）などの言葉がしばしば見られるのに、どういうことなのだろうか。あるいは、「謝靈運のそれを明瞭に山水詩と呼んだのは、唐の白居易の「謝靈運の詩を讀む」の詩から始まる」（『杜甫の涙』中國文學雜感　小尾郊一著作選Ⅱ　研文出版　二〇〇一年　一五九～一六〇頁）ということと關係があるのかもしれない。唐詩の詩語ともあわせて検討する必要がある。

（附）書評「林英德著『《文選》與唐人詩歌創作』」

（知識產權出版社、二〇一三年三月、四六三頁）

本書は、著者の二〇〇六年の博士學位論文《唐人詩與〈文選〉關係研究》が五年後に中國博士優秀論文として刊行されたものである。冒頭に、指導教師だった北京師範大學の李壯鷹教授の序文が附されている。目次は以下の通りである。

引言　〝新選學〟的一個新課題
　第一節　傳統〝選學〟的溯源
　第二節　〝新選學〟的形成與內涵
　第三節　本書的研究方向
第一章　〝文選學〟背景下的唐人詩歌創作
　第一節　唐代〝文選學〟的興起
　一、唐代〝文選學〟的大致流度
　二、唐初統治階層的文學思想與《文選》的流行
　三、科擧考試與《文選》的盛行
　第二節　《文選》對唐人詩歌創作的影響
第二章　《文選》與〝初唐四傑〟詩歌創作

第一節　從〝初唐四傑〞的詩學觀看其對《文選》的接受
第二節　〝初唐四傑〞詩歌與《文選》關係的文本分析
第三章　李白〝三擬《文選》〞探
第一節　研究概況
第二節　李白吟詠《文選》作家情況分析
一、李白對先秦作家的相關吟詠
二、李白對兩漢作家的相關吟詠
三、李白對魏著作家的相關吟詠
四、李白對南朝作家的相關吟詠
五、李白接受《文選》的自我選擇性
第三節　李詩與《文選》關係的文本分析
一、《古風》組詩的分析
二、樂府詩的分析
三、〝選體〞詩的分析
第四章　杜甫〝熟精《文選》理〞辨（上）
第一節　研究概況
第二節　從吟詠情況看杜甫的《文選》接受
一、《文選》作品的吟詠
二、《文選》作家的吟詠

第三節　杜甫取法《文選》的詩藝分析
一、杜詩證選句圖
二、語句分析
三、意象分析
第五章　杜甫〝熟精《文選》理〟辨（下）
第一節　杜甫〝選體〟詩分析
一、前人對杜詩〝選體〟的解讀
二、杜詩〝選體〟的文本分析
第二節　杜甫〝《文選》理〟新解
一、前人對杜甫〝熟精《文選》理〟的認識
二、杜甫〝熟精《文選》理〟的音旨
第六章　《文選》與韓愈詩歌創作
第一節　研究概況
第二節　韓愈奇崛詩風與《選》賦
一、韓愈詩風中的〝陌生化語言〟
二、韓愈詩風中的〝以文爲詩〟
第三節　韓愈的《選》詩接受
一、韓愈對《文選》五言詩的學習
二、韓愈〝選體〟詩的創作

結語　唐代詩人《文選》接受的詩學意義
一、唐代詩歌的繁榮離不開魏晉六朝文學的鋪墊
二、《文選》接受是唐人學習魏晉六朝藝術的門戶
三、唐人接受《文選》與《文選》經典地位的確定
附　錄
附錄一　李詩證選
附錄二　《杜詩證選》箋識
附錄三　《韓詩證選》箋識
主要引用書目及參考文獻
跋

まず「引言」で、從來の「文選學」の展開と「新文選學」の課題を擧げ、本書の研究方向を示す。「新文選學」は、清水凱夫氏が提唱されたもの（『新文選學』─『文選』の新研究、研文出版、一九九九年）で、許逸民氏が「新選學」創建の必要性を强調し、一九九〇年代から現在に至るまでの中國における文選學の隆盛をもたらした。本書の著者が記載する清水氏の提起した「新文選學」の課題は、（1）傳統的「選學」に全く缺如していた『文選』の實像の究明、（2）先行文學理論の『文選』に對する影響關係の究明、（3）各時代の『文選』に對する受容・評價の變遷の究明、（4）傳統的「選學」において既に行われていたことの更なる充實、の四點である。また、兪紹初・許逸民兩氏が『文選學研究集成』序（『中外學者文選學論集』上、鄭州大學古籍所編、中華書局、一九九八年）の中で、提起した「新選學」八課題、（1）『文選』注釋學、（2）『文選』校勘學、（3）『文選』評論學、（4）『文選』索引學、（5）『文選』版本學、（6）

『文選』文獻學、(7)『文選』編纂學、(8)『文選』文藝學、を「文選學」研究の新觀念として擧げる。

これらの課題は、ことさらに「新」を冠するまでもなく、從前から『文選』を研究する者がみな念頭に置いていたことである。ただ、文選學という言葉が持っていた因襲性を取り除くためには「新」が必要だったのかもしれないが、「新」の字に踊らされることなく、『文選』自體の丹念な讀みから樣々な課題を解明すればそれでよいと思う。これは文選學以外の他の研究についても全く同樣であろう。

著者は、淸水氏の擧げた第三の課題に取り組むに當たり、李詳（一八五九—一九三一）の「杜詩證選」「韓詩證選」（『李審言文集』上、江蘇古籍出版社、一九八九年）を傳統「選學」に屬するものと位置づけ、一九九〇年代からの新たな研究を踏まえて、『文選』と唐詩の關係を研究するという。その研究方向として、(1)唐代詩人が『文選』を接受した原因の分析、(2)唐代詩人が『文選』を接受した具體的な狀況と主要な特徵の研究、(3)唐代詩人の『文選』接受の意義の追究、の三點を擧げる。(1)では科擧試驗との關係を、(2)では初唐四傑・李白・杜甫・韓愈それぞれの詩歌創作と『文選』の關係を、(3)では唐代詩人における漢魏六朝文學の傳統の繼承と革新、および『文選』經典化の過程を探るという明確な展望を示す。以下、第一章が(1)に、第二章から第六章までが(2)に、結語が(3)に相當する。

第一章　「文選學」のもとでの唐人の詩歌創作

本章第一節では、まず隋・蕭該から陸善經注までの唐代の文選學の概略を述べる。五臣注が唐代における『文選』普及規模の擴大促進に積極的な役割を果たしたと述べるが、李善注にはあまり觸れられていないのが氣にかかる。知識人による詩歌の創作への影響を檢討するに當たっては、李善注の位置づけを明確にしておくことは避けられない。杜甫と李善注の關係もそうであるし、著者自身も後に引く白居易「偶以拙詩數首寄呈裴少尹侍郎」で裴少尹の詩を稱贊して、「毛詩三百篇後得、文選六十卷中無」というように、唐代には六十卷本の李善注『文選』が讀まれていたのだから、やはり李善注の果たした役割に言及する必要があろう。

ついで太宗君臣の文學思想が『文選』流行に與えた影響と、武后の科擧改革（進士科の「以詩賦取士」）が『文選』の盛行を促進したことを述べ、前者を選學流行の「內在原因」、後者を「外因」とする。特に、太宗の「詠司馬彪續漢書」詩、『晉書』陸機傳論などをもとに、太宗のいう「雅思」「妙詞」と「文選序」の「沈思」「翰藻」との對照や陸機評價を論じたところは興味深い。

第二節では唐代の詩文に見られる『文選』に關する記述を博捜し、創作活動に對する『文選』の影響について、科擧のための學習という消極的側面と、創作活動に資するために學ぶという積極的側面の兩面性がうかがえることを指摘する。その中で、興味を懷かせたのは、南宋・朱熹「跋病翁先生詩」（『朱文公文集』卷八四）の一文が引かれていることである。「李・杜・韓・柳、初亦皆學選詩者。然杜・韓變多、而柳・李變少。」という著者の引用の後に、朱熹は「變不可學、而不變可學。」と記している。これは、『朱子語類』卷一四〇「論文下」に「李太白終始學選詩、所以好。杜子美詩好者、亦多是效選詩。漸放手、夔州諸詩則不然也。」とあるのと同じく、『文選』という傳統の型から逸脫しないことこそ大切だという朱熹の主張である。詩歌創作の規範として遵守するにせよ、そこからの脫却を試みるにせよ、『文選』が重要な型として認識されていたことを物語っている。と同時に、朱熹は何の根據も擧げてはいないが、唐代の詩人が『文選』をどのように接受していたのかという視點で唐詩を讀んでいたことがわかる。この後、著者がどのような具體的根據を提示して論證を進めるのかに大いに關心を懷かせる。

第二章　『文選』と初唐四傑の詩歌創作

第一節では、まず徐尙定「四傑詩歌藝術淵源考辨―兼析《昭明文選》與初唐詩風―」（『文獻』一九九三年第二期）等

により、盧照鄰が曹憲に學んでいたこと（『舊唐書』盧照鄰傳）、王勃が李善や公孫羅のいた沛王（李賢）府に十年近くいたことなどから、「文選學」と接點があったという。ついで、四傑の詩學理想と主張（骨氣と剛健、審美と政教）が『文選』に選錄された詩文と基本的に符合すると述べる。

第二節では、四傑の詩歌題材と『文選』の詩歌分類の比較から繼承關係を概觀した上で、現存する王勃95首（『王子安集』卷三）、楊炯34首（『楊炯集』卷二）、盧照鄰98首（『盧照鄰集』卷二、三）、駱賓王133首（『駱臨海集』卷一至卷五）と『文選』詩句の關係を指摘する。これは根據となる重要な資料なので、參照の便を考慮して、以下に四傑それぞれの集の配列順に整理し直して列擧する。（ ）内に整理の際に參照した書名を記し、「↑」の下に『文選』（胡刻本による）の卷數と作者・作品名を記した。〈 〉内は字の異同を示す。傍線部は著書の誤字を改めた箇所である。

○王勃（『王子安集註』清・蔣清翊註、上海古籍出版社、一九九五年）

「倬彼我係」有鳥反哺、其聲嗷嗷↑19束皙「補亡詩・南陔」嗷嗷林鳥、受哺于子

「秋夜長」詩題・詩意↑29曹丕「雜詩・其一」漫漫秋夜長、……斷絕我中腸

「臨高臺」復有青樓大道中、繡戶文窻雕綺櫳↑27曹植「美女篇」青樓臨大路、高門結重關

「送杜少府之任蜀州」海內存知己、天涯若比鄰↑24曹植「贈白馬王彪」丈夫志四海、萬里猶比鄰

「郊興」空園歌獨酌、春日賦閒居↑16潘岳「閑居賦」

「郊興」澤蘭侵小徑↑『楚辭』招魂／22謝靈運「遊南亭」澤蘭漸被徑

「春日還郊」還題平子賦、花樹滿春田↑15張衡「歸田賦」

「對酒（春園作）」攜酒對河梁↑29李陵「與蘇武・其三」攜手上河梁

「焦岸早行和陸四」侵星違旅館、乘月戒征儔↑27鮑照「還都道中作」侵星赴早路、畢景逐前儔

「三月曲水宴得煙字」彭澤官初去、河陽賦始傳。田園歸舊國、詩酒閒長筵↑45陶淵明「歸去來」／16潘岳「閑居賦」

「夜興」還將中散興、來偶步兵琴↑29嵇康「雜詩」興命公子、攜手同車／23阮籍「詠懷詩・其一」夜中不能寐、起坐彈鳴琴

「臨江・其二」泛泛東流水↑23劉楨「贈從弟・其一」汎汎東流水

飛飛北上塵↑27曹操「苦寒行」北上太行山、艱哉何巍巍

「贈李十四・其三」從來揚子宅、別有尙玄人↑21左思「詠史・其四」寂寂楊子宅、門無卿相輿

○楊炯（『盧照鄰集・楊炯集』徐明霞點校、中華書局、一九八〇年）

「有所思」少別比千年↑16江淹「別賦」蹔遊萬里、少別千年

「和石侍御山莊」酌醴夢枯魚↑21應璩「百一詩」田家無所有、酌醴焚枯魚

「和崔司空傷姫人」昔時南浦別↑16江淹「別賦」送君南浦、傷如之何

鶴怨寶琴絃↑43孔稚珪「北山移文」蕙帳空兮夜鵠怨

「途中」鬱鬱園中柳↑29「古詩十九首・其二」青青河畔草、鬱鬱園中柳

亭亭山上松↑23劉楨「贈從弟・其二」亭亭山上松、瑟瑟谷中風

○盧照鄰（『盧照鄰集校注』李雲逸校注、中華書局、一九九八年）

「詠史・其四」直髮上衝冠、壯氣橫三秋↑22徐敬業「古意酬到長史溉登琅邪城詩」少年負壯氣、耿介立衝冠／43孔稚珪「北山移文」風情張日、霜氣橫秋

名與日月懸、義與天壤儔↑21張協「詠史」清風激萬代、名與天壤俱

「早度分水嶺」斑鬢向長安↑13潘岳「秋興賦」斑鬢髟以承弁兮、素髮颯以垂領

「三月曲水宴得樽字」高情邈不嗣↑19謝靈運「述祖德詩」高情屬天雲

「至望喜矚目言懷貽劍外知己」隱轔度深谷↑10潘岳「西征賦」覓陛殿之餘基、裁岥陀以隱嶙

巖花濯露文↑16江淹「別賦」露下地而騰文

「明月引」明月流光／高樓思婦、飛蓋君王↑23曹植「七哀詩」明月照高樓、流光正徘徊、上有愁思婦、悲歎有餘哀

20曹植「公讌詩」清夜遊西園、飛蓋相追隨、明月澄清景、列宿正參差

「懷仙引」休餘馬於幽谷、掛餘冠於夕陽↑33屈原「九章・涉江」步餘馬兮山皋、邸餘車兮方林

曲復曲兮煙莊邃、行復行兮天路長↑16江淹「別賦」怨復怨兮遠山曲、去復去兮長河湄

「江中望月」延照相思夕、千里共霑裳裾↑13謝莊「月賦」美人邁兮音塵闕、隔千里兮共明月

「送梓州高參軍還京」京洛風塵遠↑24陸機「爲顧彥先贈婦・其一」京洛多風塵、素衣化爲緇

「西使兼送孟學士南游」零雨悲王粲↑23王粲「贈蔡子篤詩」翼翼飛鸞、載飛載東、我友云徂、言戾舊邦／風流雲散、一別如雨

「還赴蜀中貽示京邑游好」關山起夕霏↑22謝靈運「石壁精舍還湖中作」林壑斂暝色、雲霞收夕霏

「初夏日幽莊」風烟鳥路長↑26謝朓「暫使下都夜發新林至京邑贈西府同僚」風雲有鳥路、江漢限無梁

○駱賓王（『駱臨海集箋注』清・陳熙晉箋注、中華書局、一九七二年）

「望月有所思」如鏡寫珠胎↑8揚雄「羽獵賦」剖明月之珠胎

自繞南飛羽↑27曹操「短歌行」月明星稀、烏鵲南飛、繞樹三匝、何枝可依

空忝北堂才↑30陸機「擬古詩・擬明月何皎皎」安寢北堂上、明月入我牖、照之有餘暉、攬之不盈手

「早發諸暨」征夫懷遠路↑29蘇武「詩・其四」征夫懷遠路（其三「征夫懷往路」）

「晚泊江鎭」四運移陰律↑22殷仲文「南州桓公九井作」四運雖鱗次［李善注］莊子黃帝曰、陰陽四時、運行各得其序。

轉蓬驚別渚〈緖〉↑29曹植「雜詩・其二」轉蓬離本根、飄颻隨長風

魂飛灞陵岸←23王粲「七哀詩・其一」南登霸陵岸、迴首望長安
淚盡洞庭流〈秋〉←32屈原「九歌・湘夫人」帝子降兮北渚、目眇眇兮愁予、嫋嫋兮秋風、洞庭波兮木葉
下

「秋晨同淄川毛司馬秋九詠・秋蟬」噪柳異悲潘←13潘岳「秋興賦」蟬嘒嘒而寒吟兮、鴈飄飄而南飛
「途中有懷」莫言無皓齒、時俗薄朱顏←29曹植「雜詩・其四」時俗薄朱顏、誰爲發皓齒
「北眺春陵」詞殫獨撫膺←28謝靈運「會吟行」辭殫意未已／陸機「梁甫吟」慷慨獨拊膺（『樂府詩集』卷四一）
「冬日宴」何須攀桂樹、逢此自留連←33劉安「招隱士」攀援桂枝兮聊淹留
「浮槎〈查〉」徒懷萬乘器、誰爲一先容←39鄒陽「獄中上書自明」蟠木根柢、輪囷離奇、而爲萬乘器者、何則、以左
右先爲之容也
「賦得春雲處處生」非將吳會遠、飄蕩帝鄉情←29曹丕「雜詩・其二」吳會非我鄉、安能久留滯
「渡瓜步江」驚濤疑躍馬←34枚乘「七發」沌沌渾渾、狀如奔馬
不學浮雲影、他鄉空滯留←29曹丕「雜詩・其二」西北有浮雲、亭亭如車蓋、惜哉時不遇、適與飄風會、
吹我東南行、南行至吳會、吳會非我鄉、安能久留滯
「陪潤州薛司空丹徒桂明府遊招隱寺」還依舊泉壑、應改昔雲霞←22謝靈運「石壁精舍還湖中作」林壑斂暝色、雲霞
收夕霏
「月夜有懷簡諸同病〈寮〉」棲枝猶繞鵲（「望鄉夕泛」今夜南枝鵲、應無繞樹難）←27曹操「短歌行」月明星稀、烏鵲南飛、
繞樹三匝、何枝可依
可歎高樓婦、悲思杳難終←23曹植「七哀詩」明月照高樓、流光正徘徊、上有愁思婦、悲
歎有餘哀

「秋日送別」搖落歳時秋↑33宋玉「九辯」悲哉秋之爲氣也、蕭瑟兮草木搖落而變衰
「從軍行」平生一顧重↑30謝朓「和王主簿怨情」生平一顧重
「晩度天山有懷京邑」坐憐衣帶賒↑29「古詩十九首・其二」衣帶日已緩
「在軍中贈先還知己」別後邊庭樹、相思幾度攀↑29「古詩十九首・其九」庭中有奇樹、綠葉發華滋、攀條折其榮、
　将以遺所思
「從軍中行路難」棄置勿重陳↑28劉琨「扶風歌」弃置勿重陳（※李善注にある29曹丕「雜詩・其二」の「棄置勿復陳」も指摘する必要がある。）
「蓬萊鎭」承冠泣二毛↑13潘岳「秋興賦」斑鬢髟以承弁兮、素髮颯以垂領／「序」余春秋三十有二、始見二毛

先に擧げた徐尚定論文では、初唐四傑における具體的な『文選』接受資料としては、「物色」を取り上げるのみであったのに對して、本書では以上のようなより多くの具體例が指摘されている。これによって四傑の『文選』接受の實態解明を前進させたことは確かである。しかし、これで全てとは思えない。楊炯の擧例の後だけには「等等」とあるが、他はこれだけなのであろうか。王勃の詩九十五首中の十二首十三箇所では、それほど多いとは言えないし、駱賓王の「賦得白雲抱幽石」はなぜ取り上げないのか、よくわからない。著者も參考にしたであろう各人の詩集の注釋書や倪木興選注『初唐四傑詩選』（人民文學出版社、二〇〇一年）などを見れば、もっと多くの指摘が可能である。なぜ著者がこれだけの指摘に止めたのか選擇の基準を明確にしてほしかった。實は、このような指摘を行うにあたっては、この基準作りが重要なポイントとなり、最も惱ましい問題だからである。細かなことを言えば、王勃詩の配列順は不明（『全唐詩』卷五五・五六は『王子安集』と同じ）、楊炯詩は集（點校本は四部叢刊本『楊盈川集』と同じ）ではなく、『全唐詩』卷五〇の配列順、駱賓王詩も『全唐詩』卷七七～七九の配列順（四部叢刊本『駱賓王文集』や『駱臨海集箋注』とは異なる）、盧照鄰詩は「三月曲水宴得樽字」と「早度分水嶺」が前後入れ替わっているほかは集の配列順（點校本、四

部叢刊本『幽憂子集』、『全唐詩』巻四一・四二ほぼ同じ）で、指摘も校注本に基づいている。字句の異同も關係してくるので、四傑、『文選』それぞれの底本を明記する必要があろう。また誤字が散見するのも殘念である。この作業は重要な根據となるものなので、緻密であることが望まれる。

ついで、駱賓王「帝京篇」が『文選』の京都賦とそれから派生した鮑照「蕪城賦」（分類は「遊覽」）、阮籍「詠懷詩」、左思「詠史詩」の影響を受けていること、盧照鄰「長安古意」が左思「詠史詩・其四」の影響を受けた作品であることを述べる。

第三章　李白「三擬『文選』」について

唐・段成式『酉陽雜俎』（前集巻一二「語資」）に、李白が三度『文選』作品の模擬を試み、氣に入らなかったので「恨賦」「別賦」だけを殘して、全て焼いたという話（白前後三擬詞選、不如意、悉焚之。唯留恨・別賦。）が記載されている。なお、江淹「恨賦」に模擬した「擬恨賦」が現存する。本章の題はこの話に基づく。

まず、先の朱熹の跋文、元・明・清の詩話、及び『李白全集校注匯釋集評』（百花文藝出版社、一九九六年）の詹鍈「前言」、松浦友久「李白研究的劃時代成果」（『古籍整理出版情況簡報』、一九九八年）、周勛初「李白〝三擬《文選》〟說闡微」（『鄭州大學學報』哲學社會科學版、二〇〇六年）などをもとに、『酉陽雜俎』の話は小說ではあるが、李白の『文選』接受の實態を反映したものであると述べ、從來の研究情況を概括する。その上で、李白の文學思想という觀點から、『文選』接受の要因と特徴の解明を試みる。第二節では、先秦から南朝までの作家作品との關係を時代別に考察し、第三節では、「古風」詩、樂府詩など詩體別の考察を行う。特筆すべきは、これらの分析の根據となるべき三十頁に及ぶ「李詩證選」（附錄一）が作成されていることである。李白が接受したと思われる屈原・宋玉から沈約・徐悱に至るまでの『文選』所收作品を列擧したものであり、「杜詩證選」「韓詩證選」を著した李詳の「文選學」の缺を補う新たな成果と言えよう。

先秦から南朝までの『文選』に収録されている作者が、李白詩の中では以下のように取り上げられているという。屈原の文學才華への敬慕と不幸への同情、宋玉の文才とりわけ「高唐賦」の巫山雲雨への稱贊が多く見られると指摘するが、『文選』接受の状況という觀點からすれば、屈原・宋玉の『文選』所収作品と、それ以外の『楚辭』作品接受との比較も行う必要があろう。

兩漢の作者作品については次のように指摘する。賈誼への言及が最も多く、懷才不遇の人生に共鳴して李白が自らに喩えている。次に多い司馬相如に關しては、賦才に敬服する一方、賦を得意として功績にしていることに批判的である。揚雄について李白が最も關心を寄せていたのは、『太玄經』と獻賦である。枚乘の「七發」に習熟し、張衡「四愁詩」、禰衡「鸚鵡賦」に興味を持っていた。

魏晉の作家では、李白が詩の中で取り上げるのは特に陶淵明と阮籍であり、彼らの個性的氣質に對して強い關心を寄せていたと指摘し、『文選』が曹植・陸機の作品を多く採録していることから、李白と蕭統の文學觀に差異があることがわかるという。しかし、李白が取り上げている詩人のことだけから、結論を導き出すことはできない。著者自身が作成した「李詩證選」を見れば、多い順に曹植十六例、陸機十一例、左思九例、郭璞九例、張協八例、潘岳五例と續き、陶淵明と阮籍は三例である。これによれば、『文選』の採録數と李白の引用數はほぼ一致している。『文選』接受を論じるのであれば、このことについて言及しなければならないであろう。

南朝については、二謝（謝靈運、謝朓）、顏鮑（顏延之、鮑照）に關心が集中していて、その四人を繰り返し詠じているという。これは、「李詩證選」の謝靈運三十例、謝朓十五例、鮑照十三例、江淹十一例、顏延之七例、謝惠連四例、任昉四例の順と符合する（江淹は「雜體詩」の引用が多く、對照となった各詩人への關心についても考慮が必要）。謝靈運は山水を好んだこと、謝朓は政治的境遇が李白と類似していて精神的に共鳴するものがあったのだという。

これらの分析を踏まえた上で、第二節の最後に、徐健順「論李白的文學思想及其歴史地位」（茆家培・李子龍主編『謝朓與李白研究』人民文學出版社、一九九五年）にある李白詩歌の王琦注引歴代詩人作品（語典）の引用回數と比較して、四點を結論とする。それは次のように要約できる。

1.「古風」其一に見られる「復古」文學の主張と詩に現れる歴代詩人の文學觀念の間に矛盾が存在するが、後者の方が李白の文學思想を眞相を反映したものである。

2. 詩に取り上げた歴代詩人と詩語の引用回數の多少との不一致は、李白の評價が文才のみならず個性や生き様にまで及んでいること、理論と創作實踐が完全には一致していないことを物語っている。

3. 李白が詩に取り上げた歴代詩人は、『文選』作家の作品であり、李白の詩語は『文選』作家の作品を典據としていて、その大部分は『文選』の中に見いだせる。李白の『文選』接受は科擧を目的としたものではなく、彼の文學思想に基づくものであり、『文選』編者の文學觀と圖らずも一致している。

4.『文選』に採錄された作家百三十人の內、李白の詩に取り上げられたのは三十人前後、詩歌創作の資源として利用されたのは六十人前後の作品に過ぎず、その數は杜甫とは比べものにならない。このことは、李白の『文選』接受が彼自身の個性による取捨選擇であり、主觀的傾向が突出していることを物語る。また、李白の『文選』接受は、杜甫のような自覺に基づく意識的なものではないといえる。

これらの結論は異を唱えるべきものではないが、李白が取り上げた先秦から南朝までの作家の特徵分析と、『文選』接受との關係が曖昧になっているのは殘念である。そもそも詩語の面での『文選』接受と、文學思想面での『文選』の影響を同一レベルで論じるのは無理なのではなかろうか。特に後者の方向から『文選』接受の實態に迫ることができるのであろうかという疑問も生じる。また、前者の方向から『文選』接受を論じるに際に最も有效に活用できると思われる著者自身の勞作「李詩證選」が活用されていないのはなぜなのであろうか。

第三節では、「古風」詩について先行研究を整理した上で、『文選』の傳統を基礎に創作されたものだとして、(1)「古詩十九首」を代表とする漢代古風を繼承、(2)『文選』の魏晉の詠史・遊仙・詠懷類の五言古體の影響の二點を指摘する。これは概ね著者の擧げる元・明・清の詩話や、「古風」詩の詩語の典據からも裏附けられる。因みに、著者の「李詩證選」で「古風」詩に引かれる『文選』作品の數は、「古詩十九首」六例、江淹「雜體詩」六例、郭璞「遊仙詩」五例、曹植作品四例などとなっている。また、李白の樂府詩における『文選』接受では、鮑照・陸機の作品が多く模擬されていて、李白が鮑照を推賞していたことと一致するという。これは著者自身も述べているように、先人の研究ですでに明らかにされていることである。

第四、五章　杜甫の「熟精せよ『文選』の理」を論じる

杜甫は、次男宗武の誕生日に際し、

詩是吾家事　詩は是れ吾が家の事
人傳世上情　人は傳ふ世上の情
熟精文選理　熟精せよ文選の理
休覓彩衣輕　覓《もと》むるを休《や》めよ彩衣の輕きを（「宗武生日」）

と、『文選』に精通せよと言い、「水閣朝霽奉簡雲安嚴明府」（水閣の朝霽に雲安の嚴明府に簡し奉る）詩でも、

呼婢取酒壺　婢を呼びて酒壺を取らしめ
續兒誦文選　兒に續《つ》がしめて文選を誦せしむ

と、實際に子供に『文選』を暗誦させていた。

この二章では、「熟精せよ『文選』の理」といい、唐代詩人の中で『文選』を最も積極的に接受されたと言われて

いる杜甫の詩と『文選』の關係について論じる。

まず、南宋・張戒『歲寒堂詩話』をはじめとする淸までの詩話、李詳「杜詩證選」、金啓華「廣杜詩證選」（『杜甫詩論叢』上海古籍出版社、一九八五年）、吳懷東『杜甫與六朝詩歌關係硏究』（安徽教育出版社、二〇〇二年）、韓泉欣「爲杜詩『熟精《文選》理』進一解」（『浙江大學學報』人文社會科學版、二〇〇三年）など近人の硏究を整理し、杜甫の『文選』接受について、更に廣くかつ深く考察することの必要性を述べる。

第四章第二節では、杜甫が『文選』を直接に詠んだ詩（先の二つの詩）、『文選』所收の作品を詠んだ詩、『文選』所收の作家を詠んだ詩の三方面から個別の具體例を列擧しながら檢討する。その結果、杜詩には『文選』の詩・賦・文約三十篇が詠み込まれ、四十人餘の作家が取り上げられていることを指摘する。また、「屈宋」（屈原・宋玉）、賈誼、揚雄、司馬相如、李陵・蘇武、曹植（杜甫が尊崇し偶像視していたと指摘）、劉楨、王粲（特に「登樓賦」）、嵆康、阮籍、潘岳、陸機、顏鮑（顏延之・鮑照）、二謝（謝靈運・謝朓）、沈約、任昉等等、『文選』を代表する詩人たちの生涯、人となり、詩才、德操が多く詠じられていて、そこから杜甫の『文選』編者に近い文學史觀が見いだせるという。

第三節では、杜甫がどのように『文選』を接受したのか、その具體的な方法について語句と情趣の二方面から考察を行う。杜詩と屈原、宋玉、僞蘇武、僞李陵、「古詩十九首」、曹植、阮籍、嵆康、潘岳、陸機、鮑照、謝靈運、謝朓の詩句を對照した十三表を作成して詳細な檢討がなされていて、本書の中で特筆すべき箇所である。

語句分析は、「用韻」「使字」「用句」の三點について分析する。中でも、「使字」「用句」の分析は興味深く、杜甫の「點鐵成金」「脫胎換骨」の方法をよく物語るものとなっている。例えば、「使字」の擧例を整理すると次のようである。

・波瀾　「敬贈鄭諫議十韻」毫髮無遺憾、波瀾獨老成

←卷一七、陸機「文賦」或沿波而討源、……或龍見而鳥瀾

・冥捜　「同諸公登慈恩寺塔」方知象教力、足可追冥捜
「敬贈鄭諫議十韻」多病休儒服、冥捜信客旌
「送韋十六評事充同谷防禦判官」論兵遠壑靜、亦可縱冥捜
↑巻一一、孫綽「遊天台山賦・序」非夫遠寄冥捜、……何肯遙想而存之

・掛（挂）席　「苦雨奉寄隴西公兼呈王徵士」掛席釣川漲
「奉贈射洪李四丈」掛席窮海島
↑巻一二、木華「海賦」維長綃、挂帆席。巻二二、謝靈運「遊赤石進帆海」挂席拾海月

・敦
「示從孫濟」勿受外嫌猜、同姓古所敦
↑巻三七、曹植「求通親親表」誠骨肉之恩、爽而不離、親親之義、寔在敦固

・闌風伏雨　「秋雨歎三首・其二」闌風伏雨秋紛紛
↑巻二六、謝靈運「永初三年七月十六日之郡初發都」述職期闌暑。巻二九、張協「雜詩十首・其十」階下伏泉涌

・活活　「九日寄岑參」所向泥活活
↑巻二二、謝靈運「登石門最高頂」活活夕流駛

「用句」の擧例（曹植の句を改變したもの）
「橋陵詩」好鳥鳴巖扃↑「公讌詩」好鳥鳴高枝
「北征」鴟鳥鳴黄桑↑「贈白馬王彪」鴟梟鳴衡扼
「留花門」原野轉蕭瑟↑「贈白馬王彪」原野何蕭條
「贈王二十四御契」置酒高林下↑「箜篌引」置酒高殿上

「到村」歸來散馬蹄↑「白馬篇」俯身散馬蹄
「遭田父泥飲（美嚴中丞）」名在飛騎籍↑「白馬篇」名編壯士籍

更に、『文選』の賦や散文の句（「散句」）を詩語（「韻語」）とした例を擧げる。

「對雪」急雪舞迴風↑「洛神賦」飄颻兮若流風之迴雪
「渼陂行」馮夷擊鼓群龍趨↑「洛神賦」馮夷鳴鼓
　湘妃漢女出歌舞↑「洛神賦」從南湘之二妃、攜漢濱之游女
「（自京赴奉先縣）詠懷五百字」葵藿傾太陽、物性固難奪
　↑「求通親親表」若葵藿之傾葉、太陽雖不爲之迴光、然終向之者、誠也
「覽鏡呈柏中丞」起晩堪從事↑巻四三、嵆康「與山巨源絶交書」臥喜晩起、……一不堪也

「使字」の例は、比較的初期の作品で『杜詩詳注』にも指摘されているものであるが、「用句」と「散句」を「韻語」とする例には、成都時期や夔州期の作もあり、『杜詩詳注』に指摘がないもの（「北征」、「贈王二十四御契」、「對雪」）もある。

「意象分析」では、屈原・宋玉、曹植、阮籍・嵆康、潘岳・陸機、鮑照、謝朓を取り上げる。屈原の「衆人皆醉我獨醒」と宋玉の「悲秋」、曹植の「轉蓬」、阮籍の「窮途」と嵆康の「龍性」、潘岳の「秋興賦」「閑居賦」（特に「養拙」）が杜甫に多大な影響を與えているが、陸機に對する情感は少ないという。中では、鮑照と謝朓に對する分析が興味深い。鮑照は庾信に次いで杜甫が關心を寄せていた詩人であり、賦の手法を使って詩を作り、古典的色彩の比興を採用し、自己の志や行いの高潔さを表現して、慷慨磊落の氣など、個人の複雑な心理體驗の美的な情趣をを充滿させたと言い、杜甫は、このような鮑照が創造した表現を大量に使用していると指摘する。例えば、巻二八「代白頭吟」直如朱絲繩、清如玉壺冰の「直絲繩」「玉壺冰」の情趣

→「送韋諷上閬州錄事參軍」喜見朱絲直、「寄嶽州賈司馬六丈巴州嚴八使君兩閣老五十韻」朱絲有斷弦、「椶拂子」擢擢朱絲蠅、「贈李十五丈別」正直朱絲弦

→「贈特進汝陽王二十二韻」檐動玉壺冰、「湖中送敬十使君適廣陵」冰置玉壺多、「入奏行贈西山檢察使竇侍御」炯如一段清冰出萬壑、置在迎風寒露之玉壺、「槐葉冷淘」萬里露寒殿、開冰清玉壺

卷二七「還都道中作」騰沙鬱黃霧、飜浪揚白鷗の「白鷗」の情趣

→「奉贈韋左丞丈二十二韻」白鷗沒浩蕩、「獨立」河開雙白鷗、「雲山」白鷗元水宿、「遣意・其一」泛渚白鷗輕、「去蜀」殘生隨白鷗、「秋興八首・其六」錦纜牙檣起白鷗、「朝二首・其二」野靜白鷗來、「雨四首・其四」江晚白鷗飢、「旅夜書懷」天地一沙鷗

卷二八「東武吟」昔如韝上鷹

→「贈韋左丞丈濟」老驥思千里、飢鷹待一呼

である。また、謝朓については、杜甫が『文選』卷二六「暫使下都夜發新林至京邑贈西府同僚」の「大江流日夜」を使って、「成都府」大江東流去、「旅夜書懷」月湧大江流、「別贊上人」百川日東流などと詠じている例を擧げる。そして、杜甫は謝朓の生涯にそれほどの思い入れはなく、謝朓の「吏隱」は杜甫の志向とは合わないと言い、「曲江對酒」詩の「吏情更覺滄洲遠、老大悲傷未拂衣」では、謝朓の「既懽懷祿情、復協滄州趣」（『文選』卷二七「之宣城出新林浦向版橋」）を逆の意で使用していることを指摘する（後句は『文選』卷一九、謝靈運「述祖德詩・其二」の「拂衣五湖裏」を逆の意で使用）。

第五章では、詩話などで指摘される杜詩の漢魏體、鮑照體などの論と、「熟精『文選』理」の「理」の解釋について先人の見解を整理する。「熟精『文選』理」の意味については、次の三點にまとめる。

一、「文選序」と『文選』編目に具現されている蕭統などの編者の文學觀及び審美眼を指す。

二、杜甫が創作實踐の中で具現した『文選』作品に關する創作技巧、創作の法則を指し、それは形式、内容の兩面を含む。この場合、「理」の字は「法」「意」と相關關係にあり、それを内包する。
三、杜甫の子供の教育面での戒めであり、「理」の字は何も指さず、その意味を強いて解釋する必要はなく、當時の『文選』を讀むことを尊ぶ風氣を表す。

これらは、宋代以降近人に至るまでの議論を集約したものである。

本書の中では、この杜甫の『文選』接受が最も大きな比重を占め、考察も詳細であるが、以下の二つの點について、何も言及されていないのが殘念である。その一つは、かつて吉川幸次郎氏が指摘された『文選』李善注のことである。

いったい杜甫の詩は、「一字として來歴無きは無し」といわれますように、なにか歴史のある言葉を常に使いたがるのであり、中でもことに杜甫がしばしば語彙の源泉としますのは、「文選《もんぜん》」であります。「文選」三十巻は、漢魏六朝時代の詩文の權威的なアンソロジーであり、その内容となる五百篇ばかりの詩と文章は、いずれも極度の美文でありまして、讀みにくく暗誦しにくいものでありますが、杜甫はその全部を暗誦していたと見うけます。單に本文の全部を暗誦していたばかりではなく、「文選」の注釋としては、李善《りぜん》という人の書きました注釋が權威ですが、この李善のむすこの李邕《りよう》は、杜甫の若い頃の先生でありました。そうした關係も手つだって、杜甫は「文選」を、李善の注釋をもふくめて、あたかも嚢中に物をさぐるごとく暗記していたと、推測してまちがいないと思う資料を、今日くわしくは申すひまがありませんが、私はもっております。そうしたことから、杜甫の詩の語彙は、もっともしばしば「文選」から出ます。またその語を使った「文選」の作品を想起することによって、杜甫の句ははじめて完全に理解されるという場合が、しばしばであります。（「杜甫の詩論と詩」―京都大學文學部最終講義―、一九六七年二月一日口述、『吉川幸次郎全集』第十二卷、筑摩書房、一九六八年）

吉川氏の指摘以來、すでに五十年近くになるが、李善注との關係はまだ詳細には論じられていない。

もう一つは、先に擧げた朱熹の指摘である。これは、著者自身も第四章の「研究概況」の中で引用している。

杜子美詩好者、亦多是效選詩。漸放手、夔州諸詩則不然也。（『朱子語類』巻一四〇「論文下」）

杜甫の夔州時代の作品からは『文選』離れが見られるという。こちらは八〇〇年以上も前の指摘だが、いまだ解明されてはいない。杜詩と『文選』の關係を論じるにあたっては、この二つは避けて通れない課題であり、この點への言及があってはじめて研究の新たな展望が開けると思う。

第六章　『文選』と韓愈の詩歌創作

まず、宋代以降の詩話や韓愈詩の注釋を具體例を擧げながら検討し、韓愈の詩歌と『文選』の關係が明らかであることを指摘し、近人の研究では李詳「韓詩證選」以外にこれに關する論述が少ないという。

次いで第二節で韓愈の奇拔な詩風と『文選』の賦作品との關係について考察する。清・沈德潛（『歸愚文鈔』巻一五「與陳恥庵書」）は韓愈の詩が漢賦に基づくと言い、夏敬觀「說韓」（錢仲聯『韓昌黎詩繫年集釋』上海古籍出版社、一九八四年）では韓愈の詩の駢字は司馬相如・揚雄から出るというが、漢賦だけではなく、魏晉、南朝の賦にも基づき、駢字だけではなく、用句、用意も司馬相如・揚雄から出ているので、『文選』の賦が韓愈の奇拔な詩風形成の主要な淵源であると指摘する。漢賦、魏晉南朝の賦に基づく例が多數記してあるが、ここでは、著者の示す魏晉南朝の賦との關係を示す數例を擧げる。

「和崔舍人詠月二十韻」赫奕當躔次↑11何晏「景福殿賦」赫奕章灼、若日月之麗天也
「詠雪贈張籍」誤雞宵呃喔↑9潘岳「射雉賦」良遊呃喔、引之規裹
　　興與酒陪鰓↑9潘岳「射雉賦」敷藻翰之陪鰓〈徐爰注〉陪鰓、奮怒之貌也
「送靈師」靈師皇甫姓、胤冑本蟬聯↑5左思「吳都賦」蟬聯陵丘〈劉逵注〉蟬聯、不絕貌

「嶽陽樓別竇司直」喧聒鳴甕盎↑12郭璞「江賦」千類萬聲、自相喧聒
「元和聖德詩」滌濯剗磢↑12木華「海賦」飛澇相磢〈李善注〉郭璞方言注曰、漺、錯也。漺與磢同
「辛卯年雪」白帝盛羽衞、鬖髿振裳衣↑12郭璞「江賦」綠苔鬖髿乎研上〈李善注〉通俗文曰、髮亂曰鬖髿
「憶昨行和張十一」竝召賓客延鄒枚↑13謝惠連「雪賦」召鄒生、延枚叟
「感春五首」已呼孺人戛鳴瑟、更遣稚子傳淸杯↑16江淹「恨賦」左對孺人、顧弄稚子

などの多數の具體例を擧げ、以下の二點を指摘する。

一、韓愈の『文選』の賦の接受は、廣範圍にわたっていて『文選』所收の賦作品の大部分に及んでいる。

二、賦の駢字難字を直接使用、句法を取る、句意を使うなど、『文選』の賦を詩歌に取り込む技法に多樣性がある。

多くの擧例によって韓愈の『文選』接受が廣範圍で多樣性のあるものであったことがよく分かる。ただ、引用された『文選』の作者名・作品名に誤記が散見するのは殘念である。

第三節では、韓愈の『文選』詩の接受について具體例を擧げて檢討し、韓愈が漢魏詩と鮑謝（鮑照・謝靈運）詩を重要視していたことを指摘する。また、『文選』の文からは何も取り入れていないのは、韓愈の主導した古文運動と關係があると述べる。

韓愈の『文選』接受についての論述は大變興味深い内容を含んでいるが、欲を言えば、著者が引用している朱熹の「跋病翁先生詩」に記されている「韓變多」とはどういうことなのか、この點について言及してほしかった。それは「柳變少」とも關係があり、柳宗元の『文選』接受との比較が不可缺であろう。

最後に、唐代詩人の『文選』接受が、『文選』の中國古典文學史上の「文學經典」としての地位を確固たるものにしたこと、それは理論によってではなく、文學創作の具體的な實踐を通して行われたものであることを述べて結語とする。

以上、隨處にいささか勝手な意見を記し、欲張りにも思える課題を示したが、これもすべて「『文選』與唐人詩歌創作」という壯大なテーマに敢えて挑戰された著者への感嘆から發したものである。ご寛恕願いたい。

『文選』が中國古典文學の型になるにあたっては、唐初の「文選學」、中でも李善注が詩文創作に與えた影響、そして何より李白、杜甫などの詩文創作への實踐的な活用が大きく作用している。今回取り上げた林英德氏の著書は後者に對する研究への一歩を踏み出すものだと思う。更に、「文選學」全體には、進展させなければならない大きな課題がある。以下に一九九〇年代半ば頃からの『文選』關係著書（○研究書、□譯書・索引等、☆『文選』諸本、△研究書集成・舊著の影印・點校、※日本書）を記す。

○文選學論集（一九九二年選學國際學術研討會論文集）　趙福海主編　時代文藝出版社　一九九二年六月　［第一回の文選國際學術研討會の論文集は、一九八八年六月に吉林文史出版社から刊行された、趙福海・陳宏天・陳復興・王春茂・吳窮編『昭明文選研究論文集（首屆昭明文選國際學術研討會論文集）』である。］
○文選導讀　屈守元著　巴蜀出版　一九九三年九月
□昭明文選譯注（全五冊）　陳宏天・趙福海・陳復興主編　吉林文史出版社　一九八七年九月〜一九九四年一一月
□文選全譯（全五冊）　張啓成・徐達等譯注　貴州人民出版社　一九九四年一一月
□昭明文選斠讀（上、下）　游志誠・徐正英著　駱駝出版社　一九九五年七月
○昭明文選學術論考　游志誠著　臺灣學生書局　一九九六年三月
□文選詩部探析　王令樾著　國立編譯館　一九九六年七月
□新譯昭明文選（全四冊）　周啓成等注譯　三民書局　一九九七年四月
○文選學新論（一九九五年文選學國際學術研討會論文集）　中國文選學研究會・鄭州大學古籍整理研究所編　中州古籍出

版社　一九九七年一〇月
○中外學者文選學論集（上、下）　鄭州大學古籍所編　中華書局　一九九八年八月
△清代文選學珍本叢刊（第一輯）　李之亮校點　中州古籍出版社　一九九八年一〇月（清・王煦「昭明文選李善注拾遺」、清・徐攀鳳「選注規李」、「選學糾何」の校點）
□中外學者文選學論著索引　俞紹初・許逸民主編　中華書局　一九九八年一二月
○昭明文選研究　穆克宏著　人民文學出版社　一九九八年一二月
○昭明文選　穆克宏著　春風文藝出版社　一九九九年一月
※文選李善注の研究　富永一登著　研文出版　一九九九年二月
※文選の研究　岡村繁著　岩波書店　一九九九年四月
※新文選學──『文選』の新研究──　清水凱夫著　研文出版　一九九九年一〇月
○敦煌本《昭明文選》研究　羅國威著　黑龍江教育出版社　一九九九年一〇月
△文選旁證（上、下）　清・梁章鉅撰　穆克宏點校　福建人民出版社　二〇〇〇年一月
○昭明文選注析　王友懷・魏全瑞主編　三秦出版社　二〇〇〇年一月
○《昭明文選》研究　傅剛著　中國社會科學出版社　二〇〇〇年一月
○文選詩研究　胡大雷著　廣西師範大學出版社　二〇〇〇年四月
○敦煌本《文選注》箋證　羅國威箋證　巴蜀書社　二〇〇〇年五月
☆敦煌吐魯番本文選　饒宗頤編　北京中華書局　二〇〇〇年五月
☆唐鈔本文選集註彙存（全三冊）　周勛初纂編　上海古籍出版社　二〇〇〇年七月　集注本の影印
○文選版本研究　傅剛著　北京大學出版社　二〇〇〇年九月

※『文選』陶淵明詩詳解　長谷川滋成著　溪水社　二〇〇〇年一〇月
○《昭明文選》與中國傳統文化―第四屆文選學國際學術研討會論文集　趙福海・劉琦・吳曉峰主編　吉林文史出版社　二〇〇一年六月
※沈思と翰藻―『文選』の研究―　小尾郊一著作選Ⅰ　研文出版　二〇〇一年九月
※日本國内に現存する文選古鈔本の原本調査に基づく文選訓讀についての總合的研究（平成9年度～平成12年度科學研究費基盤研究（C）（2）研究成果報告書）　小助川貞次著　二〇〇二年三月
○文選與文選學―第五屆文選學國際學術研討會論文集　中國文選學研究會編　學苑出版社　二〇〇三年五月
○文選版本論稿　范志新著　江西人民出版社　二〇〇三年九月
○現代『文選』學史　王立群著　中國社會科學出版社　二〇〇三年一〇月
☆文選（全三〇冊）　北京圖書館出版社　二〇〇四年二月　北京圖書館藏尤本の影印（中華再造善本）
※文選李善注語釋索引　山崎健司編　熊本縣立大學文學部研究叢書4　二〇〇四年三月
○文選學纂要　屈守元著　華正書局　二〇〇四年六月
□文選名篇　曹道衡・兪紹初・笪遠毅主編　江蘇人民出版社　二〇〇四年九月
△文選雙字類要（全二冊）　宋・蘇易簡撰　北京圖書館出版社　二〇〇四年一二月（中華再造善本）
○文選版本擷英　范志新著　貴州人民出版社　二〇〇四年一二月
○《文選》編輯及作品系年考證　韓暉　群言出版社　二〇〇五年一月
○《文選》成書研究　王立群著　商務印書館　二〇〇五年二月
○隋唐文選學研究　汪習波著　上海古籍出版社　二〇〇五年四月
○文選講讀　胡曉明著　華東師範大學出版社　二〇〇六年三月

△文選平點（重輯本　上、下）　黄侃著　黄延祖重輯　中華書局　二〇〇六年五月
〇《文選・賦》聯綿詞研究　郭瓏著　巴蜀書社　二〇〇六年八月
☆文選（全二四冊）　北京圖書館出版社　二〇〇六年八月　北京圖書館藏北宋殘卷本の影印（中華再造善本）
△文選箋證（上、下）　淸・胡紹煐撰　蔣立甫校點　黄山書社　二〇〇七年三月
〇文選論叢　顧農著　廣陵書社　二〇〇七年九月
〇中國文選學―第六屆文選學國際學術研討會論文集　中國文選學研究會・河南科技學院中文係編　學苑出版社　二〇
〇七年九月
〇《文選注》修辭訓詁研究　喬俊傑著　黑龍江人民出版社　二〇〇七年一〇月
〇《昭明文選》研究發展史　王書才著　學習出版社　二〇〇八年二月
☆日本足利學校藏宋刊明州本六臣注文選　人民文學出版社　二〇〇八年三月
〇明淸文選學述評　王書才著　上海古籍出版社　二〇〇八年八月
〇《文選》編纂研究　胡大雷著　廣西師範大學出版社　二〇〇九年四月
〇李善文選學研究　趙昌智・顧農主編　廣陵書社　二〇〇九年四月
〇《文選》李善注與五臣注比較研究　陳延嘉著　吉林文史出版社　二〇〇九年七月
〇文選綜合學　游志誠著　文史哲出版社　二〇一〇年四月
〇宋代文選學研究　郭寶軍著　中國社會科學出版社　二〇一〇年九月
△文選學研究（全三冊）　南江濤選編　國家圖書館出版社　二〇一〇年一一月　一九二三年から一九四九年までの
『文選』關係論文の影印
〇第八屆文選學國際學術研討會論文集　趙昌智・顧農主編　廣陵書社　二〇一〇年一二月

○『文選』李善注語言學研究　賀菊玲著　中國社會科學出版社　二〇一一年七月
○《文選》詮釋研究　馮淑靜著　中國社會科學出版社　二〇一一年八月
○錢鍾書文選學述評　陳延嘉　吉林文史出版社　二〇一一年八月
☆唐鈔本文選集註彙存（全三冊）再版增補版　周勛初纂編　上海古籍出版社　二〇一一年八月（初版は二〇〇〇年七月）
　集注本の影印
△重訂文選集評（全三冊）　清・于光華撰　國家圖書館出版社　二〇一二年一一月　影印本
○文選評點述略　王書才著　上海古籍出版社　二〇一二年一一月
○《文選》評點研究　趙俊玲著　上海古籍出版社　二〇一三年一月
○文選文研究　李乃龍著　廣西師範大學出版社　二〇一三年二月
○《文選》與唐人詩歌創作　林英德著　北京知識產權出版社　二〇一三年三月
△《文選》研究文獻輯刊（全六〇冊）　宋志英・南江濤選編　國家圖書館出版社　二〇一三年四月　宋から清朝まで
　の『文選』關係資料を影印
○文選顏鮑謝詩評補　黃稚荃著　林孔翼校　上海古籍出版社　二〇一三年六月
○《昭明文選》音注研究―以李善音注爲中心―　李華斌著　巴蜀書社　二〇一三年六月
○文選資料彙編賦類卷（上、下）　劉志偉主編　北京中華書局　二〇一三年八月
△清代文選學名著集成（全二〇冊）　許逸民編　廣陵書社　二〇一三年一一月
△新校訂六家注文選（全六冊）　俞紹初・劉群棟・王翠紅點校　鄭州大學出版社　二〇一三年一二月
○第十屆文選學國際學術研討會論文集　王立群等編　河南大學出版社　二〇一四年八月
○清代文選學研究　王小婷著　上海學術出版社　二〇一四年九月

○古抄本《文選集注》研究　金少華著　浙江大學出版社　二〇一五年四月
○唐宋文選學史話　丁紅旗　上海人民出版社　二〇一五年七月

これを見れば、現在の『文選』研究情況が一覧でき、おのずから見えてくる課題もあるであろう。一つの大きな課題は、注釋も含めた『文選』定本の作成である。古寫本を含めて數多くの『文選』諸本、研究書の集成がほとんど刊行され、『文選』所收作家の校注本も陸續と出版されているので、その環境はほぼ整ってきた。定本が完成すれば、『文選』研究の全ての進展に大いに貢獻するだけでなく、中國古典文學全體の研究にも大いに資することは疑いない。もう一つは、當然ながら、『文選』所收作品自體の解釋である。日本では、この三十餘年間、新しい研究成果が盛り込まれた『文選』そのものの解釋の見直しはなされていないし、中國の現代語譯にも研究成果が反映されているとは言いがたい。これまた、中國古典文學研究の大きな課題である。

第二部　『文選』版本考

第三章　板本『文選』李善注の形成過程

第一節　舊鈔無注本『文選』に見られる「臣君」について

『經籍訪古志』巻六に記載する舊鈔巻子本無注『文選』巻第一（京都東方文化研究所用大阪上野精一氏藏鈔本景照、以下「上野本」）には、書眉や行間に集注本からの引用と思われる諸注、李善注本・五臣本との異同など數多くの書き込みがなされており、『文選』研究にとっては極めて貴重なものとなっている。また同様の舊鈔無注本「九條本」（京都東方文化研究所用九條家藏寫本景照）の同巻と比較しても、李善存命中の永隆二年（六八一）の寫本である敦煌出土『文選』殘巻李善單注本甲巻（敦煌寫本ペリオ目錄二五二八號、羅振玉輯『鳴沙石室古籍叢殘』所收、以下「永隆本」[1]）に近く、書寫時期は九條本の同巻より古いと推定される。その上野本の書眉の三箇所に「臣君曰（云）」として李善注が注記されている。これについて、范志新氏は近著『文選版本論稿』（下編「寫本編」「釋〝臣君〟」）[2]で、「臣君」を『文選』李善注の李邕增補説の根據とする見解を示された。ただ、この「臣君」の表記は、永隆本にも見られ、單純に李邕增補説に結びつけることには疑念がある。以下、この點に關して私見を述べてみたい。

一　上野本書眉注記の「臣君」

上野本は、正文について、「集注―」「善本作―」「李作―」「五臣作―」「五―」「或本―」「一本―」「今本文選―」と、集注本や各本との異同を記しているので、獨自の無注本によって書寫されたものと思われる。また、九條本と同樣に書眉や行間に、表記は不統一であるが、李善注・鈔・音決（決）・五臣注・陸善經・今案（集注本）などの注文が轉寫されている。ただ、これらの注は、藤原敦光の『祕藏寶鑰鈔』『三教勘注抄』に引かれる『文選』諸注と同樣、全て原本から引いたものかどうかは疑問で、轉寫による誤字脱字の可能性も十分に考慮しなければならない(3)。その上野本卷一「西京賦」の書眉注記に見られる「臣君」は、次の三例である。

①繚亘　本注云――猶繞了也／臣君曰亘當爲垣

正文「繚亘緜聯」の薛綜注と李善注であり、永隆本は、「繚亘、猶繞了也。……臣善曰、亘當爲垣。」に作る。永隆本・上野本以外、九條本(4)、及び胡刻本〈2・15b3〉など板本は正文の「亘」を「垣」に作り、注も「繚垣、猶繞了也。……善曰、今並以亘爲垣。」に作る。李善注の「亘當爲垣」を受けて正文が「垣」に變えられ、薛綜注・李善注も書き換えられたのであろう(5)。「本注云」は、薛綜注のことであり、「本云」と記すこともある。例えば、「眳藐流眄」（胡刻本2・27b3）(6)の書眉に、「眳藐　本云眳眉睫之閒。藐□□容也。流盻、轉眼視也。」と記す。これも薛綜注であり、永隆本は「眳、眉眏之閒。藐、好眩容也。流眄、轉眼視也。」、胡刻本など板本は「眳、眉睫之閒。藐、好視容也。流眄、轉眼貌也(7)。」に作る。「眳」「睫」は、永隆本と違い板本と同じだが、「貌」を「視」に作るところは永隆本と同じである。「盻」は、上野本の正文では永隆本と同じく「眄」（『玉篇』に「眄、俗作眄。」とあるように「眄」の俗字）に作るが、書眉の注記は九條本・崇本・四部本と同樣に「盻」に誤る。上野本の書眉に引く注が、永隆本と異なる點は、もともと違う寫本を見ていたことによるのか、筆寫の段階で書き換えられたものによるのかは不明であるが、その近似性から考えて、永隆本と同様のものを轉寫したことは確實である。

②㶁　陸曰臣君曰以善反申布也

正文「㶁地絡」の李善注であり、永隆本は、「……㶁、申布也。臣善曰、㶁、以善反。」に作る。永隆本以外は正文・注ともに「㶁」を「衍」に作り、胡刻本〈2・17b5〉などの板本の注は、「……衍、申布也。善曰、衍、以善切。」（袁本脱薛綜注）に作る。書眉に引く「陸」は上野本・九條本の他の注記から推測して、陸善經のことと思われる。ただ、陸善經の『文選』注は集注本によって知られるのみで、『日本國見在書目錄』をはじめ書目類に一切記載がなく、上野本・九條本の注記に引く陸善經注は集注本から轉載したと思われるものであるが、集注本に引かれる陸善經注にこのような形で李善注を引く箇所はない。また、「申布也」は薛綜注であり、この引用文には何らかの誤記の可能性がある。

③相羊　本注云――彷羊也臣君云聊逍遙以相羊

正文「相羊五柞之館」(8)の薛綜注と李善注であり、永隆本は「相羊、彷羊也。……臣善曰、楚辝曰、聊逍遙以相羊。」に作る。胡刻本〈2・22b7〉などの板本の注は、「相羊、仿羊也。……善曰、楚辭曰、聊逍遙以相羊。憩、息也。」に作る。この上野本書眉の注記も、「彷」と「仿」の違いがあり、「楚辭曰」の三字を脱してはいるが、李善注を「臣善曰」と記す永隆本系統からの轉寫と考えられる。

この「臣君」に最初に注目したのは、黃侃（季剛）氏で、徐行可が所藏していた卷子本卷六の跋文中に、次のように記している(9)。

且崇賢書在、北海解亡、此編原校引書、獨有臣君之說、是則子避父諱、其爲北海之作、焯爾無疑。陸善經見之、此卷子引之、逸珠盈椀、何珍如是。

李邕が父李善の注を補足した證據として「臣君」（李邕が父善の諱を避けて「臣善」を「臣君」としたという）のことに言

及している。[10]これについて屈守元氏（前掲注9）は、①が永隆本の「臣善曰」と一致すること、②の「申布也」が薛綜注にあることを指摘した上で、

〝子避父諱〟雖本之彭叔夏《文苑英華辯證》卷十三、但那稱家集避諱的條例、是否適用于學術著作？〝以善反〟的〝善〟字、又何不避？〝君〟上加〝臣〟、殊可怪異。古抄本的這些地方、只好歸之于尚無法說明的疑義而已。

と、「臣君」が李邕による李善注補足の根據だとする黄侃說に否定的見解を述べる。

この屈氏の意見に對して、范志新氏（前掲注2）は、

一、『文選』中に「臣君」の例があることなどを擧げて、「君」上に「臣」を冠するのは怪しむに當たらず、「以善反」は音注なので混亂を避けるために避諱しなかったのであり、「申布也」は、陸善經が薛綜注と李善注を併せて引用したに過ぎない。

二、學術著書でも父の名を避諱する例がある。

三、『新唐書』李邕傳の李邕補足說は妥當性がある。

という三點から、黄侃說を肯定している。「一」「二」については異論はないが、「三」については、從來の說で觸れられていない永隆本に見られる「臣君曰」と併せて檢討する必要があると思われる。以下、まず、『文選』の寫本、版本の傳承狀況と關連がある「一」の『文選』中の「臣君」の問題を整理して、その後で、「三」について考察する。

二　集注本・九條本に見える「臣君」

集注本・九條本に見える「臣君」については、すでに佐竹保子氏が「《文選》諸本任昉作品稱呼的混亂與《奏彈劉整》的原貌」[11]の中で指摘されており、贅言を要しないが、范志新氏の論據の一つともなっているので、その異同について若干の補足を加え整理しておく。

『文選』巻三七から巻四〇までで諸本間に呼称の異同があるのは、次の箇所である。底本は胡刻本とする。諸本については第四章第二節參照。

○巻三七　九條本巻一九（康和元年〈一〇九九〉筆寫）、集注本巻七三

・曹植「求自試表」　臣植言①（九條本殘缺）……（末尾）②　［①集注本無此三字。②九條本有「臣植言」三字。
＊　は見消。以下同じ。］

・曹植「求通親親表」　臣植言①……（末尾）②　［①九條本補記此三字、傍記「五在」。集注本無此三字。②九條本有「臣植云ゝ」四字。］

○巻三八　九條本巻一九（康和元年〈一〇九九〉筆寫）、集注本殘缺

・庾亮「讓中書令表」　臣亮言①……。　［①九條本傍記「五無臣亮言也」。崇本・明州本・朝鮮本・袁本無「臣亮言」三字、校記云、「善本有亮言臣三字。」（崇本無校記、以下同）四部本校記云、「五臣無亮言臣。」］

・桓溫「薦譙元彦表」　臣聞①……。　［①「臣」上、九條本補記「臣溫言」、傍記「五无之」。］

・殷仲文「解尚書表」　臣聞①……謹拜表以聞。臣某云云②。　［①九條本補記「臣仲文言」四字、傍記「五无」、書眉有「集＊案陸本發首有臣仲文言四字」注記。（＊集注本の案語に陸善經本に「臣仲文言」の四字があるという。）②九條本補記「某云云」三字、下注云、「集＊有之。師說以聞下者、例文依此也。」書眉有「□□有臣某云云。是如同。師說是□可臣頓首ゝゝ死罪ゝゝ耳、依例言也。」注記。崇本・明州本・四部本・朝鮮本・袁本無「臣某云云」四字。明州本・朝鮮本・袁本校記云、「善本有臣某云云字。」（＊九條本は、集注本の案語を「集案」と記すので、この「集」は集注本のことと思われる。）］

・傅亮「爲宋公至洛陽謁五陵表」　臣裕言①……謹遣傅詔殿中中郎臣某②、奉表以聞。［①九條本補記「裕」字、傍記「五作之」、書眉有「裕字有集注」注記。②「某」、九條本作「名」、傍記「某」。］

・任昉「爲齊明帝讓宣城郡公第一表」　臣鸞言①……臣誠惶誠恐②。　［①九條本無「鸞」字、補記「鸞六臣*」、「公五」。「鸞」下、四部本校記云、「五臣作公。」明州本・朝鮮本・袁本「鸞」作「公」、校記云、「善本作鸞字。」（※九條本の補記に六臣注本が「鸞」、五臣注本が「公」だと記すが、下注で「臣君」「臣王」に注釋をつけている呂延濟がここで何も觸れていないので、五臣注原本は「臣公」ではなかったと思われる。崇本も「鸞」に作る。）②九條本作「臣誠惶以下」五字、傍記「五无之」。崇本・明州本・四部本・朝鮮本・袁本無此六字、校記云、「善本有臣誠惶以下六字。」（四部本無本字、以下同）］

・任昉「爲蕭揚州薦士表」　臣王言①……　［①各本皆同。呂延濟曰、「任昉爲始安王作表、故本集云、王言。撰集者因隨舊文而錄之。」（九條本書眉にもこの注を記す。實際の上表文は、「臣遙光言」となっていたはずである。それを「臣王言」と表記しているのは、呂延濟が言うように、任昉が始安王蕭遙光を敬して避諱していたのを『文選』編纂時にそのまま採錄したのか、或いは、梁氏旁證に「林先生（林茂春）曰、蕭揚州乃昭明之叔。故隱其名。原表當作臣遙光言。」と言うように、『文選』編者時に昭明太子の叔父の名を避けてのものなのであろう。）］

○卷三九　九條本卷二〇（承安二年〈一一七二〉筆寫）、集注本殘缺

・任昉「奉答敕示七夕詩啓」　臣昉啓①……。　［①九條本作「臣君啓」、「君」傍記「昉一本」。］

・任昉「啓蕭太傅固辭奪禮」　昉啓①……君於品庶②……昉往從末宦③……　［①九條本作「君啓」、「君」傍記「昉」。呂延濟曰、「昉家集諱其名、但云君。撰者因而錄之。」②「君」、九條本傍記「昉」。崇本・明州本・四部本・朝鮮本・袁本作「昉」、校記云、「善本作君字。」③「昉」、九條本作「君」、傍記「昉」。明州本・四部本・朝鮮本・袁本校記云、「善本作君字。」（呂延濟が「君」について注記しているので、五臣注本は、三箇所ともに「君」に作っていたと思われる。任昉の家集で名を避諱していたものを『文選』編集時に採錄したとの說は、何焯『義門讀書記』で、「按六朝諸集書啓多作〈君啓〉〈君白〉之語、呂說得之。」と支持され、「胡氏考異」、『文選旁證』ともにそれ

を是とし、『文選』の舊はすべて「君」に作っていたとする。五臣注本では、早い段階で「君」が「昉」變えられたが、李善注本では板本段階まで②③の二箇所に「君」が残っていたのであろう。その結果、六家本・六臣注本に「善本作君字」という校語が記されたものと思われる。）］

○巻四〇　九條本巻二〇（承安二年〈一一七二〉筆寫）、集注本巻七九、天理本巻二〇

・任昉「奏彈曹景宗」　御史中丞臣任昉稽首言①……臣昉頓首頓首死罪死罪②……臣謹奉白簡以聞云云③。［①②「昉」、九條本作「君」、傍記「昉」。集注本・天理本殘缺。③「云云」、九條本作「臣君誠惶誠恐頓首ゝゝ死罪ゝゝ臣君稽首以聞」、二「君」字竝傍記「昉」。集注本作「臣君誠惶誠恐」、天理本作「臣昉誠惶誠恐頓ゝ首ゝ死ゝ罪ゝ臣昉稽首以聞」。崇本・明州本・四部本・朝鮮本・袁本作「臣昉誠惶誠恐頓首頓首死罪死罪臣昉稽首以聞」。］

・任昉「奏彈劉整」　御史中丞臣任昉稽首言①……臣昉頓首頓首死罪死罪②……臣昉云云誠惶誠恐以聞③。［①②「昉」、九條本作「君」、傍記「昉」。集注本亦作「君」。③九條本作「臣昉誠惶誠恐頓首ゝゝ死罪ゝゝ稽首以聞」。集注本作「臣昉誠惶以下」。崇本・明州本・四部本・朝鮮本・袁本作「臣昉誠惶誠恐頓首頓首死罪死罪稽首以聞」。天理本殘缺。（この二編、九條本・集注本は「君」、他は「昉」に作り、五臣注本の原本に近いという天理本も「昉」に作る。ただ九條本「奏彈劉整」③は「昉」に作り、何の傍記もない。寫本の段階ですでに混用が見られる。）］

・繁欽「與魏文帝牋」　正月八日壬寅、領主簿繁欽死罪死罪①……欽死罪死罪②。［①「欽」、九條本作「君」、傍記「欽」「本」。集注本作「君」。四部本脫「繁」字。②「欽」、九條本作「君」、傍記「昉」。集注本作「君」。］

・任昉「到大司馬記室牋」　記室參軍事任昉死罪死罪①……況昉受教君子②……昉死罪死罪。［①②「昉」、九條本作「君」、傍記「昉」「本」。（九條本は③は「昉」に作り、何の傍記もない。寫本の段階ですでに混用が見られ

る。）」

・任昉「百辟勸進今上牋」……某等不達通變①……。〔①「某」、九條本作「昉」。〕

「臣君」は、九條本と集注本『文選』に三例（任昉「奉答敕示七夕詩啓」、任昉「奏彈曹景宗」、任昉「奏彈劉整」）見られるだけで、それも全て任昉の作品である。その他、任昉の作品には、「臣公」（「爲齊明帝讓宣城郡公第一表」六家本）、「臣王」（「爲蕭揚州薦士表」各本）、「臣任君」（「奏彈曹景宗」九條本、「奏彈劉整」九條本・集注本）、「臣諱」（「爲齊明帝讓宣城郡公第一表」尤本・胡刻本）や「昉」を「君」に作るもの（「啓蕭太傅固辭奪禮」、「到大司馬記室牋」九條本）がある。これは、呂延濟の注に指摘するように、任昉集（昉を避諱した家集）から採録されたことや、王・公のために書かれたことによると思われる。「君」については、板本段階で元に戻され、ただ一箇所「啓蕭太傅固辭奪禮」の中にその痕跡をとどめるだけとなっている。ただ、同じ九條本・集注本でも避諱していないもの（「奏彈劉整」、「到大司馬記室牋」）もあり、九條本傍記にも異同が記されているし、五臣注本の原本に近いと言われる天理本の殘存の該當箇所が全て避諱していないなど、寫本の段階でもすでに混用が見られる。任昉以外では、繁欽「與魏文帝牋」の九條本・集注本に、「欽」を「君」に作る例が見られるだけだが、これも天理本は「欽」に作っている。これらについて、佐竹保子氏（前揭注11）は、「舊唐志」の「祿山之亂、兩都覆沒、乾元舊籍、亡散殆盡。」の狀況を指摘し、缺落部分が增補されたことによる混用だとされる。[12] 范志新氏は、これと上野本の注記「臣君」を結びつけて、『新唐書』李邕傳の李邕補足說は妥當性があるとの見解を示される。しかし、それには永隆本に見られる「臣君曰」の問題を解決する必要がある。

三　永隆本に見える「臣君」

實は、李善存命中の寫本で、その顯慶三年（六五八）に上表された『文選』注に近いとされる永隆本（卷二、張衡「西京賦」殘存）にも、次の二箇所に「臣君曰」が見られる。

①（正文）鳥不暇擧、獸不得發。（胡刻本２・20ｂ４）
（注）擧、飛也。發、駭走也。臣君曰、高唐賦曰、飛鳥未及起、走獸未及發。〈板本「臣君」作「善」一字。〉
②（正文）遷延邪睨、集乎長楊之宮（胡刻本２・22ａ２）
（注）遷延、退還也。臣君曰、高唐賦曰[13]、遷延引身。〈板本「還」作「旋」、「臣君」作「善」一字、「身」下有「也說文曰睨斜視也魚計切」十一字。〉

これについて、饒宗頤氏は[14]、①で「〈君〉字用以代〈善〉之名。」、②で「〈君〉乃〈善〉之譌。案上文〈獸不得發〉句下善注亦作〈臣君曰〉、疑〈君〉字用以代〈善〉之名、竝非筆誤、如文選集注、任昉《奏彈曹景宗》文末作〈臣誠惶誠恐〉、乃以〈君〉字代〈昉〉之名、又任昉《奏彈劉整》文開端作〈御史中丞臣任君稽首言〉、〈君〉字亦所以代作者之名也、殆唐人風尚如此。」と、「君」を「善」の譌としながらも、案語では、筆寫の誤りではなく、任昉の作品の「臣君」と關連づけて、「君」を作者の名に代えるのが唐人の風だったと推測する。任昉の作品の「臣君」は、先に檢討したように、避諱の名殘であり、饒氏の說は成立しがたい。伏俊連『敦煌賦校注』（甘肅省人民出版社、一九九四年）は、①で「原卷〈君〉當爲〈善〉字之誤。」、②で「原卷〈君〉字當爲〈善〉字之訛。」と、單なる字の誤りとする[15]。

永隆本には、寫本にありがちな誤記、脫字が散見する。恐らく「臣君」もその一つで、伏俊連氏が指摘するように、單なる筆寫の誤りと考えた方が妥當であろう。張涌泉編『敦煌俗字研究』（上海教育出版社、一九九六年）によると、「善」字は、敦煌寫本では「𦍒」と記すという。「君」と極めて近似した書體である。實際、永隆本でも、「善」を「𦍒」と記したものが散見する。「善」を「君」と誤寫したことは十分に考えられる。上野本の書眉に見られる「臣君」の「君」も、永隆本と同樣の誤寫を筆寫した可能性が高いのである[16]。したがって、これを任昉の作品の「臣君」と關連づける必要はないと思われる。

なおかつ、この二箇所にのみ李邕の補足があるというのも不可思議であり、年齢的にも李善存命中に李邕が補足したというのも考え難い。兩『唐書』本傳、『資治通鑑』巻二一五によると、李邕は天寶五載（七四六）に柳勣の事に坐し、翌天寶六載（七四七）正月に杖死している。その時に、『新唐書』では七十歳、『舊唐書』では七十餘歳であったという。このことから、李邕の生年は、A說＝六七八年（周祖主編『中國文學家大辭典—唐五代卷』、中華書局、一九九二年）と、B說＝六七五年（朱關田著『中國古代書法家叢書「李邕」』、紫禁城出版社、一九八八年）の兩說がある。A、Bいずれの說にせよ、李善が『文選』注を上表した顯慶三年（六五八）には、李邕は誕生していないし、永隆本が筆寫された永隆二年（六八一）には、四歳～七歳であり、この時點で、『文選』注を補足できたとは思えない。[17]「臣君」は、李邕による『文選』注補足の根據とはなり得ないのである。[18]

ただ、李善が卒した載初元年（六九〇）には、ほぼ十五歳に達していた李邕が、父の死後、增補したと考えられなくはない。しかし、數多い李邕に關する傳記資料や墓誌、李邕自身の文章（『李北海集』）に、李邕と『文選』の關わりを示す記事が一言も殘されていないのはどういうことであろうか。どうも李邕增補說には、疑念を抱かざるを得ない。

それよりも注目すべきは、李邕よりもむしろ李善が、顯慶三年に『文選』注を上表してから卒するまでの三十二年閒であろう。特に、李善は姚州流罪から歸還後、十八年近く官職には就かず、江都や汴鄭の閒で『文選』を講じ、四方から多くの受講生が集まりその學は「文選學」と呼ばれるようになっている。この閒、李善の詩文としては、「上文選注表」以外は一篇も殘されていない。『文選』注に專念して過ごしていたのではあるまいか。李善自身が增補改編を繰り返し行った可能性が極めて大きい。或いは、師の李善が講じた『文選』注を諸生たちが傳寫して傳えたのかもしれない。唐末の李匡乂の『資暇錄』（非五臣）に、唐末には、初注本から絶筆本に至る五種の李善注『文選』があり、最後の絶筆本は、「皆音を釋し義を訓じ、注解甚だ多し」というものだったという。李善注は、李善自身及び後人によって、體例が整理され、或いは注が次々と増補されていったのである。

范志新氏の『文選版本論稿』には、「敦煌永隆本《西京賦》的是李善《文選》殘卷—駁〝非盡出李善本〟說(19)」、「關于《文選集注》編纂流傳若干問題的思考(20)」などの卓見が見られるが、「釋〝臣君〟」については、贊同し難いところがある。李邕が數歳だった時に筆寫された永隆本に、「臣君曰」が見られるということは、「善」「君」の筆寫體が近似していることによる誤寫と考えた方が妥當であり、「臣君」を李邕による『文選』注補足の根據とするのは疑問である。

松浦友久先生は、『文選』版本の問題にも大いに關心を持たれ、拙論についても、しばしば貴重なご教示をいただいた。拙文を御靈前に供え、學恩に感謝したい。

注

（1）第四章「『文選』李善注の原形」參照。

（2）江西人民出版社、二〇〇三年。

（3）拙著『文選李善注の研究』（研文出版、一九九九年）參照。

（4）九條本の卷一は、弘安八年（一二八五）に書寫され、その後、正應五年（一二九二）、正慶五〈或いは二〉年（一三三六〈或いは三〉）に書寫、校點、注記がなされている。

（5）「胡氏考異」に「陳云、善曰、今竝以亘爲垣。案據此則正文及薛注中垣皆當作亘。案所說是也。善但出垣字於注、其正文必同薛作亘。至五臣銑注直云、垣墻、是其本乃作垣、各本所見非。」、胡紹煐『箋證』に「當以陳景雲、胡克家說爲定。」というように、李善の見た『文選』と薛綜注は「亘」であったと思われる。

（6）「昭」、永隆本作「昭」、崇本・朝鮮本・袁本作「昭」。「藐」、上野本・九條本・崇本・明州本・朝鮮本・袁本作「邈」。

「眄」、永隆本作「盻」、九條本・崇本・四部本作「盼」。

（7）「睞」は、『史記』扁鵲傳索隱に「睞、卽睫也。」というように「睫」と意味は同じ。

（8）永隆本以外は「羊」の下に「乎」字があり、崇本・明州本・四部本・朝鮮本・袁本は「相羊」を「儴佯」に作る。

（9）屈守元『文選導讀』（巴蜀書社、一九九三年）の引用による。范志新氏も未見で、屈氏の引用に據っている。ただ、巻子本巻六は、現在九條本にもなく、所在が不明である。

（10）巻六が確認できないので、眞僞のほどは確かでないが、巻六を目にしたと思われる屈守元氏も黃侃の說は②を指すとしているので、巻六に別の注記があるのではなく、陸善經が見た「臣君」というのは、「西京賦」書眉に引く②を指すものと思われる。

（11）趙福海主編『文選學論集』（時代文藝出版社、一九九二年）所收。

（12）何焯は「按六朝諸集書啓多作「君啓」「君白」之語」というが、嚴可均『全上古秦漢三國六朝文』を見るに、「君啓」は見あたらないし、「君白」も徐陵の作品（「答諸求官人書」、「與章司空昭達書」）などにわずかに見られる程度であり、『徐孝穆文集』（四部叢刊初編）では、「徐陵白」（「與顧記室書」）、「陵白」（「在北齊與宗室書」）など避諱していないものも混在している。その他、江淹が後の齊・高帝（蕭道成）のために作成した「蕭太尉上便宜表」などが「臣公言」となっている。これは、任昉「爲蕭揚州薦士表」の「臣王言」と同じである。實際の上表文は、「臣道成言」であったのだが、蕭道成が宋の司空であったときに江淹が書いたので、諱を避けて「公」と記されたのであろう。『江淹集校注』（兪紹初・張亞新校注、中州古籍出版社、一九九四年）にも「蕭道成其時爲司空、因是底稿、避其名諱、故但云公。」と注する。因みに『文苑英華』でも、名をそのまま書いたもの、「某」「名」「諱」「君」「姓名」に變えたものが混在している。

（13）「梁氏旁證」に「高唐賦當作神女賦。此偶誤。」と指摘するように、「高唐賦」は「神女賦」の誤りである。

（14）「敦煌本文選斠證」（一）（二）（『新亞學報』三―一、二、一九五七年、木鐸出版社『昭明文選論文集』收錄）。なお、高步瀛『文選李注義疏』（一九二九年刊、選學叢書所收）では、何も觸れていない。

（15）敦煌文獻分類錄校叢刊『敦煌賦彙』（張錫厚錄校、江蘇古籍出版社、一九九六年）は、①で、「饒校云、〈君〉字用以代〈善〉之名。又云、疑爲唐人一時風尙。」と、饒氏斠證を引く。羅國威著『敦煌本《昭明文選》研究』（黑龍江教育出版社、一九九九年）では、①で、「案・敦煌本以〝君〟代〝善〟、說詳後注。」と注し、②で、「案・敦煌本以〝君〟代〝善〟。饒

宗頤云……。」と、饒氏斠證の案語をそのまま引く。

(16) 九條本は「善」を「关」と記す（巻18の注記はすべて「关」と記す）ところがある。

(17) 李善の年譜については、拙著（前掲注3）參照。

(18) 李邕增補説は、『新唐書』巻二〇二（文藝傳中）の李邕の傳記に始まり、『四庫全書總目提要』がそれを否定して以來、議論が續いている。詳細は、第四章第一節參照。

(19) 傅剛氏の「永隆本《西京賦》非盡出李善本説」（『中華文史論叢』第六十輯、一九九九年。『文選版本研究』再錄、北京大學出版社、二〇〇〇年）への反論である。傅剛説については、拙論（第四章第一節）でも異論を述べる。

(20) 周勛初氏（『唐鈔文選集註彙存』前言、上海古籍出版社。「《文選集注》上的印章考」『周勛初文集』7所收、江蘇古籍出版社、並びに二〇〇〇年刊）と同様に、邱棨鐊氏の集注本巻六八にある「荊州田氏藏書之印」「田偉後裔」などの印章を根據とした、集注本がもともと北宋の田家の藏書だったという説（「今存日本之文選集注殘卷爲中土唐寫舊藏本」、一九七四年一〇月三〇日「中央日報副刊」）を否定する。邱氏説は潘重規氏がそれに贊同補筆（「日本藏文選集注殘卷綴語」、一九七五年一月一二日「中央日報副刊」）し、傅剛氏（前掲注19『《文選》版本研究』）も邱・潘兩氏説により集注本が中國舊藏のものであるとする。范氏は、その印章が、明治末年に集注本を手に入れた駐日公使館參贊の田潛の僞造したものであることを論證する。この説は、關靖氏（『金澤文庫の研究』、講談社、一九五一年）が記す、明治末に書誌學者の島田翰が金澤文庫から集注本を持ち出し、中國人に賣り日本人がそれを買い取ることになった經緯と一致する。なお、『古文舊書考』の著者島田翰は、足利學校の明州本を返却せずに訴えられ保釋中、集注本も返却せず投獄され縊死したという。また尤本の日本での復刻本、應安四年（一三七一）刊本の存在を捏造したとされる。島田説は、『文選』古鈔本研究でもしばしば引かれるので、注意を要する。この項は、神鷹德治氏のご教示による。

第二節　『文選』李善注の增補改變――從省義例「已見～」について――

『文選』李善注の從省義例「已見上文」「已見某篇」には、寫本と板本のみならず、板本間にも異同が見られ、かなりの混亂が生じている。唐鈔李善單注本『文選』殘卷の甲卷（以下、永隆本）・乙卷と板本とを比較すると、永隆本に比べて板本には從省義例が大幅に增加している。ただ、乙卷には永隆本とは逆に唐寫本のみに見られる「已見～」が多い。(1)

そこで、本節では、唐寫本と板本の從省義例を、集注本も含めて檢討し、乙卷の問題について考察するとともに、李善注の增補改變過程を考える一助にしたいと思う。なお、使用するテキストについては、第四章第二節に記した通りである。

一　從省義例

李善注の從省義例は、斯波六郎博士の「李善文選注引文義例考」(2)に「丙　引文の記載法　(二)既に前文に於て、他の文を引いて注した語句が、復た後文に出た時は、必ずしも重ねて文を引かず、唯「某已見上文」又は「某已見某篇」と記すに止める。」と記されているものである。

現行の板本では、この注を省略する記載法に關する李善自身の説明として、次の四例が記されている。(3)

(1)　石渠、已見上文。然同卷再見者、竝云已見上文、務從省也。他皆類此。（卷一、班固「西都賦」、「又有天祿石渠、典籍之府」注、12ａ10）

※「石渠」については、すでに同巻の「兩都賦序」の「内設金馬石渠之署」注（1b10）に、「三輔故事曰、石渠閣在大祕殿北、以閣祕書。」と記しているので、ここでは省略するという。

(2) 諸夏、已見西都賦。其異篇再見者、竝云已見某篇。他皆類此。（卷一、班固「東都賦」、「光漢京于諸夏」注、23a6）

※「諸夏」については、すでに巻一「西都賦」の「逴躒諸夏、兼其所有」注（7a6）に、「論語、子曰、夷狄之有君、不如諸夏之亡也。」と記すという。

(3) 諸夏、已見上文。其事煩已重見及易知者、直云已見上文、而它皆類此。（卷一、班固「東都賦」、「内撫諸夏、外綏百蠻」注、26a3）

※同じ言葉が何度も出てきて、分かり易いものは、ただ「已見上文」とだけ記すという。

(4) 欒大、見西都賦。凡人姓名及事易知而別卷重見者、云見某篇、亦從省也。他皆類此。（卷二、張衡「西京賦」、「於是釆少君之端信、庶欒大之貞固」注、12a8）[4]

※「欒大」については、巻一「西都賦」の「騁文成之丕誕、馳五利之所刑」注（15a4）に、「漢書曰、……。又曰、欒成侯登上書言欒大、天子見大悅。曰、臣之師、有不死之藥可得、仙人可致。乃拜大爲五利將軍。」とあるので、重ねては示さないという。義例(2)と同じであるが、ここでは人名について重ねて説明したものと思われる。

この他に、「已見～」と記したことを説明したものに、次の二條があるが、二條ともに以後の記載方法に言及していないので、單に繰り返しては注釋しないことを示しただけかもしれない。

(5) 婁敬、已見上文。凡人姓名、皆不重見。餘皆類此。（卷一、班固「東都賦」、「故婁敬度勢而獻其説」注、19b8）

※「婁敬」については、すでに巻一「西都賦」の「奉春建策、留侯演成」注（5a3）の「漢書曰、高祖西都洛陽、戍卒婁敬求見、説上曰、陛下都洛不便、不如入關、據秦之固。上問張良、良因勸上。是日車駕西都長安、拜婁敬爲奉春君、賜姓劉氏。」に見えるので、重ねては示さないという。

(6)　鴰鴇、已見西都賦。凡魚鳥草木、皆不重見。他皆類此。（巻二、張衡「西京賦」、「鳥則鸘鵊鴰鴇、駕鵝鴻鶤」注、17a6。永隆本、「已見西都賦」作「二鳥名也」。）

※「鴰鴇」については、すでに巻一「西都賦」の「鶬鴰鴇鴟」注（17b10）に、「爾雅曰、鶬、麋鴰也。鴰、音括。郭璞曰、卽鶬鴰也。郭璞上林賦注曰、鴇、似雁、無後指。鴇、音保。」と記しているので、重ねては示さないという。

この六條が李善の記す從省義例であるが、『文選』全巻を通してこの義例が適用されているのではないことは、同じ言葉に對する同じ引書が何度も行われていることでも明らかである。なおかつ、この義例自體に、本來の李善注にあったのかどうかと疑われる次のような問題がある。

○(1)で「同巻再見者」を「已見上文」というのなら、(2)の「異篇再見者」をわざわざ「已見某篇」と言う必要がない。この點について、斯波博士は「異篇にして同巻なるもの固より多いから、(1)と(2)とは相抵牾する嫌いがある。(1)の「同巻」は「同篇」に作るべきではなかろうか。」と言われるが、西都賦の「石渠」が、「兩都賦序」に見えるのだから、「同篇」にはならない。

○先に(5)があるのに、なぜ後から(4)を記すのか。(5)が同巻内、(4)は別巻について言うのであろうか。説明不足で判然としない。

○(3)は義例として適用する範圍が甚だ曖昧であり、(1)(2)との關係が不明である。高歩瀛「李注略例」（駱鴻凱『文選學』源流第三引）に、別巻でも「已見上文」がみられることを例として、「此二條（筆者注　(2)と(3)）各爲一例、不可偏廢也。……不惟異篇且異巻、相隔甚遠、實皆準此例也。若但有前例而無此例、則不免自言之而自違之矣。」と言い、斯波博士は「(3)は(2)と相似て、而もその實相異なっている。(3)は、既に前篇に於いて注せる語が、後の諸篇に於て屢々出れば、再見の時に於てのみ「已見某篇」と記すが、三見以後に於てはただ「已見上文」と記すに止め、又人の知り易いものは、再見の時から直ちに「已見上文」と記し、縦し異篇に出ても「已見某篇」とは記さないことを謂ふのである。」と言うが、以下に例示するように、この(3)は義例としての用をなしていないのが實態である。

これら従省義例と實際の注釋との不一致は、早くも巻一内で生じている。以下、「東都賦」の「已見～」の疑問箇所を例示する。

○義例(2)の前に、「六合、已見上文」（「六合相滅」注、20ａ6。「西都賦」の「是故横被六合」注4ｂ6に「呂氏春秋曰、神通乎六合。高誘曰、四方上下爲六合。」とある）と注するのは、どういうことか。義例(2)と同じことなので、ここは「六合、已見西都賦」となるはずである。

○義例(2)の後、義例(3)の前に、「部曲、已見上文」（「駢部曲、列校隊」注、24ｂ3。「西都賦」の「部曲有署」注15ｂ3に「司馬彪續漢書曰、將軍皆有部、大將軍營五部、部有校尉一人、部下有曲、曲有軍候一人。」とある）のも同様に不可解な注である。義例(2)に従えば、「已見西都賦」となるはずであるし、義例(3)ならここに説明文をつけないといけない。もし前例とともに義例(1)「同巻再見」に相當するのならば、義例(2)(4)は不要ということになる。因みに、「部曲」の語は、『文選』に九例見られるが、

・巻二、張衡「西京賦」、「結部曲、整行伍」注（19ａ8。永隆本同じ）

［李善注］司馬彪續漢書曰、大將軍營五部、部有校尉一人、部下有曲、曲有軍候一人。

・巻八、司馬相如「上林賦」、「睨部曲之進退」注（10ａ8）

［李善注］部曲、已見上文。

・巻二八、鮑照「東武吟」、「將軍既下世、部曲亦罕存」注（17ｂ3）

［李善注］司馬彪續漢書曰、大將軍營五部、校尉一人、部有曲、曲有軍候一人。

その他の、「或故營部曲」（巻四四、陳琳「爲袁紹檄豫州」）、「又操持部曲精兵七百」（同）、「部曲偏裨將校諸吏降者」

（同）、「告江東諸將校部曲及孫權宗親中外」（巻四四、陳琳「檄吳將校部曲文」）、「胡渡子弟部曲將校爲列侯將軍已下千有餘人」（同）には、何の注も施されていない。

という具合に、義例に沿うものにはなっていない。

○「輅、已見西都賦」「鳳蓋、已見上文」「和鑾、已見上文」（「登玉輅、乘時龍。鳳蓋棽麗、龢鑾玲瓏」注、24a2。）は、「西都賦」の「大路鳴鑾」注（17b1）に「周禮曰、巾車掌玉輅。凡馭輅儀、以鑾和爲節。鄭玄曰、鑾在衡、和在軾、皆以金鈴也。」、「張鳳蓋」注（18a4）に「桓子新論曰、乘車、玉爪華芝及鳳皇三蓋之屬。」とあるのを指すが、なぜ「已見西都賦」「已見上文」と區別して記載するのか、不明である。「輅」は『文選』に頻出するが、「已見～」と注するのはここだけであり、逆に「鳳蓋」は顏延之「三月三日曲水詩序」の「鳳蓋俄軫」（巻四六9a5、李善注「東都主人曰、鳳蓋棽纚。」）に一箇所、「和鑾（鸞）」「鑾（鸞）和」は、張衡「南都賦」の「振和鸞兮京師」[5]（巻四11b6、李善注「鄭玄禮記注曰、鑾輅、有虞氏之車也。有鑾和之節。」）・司馬相如「難蜀父老」の「鳴和鸞、揚樂頌」（巻四四25b6、注なし）・楊雄「劇秦美新」の「揚和鸞肆夏以節之」（巻四八11a3、李善注「大戴禮曰、行以和鸞、趣中肆夏。鄭玄周禮注曰、鸞和皆金鈴也。」）の三箇所に見られるのみで、義例(3)の「其事煩已重見及易知者」には該當しない。その上、「南都賦」注の胡氏考異に「鄭玄禮記注曰下至有鑾和之節、袁本此十九字作和鑾已見上文、是也。茶陵本複出、非。」と言うように、板本間で異同も生じているのである。

○「險阻四塞、脩其防禦」の注に「防禦、已見上文」（28b5。「西都賦」の「防禦之阻」注4b4に「楊雄衞尉箴曰、設置山險、盡爲防禦。」とある）と注するが、「防禦」は『文選』にこの二箇所以外には見られないし、楊雄「衞尉箴」はそれほど知り易いものとも思われない。義例(3)とすることはできないので、「防禦、已見西都賦」とするのが適當であろう。これも、義例(1)「同巻再見」だというなら、義例(2)は意味がないことになる。

このような「已見～」をめぐる注釋體例の不整合は、全巻を通して枚擧に暇がない。なぜこのような問題が生じたのか。以下、唐寫本、集注本に見られる「已見〜」と板本との異同を通して檢討してみたい。

二　唐寫本の「已見〜」

李善の存命中に筆寫された永隆本、及び同じく「臣善曰」の記載が見られる唐寫本乙卷、この二者の敦煌出土『文選』殘卷李善單注本が、板本李善注の改變の跡を知る上で貴重な資料であることは、高歩瀛、斯波六郎、饒宗頤などの先賢がつとに指摘するところである。

永隆本で「已見〜」に作るものは、先に擧げた義例(4)の他に次の三例である。

1　橫西洫而絶金墉。［李善注］洫、已見上文。（11b3。板本同じ。）

「西京賦」上文の「經城洫」注（5a2）に「周禮曰、廣八尺、深八尺謂之洫。呼域切。」とあることを示したもので、義例(1)の「同卷再見」（卷二は「西京賦」一篇のみなので「同篇再見」としても同じ）となる。

2　列瀛洲與方丈、夾蓬萊而駢羅。［李善注］三山[6]、已見西都賦。（11b10。板本同じ。）

「西都賦」の「濫瀛洲與方壺、蓬萊起乎中央」注（14b2）に「漢書曰、建章宮、其西則有唐中數十里、其北沼太液池、漸臺高二十餘丈、名曰太液、池中有蓬萊、方丈、瀛州、臺梁、象海中仙山。」とあることを示したものであり、義例(2)「異篇再見」（義例(4)の「別卷重見」としても可）に合う。

3　弧旌枉矢、虹旃蜺旄。［李善注］虹、旄、已見上注[7]。高唐賦曰、蜺爲旌。（18b3）

「西京賦」上文の「亙雄虹之長梁」注（5b1）に「楚辭曰、建雄虹之采旄。」とあることを示したもので、義例(1)の「同卷再見」となる。

永隆本に見られる「已見〜」には、「上文」と「上注」の表記上の違いは見られるものの、義例(1)、(2)と合致する。

板本には、この他、永隆本殘卷の該當箇所に「已見西都賦」に作るものが先に擧げた義例(6)の他に、十七例あり、一例を除いて全て義例(2)と合う。(8) これは、永隆本の段階で未整理だった體裁が、從省義例にあわせて改められたことを示している。

ところが、巻四五の東方朔「答客難」と楊雄「解嘲」の一部を殘す乙巻は、樣相が異なる。唐寫本乙巻で「已見某篇」に作る四例は、義例(2)と一致するが、「已見上」に作る次の五例には問題がある。

〔東方朔「答客難」〕

1　計同范蠡、忠合子胥。〔李善注〕子胥、已見上。（5a6。板本なし。）

巻四五の上文には正文・注ともに伍子胥に關する記述はなく、巻四四の陳琳「檄吳將校部曲文」の「用申胥之訓兵」注（11b4）に、「史記曰、……。又樂毅遺燕惠王書曰、昔伍子胥説聽於闔閭、而吳王遠跡至郢。韋昭國語注曰、申胥、楚大夫伍奢之子子胥也。名員。員奔吳、吳與地、故曰申胥。」とある。

2　若夫燕之用樂毅、秦之任李斯、酈食其之下齊。〔李善注〕李斯、已見上。（5a9。板本作「又曰、秦卒用李斯計謀、竟并天下、以斯爲丞相。」）

巻四五の上文には正文・注ともに李斯に關する記述はなく、巻四一の司馬遷「報任少卿書」の「李斯、相也、具于五刑」注（14a3）に、「史記曰、李斯、楚上蔡人也、從荀卿學帝王之術。入秦、秦卒用其計、二十餘年、竟并天下、以斯爲丞相。二世立、以郎中趙高之譖、乃具斯五刑、腰斬咸陽。」とある。（巻41より前に同文が2箇所引かれている。）

〔楊雄「解嘲」〕

3　而談者皆擬於阿衡。〔李善注〕阿衡、已見上。（8a1。板本作「詩曰、實惟阿衡、左右商王。毛萇曰、阿衡、伊尹也。」）

「阿衡」は、巻四〇の阮籍「爲鄭沖勸晉王牋」の「遂荷阿衡之號」注（22a6）に「毛詩曰、實維阿衡、實左右商王。毛萇曰、阿衡、伊尹也。」とあるだけである。

4　昔三仁去而殷墟。〔李善注〕三仁、已見上。（8a5。板本作「三仁、微子、箕子、比干。(9)」）

「三仁」は、巻一四の班固「幽通賦」の「三仁殊於一致兮」注（18a8）と、巻四一の陳琳「爲曹洪與魏文帝書」の「是故三仁未去」注（27b3）に「論語曰、微子去之、箕子爲之奴、比干諫而死。孔子曰、殷有三仁焉。」とある。

この四例は、人名に關する注なので、義例(5)に據ったものと考えられなくもないが、次の一例は、それでは解釋できない。

5　世治則庸夫高枕而有餘。［李善注］高枕、已見上。（8b7。板本作「漢書、賈誼曰、陛下高枕、終無山東之憂。楚辭曰、堯、舜皆有擧任兮、故高枕而自適。」）

巻三七の曹植「求自試表」の「謀士未得高枕者」注（7b5）に「漢書、賈誼曰、陛下高枕垂統、無山東之憂。」とある。義例(2)なら「已見求自試表」となるはずである。或いは、この乙巻は、義例(3)の考えに基づいて作成されたものだったのであろうか。以下に検討する集注本とは違う義例に依據しているように思われる。

三　集注本の「已見〜」

集注本と板本の該當箇所に見える「已見〜」を比較すると次の通りである。

巻	集注本	巻	尤本・胡刻本
8	「已見某篇」6條	4	3條同、1條無、2條引文重出
9	3條皆引文	5	「已見某篇」3條
	2條皆引文		「已見上文」2條
48	「已見某篇」19條	24	18條「已見上文」、1條無
	「已見上注」1條		1條「已見上句」
79	「已見上文」1條	40	1條同
85	「已見某篇」1條	43	1條「已見上文」
	「已見上注」1條		1條「已見上文」
88	「已見某篇」9條	44	8條「已見上文」、1條同
	「已見前句」1條		1條「已見上文」

56	「已見某篇」8條	28	6條「已見上文」、2條同
	「已見上詩」2條		2條皆「已見上文」
	2條皆引文		「已見上文」2條
59	「已見某篇」3條	30	3條皆「已見上文」
	1條引文、1條無		「已見上文」2條
	5條皆引文		「已見某篇」5條
61	「已見某篇」4條	31	4條皆「已見上文」
	「見下注」1條		1條同
	1條引文、2條無		「已見某篇」3條
	2條皆引文		「已見上」2條
62	「已見某篇」6條	31	5條「已見上文」、1條「已見上」
	2條皆引文		「已見某篇」2條
68	「已見某篇」2條	34	2條皆「已見上文」
	「已見某篇注」1條		1條「已見上注」
	「已見上注」1條		1條同
	「已見上文」1條		1條同
	2條皆引文		「已見某篇」2條
	1條引文		「已見上文」1條
71	「已見某篇」1條	36	1條「已見上文」
	「已見上注」1條		1條「已見某篇」

91	「已見某篇」4條	46	2條「已見上文」、2條同
	「已見上文」2條		2條同
	1條引文		「已見上文」1條
	1條引文		「已見上注」1條
93	「已見某篇」2條	47	2條「已見上文」
	「已見上文」2條		2條同
	「見下文」1條		1條同
	4條皆引文		「已見某篇」4條
94	「已見某篇」12條	47	10條「已見上文」、1條同、1條引文
	「已見上注」1條		1條無
	「已見上文」1條		1條同
	1條引文		「已見某篇」1條
	1條無		「已見上文」1條
98	「已見某篇」3條	49	1條「已見上文」、1條同、1條無
	「已見上注」1條		1條同
	「已見上文」4條		3條同、1條無
	「見下句」1條		1條同
	1條無		「已見上文」1條
102	「已見某篇」2條	51	2條「已見上文」
113	「已見某篇」2條	57	1條「已見上文」、1條「見上文」

73	37	116	58
1條引文	「已見某篇」1條	1條引文	「已見某篇」1條
「已見某篇」3條	2條同、1條引文	「已見某篇」9條	8條「已見上文」、1條引文
1條無	「已見某篇」1條	「已見上文」1條	1條同
1條無	「已見上文」1條	2條引文、1條無	「已見上文」3條

これを見ると、集注本の「已見某篇」95條が尤本・胡刻本では、80條も「已見上文」に改變されているのがわかる[10]（明州本・朝鮮本・袁本では、更に7條が「已見上文」に改められている）。實は、この板本「已見上文」が義例と合わず、混亂をもたらしたもとなのである。例えば、集注本を目にしていない「胡氏考異」では、「注　東觀漢記下至蒙見宿留、袁本此十八字作錐刀之用已見上文八字、是也。茶陵本複出、同此、非。」（曹植「求通親親表」の「臣伏自思惟、豈無錐刀之用」注、胡刻本巻三七14a作「東觀漢記、黄香上疏曰、以錐刀小用、蒙見宿留。」）と言うが、これは「已見上文」ではなく、集注本巻七三下23bに「錐刀之用、已見求自試表」と作るのが正しい。

ところが、集注本に見られる「已見上文」12條、「已見上注」6條は、すべて同篇内に於いて既に注に引用されているもの（正文にある場合もあるし、別の正文の言葉について引用されたものの中に含まれているかのどちらか）である。これは、義例(1)の主旨に合うし、なおかつ、斯波博士の「(1)の「同巻」は「同篇」に作るべきではなかろうか」という指摘の通り、「同巻」ではなく「同篇」なのである。同篇の序であっても、「已見序文」（集注本巻九四下「三國名臣序贊」注など）と記している。

また、集注本には、唐寫本乙巻に見られた義例(3)に相當するものは一條も見られない。集注本の系統は、唐寫本乙巻とは違う可能性が高い。もともと義例(3)は『文選』李善注を全て暗誦していない限り、理解不能な注であり、従省義例としては、義例(1)と義例(2)だけで十分なのである。集注本はその體裁に則っている。板本に見られる従省義例の混亂は、義例(3)を多用したことと、引文重出を行ったことから始まったと言えよう。

溯れば、そもそも、この混亂は、最初の義例(1)が不適切であったことから生じたのではなかろうか。義例(1)は、本來、同篇再見についてのものであり、「石渠」については、「石渠、已見序」とし、[11]義例(2)に入るべきものだったのである。とすれば、李善が考えた從省義例は一貫したものになったはずであり、後世の改變も混亂を生じることはなかったであろう。

また、次の第四章第一節の永隆本・唐寫本と板本との比較結果でも明らかなように、全てが最初から義例通りに行われたわけではないし、板本でも、改められていないものも數多い。例えば、左思「三都賦序」の「假稱珍怪、以爲潤色」注（集注本卷八3a）の「珍怪、已見南都賦」は、板本（尤本・胡刻本卷四13a）には無い。その上、「潤色」の注に「論語、子曰、東里子產潤色之。」を引く（板本はこの注も無い）が、これはすでに卷一「兩都賦序」の「潤色鴻業」注に引かれている。義例に據れば「潤色、已見兩都賦序」となるところである。

四方上下の意味の「六合」は、卷一、班固「西都賦」の「是故橫被六合」の他に、『文選』に二十例見られる。「西都賦」注は、「呂氏春秋曰、神通乎六合。高誘曰、四方上下爲六合。」と引文する。頻出する言葉であるのに、從省義例に從っているのは、次の三例のみである。

・卷一、班固「東都賦」、「六合相滅」注（20a6）、「六合、已見上文」に作る。

・卷四、左思「蜀都賦」、「兼六合而交會焉」注（14b10）、集注本（卷八8a）は『呂氏春秋』と高誘注を引くが、板本は「六合、已見西都賦」に作る。

・卷五、左思「吳都賦」、「一六合而光宅」注（1b4）、集注本（卷九2b）と尤本・胡刻本（卷五1b）は『呂氏春秋』と高誘注を引くが、明州本・朝鮮本・袁本は「六合、已見兩都序」（正しくは「兩都序」ではなく、「西都賦」である）に作る。[12]

他の六例（巻三、張衡「東京賦」、「六合殷昌」注／巻六、左思「魏都賦」、「六合之樞機」注／巻一一、何晏「景福殿賦」、「是以六合元亨」注／巻一六、潘岳「閑居賦」、「六合清朗」注／巻二〇、陸機「皇太子讌玄圃宣猷堂有令賦詩」、「淳曜六合」注／巻三五、張協「七命」、「六合時邕」注）は、『呂氏春秋』と高誘注（巻三と巻十一のみ）を引く。七例（巻三八、庾亮「讓中書令表」、「悠悠六合」注／巻三八、桓溫「薦譙元彥表」、「方今六合未康」注／巻四三、趙景眞「與嵆茂齊書」、「虎嘯六合」注／巻四四、司馬相如「難蜀父老」、「是以六合之内」注／巻四七、袁宏「三國名臣序贊」、「六合紛紜」注／巻五一、賈誼「過秦論」、「履至尊而制六合」注／巻五一、賈誼「過秦論」、「然後以六合爲家」注）は注が無く、一例（巻四五、班固「荅賓戲」、「是以六合之内」注）は、「韋昭曰、六合、天地四方也。」（『漢書』の舊注）となっている。(13)

義例(3)があるなら、すべて「已見上文」のはずなのに、板本も含めて從省義例とは關係ない注になっている。このような例は、枚擧に暇がない。

更に、板本に見られる「已見某篇」への改變は、中には、左思「蜀都賦」の「都人士女」注の「西都賓曰、都人士女。」（集注本巻八26b）→「都人士女、已見西都賦(14)」（尤本・胡刻本巻四22b）のように、從省義例を誤解して、正文作者が基づいた作品そのものまでも「已見～」と改めたもの(15)も散見する。しかし、そのすべてが不適切な改變ではないことは、第四章第一節の永隆本と板本との比較でも、明らかになる。集注本との關係でも、例えば、謝朓「和王著作八公山」の「吁嗟命不淑」注の「毛詩曰、子之不淑」（集注本巻五九下25b）→「不淑、已見嵆康幽憤詩」（尤本・胡刻本巻三〇18a）のように從省義例に沿った改變もある。

以上、從省義例「已見～」について、永隆本・唐寫本、集注本と板本とを比較して、李善注の増補改變の實態を檢討した。その結果、從省義例そのものに問題があり、更に當初から義例に沿った注釋がなされていたわけではなかったことがわかった。これが板本に到るまで續いている増補改變の混亂のきっかけになっているのである。

李善注への『漢書』顔師古注などの混入が見られる「鈔」にも、「言此膏腴之粱米、已見陸機君子行」（集注本巻九三14a、王褒「聖主得賢臣頌」の「而享膏粱」注）[16]という従省義例が見られる。李善注が世に出てまもなく、すでに、従省義例の追加が始まっていたのである。李善が『文選注』を上表（顯慶三年、六五八）してから、世を去る（載初元年、六九〇）までは三十二年もあり、また永隆本が筆寫（永隆二年、六八一）されてから數えても、十年近くはある。官職を退いた後、『文選』を講義し續けていた李善自身が補訂を重ねた可能性は十分に考えられる。

唐末の李匡乂の『資暇錄』（非五臣）に、初注・覆注・三注・四注・絶筆の五種の傳本があり、最後の絶筆本は、「皆音を釋し義を訓じ、注解甚だ多し」というものだったという。この「絶筆之本」という記事こそ、李善自身による增補改訂を示唆しているように思える。

そもそも、成書當初から完全無缺なものはあり得ないし、補訂を重ねても完璧なものにはならないと思う。比較的誤りが少なく、李善注の舊を留める唐末の寫本に最も近いと考えられる集注本にも、「已見上文」「已見上注」「已見上」など表記に不統一があるし、「見下注」「見下句」「見下文」「已見前句」「已見上詩」など義例にないものもある。また、引文の時の名、字の表記も「曹植」「曹子建」が混在していて、形式的な表記に到るまで完全に統一されてはいない。板本段階の改變も同樣である。李善注、集注本、胡刻本すべて、絶對的ということはなく、まして神聖化などはあり得ない。

李善注に見られる言語表現へのこだわりは、文學言語の創作を考察する上で、他の注釋より極めて有用なものであるし、集注本や胡刻本は、他本と比較したときに相對的に善本であるというのに變わりはない。その優れた點を利用すればいいのである。

本節では、「已見～」をめぐる混亂の跡を追うに止まったが、李善注の增補過程については、唐寫本、集注本から板本へと直線的にはつながっていないこと、板本間においても巻ごとに增減に違いがあること[17]など、不明なことが多い。また、現行の李善單注本が六臣本から抽出されたものかどうかということも依然課題として残っている。[18] 天聖七年（一〇二九）雕造の北宋版李善注『文選』と、天聖四年（一〇二六）平昌孟氏校刊本五臣注『文選』とを合編した「元祐九年（一〇九四）刊秀州（浙江省嘉興市）州學本六家注『文選』」をもとに刊行した秀州本（朝鮮本の祖本）には、合編の際、二萬餘箇所に改訂を加えたと記されている。約四萬箇所ある李善注の半數近くに手が加えられたことになる。「文選學」には、まだまだ未解明の課題が山積しているのである。

注

（1）第四章第一節參照。

（2）『日本中國學會報』第二集、一九五一年。

（3）以下の巻・葉は胡刻本による。なお、板本は、尤本・胡刻本・明州本・朝鮮本・袁本をいう。四部本・茶陵本は「已見～」について引文を重出する體例を取るので、本稿での異同の指摘には含めない。

（4）永隆本は、「少君、欒大已見西都賦」に作るが、高步瀛『文選李注義疏』（一九二九年。以下、「高氏義疏」。）に指摘するように、李少君と文成將軍の少翁を誤解したものである。

（5）「胡氏考異」に「振和鸞兮京師、袁本、茶陵本「鸞」作「鑾」、是也。」という。

（6）永隆本は、「三」字を「波」字に誤る。饒宗頤「敦煌本文選斠證」（一）（二）（『新亞學報』3―1、2　一九五七年。木鐸出版社『昭明文選論文集』收錄。以下、「饒氏斠證」。）に、「此節注永隆本特多誤筆、……〈三山〉又誤作〈波山〉。」という。

（7）板本は、「楚辭曰、建雄虹之采旄。上林賦曰、拖蜺旌也。」に作る。「高氏義疏」、「饒氏斠證」に指摘するように、引文を重出する茶陵本の影響を受けたものと考えられる。

（8）第四章第一節參照。「俯察百隧」注に「隧、已見西都賦。」（13 a 10。永隆本薛綜注云、「隧、列肆道也。」）というのは、「西都賦」の「貨別隧分」注に「薛綜西京賦注曰、隧、列肆道也。」と、ここの薛綜注を引いているのを指すというのだから、「隧、已見西都賦」と改める必要はない。この誤った改變のために、板本はここの薛綜注から「隧、列肆道也。」の五字を削除してしまっている。
（9）明州本・四部本無此八字。〈干〉下、朝鮮本・袁本有〈也〉字。
（10）集注本では引文、板本では「已見某篇」のものが十五例、「已見上文」（「已見上注」「已見上」）のものが十二例ある。また集注本に注がないのに板本で「已見某篇」のものが三例、「已見上文」のものが五例ある。これらは義例に反するものが大半で、これも混亂の一因となっている。
（11）或いは、「兩都賦」に關しては「序」を別篇と見なしていなかったことも考えられるが、李善注に「兩都賦序文」（集注本巻八２ａ「賦者、古詩之流也」注）とあり、「兩都賦序曰」の引文もあるので、「序」を別篇としていたと考えるのが妥當であろう。
（12）「胡氏考異」に「注呂氏春秋曰下至爲六合、袁本此二十字作六合已見兩都序、是也。茶陵本複出、非。」という。
（13）他一例（巻四七、袁宏「三國名臣序贊」、「六合徒廣」注）は、「荀悅漢紀論曰、以六合之大、一身之微、而匹夫無所容、豈不哀哉。」、二例（巻二三、歐陽建「臨終詩」、「恢恢六合開」注／巻三四、曹植「七啓」、「似若狹六合而隘九州」）は、「山海經曰、地之所載、六合之閒。」と内容に卽した引文になっている。
（14）明州本・朝鮮本・袁本は更に「都人士女、已見上文」と改變している。
（15）斯波六郎「舊鈔本文選集注卷八校勘記」（『文選索引』附載、一九五九年）に指摘がある。
（16）巻二八「君子有所思行」の「善哉膏粱士」李善注にここと同じ「國語」と賈逵注が引かれているのを指す。
（17）拙著『文選李善注の研究』（研文出版、一九九九年）參照。
（18）尤本・胡刻本が、一部、六臣本系統の茶陵本・四部本の引文重出の影響を受けているのも確かであるが、しかし明州本・朝鮮本・袁本よりも、尤本・胡刻本が「已見某篇」をより多く殘しており、この從省義例からは、一概に尤本がすべて六臣本から李善注を抽出したとも言えない。

第三節　『文選』李善注の傳承—唐鈔本から尤本へ—

『文選』のある作品を李善注によって讀んでいると、「已見上文」という表記に出くわし、すぐには該當箇所にたどり着けずに當惑することがある。『文選』を冒頭から讀み進め注も含めてほぼ記憶しているのならともかく、途中の一篇を隨時繙く場合は、隨分不親切な注釋だと思える。實は、この表記は當初から確定していたものではなく、かなりの搖れをもって變遷を重ね、現行の板本に至っている。『文選』李善注を收める鈔本の最終段階と思われる集注本殘卷では、「已見上文」は一篇内という限られた範圍でしか適用されておらず、該當箇所を探し出すのに困ることはない。ところが、現行の板本では、この表記が多用され、なおかつ板本閒に異同も見られる。

李善注の從省義例である「已見上文」「已見某篇」などの表記は、(1)唐鈔本・板本それぞれの李善注の中で一つの考えに基づいて統一的に施されてしかるべきものであろう。ということは、この從省義例の異同を檢討することは、唐鈔本から北宋本、そして尤本へという李善注の傳承過程を考える上での有力な一助になるのではないかと思われる。

『文選』李善注の傳承については、種々の見解があったが、現在では、唐鈔本から北宋本を經て尤本へという考え方が有力視されている。(2)しかし、唐鈔本、北宋本、尤本それぞれの段階に於いて、從省義例による表記に錯綜が見られ、一本の線でつながるような單純な傳承過程ではない。複線的な傳承過程、增補改變を想定する必要がある。それによって、例えば尤本が六臣注本から李善注を抽出したという見解に沿って閒々誤解を生じさせている「胡氏考異」のような、單純化がもたらす個々の事例に對する誤った見解を生む危險性も回避することが可能となるであろう。

そこで、本節では、唐寫本・集注本・板本の閒の從省義例の異同を檢討し、改めて尤本成立に至る『文選』李善注の傳承過程を考察してみたいと思う。なお、使用するテキストについては、第四章第二節に記した通りである[3]。

一　唐鈔本・集注本の從省義例

唐鈔本・集注本と板本間の從省義例の異同については、前節[4]で檢討したが、論の展開の都合上、敢えて重複を避けず以下にその要點を記す。

板本李善注には、巻一、二の六箇所に李善自身の從省義例についての説明が記載されている。

(1) 石渠、已見上文。然同巻再見者、竝云已見上文、務從省也。他皆類此。（石渠は、已に上文に見ゆ。然らば同巻に再見する者は、竝びに已に上文に見ゆと云ひ、務めて省に從ふなり。他皆此に類す。）〈巻一、班固「西都賦」、「又有天祿石渠、典籍之府。」注、12a10〉

(2) 諸夏、已見西都賦。其異篇再見者、竝云已見某篇。他皆類此。（諸夏は、已に西都賦に見ゆ。其の異篇に再見する者は、竝びに已に某篇に見ゆと云ふ。他皆此に類す。）〈巻一、班固「東都賦」、「光漢京于諸夏」注、23a6〉

(3) 諸夏、已見上文。其事煩已重見及易知者、直云已見上文。而它皆類此。（諸夏は、已に上文に見ゆ。其の事煩にして已に重ねて見え及び知り易き者は、直ちに已に上文に見ゆと云ふ。它皆此に類す。）〈巻一、班固「東都賦」、「内撫諸夏、外綏百蠻」注、26a3〉

(4) 欒大、見西都賦。凡人姓名及事易知而別巻重見者、云見某篇、亦從省也。他皆類此。（欒大は、西都賦に見ゆ。凡そ人の姓名及び事の知り易くして別巻に重ねて見ゆる者は、某篇に見ゆと云ひ、亦省に從ふなり。他皆此に類す。）〈巻二、張衡「西京賦」、「於是采少君之端信、庶欒大之貞固」注、12a8〉

(5) 婁敬、已見上文。凡人姓名、皆不重見。餘皆類此。（婁敬は、已に上文に見ゆ。凡そ人の姓名は、皆重ねては見《しめ》さず。餘皆此に類す。）〈巻一、班固「東都賦」、「故婁敬度勢而獻其説」注、19b8〉

(6)　鴟鴞、已見西都賦。凡魚鳥草木、皆不重見。他皆類此。（鴟鴞は、已に西都賦に見ゆ。凡そ魚鳥草木は、皆重ねては見《しめ》さず。他皆此に類す。）〈巻二、張衡「西京賦」、「鳥則鸛鷞鴟鴞、鴐鵝鴻鶤」注、17ａ6。永隆本、「已見西都賦」作「二鳥名也」。〉

實はこの義例そのものに、すでに問題を内包している。義例(1)で「同巻再見者」を「已見上文」というのなら、義例(2)の「異篇再見者」をわざわざ「已見某篇」と言う必要がない。義例(1)の「同巻」は「同篇」の誤りである可能性が高い。義例(3)は適用範圍が甚だ曖昧であり、義例(1)(2)との關係が不明である。『文選』中に頻出する言葉で從省義例によらないものが數多くあったり、逆に頻出語ではないのに「已見上文」と表記する場合も見られ、この義例(3)は用をなしていない。これが從省義例による注において混亂を引き起こす要因となっている。義例(5)は義例(4)と重複している上に、義例(3)と同樣に適用範圍が曖昧で、これも混亂の因となっている。義例(6)は、永隆本が「已見某篇」になっていないので、單に注を省略することを記していただけだったと思われる。

李善の存命中に筆寫された永隆本、及び同じく「臣善曰」の記載が見られる唐寫本乙巻、この二者の敦煌出土『文選』殘巻李善單注本が、板本李善注の改變の跡を知る上で貴重な資料であることは、周知のことである。ところが、唐鈔李善單注本からして既にこの體例に從ってはいない。

永隆本で從省義例によるものは、「已見上文」「已見上注」各一例（いずれも同巻同篇の「西京賦」の上文に注がある）、「已見西都賦」二例の計四例で、「上文」と「上注」の表記上の違いは見られるものの、すべて義例に合致している。しかし、永隆本には、本來なら從省義例によるべきはずなのに、既に擧げた注を重出している箇所が散見する。板本が「已見西都賦」（十四例）、「已見東都賦」（二例）と改めている十六例がそれであり、すべて「異篇再見」の注を省略した從省義例(2)に沿ったものになっている。これは、永隆本の段階で未整理だった體裁が、板本に至るまでの間に整えられていったことを示すものと言えよう。ただ、次の二例のように、板本には誤った改變も見られる。

○巻二13ａ「俯察百隧」注

・永隆本　［薛綜注］隧、列肆道也。　・板本　［李善注］隧、已見西都賦。

巻一「西都賦」の「貨別隧分」注に「薛綜西京賦注曰、隧、列肆道也。」と、この「西京賦」の薛綜注を引いているのだから、「隧、已見西都賦」とするのは誤りである。板本は誤った改變により、この薛綜注「隧、列肆道也。」の五字を削除している。

○巻二18ｂ「弧旌枉矢、虹旃蜺旄」注

・永隆本　［李善注］虹、旃、已見上注。　・板本　［李善注］楚辭曰、建雄虹之采旄。

永隆本の「已見上注」は、同篇の「西京賦」上文「亙雄虹之長梁」で、既に「楚辭曰、建雄虹之采旄。」と注していることを示したもので、從省義例に合っている。それを板本は重出している。(5)

一方、巻四五の東方朔「荅客難」と楊雄「解嘲」の一部を殘す唐寫本乙巻では、從省義例による注十箇所全てに、唐鈔本と板本との異同、板本閒の異同が見られる。その內、唐鈔本が「已見某篇」に作る五例は、すべて從省義例に合致しており、板本が「已見上文」や引文に改めている三例は、板本の誤った改變だと推測される。ところが、唐鈔本で「已見上」に作る五例は、同巻同篇の上文に該當する注がなく、唐寫本自體に問題がある。內四例は、人名に關する注なので、義例(5)に據ったものと考えられなくもないが、『文選』に頻出する人名ではなく、從省義例によるには疑問が残る。特に、楊雄「解嘲」の「世治則庸夫高枕而有餘」注（8ｂ）、

・唐寫本　「高枕、已見上。」

・板本　「漢書、賈誼曰、陛下高枕、終無山東之憂。楚辭曰、堯、舜皆有擧任兮、故高枕而自適。」

の「高枕」は、人名でもなく、巻三七、曹植「求自試表」の「謀士未得高枕者」注に「漢書、賈誼曰、陛下高枕垂統、無山東之憂。」、巻四二吳質「荅東阿王書」の「而無馮諼三窟之效」注に引く『戰國策』齊策四「……馮諼曰、狡兔有

三窟、免其死耳。今君有一、未得高枕而臥也。……還謂孟嘗君曰、三窟已就、請君高枕爲樂矣。」とあるだけで、『文選』の正文及び注に頻出する言葉ではない。從省義例によれば、「已見求自試表」或いは「已見呉季重荅東阿王書」となるはずである。從って、板本でこれらの注が重出、或いは釋義になっているのを、一概に誤った改變とは言い難い。永隆本の場合と同様に、從省義例による注が初期李善注において未整理だったことを示していると考えた方がよい。

集注本には、「已見某篇」が百六例（「已見序」二例・「已見序文」五例・「已見序注」一例・「已見上詩」二例・「已見前句」一例を含む）、「已見上文」十八例（「已見上注」六例を含む）、「見下注」「見下文」「見下句」各一例の計百二十七例の從省義例による注が見られる。「異篇再見」の「已見某篇」はもちろん、「已見上文」「已見上注」もすべて同篇内に於いて既に注に引用されているものであり、表記に若干の差異はあるが、ともに從省義例に合致する。また、從省義例にはないが、「已見上文」「已見上注」に類する「見下注」「見下文」「見下句」もすべて同篇内に注が見られるものである。ただ、集注本の李善注でも、全部從省義例が完全に適用されているというのではなく、本來なら從省義例によるはずのところで、重出になっている箇所は相當數あるが、從省義例によっている箇所の注から見る限り、集注本に使用された李善注本は、ほぼ一貫した考えに基づいて整理されたものであることが分かる。そして、その義例は、

〇同篇内に既に同じ言葉に對する注釋を施している場合は、「已見上文」と表記する。
〇異篇内に既に同じ言葉に對する注釋を施している場合は、「已見某篇」と表記する。

という二點に集約できる。

この閒の李善注本傳承の經緯を推測すると、次のように考えられる。李善が『文選注』を上表（顯慶三年、六五八）してから、世を去る（載初元年、六九〇）までは三十二年もあり、また永隆本が筆寫された永隆二年（六八一）から數えても、十年近くはある。唐寫本乙卷の方は、注釋量も少なく、その體裁からして上表後閒もない頃のものではない

かとも言われている。[6] 注釋内容も、官職を退いた後、『文選』を講義し續けていた李善自身が補訂を重ねた可能性は十分に考えられる。周知のごとく、唐末の李匡乂の『資暇錄』（非五臣）に、初注・覆注・三注・四注・絶筆の五種の傳本があり、最後の絶筆本は、「皆音を釋し義を訓じ、注解甚だ多し」というものだったという。この『資暇錄』の「絶筆之本」という語は、晩唐に五種の傳本が李善自身による增補改訂本と考えられていたことを示すものであろう。

李善注もその最初から、體裁が整えられた完全なものではなく、唐寫本乙卷、永隆本のような段階から、初注・覆注・三注・四注・絶筆という過程を經ながら徐々に集注本所收の李善注の形に整理されていったのであろう。從省義例による注もそのことを物語っている。

では、この體裁が整えられた集注本所收の李善注が板本にそのまま採用されたかというと、そうではない。特に集注本卷八・九に關しては、板本の基づいた李善注は集注本のものとは明らかに違っていた。板本と集注本の關係は卷數ごとに異なる樣相を呈しているのである。[7]

二　集注本から板本へ

集注本が唐末に既に幾種類か存在していた李善注本のどれを使用したのかは全く不明であるが、從省義例によった箇所から見る限り、集注本が使用した李善注は、一貫した考えに基づいて整理されていた。ところが、この集注本が使用した李善注本が板本にそのまま繼承されたわけではない。集注本に比べて、板本では從省義例が多用される傾向にある。しかも、義例に合わない「已見上文」が多く見られる。この「已見上文」は、『文選』精通者の衒學的樂しみにも似て、分かりにくいものになっている。

集注本に見られる百二十四例の從省義例による注で、板本と同じものは、三十例のみで、他はすべて異同が見られる。特に、集注本の「已見某篇」百六例の内、尤本・胡刻本では、八十七例が「已見上文」に改變され、明州本・朝鮮本・袁本では、更に二例が「已見上文」に改められている。以下、例を擧げて検討してみよう。上段が集注本、下段が板本である。

○陸機「荅賈長淵」の「對揚天人」注

卷四八上8a　對揚、已見贈馮文羆遷斥丘令詩　　卷二四16b　對揚、已見上文。

同巻異篇の陸機「贈馮文羆遷斥丘令」の「對揚帝祉」注に「毛詩曰、……。又曰、對揚王休。」とある。巻二〇陸機「皇太子讌玄圃宣猷堂有令賦詩」の「對揚成命」注にも「毛詩曰、對揚王休。」とある。集注本の李善注では、同篇内の上文に既に注が施してある場合だけに、「已見上文」と表記することで一貫しているが、板本では、異篇でも「已見上文」としている。

○潘尼「贈陸機出爲呉王郎中令」の「隨以光融」注

卷四八下21b　隨、隨珠、已見西都賓。　　卷二四26a　隨、隨珠、已見上文。

巻一「西都賦」の「隨侯明月」注に「淮南子曰、隨侯之珠、和氏之璧、得之而富、失之而貧。高誘曰、隨侯、漢中國姬姓諸侯也。隨侯見大蛇傷斷、以藥傅而塗之。後蛇於夜中銜大珠以報之。因曰隨侯之珠。蓋明月珠也。李斯上書曰、有隨・和之寶、垂明月之珠。」とある。板本では、異巻においても「已見上文」「已見上注」を使っている。

○曹植「七啓」の「甘和既醇」注

卷六八13a　醇、已見枚叔七發注。　　卷三四16a　醇、已見上注。

同巻異篇の枚乘「七發」の「飲食則溫淳甘膬」注に「溫淳、謂凡味之厚也。韓子曰、夫香美脆味、甘口病形。」とある。集注本はそれを示している。「醇」の注は、この他にこれより上文では、巻三「東京賦」の「春醴惟醇、燔炙芬芬」薛綜注に「醇、厚也。」、巻六「魏都賦」の「非醇粹之方壯」張載注に「班固云、不變曰醇、不雜曰粹。」、「著馴風之醇醲」李善注に「仲長子昌言曰、淑清穆和之風既宣、醇醲之化既浹。孔安國尚書傳曰、醇、粹也。」、巻一三謝惠連「雪賦」の「酌湘呉之醇酎」注に「醇酎、已見魏都賦。(8)」、巻一八嵆康「琴賦」の「旨酒清醇」注に「醇、厚也。」とあり、板本の「已見上注」では、どこを指しているのか不明となる。下文には、巻三五張協「七命」の「時聖道醇」注に「尙書曰、政事惟醇。孔安國曰、醇、粹也。」、巻三六王融「永明十一年策秀才文」の「日置醇酒」注に「漢書曰、曹參代蕭何爲相國、日夜飲酒。卿大夫以下吏及賓客、見參不事事、來者皆欲有言。至者、參輒飲以醇酒、度之欲有言、復飲、醉而後去、終莫得開說。」、巻五八蔡邕「陳太丘碑文」の「含光醇德」注に「孔安國尙書傳曰、醇、粹也。」とあるが、いずれも從省義例による注にはなっていない。なお、巻六左思「魏都賦」の「醇酎中山」、「歷執古之醇聽」、巻八楊雄「羽獵賦」の「於是醇洪鬯之德」、巻一八潘岳「笙賦」の「而化以醇薄」、巻二二陸機「招隱詩」の「安事澆醇樸」、巻五三嵆康「養生論」の「醇醴發顏」、「神氣以醇白獨著」には注がない。

○王融「永明九年策秀才文」の「用能敷化一時、餘烈千古」注

巻七一25b　餘烈、已見傅季友爲宋公修楚元王墓敎　　巻三六8a　餘烈、已見上文。

同巻異篇の傅亮「爲宋公修楚元王墓敎」の「遺芳餘烈」注に「春秋元命苞曰、文王積善所閏之餘烈。」とある。上文には、この他に「餘烈」の語はなく、「已見上文」に改めるのは不適切である。下文では、巻三九任昉「爲卞彬謝脩卞忠貞墓啓」の「壺餘烈不泯」注、巻五〇沈約「宋書謝靈運傳論」の「遺風餘烈」注、ともに『春秋元命苞』を引證としていて、從省義例による注にはなっていない。なお、巻五一賈誼「過秦論」の「奮六世之餘烈」は注がない。

また、集注本の李善注では、引文であったものが、板本では從省義例による注に改變されている。「已見上文」になっているものが尤本・胡刻本で十三例、明州本・朝鮮本・袁本で十九例、「已見某篇」になっているものが尤本・胡刻本で三十一例、明州本・朝鮮本・袁本で三十二例ある。更に、集注本李善注では注がなかった箇所に、從省義例による注を施したものが、「已見上文」五例、「已見某篇」三例見られる。その中には、

○左思「蜀都賦」の「出則連騎」注

巻八29b　漢書曰、濁氏以胃脯而連騎也。　　巻四23b　連騎、已見西京賦。

巻二張衡「西京賦」の「連騎相過」注に「漢書食貨志曰、翁伯以販脂而傾縣邑。濁氏以胃脯而連騎。質氏以洗削而鼎食。張里以馬醫而撃鍾。」とある。

○江淹「雑體詩・古離別」の「黄雲蔽千里」注

巻六一上27b（注なし）　　巻三一8a　黄雲、已見謝靈運擬鄴中詩。

巻三〇謝靈運「擬魏太子鄴中集詩（阮瑀）」の「風悲黄雲起」注に「淮南子曰、黄泉之埃、上爲黄雲。」とある。などのような従省義例に合った適切な改變も見られるが、大體は以下のような不適切な改變が多い。

○左思「蜀都賦」の「都人士女」注

巻八26b　西都賓曰、都人士女。　　巻四22b　都人士女、已見西都賦。

これは、「都人士女」が「西都賦」に見えることを指摘した注なので、従省義例によることはできない。なお、巻一「西都賦」の「都人士女」注には、「毛詩曰、……又曰、彼都人士。又曰、彼君子女。」とある。明州本・朝鮮本・袁本は「都人士女已見上文」に作り、更に分かりにくくなっている。

○左思「蜀都賦」の「發櫂謳」注

巻八35b　西京賦曰、櫂女謳。漢武帝秋風辭曰、發櫂歌。　　巻四25b　櫂謳、已見西都賦。

集注本の「西京賦」は「西都賦」の誤寫で、巻一班固「西都賦」の「櫂女謳」注に「方言曰、楫謂之櫂、直教切。説文曰、謳、齊歌也、於侯切。漢武帝秋風辭曰、簫鼓鳴兮發櫂歌。」とある。ここは、「蜀都賦」の「櫂謳」が「西都賦」の「櫂女謳」に基づく言葉であることを指摘しているので、従省義例によって改めるのは不適切である。明州本・朝鮮本・袁本は「櫂謳已見上文」に作る。

○鮑照「結客少年場行」の「方駕自相求」注

巻五六10a　西京賦曰、方駕授饔。　　　巻二八19b　方駕、已見上文。

巻二張衡「西京賦」の「方駕授饔」注に「鄭玄儀禮注曰、方、併也。」とある。これは、「方駕」が「西京賦」正文に見えることを指摘した注なので、従省義例によって改めることはできない。巻五五劉峻「廣絶交論」の「方駕曹王」注に「方駕、已見西京賦。」とあるのも、ここと同様に板本の不適切な改變で、「西京賦曰、方駕授饔。」とするのが適切である。巻二五盧諶「贈劉琨」の「方駕駿珍」注、巻二八陸機「樂府十七首・日出東南隅行」の「方駕揚清塵」注にも「西京賦曰、方駕授饔。鄭玄儀禮注曰、方、併也。」と記す。また、巻二八鮑照「樂府八首・結客少年場行」の「方駕自相求」注に「方駕、已見上文。」とあるのは、「方駕、已見陸士衡日出東南隅行。」とするのが適當である。巻六左思「魏都賦」の「方駕比輪」、巻三〇陸機「擬古詩十二首・擬青青陵上柏」の「方駕振飛轡」には注がない。なお、巻三五張協「七命」の「酒駕方軒」注では、「西京賦曰、酒車酌醴、方駕授饔。」と、「酒駕」が「西京賦」に基づく言葉であることを指摘している。

○謝朓「郡内登望」の「悵望心已極」注

巻五九下13b　蔡雍初平詩曰、暮宿河南悵望、天陰雨雪滂滂。　　　巻三〇14b　悵望、已見上文。

「悵望」は、同巻の上文にはなく、巻二〇謝朓「新亭渚別范零陵詩」の「停驂我悵望」注に「蔡邕初平詩曰、暮宿河南、悵望天陰、雨雪滂滂。」、巻二六謝朓「詶王晉安」の「悵望一塗阻」注に「蔡邕詩曰、暮宿何悵望。」とある。また、下文の巻三一江淹「雜體詩三十首・休上人別怨」の「悵望陽雲臺」注に「蔡邕詩序曰、暮宿河南悵望。」、巻三八任昉「爲范尚書讓吏部封侯第一表」の「悵望鍾阜」注に「蔡邕詩序曰、暮宿河南悵望。」（明州本・朝鮮本・袁本作「悵望鍾阜、已見上文」。）とあり、巻四六王融「三月三日曲水詩序」の「悵望姑射之阿」には注がない。尤本・胡刻本では、ここのみ、六家本では、ここと巻三八が従省義例に従って改められている。

○袁淑「效曹子建樂府白馬篇」の「五侯競書幣」注

卷六一上・2b　（注なし）

卷三一・2a　五侯、已見鮑明遠數詩。

卷三〇鮑照「數詩」の「五侯相餞送」注に「漢書曰、成帝悉封舅王譚・王立・王根・王逢・王商時爲列侯、五人同日封、故世謂之五侯。」とある。ただ、集注本所引「鈔」に「五侯、當成帝時、同日封若王根・王商・逢・時等是。」とあるので、「鈔」が見たときの李善注には、「五侯」についての注はなかったと思われる。

○曹植「七啓」の「正流俗之華說、綜孔氏之舊章」注

卷六八48b　禮記曰、不從流俗。鄭玄曰、流俗失俗。王充論衡曰、虛談竟於華葉之言、无根之流、安危之際、文人不與徒能華說之效也。左氏傳曰、舊章不可忘也。

卷三四24a　流俗、已見上。華說、已見文賦。舊章、已見東都主人。王肅周易注曰、綜、理事也。左氏傳曰、舊章不可亡也。

「流俗」は、卷一八成公綏「嘯賦」の「愍流俗之未悟」注に「禮記曰、不從流俗。」、卷二九張協「雜詩」其五の「流俗多昏迷」注に「禮記曰、不從流俗。鄭玄曰、流俗、失俗也。」、卷四一司馬遷「報任少卿書」の「而用流俗人之言」注に「禮記曰、不從流俗。鄭玄曰、流俗、失俗也。」、卷四五石崇「思歸引」の「夸邁流俗」注に「禮記曰、不從流俗。」とある。卷四一司馬遷「報任少卿書」の「流俗之所輕也」には注がない。なぜ板本がここだけ從省義例によるのか不明である。「華說」は、卷一七陸機「文賦」の「故亦非華說之所能精」注に「王充論衡曰、虛談竟於華葉之言、無根之深、安危之際、文人不與、徒能華說之效也。」とあり、これは從省義例と齟齬しない。「舊章」は、卷一班固「東都賦」の「乃申舊章」注に「左氏傳、季桓子曰、舊章不可忘也。」、卷三張衡「東京賦」の「旌六典之舊章」注に「舊章、法令條章也。左傳曰、舊章不可忘。」、卷四〇阮籍「爲鄭沖勸晉王牋」の「故聖上覽乃昔以來禮典舊章」注

に「毛詩曰、率由舊章。」、巻四七陸機「漢高祖功臣頌」の「舊章靡存」注に「典引曰、彝倫斁而舊章缺。」、巻四八班固「典引」の「彝倫斁而舊章缺」注に「左氏傳曰、季桓子命藏象魏曰、舊章不可亡也。」、巻五六陸倕「石闕銘」の「春秋設舊章之教」注に「左氏傳曰、司鐸火、季桓子命藏象魏曰、舊章不可忘也。」とある。同じ「石闕銘」の「是惟舊章」には注がない。なぜここだけ従省義例による表記になっているのか不可解である。「胡氏考異」に「注左氏傳曰舊章不可忘也、案、此十字不當有。上云、舊章已見東都主人、複出、非也。各本皆衍。」というが、これは、もともと従省義例によっていなかったのを改めたときに、削除し忘れたものと思われる。

○謝朓「和王著作八公山」の「吁嗟命不淑」注

巻五九下25ｂ　毛詩曰、子之不淑。

巻三〇18ａ　毛詩曰、子之不淑。……不淑、已見嵇康幽憤詩。

この板本の注も、集注本の引證による注と、従省義例によって改めたものが混在している。なお、巻二三嵇康「幽憤詩」の「咨予不淑」注に「毛詩曰、之子不淑、云如之何。」（「之子」誤倒。鄘風・君子偕老）とある。

○曹植「求通親親表」の「豈無錐刀之用」注

巻七三下23ｂ　錐刀之用、已見求自試表。

巻三七14ａ　東觀漢記、黄香上疏曰、以錐刀小用、蒙見宿留。

同巻異篇の曹植「求自試表」の「效臣錐刀之用」注に「東觀漢記、黄香上疏曰、以錐刀小用、蒙見宿留也。」とある。明州本・朝鮮本・袁本は「錐刀之用已見上文」に作り、「胡氏考異」は、「袁本此十八字作錐刀之用已見上文八字。是也。茶陵本複出、同此、非。」というが、従省義例によれば、集注本の記載が正しい。

○曹植「求通親親表」の「冀陛下儻發天聰而垂神聽也」注

巻七三下32ａ　（注なし）

巻三七16ａ　神聽、已見自試表。

明州本・朝鮮本・袁本は「神聽已見上文」に作る。巻三七曹植「求自試表」に「伏惟陛下少垂神聽」とあるが、注はない。ここは、「神聽」の語が、「求通親親表」に見えることを指摘したことを示すのであるから、増補するのならば、「求通親親表曰、冀陛下儻發天聰而垂神聽也。」と記すべきであって、從省義例によるのは不適當である。なお、巻五六張華「女史箴」の「神聽無響」には注がない。

○楊雄「趙充國頌」の「料敵制勝」注

巻九三24a　孫子兵法曰、水因地而制行、兵因敵而制勝。　　巻四七6a　制勝、已見張景陽雜詩。

巻二張協「雜詩」の「制勝在兩楹」注に「孫子兵法曰、水因地而制行、兵因敵而制勝。李奇漢書注曰、制、折也。」とある。ほかに、巻一〇潘岳「西征賦」の「故制勝於廟筭」注に「孫子曰、水因地而制行、兵因敵而制勝。又曰、夫未戰而廟勝、得筭之多者也。漢書、楊雄卽趙充國圖畫而頌之曰、料敵制勝。」、巻三七曹植「求自試表」の「故兵者不可預言、臨難而制變者也」注に「孫卿曰、水因地而制行、兵因敵而制勝。」、巻三八任昉「爲范尙書讓吏部封侯第一表」の「或制勝帷幄」注に「漢書、高祖曰、夫運籌於帷帳之中、決勝千里之外、吾不如子房、可封留侯。」、巻五七顏延之「陽給事誄」の「料敵厭難、時惟陽生」注に「楊子雲趙充國頌曰、料敵制勝。唐子曰、將要於折衝獸難決勝而已。」、巻五八王儉「褚淵碑文」の「制勝既遠」注に「孫子兵法曰、水因地而制行、兵因敵而制勝。」とあり、いずれも從省義例にはよっていない。

その上、以下の例のように、六家本の方が「已見某篇」よりも、「已見上文」に改變する傾向が強い。

○左思「蜀都賦」の「常曄曄以猗猗」注

巻八10a　西都賓曰、蘭茝發色、曄曄猗猗。　　巻四15b　曄曄、猗猗、已見西都賦。

明州本・朝鮮本・袁本は、「曄曄、猗猗、已見上文」に作る。この注は、「曄曄」「猗猗」が巻一班固「西都賦」の正文にあることを指摘しているのであって、既に注を施していることをいう従省義例による表記にするのは不適切である。その上、六家本のように「已見上文」に改變すると、『文選』李善注に精通しない限り、該當箇所を捜すのは容易ではなくなる。なお、「西都賦」の「曄曄猗猗」注には、「漢書曰、華曄曄、固靈根。說文曰、曄、草木白華貌。毛詩曰、瞻彼淇澳、綠竹猗猗。毛萇曰、猗猗、美貌。」とある。

中でも、集注本卷八・九（卷九には從省義例による注は一例もない）と、板本卷四・五との閒の從省義例に關係する二十二例の異同を檢討して、氣附くのは、次のように、北宋本殘卷と六家本が一致していて、尤本・胡刻本とは傾向が違うことである。

- （集注本）引文―（尤本・胡刻本）引文―（北宋本・六家本）已見某篇……四例
- （集注本）引文―（尤本・胡刻本）已見某篇―（北宋本・六家本）已見上文……四例
- （集注本）已見某篇―（尤本・胡刻本）引文―（北宋本・六家本）已見上文……一例

從省義例による注に關するかぎり、尤本は北宋本殘卷とは違う考え方に基づいていると思われる。次にこれに關して、北宋本から尤本への傳承を檢討してみたい。

三　北宋本から尤本へ

板本李善注には、從省義例による注が全一〇九〇例見える。その内、異同のあるものは一四二例で、その內譯は、

- （尤本・胡刻本）引文―（六家本）已見某篇……四九例
- （尤本・胡刻本）引文―（六家本）已見上文……七七例
- （尤本・胡刻本）已見某篇―（六家本）已見上文……一〇例
- （尤本・胡刻本）引文―（六家本）見下句……一例

・（尤本・胡刻本）已見上文・已見某篇―（六家本）なし……二例

・（尤本・胡刻本）已見某篇―（六家本）引文……三例

となっていて、全體的に六家本が從省義例による注を多用している傾向がうかがえる。また、この異同は數卷にまとまって見られる特徴があり、卷三、四、一〇、一六、一八、一九、三八、三九、四〇、五五で特に顯著である。これは、板本と集注本の異同が卷數ごとに差がある現象と似通っている。以下、北宋本殘卷のある卷三を見てみよう。(9)

　卷三張衡「東京賦」の從省義例による表記では、全十六例の内、版本間で異同のないのは「已見某篇」「已見上文」各一例のみで、他は次のようになっている。

・（北宋本殘卷）已見某篇―（尤本・胡刻本）引文―（六家本）已見某篇……七例(10)

・（北宋本殘卷）已見上文―（尤本・胡刻本）引文―（六家本）已見上文……六例(11)

・（北宋本殘卷）見下句―（尤本・胡刻本）引文―（六家本）見下句……一例(12)

以下にその例を擧げておく。

○14b1「若已納之於隍」の李善注「説文曰、城池無水曰隍。」

　北宋本殘卷・六家本は「隍已見東都賦」に作り、「胡氏考異」に「袁本此八字〈九字の誤り〉作隍已見東都賦、是也。茶陵本複出、非。」という。これは、「東都賦」ではなく、卷一班固「兩都賦序」の「浚城隍」李善注に「説文曰、城池無水曰隍。」とあるのを指すと思われる。「已見某篇」に關しては、まま誤記もあるが、從省義例には適っている。なお、「隍」に對する李善注は、卷四「南都賦」の「流滄浪而爲隍、廓方城而爲墉」注（六家本は「隍已見上文」に作る）と卷六〇謝惠連「祭古冢文」の「輪移北隍」注にも同じ『説文』を引いていて、從省義例にはよっていない。卷六「魏都賦」の「繕其城隍」、卷五七顏延之「陶徵士誄」の「不爲池隍之寶」には何も注がない。

○15b10「穆穆之禮殫」の李善注「禮記曰、天子穆穆。」

北宋本殘卷・六家本は「穆穆已見上」に作り、「胡氏考異」に「禮記曰天子穆穆、袁本此七字作穆穆已見上、是也。茶陵本複出、非。」という。これは、巻三「東京賦」の「穆穆焉、皇皇焉」李善注に「禮記曰、天子穆穆、諸侯皇皇、大夫濟濟、士將將。鄭玄曰、威儀容止之貌。」とあるのを指すと思われる。この例は同巻同篇に既に注を施してあることを示したもので問題はないが、六家本が「已見上文」に作る場合は、次のように疑問のあるものが散見する。

○23ｂ6「鳩諸靈囿」の李善注「毛詩曰、王在靈囿。」

北宋本殘卷・六家本は「靈囿已見上文」に作り、「胡氏考異」に「毛詩曰王在靈囿、袁本此七字作靈囿已見上文、是也。茶陵本複出、非。」という。巻一班固「東都賦」の「誼合乎靈囿」注に「毛詩曰、王在靈囿、麀鹿攸伏。」、巻二張衡「西京賦」の「在彼靈囿之中」注に「靈囿、已見東都賦。」とある。北宋本殘卷・六家本は、同巻同篇以外でも頻出する語には「已見上文」と記し引文を省略するという義例(3)を使用した系統の本であり、集注本系統の義例(3)を適用しないものとは異なる。ところが、巻二〇潘岳「金谷集作詩」の「靈囿繁若榴」注では「毛詩曰、王在靈囿。」と引證していて、從省義例にはよっていないという不徹底さがある。その不徹底さは、次の例でも顯著である。

○31ａ2「而輕天位」の李善注「尙書曰、天位艱哉。」

北宋本殘卷・六家本は「天位已見上文」に作り、「胡氏考異」に「尙書曰天位艱哉、袁本此七字作天位已見上文、是也。茶陵本複出、非。」という。これは、同巻同篇「東京賦」上文の「偸安天位」注に「天位、帝位也。善曰、尙書曰、天位艱哉。」とあるのを指す。この注そのものには問題はないが、巻一〇潘岳「西征賦」の「據天位其若茲」注、巻四九干寶「晉紀總論」の「而懷帝以豫章王登天位」注、巻五二曹元首「六代論」の「乃定天位」注、巻五八王儉「褚淵碑文」の「嗣王荒怠於天位」注は、全て同じ『尙書』を引證とし、從省義例にはよっていない。なお、巻五二班叔皮「王命論」の「而欲闇干天位者也」、巻五二曹元首「六代論」の「高拱而竊天位」には、注がない。これは、義例(3)の適用範圍が曖昧であることを物語っており、混亂をきたすもとになっている。

たとえば、袁本が「已見上文」に作るのを是とする「胡氏考異」も、巻三八張悛「爲呉令謝詢求爲諸孫置守冢人表」の「懷金侯服、佩靑千里」の李善注「懷金、已見上謝平原内史表。佩靑、已見上求通親親表。」について、「袁本作懷金佩靑已見上文八字。案、袁本非也。善第一巻注自言同巻再見者、竝云已見上文。又云、其異篇再見者、竝云已見某篇。然則凡不合此例、皆失善舊。」（袁本「懷金、佩靑は已に上文に見ゆ」の八字に作る。案ずるに、袁本非なり。善第一巻の注に自ら言ふ「同巻に再見する者は、竝びに「已に上文に見ゆ」と云ふ」と。又云ふ、「其の異篇に再見する者は、竝びに「已に某篇に見ゆ」と云ふ」と。然らば則ち凡そ此の例に合はざるは、皆善の舊を失ふ。）という。先の23b6「靈囿」の例では、異巻でも「已見上文」と記す義例(3)を是認していたのに、ここでは、それを非としている。

その他、巻四～一〇に見られる異同は、

巻四「南都賦」
・（北宋本殘巻）已見某篇―（尤本・胡刻本）引文―（六家本）已見某篇……一例
・（北宋本殘巻）已見上文―（尤本・胡刻本）引文―（六家本）已見上文……七例
・（北宋本殘巻）已見上文―（尤本・胡刻本）已見某篇―（六家本）已見上文……一例
巻四「蜀都賦」
・（北宋本殘巻）已見某篇―（尤本・胡刻本）引文―（六家本）已見某篇……二例
・（北宋本殘巻）已見上文―（尤本・胡刻本）引文―（六家本）已見上文……一例
・（北宋本殘巻）已見上文―（尤本・胡刻本）已見某篇―（六家本）已見上文……四例
巻五「呉都賦」（集注本巻九「呉都賦」には從省義例による注は一例もない。）
・（北宋本殘巻）已見某篇―（尤本・胡刻本）引文―（六家本）已見某篇……二例
巻六「魏都賦」

・（北宋本殘卷）なし―（尤本・胡刻本）已見上文―（六家本）なし……一例

巻一〇「西征賦」

・（北宋本殘卷）已見某篇―（尤本・胡刻本）引文―（六家本）已見某篇……二例

・（北宋本殘卷）已見上文―（尤本・胡刻本）引文―（六家本）已見上文……二例

となっていて、北宋本と六家本が同系統であり、尤本はそれと異なり六臣注本と同じ引文を使用している例が散見することがわかる。

では、北宋本と尤本が別系統であったのか、或いは六臣注本から李善注を抽出したものであったのかというと、必ずしもそうとは言えない。それは、巻四「蜀都賦」に、

○「木落南翔」李善注の「淮南子曰、木葉落而長年悲。」

集注本の李善注では「呂氏春秋曰、秋氣至、則草木落。」に作り、『淮南子』を引くのは「鈔」であるが、北宋本・六家本と同様に、尤本でも李善注となっている。

○「龍池濕瀑濆其隈」李善注の「瀑、水沸之聲也。」

集注本では五臣の李周翰注であったものが、北宋本・六家本と同様に、尤本でも李善注となっている。(13)

という、尤本が北宋本殘巻で李善注に組み込まれていたものをそのまま繼承している例が見られるからである。しかし、上述のように、尤本は北宋本をそのまま繼承したものではない。

北宋本刊行の經緯と、北宋本から尤本に至る閒の『文選』李善注板本についてまとめると、次のようになる。(14)

○景德四年（一〇〇七）、『李善文選』を刻するが、ほどなく宮城の火災で燒失する。

○大中祥符八年（一〇一五）、毋守素（最初に『文選』を刻した昭裔の子）の子克勤が五臣注本『文選』の板を奉った。

○天禧五年（一〇二一）、劉崇超が李善注本を刻すべきことを進言する。

○天聖七年（一〇二九）十一月に、李善注本の雕造が完成、天聖九年（一〇三一）に進呈される。
○元祐九年（一〇九四）、秀州（浙江省嘉興市）州學で、六家注『文選』（「天聖四年（一〇二六）平昌孟氏校刊本五臣注『文選』」と「天聖九年刊李善注『文選』」を合編）を刊行する。朝鮮本（一四二八年刊）の原本となる。
○崇寧・政和年間（一一〇六―一一一一）、廣都（四川省成都市）裴氏が六家注『文選』を刊行する。袁本（明・嘉靖二八年（一五四九）刊）の原本となる。
○紹興二八年（一一五八）以前、明州（浙江省寧波市）で六家注『文選』を刊行する。
○紹興年間（一一三一―一一六二）、贛州（江西省贛州市）州學で、六臣注『文選』（李善注を前に五臣注を後にして合編）を刊行する。四部叢刊初編本・茶陵本の原本となる。
○淳熙八年（一一八一）、尤袤が貴池（安徽省池州市）で李善注『文選』を刊行する。

これによれば、尤本は六家本・六臣注本のいずれをも參照することができる狀況にあったことが分かる。また、朝鮮本に収める秀州本の後序に、

秀州州學、今將監本文選、逐段詮次、編入李善幷五臣注。其引用經史及五家之書、幷檢元本出處、對勘寫入。凡改正舛錯脱剩、約二萬餘處。」（秀州の州學は、今監本文選を將《もち》ひて、逐段詮次、李善を編入し五臣注と幷はす。其の引用する經史及び五家の書は、幷びに元本の出處を檢して、對勘寫入す。凡そ舛錯脱剩を改正すること、約二萬餘處なり。）

と記すように、李善注と五臣注を合編する際に、二萬餘箇所の改訂を加えたというが、從省義例による注については、先に擧げた北宋本と明州本・朝鮮本・袁本との一致例から見て、手を加えていない。とすれば、尤本は、北宋本（或いは六家本の李善注）をもとに、六臣注本を參照しながら、[15]「已見上文」「已見某篇」を適宜引文に戻したり、「已見上文」を「已見某篇」に改めたと考えるのが妥當であろう。從省義例による注を、北宋本とは別の考え方に基づき再編したのである。

六臣注本は、利便性を追求するあまり、(16)従省義例による注を全て引文重出に改めてしまい、その結果、改變段階で當然起こりうる誤りも混在することになり、李善注の舊を留めなくなった。それに對して、尤本は、尤袤自身が跋文に、

獨李善淹貫該洽、號爲精詳。雖四明贛上、各嘗刊勒、往往裁節語句、可恨。（獨り李善のみ淹貫該洽、號して精詳と爲す。四明贛上、各おの嘗て刊勒すと雖も、往往　語句を裁節するは、恨むべし。）

と記すように、李善注の精詳さを大いに評價し、四明（明州本）・贛上（贛州本）の至らなさを批判している。尤袤は、より李善注の舊を復元しようという基本的姿勢のもとに、北宋本・六家本の從省義例による注の分かりにくい箇所を改變したと思われる。ただ、それは全卷一貫するところまでには至らず、卷ごとの斑《むら》が生じる結果になったのであろう。

おわりに

以上、從省義例による注をもとに、唐鈔本から板本に至る『文選』李善注の傳承過程を考察した。その結果、唐鈔本の段階では、唐寫本乙卷、永隆本のような未整理の段階から、徐々に體裁を整えて、集注本所收の李善注の形に至ったことを明らかにし、板本の過程では、北宋本が六家本にそのまま繼承されるが、尤本はそれらをもとに、李善注の舊を復元させようという考えのもとに、北宋本では分かりにくかった箇所を改變しようとしたのではなかろうかと推測した。尤本の北宋本とは異なる姿勢は、尤本をもとに刻された胡刻本を李善注の舊を最も多く留めた善本であるという斯波六郎氏の說に通じる。

斯波氏は、尤本に基づく胡刻本を論じて、尤本が六臣注本から抽出再編されたという說の直後に、「胡氏の據れる尤本の短所は此の通りである。併し胡刻本及び袁本・四部叢刊本等の現存板本を以て、唐鈔李善單注本（敦煌出土本

が2種有る）・舊鈔文選集注本（李善本の眞面目を保つ所が多い）・北宋板李善單注本の殘巻と對校するに、今の板本中、最も多く上の古本と合するのは胡刻本である。これから推せば、尤本は現存の六臣合注諸本に比べて、優る所の有る本であったことが知られる。是を以て、尤本を景模重鐫せる胡刻本は、李善本の舊を存する度に於ては、今の板本中の白眉なりと謂ふことが出來る。」（7頁）、「是を以て、尤氏本を重彫せる胡刻本は、現存板本中、最も李善の舊を存するものだと謂ふことが出來る。」（24頁）と記されていることを忘れてはならない。斯波氏が三十餘種の版本を精査した上での、結論の最重要部分は、胡刻本『文選』が、李善注の舊を最も多く留めた善本であるというところにある。なお、尤本の祖本の問題については、明州本との關係の再考察が必要であるという課題が浮かんできた。(17)

小論は、尤本が六臣注本から抽出されたのではなく、北宋本をもとに刊行されたものであるという議論の中で、版本研究にとって肝心なものが忘れられているのではないかという懸念から始まった。版本の系統を明らかにすることも重要であるが、その目的は、原文解釋に於いてより適切なものを求めることにあるのは當然である。斯波氏の版本研究で、胡刻本を最も李善注の舊を存しているのに近いと斷じ、胡刻本が『文選』讀解の基本テキストとなったのは、まさしくそれを物語っている。また、從省義例による注の異同を見れば明らかなように、版本の傳承過程は、一本線の單純なものではない。常に複線的な傳承過程、增補改變を想定する必要がある。それによって、例えば尤本が六臣注本から李善注を抽出したという見解に沿って閒々誤解を生じさせている「胡氏考異」のような、單純化がもたらす個々の事例に對する誤った見解を生む危險性も回避することが可能となるであろう。

注

（1）　第三章第二節參照。
（2）　岡村繁著『文選の研究』（岩波書店、一九九九年）、傅剛著『文選版本研究』（北京大學出版社、二〇〇〇年）參照。

（3）巻・葉數は胡刻本による。なお、單に板本という場合は、尤本・胡刻本・明州本・朝鮮本・袁本を指す（區別するときは、明州本・朝鮮本・袁本を六家本と稱す）。茶陵本・四部叢刊初編本（以下、六臣注本）は「已見～」について引文を重出する體例を取るので、異同の指摘には含めない。

（4）第四章第一節、及び「資料集『文選』李善注の從省義例「已見～」」（廣島大學中國古典文學プロジェクト研究センター『中國古典文學研究』第四號、二〇〇六年）參照。

（5）饒宗頤「敦煌本文選斠證」（『新亞學報』3―1、2　一九五七年。木鐸出版社『昭明文選論文集』收錄。以下、「饒氏斠證」。）では、「此云已見、蓋從省之例。刻本乃重出《楚辭》九字、殆六臣本概行增補、而尤氏從六臣本剔出時失檢耶。」と指摘するが、これは後述する北宋李善單注本から板本閒に異同がなく、引文を重出する六臣注本の影響とは言い切れない。

（6）岡村繁著『文選の研究』（前揭注2）參照。

（7）拙著『文選李善注の研究』（研文出版、一九九九年）。

（8）「醇酎」の語が「魏都賦」にあることを指摘した引證なので、從省義例による表記にするのは不適切である。後に擧げた「蜀都賦」の「都人士女」注（4・22ｂ）、「發櫂謳」注（25ｂ）と同樣に、もともと、「魏都賦曰、醇酎中山、流湎千日。」となっていたのを板本で改變された可能性が高い。

（9）巻一、二の板本閒には、從省義例による體例に異同は見られない。

（10）次の二例は、明州本のみ尤本・胡刻本と同じである。

○巻三21ａ「合射辟雍」の李善注「東觀漢記、永平三年三月、上初臨辟雍、行大射禮。」を、北宋本殘巻と袁本・朝鮮本は、「合射辟雍已見東都賦」に作る。

○巻三23ａ「聲教布濩」の李善注「尙書曰、聲教訖于四海。」（四部本と同じで、引用の句讀が誤っている。六臣本が重出したときの誤りを踏襲したと考えられる）を北宋本殘巻と朝鮮本・袁本は、「聲教已見東都賦」に作る。巻一「東都賦」の「考聲教之所被」注に「尙書曰、東漸于海、西被于流沙、朔南曁聲教。」とある。「聲教」は、他に巻二〇應貞「晉武帝華林園集詩」・巻三一江淹「雜體詩」・巻三四曹植「七啓」・巻三七劉琨「勸進表」にもあり、全て『尙書』禹貢を引證としていて、從省義例による表記にはなっていない。

（11）次の一例は、尤本と明州本のみ引文になっている。
○巻三21a「宮懸金鏞」の李善注「鏞、已見上文。」を、尤本・明州本は「毛詩曰、鏞鼓有斁。毛萇詩傳、大曰鏞。」（商頌那「鏞」作「庸」）に作る。同篇の「東京賦」の上文「鏞鼓設」李善注に既に『毛詩』と毛傳を引證としているので、從省義例に合っている。）

（12）從省義例にはないが、「見下句」の例は集注本（巻六一次1b〈作「見下注」〉、巻九三47b〈作「下文」〉、巻九八31a）にも見られる。

（13）岡村繁「宋代刊本『李善注文選』に見られる『五臣注』からの剽竊利用」（『村山善廣教授古稀記念中國古典學論集』汲古書院、二〇〇〇年）にも同様の指摘がある。

（14）詳細については、第三章（附）「書評　岡村繁著『文選の研究』」、及び岡村論文（前掲注13）・傅剛著書（前掲注2）參照。

（15）尤袤の跋文に明州本と贛州本を擧げていることから、この二本を見た可能性が高い。前掲注10、11で尤本と明州本のみが一致している例も證左となろう。

（16）李善注の從省義例による注を引文重出にすることは、袁宏「三國名臣序贊」の「堂堂孔明」の李善注が「堂堂、已見陸士衡漢高祖功臣頌。」とするのに對して、李善注をもとにより分かりやすい注を目途としている「鈔」が、「論語云、堂堂乎張也。」と重出している（集注本巻九四下8a）のと共通する姿勢である。なお、板本（巻四七31b）は「堂堂已見上文」に作る。

（17）『文選諸本の研究』（斯波博士退官記念事業會、一九五七年）。

(附)書評　「岡村繁著『文選の研究』」

(岩波書店、一九九九年、三五〇頁、書名・作品名索引一五頁)

『文選』は中國古典文學を代表する詞華集であり、その研究は「文選學」「選學」と稱され、今日まで作品內容・注釋・版本などに關する數多くの考察がなされている。しかし、その編纂・流傳の狀況に關しては、未だ謎の部分が多い。このたび上梓された『文選の研究』は、その「文選學」の定說、新說、未解決の問題に對する、著者の數十年にわたる論考をまとめたものである。同じく『文選』に關心を寄せ、折に觸れてその示唆に富む見解の學恩を被っていた後學の一人として、この大著を改めて拜讀できたことは、この上ない喜びである。

以下、本書の內容を紹介するとともに、淺學ならではの懸念と、今後の『文選』研究に對する課題を述べてみたい。なお、興膳宏氏の「兩側面からの『文選』研究」と題する本書の書評(『東方』二二五號、一九九九年一一月)も參考とした。

本書の章立ては、次のとおりである。

序章　「文選學」の歷史と課題
第一章　『文選』編纂の實態と編纂當初の『文選』評價
第二章　『文選』と『玉臺新詠』
第三章　さまよえる『文選』―南北朝末期における文學の動向と「文選學」の成立―
第四章　細川家永靑文庫藏『敦煌本文選注』について―唐代初期における『文選』注解の片影―

第五章　永青文庫藏『敦煌本文選注』箋訂
第六章　『文選』李善注の編修過程—その緯書引用の仕方を例として—
第七章　『文選集注』と宋明版行の李善注
あとがき
初出一覽
索引

一　「序章」について

「序章」は、今回の刊行に際して新たに書き下ろされたもので、本書の各章の内容が、次の項目でまとめられている。

一　『文選』の成立
二　科擧と「文選學」
三　宋代以後の『文選』研究と『文選』の版本
四　近來の『文選』研究とその課題

「一」が第一、二章、「二」が第三、四、五章、「三」「四」が第六、七章の各本論で論述される内容の要點を、補足資料を加えながら記したものである。いずれも從來の學說の問題點を指摘し、それに對する著者の批判が明快に示されている。特に、「三」「四」には、斯波六郎著『文選諸本の研究』の說を「全面的に否定した」（38頁）という本書の樞要な眼目が述べられている。その詳細については、後の各論で紹介することにし、ここでは論述の仕方に關する二、三の問題について觸れておきたい。

問題の第一は、この序章全般にわたって、實に巧みな筆致で痛快なまでに舊來の學說が覆されてはいるが、その當否は、本論の詳細なる論證の裏附けによって決定されるものであることを十分に承知しておく必要があるということである。その際、序章に記された文章と第一章以下の初出時の論調には、多少の溫度差があることにも注意が必要である。さもなければ、この序章では、先ず結論があって、その主張が次々と增幅される傾向があるので、本論でその論據が示される前に豫斷を持ちかねないし、誤解を招く可能性がある。たとえば、次のようである。

「一　『文選』の成立」で、「文選序」の要點を四項目に整理して、(一)「蕭統だけの個人用の歷代詩文名作選集であったこと。」(4頁)とあるが、その根據は記されていない。そして、そのまま

○同類の總集・選集の中で、ひとり『文選』だけが、もともと蕭統の個人的な賞玩用の歷代詩文名作集に過ぎなかった。(12頁)

○元來は昭明太子蕭統の個人的な詩文愛玩用として編纂された『文選』三十卷(14頁)

○蕭統の晩年、太子としての職務の餘暇、その病衰の身をいたわりつつ效率的に古今の詩文の名作を閱讀賞玩するために編纂された(「文選の序」)、蕭統だけの個人用の選集であった。(14頁)

○『文選』三十卷は、もともと昭明太子蕭統の個人的な詩文愛玩用の文學選集であった。(15頁)

と斷定されてゆき、それが自明の理のような印象を受けてしまう。これは恐らく本論第一章(75頁)によれば、「文選序」の「予　監撫の餘閑、居りて暇日多く」からの推定であろうが、そこでも說得力ある論證にはなっていないのである。

なお、この『文選』編纂のまとめに關連して、氣になるのは、一方では「『文選』という古典は、このような時代の、このような詩文の名作約八百首を選りすぐって、これを三十七種にも及ぶ當時の多樣な文體ごとに整然と分類配列した、現存唯一の本格的な當時の詩文選集である」(2頁)、「『文選』は、上述のごとく漢魏以來の格調高い正統文

學の典型的名作を文體ごとに網羅した、いわば理想主義的な堂々の總合的詩文選集であったのに對して、一方の『玉臺新詠』は、……興味本位の世紀末的詩歌選集であった」（10頁）と記されていることである。『玉臺新詠』の成立について近來の學說を批判するときは、『文選』を堂々の選集と評し、『文選』の編者問題やその隋代までの流傳を論ずるときは、さしたる價値のないもののように記す。各論中においてはそれぞれ痛快ささえ覺えるほどの見事な論調であるが、全體を踏まえた序章にあっては、ある程度の一貫性を持った說明がほしい。

北宋國子監本李善注『文選』の存在・宋代の出版文化の動向・李善注と五臣注に對する評價から、尤袤の李善單注本が六臣注本から抽出されたものだとする從來の說を批判する場合も同樣に、論據不明確な所が見られる。

○宋代當時、彼ら達見の學者たちが敢えて世情に反して『李善注文選』を校刊したさい、とかく近來の學說に見るごとく、『六臣本』から「李善注」の文だけを抽出輯校するというような不見識な編纂方法が、果たしてのうのうと發想され採擇されたであろうか。況んや近來のかかる學說が、宋代當時すでに李善單注本は亡逸していた、という不確實な假定の上に立った思いこみであってみれば、なおさらである。（28、29頁）

この中の「近來のかかる學說……」というのは、當然『四庫全書總目提要』の「其書自南宋以來、皆與五臣註合刊、名曰、六臣註文選。而善註單行之本、世遂罕傳。……豈非從六臣本中摘出善註、以意排纂、故體例互殊歟。」を指してのものであろうと思う。もちろん、この『四庫提要』は、誤りの多いことで知られる明・毛晉刊行の李善單注本をもとにしての說であり、著者の指摘の通りだからである。ところが、この直後に、

○そもそも近來のかかる學說は、いささか舊聞に屬するが今から四、五十年前、斯波六郎がその『文選諸本の研究』上篇（板本）において、『文選』の現存版三十餘本を精細に比較考證した結果、當時未見の尤袤刊本『李善注文選』の成立經緯を推定して、

尤本は、六臣本に據って李善注を抽出したものかと疑われるが、其の據る所の六臣本は現存の板本よりも優

れたものであったか、否らずんば、尤氏の時、尚他に善本の存するあって、それに據って參訂した後上梓したのかであろう。（『文選索引』第一冊 二四頁）

と論述したことに始まる。（29頁）

と記されている。とすれば、著者のいう「近來のかかる學説」は、斯波説のことになる。そもそも斯波氏は、『四庫提要』の所見本については、「胡刻文選の未だ世に出ぬ時、清儒の用ひた李善注本文選は主として汲古閣本であったものの如く（注⑭ 四庫の博聚を以すら李善單注本は、唯汲古閣1種を著錄するのみ）、或は汲古閣本を以て善本なりと爲すけれども、其の必ずしも採るに足らぬものなること、上に論述した所に據って推すことが出來よう。」（『文選諸本の研究』三七頁）と、誤り多き本であることを指摘している。その上で、『四庫提要』とは異なる獨自の考證結果から、尤本の成書經緯を推測しているのである。「近來のかかる學説」を、「言わば一斑を見て全豹を卜する類いの見解ではなかったか。」（29頁）と痛烈に批判するのであれば、その對象である學説を明確にしておくのが當然であろう。結論が同じだからというので、『四庫提要』と斯波説を同列にしておいて批判の對象にすれば、讀者は斯波説に對して豫斷と偏見を抱くことになりかねない。この部分は、恐らく第七章で著者が譯文で抄錄引用している程毅中・白化文兩氏の「略談李善注『文選』的尤刻本」の文（314頁）を受けてのものであろう。著者はこの後、斯波「文選學」の意義を説いて、「精細綿密に考證を加えた學術上の勞作」（32頁）「精緻周密な學風を窺うに足る」（33頁）と評し、なおかつ『四庫提要』の誤りを承知の上で、その學説を否定するのだから、この誤解を生ずるような記述は避けてほしかった。

なお、この節の注（29）で、著者が、「思うに、斯波は、『李善注』の場合、まだ北宋國子監本の存在に氣附いていなかったようである。」（44頁）というのは、誤解であろう。北宋本の存在については、斯波氏もすでに知っており、對校本の一つに「北宋板李善單注本の殘卷」を擧げ（『文選諸本の研究』七頁）、その注④に「劉文興定めて天聖明道間の本と爲すもの（北平圖書館々刊第5卷第5號）。予は劉氏が館刊に載せし1葉と、吉川幸次郎氏所藏の景照6葉とを見るを得た。」（同一二頁）と記してある。これは後述するように著者のいう「北宋國子監本」である。斯波氏は「北宋國子監本」という名は記していないが、この北宋本殘卷の存在は承知していた。

また、注（28）に記す松浦友久氏の「李善注本「文選序」の音注について――「加注者」の検討と「別、入聲」の解釋――」についての見解にも記述の曖昧さがある。松浦氏の論據①「正文」中に夾記された雙行の音注は、原則として五臣注の體例であったこと、②現行の『李善注』本は、元來『六臣注』本より抽出輯録したものであることの二點について、

○「正文」中の音注夾記は、たしかに『文選集注』等の舊鈔本には見えないけれども、元來すでに北宋國子監本『李善注文選』にあって、それが淳煕本（李善注）にも紹興本（五臣注）にも繼承され、さらに『五臣注』本系は、その啓蒙的・教育的な性格上、初學者たちのために音注をどしどし追加したのではないか。（44頁）

と述べる。松浦氏①の論據は、唐鈔李善單注本や平安中期鈔本『五臣注文選卷二十』（天理圖書館藏）を見れば明白である。本來の李善注本の體例では、音注は各注末にあり、正文中の音注夾記は、「恐らく五臣注が成って、ほどもない時期の鈔本をわが平安期に重鈔したものと察せられる」（『天理圖書館善本叢書漢籍之部第二卷』花房英樹解題、八木書店、一九八〇年）という五臣注本に見られる。現行の李善注本に見られる音注夾記は本來五臣注本の體例によるものである。もし假に北宋國子監本がその體例になっていたとしても、それは原李善注本の體例ではなく、五臣本の體例に據ったものであり、その音注も李善注ではなく、五臣のもの（「音決」などから五臣が取り入れた可能性も含めて）と考えるのが妥當であろう。著者の記述は、北宋國子監本が李善注の原型で、その音注夾記も李善のものであったとの誤解を招きかねない。

第二の問題は、『文選』諸注及び諸本に關して、著者の一方的見解のみがことさら強調され過ぎていることである。この序章を讀めば、本書の見解が、現在の日本における『文選』版本に關する決定版であるかの印象を受ける。この

ことは、

○その後、『文選』に關する文獻學的研究がなかったわけではない。と言うよりも、むしろ上述の斯波論文を忠實に祖述繼承する學者たちによって、從來多くの業績が公表されてきた。しかし、そのほとんどは千篇一律、基本的には斯波説の主張を一歩も越えるものではなく、私はこれらの論考に全く學問的な興味を覚えなかったので、ここでは、必要な場合以外、それら後續の諸業績には特に言及しない。（33頁）

という姿勢に顯著である。基本線上に連なる諸論は無視するという態度は、本書における著者の一貫した姿勢であり、研究の大筋を示す上では有效なものであるかもしれないが、細部に涉る精緻な考證が必要な版本研究においては疑問を抱かざるを得ない。たとえば、注（9）（40、41頁）で、集注本所收「鈔」の撰者を公孫羅とする東野治之氏の説を支持している。これについては、すでに拙著で反論した。東野氏の論は、藤原敦光の『祕藏寶鑰鈔』に引かれるただ一例の「公孫羅文選鈔」をもとに論じられたものである。論據となる『祕藏寶鑰鈔』及び『三教勘注抄』に引かれる『文選』・「鈔」を檢討した結果、その注記には集注本だけではなく、無注三十巻本『文選』などからの引用が見られ、九條本の頭注・紙背に見られる『文選』諸注の引用が、集注本・五臣單注本などからの重層的な注記で構成されているのと同じであった。平安末期公孫羅注が貴重視され、單行の注釋本として存在していたことから考えると、かの一例は單行本の公孫羅『文選鈔』から轉記されたものの名殘である可能性が高い。なおかつ、集注本所收「鈔」は、その注文により三十巻だったことが明確であり、著者が精査された敦煌本『文選』注と同様に、未整理で講義録的性格が強いものであること等を考え合わせると、集注本の「鈔」は、『文選』學者として名をとどめる公孫羅のものとするより、無名氏のものとした方が妥當であろう。斯波説に對する反論が出たというだけで、著者がそれを支持したという印象を免れない。

『文選』諸注及び諸本に關する研究は、まだまだ不確定の部分が多く、單純には割り切れない問題を多く抱えているのである。一つの權威を果敢に突き崩された著者だからこそ、本書によって全てを決して新たな權威を築こうとするかのような論述は、後學にとっては殘念である。

以上二つの問題は、本書の眼目となる斯波説の全面否定（34～39頁）にも及んでいる。著者は、斯波「文選學」に見られる顯著な問題として三點を指摘するが、その論述の仕方にも、それぞれ次のような懸念がある。

〈1　『文選集注』に對する評價の當否〉

著者は、斯波氏が「蓋し此の本世に出でて、廬山の眞面乃ち明かなるに庶幾しと謂っても過言ではなかろう。」（『文選諸本の研究』一〇二頁）と絶贊し、「舊鈔本文選集注卷第八校勘記」では、「餘程明瞭な錯誤でないかぎり、すべて『集注』本に記すところを「是」として採擇」（本書34頁）し、集注本を絶對化していると指摘する。『文選諸本の研究』の言は、「板本が皆誤つて、獨り集注本のみ誤つてゐない例を示して、此の本の價値を明かにしよう。」（86頁）として記されたものである點を考慮する必要があろうが、「舊鈔本文選集注卷第八校勘記」の方は、確かに著者指摘の通り、根據を示さず集注本を「是」、板本を「非」とする見解が散見する。しかし、それらの個々の事例に反論すればよいのであって、斯波氏が集注本を絶對化していると總括してしまうのには問題がある。そのような大摑みな捉え方をしたからこそ、

> ○斯波「文選學」の所説は、その精緻周密な校勘・考證にもかかわらず、案外、すこぶる粗陋で安易な結論が導き出されていたことに氣附く。たしかに數十年も昔の古い學説とはいえ、彼が結局このような結論しか導き出せなかったとすれば、あの驚嘆に價する精細緻密な校勘と考證は、いったい何のための苦しい營爲であったのか。考證の過程と結末との間を引き裂く悲劇的な斷層、乖離――この地層のずれは、果たして那邊から招來されたものなのであろうか。（34、35頁）

という、斯波「文選學」を全面的に否定するかのような記述になってしまうのである。こうなると、斯波「文選學」

だけでなく、『文選集注』本の價値そのものも否定し去られたかの印象を受ける。版本と比較して集注本が相對的に李善注の舊をもっとも多く存していることは事實であり、著者自身も

○その『文選』の正文といい、援引する注書・注文といい、まことに珍貴の極と言わざるを得ず、現存版本の訛誤を正すべき所も甚だ多い。（31頁）

と言い、その注（30）には、斯波六郎『文選諸本の研究』を參照と記してある。精緻な校勘の結果、『文選集注』本の價値を導き出した斯波「文選學」全てを否定し去ってしまうような言辭はいかがなものであろうか。個々の考證事例における集注本絶對視だけを否定したのでは事足りないのであろうか。

〈2　尤袤刊本の成立事情〉

ここで著者は、尤本が六臣注本から抽出再編されたものであるという斯波説を否定する。それは『文選諸本の研究』の二四頁（先に擧げた本書7頁の引用）、及び六、七頁の「此の類の祖本たる尤本は、今、之を見るを得ないが、尤本を景模重鐫せる胡刻本を以て推すに、是の本はもと唐の李善注單注本に據れるに非ず、李善注と五臣注とを併せ採れる本に就いて、正文は李善本と思われる文字に從ひ、注は李善注と思われるもののみを抽出したに過ぎない。隨って、正文の文字及び分節倶に五臣本に從ったり、注中に五臣の文を混じたり、正文中に音釋を存したりする誤謬が有ったようである。」という斯波説である。

しかし、『文選諸本の研究』には、いずれもその後に、「胡氏の據れる尤本の短所は此の通りである。併し胡刻本及び袁本・四部叢刊本等の現存板本を以て、唐鈔李善單注本（敦煌出土本が2種有る）・舊鈔文選集注本（李善本の眞面目を保つ所が多い）・北宋板李善單注本の殘卷と對校するに、今の板本中、最も多く上の古本と合するのは胡刻本である。これから推せば、尤本は現存の六臣合注諸本に比べて、優る所の有る本であったことが知られる。是を以て、尤本を景模重鐫せる胡刻本は、李善本の舊を存する度に於ては、今の板本中の白眉なりと謂ふことが出來る。」（七頁）、「是

を以て、尤氏本を重彫せる胡刻本は、現存板本中、最も李善の舊を存するものだと謂ふことが出來る。」（二四頁）と記されていることを忘れてはならない。斯波氏が三十餘種の版本を精査した上での、結論の最重要部分は、胡刻本『文選』が、李善注の舊を最も多く留めた善本であるというところにある。

確かに、斯波氏の尤本に對する推論は、尤本そのものを未見の段階でのもので、問題點もある。また、著者が、

○廣く宋代全般にわたる『文選』諸本の出版状況の推移を見通し、また尤本以前すでに北宋國子監本『李善注文選』が「模印頒行」されていた事實にまで視野を廣げた、言わば大局的見地からの推定ではない。（35頁）

と指摘するのもその通りである。尤本の成書過程に關する當否はともかくとして、當時の出版状況を加味した著者の考察は、斯波説の不足を補って餘りあるものである。しかし、斯波氏の最も肝要な結論に全く觸れず、その前段に記された李善單注本の傳承のされ方の部分だけを取り上げ、「本命的な推定」（36頁）と規定するのは、一方的な見方に過ぎるであろう。

〈3　北宋國子監本の存在〉

『文選』版本の系統について、北宋李善單注本の存在を重視することは、白・程兩氏及び著者によって新たに提起された貴重な提言である。しかし、わずか數葉の北宋本を見ただけで、尤本さえ未見であった斯波氏が、北宋國子監本の存在に氣附いていなかったということをことさら問題にして、

○純厚な文獻學者であった彼は、もっぱら舊鈔本や古版本のテキストの善し悪しだけに關心を奪われて、ついにその終焉までこれに氣附くことはなかった。（38頁）

と言うのは、いかがなものであろうか。學説は新たな資料の發見とともに變化して當然のものであろう。先人の足らないところは、補足訂正していけばそれでよいのではなかろうか。學界の定説となっていた斯波「文選學」を「全面的に否定した」（38頁）というのは、冷静な判斷を阻害しかねない、不必要な拘りに思えてならない。

本論に入る前に、いささか細部にわたり過ぎたかもしれない。或いは、
○『文選集注』と宋明版行各本の李善注を、「兩者を同一系統上の前後關係にあるものと見做して單線的にこれを位置づけ、完全から不完全へと脱落の方向で舊鈔本から宋明古版本への推移を想定するのではなく、むしろ反對に、兩者を複線的に別々の系統のテキストとして位置づけ、簡素な注から詳細な注へと增殖の視點でこれを見直さなければならない。（38、39頁）
という、唐鈔本から集注本そして版本への系統を考える上での示唆に富む新見解を示し、從來の學說の重壓を押しのけるには、著者の筆力を以て始めて可能だったのであろうかとも思う。

以下、第一章から第三章までは、一九八六年から一九八八年に書かれたもので、『文選』とその編纂時代の文學に言及したものである。

第四章から第七章までは、『文選』注釋と版本に關する論考で、第四章が一九六五年、第五章が一九六五年（一九九三、一九九七年補訂）、第六章が一九八七年、第七章が一九七九年に、それぞれ刊行されている。

二　「『文選』編纂の實態と編纂當初の『文選』評價」について

第一章は、

一　『文選』編纂以前の先驅的詩文總集と詩文選集
二　『文選』に對する六朝末期の文壇の反應
三　昭明太子と東宮文壇の盛衰
四　昭明太子の病衰と劉孝綽の東宮職復歸
五　『文選』編纂の實態

六　『文選』―先行詩文選集からの第二次的選集

で構成されている。

現在では、漢魏六朝文學の代名詞的存在になっている『文選』であるが、實は梁・陳時代の諸書の中で、その名が見えるのは、『梁書』『南史』の昭明太子傳の末尾に、「『文選』三十巻」の五字が、後人の附記かと疑うほどそっけなく記載されているだけで、その編纂の實態は謎である。本章では、その『文選』編纂當時の謎の解明を試みている。

まず、一、二節で、『文選』以前に既に優れた文學選集が編纂されていたこと、『文選』が當時の知識人の話題にさえ上っていないことを指摘する。そして、三節以下で、『梁書』の記事をもとに、昭明太子を中心とした東宮文壇の状況を推測し、清水凱夫氏の『文選』の編者を劉孝綽とする論（『新文選學』研文出版、一九九九年に再編收録）を補強して、『文選』は、

○第一次的選集に全面的に寄り掛かって、劉孝綽が病身の昭明太子の閲讀賞玩のために、匆匆の閒にそこから秀作を抽出した第二次的選集に過ぎなかった。（77頁）

と結論する。また、『文選』が當時顧みられなかったのは、

○六朝末期前後の高度な知識人たちにとっては、『文選』のような個人用で二番煎じの簡約化した選集は、特に取り上げてあげつらうほどの價値あるものではなかったのであろう。（77頁）

という。

そもそも、謎の多い『文選』編纂の實態について、劉孝綽との關わりを指摘したのは、斯波六郎「昭明太子」（『中華六十名家言行錄』弘文堂書房、一九四八年）である。斯波氏は、『文鏡祕府論』南巻の「梁昭明太子蕭統、與劉孝綽等、選集『文選』」、『玉海』巻五十四の注記「與何遜・劉孝綽等選集」、上野本『文選』殘巻の「文選序」の鼇頭に記す「太子令劉孝綽作之云々」などに、『文選』と劉孝綽の關係を窺わせる記事があること、また『梁書』劉孝綽傳、王筠

傳に見られる昭明太子の劉孝綽への親愛ぶりから、「かくの如く太子の最も親愛してゐたものは劉孝綽であったことが推定せられるからには、その文選選集に際しても、主として劉孝綽をしてその事に當たらしめたといふことはいかにも有りさうに思へるのである。」という。また、その編纂の時期については、「文選にその作品を採錄せられてをる梁人の内最後に死んだのは陸倕であつて、それは普通七年太子廿六歳の時のことであるから、劉孝綽等をして文選を成させたのは、普通七年以後と見なさなければなるまい。」という。

清水凱夫氏は、それを一歩進めて、劉孝綽單獨編纂説を提起し、編纂時期は大通元年（五二七）から大通二年（五二八）の閒であったと推定する。著者は、ここでそれを決定づけるかの假説を展開する。それは、當時の狀況を髣髴とさせるかのような一つのドラマとなっていて、著者の見事な論の展開、筆致には感服する。

ただ、この劉孝綽單獨編纂説、普通七年以後の編纂説については、中國の學界で現在でも論爭が續いている。因みに、穆克宏『昭明文選研究』（人民文學出版社、一九九八年）では、清水説に異を唱え、普通七年以後の昭明太子は、文學活動を行うような狀況にはなかったことを指摘し、『文選』は普通三年（五二二）から七年（五二六）までの閒に、文人が多く參集していた時期に編纂された可能性が大きいという。その他、序章で指摘した以外に、本章を讀んで考えさせられたのは、次のようなことである。

なぜ、「偏險で個性の强烈なカリスマ的實力者」「傲慢で感情的な」（75頁）劉孝綽が、「品性「弘厚」な貴族」（75頁）で昭明太子の「哀册文」を記すことを命ぜられた王筠よりも太子に親愛されたのか。性、山水を愛し、女樂を遠ざけたといわれる昭明太子が、溫厚な王筠より、劉孝綽を選んだのはなぜなのか。

『文選』が、隋朝まで話題にさえ登らなかったのは、その時代の文學嗜好とも關係あるのではなかろうか。興膳宏氏は本書の書評で、『文選』が南朝社會で埋もれた狀態になった原因として、昭明太子の死後の彼の子孫と梁王室との不幸な關係が預かっていたのではないかというもう一つの可能性を示している。

いずれにしても、昭明太子及びその周邊の詩文、また簡文帝以下の詩文を精讀し、時代状況と絡めて考察することが必要であろう。

三　「『文選』と『玉臺新詠』」について

第二章は、『文選』より少し遅れて編纂されたと言われている『玉臺新詠』を取り上げ、當時の文學理念を解明しようとしたもので、

一　硬派文學と軟派文學
二　『玉臺新詠』の編纂事情
三　簡文帝蕭綱の「湘東王に與うる書」
四　『文選』の編纂基準と蕭綱の文學理念
五　堂々の文學と日陰の文學

で構成されている。

『玉臺新詠』は、『文選』以上にその編纂實態について謎の多い選集であり、梁より三百年後の唐・劉肅『大唐新語』にその編纂經緯が記されているに過ぎない。これについて著者は、興膳宏「玉臺新詠成立考」（『東方學』第六十三輯、一九八二年。後、『中國の文學理論』筑摩書房、一九八八年刊所収）に依據して、蕭綱（昭明太子の同母弟、後の簡文帝）が太子であった大通六年（五三四）前後に、東宮學士の任にあった徐陵によって編纂されたとする。そして、『文選』は「多角的で理想主義な硬派文學の淵叢」で、『玉臺新詠』は「專門的で頽廢的享樂的な軟派文學ばかりの苑囿」（84頁）だと規定し、青木正兒『支那文學思想史』に始まる近來の學説が、『文選』を保守的、『玉臺新詠』を革新的で新傾向にあるとする新舊對峙論・新舊交代論の基本線上で論じられていることを批判する。

次いで、從來様々な讀みが示されている簡文帝の「湘東王に與うる書」に對する著者自身の讀解を示し、「『文選』の編纂基準と蕭綱の文學理念とは正に完全に合致する」（95頁）という。ただ、蕭綱は、

○一方では、兄の蕭統とは異なり、當時東宮文壇から勃興しつつあった「宮體」詩という香艷巧緻な享樂的「新聲」に對しても、これまたすこぶる執心であった。（96頁）

と述べつつ、その「宮體」詩とそれを選録した『玉臺新詠』については、

○「宮體」詩は、あくまでも當時の文壇における裏側の文藝であった。それがたとえ當時の宮廷詩人たちの閒で壓倒的な人氣を博していたとしても、かの『文選』に展開された堂々の文學とは全く異なり、人々の面前に晴れがましく公開することが些か躊躇されるような、いわば日陰の姫妾的文藝であり、うら恥ずかしくも快樂一杯の妖艷な宮廷文藝であった。（97頁）

○正統文學とは天地の懸隔がある、いわば濁流文學の選集（98頁）

○とにかく『玉臺新詠』は、當時「宮體」詩に耽溺していた若い徐陵が、淫靡な女性贊美の享樂的風潮の中で、太子蕭綱の正統な文學理念とは關係なく、ひそかに單獨で編纂した「艷歌」の選集であった可能性がきわめて高い。（99頁）

と記す。

この閒の論理は、著者にしては珍しく不明確である。蕭綱の文學觀は、兄昭明太子と同じものだったが、一方では享樂的「新聲」の「宮體」詩にも執心であったというのなら、『玉臺新詠』の編集に關係があったとしても何ら不思議はないのではあるまいか。著者自身述べるように、「おおむね當時の宮廷詩人たちに共通する創作上の硬軟二面性」（99頁）があったとすれば、なおさらであろう。また、次章では、蕭綱を中心に庾肩吾・庾信・徐摛・徐陵などの宮廷文人が、專ら婦女の妖姿艷情を題材にして巧麗艷治な「宮體」詩の競作に打ち興じた（106頁）と記してあるのだか

ら。

また、『玉臺新詠』を

○興味本位に派生した「宮體」詩という頽廢的享樂的な日蔭の「新聲」の選集であり、しかも徐陵一人がひそかに
　編纂した假託の私撰集（100頁）

とみなし、一方の『文選』は、

○たとえ名目だけにせよ昭明太子を編者とし、正統文學の全様式にわたってその典型的作品を網羅した堂々たる官
　撰集（100頁）

とする。これは、第一章で『文選』を「第一次的選集に全面的に寄り掛かって、劉孝綽が病身の昭明太子の閲讀賞玩のために、匆匆の閒にそこから秀作を抽出した第二次的選集に過ぎなかった。」（77頁）「個人用で二番煎じの簡約化した選集」（77頁）「二番煎じの安易な選集であった」（77頁）と規定したのと矛盾しているのではないか。

更には、蕭綱の文學觀が著者指摘の通りならば、なぜ蕭綱は『文選』に思いを致さなかったのであろうか。新たな疑問が生じてくる。

各章閒のずれで言えば、後の第三章128頁では、『玉臺新詠』に通ずる「宮體」を「華艶な近代詩文の流行」といい、『文選』を「傳統的な正統文學の典型」と記すのは、本章の保守と革新という學説への批判にならないのではなかろうか。

もう一點、本章では、林田愼之助「南朝放蕩文學論―簡文帝の文學觀」（『東方學』第二十七輯、一九六四年）、「蕭綱の「與湘東王書」をめぐって―森野氏論文「簡文帝の文章觀」批判」（『中國中世文學研究』第七號、一九六八年）〈竝びに後『中國中世文學評論史』（創文社、一九七九年）所收〉、森野繁夫「簡文帝の文章觀―「湘東王に與うる書」を中心として」（『中國中世文學研究』第五號、一九六六年）〈後『六朝詩の研究』（第一學習社、一九七六年）所收〉、清水凱夫「簡文帝蕭

綱「與湘東王書」考」（『立命館文學』第四三〇・四三一・四三二合併號、白川靜博士古稀記念中國文史論叢、一九八一年）などの簡文帝蕭綱の文學觀をめぐる諸論、及び最初に『玉臺新詠』の成書期について依據した興膳宏氏の論考の蕭綱の文學觀と徐摛・徐陵との關係を論じた後半部分に全く觸れないのは、どうしたことであろうか。或いは、○青木説以下從來の諸研究が導き出した結論は、すべて一應これを默殺しておいてよい。（87頁）という考えからなのであろうか。とすれば、先に序章で「斯波論文を忠實に祖述繼承する學者たち」（33頁）として諸論を無視したのと共通する態度である。煩を厭わず諸論の問題點を指摘し、批判を展開してもらえなかったのが、殘念である。

しかし、著者が指摘した「當時の宮廷詩人たちに共通する創作上の硬軟二面性」（99頁）は、梁代の文學を考える上で重要な鍵を握っている。それは、徐摛の「宮體」詩が東宮で流行したのに激怒した武帝蕭衍が徐摛を召しだして詰問し、かえってその經史百家、佛教についての學識の深さに感嘆した（『梁書』徐摛傳）ということに象徵的である。雅と俗、典麗と艷麗、公と私、學と遊、今と昔、眞摯と放蕩、緊張と弛緩、集中と散漫、華靡と節儉、當時の詩人達はこの兩面をよく見せる。作品から讀み取る主義主張を一面的に捉えていたのでは、本質に迫れない、二面性を備えている。それは修辭技巧にも反映されている。簡文帝や劉孝綽の文を讀んでいると、對になる一方には代表的經史百家の典故を踏まえ、一方は小説に渉るかのような典故不明な句を作る「一熟一生」の技法が散見する。本章の指摘は、今後のこの時代の詩文を考える上で興味深いものがある。

四　「さまよえる『文選』」について

第三章は、第一章の後を受けて、「文選學」が成立するまでの、南北朝末期から隋に至る文學の動向を論じたもので、

一　南北朝末期の社會情勢と貴族文藝
二　梁朝の滅亡と南朝貴族文化の消滅
三　陳朝の軍國主義的臨戰體制
四　北周宮廷文壇の「宮體」への惑溺
五　隋の文帝楊堅の詩文改革・人材登用と「文選學」の黎明

の五節で構成されている。

まず、第一章で提示した『文選』成立とその後の評價を前提として、梁末の「侯景の亂」から陳にかけての南朝貴族文化の消滅を、政治・軍事と文學の兩面から詳細に分析する。そして、梁にあって淫靡艷麗な作風で「宮體」詩の代表作家だった徐陵が、陳朝にあっては嚴峻亮直な服務ぶりでその學德は遠近より敬慕されたということを例に、陳代の文學不毛を、

○當時の緊迫した軍國主義的臨戰體制の渦中で全く逼塞し、劉宋以來の華麗多彩な南朝貴族文學に對しては敢えて拒否的でさえあって、その傳統を繼承する意思もなければ實績もなかった、と斷言してよいのではないか。（115頁）

と説く。

ただ、梁のことは作風であって、陳のことは服務態度である。比較の基準が違っているのが氣になる。人柄、服務態度が即詩文と直結すると考えるのは危險ではあるまいか。作品からの實證が是非必要である。

一方、北朝については、梁を滅亡させて王褒・庾信ら梁朝の文雅の士を幕下に結集させた宇文泰の西魏（後の北周）で、

○みるみる浮艷な「宮體」一色に塗りつぶされ、「一韻の奇を競い、一字の巧を争う」世紀末的な作風が貴顯百官

を眩惑魅了してしまった。」（121頁）

と指摘する。ついで、その北周の後を繼いだ隋の文帝楊堅の「典雅な傳統的作風への回歸」を目指す詩文改革と、官吏登用試驗制度「科擧」の實施を取り上げ、先秦から齊梁までの代表的な詩文を集め、分量も適當なものであり、なおかつ文帝が嫌惡排斥した輕艷な詩文は全く採錄されていない『文選』が、

○人々の要求にぴったりと合致する手頃な模範詩文集（126頁）

として歡迎されたと結ぶ。

この閒、李諤の「文華を革むる」上書を讀解し、その文章について、

○恐らく讀者は、この文章が、內容においても表現においても、『文選』所收の諸文に甚だよく似た文辭のつらなりであることに氣附くであろう。正に『文選』に象徵される六朝の齊整典雅な傳統的駢文である。（124頁）

との指摘があるが、どこがどう似ているのか、もう少し明確にしてあれば、詩文改革がより具體的なものとして提示されたのではなかろうかと思う。

ともあれ、『梁書』『南史』の昭明太子傳の末尾に、「『文選』三十卷」とだけ記され、唐初に勃興する「文選學」との閒が全く不明だった問題に、一つの筋道をつけた初めての畫期的論文であり、『文選』及び李善注の價値を考える上で、貴重な教示となっている。新しい視點から、資料と假說を實に巧みに組み合わせつつ、見事な論理展開を示す著者の面目躍如たる論考であろう。

五　細川家永靑文庫藏『敦煌本文選注』に關する論考について

第四章以下は、興膳宏氏が「『文選』の第一の顏」と書かれた、いわゆる舊來の長い傳統を有する「文選學」、つまり中國學の傳統である注釋、版本に關する考證學を中心とするものである。特に第四、五章の「永靑文庫藏『敦煌本

文選注』」に關する研究は、分量的に本書の四割餘を占め、その實證的成果の大きさとともに本書の白眉となっている。

この『敦煌本文選注』殘卷は、李善注本『文選』卷四十四の司馬相如「喩巴蜀檄」・陳琳「爲袁紹檄豫州」「檄吳將校部曲文」・鍾會「檄蜀文」・司馬相如「難蜀父老」の五篇の注釋のみを收錄している唐初の「文選學」の一端を窺える貴重な資料である。著者は第五章で、これを精査翻刻し、詳細な注解を施している。相當の時間と勞力を要するだけではなく、中國古典について人なみ優れた學識を有していなければできない力作であり、それが一九六〇年代半ばになされていることは驚嘆に値する。

その成果をまとめたのが第四章である。そこでは、まず集注本・九條本の古寫本を含む諸本との校勘を通して、

○敦煌注が據ったテキストが、たしかに獨自性に富んではいても、なおかつ古寫本との閒にいまだ決定的な距離をおいていなかったこと（135頁）

○これら古寫本の中でも特に『文選集注』に引く鈔・音決と比較的近かったのではないか（137頁）

と指摘する。そして、現存諸注との比較から、その注釋內容の獨自性を指摘していく。

その考證態度は極めて愼重である。それは、

○敦煌注本と鈔・音決が相近いらしいといっても、所詮はあやふやな推測の域をでるものではない。なぜならば、敦煌注の正文と鈔・音決のそれとが、高い比率でかみ合っているとはいいながら、それはあくまでも比率にしか過ぎないのであって、その實例自體は判斷を下す資料としてあまりにも數少なく、かつ斷片的であり過ぎるからであり、また例外もいくつかは見受けられるからである。（137頁）

○鈔のほうは、陸善經注に比べると敦煌注に似通った解釋が相當に多い。しかし一方、相異なる箇所も劣らず多く見られ、わたくしの調べたところでは、敦煌注と通ずる解釋・食い違う解釋の比率は、だいたい四對三である。

こんな割合では話にならない。（152頁）

という言い方に顯著である。この姿勢こそが、考證學に缺くことのできないものであり、それによって始めて次のような實證的研究成果が生み出せたのだということを、體感できる。

『敦煌本文選注』のテキストの特異性を指摘した後、この注解の特色が明らかにされていく。そしてそれは、講義調の用字用語、サービス過剰な説明、表記の不統一・未整理、等々の「實際に講義をしているようなまの口吻が隨所に見られること」から、

○『文選』講義のための師匠のメモか、でなければその受講者が要點をまとめたノートではなかったか」（143頁）

と推定する。更に、

○從來の『文選』諸注が、アカデミックに一應まとまった、いわば冷やかな能面的完結性を持つのに對して、この注は私塾的性格のにじみ出た、暖かい人間の息づかいを主張するかに見える。（157頁）

○唐初における通常の讀書人階層――これには當然文人や詩人も含まれる――が手ほどきされ、受けとめた『文選』の風貌を、局限された範圍ながらよほど具體的に把握しうるはずである。（157頁）

と、まさに唐初の「文選學」の現狀を髣髴とさせるかのような指摘が續く。今改めて本章を讀みながら、かつて集注本所收の「鈔」の内容をまとめるのに際して、胸躍らせながら味讀した記憶が再び蘇ってきた。初出後、三十年以上經過した現在でも輝きを失ってはいない。

最近、世に出た『天津市藝術博物館藏敦煌文獻』②（上海古籍出版社、一九九七年）に收録する「文選注」（津藝107（77・5・4446））は、李善注本『文選』巻四十三の注釋であり、その書式から見て、「永青文庫藏『敦煌本文選注』」の前の部分に相當すると思われる。著者の後塵を拜してこれを讀解することは、後學の務めであろう。

六　「『文選』李善注の編修過程」について

第六章は、『文選』李善注の編修過程を、版本と敦煌出土唐鈔『文選』李善注殘卷に見られる緯書引用の仕方を例として論じたもので、

一　隋唐「文選學」史上における李善注の價値
二　『文選』李善注の初注本と唐朝祕閣本
三　敦煌出土の唐鈔『文選』李善注殘卷二本の內容
四　緯書の引用から見た『文選』李善注の典故指摘の補充過程
五　類書による典故の檢出から廣範な古典による補訂へ

の五節からなる。

周知のごとく、唐末の李匡乂『資暇錄』に、李善注『文選』には、「初注」「覆注」「三注」「四注」そして最も注解の多い「絕筆本」があったことが記されている。本章はその李善注の增補經過を探ろうとしたものである。まず李善の傳記から、顯慶三年（六五八）の『文選』注上表は、李善三十歲前後であったと推定し、それは、○未熟な弱壯時代の撰述であり、しかもさほどの歲月をかけずに編修された可能性も大きいだけに、その後數次にわたる補訂結果に比べると、恐らく注解の及ばなかった個所や訂正を要する注記も少なくなかったことであろう。（296頁）

と言い、この「顯慶三年に表上された『文選注』六十卷の草稿本」（296頁）が、李匡乂『資暇錄』にいう「初注」本であったとする。

この點、拙考によれば、顯慶三年の李善は、もう十年後の四十歲頃であったと思われる。とすれば、著者の「未熟

な弱壯時代の撰述」「草稿本」というのは、當たらない。そもそも、論證以前にこのような先入主を與えて、後の結論へと誘導するような論述の仕方には、疑念を感じる。

ついで、李善生前の寫本とされる「唐鈔李善單注本文選殘卷」二種（羅振玉『古籍叢殘』所收）について檢討し、書寫の不注意による誤脫はあるものの、

○これはこれなりに忠實に李善初次表上本の舊を傳えようとした、かけがえのない基礎的文獻と言うことができる。（300頁）

と判斷する。そして、その「唐鈔本」と『文選』諸本との緯書の引用の仕方を檢討し、李善注の增補の過程を說いていく。

「唐鈔本」殘卷「西京賦」に4條の緯書が引かれている。これらの内3條は、唐初の類書『藝文類聚』『北堂書鈔』にも採錄された文であり、殘り1條も『太平御覽』に見える。ところが、「唐鈔本」に無くて、版本李善注に見られる緯書2條（いずれも「解嘲」）は、先の類書に見られないものである。つまり、前の4條は容易に檢出できる性質の典故であり、後の2條は「長い時間をかけて、廣く各種の古典を涉獵」「竝々ならぬ勤勉と忍耐とを强いられた」（304頁）ものだという。その結果、李善の注釋の仕方と增補の經緯について、

○すでに當時存在していた代表的な諸類書を存分に活用し、もってその新編『文選注』のあらましの形態を作り上げようとしたのではないか。つまり、當時まだ少壯の學者であった李善は、讀書量が足りないわれわれのおおむねの着想と同樣、まずは手っ取り早く既成の代表的類書を驅使して、とにかく效率的に一應の成果をあげようとしたものと思われる。（306頁）

○李善は、元來主として類書から典故を檢出した「初注」を基盤にし、爾後彼の各種古典に對する讀書が擴がり深まるに從って、漸次その空白を補塡していったのではないか。（306頁）

と推論する。

李善注の增補について、李善自身が補充を重ねていったことを示唆した點は、李善の事跡から考えて、妥當なものであり、李邕補足說が一般的であった本論發表當時においては、畫期的な推論であった。餘人の追隨を許さない著者の構想力には敬服するほかない。しかし、李善が若年であった故に、注釋に際して類書を利用したという點は、僅か緯書6條の檢討からだけでは、何とも判斷しがたい。四萬箇所にものぼる李善注の引書について、古寫本を含めて、版本をもっと精査する必要があろう。

そもそも、李善注の「唐鈔本」になく版本にある引書は、そのすべてが檢索困難なものばかりではない。たとえば、「西京賦」の「初若飄飄、後遂霏霏」の雪が細かく降る形容を表現する「霏霏」に對して、永隆本李善注には注がないが、胡刻本など板本には、「毛詩曰雨雪霏霏」と『毛詩』小雅采薇を引いている。「霏霏」は、『文選』中卷二の他六例使用されている。（以下の引用文は胡刻本による。）

・卷一〇、潘岳「西征賦」應刃落俎、靃靃霏霏　〔李善注〕なし。
・卷一六、潘岳「寡婦賦」雪霏霏而驟落兮　〔李善注〕毛詩曰雨雪霏霏。
・卷二六、范雲「贈張徐州稷詩」淚下空霏霏　〔李善注〕毛詩曰雨雪霏霏。
・卷二七、魏武帝「苦寒行」雪落何霏霏　〔李善注〕毛詩曰雨雪霏霏。
・卷五七、潘岳「哀永逝文」雲霏霏兮承蓋　〔李善注〕楚辭曰雲霏霏而承宇。

＊他の一例は、卷三三の「九章涉江」であり、ここにはもともと李善注がない。

雪と淚の降り落ちる意の時は、全て『毛詩』を引き、雲がもくもくと覆いかぶさる意の時は『楚辭』九章涉江を引き、卷一〇の魚肉が細かく切られて落ちる意の時は、引書していない。また、唐鈔本と板本との閒に見られる注釋增補の問題は、集注本と板本の閒においても同樣である。たとえば、卷五八（集注本卷一一六）王儉「褚淵碑文」の「冠冕當世」に對して、集注本李善注は引證がないが、板本には、「晉中興書庾冰疏曰、臣因循家寵、冠冕當世。」という注がある。「冠冕」については、卷三八任昉「爲蕭揚州薦士表」の「海內冠冕」、卷四六任昉「王文憲集序」の「海內冠冕」、ともに『晉中興書』の同文を引用している。また、卷四〇（集注本卷七九）沈約「奏彈王源」の「往哲格言」に對して、集注本は引證がないが、板本には、「論語考比讖曰、格言成法。」という注がある。卷一六潘岳「閑居賦」の「奉周任之格言」にも、「論語考比讖、賜問曰、格言成法、亦可以次序也。」と引證している。いずれも李善注に精通していなければできない增補である。

これらの例のように、李善注にはしばしば『文選』全體を通して引證の使い分けがなされているし、當然あってしかるべき引書がない場合も散見する。このような增補例の實體から考えれば、著者が言うように、學識が備わって始めて見つけられるというものではなく、單なる見落としと考えた方がよいと思われる。つまり、我々がするような辭書や類書を利用しながら注を施したのではなく、多く記憶に據ってなされたからこそ、脫落があったと考えるのが妥當であろう。唐鈔本と版本を比較して、經書の鄭玄注などによる語義の補足が多いのもそのためだと思われる。經書史書の必要文獻は記憶することが一般だった當時に、「書簏」とあだ名されていた李善である。群を拔いた記憶力の持ち主だったと考えたい。

先の第四、五章に比して、十五年から二十年後に執筆された論考である第六、七章には、このように考證學に不可缺な愼重さが薄れ、一部の意に添う例を擧げて結論を急ぎすぎる點が見られる。結論の當否はともかく、實證性が乏しくなっているのが殘念である。

なお、些細な問題ではあるが、305頁の「出入無閒」の典據『淮南子』は、「原道訓」ではなく、「精神訓」である。また、同じく305頁「史記、秦王曰、知一從一横、其說何。」が現行本の『史記』には見えないというが、これは、田敬仲完世家の「秦王曰、吾患齊之難知。一從一衡。其說何也。」を引いたものであろう。

七　「『文選集注』と宋明版行の李善注」について

第七章は、序章で相當の紙數を費やして述べられていた斯波「文選學」否定の論證編に相當し、
一　現存する李善單注本の成立に關する從來の認識
二　『文選集注』所收の李善注について
三　『文選集注』の李善注と現存版本の李善注との比較
四　元來の李善注の形態
五　『文選集注』の李善注と現存版本の李善注との關係
の五節で構成されている。

先に序章も同様であったが、著者の斯波「文選學」否定は、集注本『文選』を絶對視することを覆し、南宋の淳煕八年（一一八二）刊の尤袤刻本を祖本とする現存の李善單注本が、六臣本から李善注を抽出再編したものではなく、北宋刊李善單注本から傳承されたものであることにある。

本章では、まず、四庫提要に始まる李善單注本の六臣本からの抽出説を確固たるものにしたとする斯波説の根據を次の四項目にまとめる。

(1)正文・注が舊鈔李善本と合わず、舊鈔五臣本や板本の五臣李善注本（六家注文選）の袁本・李善五臣注本（六臣注文選）の四部叢刊本と合うところがある。
(2)夾注の位置が、舊鈔李善本と合わないところがある。
(3)正文中に音注を夾記するのは、李善本の舊ではなく、六臣本に近い。
(4)李善注に五臣注を混じている。

これに對して、程毅中・白化文の兩氏が、「略談李善注文選的尤刻本」（『文物』一九七六年一一號）で、斯波説に異を唱えた、尤本が六臣注本から李善注だけを抽出したものではなく、北宋國子監刊本李善注『文選』をそのまま受け繼いだものであるという説を譯出した上で斯波説への反論を始める。

程・白の兩氏の根據は、

①舊鈔本が李善本の原貌を保存していたということはできない。

②北宋に既に國子監の刻した天聖（一〇二三—一〇三二）・明道（一〇三二—一〇三三）年閒の李善本があった。

③尤袤の『遂初堂書目』には、李善本と五臣本のみ記載され、六臣本が見られない。

④現存する最も早い六臣本（廣都裴氏刻本）は、政和元年（一一一一）に完成したもので、國子監李善本より數十年後である。

⑤李善本と五臣本が混じり合った形跡があるのは、傳抄・傳刻の閒の變動でる。

というもので、斯波説の論據については⑤で一蹴するだけで、個別の事例に反論したものではない。著者は、その程・白兩氏の論を支持し、更に、

⑥尤本に李善本と五臣本とを校合した「李善與五臣同異」一巻が附載されている。

⑦六家注文選・六臣注文選に、李善本と五臣本の正文異同の校語が數多く記載されている。

⑧南宋・程俱『麟臺故事』巻二に、大中祥符四年（一〇一一）八月、三館祕閣の直官吏校理を選んで『李善文選』を校勘し、摹印頒行したことが記されている。

⑨北宋の天聖・明道年閒の刊本と推定される李善注文選の殘葉、同樣な避諱字を持つ北宋刊本李善注文選の殘巻がある。

などの四點を追加し、斯波説への反論を強める。以下の著者の論證も、程・白兩氏と同樣に、直接斯波氏の論據とす

る事例に反駁したものではなく、①②を補強したものである。

①について著者は、『文選集注』巻八「蜀都賦」、巻九「呉都賦」の一節を取り上げ、現存版本との對照を行い、劉逵注・五臣注については、兩者の閒にさほど大きな異同はないのに、李善注については、集注本が版本に比べて異常に膨張していることを指摘し、

○『文選集注』が據ったところの李善注が、もっぱら李善の注だけに的をしぼって、とにかく克明にこれを増補した第二次的な後出の李善注ではなかったかと、推測せざるを得ない事象である。（326頁）

○從來のごとく一方的に集注本をこそ絶對的な準據とし、集注本にあって版本にない李善注は、すべて後人の誤脱ときめ附ける武斷な見方には、われわれが容易に荷擔し得ないところがあること、おおむね察知することができるであろう。（328頁）

と、集注本所收の李善注を二次的なものだとした上で、斯波氏の「舊鈔本文選集注巻八校勘記」を批判する。しかし、前章で示唆したように、增補が李善自身によるものであれば、この增補された集注本所收の李善注も、李善注の舊の一つになるのではないのではなかろうか。また、

○今まで舊鈔本の『文選集注』の蔭にかくれて、不當なほどに低い評價しか受けてこなかった現存版本の李善注に對して、あらためてその眞價を問い直す必要性が出てきた。（337頁）

というが、この現存版本李善注への不當な評價というのは、どこから來るのであろうか。集注本と版本を相對評價して、細部に渉っては集注本が李善注の舊を存しているのに閒違いはなく、尤本・胡刻本が版本中、李善の舊を存した善本であることは誰も疑ってはいないのである。筆が斯波説批判に向かうと、冷靜な判斷が影を潛めてしまうのを懸念する。

そして、著者は、集注本と版本の關係について、

○簡素な李善注を底本として、それぞれ系統を異にする少なくとも兩種の補訂本李善注が編纂されるようになり、その一つが『文選集注』所收の李善注であり、他の一つが宋明刊本の祖本となった李善注であった。（337頁）

○集注本系の李善注は、北宋國子監本の公刊以後、あまり高い評價を受けなかったためか、つとに鈔本の段階だけでその傳承を途絶した。これに對して、監本系＝刊本系の李善注の方は、北宋以來の文選學の盛況と相俟って、逐次さまざまな系統に分岐し、それぞれに增補され修訂が加えられて、やがて現存の各種版本に定着していった。（339頁）

と推定し、『文選』諸本の系統を、單線的にではなく複線的に、李善注の傳承過程も、簡素から煩瑣へという增殖の視點で見つめ直すことを提唱する。

單線的に思考するのではなく、複線的にというのは、從來になかった極めて貴重な見解であった。しかし、『文選』版本の複雜さは、その複線でも足らないのである。まず第一に、著者の「集注本系の李善注は、北宋國子監本の公刊以後、あまり高い評價を受けなかったためか、つとに鈔本の段階だけでその傳承を途絶した」という論は、單純には成立しない。著者が取り上げた集注本巻八、九というのは、板本李善注に較べて集注本に增補が多い特殊な巻であり、その部分に關しては、著者の見解は當てはまるかもしれない。しかし、他の巻、たとえば巻八十五（胡刻本巻四三）などは集注本と版本にほとんど違いがなく、ほぼそのまま傳承されているのである。集注本殘巻全體を通してみれば、增補の度合が巻によって異なっていて、「簡素から煩瑣へと」單純には言えないのである。

この集注本李善注の增補の度合いにむらのあることは、著者も、

○『文選集注』の李善注は、場所によって相當に精粗の差がはげしい、かなりむらの多い注解であったように見受けられる。（319頁）

○精細な注を加えた巻と然らざる巻とが混在している。（319頁）

○『文選集注』の李善注は、現存版本のそれと比較しても、場所によって精粗出入が目立つ、かなりむらの多い注解（329頁）

と数回にわたり指摘しているにもかかわらず、結論においてそれが考慮されないのは、どうしたことであろうか。ある方向に筆が向かうと、他の事例が見落とされてしまうという先の懸念が現實になったとしか思えない。

更に、現存李善單注本の版本には、五臣注以外にも、集注本所收の「鈔」「音決」「陸善經注」が李善注として混入している。これは、森野繁夫「文選李善注について―集注本李注と板本李注との關係―」（日本中國學會報第三十一集、一九七九年）で指摘してある。これによっても、集注本が板本の李善單注本の形成過程に影響をあたえているのは明らかであり、集注本巻八、九の特異なところを論據とした著者の說は、集注本全體と版本李善單注本との關係においては成立しない。

それでは、逆に集注本から李善注を抽出し、「鈔」「音決」「五臣注」「陸善經注」を用いて補足訂足を加えた李注再編本が北宋國子監本に連なっていったと單純化できるかというと、そうはいかない。版本には、「鈔」などの現存する他注とも關係ない増補部分もかなり多くあり、また、集注本巻八、九には、板本の祖本が明らかに集注本とは違う事例がある（これについては拙著『文選李善注の研究』第三章に記した）。確かに北宋國子監本が版刻される際、著者の指摘されるような集注本李善注とは別系統の増補本があった可能性も考えられる箇所もあるのである。また、板本閒においても李善注の増減がある。たとえば、巻十九の尤本・胡刻本は、袁本・明州本などに比べて李善注がかなり多い。

このように、李善注の増減は巻ごとに違うという複雑な様相を呈しており、從來の『文選』版本に關する諸說では割り切れないものが殘る。敢えて推測すれば、版本李善單注本は、一つの系統の本に依って翻刻されたものではなく、集注本を含む各種鈔本（宋代には既に殘巻本になっていたと推定する）をもとに巻別に再編されたものであり、その結果として、各巻によって李注の増減が見られることになったのではないかということである。

程毅中・白化文と著者は、北宋本の存在を重視する。これは、斯波『文選諸本の研究』において缺落していた視點であり、『文選』版本の傳承過程を考察する上で、貴重な提言であることに閒違いはない。ただ、著者が、南宋・程倶『麟臺故事』巻二の「大中祥符四年（一〇一一）八月、三館祕閣の直官吏校理を選んで『李善文選』を校勘し、摹印頒行した」という記事を根據に力說される大中祥符四年北宋國子監本は、實は張月雲氏が指摘している（「宋刊文選李善單注本考」〈『故宮學術季刊』第二巻第四期、一九八五年〉）ように、ほどなく燒失していたのである。

今、北宋における『文選』刊行の記事を、淸・徐松輯『宋會要輯稿』（用前北平圖書館影印本複製重印、中華書局、一九五七年）によって整理すると、次のようになる。

○『文選』の刻本は、記錄（宋・王明淸『揮麈餘話』）に據れば、毋昭裔が九三五年に後蜀の宰相になったあと刊行したのが最初である。斯波『文選諸本の研究』には、「楊守敬の日本訪書志巻十二に、昭裔上木の本を以て五臣本なりと爲せども、恐らくは是れ當時五臣本盛行せし事に據つて立てた臆說であろう。」（一一頁注③）というが、後に記す昭裔の孫が家傳の五臣本を進呈した記事からして、これは、五臣本であったと思われる。

○眞宗の景德四年（一〇〇七）、「八月、詔三館祕閣直官校理分校『文苑英華』・『李善文選』、摹印頒行。……『李善文選』校勘畢、先令刻板。又命官覆勘。未幾、宮城火、二書皆燼。」（『宋會要輯稿』巻五五「崇儒」四「勘書」）。『麟臺故事』の記事は、この「景德四年」のことと同じものと思われる。宿白著『唐宋時期的雕版印刷』（文物出版社、一九九九年）では、景德四年の項に、『玉海』巻五四「雍煕文苑英華」の條から、「八月丁巳、命直館校理校勘『文苑英華』及『文選』、摹印頒行。」を引き、『宋會要輯稿』のこの記事を「大中祥符四年（一〇一一）」の項に記載する。しかし、『宋會要輯稿』の記載順を見ると、これは「景德四年」のことである。

○眞宗の大中祥符八年（一〇一五）、「九月七日、以故國子祭酒知容州毋守素男克勤爲奉職、克勤表進『文選』・『六帖』・『初學記』印板。樞密使王欽若聞其事故也。」（『宋會要輯稿』巻五五「崇儒」四「求書」）。

○眞宗の天禧五年（一〇二一）、「七月、内殿承制兼管勾國子監劉崇超言、『本監管經書六十六件印板、内《孝經》・《論語》・《爾雅》・《禮記》・《春秋》・《文選》・《初學記》・《六帖》・《韻對》・《爾雅釋文》等十件、年深訛闕、字體不全、有妨印造。昨禮部貢院取到《孝經》・《論語》・《爾雅》・《禮記》・《春秋》、皆李鶚所書舊本、乞差直講官重看搨本雕造。内《文選》只是五臣注本、切見李善所注該博、乞令直講官校本、別雕李善注本。其《初學記》・《六帖》・《韻對》・《爾雅釋文》等四件、須重寫雕印。』幷從之。」（『宋會要輯稿』卷七五「職官」二八「國子監」）。

○仁宗の天聖年閒（一〇二三—一〇三二）。『宋會要輯稿』卷五五「崇儒」四「勘書」に、先の記事に續けて、「至天聖中、監三館書籍劉崇超上言、『《李善文選》援引該贍、典故分明、欲集國子監校定淨本、送三館雕印。』從之。天聖七年十一月、板成。又命直講黄鑑・公孫覺校對焉。」とある。

これらの記事によれば、景德四年の『李善文選』の校定刻本は、ほどなく焼失する。その後、大中祥符八年に毋守素（最初に『文選』を刻した昭裔の子）の子克勤がその板を奉った。（『宋史』西蜀世家によれば、毋守素の父昭裔が『文選』『初學記』『六帖』を刻し、「守素賚至中朝、行於世。大中祥符九年、子克勤上其板、補三班奉職。」とある。天禧五年の記事によれば、これは五臣注本である。）そして、天禧五年、劉崇超が李善注本を刻すべき事を進言し、天聖七年（一〇二九）十一月に完成している。これは、著者が序章（46頁）に附記している朝鮮本（一四二八年刊）の末尾に附載された北宋時代の李善本後序とも一致する。この朝鮮本は、「天聖四年（一〇二六）平昌孟氏校刊本五臣注『文選』」と李善本とを合編した「元祐九年（一〇九四）刊秀州（浙江省嘉興市）州學本六家注『文選』」をもとに刊行したものである。その李善本後序には、

○天聖三年五月校勘了畢

○天聖七年十一月□日雕造了畢。

○天聖九年□月□日進呈

とあり、校勘者の中に、『宋會要輯稿』に記載されていた黄鑑・公孫覺の名も見える。更に、この天聖本李善單注本の殘葉・殘卷と見られるものが現存している。斯波氏が記す7葉（『文選諸本の研究』一二頁注④）、また、明清内閣大庫舊藏『李善注文選』が今世紀になって民間に流出し、天津の周叔弢、寶應の劉翰臣、江安の傅增湘が所藏し、周氏の二十一卷分は北京圖書館に藏されている（宿白著『唐宋時期的雕版印刷』六四頁）というもの、及び、臺北の故宮博物院所藏の數卷（阿部隆一著『增訂中國訪書志』三六一頁、汲古書院、一九八三年）である。

また、秀州本の後序には、「秀州州學、今將監本文選、逐段詮次、編入李善幷五臣注、其引用經史及五家之書、幷檢元本出處、對勘寫入。凡改正舛錯脱剩、約二萬餘處。二家注無詳略、文意稍不同者、皆備錄無遺。其間文意重疊相同者、輒省去留一家。總計六十卷。元祐九年二月□日」と、六臣本の形成過程が記されている。政和元年（一一一一）刊行され、最も早い六臣本と見なされていた廣都裴氏刻本より前に六臣本が刊行されていたのである。ただその合編の際、出處を原本に當たって確かめ、二萬餘箇所も改訂を加えたという。現存李善單注本の引書の字句が唐鈔本の李善の舊とは異なり、引書の現行本と一致しているのが散見するのは、このあたりに起因するのではないかとも想像される。

この秀州本（朝鮮本）の存在は、集注本・北宋本・尤本の流れを検討する上でも極めて貴重である。たとえば、次の一例を見てみよう。

○傅亮「爲宋公脩張良廟教」の「綱紀」注

〈集注本〉卷七一14b

李善曰、綱紀、謂主簿也。敎、主簿宣之、故曰綱紀。猶今詔書稱門下也。虞預晉書、東平主簿王豹白事齊王曰、況豹雖陋、故大州之綱紀。

呂延濟曰、綱紀、謂主簿之司也。敎、皆主簿宣之、故先呼之。亦猶今出制、首言門下、是也。

〈秀州本（朝鮮本）〉巻三六8ａ
濟曰、綱紀、謂主簿之司也。教、皆主簿宣之、故若先呼之。亦猶今出制、首言門下、是也。
善曰、綱紀、謂主簿也。教、主簿宣之、故曰綱紀。猶今詔書稱門下也。虞預晉書、東平主簿王豹白事齊王曰、况灼雖陋、故大州之綱紀。
〈尤本・胡刻本〉巻三六5ａ
綱紀、謂主簿也。教、主簿宣之、故曰綱紀。猶今詔書稱門下也。虞預晉書、東平主簿王豹白事齊王曰、況豹雖陋、故大州之綱紀也。
〈明州本・袁本〉巻三六
濟曰、綱紀、謂主簿之司也。教、皆主簿宣之、故若先呼之。亦猶今出制、首言門下、是也。
善曰、虞預晉書、東平主簿王豹白事齊王曰、況灼雖陋、故大州之綱紀。
〈茶陵本・四部叢刊本〉巻三六
善曰、虞預晉書、東平主簿王豹白事齊王曰、況豹雖陋、故大州之綱紀。
濟曰、綱紀、謂主簿之司也。教、皆主簿宣之、故若先呼之。亦猶今出制、首言門下、是也。
〈崇本〉巻一八14ａ
濟曰、綱紀、謂主簿之司也。教、皆主簿宣之、故先呼之。亦猶今出制、首言門下、是也。

秀州本（朝鮮本）は、「況豹」を「况灼」に誤り、五臣注に「若」字を増している他は、集注本と同じである。また、虞預晉書の末尾に「也」字を附していない。尤本はその「也」字を増した他は、集注本と同じである。明州本以下は、李善注を削除している。五臣單注本の崇本に「若」字の無いのは、集注本と一致している。この部分では、集注本が北宋本・尤本に繼承されているのがよく分かる。

ただ、版本閒の傳承過程は、先ほどの集注本と北宋本との關係と同様に、單純には割り切れない。六臣本からの抽出再編をいう斯波氏の擧例もそれなりに說得力があるが、尤本の方が六臣本よりもかなり注が詳細な卷（卷十七、十八、十九など）もあり、抽出說を主張する森野繁夫氏も、「宋代における李善注文選」（『東方學』第六十四輯、一九八二年）で、「全てが六臣本から抽出再編されたものとは考えられない。」という。また、黃志祥『北宋本文選殘卷校證』（國立高雄師範學院國文研究所碩士論文、一九八三年）を見れば、北宋本が尤本と一致せず、六家本と一致することが多い、つまり尤袤が手を加えたか、現存諸本とは別系統の本を見たかということも考慮しなければならなくなる。一方、白・程兩氏及び著者の說の影響は大きく、傅剛「『文選』版本敍錄」（北京大學中國傳統文化研究中心『國學研究』第五卷、一九九八年）、屈守元「『文選六臣注』跋」（『文學遺產』二〇〇〇年第一期）では、いずれも北宋李善單注本（天聖國子監本）から尤本へという傳承過程をいう。いずれにせよ、互いの事例への反論ではなく、各人が自說に合う例を擧げて自論を展開しているのが現狀である。兩論が出そろった現在、秀州本（朝鮮本）や北宋本殘卷をも加えて、更に詳細な檢討が必要である。

以上、細部にわたる懸念を述べたが、それは本書で果敢に舊來の學說を覆して後學を導こうとされる著者の意圖をくみ取ってのものである點を了解いただきたい。斯波六郎『文選索引』（一九五九年第三冊刊）に始まる日本の「文選學」は、內容研究において、小尾郊一・花房英樹の全釋（集英社「全釋漢文大系」第一・二・五・六・七冊が小尾譯、三・四が花房譯、一九七四～一九七六年）を第一段として、本書及び淸水凱夫『新文選學』（研文出版、一九九九年）で第二段階に、版本研究においては、斯波六郎『文選諸本の研究』（一九五七年）を第一段として、本書によって第二段階に達した。本書で提起された課題をもとに、兩面からの『文選』研究を、更に深化させていかなければならない。

（附記）本稿執筆後に刊行された著者の論文「宋代刊本『李善注文選』に見られる『五臣注』からの剽竊利用」（『村山吉廣敎

授古稀記念中國古典學論集』汲古書院、二〇〇〇年）には、大中祥符四年國子監本が焼失していたことに詳しく論及されている。

第四章　『文選』李善注の原形

第一節　唐鈔李善單注本『文選』殘卷考

李善の存命中に筆寫された甲卷、及び同じく「臣善曰」の記載が見られる乙卷、この二者の唐鈔李善單注本が、より初期の李善注『文選』の姿を傳えるものであることについては贅言を要しない。この殘卷が板本李善注の改變の跡を知る上で貴重な資料であることは、高步瀛、斯波六郎、饒宗頤などの先賢がつとに指摘するところであり、それについては、拙著『文選李善注の研究』（研文出版）でも指摘した。

ただ、唐鈔本には寫本にありがちな筆寫の單純な誤脫ということでは片づけられない、正文と注との閒の字句の異同が見られる。これについて、近年、傅剛氏は、「永隆本《西京賦》非盡出李善本説」（『中華文史論叢』第六十輯、一九九九年。『文選版本研究』北京大學出版社、二〇〇〇年）で、「永隆本《西京賦》は決して李善の原本ではなく、寺僧が書き寫す際に、依據したのは薛綜と李善の兩種の底本である」という説を提起された。

しかし、『校勘記』（第二節に掲載）を通してみると、その説に俄には贊同しがたいところがある。そもそも李善單注本を筆寫する者が、正文は薛綜注本を寫し、李善注は李善本を寫すということを行うであろうかという疑問もある。

そこで本節では、唐鈔本に見られる正文と注との間の字句の異同の問題について、校勘の結果を踏まえながら、私見を述べてみたい。

一　唐鈔本に見られる正文と注との間の字の異同

A　正文と李善注との間の字の異同

正文と李善注との間の字の異同は、全部で次の四十五箇所に見られる。内、◎印を附したのが、傅剛氏が論據とされたものである。通し番號の下の數字と記號は、胡刻本卷二の葉數とその表（a）と裏（b）を示す。他は、『校勘記』の凡例に從う。

1．正文の字を直接引いて異同がある場合

①20a

（正文）徒搏之所捶柲〈徒搏之所撞抋〉

捶柲、猶揘畢也。　　撞抋、猶揘畢也。

臣善曰、……撞、直江反。接、房結反。　　善曰、……撞、直江切。抋、房結切。

正文と薛綜注は「捶」に作り、李善注は「撞」に作る。字體が不統一であり、「柲」字も「接」に誤寫している。

◎②20a

（正文）毚兔聯猭

【猭】九條本崇本明州本朝鮮本袁本作〈逯〉。明州本朝鮮本袁本校語云、「善本作〈猭〉。」贛州本四部本校語云、「五臣本作〈逯〉。」九條本傍記云、「〈逯〉五。」

……聯猭、走也。　　……聯猭、走也。

臣善曰、……遂、勑倫反。　　善曰、……猭、勑緣切。

正文と薛綜注が「猭」に作るのに、李善注は「遂」に作る。伏氏校注365に、「按、唐寫本誤、正文無〈遂〉字。」というように、筆寫の誤りの可能性もある。筆寫の誤りでないとすれば、六家本、六臣本の校語は、板本についてのもので、本來の李善注本は「遂」であったことになる。

◎③21a

（正文）攎䰶彚〈攎狒猬〉

【䰶彚】〈䰶〉字、尤本胡刻本贛州本四部本朝鮮本作〈狒〉、上野本崇本明州本袁本作〈髴〉。贛州本四部本校語云、「五臣本作〈髴〉字。」九條本傍記云、「〈髴〉五。」〈彚〉字、尤本胡刻本崇本明州本朝鮮本作〈猬〉、上野本九條本作〈彚〉、贛州本四部本誤作〈猥〉。饒氏斠證云、「〈䰶〉、『說文』内部作〈𥝓〉、所引卽『王會解』之〈費費〉及『爾雅』之〈狒狒〉、桂馥『說文義證』又引『山海經』郭注作〈髴髴〉、竝聲借字、皆指一名梟陽之食人獸。又『說文』㣇部〈〈彙〉、彙蟲也。似豪豬而小。重文作〈蝟〉。〉『經典釋文』三十〈〈彙〉本或作〈猬〉、又作〈蝟〉〉、各本竝字異而義同、字或不能畫一。」伏氏校注401云、「〈彚〉、卽〈彙〉的俗體（見『龍龕手鑑』）。」但今『龍龕手鑑』作〈彚〉。

曡、獸身人面、身有毛、披髮、迅走、食人。彚、其毛如剌矣。　　䰶、獸身人面、身有毛、被髮、迅走、食人。猬、其毛如刺。

臣善曰、……髴、房沸反。彚、音謂。　　善曰、……狒、房沸切。猬、音謂。

【髴房沸切】伏氏校注404云、「按、唐寫本正文作〈䰶〉、故注文也當作〈䰶〉。」

【彚音謂】伏氏校注405云、「先唐時期、同音近音替代的現象、比我們想象的要多、漢簡帛書、六朝碑文、假借字連篇累牘、觸目皆是、雖劉向校讎群書、鄭玄箋經典、力求劃一歸眞、但終難挽狂瀾。唐代初期、顔師古・孔穎達・司馬貞・李賢・李善等人、注解群經、剔去異文、刪除繁濫、做了大量工作。然唐寫本李善《文選注》、上下相連、而用字不一。

可見移風易俗、實在不易。〈彔〉〈猬〉〈猥〉〈蝟〉〈𢑱〉〈狒〉〈𤳳〉、擧此一端、而三隅可反矣。」

正文と薛綜注が「𤳳彔」に作るのに、李善注は「髴彙」に作る。饒氏・伏氏が指摘するように、字は違うが意味は同じである。

◎④21b

（正文）陵重甗｜〈陵重巘〉

【甗】高氏義疏云、「《詩・皇矣》孔疏引亦作〈甗〉。孫義鈞曰、《爾雅・釋山》重甗隒。郭注謂山形如累兩甗、甗、甑也。山形似之、因以名云。與注山上大下小之義合。作〈甗〉者是也。胡紹煐曰、〈巘〉與〈甗〉同。《爾雅》重甗隒。《說文》隒、崖也。重甗謂之隒、重甗、卽重崖矣。《王風・葛藟》《釋文》引李巡曰、隒、阪也。《爾雅・釋畜》《釋文》引舍人曰、甗者、阪也。甗隒義同。故同訓爲阪。……薛注以爲上大下小、未知所據。郭注《釋畜》本之、遂有山形似甑之異說矣。步瀛案、《說文》無〈巘〉字。《瓦部》云、甗、甑也。一曰穿也。劉熙《釋名・釋山》曰、山上大下小曰〈甗〉。甗、甑一孔者。甗形孤出處似之也。《爾雅・釋畜》郭注曰、甗、山形似甑、上大下小。……是劉氏、郭氏說〈甗〉竝與薛同。胡氏斥爲異說、非也。又本書《長笛賦》《晚出西射堂詩》注引《釋山》竝作〈巘〉。《玉篇》引亦作〈巘〉。郝懿行據爲古本作〈巘〉之證。然本賦注唐寫作〈甗〉、又安知唐寫《長笛賦》注等不作〈甗〉。則古本作〈巘〉之說、亦未必確。」

……陵、猶升也。山之上大下小者甗｜。　　……陵、猶升也。山之上大下小者曰巘。

臣善曰、巘｜、言免反。　　善曰、巘、言免切。

正文と薛綜注が「甗」に作るのに、李善注は「巘」に作る。高氏によれば、唐鈔本に従って「甗」に作るのがよいという。

⑤23a

（正文）齊栧女

臣善曰、栧子、鼓栧之子。　―善曰、栧女、鼓栧之女。

【栧子鼓栧之女】伏氏校注471云、「按、依正文、作〈女〉是。」

正文は「女」であるのに、李善注は「子」の字に作る。

⑥23 b

（正文）設罜麗

臣善曰、……里、音獨。　―善曰、……罜、音獨。

【里音獨】饒氏斠證云、「〈里〉字乃〈罜〉之譌。」

正文の「罜」字を、李善注では　筆寫の際、「里」の字に誤ったと思われる。

⑦25 a

（正文）礔礰激而增響

臣善曰、辟、敷赤反。　―善曰、礔、敷赤切。

【辟敷赤反】『敦煌賦彙』云、「各本〈辟〉作〈礔〉、是也。」伏氏校注553云、「正文作〈礔〉、今本是。」

正文の「礔」字を、李善注では、筆寫の際、「石」旁を脱したと思われる。

◎⑧27 a

（正文）增蟬蜎以此豸〈增嬋蜎以此豸〉

【蟬】上野本亦作〈蟬〉。饒氏斠證云、「〈蟬蜎〉二字从虫、而音注竝从女。胡刻作〈嬋娟〉、文注同。叢刊本二字竝从女、文注同。」羅氏校釋742云、「案、〈蟬蜎〉〈嬋娟〉音義竝同。」

【蜎】九條本崇本北宋殘卷贛州本袁本明州本四部本朝鮮本作〈娟〉。

……鞞婔、此豸、姿態妖蠱也。
―蟬蛸、此豸、恣態妖蠱也。
臣善曰、……嬋、音鞞。娟於緣反。
―善曰、……嬋、音蟬。蛸、於緣切。

【鞞婔】〈婔〉、卽〈媥〉字闕筆。贛州本明州本四部本朝鮮本袁本作〈嬋娟〉。饒氏斠證云、「薛注〈媥〉字與正文異書。」

正文は「鞞蛸」に作るが、李善注は「嬋、娟」に作る。薛綜注も正文とは違い「蛸」を「婔」に作る。これは、後で指摘する正文と薛綜注の字に異同がある例でもある。

2．正文と李善注の引書中の字に異同がある場合

ア、正文との字の異同について校記を附さない場合

◎①10ａ

（正文）正睹瑤光與王繩
臣善曰、春秋運斗樞曰、北斗七星、第七曰摇光。
―善曰、春秋運斗樞曰、北斗七星、第七曰瑤光。

【摇光】九條本眉批引李善注作〈瑤〉。高氏義疏云、「『禮記』曲禮上正義・『史記』天官書索隱・『藝文類聚』・『太平御覽』天部引『運斗樞』皆作〈摇〉、正合。」饒氏斠證云、「文選刻本涉正文而作〈瑤〉耳。」

◎②11ａ

（正文）墱道麗倚以正東。〈墱道邐倚以正東〉

【墱】九條本崇本明州本朝鮮本袁本作〈隥〉。贛州本四部本校語云、「五臣本作〈隥〉字。」九條本傍記云、「〈墱〉善。」許氏筆記云、「西都賦作〈隥〉。此〈墱〉字字書所無、當作〈隥〉。」然唐寫本上野本作〈墱〉、又明州本袁本薛綜注作〈墱〉、恐是李善注原本作〈墱〉。

墱、閣道也。
―墱、閣道也。

臣善曰、……西都賦曰、凌隥道而超西墉。

善曰、……西都賦曰、凌墱道而超西墉。墱、都亘切。

【凌隥】〈隥〉字、朝鮮本亦作〈隥〉。案巻一「西都賦」作〈隥〉、此當作〈隥〉、板本涉正文而誤、唯朝鮮本不誤。

③11b

（正文）赫眄ゝ以弘敞

臣善曰、……埤蒼曰、眇、赤文也。音戸。

善曰、……埤蒼曰、眄、赤文也。音戸。

正文の「眄」字を、李善注引『埤蒼』では「眇」に作るが、音注から考えて筆寫の際の誤りだと思われる。

④12a

（正文）鯨魚失流而蹉跎。〈鯨魚失流而蹉跎〉

臣善曰、……楚辭曰、驥垂兩耳、中坂嵯跎。

善曰、……楚辭曰、驥垂兩耳、中坂蹉跎。

正文の「蹉」を、李善注引『楚辭』では、「嵯」に作るが、下の「跎」字と同じく「足」旁に作る方がよい。筆寫の際の誤りであろう。『楚辭』九懐・株昭は「蹉跎」に作る。

⑤12a

（正文）立脩莖之仙掌

臣善曰、漢書曰、孝武又作栢梁、銅柱、承露僊人掌之屬矣。三輔故事曰、武帝作銅露槃、承天露、和玉屑飲之、欲以求仙。

善曰、漢書曰、孝武作栢梁、銅柱、承露仙人掌之屬。三輔故事曰、武帝作銅露盤、承天露、和玉屑飲之、欲以求仙。

正文の「仙」字を、李善注引『漢書』では、「僊」に作る。今『漢書』郊祀志上が「僊」に作るのと合う。李善注は『漢書』の字をそのまま用いたのであろう。

◎⑥12b

（正文）美往昔之松橋〈美往昔之松喬〉

【橋】伏氏校注88云、「按、作〈喬〉是、唐寫本注文亦作〈喬〉。然作〈橋〉亦不爲誤、〈喬〉〈橋〉本可通訓假借。《詩・漢廣》〈南有喬木〉、《釋文》〈喬本亦作橋〉、三國時呉國二喬、亦作二橋。」

臣善曰、……又曰、王子喬者、周靈王太子晉也。　善曰、松喬已見西都賦。

正文は「橋」字に作るが、李善注は引用した『列仙傳』のままに「喬」としたのであろう。今『列仙傳』は「喬」に作る。

◎⑦13ａ

（正文）期不陀陊、〈期不陁陊〉

【陀】上野本亦作〈陀〉。伏氏校注101云、「按、〈陀〉、〈陁〉異體字。《集韻》〈陀、或作陁。〉」

臣善曰、方言曰、陁、式氏反。　善曰、方言曰、陁、壞也。陁、式氏切。

【陁式氏反】〈陁〉上、板本有〈陁壞也〉三字。饒氏斠證云、「案『方言』六、〈陁壞〉、郭注、〈謂壞落也〉、永隆本蓋有誤脱。」

正文は「陀」に作るが、李善注は引用した『方言』のままに「陁」としたのであろう。

◎⑧13ａ

（正文）設在蘭錡

臣善曰、劉逵魏都賦注曰、受他兵曰闌、受努曰錡、音蟻　善曰、劉逵魏都賦注曰、受他兵曰蘭、受弩曰錡、音蟻。
也。

【蘭】高氏義疏云、「〈蘭〉、〈籣〉之通借字。『説文』曰、籣、所以盛弩矢、人所負也。」

正文は「蘭」字に作るが、李善注引「劉逵魏都賦注」では、「闌」に作る。今「魏都賦」注にこの文はない。筆寫の誤りか、「劉逵魏都賦注」をそのまま引いたのか不明である。

⑨14ａ

（正文）睚眦蠆莽〈睚眦蠆芥〉

【眦】崇本作〈眥〉、四部本誤作〈眦〉。

【芥】饒氏斠證云、「〈莽〉乃〈芥〉之譌。」

臣善曰、……說文曰、眥、目匡也。淮南子曰、瞋目裂眥。　　善曰、……說文曰、眥、目匡也。淮南子曰、瞋目裂眥。

睚、五懈反。眥、在賣反。　　睚、五解切。眥、在賣切。

【裂眥】〈眥〉字、朝鮮本作〈眦〉。

正文は「眦」字に作るが、李善注引『說文』、『淮南子』、及び音注は「眥」に作る。段注『說文』、『淮南子』泰族訓も「眥」に作る。字體の違いだけではあるが、李善は引書の字體をそのまま使い、音注もそれによったのであろう。

⑩14ｂ

（正文）剖析豪氂〈剖析毫釐〉

【氂】許氏筆記云、「〈氂〉作〈釐〉、假借。」高氏義疏云、「唐寫李注正作〈豪氂〉。《漢書・律曆志》曰、〈不失豪氂〉。顏注引孟康正同。」

臣善曰、……漢書音義曰、十豪爲氂、力之反。　　善曰、漢書音義曰、十毫爲釐、力之切。

【十毫爲氂】『干祿字書』〈氂〉爲〈釐〉之俗字、然則〈氂〉卽〈釐〉、〈氂〉同。

筆寫の際の字體の不統一であろう。

⑪15ａ

（正文）右極盩厔〈右極盩厔〉

臣善曰、漢書、右扶風有盩厔縣。盩、張流反。厔、張栗反。

善曰、漢書曰、右扶風有盩厔縣。盩、張流切。厔、張栗切。

15b「掩長楊而聯五柞」の薛綜注では、「盩厔」に作っていて、正文と筆寫の字體が不統一である。

⑫15b

（正文）繚亘綿聯

臣善曰、……三輔故事曰、北至甘泉九嵕、南至長楊五柞、連綿四百餘里也。

善曰、……三輔故事曰、北有甘泉九嵕、南至長楊五柞、連緜四百餘里也。

正文は「聯」字に作るが、李善注は『三輔故事』の「連」に作る文をそのまま引用したものと思われる。

⑬16a

（正文）戎葵懷羊

臣善曰、……又曰、菺、茙葵。郭璞曰、今蜀葵也。菺、音肩。茙、音戎。

善曰、……又曰、葿、茙葵。郭璞曰、今蜀葵。葿、音眉。茙、音戎。

正文は「戎」字に作るが、李善注は『爾雅』釋草の「茙」に作る文をそのまま引用したものと思われる。

⑭17a

（正文）鳥則鷫鷞鴰鴇

臣善曰、高誘淮南子注曰、鷫霜、長脛緑色、其形似鴈。

善曰、高誘淮南子注曰、鷫鸘、長脛緑色、其形似鴈。

【鷫霜】今『淮南子』原道訓作〈鷫鷞〉、高誘注不作〈霜〉〈鸘〉、與朝鮮本合。高氏義疏云、「朱珔曰、案《正字通》云、〈鷞〉俗作〈鸘〉。《禽經》云、鸘飛則霜、鷺飛則露、其名以此。《上林賦》鴻鷞、單稱鷫。郭注鷫、鷫鷞也。《吳都賦》鸘鵠、單稱鸘、一也。《左氏・定三年傳》唐成公有兩肅爽馬。疏引馬融說、肅爽、鴈也。其羽如練、高首而修頸。馬似之。與高誘注合。」伏氏校注238云、「《左傳・定公三年》有〈肅爽〉、卽〈鷫鷞〉。〈鷞〉可作〈爽〉、則〈鷫〉亦可〈霜〉。皆表音字。」

李善の見た『淮南子』が「鷫霜」に作っていたのをそのまま引用したので、正文の「鷫鷞」と異同が生じたと考えられる。

⑮18a

（正文）倚金較

臣善曰、毛詩曰、猗重較兮。　　善曰、毛詩曰、猗重較兮。

【猗重較兮】〈猗〉字、贛州本明州本四部本朝鮮本袁本作〈倚〉。胡氏考異云、「袁本茶陵本〈猗〉作〈倚〉、是也。」饒氏斠證云、「考異之說、殆謂正文作〈倚〉、則注應同作〈倚〉耳。」案今『毛詩』衞風・淇奥作〈倚〉、阮元『校勘記』云、「唐石經・小字本・相臺本〈倚〉作〈猗〉。案〈猗〉字是也。」

正文は「倚」字に作るが、李善が見た『毛詩』は「猗」に作っていたと思われる。

⑯18b

（正文）天畢前驅

……象畢星前駈載之。　　……象畢星也。前驅載之。

臣善曰、……韓詩曰、伯也執殳、爲王前駈。　　善曰、……韓詩曰、伯也執殳、爲王前驅。

【駈】『干祿字書』云、「〈駈〉〈驅〉、上通下正。」

【韓詩】朝鮮本作〈毛詩〉。案今『毛詩』衞風・伯兮與善注引『韓詩』同。

⑰18b

正文は「驅」で、注引『韓詩』は「駈」に作る。筆寫の字體が不統一である。

（正文）萬騎龍趁

臣善曰、東都賦曰、千乘雷起、万騎紛紜。

善曰、東都賦曰、千乘雷起、万騎紛紜。

正文は「萬」で、注引「東都賦」は「万」に作る。筆寫の字體が不統一である。

⑱ 19ａ

（正文）螭魅蝄蜽〈螭魅魍魎〉

【蝄蜽】上野本同。『說文』第十三上虫部〈蝄〉字段氏注云、「按〈蝄蜽〉、『周禮』作〈方良〉、『左傳』作〈罔兩〉、『孔子家語』作〈罔閬〉、俗作〈魍魎〉。」伏氏校注310云、「按、〈蝄蜽〉〈魍魎〉、皆爲傳說中的精怪名、從虫爲正體、從鬼爲變體。《說文》《玉篇》《龍龕手鑑》《字彙》等字書皆在虫部。」

臣善曰、左氏傳、王孫滿謂楚子曰、昔夏鑄鼎蒙物、使人知神姦。人入川澤、不逢不若、螭魅ゝ魎ゝ、莫能逢之。杜預曰、螭、山神、獸刑。魅、恠物。魎ゝ、水神也。

善曰、左氏傳曰、王孫滿謂楚子曰、昔夏鑄鼎象物、使人知神姦。故人入川澤、不逢不若、螭魅魍魎、莫能逢旃。杜預曰、若、順也。說文曰、螭、山神、獸形。魅、怪物。蝄蜽、水神。

【螭魅ゝ魎ゝ】伏氏校注314云、「按、原卷之〈螭魅ゝ魎ゝ〉、當爲〈螭魅魍魎〉之省文。……敦煌唐寫本中〈甲乙甲乙〉型詞組、有簡作〈甲甲乙乙〉型者。……又古人之常用連詞、有〈甲乙〉省作〈甲ゝ〉或〈乙ゝ〉者。……武威《儀禮》漢簡〈主人〉常作〈主ゝ〉、〈大夫〉作〈夫ゝ〉。敦煌本王梵志詩〈游游覔衣食〉、張錫厚注云、〈衣食、原作衣衣、據文義改。〉今查縮微膠卷、〈衣衣〉原作〈衣ゝ〉、卽衣食的省略。」

【魎ゝ】伏氏校注319云、「按、〈魎ゝ〉、爲〈魍魎〉之省。」但伏氏校注之〈魍魎〉、乃〈蝄蜽〉之譌也。

正文は「蜽」字に作るが、李善注に引く『左氏傳』は「魎」に作る。今『左氏傳』宣公三年は、「罔兩」に作り、『釋文』に「兩、本又作蜽」というが、「魎」に作るものは見あたらない。筆寫の際の字體の不統一なのか、李善注が引書の字體をそのまま用いたのかは不明である。

⑲19b

（正文）百禽㥄遽

臣善曰、羽獦賦曰、虎狠之凌遽。㥄、音陵。　―善曰、羽獵賦曰、虎豹之陵遽。……㥄、音陵。

【虎狠之陵遽】高氏義疏云、「本書《羽獵賦》作〈凌遽〉。此注〈陵〉字當作〈凌〉。《楊雄傳》顏注曰、凌遽、戰栗也。」

饒氏斠證云、「〈凌〉字與第八卷《羽獵賦》同、刻本正文及薛注作〈㥄〉、引《羽獵賦》作〈陵〉。」

　李善注は引用した「羽獵賦」の字體をそのまま用いたために正文と異同が生じたものである。

⑳20a

（正文）毚兔聯猭

【兔】上野本作〈莵〉。『干祿字書』云、「〈莵〉〈兎〉、上通下正。」

臣善曰、毛詩曰、趯ゝ毚莵。　―善曰、毛詩曰、趯趯毚兎。

【趯ゝ毚莵】〈莵〉字、『毛詩』小雅・巧言作〈兎〉。高氏義疏云、「《毛詩・巧言》〈趯趯〉作〈躍躍〉。《史記・春申君傳》〈歇上書秦昭王曰〈《詩》云、〈趯趯毚兔、遇犬獲之。〉〉《集解》引韓嬰《章句》曰、〈趯趯、往來貌。〉〉是《韓詩》作〈趯〉、《毛詩》作〈躍〉。李注《毛詩》疑《韓詩》之誤。」

　李善の見た『詩』が、「莵」に作っていたのか、筆寫の不統一による字の異同なのかは不明である。

㉑21a

（正文）奎踽槃桓〈奎踽盤桓〉

【槃】上野本同。伏氏校注394云、「又按、槃桓爲連綿字、或作盤桓、盤旋、盤跚、般桓。」

奎踽、開足。槃桓、便旋如搏形也。　―奎踽、開足也。盤桓、便旋也。

臣善曰、……廣雅曰、般桓、不進也。　　—善曰、……廣雅曰、盤桓、不進也。

【廣雅曰般桓】『廣雅』釋訓作〈般桓〉、與唐寫本合。

　引書（『廣雅』）の字をそのまま引用したために生じた正文との異同である。

㉒21 b

（正文）般于游畋〈盤于游畋〉

臣善曰、尙書曰、文王弗敢般于遊田。　　—善曰、尙書曰、不敢盤于游畋。

【文王弗敢般于遊田】今『尙書』無逸篇作「文王不敢盤于遊田」。斯波博士以唐寫本爲李善注之舊、說詳見『文選李善注所引尙書攷證』。

　引書（『尙書』）の字をそのまま引用したために生じた正文と異同である。

㉓22 a

（正文）槁勤賞功〈犒勤賞功〉

【槁】〈槁〉、卽〈槁〉。〈犒〉、卽〈犒〉。『九經字樣』云、「〈高〉〈髙〉、上『說文』下隸省。〈亭〉〈毫〉等字竝從〈髙〉省。」『敦煌俗字研究』云、「漢碑中已見〈髙〉字。又〈高〉旁古亦或作〈髙〉。」饒氏斠證云、「〈槁〉字从木、各本竝从牛。」伏氏校注435云、「按、假借字。《周禮・秋官・小行人》〈若國師役、則令槁禬之。〉鄭玄注〈故書槁爲稾。〉鄭司農云、〈稾當爲槁、謂槁師也。〉今本《左傳・僖公三十二年》杜注正作〈犒〉。」

臣善曰、……杜預左氏傳注曰、槁、勞也。槁、苦到反。　　—善曰、……杜預左氏傳曰、犒、勞也。犒、苦到切。

【槁勞也】〈槁〉字、與正文〈槁〉字不合。案『干祿字書』云、「〈髙〉〈喬〉、上俗下正。」〈槁〉、卽〈槁〉字。此當作〈槁〉。

　正文は「槁」に作り、李善注は「槁」に作る。筆寫の誤りと思われる。

㉔22b
（正文）娕炰𡖊〈炙炰夥〉

【娕】上野本作〈𤋱〉。高氏義疏云、「唐寫〈炙〉作〈娕〉。薛注有〈娕炙也〉三字。字書無〈娕〉字。若是〈娕〉字、竝不訓〈炙〉。且俗字、不足據。疑〈餗〉字之訛。然無他證、今不取。」案『說文』〈炙〉字云、「〈𤋱〉、籀文。」『廣韻』燭韻云、「〈𤋱〉、冖𤋱、炙具。」〈炙〉字俗作〈炙〉、見『唐宋俗字譜』。明州本朝鮮本作〈炙〉、其證。然則〈𤋱〉卽〈𤋱〉、上野本是也。唐寫本正文〈娕〉・注〈娕〉、竝當爲〈𤋱〉字。後正文〈娕〉字改爲〈炙〉、而删薛注〈娕炙也〉三字。

【𡖊】『說文』『玉篇』作〈𡖊〉、『廣韻』作〈夥〉。『字彙補』夕部云、「〈𡖊〉、與〈夥〉同。」袁本注字作〈夥〉。

臣善曰、史記曰、楚人謂多𡖊。音禍。　　　　　　　　　　—善曰、史記曰、楚人謂多爲夥。音禍。

　引用した『史記』陳渉世家の字體に從ったのか、筆寫の際の字體の不統一かは不明である。

㉕23b
（正文）鼂潛牛〈馵潛牛〉
【鼂】上野本九條本崇本明州本袁本四部本作〈馵〉。饒氏斠證云、「〈鼂〉字从虫、各刻本从中、注各同正文。案『說文』〈馵〉重文作〈䌖〉。」伏氏校注487云、「按、作〈馵〉是、《說文》亦作〈馵〉。」
臣善曰、……說文曰、鼂、絆馬也。……鼂、中十反。　　　　—善曰、……說文曰、馵、絆馬也。……馵、中立切。
　正文「鼂」と李善注引『說文』の「鼂」で字體の不統一が見られる。

◎㉖23b
（正文）摷昆鮞
昆、臬子。鮞、細臬。……　　　　　　　　　　　　　　　　—昆、魚子。鮞、細魚。……

臣善曰、國語、里革曰、奐禁鯤鱬。鯤、音昆。鱬、音而。」善曰、國語、里革曰、魚禁鯤鮞。鯤、音昆。鮞、音而。

【鮞細奐】〈鮞〉字、袁本作〈鱬〉。胡氏考異云、「袁本〈鮞〉作〈鱬〉、茶陵本亦作〈鮞〉、下同。案、〈鱬〉卽〈鮞〉別體字、蓋袁所見正文是〈鱬〉也。」伏氏校注500云、「按、胡氏説是也。『龍龕手鏡』以爲〈鱬〉同〈鱬〉、誤矣。《説文》〈鱬、魚子也。〉《廣韻》〈鱬、朱鱬、魚名、魚身人面〉。則二字義不同。今本《國語・魯語上》作〈鮞〉、與胡本合。唐寫本正文作〈鮞〉、則注文亦當統一作〈鮞〉矣。」

【魚禁鯤鱬】疑李善所見『國語』本作〈鱬〉。

　正文と薛綜注は「昆鮞」に作り、李善注が「鯤鱬」に作るのは、引用した『國語』に従ったものであろう。

◎㉗24 a

（正文）張甲乙而襲翠被

【張】崇本明州本袁本朝鮮本作〈帳〉。九條本傍記云、「〈帳〉五。」四部本校語云、「五臣作〈帳〉。」孫氏考異云、「〈張〉〈帳〉古字本通。如供帳古只作供張也。」

臣善曰、班固漢書贊曰、孝武造甲乙之帳、襲翠被、馮玉几。	善曰、班固漢書贊曰、孝武造甲乙之帳、襲翠被、馮玉几。音義曰、甲乙、帳名也。

『漢書』西域傳贊は、「帳」に作る。李善注はそれをそのまま引用したものと考えられる。

㉘24 b

（正文）程角⿰牛互之妙戲〈程角觝之妙戲〉

【⿰牛互】卽〈牴〉字。『干祿字書』云、「〈互〉〈氐〉、上通下正。諸從〈氐〉者、竝準此。」注字作〈⿰扌互〉、唐寫本〈牛〉與〈扌〉或不別。上野本誤作〈粒〉、傍記云、「〈觝〉五。」高氏義疏云、「唐寫〈觝〉作〈牴〉、蓋〈抵〉字之誤。注皆作〈抵〉可證。《漢書・武帝紀》作〈抵〉。」饒氏斠證云、「〈牴〉字疑誤筆、注中竝作〈抵〉、與『漢書』武紀合。」伏氏校

注521云、「按、〈觝〉〈抵〉通。『集韻』〈抵、或作觝。〉角旁與手旁字常有通作者、如〈扛〉或作〈⿰角工〉、〈擉〉同〈觸〉、〈⿰角國〉同〈摑〉之類。」

臣善曰、漢書曰、武帝作角抵戲。文穎曰、秦名此樂爲角抵。兩ゝ相當、角力伎藝射御、故名角抵。	善曰、漢書曰、武帝作角觝戲。文穎曰、秦名此樂爲角觝。兩兩相當、角力技藝射御、故名角觝也。

　引用した『漢書』武帝紀の字をそのまま用いたものである。

◎㉙25a

（正文）是爲曼延〈是爲曼延〉

作大獸、長八十丈、所謂蛇龍曼延也。	作大獸、長八十丈、所謂蛇龍曼延也。
臣善曰、漢書曰、武帝作漫衍之戲。	善曰、漢書曰、武帝作漫衍之戲也。

　正文と薛綜注は「曼延」に作るが、李善注は、引用した『漢書』西域傳贊に従って「漫衍」に作る。

㉚26a

（正文）侲童程材〈侲僮程材〉

侲之言善。	侲之言善。
臣善曰、史記、徐福曰、海神云、若振女、即淂之矣。侲、之刃反。	善曰、史記、徐福曰、海神云、若侲女、即得之矣。侲、之刃切。

【若振女】〈振〉字、高氏義疏云、「《史記》見《淮南王安傳》。〈侲〉作〈振〉。《集解》引此賦亦作〈振〉。〈振〉〈侲〉字通。」饒氏斠證云、「惟引『史記』則依『史記』作〈振〉。」又云、「『史記』淮南王安傳〈振女〉下注云、〈集解徐廣曰、西京賦曰、振子萬童。駰案、薛綜曰、振子童男女。〉字竝作〈振〉、字句與『文選』少異。」

　李善注は引用した『史記』に従って「振」に作る。

◎㉛27ａ

（正文）奮長褎之颯纚。〈奮長袖之颭纚〉

【褎】薛注同。袁本作〈褏〉、朝鮮本作〈裦〉。高氏義疏云、「《說文》以〈袖〉爲〈褎〉之俗字。」『敦煌俗字研究』云、「按、衣袖之〈袖〉、『說文』作〈褎〉、又載其俗體作〈袖〉。〈褏〉則是〈褎〉〈袖〉二形交互影響的產物。」又云、「按、俗書從衣從示不分、故〈袖〉卽〈袖〉字俗書。『字鑑』卷四宥韻、〈褎、俗從由作衷、袖誤。〉實則六朝前後〈袖〉便取代〈褎〉成爲通行用字、而罕用〈褎〉字。」

舞人特作長褎。　　　舞人特作長袖。

臣善曰、韓子曰、長袖善舞。　　善曰、韓子曰、長袖善舞。

正文と薛綜注は「褎」に作るのに、李善注が「袖」に作るのは、引用した『韓非子』五蠹篇に従ったものである。

㉜27ｂ

（正文）飛燕寵於體軽。〈飛燕寵於體輕〉

【燕】上野本崇本明州本朝鮮本袁本作〈鷰〉、九條本傍記云、「〈鷰〉五。」贛州本四部本校語云、「五臣作〈鷰〉。」高氏義疏云、「五臣〈燕〉作〈鷰〉、俗字。」

臣善曰、……荀悅漢紀曰、趙氏善舞、號曰飛鷰、上悅之。　　善曰、……荀悅漢紀曰、趙氏善舞、號曰飛燕、上說之。

事由體軽、而封后皇。　　事由躰輕、而封皇后也。

【號曰飛鷰】〈鷰〉字、今『漢記』成帝紀作〈鷰〉。

引用した『漢紀』の字體に従ったものである。

㉝28ａ

（正文）增昭儀於婕妤〈增昭儀於婕妤〉

臣善曰、漢書曰、孝元帝傅倢伃有寵、乃更號曰昭儀、在倢伃上、昭儀尊之也。又曰、封董賢爲高安侯、後代丁明爲大司馬、即三公之職也。

善曰、漢書曰、孝成帝趙皇后有女弟、爲婕妤、絶幸、爲昭儀。又曰、孝元帝傅婕妤有寵、乃更號曰婕妤、在昭儀上、尊之也。又曰、封董賢爲高安侯、後代丁明爲大司馬、即三公之職也。

【孝成帝趙皇后有女弟爲婕妤絶幸爲昭儀又曰】唐寫本無此十九字。九條本紙背引善注與板本同。案『漢書』外戚傳下云、「孝成趙皇后、本長安宮人。……有女弟復召入、俱爲倢伃、貴傾後宮。許后之廢也、……皇后既立、後寵少衰、而弟絶幸、爲昭儀。」此節引耳。但下引『漢書』（外戚傳下孝帝傅昭儀）有〈昭儀〉〈倢伃〉之引證、此注未必可有。

【孝元帝傅婕妤有寵】〈婕妤〉、『漢書』外戚傳下作〈倢伃〉。

【乃更號曰昭儀在倢伃上昭儀尊之也】案『漢書』外戚傳下孝帝傅昭儀云、「更號曰昭儀、賜以印綬、在倢伃上。昭其儀、尊之也。」高氏義疏云、「各本〈昭儀在婕妤上〉誤作〈婕妤在昭儀上〉、又無〈昭其儀〉三字。今依唐寫改。唐寫亦脱〈其〉字、依外戚傳增。〈婕妤〉作〈倢伃〉、則與『漢書』合。」

引用した『漢書』の字に從ったものである。ただ前者を「婕伃」に作るのは、筆寫の際の字體の不統一であろう。

㉞
28 a

（正文）王閎爭於坐側〈王閎爭於坐側〉

臣善曰、漢書曰、上置酒麒麟殿、視董賢而咲曰、吾欲法堯禪舜、何如。王閣曰、天下乃高帝天下、非陛下之有。統業至重、天子無戲言。

善曰、漢書曰、上置酒麒麟殿、視董賢而笑曰、吾欲法堯禪舜、何如。王閎曰、天下乃高帝天下、非陛下有之。統業至重、天子無戲言。

【王閎曰】〈閎〉字、唐寫本誤作〈閣〉。

この李善注の「閣」は筆寫の際の誤記である。

㉟28a

（正文）繼體承基

臣善曰、……漢書、平當曰、今漢繼體承業、三百餘年。　—善曰、……漢書、平當曰、今漢繼體承基、三百餘年。

【今漢繼體承業】高氏義疏云、「各本〈業〉作〈基〉、乃涉正文而誤。唐寫與平當傳合、今從之。」

李善注は引用した『漢書』の字に従ったものである。

◎㊱28b

（正文）躭樂是従

【躭】上野本作〈躭〉。『玉篇』云、「〈躭〉、俗〈耽〉字。」

臣善曰、尙書曰、惟湛樂之從。　—善曰、尙書曰、惟耽樂之從。

【惟湛樂之従】高氏義疏云、「『尙書』見無逸。唐寫引『書』〈耽〉作〈湛〉、與『論衡』語增篇引同。是一本作〈湛〉也。然本文作〈耽〉、則注引『書』亦當作〈耽〉、否則當有〈湛與耽同〉之語。」伏氏校注659引高氏說、羅氏校釋791以高氏說爲是。斯波博士『文選李善注所引尙書攷證』云、「案、唐寫本文選此注〈耽〉作〈湛〉、與内藤博士景照敦煌本及内野本尙書無逸篇合。是也。」饒氏斠證云、「案『尙書』無逸〈惟耽樂之從〉傳疏與釋文耽皆从耳、『論衡』語增篇引作〈惟湛樂是從〉、（〈是〉字與張衡所見同。）〈湛〉字與李善所見本同。『毛詩』鹿鳴常棣之〈和樂且湛〉竝作〈湛〉。陳喬樅韓詩遺說攷云、〈〈耽〉『毛詩』作〈湛〉、〈耽〉〈湛〉、皆〈媅〉之假借、……〉。以〈耽〉〈湛〉爲〈媅〉之假借、段玉裁王筠諸家說文注竝同。文選集注本陳孔璋答東阿王牋〈謹韞玩躭〉之〈躭〉、各本作〈耽〉、集注『音決』云、〈〈媅〉多含反、或爲〈躭〉、同。〉知各本之〈耽〉或〈躭〉、『音決』乃作〈媅〉。」

李善注は引用した『尙書』の字に従ったものである。

㊲乙巻4b

（正文）譬若鷖鴿〈譬若鶬鴿〉

【鶬】唐寫本九條本作〈鷖〉、『漢書』作〈鶬〉。

臣善曰、毛詩曰、題彼脊令、載飛載鳴。

毛詩曰、題彼鶬鴿、載飛載鳴。

【脊令】與『毛詩』小雅・小宛合。各本涉正文改字。

　李善注は引用した『毛詩』の字に從ったものである。

㊳乙巻5b

（正文）以管窺天〈以筦窺天〉

【管】師古注云、「〈筦〉、古〈管〉字。」饒氏斠證云、「〈管〉字殆書手偶從別本、善本當作〈筦〉、觀此巻善注引服虔音管、可以推知、胡刻及『漢書』竝作〈筦〉。」羅氏校釋66云、「案、〈筦〉〈管〉古今字。」

【窺】九條本亦作〈窺〉。『干祿字書』云、「〈窺〉〈窺〉、上俗下正。」『漢書』作〈闚〉。羅氏校釋66云、「〈闚〉與〈窺〉通也。」

服虔曰、筦音管。

臣善曰、疰子、魏牟謂公孫龍曰、子乃規規而求之以察、索之以辯、是直管闚天、用錐指地、不亦小乎。

服虔曰、筦音管。

莊子曰、魏牟謂公孫龍曰、乃規規而求之以察、索之以辯、是直用管窺天、用錐指地、不亦小乎。

【服虔曰筦音管】贛州本明州本四部本袁本無此六字。胡氏考異云、「此六字袁本、茶陵本無。案、二本以善音而誤刪也。下〈文穎曰筳音庭〉、及〈如淳曰鷁音精〉、〈服虔曰鼩音劬〉、亦然。凡善音二本誤刪而此仍有者、餘不悉出。」『漢書』注引同。

【是直用管窺天】唐寫本無〈用〉字、〈窺〉作〈闚〉。『莊子』秋水篇有〈用〉字、作〈窺〉。〈天〉字、袁本誤作〈矣〉。

　李善の引いた『莊子』は、「窺」を「闚」に作っていたのであろう。

以上、正文と李善注に字の異同がある三十八例（乙巻二例を含む）は、李善が引用文の字をそのまま引用したために起こったものか、筆寫の際の誤記及び字體の不統一によるものかのいずれかであり、底本の異同によるものではない。引書する際、正文と引用書に字の異同がある場合は、校記を附すのが李善注の義例と考えられているが、唐鈔本ではそれはあまり嚴格に行われず、校記を附したものは、以下の七例に過ぎない。これは後に觸れる「已見～」の義例と同樣の唐鈔本における李善注の未整理の例と言える。

イ、正文と引用文との字の異同について校記を附す場合

①14a

（正文）趬悍虓豁〈趫悍虓豁〉

【趬】上野本同。高氏義疏云、「案《漢書・衞靑霍去病傳》顏注〈獟〉或作〈趬〉。《説文》曰、趬、行輕皃。一曰舉足也。唐寫正作〈趬〉、今從之。」伏氏校注148云、「《説文》曰、〈趬、行輕貌。一曰趬、舉足也。〉〈趫、善緣木走之才〉、二義相較、以唐寫本作〈趬〉爲長。顏注〈獟、或作趬〉、更可證明唐寫本是對的。」

臣善曰、……史記曰、誅獟猂。獟與趬同、欺譙反。

善曰、……史記曰、誅獟猂。獟與趫同、欺譙切。

②14a

（正文）睚眦蠆莽〈睚眦蠆芥〉

【莽】饒氏斠證云、「〈莽〉乃〈芥〉之譌。」

臣善曰、……張揖子虚賦曰、蔕介、刺鯁也。蠆與蔕同、並丑介反。

善曰、……張揖子虚賦注曰、蔕介、刺鯁也。蠆與蔕同、並丑介切。

【子虚賦】〈賦〉下、唐寫本脱〈注〉字。

③18a

（正文）柞木翦棘、〈柞木翦棘〉

【柞】九條本崇本明州本朝鮮本袁本作〈槎〉、九條本傍記云、「〈柞〉善。」贛州本四部本校語云、「五臣作〈槎〉。」

臣善曰、……賈逵國語注曰、槎、斫也。柞與槎同。仕雅反。

善曰、……賈逵國語曰、槎、邪斫也。柞與槎同。仕雅切。

④19a

（正文）奮鬣被般

臣善曰、……般、虎皮也。上林賦曰、被班文。般與班古字通也。

善曰、……般、虎皮也。上林賦曰、被班文。般與班古字通。

【般與班古字通也】高氏義疏云、「《上林賦》本書作〈班〉、《史記・司馬相如傳》作〈豳〉、《漢書》作〈斑〉。案〈斑〉、〈辬〉之或體字。作〈般〉作〈班〉作〈豳〉皆借字。」

⑤19b

（正文）睢盱跋扈〈睢盱拔扈〉

【跋】九條本傍記云、「〈拔〉善。」明州本朝鮮本袁本校語云、「善本作〈拔〉。」贛州本四部本校語云、「五臣本作〈跋〉。」梁氏旁證云、「按、正文當作〈拔扈〉、注當作〈跋扈〉。」疑梁說非。高氏義疏云、「案、唐寫作〈跋〉。本書陳孔璋《爲袁紹檄豫州》注引此賦作〈跋〉、是李本與五臣同、六臣本校恐不足據也。」伏氏校注332云、「唐寫本作〈跋〉是。《文選・爲袁紹檄豫州》李善注引《西京賦》作〈跋〉、是《文選》本作〈跋〉。又按、〈跋〉〈拔〉形聲同聲字、本可通用。《詩・狼跋》釋文〈〈跋〉字或作〈拔〉〉、可證。然李善注引鄭玄〈畔換猶拔扈也〉後說〈〈拔〉與〈跋〉古字通〉者、李氏所據賦正文作〈跋〉也。胡氏考異於下注〈猶拔扈〉後曰、〈拔〉疑〈跋〉之誤、正文作〈拔〉、下云〈拔〉與〈跋〉古字通、似善引箋作〈跋〉也。否則正文作〈跋〉、爲與五臣無異。乃與此注相應耳。〉胡氏首鼠兩端（〈端〉原誤作〈段〉）、唐寫本可以折中矣。」饒氏斠證云、「阮元詩經注疏校勘記云、〈拔〉〈跋〉古字通用。」

臣善曰、……毛詩曰、無然畔換。鄭玄曰、畔換、猶抪扈也。抪與跋古字通也。

善曰、……毛詩曰、無然畔援。鄭玄曰、畔換、猶拔扈。拔與跋古字通。

【猶抪扈也】胡氏考異云、「〈拔〉疑〈跋〉之誤、正文作〈拔〉、下云〈拔〉與〈跋〉古字通、似善引箋作〈跋〉也。否則正文作〈跋〉、爲與五臣無異。乃與此注相應耳。」高氏義疏云、「胡克家疑善引箋作〈跋〉、又疑正文作〈跋〉、其後說是已。李氏注陳孔璋《檄》引《詩》作〈跋〉、而引本賦亦作〈跋〉、則以彼正文作〈跋〉耳。」案『毛詩』大雅皇矣〈無然畔援〉釋文云、「〈拔〉、蒲末反。下同。字或作〈跋〉。」『廣韻』、〈拔〉〈跋〉〈抪〉並在入聲十三末韻、蓋音通字。

⑥23b

（正文）布九罭

臣善曰、毛詩曰、九域之魚鱒魴。……罭與域、古字通。罭、音域。

善曰、毛詩曰、九罭之魚鱒魴。爾雅曰、九罭、魚網。……罭與緎、古字通。罭、音域。

【毛詩曰九域之魚鱒魴】見豳風九罭。饒氏斠證云、「案毛詩及釋文皆作〈罭〉、此作〈域〉者、善所見本也、故下云、〈罭與域古字通〉。各本引毛詩作〈罭〉、非善眞皃。」

【罭與域古字通】九條本眉批引作〈罭與緎古字通也〉。饒氏斠證云、「〈域〉字乃善注對所據『文選』之〈罭〉與所見『毛詩』之〈域〉作疏通語、應是善注本眞皃、各刻本作〈緎〉、誤、胡克家郝懿行等所謂善作〈緎〉者、殆隨誤本而爲想當然之辭。」

⑦24b

（正文）烏獲舡鼎〈烏獲扛鼎〉

【舡】胡氏考異云、「案、〈扛〉當作〈舡〉。善注云〈扛〉與〈舡〉同、謂引『說文』之〈扛〉與正文之〈舡〉同也。蓋善〈舡〉、五臣〈扛〉、而各本亂之。」梁氏旁證云、「段校云、正文作〈舡〉、故注引《說文》而曰、〈扛與舡同〉。《魏大饗碑》〈舩鼎附緣橦〉、〈舩〉〈舡〉同。」胡氏箋證云、「按《後漢書》李尤〈平樂觀賦〉〈烏獲扛鼎〉作〈扛〉。」饒氏斠證云、「觀下注〈扛與舡同〉、知善本賦文作〈舡〉。」伏氏校注523云、「段胡校極確、唐寫本正文正作〈舡〉。」

臣善曰、……說文曰、抂、橫開對舉也。扛與舡同、古尨反。

善曰、說文曰、扛、橫開對舉也。扛與舩同、古尨切。

【說文曰抂橫開對舉也】唐寫本〈扛〉誤作〈抂〉。〈開〉、卽〈關〉字。胡氏考異云、「案、〈開〉當作〈關〉。各本皆譌。」梁氏旁證云、「今《說文》〈開〉作〈關〉、此誤。」高氏義疏云、「《說文》見手部。〈關〉各本誤作〈開〉。唐寫本作〈關〉、與《說文》合、今從之。」饒氏斠證云、「〈開〉『說文』作〈關〉、『龍龕手鑑』手部〈扛〉下引『說文』則作〈開〉、與永隆本合。」

【扛與舡同】尤本〈舡〉誤作〈船〉。胡氏考異云、「袁本、茶陵本〈舩〉作〈舡〉。案、此尤改之也。」伏氏校注528云、「按、〈舩〉〈舡〉字同、然正文作〈舡〉、引《說文》作〈扛〉、當依唐寫本作〈舡〉爲是。」

B　正文と薛綜注との字の異同

唐鈔本の正文と注の字の異同は、李善注のみに見られるものではなく、以下の二十一例のように薛綜注との閒にも見られる。

①10a

〈正文〉累層構而遂躋〈累層構而遂隮〉

【隮】唐寫本作〈躋〉。上野本傍記云、〈躋〉或本。

隮、升。北辰、極也。　─隮、升也。子奚切。北辰、北極也。

②12a

〈正文〉長風激於別島〈長風激於別隯〉

【島】唐寫本先作〈隯〉、抹後記〈島〉字於傍。九條本崇本明州本朝鮮本袁本作〈島〉、上野本尤本胡刻本作〈隯〉、明州本朝鮮本袁本校記云、「薛綜〈島〉爲〈隯〉。」贛州本四部本校記云、「五臣作〈島〉。」九條本傍記云、「〈隯〉五。」高氏義疏云、「〈隯〉與〈島〉同字。」饒氏斠證云、「永隆本止改正文、注仍作〈隯〉。」

水中之洲曰隯。　─水中之洲曰隯。音島。

③12b

〈正文〉參塗夷庭

面三門、〻三道、故云參涂。　─街、大道也。經、歴也。一面三門、門三道、故云參塗。

④18a

〈正文〉駢田偪庂

【庂】上野本四部本作〈仄〉。贛州本作〈庂〉。九條本崇本袁本朝鮮本明州本作〈側〉。九條本傍記云、「〈庂〉善。」贛州本四部本校語云、「五臣作〈側〉。」『廣韻』〈仄〉阻力切、無〈庂〉字。『龍龕手鑑』云、「〈庂〉、俗阻力反。」伏氏校注273云、「〈仄〉、〈側〉音義皆同。通假之例極多、不勝枚擧。唐寫本注文作〈偪側〉、《說文》〈仄、側傾也。〉〈側、旁也。〉段注曰〈不正曰仄、不中曰側。二義有別、而經傳多通用。〉

……駢田偪側、聚會意。　─……駢田偪庂、聚會之意。

⑤18 a

（正文）天子迺駕雕軨

【雕】尤本胡本作〈彫〉。『干祿字書』云、「〈鵰〉〈雕〉、竝正。〈彫〉〈凋〉、上彫飾、下凋落。」〈雕〉與〈彫〉爲別。伏氏校注277云、「〈彫〉爲本字、〈雕〉爲借字。《說文》〈彫、琢文也。〉段注曰、〈凡琱琢之成文曰彫、故字从彡。〉〈雕〉之本義爲猛禽、《說文》〈雕、鷻也。〉然二字常通假、例不枚擧。《說文通訓定聲》曰、〈雕、假借爲彫。〉王逸注《楚辭・招魂》曰、〈雕、畫也。〉蓋爲薛注所本。」

彫、畫也。　　　　　　　　　　　　　　—彫、畫也。

【彫】尤本朝鮮本作〈雕〉。

⑥18 a

（正文）建玄戈〈建玄弋〉

【戈】上野本九條本亦作〈戈〉。今仔細看、唐寫本似原作弋而後人改戈。注作弋、不改。胡氏箋證云、「何氏焯曰、《史記・天官書》晉灼注〈外、遠北斗也。在招搖南、一名玄戈。〉此書〈玄弋〉疑誤。杜牧詩〈已建玄戈收相土〉。似用此。紹煐按何校是也。」高氏義疏云、「朱珔曰、〈弋〉當作〈戈〉。步瀛案、朱氏、胡氏說皆是也。」饒氏斠證云、「〈戈〉字先作〈弋〉、後加濃筆作〈戈〉、但注中〈弋〉字尚未改。上野本作〈戈〉、各刻本文注概作〈弋〉。案〈玄戈〉星名、《史記》《漢書》天文志注竝作〈玄戈〉。《晉書》天文志亦曰〈其北一星名玄戈、皆主胡兵。〉《後漢書・馬融傳》作〈玄弋〉誤。」

玄弋、北斗第八星名、爲矛、主胡兵。　　—玄弋、北斗第八星名、爲矛頭、主胡兵。

胡氏・高氏・饒氏の説のように、後人が正文を「戈」に改めたとすれば、もとの正文は薛注と同じであったことになる。

⑦18b
（正文）天畢前驅
前駈載之。　—前驅載之。
先の「2．正文と李善注の引書中の字に異同がある場合」の「ア」⑯と同じ。

⑧19b
（正文）騤瞿奔觸
睽瞿、走狠。　—騤瞿、走貌。

臣善曰、……騤、音逵。　—善曰、……騤、音逵。

【睽瞿】胡氏箋證云、「按、本書《魯靈光殿賦》〈顒顤顟而睽睢〉善注〈睽睢、張目貌。〉〈騤瞿〉與〈睽睢〉音義同。凡走必張兩足。張足之爲〈騤瞿〉、猶張目之爲〈睽睢〉矣。」

正文と李善注の字が一致し、薛綜注は異なる。

⑨20a
（正文）絶阬踰斥
……拆、澤崖也。　—……斥、澤崖也。
臣善曰、……斥、音尺也。　—善曰、……斥、音尺。
正文と李善注の字が一致し、薛綜注は異なる。

⑩22b
（正文）蕑矰紅〈簡矰紅〉
繳射、天長八寸、其丝名矰紅也。　—繳射、矢長八寸、其絲名矰。音曽。

【其絲名繒紅也】高氏義疏云、「合兩文校之、疑當作〈矰、射矢、長八寸、其絲名紅也。音曾。〉」饒氏斠證云、「案〈矰紅〉與〈豫章〉對文、則絲名應是〈矰紅〉、刻本于〈矰音曾〉上誤脫〈紅也〉二字耳。叢刊本同胡刻、〈音曾〉字移正文之下。」伏氏校注458云、「按、高氏説有誤、薛注〈繳射、矢長八寸、其絲名繒紅也〉、總括訓釋〈簡矰紅〉之意、〈繳射〉爲狀態語。高氏誤讀爲〈繳、射矢、長八寸、其絲名繒〉、故有〈《説文》無以繳爲矢、矰爲絲者〉之疑。李善《文選・文賦注》曰、〈《説文》曰、繳、生絲縷也。謂縷系矰矢而以弋射也。〉自〈謂〉字以下十字乃李善注《文選》時因文立訓、于引《説文》後續申其義之辭（段注《説文》據此補今本《説文》、非是）。……〈紅〉與〈縷〉聲音也相近。……故〈繒紅〉卽〈繒縷〉、亦卽〈矰縷〉矣。高氏謂唐寫本〈繒紅也〉有誤、亦非是也。」

⑪23a

（正文）發引龢〈發引和〉

【龢】高氏義疏云、「唐寫〈和〉作〈龢〉、非是。《説文》〈龢、調也。咊、相應也。〉今字作〈和〉、此賦乃唱和之〈和〉、不應作〈龢〉。」伏氏校注475云、「〈龢〉與〈和〉同、高説非是。《説文》〈龢、調也。讀與和同。〉高引刪後半句。」

發引和、言一人唱、餘和也。　—發引和、言一人唱、餘人和也。

⑫23b

（正文）摘漯澥、捜川瀆〈擿漻澥、捜川瀆〉

漯澥、小水別名。摘、探、謂一二周索也。　—漻澥、小水別名。擿、捜、謂一一周索也。

【摘探謂一二周索也】饒氏斠證云、「〈探〉字各本作〈捜〉、與正文相應、但〈探〉字亦與五臣向注〈擿探也〉同。〈二〉乃〈一〉之譌。」

⑬24a

五臣呂向注と同様に、薛綜注が正文の「摘」を「探」の意に解釋したとすれば、字の異同とはならない。

（正文）效獲麑麇｜〈效獲麑麇〉

湜、極也。鹿子曰麑、麇子曰麇｜。

臣善曰、……麌｜、烏老反。

─湜、極也。鹿子曰麑、麇子曰麇。

善曰、……麌、烏老切。

【麇子曰麌】饒氏斠證云、「〈麇〉字乃〈麌〉之譌。」

正文と李善注は同じで、薛綜注は誤寫と思われる。

⑭24b

（正文）衡陿鷰｜濯〈衡狹鷺濯〉

【鷰】上野本同。九條本崇本明州本朝鮮本袁本作〈燕〉。九條本傍記云、「〈鷺〉善。」贛州本四部本校語云、「五臣本作〈燕〉。」唐寫本注文作〈燕〉、明州本朝鮮本袁本注文及九條本紙背引作〈鷺〉。許氏筆記云、「〈鷺〉、俗字也。凡鳥獸艸木之字、後人率加偏旁。此例甚多、不可枚擧。」

燕｜濯、以盤水置前、坐其後、踊身張手跳前、以乏偶茚踰水、復却坐、如鷰｜之浴也。

─鷺濯、以盤水置前、坐其後、踊身張手跳前、以足偶節踰水、復却坐、如鷰之浴也。

⑮25a

（正文）總會僊倡｜

仙倡｜、僞作假形、謂如神也。

─仙倡、僞作假形、謂如神也。

「2．正文と李善注の引書中の字に異同がある場合」の「ア」⑤と同様の異同である。字形の違いをあまり意識せずに筆寫していた可能性がある。

⑯25a

（正文）被毛羽之襳襹｜〈被毛羽之襳襹〉

【襶襱】饒氏斠證云、「〈襶襱〉字、注皆从衣、各刻本注竝作〈襶襱〉。『龍龕手鏡』以〈襶〉爲正、〈襶〉爲俗。」案、唐寫本〈ネ〉〈ネ〉〈木〉〈禾〉旁不分、此蓋作〈襶襱〉。

倡家記作之、毛羽之襶襱、衣毛形也。　　倡家託作之、衣毛羽之衣。襶、衣毛形也。

臣善曰、襶、所炎反。襱、史宜反。　　善曰、襶、所炎切。襱、史宜切。

李善注も薛綜注と同じ字で、正文とは異なる。「禾」「ネ」「ネ」旁の違いを意識せずに筆寫していた可能性が高い。

⑰26a

（正文）赤刀粵祝

【粵】卽〈粵〉字。上野本崇本作〈奧〉。

有能持赤刀禹歩、越祝厭虎者、号黄公。又於觀前爲之。　　音呪。東海有能赤刀禹歩、以越人祝法厭虎者、號黄公。又於觀前爲之。

⑱26a

（正文）辟隕絶而復聮

突然倒投、身如将墮、足跟反絓橦上、若已絶而復連也。　　突然倒投、身如将墜、足跟反絓橦上、若已絶而復連也。

⑲26b

（正文）懐璽蔵紱

天子印曰爾。　　天子印曰璽。

【爾】伏氏校注601云、「按、作〈璽〉是。原巻缺泐。」

⑳27a

「A　正文と李善注との字の異同」の「1．正文の字を直接引いて異同がある場合」の⑧と同じで、薛綜注、李善注ともに正文の字と違う。

㉑28ｂ

（正文）聲烈彌楙〈馨烈彌茂〉

【烈】崇本誤作〈列〉。

言圡地険固、故淂放心極意而夸泰之、聲列益以茂㦽。　―言土地險固、故得放心極意而夸泰之、馨烈益以茂盛。

【聲列益以茂㦽】羅氏校釋802云、「案、敦煌本〈烈〉訛〈列〉、各本〈聲〉訛〈馨〉。」

李善注の場合と同様に、筆寫の際の誤記や字體の不統一による正文との異同が多いが、①③④⑧⑨⑳のように、薛綜注の字が明らかに正文と異なるものも見られる。これらは唐鈔本が薛綜注本を底本として筆寫されたという傅剛氏の説に反する例である。

二　唐鈔本李善注の體例の未整理

正文と引書との字の異同についての校記が完全なものではないことを述べたが、その他にも唐鈔本の李善注には、注釋の體例がまだ整理されていないところが見られる。以下、「已見～」の體例について校勘の結果を列擧してみよう。

1．板本のみ「已見～」の體例をとるもの

①10ａ

（正文）…（殘缺）…、…幹疊而百增。〈神明崛其特起、井幹疊而百增〉

臣善曰、漢書…（殘缺）…又曰、武帝作井…（殘缺）…　―善曰、……神明、井幹、已見西都賦。

【神明井幹已見西都賦】贛州本四部本作〈漢書曰孝武立神明臺又曰武帝作井幹樓高五十丈輦道相屬焉司馬彪莊子注曰井幹井欄也然積木有若欄也〉。此見卷一西都賦〈神明鬱其特起〉注、〈攀井幹而未半〉注。凡各本作〈已見〉者、贛州本四部本皆重出引文、此贛州本四部本之體例耳。唐寫本作井以下缺字、應是〈幹樓高五十丈〉六字、〈輦道相屬焉司馬彪莊子注曰井幹井欄也然積木有若欄也〉二十四字、唐寫本所無也。

この箇所、殘缺で一部の文字しか見られないが、「神明」「井幹」について、唐鈔本李善注は、「已見～」の體裁をとらず、『漢書』を引用していると思われる。

②11b

（正文）前開唐中

臣善曰、漢書曰、建章宮、其西則唐中數十里。　―善曰、唐中、已見西都賦。

【唐中已見西都賦】贛州本四部本作〈漢書曰建章宮其西則有唐中數十里如淳曰唐庭也〉二十一字、此從卷一「西都賦」〈前唐中而後太液〉注摘錄、重出引文者、贛州本四部本之體例耳。

③11b

（正文）顧臨太液

臣善曰、漢書曰、建章宮、其北治太液池。　―善曰、太液、已見西都賦。

【太液已見西都賦】贛州本四部本亦從卷一「西都賦」〈前唐中而後太液〉注錄、重出引文者、贛州本四部本之體例耳。但卷一「西都賦」注及贛州本四部本〈治〉作〈沼〉、今『漢書』郊祀志下作〈治〉、此唐寫本不誤。

④11b

（正文）漸臺立於中央

臣善曰、漢書曰、建章宮太液池、漸臺高廿餘丈。　―善曰、漸臺高二十餘丈、已見西都賦。

【漸臺高廿餘丈已見西都賦】贛州本四部本亦從卷一「西都賦」〈前唐中而後太液〉注摘錄作〈漢書曰建章宮漸臺高二十餘丈〉十三字。

⑤12b

（正文）美往昔之松橋

臣善曰、列仙傳曰、赤松子者、神農時雨師也。服水玉。又曰、王子喬者、周霊王太子晉也。道人浮丘公接以上嵩高山。

善曰、松喬、已見西都賦。

【松喬已見西都賦】贛州本四部本亦從卷一「西都賦」〈庶松喬之羣類〉注重出、〈玉〉下有〈以教神農〉四字。

⑥13a

（正文）尓乃廓開九市

臣善曰、漢宮闍疏曰、長安立九市、其六市在道西、三市在道東。

善曰、九市、已見西都賦。

【九市已見西都賦】贛州本四部本亦從卷一「西都賦」〈九市開場〉注重出。但〈闍〉字、贛州本四部本及各本卷一作〈闕〉。伏氏校注116云、「按、顏師古《漢書注》、《藝文類聚》、《初學記》及李善注別處皆引作〈漢宮闕疏〉、作〈闍〉形近而誤。」

⑦13a

（正文）旗亭五重、俯察百隧

旗亭、市樓也。隧、列肆道也。

臣善曰、史記褚先生曰、臣爲郎、與方士會旗亭下。

旗亭、市樓也。

善曰、史記褚先生曰、臣爲郎、與方士會旗亭下。隧、已見西都賦。

【市樓也】此下唐寫本有〈隧列肆道也〉五字。案卷一「西都賦」〈貨別隧分〉李善注云、「薛綜西京賦注曰、隧、列肆道也。音遂。」薛注原有此注、唐寫本是也。板本從善注增〈隧已見西都賦〉六字、删去薛注此五字耳。

【隧已見西都賦】贛州本四部本作〈薛綜西京賦注曰隧列肆道也音遂〉十四字、疑後人見板本〈隧已見西都賦〉六字、從卷一「西都賦」注而重出。

⑧14b

（正文）若其五縣遊麗

臣善曰、五縣、謂長陵、安陵、陽陵、茂陵、平陵。	善曰、五縣、謂五陵也。長陵、安陵、陽陵、武陵、平陵五陵也、已見西都賦。

【五陵也已見西都賦】贛州本四部本〈長陵安陵陽陵武陵平陵五陵也已見西都賦〉作〈漢書曰高帝葬長陵惠帝葬安陵景帝葬陽陵武帝葬茂陵昭帝葬平陵五陵也〉、此從卷一「西都賦」〈北眺五陵〉注重出、贛州本四部本之體例耳。九條本紙背作〈善曰五縣謂五陵也漢書曰高帝葬長陵惠帝葬安陵景帝葬陽陵武帝葬茂陵昭帝葬平陵〉、與贛州本四部本略同。

⑨15a

（正文）五都貨殖

臣善曰、王莽於五都立均官、更名雒陽、邯鄲、淄、宛、成都市長皆爲五均司市師也	善曰、五都、已見西都賦。

【五都已見西都賦】『漢書』食貨志下云、「遂於長安及五都立五均官、更名長安東西市令及洛陽、邯鄲、臨甾、宛、成都市長皆爲五均司市稱師。東市稱京、西市稱畿、洛陽稱中、餘四都各用東西南北爲稱、皆置交易丞五人、錢府丞一人。」此李善節引『漢書』文耳。但〈淄〉上脫〈臨〉字。伏氏校注以爲〈王莽〉上脫〈漢書曰〉三字。王念孫『讀書雜志』

云、「第一〈稱〉字、涉下四〈稱〉字而衍。司市師、卽上文所云市令、市長。」唐寫本無〈稱〉字、可以爲王說證左。〈五都已見西都賦〉七字、九條本紙背贛州本四部本作〈漢書曰王莽於五都立均官更名雒陽邯鄲臨淄宛城郭市長安皆爲五均〉、此從卷一「西都賦」〈五都之貨殖〉注重引耳。卷一「西都賦」注尤本胡刻本〈成〉誤作〈城〉、又各本〈長〉下衍〈安〉字。此贛州本四部本亦〈成都〉誤作〈城郭〉、衍〈安〉字。

⑩16b
（正文）牽牛立其左、織女處其右
臣善曰、漢宮闕疏曰、昆明池有二石人、牽牛織女象。　｜善曰、已見西都賦。
【已見西都賦】〈已見〉上、袁本有〈牛女〉二字、明州本朝鮮本作〈女牛〉。贛州本四部本與唐寫本同、但〈闕〉作〈闕〉。此見「西都賦」〈左牽牛而右織女〉注。

⑪17a
（正文）鳥則鷫鷞鴰鴇
臣善曰、……鴰鴇、二鳥名也。凡魚鳥草木皆不重見、他皆類此。　｜善曰、……鴰鴇、已見西都賦。凡魚鳥草木皆不重見、他皆類此。
【已見西都賦】饒氏斠證云、「永隆本初注如此、則前條十一字及此條從省者、當是後注時所增删。然有可疑者、乃鴰鴇駕鵞之次序、何以不順賦文作注耳。」贛州本四部本作〈爾雅曰鶬麋鴰也鴰音括郭璞曰卽鶬鴰也郭璞上林賦注曰鴇似鴈無後指鴇音保〉三十三字、與卷一「西都賦」〈鶬鴰鴇鴚〉李注同、此贛州本四部本增補之體例耳。

⑫17b
（正文）在於靈囿之中
臣善曰、毛詩曰、王在靈囿。　｜善曰、靈囿、已見東都賦。

【靈囿已見東都賦】贛州本四部本作〈毛詩曰王在靈囿麀鹿攸伏〉。卷一「東都賦」〈誼合乎靈囿〉注云、「毛詩曰、王在靈囿、麀鹿攸伏。」贛州本四部本依此複出耳。

⑬18 b

（正文）屬車之簉

臣善曰、漢書音義曰、大駕屬車八十一乘。

善曰、屬車、已見東都賦。

【屬車已見東都賦】贛州本四部本作〈漢雜事曰諸侯貳車九乘秦滅九國兼其車服故大駕屬車八十一乘〉。朝鮮本〈東都賦〉誤作〈西都賦〉。案卷一「東都賦」〈屬車案節〉注云、「漢書音義曰、大駕、車八十一乘、作三行。」（胡氏考異云、「案〈車〉上當有〈屬〉字。各本皆脫。」）贛州本四部本非從「東都賦」注重出者、不知何故。

⑭19 a

（正文）陳虎旅於飛廉、正壘壁乎上蘭

臣善曰、……漢書曰、長安作飛廉館。三輔黃圖、上林有上蘭觀。

善曰、……飛廉、上蘭、已見西都賦。

【飛廉上蘭已見西都賦】贛州本四部本作〈漢書武紀曰長安作飛廉館三輔黃圖曰上林有上蘭觀〉二十二字。

⑮26 b

（正文）陰戎期門

臣善曰、漢書曰、武帝與北地良家子、期諸殿門、故有期門之號。

善曰、期門、已見西都賦。

【期門已見西都賦】贛州本四部本及九條本脚注引與唐寫本同。卷一「西都賦」〈爾乃期門佽飛〉注引『漢書』（東方朔傳）與此同。饒氏斠證云、「胡刻此二十一字作〈已見西都賦〉、蓋已見从省之例。叢刊本有此、乃从西都賦注補回、卽陳仁子本所謂増補六臣注之例。」

⑯26b

（正文）便旋閭閻、周觀郊遂。

臣善曰、字林曰、閭、里門也。閻、里中門也。　善曰、閭、里門也。閻、里中門也。郊、已見西都賦。

【郊已見西都賦】贛州本四部本作〈鄭玄周禮注王國百里爲郊〉十一字。九條本紙背引同。羅氏校釋721云、「案、敦煌本此下有〈遂〉之注、則〈遂〉之注上當有〈郊〉之注、當依寫本舊例、於〈里中門也〉下補引《西都賦》〈若乃觀其四郊〉句下善注引〈鄭玄《周禮》注〈王國百里爲郊。〉〉十一字。」

⑰27b

（正文）列爵十四

臣善曰、漢書曰、漢興、因秦之稱號、帝正適稱皇后、妾皆稱夫人、稱號凡十四等云。　善曰、列爵十四、見西都賦也。

【列爵十四見西都賦也】贛州本四部本作〈漢書曰大星正妃餘三星後宮又賛曰漢興因秦之稱號帝正適稱皇后妾皆稱夫人號十四等云昭儀位視丞相婕妤視上卿娙娥視中二千石傛華視眞二千石美人視二千石八子視千石十子視八百石良人視七百石長使視六百石少使視四百石五官視三百石順常視二百石無涓共和娯靈保林良夜皆視百石〉一百二十四字。九條本紙背引與四部本同。饒氏斠證云、「此善注節引『漢書』外戚傳文。案西都賦〈十有四位〉下注、先引『漢書』天文志九字、次引外戚傳一百餘字。叢刊本以西都賦注天文志及外戚傳增補、而列擧十四等、有遺漏有誤併、則彙錄六臣注時錯誤也。」

2．唐鈔本のみ「已見～」の體例をとるもの

①12ａ

（正文）於是𥠖少君以端信、庶欒大之貞固

臣善曰、少君、欒大已見西都賦。人姓名及事易知而別卷重見者、云見某篇、亦從省也。他皆類此也。

善曰、史記曰、李少君亦以祠竈穀道却老方見上、上尊之。少君者、故深澤侯舍人、主方。欒大見西都賦。凡人姓名及事易知而別卷重見者云見某篇、亦從省也。他皆類此。

【少君欒大已見西都賦】板本脱〈已〉字。贛州本四部本〈欒大見西都賦〉六字作〈漢書曰欒成侯登上書言欒大天子見大悦大曰臣之師有不死之藥可得仙人可致乃拜大爲五利將軍〉四十一字、從卷一「西都賦」〈馳五利之所刑〉注取錄、重出引文者、贛州本四部本之體例耳。饒氏斠證云、「案西都賦五利下删引漢書、胡刻叢刊竝于〈曰〉上脫〈大〉字、致誤欒大語爲武帝語。而叢刊本補錄此注則作〈大曰〉、不誤。」九條本紙背作〈又曰欒成侯上書言奕大天子見大悦乃拜爲五利將軍〉二十二字。

「欒大」については、唐鈔本・板本ともに「已見～」の體例をとるが、「少君」に關しては、唐鈔本のみ「已見～」となっている。

②18ｂ

（正文）虹旃蜺旄

臣善曰、……虹、旄、已見上注。高唐賦曰、蜺爲旄。

善曰、……楚辭曰、建雄虹之采旄。上林賦曰、拖蜺旌也。

【虹旄已見上注】高氏義疏云、「案已見上〈亘雄虹之長梁〉句注、則此不應復見。亦依唐寫本改。又《高唐賦》以下、亦依唐寫。各本作〈上林賦曰拖蜺旌也〉、亦誤。」饒氏斠證云、「此云已見、蓋從省之例。刻本乃重出《楚辭》九字、殆六臣本概行增補、而尤氏從六臣本剔出時失檢耶。《上林賦》善注仍引《高唐賦》句。此節善注、自〈牙飾〉以下、疑六臣併注時有誤、此又永隆本未經混亂之可貴處。」

③乙卷7b

（正文）而談者皆擬於阿衡

臣善曰、……阿衡、已見上。　——……詩曰、實惟阿衡、左右商王。毛萇曰、阿衡、伊尹也。

【阿衡已見上】羅氏校釋81云、「案、《文選》卷四十阮嗣宗《爲鄭沖勸晉王牋》〈遂荷阿衡之號〉句下注與各刻本注複引同、複引時〈詩〉上脱〈毛〉。敦煌本作〈已見上〉、從省之例也。」

④乙卷8a

（正文）五尺童子

臣善曰、五尺童子、已見李令伯表。　——孫卿子曰、仲尼之門、五尺豎子羞言五伯。

【五尺童子已見李令伯表】胡氏考異云、「袁本無此十六字、有〈五尺童子已見李令伯表〉十字、是也。茶陵本複出、非。」饒氏斠證云、「此注乃〈已見從省〉例。案茶陵本題作〈增補〉、此十六字卽所補也。尤袤善單注本異于此寫卷作〈已見〉、竟同于茶陵本所增補、知尤本所从出之六臣本蓋與茶陵本同源。」羅氏校釋82云、「案、《文選》卷三十七李密《陳情事表》〈內無應門五尺之僮〉句下注引《孫卿子》與此同。」此見『荀子』仲尼篇。

⑤乙卷8a

（正文）昔三仁去而殷虛

臣善曰、三仁、已見上。　——三仁、微子、箕子、比干。

【三仁已見上】饒氏斠證云、「叢刊本善注無三仁之文、而五臣翰注列舉比干箕子微子後略述其事、竝譏李善引孟子注二老爲〈誤甚〉、且以楊雄爲〈用事之誤〉、其陋如此、疑非五臣眞貌。但併六臣注者取此較詳之注、因删去李善三仁之注、其事甚顯。胡刻善單注本云、〈三仁微子箕子比干〉、其次序與『論語』微子篇同、但已違〈从省〉之例。又『考異』無此注校記、當是袁本茶陵本與胡刻從同、而與寫卷相異。」

⑥乙巻8a

（正文）五殺入而秦喜

臣善曰、五殺、已見李斯上書。

史記曰、百里奚亡秦走宛、秦穆公聞百里奚、欲重贖之、恐楚不與、請以五殺皮贖之、楚人許與之。繆公與語國事、繆公大悦。

【五殺已見李斯上書】胡氏考異云、「陳云〈奚〉下脱〈賢〉字、是也。各本皆脱。」案巻三十九李斯「上書」〈東得百里奚於宛〉注引『史記』、板本亦脱〈賢〉字。『史記』秦本紀有〈賢〉字。饒氏斠證云、「於此可推知者、即六注之祖本李斯書注原脱〈賢〉字、其後增補者隨之亦脱〈賢〉字。單注本已從六注中剔取、故李斯書及解嘲兩注皆同脱〈賢〉字。」

⑦乙巻8b

（正文）則庸夫高枕而有餘

臣善曰、……高枕、已見上。

……漢書、賈誼曰、陛下高枕、終無山東之憂。楚辭曰、堯、舜皆有舉任兮、故高枕而自適。

【高枕已見上】饒氏斠證云、「當是併六臣注者增補之例、胡刻單注本亦同複出、則尤氏剔取善注時、未審其爲後人增補也。」羅氏校釋107云、「案、敦煌本作〈高枕已見上〉、從省之例也。各刻本複引《文選》巻三七曹子建《求自試表》〈謀士未得高枕者〉句下注引《漢書・賈誼傳》幷增引《楚辭・九辯》句、從〈增補〉之例也。」今『楚辭』九辯〈有〉下有〈所〉字。

3. 唐鈔本・板本ともに「已見～」の體例をとるもの

①11b

（正文）横西洫而絶金墉

臣善曰、……洫、已見上文。　　一善曰、……洫、已見上文。

②11b

（正文）神山峨々

臣善曰、……波山、已見西都賦。　　一善曰、……三山、已見西都賦。

【三山】〈三〉字、唐寫本誤作〈波〉字。饒氏斠證云、「此節注永隆本特多誤筆、如〈三輔〉脱〈三〉字、〈淸淵海〉下衍〈三〉字、〈三山〉又誤作〈波山〉。」

③乙卷7a

（正文）離爲十二

臣善曰、十二、已見東方朔荅客難。　　一十二國、已見上文。

【十二已見東方朔荅客難】贛州本四部本無〈十二國已見上文〉七字、張晏曰注有〈周千八百國在者十二謂魯衛齊宋楚鄭燕趙韓魏秦中山又曰〉二十五字。饒氏斠證云、「案胡刻此注、義與寫卷相同、但添一〈國〉字。仍非善注眞貌、叢刊本則所謂增補也。」羅氏校釋39云、「案、《荅客難》〈幷爲十二〉句下注與叢刊本複引同。」

④乙卷8b

（正文）范睢以折槢而危穰侯

臣善曰、危穰侯、已見李斯上書。折摺、已見鄒陽上書。　　一危穰侯、已見李斯上書。折摺、已見鄒陽上書。

【危穰侯已見李斯上書折摺已見鄒陽上書】贛州本明州本四部本無此十七字。羅氏校釋98云、「案、敦煌本、尤刻本作〈已見李斯上書〉〈已見鄒陽上書〉、從省之例、不誤。明州本、叢刊本〈良曰〉云云、係刪節《文選》卷三九李斯《上書秦始皇》〈昭王得范睢、廢穰侯〉句注引《史記・穰侯傳》載秦昭王罷穰侯相事及同卷鄒陽《獄中上書自明》〈范睢摺脇折齒於魏〉句注引《史記・范雎傳》載范雎摺脇折齒事而成、既不補錄原注、又無〈又見〉等語、其鈔襲善注甚明。」

甲巻では、「1.」の板本のみ「已見〜」に作るものが十七例あるのに對して、唐鈔本のみのものはわずか二例しかない。そもそも唐鈔本甲巻には、「已見〜」に作るものが全部で四例しかないのである。中には「1.」の⑦⑪のように、李善注の體例に合わず、後人によって「已見〜」が增補されたことが明らかな例もあるが、「1.」の十七例の内には板本（四部本を除く）のように「已見〜」の形にして李善注の體例に合うものもある。これは、唐鈔本李善注がまだ體裁上は未整理の段階のものであったことを物語っているのではなかろうか。

乙巻では、甲巻とは逆の現象が見られる。「1.」の板本のみの例が見られないのに對して、「已見〜」全七例中五例が唐鈔本のみに見られるものである。乙巻に關しては、唐鈔本で未整理であった李善注の體例が次第に整えられていったと考え難い。或いは巻ごとに異なる現象が見られる寫本と板本の關係を考慮する必要があるかもしれない。これについては、前節で檢討した通りである。

三　唐鈔本李善注の底本

唐鈔本の「西京賦」本文の一部は、顏師古『漢書』注に引かれているが、以下の例のような異同がある。

①10a

（正文）…（殘缺）…幹疊而百增〈井幹疊而百增〉

『漢書』郊祀志下「立神明臺、井幹樓、高五十丈、輦道相屬焉」師古注引張衡「西京賦」は、「增」を「層」に作る。

②12a

（正文）立脩莖之仙掌、……屑瓊蘂以朝湌〈立脩莖之仙掌、……屑瓊蘂以朝飧〉

『漢書』郊祀志上「其後又作柏梁、銅柱、承露僊人掌之屬矣」師古注引張衡「西京賦」は、「脩」を「修」に、「蘂」を「蕊」に、「湌」を「餐」に作る。

③24b

（正文）烏獲扛鼎

『漢書』地理志下「夫甘都盧國」顔師古注引張衡「西京賦」は、「舡」を「扛」に作る。

④25a

（正文）巨獸百尋、是爲曼延。〈巨獸百尋、是爲曼延〉

『漢書』西域傳下贊「漫衍魚龍」顔師古注引張衡「西京賦」は、「曼」を「漫」に作る。

當時、『文選』の異本が何種か存在していたことは明らかである。では、唐鈔本は、一體何を底本として筆寫されたのであろうか。唐鈔本の李善注には、次のような李善自身の校語が記された箇所がある。

○15b

（正文）繚亘綿聯〈繚垣緜聯〉

【亘】上野本亦作〈亘〉。

繚亘、猶繞了也。

臣善曰、亘當爲垣。

繚垣、猶繞了也。

善曰、今並以亘爲垣。

【亘當爲垣】上野本欄上云、「臣君曰、亘當爲垣。」〈君〉乃〈善〉之譌字。〈亘當爲垣〉四字與唐寫本合。饒氏斠證云、「案善注、永隆本與他本文句雖異、其意則一。因善據薛本作〈亘〉、薛幷以亘本義繞了釋之、而善意則以垣墻爲義、故云當爲垣也。若作〈以亘爲垣〉、雖不失李注指爲叚借之意、而劉申叔則認爲非李注。至五臣本則作〈垣〉、故銑注〈垣墻也。〉今各本賦文已作〈垣〉、而又載善注以亘爲垣、是文注不照。」

これを見ると、李善本自體が正文と自注の字を必ずしも統一していなかったことが分かる。李善は薛綜注を舊注として採錄しているので、恐らく正文は薛綜注本によったものと思われる。そこで薛綜注本の正文「亘」字を「垣」に改めるべきだという校記をつけたのであろう。この唐鈔本の段階では、李善注本の正文と注文には異同がそのまま殘っていたのである。その後、注釋の體例が整えられるに從って、正文の字も李善注本として改められていったことが想像できる。その過程で薛綜注の「亘」字も「垣」に改められ、李善注の校記も「亘當爲垣」から「今並以亘爲垣」に變えられたのであろう。似た現象は、乙巻にも見られる。

○乙巻5b

〈正文〉以管窺天〈以筦窺天〉

服虔曰、筦音管。　　　　　　　　　　　　　　　　　服虔曰、筦音管。

『文選』正文は「管」字であったのに、「筦」に作る『漢書』の注をそのまま引いているので、正文と注の間に異同が生じることになるが、その點は整理されないままであった。後、正文が「筦」字に改められ、注との異同を解消している。

以上のことから、唐鈔本は、おおむね薛綜注本に基づいた李善注本を底本として書寫されたと判斷するのが妥當と思われる。それはあくまで李善が薛綜注本をもとに作成した李善注本であり、傅剛氏の言うように書き寫した者が正文を薛綜注本から、李善注を李善注本から書寫したのではない。ただ、唐鈔本はまだ正文の校訂、注釋の體例ともにまだ未整理の李善注本だった。從って、正文と注の間に字の異同が見られるし、引書との異同の校記も記されないままであり、「已見～」の體裁も整っていないのである。また、正文と薛綜注との間に異同があるのは、李善が薛綜注本を底本としながら、他の本で正文を書き直した箇所があったことによるものであろう。その結果、正文が薛綜注本と同じものがあり、逆に薛綜注とは異なって李善注と同じものがあるということになったと考えられる。

そもそも李善注本が最初から完成本に近いものであったと考えるのは、誤解を生じるもとである。唐末の李匡乂の『資暇錄』（非五臣）に、唐末には、初注本から絕筆本に至る五種の李善注『文選』があり、最後の絕筆本は、「皆音を釋し義を訓じ、注解甚だ多し」というものだったという。李善注は、唐鈔本の後、李善自身及び後人によって、體例が整理され、或いは注が次々と増補されていったのである。

（附）以下、次節の校勘記の結果から、特筆すべき例を一部だけ抽出しておく。

○『文選』本文に異本があったことを示す例

11ａ

（正文）長廊廣廡、連［改途爲連］閣雲曼。〈長廊廣廡、途閣雲蔓〉

乙卷7ｂ

（正文）徽以糺墨、製以鑕鈇、〈徽以糾墨、制以鑕鈇〉

服虔曰、刑、縛束之也。應劭曰、音以繩徽弩之徽。　―服虔曰、制、縛束也。應劭曰、束以繩徽弩之徽。

饒氏斠證云、「王念孫謂〈制〉字乃〈徽〉之譌。」羅氏校釋63云、「〈刑〉〈制〉皆訛、當作〈徽〉。」

〈刑〉と〈制〉は筆寫の際に誤る可能性があるので、〈徽〉ではなく〈製〉の方に異同があったのかもしれない。

○闕筆忘れの例

12ｂ

（正文）若歷世而長存、何遽營乎陵墓。

【世】饒氏斠證云、「永隆本〈世〉字不缺筆。」

臣善曰、言若歷世不死而長存、何急營於陵墓乎。　—善曰、言若歷代而不死、何急營於陵墓乎。

この他に「民」「淵」の闕筆しない例も見られる。

○朝鮮本（秀州本）の改訂と思われる例

13b

（正文）瑰貨方至、鳥集鱗萃、〈瓌貨方至、鳥集鱗萃〉

【瑰】上野本亦作〈瑰〉、與注正合。

瑰、奇貨也。方、四方也。言奇寶有如鳥之集、鱗之接也。—瑰、奇貨也。方、四方也。奇寶有如鳥之集、鱗之萃也。

【瑰】朝鮮本作〈瓌〉、與板本正文正合。他板本作〈瑰〉、與板本正文不合。

17a

（正文）鳥則鷫鷞鴰鴇

臣善曰、高誘淮南子注曰、鷫霜、長脛綠色、其形似鴈。　—善曰、高誘淮南子注曰、鷫鸘、長脛綠色、其形似鴈。

【霜】朝鮮本作〈鷞〉。今『淮南子』原道訓作〈鷞〉、高誘注不作〈霜〉〈鸘〉、與朝鮮本合。

18b

（正文）華盖承辰、天畢前驅、〈華蓋承辰、天畢前驅〉

臣善曰、……韓詩曰、伯也執殳、爲王前駈。　—善曰、……韓詩曰、伯也執殳、爲王前驅。

【韓詩】朝鮮本作〈毛詩〉。今『毛詩』衛風・伯兮與善注引『韓詩』同。

28b

（正文）未一隅之能睹。

臣善曰、……論語、子曰、擧一隅而示之。　—善曰、……論語曰、子曰、擧一隅而示之。

【而示之】朝鮮本無此三字。梁氏旁證云、「今『論語』無下三字。皇侃義疏本・高麗國集解本竝有。日本山井鼎『七經攷異』云、〈足利本作〈示之〉、無〈而〉字。〉晁公武『蜀石經攷異』云、〈〈舉一隅〉下有〈而示之〉三字、與李鶚本不同。〉知古本『論語』皆如是也。」饒氏斠證云、「今本『論語』述而篇無〈而示之〉三字。阮元論語注疏校勘記云、〈皇本・高麗本〈隅〉下有〈而示之〉三字。案『文選』西京賦注引有此三字。又晁公武『蜀石經考異』云、〈〈舉一隅〉下有〈而示之〉三字、與李鶚本不同。〉據此、則古本當有此三字也。〉案四部叢刊景日本覆刻古卷子本『論語』有此三字。又日本所稱能存先唐眞本面目之天文板『論語』無〈而〉字、有〈示之〉二字。」敦煌本『論語集解』（斯〇八〇〇號）有此三字。李方校證云、「伯三七八三號白文・皇本・古本・唐本・津藩本・正平本・武内本・卷子本・大永本・永祿本、『文選』卷二張平子《西京賦》注引同。篁墩本・足利本・天文本・伊氏本無〈而〉字。伯三七〇五號闕〈之〉字。邢本無〈而示之〉三字。『四書考異』所據本亦無此三字。晁公武『蜀石經考異』、『文獻通考』、阮校記、『彙考』皆云以有〈而示之〉三字爲勝。」

　朝鮮本の底本である秀州本が十三經本『論語』に合わせて削除したと思われる。

○必要と考えられる増補例

28 a

（正文）鑒戒唐詩、他人是媮。〈鑒戒唐詩、他人是媮〉

唐詩曰、子有衣裳、弗曳不婁、宛其死矣、他人是媮。言今日之不極意恣驕、亦如此矣。

唐詩、刺晉僖公不能及時以自娯樂、曰、子有衣裳、弗曳弗婁、宛其死矣、他人是媮。言今日之不極意恣嬌、亦如此也。

善曰、國語曰、鑒戒而謀。賈逵曰、鑒、察也。

この『國語』（晉語三）を引證とする李善注がどの段階で増補されたかは不明だが、適切な増補であろう。このような例が散見する。

第二節　唐鈔李善單注本『文選』殘卷校勘記

李善の『文選』注には、約四萬箇所に渡って千九百餘種の書物（注釋書・詩文作品を含めて）が引用されている。それは、『文選』正文の解釋、及び後世の文人の文學言語創作に際して極めて有用であった。のみならずこれらの中には、現在では目にすることができないもの、現行本と字句の異同があるものなどが少なくなく、唐代の流布本を研究する上でも、貴重な資料として活用されている。ところが、現行の板本『文選』李注には、後人によって增補、或いは削除された形跡が見られ、板本李注の引書を全て李善が引用したものとは言えない可能性がある。その板本李善注の形成過程を知るための資料として貴重なのが、敦煌本と集注本の『文選』殘卷である。

敦煌出土文選殘卷李善單注本（羅振玉輯『鳴沙石室古籍叢殘』所收）には二本あり、甲卷（敦煌寫本ペリオ目錄二五二八號）は、胡刻本卷二、張衡「西京賦」の十葉「於浮柱」以降の後半部を殘し、卷尾に、「永隆年二月十九日弘濟寺寫」と記されている。永隆は高宗の年號で、六八〇年八月から六八一年九月までであり、この寫本は永隆二年（六八一）のものである。顯慶三年（六五八）に李善が『文選』注を上表してから二十三年後、載初元年（六八九）、李善の卒する（『舊唐書』儒學傳上）九年前にあたる。李善存命中の寫本であり、『文選』李善注としては最古のものである。弘濟寺については、劉師培が「弘濟寺在唐長安、或此卷書自寺僧手也。（弘濟寺は唐の長安に在り、或いは此の卷は寺僧の手に自《よ》るなり）」（「敦煌新出唐寫本提要」、一九一一年）と言い、伏俊連氏も「弘濟寺在長安、此卷或爲長安弘濟寺僧人所抄而帶到敦煌的。（弘濟寺は長安に在り、この卷は長安の弘濟寺の僧によって書寫されて敦煌にもたらされたもの）」（『敦煌賦校注』序）と言う。確かに唐・釋道宣『續高僧傳』（唐高僧傳）に、「隋京師弘濟寺釋智揆」（卷二六）・「奉敕令任弘濟寺上座」

（巻二二「唐京師普光寺釋慧滿」）と、その名が見え、また『唐兩京城坊考』（巻三）・『長安志』（巻八）にも、勝業坊の修慈尼寺がもと宏濟僧寺であったことが記されている。

乙巻（ペリオ二五二七號）は、胡刻本巻四十五、東方朔「荅客難」の四葉「不可勝數」から、楊雄「解嘲」の八葉「或釋褐而傅」までを殘すが、巻尾に識語は無い。この乙巻について、蔣黻の題記（『鳴沙石室古籍叢殘』所收、一九一〇年）では、甲巻に比べて乙巻は書體が遒美であり、「虎」（太祖の諱李虎）・「世」（太宗の諱李世民）・「治」（高宗の諱李治）字を缺筆しているのに、「旦」字（睿宗の諱李旦）は缺筆していないので、高宗の時の内府本ではないかという。確かに兩者の筆跡は全く違い、同一人の筆ではない。また、伏俊連氏が「以字之避諱來斷定寫本之年代、宜有其他佐證。（文字の避諱で寫本の年代を斷定するには、その他の證佐があったほうがよい）」（『敦煌賦校注』序）と指摘するように、缺筆だけで寫本の時代を特定するのは危險であるが、李善が、

舊注是者、因而留之、竝於篇首題其姓名。其有乖繆、臣乃具釋。竝稱臣善以別之。他皆類此。（舊注の是《ぜ》なる者は、因りて之を留め、竝びに篇首に於いて其の姓名を題す。其の乖繆有るは、臣乃ち具《つぶさ》に釋す。竝びに臣善と稱して以て之を別つ。他皆此に類す。巻二の「薛綜注」の注）

と、その義例にいう「臣善曰」で始まる注釋の書式が同じことから考えて、李善注原本の體裁を保っていた甲巻と同時期に筆寫されたものではないかと考えられる。

この兩本が現行板本の誤りを訂正できる極めて貴重な資料であることは、蔣黻・劉師培以下の先人が皆例を擧げて指摘する通りである。ただ、板本が唐鈔本に比べて李善注に增補された箇所が多いことに關する所謂李邕增補說については、意見の相違が見られる。

李邕增補說は、『新唐書』巻二〇二（文藝傳中）の李邕の傳記に、

邕少知名。始善注文選、釋事而忘意。書成以問邕。邕不敢對。善詰之、邕意欲有所更。善曰、試爲我補益之。

邕附事見義、善以其不可奪、故兩書竝行。（邕少《わか》くして名を知らる。始め善『文選』に注し、事を釋して意を忘る。書成りて以て邕に問ふ。邕敢へて對へず。善之を詰《と》ふに、邕の意更《あらた》むる所有らんと欲す。善曰く、「試みに我が爲に之を補益せよ」と。邕　事に附して義を見《あら》はし、善以《おも》へらく其れ奪ふべからずと。故に兩書竝びに行はる。）

とあることに始まる。これに對して、『四庫全書總目提要』は、唐末の李匡乂の『資暇錄』（「非五臣」）の

世傳數本李氏文選。有初注成者、覆注者、有三注四注者。當時旋被傳寫之。其絶筆之本、皆釋音訓義、注解甚多。余家、幸而有焉。嘗將數本竝校、不唯注之贍略有異、至於科段、互相不同、無似余家之本該備也。（世に數本の李氏『文選』を傳ふ。初めて注の成れる者、覆注なる者有り、三注四注なる者有り。當時旋《たちまち》に之を傳寫するを被る。其の絶筆の本、皆音を釋し義を訓じ、注解甚だ多し。余が家、幸ひにして焉《こ》れ有り。嘗て數本を將《もっ》て竝びに校するに、唯だ注の贍略異なる有るのみならず、科段に至るも、互ひに相同じからず、余が家の本の該備なるに似たる無し。）

という說をもとに、唐末には、初注本から絶筆本に至る五種の李善注『文選』があり、最後の絶筆本が李善の定本であったとして、「是善之定本、本事義兼釋、不由於邕。……知新唐書喜采小說、未詳考也。（是れ善の定本は、本《もと》事義兼ねて釋し、邕に由らず。……新唐書喜び小說を采《と》り、未だ詳考せざるを知るなり）」と、『新唐書』の說を否定する。

高步瀛は、「『四庫書目』從李濟翁（李匡乂）說、以今本事義兼釋者爲李善定本。其說甚是、足正『新傳』之誣。（『四庫書目』は李濟翁の說に從《よ》り、今本の事義兼ねて釋する者を以て李善の定本と爲す。其の說甚だ是《ぜ》にして、『新傳』の誣を正すに足る。）」と、この『四庫提要』の說を支持した上で、今本は李善晩年の定本に顯慶三年の上表文を冠したものである可能性を指摘している（『李注義疏』「唐李崇賢上文選注表」、一九二九年）。つまり李邕ではなく李善自身が增補したということになるのである。岡村繁氏も同樣の見解を述べている（「『文選』李善注の編修過程その緯書引用の仕方を例として」東方學會四十周年記念『東方學論集』、一九八七年）。

一方、蔣黻は題記に、

今此巻同今本相校、凡今本釋意之處、此皆從略。知此爲崇賢初次表上之本、而今本北海補益之本也。（今此の巻と今本と相校するに、凡そ今本釋意の處、此れ皆略に從ふ。此れ崇賢（李善）の初次表上の本たりて、今本は北海（李邕）補益の本なるを知る。）

と記し、『新唐書』の記述に基づいて板本の釋意の部分は李邕の增補だとする。また、劉師培、伏俊連氏も、それぞれ「或李邕所增、或亦他注所竄入。（或いは李邕の增す所、或いは亦他注の竄入する所）」（劉氏「敦煌新出唐寫本提要」）、「李邕少年天才、讀『文選』重意輕事、爲乃父補益、不是不可能。……江淮閒爲選學故鄕、曹憲弟子除李善外、公孫羅・魏模皆『選』注。唐人去古未遠、家法之學尚存、同爲一家者流、可同歸一家代表之名下。所以後人讀公孫・魏之注、歸輯李善注之中、也是有可能的。（李邕は少年より天才で、『文選』が意を重んじ事を輕んじているのを讀み、父の爲に補益することは不可能ではなかった。……江淮の閒は選學の故鄕であり、曹憲の弟子は李善のほかに、公孫羅・魏模がいて皆『選』に注をした。唐人にとってはそれほど過去のことではなく、家法の學というものも殘っていたので、それらを一家の流れとして、一家の代表のもとに歸着した。だから後の人は公孫や魏の注を李善注の中に集めたということも可能である）」（伏氏『敦煌賦校注』序）と言い、蔣黻ほど斷定的ではないが、李邕補足の可能性を肯定する。

果たして、『新唐書』が記述するように增補部分には引書ではなく釋義の注が多いのか。どのような增補がなされているのか。このことを確認するため、以下、先人の校勘の遺漏と誤謬を補足しつつ、唐鈔本と板本の對校を行って、李善注の增補問題とその形成過程を檢討する一助にしたいと思う。

なお、校勘に使用したテキスト・參考文獻は、次のとおりである。（［　］内は略稱）

〈テキスト〉

○敦煌出土文選殘卷李善單注本（羅振玉輯『鳴沙石室古籍叢殘』所收）［唐寫本］

○北宋刊本（國立故宮博物院圖書文獻處藏本景印）［北宋本殘卷］

○宋・尤袤刊本（北京中華書局景印本）［尤本］
○淸・胡克家重雕宋淳熙本（北京中華書局景印本）［胡刻本］
○宋・贛州刊本（宮內廳書陵部藏本景印）［贛州本］
○涵芬樓藏宋刊本（四部叢刊初編所收）［四部本］
○宋刻單行五臣注本（建陽崇化書坊陳八郎宅善本　國立中央圖書館藏南宋紹興三十一年刊本影印）［崇本］
○宋・明州刊本（足利學校遺跡圖書館藏　汲古書院景印本）［明州本］
○明・袁褧仿宋刊本（廣島大學文學部中國文學研究室藏本）［袁本］
○韓國奎章閣所藏本（廣島大學文學部中國文學研究室藏寫眞版）［朝鮮本］
○古鈔本文選殘卷（京都東方文化研究所用九條家藏正應二年寫本景照）［九條本］
○文選殘一卷（京都東方文化研究所用大阪上野精一氏藏鈔本景照）［上野本］

〈參考文獻〉

○高步瀛『文選李注義疏』（一九二九年刊　選學叢書所收）［高氏義疏］
○饒宗頤「敦煌本文選斠證」（一）（二）（『新亞學報』3―1、2　一九五七年。木鐸出版社『昭明文選論文集』收錄）［饒氏斠證］
○伏俊連『敦煌賦校注』（甘肅省人民出版社　一九九四年）［伏氏校注］
○張錫厚錄校敦煌文獻分類叢刊『敦煌賦彙』（江蘇古籍出版社、一九九六年）
○張涌泉『敦煌俗字研究』（上海教育出版社、一九九六年）
○羅國威『敦煌本《昭明文選》研究』（黑龍江教育出版社、一九九九年）［羅氏校釋］
○黃志祥「北宋本文選殘卷校證」（國立高雄師範學院國文研究所碩士論文、一九八三年）［黃氏北宋本殘卷校證］

○張月雲「宋刊文選李善單注本考」（『故宮學術季刊』第二巻第四期、一九八五年）

＊伏俊連「敦煌唐寫本〈西京賦〉殘卷校詁」（『文獻』一九九五年第一期）にも三十一條の校記がある。

＊蔣黻の題記に「余別有校勘記詳之。」というが、蔣氏の校勘記は未見。

＊乙巻の方は、斯波六郎『文選諸本の研究』（一九五七年）に、數條の校記がある。

○清・張雲璈『選學膠言』（選學叢書所收）［張氏膠言］

○清・胡紹煐『文選箋證』（選學叢書所收）［胡氏箋證］

○清・梁章鉅『文選旁證』（選學叢書所收）［梁氏旁證］

○清・許巽行『文選筆記』（選學叢書所收）［許氏筆記］

○清・孫志祖『文選考異』（選學叢書所收）［孫氏考異］

《凡例》

○先に唐寫本の正文を擧げ、板本と異同のある場合は、〈　〉內に胡刻本の正文を記し、後に異同のある字句を【　】で示して校記を附した。

○（正文）の前の數字は、胡刻本の葉數と表（a）・裏（b）である。

○李善注は、上段（唐寫本）と下段（胡刻本）を對照させ、注釋の增減を判別しやすくした。

○兩者に異同のある箇所については、胡刻本李善注の右側に――を附し、異同のある字句を【　】で示して校記を記した。

○校記の中で、異同のある字句は、〈　〉で示した。

○單なる字體の違いと判斷したものについては、特に注記しなかった。

○唐寫本の字體の翻刻については、筆寫體特有の字體は使用せず、現行の活字體に改めた。

○李善注に引く文獻・作品の校勘對象は、『文選李善注引書攷證』（研文出版）の引書一覽表、及び『文選李善注引書索引』（研文出版）に記してあるので、ここでは省略した。

《甲巻》（巻二　張衡「西京賦」）

＊李善注の前にあるのは、李善が舊注として引く薛綜の注である。

10a

（正文）…殘缺…、…幹疊而百增。〈神明崛其特起、井幹疊而百增〉

【幹疊】二字唐寫本餘左半。

【幹】崇本此字下有〈音寒〉音注、贛州本明州本四部本朝鮮本袁本作〈寒〉無〈音〉字。此五臣注之體例耳。唐寫本正文中無有音注。張氏膠言李注例説云、「音釋多在注末、而不在正文下。凡音之在正文下者、皆非李氏舊也。」下不再出校。

【增】饒氏斠證云、「漢郊祀志顔注引作〈層〉。顔注又云〈幹〉或作〈韓〉、其義竝同〉。」

（注）　崛、高貌。

臣善曰、漢書…殘缺…又曰、武帝作井…殘缺…　善曰、廣雅曰、增、重也。神明、井幹、已見西都賦。

【崛高貌】唐寫本無此三字。

【善曰】唐寫本〈善〉上有〈臣〉字、下皆同。此與善注義例合。

【廣雅曰增重也】唐寫本無此六字。

【神明井幹已見西都賦】贛州本四部本作〈漢書曰孝武立神明臺又曰武帝作井幹樓高五十丈輦道相屬焉司馬彪莊子注曰井幹井欄也然積木有若欄也〉。此見巻一西都賦〈神明鬱其特起〉注、〈攀井幹而未半〉注。凡各本作〈已見〉者、贛州本四部本皆重出引文、此贛州本四部本之體例耳。唐寫本作井以下缺字、應是〈幹樓高五十丈〉六字、〈輦道相屬焉司馬彪莊子注曰井幹井欄也然積木有若欄也〉二十四字、唐寫本所無也。

（正文）…殘缺…於浮柱、結重欒以相承、〈跱遊極於浮柱、結重欒以相承〉

【跱】九條本上野本崇本贛州本明州本四部本朝鮮本袁本竝作〈峙〉。

【遊】上野本作〈游〉、傍記云、「五臣作〈遊〉。」

（注）

跱、猶置也。三輔…殘缺…置浮柱之上。欒、柱上曲…殘缺…者。

跱、猶置也。三輔名梁爲極、作遊梁、置浮柱上。欒、柱上曲木、兩頭受櫨者。廣雅曰、曲枅曰欒。釋名曰、欒、躰上曲拳也。

【跱】朝鮮本作〈峙〉。

【柱上】唐寫本柱下有〈之〉字。

【廣雅曰曲枅曰欒釋名曰欒躰上曲拳也】胡氏考異云、「案〈廣〉上當有〈善曰〉二字。茶陵本此作善注、最是。袁本與此同、皆非。」梁氏旁證云、「段校、〈廣〉字上添〈善曰〉二字。」高氏義疏云、「梁章鉅曰、段校添。今從之。然唐永隆寫本、自〈廣雅〉下皆無之。」伏氏校注3云、「唐寫本雖是〈李注未經紊亂之者〉、然非李氏最後定本、明矣。」各本〈躰〉作〈體〉。

（正文）累層構而遂隮、望北辰而高興、〈累層構而遂隮、望北辰而高興〉

【隮】唐寫本作〈躋〉。上野本傍記云、〈躋〉或本。

【構】崇本袁本明州本作〈搆〉。

（注）

隮、升。北辰、極也。

隮、升也。子奚切。北辰、北極也。善曰、山海經曰、層、重也。

【子奚切】唐寫本無此三字。

【北極】唐寫本無〈北〉字。

【善曰山海經曰層重也】唐寫本無此九字。胡氏考異云、「陳云、〈經〉下脱〈注〉字。是也。各本皆脱。」見海外西經乘兩龍雲蓋三層郭璞注。伏氏校注6云、「此〈山海經〉以下七字、疑爲後儒竄入者。」

〈正文〉消雰埃於中宸、集重陽之清瀓、〈消雰埃於中宸、集重陽之清瀓〉
【埃於】二字唐寫本餘左半。
【瀓】九條本崇本朝鮮本袁本作〈澄〉、上野本作〈瀐〉。
〈注〉

雰埃、塵穢也。宸、天地之交宇也。言神明臺高、既除去下地之垢穢、乃上止於天陽之宇、清瀓之中也。上爲陽、清又爲陽、故曰重陽。
臣善曰、楚辭曰、集重陽入帝宮兮、造旬始而觀清都。宸音宸。

消、散也。雰埃、塵穢也。宸、天地之交宇也。言神明臺高、既除去下地之埃穢、乃上止於天陽之宇、清瀓之中。上爲清陽又爲陽、故曰重陽。
善曰、楚辭曰、集重陽而入帝宮兮、造旬始而觀清都。雰音氛。宸音辰。

【消散也】唐寫本無此三字。
【埃穢】唐寫本作〈垢穢〉。伏氏校注8云、「當以〈垢穢〉爲是。〈垢穢〉爲中古成語、如『爾雅』釋言蠲明也疏、樊光云、蠲除〈垢穢〉、使令清明。『隋書』楊伯醜傳、形體〈垢穢〉、未嘗櫛沐。」
【瀓】朝鮮本作〈瀓〉。
【清瀓之中】唐寫本九條本眉批引北宋本殘卷贛州本明州本四部本朝鮮本袁本〈中〉下有〈也〉字。伏氏校注9云、「唐人引書、往往句末加〈也〉字、卽詩歌亦有如是者、亦有抄手所加者、有無、無甚要緊也。」
【清陽】九條本眉批引北宋本殘卷贛州本明州本四部本朝鮮本袁本作〈陽清〉。胡氏考異云、「袁本茶陵本〈清陽〉作〈陽清〉、是也。」尤本胡刻本誤倒耳。
【故曰】北宋本殘卷贛州本明州本四部本朝鮮本袁本脫〈曰〉字。
【陽而】唐寫本無而字。今『楚辭』遠遊亦無〈而〉字。各本衍耳。
【雰音氛】唐寫本無此三字。
【辰】唐寫本下誤作〈宸〉。當據各本作〈辰〉。
〈正文〉瞰寃虹之長鬐、察雲師之…殘缺…、〈瞰宛虹之長鬐、察雲師之所憑〉
【宛】唐寫本上野本作〈寃〉。饒氏斠證云、「案〈寃〉爲〈冤〉俗字、『説文』兔部〈冤、屈也、兔在冂下不得走、益屈折也〉。又雨部〈霓、屈虹〉。此冤虹爲屈折之虹也。又揚雄解嘲〈談者宛舌〉、師古曰〈宛、屈也〉。故冤與宛通。」伏氏校注15云、「〈寃〉與〈宛〉通作、『楚辭』中甚多、如九章〈情冤見之日明兮〉、考異〈冤、一作宛〉。」

【髻】唐寫本作〈髻〉、爲〈髻〉俗字。『干祿字書』〈耆〉爲〈耆〉俗字。

（注）

髻、脊…残缺…。

…残缺…髻、渠祇反。

髻、脊也。雲師、畢星也。臺高悉得視之。
善曰、髻、渠祇切。廣雅曰、瞰、視也。如淳漢書注曰、宛虹也。
小雅曰、憑、依也。廣雅曰、雲師謂之豐隆。

【切】反切、唐寫本作〈反〉、各本皆作〈切〉、下同。不再出校。

【廣雅曰瞰視也如淳漢書注曰宛虹也小雅曰憑依也廣雅曰雲師謂之豐隆】唐寫本無此三十字。高氏義疏云、「本書上林賦注引如淳曰、〈宛虹、屈曲之虹也〉。『漢書』司馬相如傳顏注同。當即本如淳。此注蓋誤脫、今據上林賦注補。」

（正文）上飛闥而仰眺、正睹瑤光與王繩。〈上飛闥而仰眺、正睹瑤光與玉繩〉

【睹】上野本九條本崇本贛州本明州本四部本朝鮮本袁本作〈覩〉。

【玉】唐寫本作〈王〉。饒氏斠證云、「〈玉〉字古寫無旁點。」但唐寫本注作〈玉〉。

（注）

…残缺…木也。

臣善曰、春秋運斗樞曰、北斗七星、第七曰搖光。春秋元命苞曰、玉衡北兩星為玉繩。

飛闥、突出方木也。
善曰、春秋運斗樞曰、北斗七星、第七曰瑤光。春秋元命苞曰、
玉衡北兩星爲玉繩。

【第七】尤本袁本朝鮮本〈七〉作〈十〉。

【瑤光】唐寫本〈瑤〉作〈搖〉。高氏義疏云、「『禮記』曲禮上正義・『史記』天官書索隱・『藝文類聚』・『太平御覽』天部引『運斗樞』皆作〈搖〉、正合。」饒氏斠證云、「文選刻本涉正文而作〈瑤〉耳。」九條本眉批引李善注作〈瑤〉。

10b

（正文）將乍往而未半、怵悼慄而慫兢。〈將乍往而未半、怵悼慄而慫兢〉

【慫】九條本崇本贛州本明州本四部本朝鮮本袁本作〈聳〉、注同。高氏義疏云、「『說文』曰、慫、驚也。〈聳〉、借字。」伏氏校注17

云、「二字義異、今本善注作〈慫〉、卽其證。然二字皆形聲同聲字、作假借講亦可。」

（注）

言恐墮也。

怵、恐也。悼、傷也。慄、憂戚也。言恐墮也。

臣善曰、方言曰、慫、悚也。先拱反。

善曰、廣雅曰、乍、暫也。方言曰、慫、慄也。先拱切。怵音黜。慄音栗。

【怵恐也悼傷也慄憂戚也】唐寫本無此十字。〈慄〉字、贛州本明州本四部本袁本誤作〈悚〉、朝鮮本正作〈慄〉。

【廣雅曰乍暫也】唐寫本無此六字。

【慄也】唐寫本〈慄〉作〈悚〉。高氏義疏云、「『方言』十三、〈聳、悚也〉。六臣本與上薛注〈慄〉字互誤。尤本上〈慄〉字不誤、而此〈悚〉字作〈慄〉字誤。今正。」

【怵音黜慄音栗】唐寫本無此六字。贛州本明州本四部本朝鮮本袁本不在注末、各在正文下。此六字非李善原注、後人從五臣音注增添耳。

（正文）非都盧之輕趫、孰能超而究升。

（注）

臣善曰、漢書曰、自合浦南有都盧國。太康地志曰、都盧國、其人善緣高。說文曰、趫緣善緣木之士也。綺驕反。

善曰、漢書曰、自合浦南有都盧國。太康地志曰、都盧國、其人善緣高。說文曰、趫、善木之士也。綺驕切。

（正文）駁娑駘盪、燾奡桔桀、枍詣承光、睽罛庨䆗。

【䆗】九條本崇本贛州本明州本四部本朝鮮本袁本作〈豁〉、注同。

（注）

駁娑、駘盪、枍詣、承光、皆臺名。燾奡桔桀、睽罛、庨䆗、皆形貌也。

駁娑、駘盪、枍詣、承光、皆臺名。燾奡桔桀、睽罛、庨䆗、皆形皃。

臣善曰、燾、徒到反。奡、五到反。桔、音吉桀反。睽、呼圭反。罛、許孤反。庨、呼交反。

善曰、燾、徒到切。奡、五告切。桔、音吉。睽、呼圭切。罛、計狐切。庨、呼交切。

【駁娑駘盪枍詣承光皆臺名】贛州本四部本脫此十一字。

【皃】諸本作〈貌〉、唯胡刻本作〈皃〉。『干祿字書』云、「〈皀〉〈皃〉〈貌〉、上俗中通下正。」下不再出校。唐寫本〈貌〉下有〈也〉字。

【五告】唐寫本〈告〉作〈到〉。伏氏校注22云、「奡、『廣韻』〈五到切〉、與唐寫本同。」

【音吉】唐寫本吉下有〈桀反〉二字。伏氏校注23云、「唐寫本〈桀反〉二字疑爲衍文、今本無此二字。」羅氏校釋31云、「明州本、叢刊本〈桀〉下夾注〈居列〉二字。案、審其勢、敦煌本〈桀〉下當脫〈居列〉二字、〈桀反〉當作〈桀、居列反〉。」

【計狐】唐寫本〈狐〉作〈孤〉。九條本〈罛〉字傍記云、「善計狐反。」

【燾徒到切奡五告切桔音吉睽呼圭切庨呼交切】贛州本明州本四部本朝鮮本袁本無此十九字、音注皆在各正文下、此乃五臣亂李善注者。

(正文)增桴重棼、鍔ゝ列ゝ。〈橧桴重棼、鍔鍔列列〉

【橧】唐寫本作〈增〉。胡氏考異云、「袁本茶陵本〈橧〉作〈增〉、案此尤誤。」胡氏箋證云、「按〈橧〉亦重也。五臣本作〈增〉。〈橧〉〈增〉古通。『禮記』禮運〈冬則居橧巢〉釋文〈橧、本又作增〉。」

(注)

臣善曰、鍔ゝ列ゝ、高皃。　　善曰、鍔鍔、列列、皆高貌。

【皆高】唐寫本無〈皆〉字。

(正文)反宇業ゝ、飛檐巘ゝ。〈反宇業業、飛檐巘巘〉

【反】崇本明州本朝鮮本袁本作〈及〉、校記云、「善本作〈反〉。」九條本傍記云、「〈及〉五。」贛州本四部本校語亦云、「五臣本作〈及〉。」伏氏校注26云、「作〈及〉、乃形近誤字。」

【業業】上野本作〈業業〉。

(注)

凡屋宇皆垂下向、而好大屋扉邊頭瓦皆更微使反上、其形業ゝ然。　　凡屋宇皆垂下向、而好大屋飛邊頭瓦皆更微使反上、其形業業然。

檐、板承落也。巘ゝ、高貌也。　　檐、板承落也。巘巘、高皃。

臣善曰、西都賦曰、上反宇以蓋戴。巘、魚桀反。　　善曰、西都賦曰、上反宇以以蓋戴。巘、魚桀切。

【飛】唐寫本作〈扉〉。高氏義疏云、「唐寫薛注〈飛〉作〈扉〉、疑誤。」伏氏校注27云、「唐寫不誤、今本誤矣。〈屋扉〉連續、謂屋舍、如作〈飛〉、則不詞。〈扉〉之草體似〈飛〉（見唐裴休草書）、故誤爲〈飛〉。」

【高皃】諸本作〈貌〉、唯胡刻本作〈皃〉。唐寫本〈貌〉下有〈也〉字。

【轍魚桀切】贛州本明州本四部本朝鮮本袁本無此四字、轍字下有〈魚桀〉音注。此亦五臣亂善注。

（正文）流景內照、引曜日月。

（注）

言皆朱畫華采、流引日月之光、曜於宇內也。

—言皆朱畫華采、流引日月之光、曜於宇內。

【宇內】唐寫本〈內〉下有〈也〉字。

（正文）天梁之宮、寔開高闈。

（注）

天梁、宮名。宮中之門謂之闈。此言特高大也。

—天梁、宮名。宮中之門謂之闈。此言特高大。

【高大】唐寫本〈大〉下有〈也〉字。

11 a

（正文）旗不脫扃、結駟方蘄、

（注）

熊虎為旗。扃、關也。謂建旗車上、有關制之、令不動搖曰扃。每門解下之。今此門高、不復脫扃、結駕駟馬、方行而入也。蘄、馬銜也。

臣善曰、左氏傳曰、楚人惎之脫扃。古熒反。楚辭曰、青驪結駟齊千乘。蘄、巨衣反。

爾雅曰、熊虎爲旗。扃、關也。謂建旗車上、有關制之、令不動搖曰扃。每門解下之。今此門高、不復脫扃、結駕駟馬、方行而入也。蘄、馬銜也。善曰、左氏傳曰、楚人惎之脫扃。古熒切。蘄、巨衣切。楚辭曰、青驪結駟齊千乘。

【爾雅曰】唐寫本無此三字。高氏義疏云、「薛注各本〈熊虎〉上〈爾雅曰〉三字、唐寫無。今據刪。〈熊虎爲旗〉、乃『周禮』春官司常之文。」伏氏校注30云、「善注所引薛綜舊注、皆直接訓釋、無有引據經典者。此亦可證〈爾雅曰〉三字不當有、唐寫本是矣。」

【銜】唐寫本贛州本明州本四部本朝鮮本袁本作〈衘〉。

【扃古熒切】贛州本明州本四部本朝鮮本袁本無此四字。伏氏校注31云、「六臣本正文〈扃〉後有音注〈古熒〉二字、乃刪削注文〈扃古熒反〉四字、則注文引左傳不成句矣。」但伏氏以爲唐寫本〈扃〉字重疊、今仔細看、唐寫本〈扃〉字不重疊。高氏義疏云、「〈古熒切〉上應再出〈扃〉。」

【蘄巨衣切】高氏義疏云、「唐寫〈蘄巨衣反〉四字、在〈千乘〉後、是。」饒氏斠證云、「蓋順序爲注、各刻本誤倒在楚辭上。」伏氏校注32云、「李注先釋義、後釋音。引『楚辭』乃解釋正文〈結駟方蘄〉意、故唐寫本是。」

【關】饒氏斠證云、「永隆本〈關〉字多誤作〈開〉。」案『干祿字書』以〈開〉爲〈關〉之俗字、唐寫本不誤。今以〈關〉字寫、不再出校。

(正文)轢輻輕鶩、容於一扉。〈轢輻輕鶩、容於一扉〉

【轢】唐寫本作〈櫟〉。胡氏考異云、「袁本茶陵本〈轢〉作〈櫟〉。案此尤誤、注作〈櫟〉、未改也。」

(注)

馭車欲馬疾、以箠櫟於輻、使有聲也。

馭車欲馬疾、以箠櫟於輻、使有聲也。

【馭車欲馬疾以箠櫟於輻使有聲也】贛州本明州本四部本朝鮮本袁本以此文爲李善注、又九條本眉批冠〈善曰〉二字引此注無馭字。高氏義疏云、「案此注各本無〈善曰〉字。當是薛注。惟六臣本在善注下、恐誤。」伏氏校注34云、「李善訓釋字詞、皆引經史傳爲據、如陳述己見、則冠以〈然〉字置於文末。六臣本不合李注體例、非是。」

(正文)長廊廣廡、連［改途爲連］閣雲曼。〈長廊廣廡、途閣雲蔓〉

【連閣】〈連〉字、唐寫本先作〈途〉、後改〈連〉。北宋本殘卷尤本胡刻本作〈途〉。贛州本明州本四部本朝鮮本袁本校語云、「善本作〈途〉」、及九條本傍記云、「〈途〉善」。孫氏考異云、「顏師古『匡謬正俗』引此賦亦作〈連閣雲蔓〉。」胡氏箋證云、「作〈連〉是也。〈連閣〉與上〈長廊廣廡〉下〈重闈幽闥〉一例、作〈途〉、與〈閣〉義不相屬。高氏義疏云、「作〈途〉者、乃轉寫之誤耳。」上野本作〈延〉、傍記云、「李作〈途閣〉、〈連閣〉五臣。」

【蔓】唐寫本上野本作〈曼〉、唐寫本注文亦同。伏氏校注35云、「〈蔓〉從曼得聲、聲同而義通、訓詁通例也。然細究之、從草之蔓常形容草木類。而〈曼〉則用途更廣泛、故唐寫本作〈曼〉是。」

(注)

謂閣道如雲氣相延曼也。

謂閣道如雲氣相延蔓也。

臣善曰、許愼淮南子注曰、廊、屋也。說文曰、廡、堂下周屋也。

善曰、許愼淮南子注曰、廊、屋也。說文曰、廡、堂下周屋也。

無禹反。　無宇切。
【無宇切】〈宇〉字、唐寫本作〈禹〉。贛州本明州本四部本朝鮮本袁本無此三字而正文〈廡〉下有〈無宇切〉三字、四部本無〈切〉字。崇本無此音注、疑五臣注原本無此、後據李善音注而記之。

（正文）閈庭詭異、門千戶万。〈閈庭詭異、門千戶萬〉

【萬】唐寫本上野本作〈万〉、唐寫本注文同。伏氏校注37云、「按〈万〉爲〈萬〉之俗體。『玉篇』方部〈万、俗萬字。〉」『干祿字書』云、「〈万〉〈萬〉、竝正。」寫本中〈萬〉字多作〈万〉、下不再出校。

【閈】〈閈〉下、諸本有音注〈汗〉字、崇本作〈音吁〉。此乃五臣本之體例耳。北宋本殘卷無〈汗〉字、後人從五臣音注增添耳。

（注）

臣善曰、蒼頡篇曰、閈、恒也。胡旦反。西都賦曰、張千門而立万戶。　善曰、蒼頡篇曰、閈、垣也。胡旦切。說文曰、詭、違也。西都賦曰、張千門而立萬戶。

【垣】唐寫本作〈恒〉、當作〈垣〉。

【說文曰詭違也】唐寫本無此六字。今『說文』作〈恑變也從心危聲〉。卷十二木華「海賦」〈瑕石詭暉〉注引作〈詭變也〉。卷五十三陸機「辯亡論」上〈古今詭趣〉注引亦作〈詭變也〉、下云、「詭與恑同。」胡氏考異云、「案〈詭〉當作〈恑〉。此所引心部文。」梁氏旁證云、「今說文〈詭責也〉。朱氏珔曰、〈詭違也〉之訓、見『淮南』主術篇、而『漢書』顏注屢用之、非『說文』語。此處與「海賦」注兩岐、則必有誤。」饒氏斠證云、「當是後人混增。」

（正文）重闈幽闥、轉相踰延、〈重闈幽闥、轉相踰延〉

【踰】九條本贛州本崇本明州本四部本朝鮮本袁本作〈逾〉。

（注）

宮中之門、小者曰闈。言互相周通也。　移賤切。宮中之門、小者曰闈。言互相周通。

【移賤切】唐寫本北宋本殘卷無此三字。贛州本明州本四部本朝鮮本袁本薛綜注無此注、而正文〈延〉下有〈移賤〉音注。高氏義疏云、「此蓋五臣本注羼入者、六臣本此但作〈移賤〉二字、與〈廷〉字下〈他頂〉二字同、可證也。今依唐寫刪。」饒氏斠證云、「胡刻混他本音切、誤與薛注相連。」

【言互相周通也】贛州本四部本脫〈言〉字。各本皆無〈也〉字。

（正文）望叫窱以徑廷、眇不知其所返。〈望⿱穴叫窱以徑廷、眇不知其所返〉

【⿱穴叫】唐寫本上野本明州本朝鮮本袁本作〈叫〉。贛州本四部本校語云、「五臣本作〈叫〉字。」九條本傍記云、「〈叫〉五。」明州本朝鮮本袁本校語云、「善本作〈⿱穴叫〉。」胡氏箋證云、「按〈⿱穴叫〉字、字書所無、壞字也。當本作〈叫〉。魯靈光殿賦〈洞房叫窱〉注引此、正作〈叫〉。〈叫〉蓋〈窈〉字假借、後人加〈穴〉而爲〈⿱穴叫〉、而『集韻』收之、誤矣。」胡說是也。李善本原作〈叫〉、後人改作〈⿱穴叫〉、今據唐寫本當正。

【徑】唐寫本作〈俓〉、注同、上野本亦作〈俓〉。『爾雅』釋水〈直波爲徑〉釋文云、「〈徑〉、古定反、字或作〈俓〉。」十三經注疏本作〈徑〉、阮元『校勘記』云、「〈俓〉〈徑〉同。」

（注）

叫窱、俓廷、過度之意。言入其中、皆迷惑不識還道也。
臣善曰、窱、他弔反。廷、他定反。方万反。

⿱穴叫窱、徑廷、過度之意也。言入其中、皆迷惑不識還道也。
善曰、窱、他弔切。廷、他定切。返、方萬切。

【⿱穴叫】唐寫本作〈叫〉。

【意也】唐寫本無〈也〉字。

【返】唐寫本〈方〉上脫〈返〉字。

【窱他弔切返方萬切】贛州本明州本四部本朝鮮本袁本無此八字、正文〈返〉字下有〈方萬反〉三字。但袁本〈反〉作〈切〉。

（正文）既乃弥臺蹇產以極壯、墱道麗倚以正東。〈既乃珍臺蹇產以極壯、墱道邐倚以正東〉

【墱】九條本崇本明州本朝鮮本袁本作〈隥〉。贛州本四部本校語云、「五臣本作〈隥〉字。」九條本傍記云、「〈墱〉善。」許氏筆記云、「西都賦作〈隥〉。此〈墱〉字字書所無、當作〈隥〉。」然唐寫本上野本作〈墱〉、又明州本袁本薛綜注作〈墱〉、恐是李善注原本作〈墱〉。

【邐】唐寫本上野本北宋本殘卷作〈麗〉。伏氏校注45云、「〈麗倚〉乃連綿字、或作〈邐倚〉、〈邐迤〉、其義皆一也。」

（注）

蹇產、形皃也。墱、閣道也。麗倚、一高一下、一屋一直也。乃從城西建章舘而踰西城、東入於正宮中也。
臣善曰、甘泉賦曰、弥臺閈館。西都賦曰、凌隥道而超西墉。麗、

蹇產、形貌也。墱、閣道也。邐倚、一高一下、一屈一直也。乃從建章館踰西城、東入於正宮中也。
善曰、甘泉賦曰、珍臺閑館。西都賦曰、凌墱道而超西墉。墱、

力氏反。倚、其綺反。

都亘切。邐、力氏切。倚、其綺切。

【墱閣道也】〈墱〉字、朝鮮本作〈隥〉。
【邐倚】〈邐〉字、唐寫本北宋本殘卷袁本作〈麗〉。
【一屈】唐寫本〈屈〉作〈屋〉。饒氏斠證云、「永隆本〈屋〉乃〈屈〉之譌。」伏氏校注46云、「原卷〈屋〉字當爲〈屈〉字之訛。」
【乃從建章館】唐寫本〈從〉下有〈城西〉二字、〈館〉下有〈而〉字。
【閑館】〈閑〉字、唐寫本四部本作〈閒〉。
【淩墱】〈墱〉字、朝鮮本作〈隥〉、與唐寫本同。案卷一「西都賦」作〈隥〉、此當作〈隥〉、板本涉正文而誤、唯朝鮮本不誤。
【超西墉】〈超〉字、贛州本四部本誤作〈起〉。
【墱都旦切」唐寫本無此四字。朝鮮本〈墱〉作〈隥〉、袁本〈都〉上有〈音〉字。案卷一「西都賦」〈淩隥道而超西墉〉李善注云、「薛綜西京賦注曰、隥、閣道也。丁鄧切。」音注與此異。
【邐力氏切】〈邐〉字、唐寫本北宋本殘卷袁本作〈麗〉。
【倚其綺切】贛州本明州本四部本朝鮮本袁本無此四字、而正文〈倚〉字下有音注〈其綺〉二字。崇本無此音注、疑五臣注原本無此、後據李善音注而記之。

11ｂ

（正文）似閬風之遐坂、橫西洫而絕金墉。

（注）

閬風、崑崙山名也。墉墻謂城也。絕、度也。言閣道似此山之長崖、橫越西池而渡金城也。西方稱之曰金。臣善曰、東方朔十州記曰、崑崙其北角曰閬風之巔。洫、已見上文。

閬風、崐崘山名也。洫、城池也。墉謂城也。絕、度也。言閣道似此山之長遠、橫越西池而度金城也。西方稱之曰金。善曰、東方朔十洲記崐崘其北角曰閬風之巔。洫、已見上文。

【洫城池也】唐寫本無此四字。饒氏斠證云、「因已見本篇上文〈經城洫〉句下薛注、有者殆非善留薛注原貌。」
【墉謂城也】唐寫本〈墉〉下有〈墻〉字。高氏義疏云、「唐寫薛注〈墉〉下有〈牆〉字。」伏氏校注50云、「今仔細看、不作〈牆〉、實作〈墉〉。」然今此字似〈墻〉字、饒氏斠證亦以爲〈墻〉字、〈墻〉與〈牆〉通、高氏是也。

【長遠】〈遠〉字、唐寫本作〈崖〉北宋本殘卷作〈送〉。饒氏斠證云、「案賦云〈遐坂〉、則注作〈長崖〉正相應。」伏氏校注51云、「按、作〈崖〉爲是、〈長崖〉釋正文〈遐坂〉、于義爲切、若〈長遠〉則不切矣。」

【度金城】〈度〉字、唐寫本作〈渡〉。伏氏校注52云、「按、〈渡〉〈度〉爲同聲通假字、例不勝擧。」

【十洲記】〈洲〉字、唐寫本作〈州〉、〈記〉下有〈曰〉字、各本脱耳。

【洫已見上文】贛州本四部本作〈周禮曰廣八尺深八尺謂之洫〉。此與上文〈經城洫〉注所引同。重出引文者、贛州本四部本之體例耳。饒氏斠證云、「疑茶陵陳氏所謂增補六臣卽屬于此類。」

（正文）城尉不㢮柝、而內外潛。

【㢮】九條本贛州本明州本四部本朝鮮本袁本作〈弛〉。

（注）

㢮、癈也。潛、嘿也。言城門校尉不癈擊柝之備、內外已自嘿通也。

臣善曰、㢮、詩紙反。柝、音託。

㢮、廢也。潛、嘿也。言城門校尉不廢擊柝之備、內外已自嘿通也。

善曰、㢮、詩紙切。鄭玄周禮注曰、欜、戒夜者所擊也。柝與欜同音。

【㢮】贛州本明州本四部本朝鮮本作〈弛〉。

【嘿】朝鮮本作〈默〉、下同。

【擊柝】〈柝〉字、朝鮮本作〈折〉、北宋本殘卷尤本作〈拆〉。

【㢮詩紙切】唐寫本此下有〈柝音託〉三字。疑各本從下補〈鄭玄周禮注〉文刪此三字。又贛州本明州本四部本朝鮮本袁本無〈㢮詩紙切〉四字、而正文〈弛〉字下有音注〈詩紙〉二字。崇本無此音注、疑五臣注原本無此、後據李善音注而記之。

【鄭玄周禮注曰欜戒夜者所擊也柝與欜同音】唐寫本無此十八字。北宋本殘卷尤本〈柝〉作〈拆〉。案今『周禮』天官宮正〈夕擊柝而比之〉鄭玄注云、「鄭司農云、柝戒守者所擊也。」正文注釋文竝不作〈欜〉字。疑後人據『周禮』異本增補此注。

（正文）前開唐中、弥望廣潒。〈前開唐中、彌望廣潒〉

【唐】崇本明州本袁本朝鮮本作〈堂〉、校語云、「善本作〈唐〉。」贛州本四部本校語云、「五臣作〈堂〉。」九條本傍記亦云、「〈堂〉五。」伏氏校注56云、「按、〈唐中〉爲西漢宮苑名、『史記』孝武紀、『漢書』武帝紀皆作〈唐中〉、『文選』西都賦亦作〈唐中〉、故〈唐中〉

是。當然、〈唐〉〈堂〉同音字、古可通用。」

【彌】唐寫本上野本作〈弥〉、唐寫本注文亦同。伏氏校注56云、「〈弥〉爲〈彌〉的俗體字。敦煌遺書中〈彌〉多寫作〈弥〉。」下不再出校。

【潒】崇本明州本朝鮮本袁本作〈象〉、校語云、「李善〈象〉作〈潒〉。」贛州本四部本校語云、「五臣作〈象〉。」九條本傍記亦云、「〈象〉五。」伏氏校注56云、「按、〈廣潒〉爲連字、〈象〉〈潒〉同音通假。」北宋本殘卷作〈潒〉注作〈潒〉。

（注）

弥、遠也。

臣善曰、漢書曰、建章宮、其西則唐中數十里。又曰、五侯大治苐室、連屬弥。字林曰、激水潒也。大朗反。

彌、遠也。

善曰、唐中、已見西都賦。漢書曰、五侯大治第室、連屬彌望。彌、竟也。言望之極目。字林曰、潒、水潒瀁也。大朗切。

【唐中已見西都賦】唐寫本作〈漢書曰建章宮其西則唐中數十里〉十四字。贛州本四部本作〈漢書曰建章宮其西則有唐中數十里如淳曰唐庭也〉二十一字、此從卷一「西都賦」〈前唐中而後太液〉注摘錄、重出引文者、贛州本四部本之體例耳。

【漢書曰】唐寫本作〈又曰〉。饒氏斠證云、「〈又曰〉二字跟上文〈漢書曰〉來、胡刻已省去漢書建章宮一節、故〈又曰〉二字改作〈漢書曰〉三字。叢刊本已增補上節、而此節複作〈漢書曰〉、非善注之例、蓋增補時失檢。」

【第室】〈第〉字、尤本誤作〈弟〉。

【彌望】〈望〉字、唐寫本脫。〈望〉字下、北宋本殘卷明州本朝鮮本袁本衍〈唐中已見西都賦〉七字。黄氏北宋本殘卷校證云、「已在〈善曰〉二字下、本注末不當複出。」

【彌竟也言望之極目】唐寫本北宋本殘卷贛州本明州本四部本朝鮮本袁本無此八字。胡氏考異云、「袁本茶陵本無此八字。案無者是也。袁本複衍〈唐中已見西都賦〉七字、亦非。」案此八字與『漢書』元后傳〈連屬彌望〉顏師古注文同。黄氏北宋本殘卷校證云、「恐後人旁記而尤刻誤入注中。」

【潒水潒瀁也】唐寫本作〈激水潒也〉。北宋本殘卷贛州本明州本四部本朝鮮本袁本〈潒瀁〉作〈潒潒〉。胡氏考異云、「袁本茶陵本〈瀁〉作〈潒〉、是也。」高氏義疏云、「胡氏說殆非是。『說文』曰、〈潒水潒瀁也〉。段氏注曰、〈瀁者、古文爲漾水字、隸爲潒瀁字。是亦古今字也。潒瀁疊韵字〉。據此知『字林』之訓、卽本『說文』。唐寫〈潒瀁〉二字作〈像〉字、亦誤。」伏氏校注59云、「今按、唐寫本作〈潒潒〉、不作〈像〉、用重文符號、與六臣本同。高氏未看清。」然今唐寫本不作〈潒潒〉、伏氏亦未看清。饒氏斠證云、

「此永隆本引文、下四字有誤。胡刻作〈漾水漾瀁也〉、與『説文』合。案『廣雅』釋訓〈漾漾流也〉、是作〈水漾漾〉者義亦可通、但異于所引『字林』原文矣。」黄氏北宋本殘卷校證云、「敦煌本作〈激水漾也〉。〈激〉乃〈漾〉之誤文、〈漾漾〉古人寫作〈漾〻〉、敦煌本失去〈〻〉、而止作〈漾〉、知敦煌本本亦作〈水漾漾也〉、與此宋本同誤。」伏氏校注59云、「我同意『考異』的看法。理由有二。〈漾〉有二義、一爲水流搖動貌。『説文』〈漾、水漾瀁也〉。一是水廣大之貌。『廣韻』〈漾、水大之貌〉。我以爲『廣韻』卽本『字林』（原誤作『字體』、下同）、『字林』當作〈漾、水漾漾也〉。此其一。其二、善注引用字書訓詁（原作故）、同一訓釋引時代最早者、此爲善注通例。如『字林』釋〈漾〉同『説文』完全相同、李善斷不會舍『説文』而引『字林』。」

（正文）顧臨太液、滄池漭沆。

【沆】上野本誤作〈沉〉。

（注）

漭沆、猶洸漾、亦寛大也。
臣善曰、漢書曰、建章宮、其北治太液池。漭、莫朗反沆、胡朗反。

漭沆、猶洸漾、亦寛大也。
善曰、太液、已見西都賦。漭、莫朗切。沆、胡朗切。

【太液已見西都賦】唐寫本作〈漢書曰建章宮其北治太液池〉十二字。贛州本四部本亦從卷一「西都賦」〈前唐中而後太液〉注錄、重出引文者、贛州本四部本之體例耳。但卷一「西都賦」注及贛州本四部本〈治〉作〈沼〉、今『漢書』郊祀志下作〈治〉、唐寫本不誤。

【漭莫朗切】贛州本明州本四部本朝鮮本袁本無此四字、而正文〈漭〉字下有音注〈莫朗〉二字、崇本同。

【沆胡朗切】贛州本崇本明州本四部本朝鮮本袁本無此四字、而正文〈沆〉字下有〈胡朗反〉三字、但袁本〈反〉作〈切〉。

（正文）漸臺立於中央、赫昈〻以弘敞。〈漸臺立於中央、赫昈昈以弘敞〉

（注）

臣善曰、漢書曰、建章宮太液池、漸臺高廿餘丈。埤蒼曰、昐、赤文也。音戸。

善曰、漸臺高二十餘丈已見西都賦。埤蒼曰、昈、赤文也。音戸。

【漸臺高廿餘丈已見西都賦】唐寫本作〈漢書曰建章宮太液池漸臺高廿餘丈〉十五字、贛州本四部本亦從卷一「西都賦」〈前唐中而後太液〉注摘錄作〈漢書曰建章宮漸臺高二十餘丈〉十三字。

【埤蒼】〈蒼〉字、明州本作〈倉〉。

【眄赤文也】〈眄〉字、唐寫本誤作〈眇〉。
【音戸】贛州本明州本四部本朝鮮本袁本無此二字、而正文〈眄〉字下有〈戸〉字、崇本有〈音戸〉二字。
〈正文〉清淵洋ゝ、神山峨ゝ、列瀛洲與方丈、夾蓬萊而駢羅、上林岑以壘崋、下嶃巖以嵒齬。〈清淵洋洋、神山峩峩、列瀛洲與方丈、夾蓬萊而駢羅、上林岑以壘崋、下嶃巖以嵒齬〉
【淵】饒氏斠證云、「〈淵〉字避諱缺末筆、以下多同、從略。」
【瀛】唐寫本上野本作〈瀛〉。〈瀛〉字是也。

（注）
三山形皃也。
臣善曰、峨ゝ、高大也。輔三代舊事曰、建章宮北作清淵海三。
毛詩曰、河水洋、波山已見西都賦。駢、猶併也。齬、音吾。

三山形貌也。峩峩、高大也。
善曰、三輔三代舊事曰、建章宮北作清淵海。毛詩曰、河水洋洋、
三山已見西都賦。駢、猶並也。壘、魯罪切。崋、音罪。嶃、士
咸切。齬、音吾。

【峩峩高大也】唐寫本此五字在〈臣善曰〉下。伏氏校注63云、「按、唐寫本是、李善注傅武仲《舞賦》亦曰、〈峩峩、高也〉與此同、故當爲善注、非薛綜注。此乃今本李注誤爲薛注者。」
【三輔】唐寫本脱〈三〉字。
【淵海】〈海〉字下、唐寫本衍〈三〉字。
【洋洋】唐寫本脱〈洋〉一字。
【三山】〈三〉字、唐寫本誤作〈波〉字。饒氏斠證云、「此節注永隆本特多誤筆、如〈三輔〉脱〈三〉字、〈清淵海〉下衍〈三〉字、〈三山〉又誤作〈波山〉。」
【三山已見西都賦】贛州本四部本作〈漢書太液池中有蓬萊方丈瀛洲象海中仙山〉十八字。從卷一「西都賦」〈前唐中而後太液〉注摘錄、重出引文者、贛州本四部本之體例耳。
【並也】〈並〉字、唐寫本作〈併〉。伏氏校注66云、「按、〈幷〉在央部、〈併〉在嬰部、古韻不同、『廣韻』同入迥韻、後世混淆。」
【壘魯罪切崋音罪嶃士咸切】唐寫本贛州本明州本四部本朝鮮本袁本無此十一字。崇本贛州本明州本四部本朝鮮本袁本正文〈壘〉字下有音注〈魯罪〉二字、〈崋〉字下有〈音罪〉二字（贛州本明州本四部本朝鮮本袁本無〈音〉字）、〈嶃〉字下有音注〈士咸〉二字。

疑五臣音注混入李善注。

【齬音吾】〈齬〉字、唐寫本誤作〈⿰齒殳〉。贛州本明州本四部本朝鮮本袁本無此三字、而正文〈⿰齒殳〉字下有〈音吾〉二字、崇本同。饒氏斠證云、「此種紛岐、頗難究詰。」

12a

（正文）長風激於別島、起洪濤而揚波、〈長風激於別隯、起洪濤而揚波〉

【隯】唐寫本先作〈隯〉、抹後記〈島〉字於傍。九條本崇本明州本朝鮮本袁本作〈島〉、上野本作〈隯〉、明州本朝鮮本袁本校記云、「薛綜〈島〉爲〈隯〉。」贛州本四部本校記云、「五臣作〈島〉。」九條本傍記云、「〈隯〉五。」高氏義疏云、「〈隯〉與〈島〉同字。」饒氏斠證云、「永隆本止改正文、注仍作〈隯〉。」

（注）

水中之洲曰隯。

臣善曰、高唐賦曰、長風至而波起。

水中之洲曰隯。音島。

善曰、高唐賦曰、長風至而波起。

【音島】唐寫本無此二字。伏氏校注68云、「按、此非薛注、後人誤入者也。」

（正文）浸石菌於重涯、濯靈芝之朱柯、〈浸石菌於重涯、濯靈芝以朱柯〉

【以】唐寫本上野本九條本作〈之〉、崇本明州本朝鮮本袁本作〈於〉、贛州本四部本校語云、「五臣作〈於〉。」伏氏校注69云、「按〈靈芝之朱柯〉指靈芝的赤色莖杆、作〈于〉、作〈以〉皆非是、唐寫本是。」

（注）

石菌、靈芝、北海中神山所有神草名、仙之所食者也。浸、濯也。

重涯、池邊。朱柯、芝草莖赤色也。

臣善曰、菌、芝屬。抱朴子曰、芝有石芝。菌、求隕反。

石菌、靈芝、皆海中神山所有神草名、仙之所食者。浸、濯也。

重涯、池邊也。朱柯、芝草莖赤色也。

善曰、菌、芝屬也。抱朴子曰、芝有石芝。菌、求隕切。

【皆海】〈皆〉字、唐寫本作〈北〉字。伏氏校注70云、「按、作〈皆〉是。疑〈皆〉字下殘缺、遂作〈比〉、又誤作〈北〉。」

【所食者】〈者〉字下、唐寫本無〈也〉字。

【池邊】〈邊〉字下、唐寫本無〈也〉字。

【芝屬】〈屬〉字下、唐寫本無〈也〉字。

【石芝】贛州本四部本脫〈芝〉。

（正文）海若遊於玄渚、鯨魚失流而蹉跎。〈海若游於玄渚、鯨魚失流而蹉𧿶〉

【游】唐寫本上野本作〈遊〉。

【𧿶】唐寫本上野本作〈跎〉。伏氏校注75云、「按、〈跎〉爲『說文』新附字、〈𧿶〉爲後起俗字。『正字通』〈〈跎〉、俗作〈𧿶〉。〉從它、從也之字、古常通用。」

（注）

海若、海神。鯨、大魚也。臣善曰、楚辭曰、令海若無馮夷。又曰、臨沅湘之玄淵。薛君韓詩章句曰、水一溢一否為渚。三輔三代舊事曰、清淵北有鯨魚、刻石為之、長三丈。楚辭曰、驥垂兩耳、中坂嗟跎。

海若、海神。鯨、大魚。善曰、楚辭曰、令海若舞馮夷。又曰、臨沅湘之玄淵。薛君韓詩章句曰、水一溢而爲渚。三輔舊事曰、清淵北有鯨魚、刻石爲之、長三丈。楚辭曰、驥垂兩耳、中坂蹉𧿶。廣雅曰、蹉𧿶、失足也。

【大魚】〈魚〉字下、唐寫本有〈也〉字。

【舞】唐寫本作〈無〉。伏氏校注76云、「按、〈無〉爲假借字。『周禮』地官鄉大夫〈五曰興舞〉鄭玄注〈故書舞爲無、杜子春無讀爲舞。〉」

【水一溢而爲渚】〈而〉字、唐寫本作〈一否〉二字。唐寫本是也。高氏義疏云、「唐寫作〈水一溢一否爲渚〉、與《詩・江有汜》《釋文》引《韓詩》合。陳喬樅《韓詩遺說攷》曰、〈一溢一否者、謂一溢而一涸〉、是也。」

【三輔舊事】唐寫本作〈三輔三代舊事〉、北宋本殘卷贛州本明州本四部本朝鮮本袁本及九條本眉批引善注作〈三代舊事〉。胡氏考異云、「案此當〈三輔三代〉重有、〈三輔三代舊事〉屢引、尤校添而又脫〈三代〉耳。」黄氏北宋本殘卷校證云、「唐書經籍志地理類〈三輔舊事三卷〉不著撰人、起居注類〈韋氏三輔舊事一卷〉。清張澍曰、〈文選西京賦注引、陶徵士誄注引二書、稱三輔三代舊事、選注所引佗事、祇稱故事舊事、無〈三代〉二字、疑引者誤衍二字耳。〉（三輔舊事序）此書名一見于地理類、一見於起居注類、則是兩書也。張氏所輯是地理之書、文選注此條所引似亦是地理之書、然敦煌本作〈三輔三代舊事〉、則胡校甚是也。」

【蹉𧿶】唐寫本作〈嗟跎〉。

【廣雅曰蹉𧿶失足也】唐寫本無此八字。高氏義疏云、「今《廣雅》亦無此文。王念孫《疏證》據此注補。」疑後人增補。

（正文）於是朵少君以端信、庶欒大之貞固、〈於是朵少君之端信、庶欒大之貞固〉

【少君之】〈之〉字、唐寫本作〈以〉。伏氏校注80云、「按、唐寫本是也。〈以〉〈之〉通訓、《經傳釋詞》已言之。此句〈以〉、〈之〉對文、不重複、正文章家用心。」

（注）

臣善曰、少君、欒大已見西都賦。人姓名及事易知而別卷重見者、云見某篇、亦從省也。他皆類此也。

善曰、史記曰、李少君亦以祠竈穀道却老方見上、上尊之。少君者、故深澤侯舍人、主方。欒大見西都賦。凡人姓名及事易知而別卷重見者、云見某篇、亦從省也。他皆類此。

【史記曰李少君亦以祠竈穀道却老方見上上尊之少君者故深澤侯舍人主方】唐寫本此三十一字作〈少君〉二字。案「西都賦」注無〈李少君〉名、疑唐寫本有誤。高氏義疏云、「案《西都》文成五利、文成謂少翁、非少君也。唐寫本非是。」伏氏校注81亦云、「此殆抄手誤記也。」九條本紙背作〈善曰史記曰李少君亦以祠完穀道却老方見上〻上尊之〉二十三字。

【欒大見西都賦】唐寫本〈見〉上有〈已〉字。案作〈已見〉者、李善注之體例也。板本脫耳。贛州本四部本此六字作〈漢書曰欒成侯登上書言欒大天子見大悅大曰臣之師有不死之藥可得仙人可致乃拜大爲五利將軍〉四十一字、從卷一「西都賦」〈馳五利之所刑〉注取錄、重出引文者、贛州本四部本之體例耳。饒氏斠證云、「案西都賦五利下刪引漢書、胡刻叢刊竝于〈曰〉上脫〈大〉字、致誤欒大語爲武帝語。而叢刊本補錄此注則作〈大曰〉、不誤。」九條本紙背作〈又曰欒成侯上書言奕大天子見大悅乃拜爲五利將軍〉二十二字。

【凡】唐寫本無〈凡〉字。九條本眉批引與板本同。〈凡人姓名〉以下二十六字、贛州本四部本誤入五臣呂向注。

【他皆類此】〈此〉下、唐寫本有〈也〉字。

（正文）立脩莖之仙掌、承雲表之清露、屑瓊蘂以朝湌、必性命之可度、〈立脩莖之仙掌、承雲表之清露、屑瓊蘂以朝飡、必性命之可度〉

【脩】上野本作〈循〉。

【蘂】上野本作〈蘂〉。『正字通』云、「〈蕋〉、俗〈蕊〉字。」『集韻』云、「〈蘂〉、或作〈藥〉。」

【飡】唐寫本上野本作〈湌〉。北宋本殘卷作〈餐〉。高氏義疏云、「〈飡〉當作〈餐〉、字亦作〈湌〉。此作〈飡〉誤。饔飧字則从夕、不从歹。」

（注）

臣善曰、漢書曰、孝武又作栢梁、銅柱、承露僊人掌之屬矣。三輔故事曰、武帝作銅露槃、承天露、和玉屑飮之、欲以求仙。楚辭曰、精瓊靡以為粮。王逸曰、靡、屑。

善曰、漢書曰、孝武作栢梁、銅柱、承露仙人掌之屬。三輔故事曰、武帝作銅露盤、承天露、和玉屑飮之、欲以求仙。楚辭曰、屑瓊蘂以爲糧。王逸曰、靡、屑也。

【孝武作】唐寫本〈作〉上有〈又〉字。案『漢書』郊祀志上有〈又〉字、板本脫耳。

【之屬】唐寫本〈屬〉下有〈矣〉字。案『漢書』郊祀志上有〈矣〉字、板本脫耳。

【銅露盤】〈盤〉字、唐寫本作〈槃〉。

【承天露】〈承〉字、朝鮮本作〈盛〉。

【屑瓊蘂以爲糧】唐寫本作〈精瓊靡以爲粮〉。案今『楚辭』離騷作〈精瓊爢以爲粻〉、『文選』卷三十二離騷同。唐寫本似是、但〈靡〉字當作〈爢〉、〈粮〉字當作〈粻〉。

【靡屑也】唐寫本作〈靡屑〉。案今『楚辭』離騷〈精瓊爢以爲粻〉王逸注作〈爢屑也〉。板本〈爢〉誤作〈靡〉。

12b

（正文）美往昔之松橋、要羨門乎天路、〈美往昔之松喬、要羨門乎天路〉

【喬】唐寫本作〈橋〉。伏氏校注88云、「按、作〈喬〉是、唐寫本注文亦作〈喬〉。然作〈橋〉亦不爲誤、〈喬〉〈橋〉本可通訓假借。《詩・漢廣》〈南有喬木〉、《釋文》〈喬本亦作橋〉、三國時吳國二喬、亦作二橋。」

【乎】上野本作〈於〉。

（注）

臣善曰、列仙傳曰、赤松子者、神農時雨師也。服水玉。又曰、王子喬者、周靈王太子晉也。道人浮丘公接以上嵩高山。史記曰、始皇之碣石、使燕人盧生求羨門。韋照曰、羨門、古仙人也。枚乘樂府詩曰美人在雲端、天路隔無相期也。

善曰、松喬已見西都賦。史記曰、始皇之碣石、使燕人盧生求羨門。韋昭曰、羨門、古仙人也。枚乘樂府詩曰、美人在雲端、天路隔無期。要、烏堯切。

【松喬已見西都賦】唐寫本作〈列仙傳曰赤松子者神農時雨師也服水玉又曰王子喬者周靈王太子晉也道人浮丘公接以上嵩高山〉四十一字。贛州本四部本亦從卷一「西都賦」〈庶松喬之羣類〉注重出、〈玉〉下有〈以教神農〉四字。

【韋昭】〈昭〉字、唐寫本作〈照〉。饒氏斠證云、「韋曜本名昭、史爲晉諱改作曜。永隆本或作〈照〉、閒或作〈昭〉、各刻本概作

〈昭〉。」
【無期】唐寫本作〈無相期也〉。饒氏斠證云、「〈相〉字永隆本引枚乘詩誤衍。」伏氏校注92云、「詩尾不當有〈也〉字。」
【要烏堯切】唐寫本無此四字。饒氏斠證云、「殆非善注、刻本誤以他注混入。」
（正文）想升龍於鼎湖、豈時俗之足慕。
（注）
臣善曰、史記曰、齊人公孫卿曰、黄帝采首山銅、鑄鼎於荊山下。鼎既成、龍垂胡髯、下迎黄帝。上騎龍、乃上去。名其處鼎湖。天子曰、嗟乎、誠得如黄帝、吾視去妻子如脱屣耳。

善曰、史記曰、齊人公孫卿曰、黄帝采首山銅、鑄鼎於荊山下。鼎既成、龍垂胡髯、下迎黄帝。黄帝騎龍、乃上去。名其處鼎湖。天子曰、嗟乎、誠得如黄帝、吾視去妻子如脱屣耳。

【黄帝騎龍】〈黄帝〉二字、唐寫本作〈上〉一字。高氏義疏云、「案、〈黄帝上〉三字皆當有。」今『史記』封禪書云、「有龍垂胡髯、下迎黄帝。黄帝上騎、羣臣後宮從上者七十餘人、龍乃上去。」饒氏斠證云、「此段善注引史記封禪文書有刪節。永隆本不複〈黄帝〉字、應從刻本加、刻本〈騎〉上無〈上〉字、應從永隆本加、文義乃足。」
【上去】〈上〉字、袁本誤作〈土〉。
（正文）若歷世而長存、何遽營乎陵墓。
【世】饒氏斠證云、「永隆本〈世〉字不缺筆。」
【乎】上野本作〈於〉。
（注）
臣善曰、言若歷世不死而長存、何急營於陵墓乎。

善曰、言若歷代而不死、何急營於陵墓乎。

【歷代】〈代〉字、唐寫本作〈世〉。
【而不死】唐寫本作〈不死而長存〉。饒氏斠證云、「永隆本此句、當是善初注原貌。胡刻本叢刊本竝作〈言歷代而不死〉、殆是後注曾刪潤。」
（正文）徒觀其城郭之制、則旁開三門、參塗夷庭、方軌十二、街衢相經。
（注）
面三門、ゝ三道、故云參涂。ゝ容四軌、故方十二軌。ゝ、車轍一街、大道也。經、歷也。一面三門、門三道、故云參塗。塗容四

也。夷、平也。庭、猶正也。

軌、故方十二軌。軌、車轍也。夷、平也。庭、猶正也。
善曰、方、言九軌之塗、凡有十二也。周禮曰、營國方三門。鄭玄儀禮注曰、方、併也。周禮曰、國中營途九軌。西都賦曰、立十二之通門。

【街大道也經歴也二】唐寫本無此八字。

【塗】唐寫本作〈涂〉。

【善曰方言九軌之塗凡有十二也周禮曰營國方三門鄭玄儀禮注曰方併也周禮曰國中營途九軌西都賦曰立十二之通門】唐寫本無此四十九字。伏氏校注96云、「按、李善《文選注》體例、釋字詞必徵引經史傳注爲據、陳述已見、則冠以〈言〉或〈然〉字于其後、無有先陳述已見而後引經據典者。且薛注把〈方軌〉已解釋淸楚、毋須重復。故此句疑爲後人竄亂者。上海古籍出版社（一九八六年八月版）『文選』李注標點本句讀爲〈善曰、『方言』、九軌之塗、凡有十二也。……〉此句既不見于今本『方言』、又不合『方言』釋詞體例、顯繫誤讀。」

【廛】唐寫本作〈厘〉、注同。上野本作〈纏〉。案『干祿字書』云、「〈厘〉〈廛〉上通下正。」

（正文）厘里端直、甍宇齊平。〈廛里端直、甍宇齊平〉

（注）

都邑之宅地曰厘。甍、棟也。　　都邑之空地曰廛。甍、棟也。
臣善曰、周禮曰、以厘里任國中之地。　　善曰、周禮曰、以廛任國中之地。

【空】唐寫本作〈宅〉。九條本眉批引與板本同作〈空〉。饒氏斠證云、「周禮地官載師〈以廛里任國中之地〉、鄭注〈鄭司農云、廛、市中空地未有肆、城中空地未有宅者。玄謂廛里者、若今云邑居里矣。廛、民居之區域也。里、居也。〉孫詒讓曰、〈通言之、廛里皆居宅之稱。析言之、則庶人工商等所居謂之廛、士大夫所居謂之里。〉薛注作〈宅地〉、蓋不用先鄭說。」伏氏校注98云、「依唐寫本作〈宅〉是、且賦正文〈廛里端直、甍宇齊平〉、〈廛里〉〈甍宇〉對文、更證作〈宅地〉是。」

【廛任】唐寫本〈廛〉下有〈里〉字。胡氏考異云、「案〈廛〉下當有〈里〉字、各本皆脫。此載師職文也。」『周禮』地官載師亦有〈里〉字。唐寫本不脫。

（正文）北闕甲苐、當道直啓。〈北闕甲第、當道直啓〉

（注）
苐、舘也。甲、言苐一也。
臣善曰、漢書曰、贈霍光甲苐一區。音義曰、有甲乙次苐、故曰、苐也。

第、館也。甲、言第一也。
善曰、漢書曰、贈霍光甲第一區。音義曰、有甲乙次第、故曰、第也。北闕、當帝城之北也。

【北闕當帝城之北也】唐寫本無此八字。

13a
（正文）程巧致功、期不陀陊、〈程巧致功、期不陁陊〉
【陁】唐寫本上野本〈陁〉作〈陀〉。但唐寫本下注作〈陁〉。伏氏校注101云、「按、〈陀〉、〈陁〉異體字。《集韻》〈陀、或作陁。〉」
（注）
言皆程擇好工匠、令盡致其功夫。既窂又固、不傾陊也。
臣善曰、方言曰、陁、式氏反。說文曰、陊、落也。陊、直氏反也。

言皆程擇好匠、令盡致其功夫。既牢又固、不傾陊也。
善曰、方言曰、陁、壞也。陁、式氏切。說文曰、陁、落也。直氏切。

【好匠】唐寫本〈匠〉上有〈工〉字。
【功夫】〈夫〉字、袁本誤作〈天〉。
【牢】唐寫本作〈窂〉。『干祿字書』云、「〈窂〉〈牢〉、上俗下正。」
【陁壞也】唐寫本無此三字。饒氏斠證云、「案『方言』六、〈陁壞〉、郭注、〈謂壞落也〉、永隆本蓋有誤脫。」
【陁落也】〈陁〉字、唐寫本作〈陊〉。胡氏考異云、「案〈陁〉當作〈陊〉。各本皆誤。」今『說文』與唐寫本同。
【直氏切】唐寫本作〈陊直氏反也〉。板本脫〈陊〉字、但音注下不當有〈也〉字、唐寫本衍耳。
（正文）木衣綈錦、土披朱紫、〈木衣綈錦、土被朱紫〉
【被】唐寫本作〈披〉。
（注）
言皆采書如錦繡之文章也。

言皆采畫如錦繡之文章也。
善曰、說文云、綈、厚繒也。朱紫、二色也。

【畫】唐寫本作〈書〉。

【善曰説文云綈厚繒也朱紫二色也】唐寫本無此十四字。

（正文）武庫禁兵、設在蘭錡。

（注）

武庫、天子主兵器之官也。

臣善曰、劉逵魏都賦注曰、受他兵曰闌、受努曰錡、音蟻也。

錡、架也。武庫、天子主兵器之官也。

善曰、劉逵魏都賦注曰、受他兵曰蘭、受弩曰錡、音蟻。

【錡架也】唐寫本無此三字。饒氏斠證云、「此殆後人所加。如薛注原有、則應順文次序、不在〈武庫〉之上。」

【官】四部本作〈宮〉。

【劉逵魏都賦注】胡氏考異云、「此有誤也。《呉都》有〈蘭錡内設〉、《魏都》有〈附以蘭錡〉、今善於兩都舊注中、皆不更見。此所引語、無以決其當爲〈劉逵呉都賦注曰〉、或當爲〈張載魏都賦注曰〉也。凡善各篇所留舊注、均非全文。」梁氏旁證云、「〈劉逵〉當作〈張載〉。」高氏義疏云、「此注疑不誤。唐寫本亦同。《隋書・經籍志》云、〈梁有張載及晉侍中劉逵、晉懷令衞瓘注左思《三都賦》三卷。〉是《魏都賦》張、劉皆有注。今《魏都賦》卽張注。而〈附以蘭錡〉下無此注、則當爲劉逵注也。」饒氏斠證云、「案魏都賦〈附以蘭錡〉句下、呉都賦〈蘭錡内設〉句下、竝引西京賦句。呉都注在〈劉曰〉之下、魏都注在〈善曰〉之下、然竝無注釋、不見此處所引十餘字。善于兩京賦薛注已有去留、則於三都賦之劉注或張注有所删汰、竝不足異。」

【蘭】唐寫本作〈闌〉。高氏義疏云、「〈蘭〉、〈籣〉之通借字。『説文』曰、籣、所以盛弩矢、人所負也。」

【弩】唐寫本誤作〈努〉。

【音蟻】唐寫本〈蟻〉下有〈也〉字。

（正文）非石非董、疇能宅此。〈匪石匪董、疇能宅此〉

【匪】唐寫本作〈非〉。『廣雅』釋詁四云、「匪、非也。」〈非〉〈匪〉字通。

【能】饒氏斠證云、「永隆本初脱〈能〉字、後淡墨旁加。」

（注）

臣善曰、漢書曰、石顯、字君房。少坐法腐刑、為黄門中尚書。元帝被疾、不親政事。ゝ無大小、因顯自決。又曰、董賢、字聖

善曰、漢書曰、石顯、字君房。少坐法腐刑、爲黄門中尚書。元帝被疾、不親政事。事無大小、因顯口決。又曰、董賢、字聖卿。

卿。哀帝悅其儀皃、拜為黃門郎。詔將作爲賢起大苐北闕下。木土之功、窮極技巧、柱檻衣以綈錦、武庫禁兵、盡在董氏。

哀帝悅其儀貌、拜爲黃門郎。詔將作監爲賢起大第北闕下。土木之功、窮極技巧、柱檻衣以綈錦、武庫禁兵、盡在董氏。

【口決】〈口〉字、唐寫本作〈自〉。『漢書』佞幸傳作〈白〉。高氏義疏云、「〈口〉、〈自〉皆〈白〉字之誤、當依《漢書》正之。」

【作監】唐寫本無〈監〉字。『漢書』佞幸傳〈監〉作〈大匠〉。

【土木】唐寫本作〈木土〉。『漢書』佞幸傳亦作〈木土〉。唐寫本是也。板本誤倒耳。

（正文）尓乃廓開九市、通闤帶闠、〈爾乃廓開九市、通闤帶闠〉

【爾】唐寫本作〈尓〉。上野本作〈尒〉。『干祿字書』云、「〈尓〉〈尒〉〈爾〉竝上通下正。」唐寫本多作〈尓〉、下不再出校。

（注）

廓、大也。闤、市營也。闠、中隔門也。

臣善曰、漢宮閣疏曰、長安立九市、其六市在道西、三市在道東。

闤、胡關反。

廓、大也。闤、市營也。闠、中隔門也。崔豹古今注曰、市牆曰闤、市門曰闠。

善曰、九市、已見西都賦。蒼頡篇曰、闠、市門。胡關切。

【崔豹古今注曰市牆曰闤市門曰闠】唐寫本無此十四字。九條本眉批引薛注亦有此十四字。梁氏旁證云、「按〈善曰〉二字、當在〈崔豹〉上。今在〈曰闠〉下、非也。崔豹晉人、非薛注所得引。」胡氏箋證云、「疑是後人竄入。薛、三國時人、不得引崔豹。」饒氏斠證云、「或疑薛綜不能引崔說應在〈善曰〉之下、然善順文作注、又不應在〈九市〉之上、殆後人混入。」

【九市已見西都賦】唐寫本作漢宮閣疏曰長安立九市其六市在道西三市在道東二十一字。贛州本四部本從卷一「西都賦」〈九市開場〉注重出。但〈閣〉字、贛州本四部本及各本卷一作〈闕〉。伏氏校注116云、「按、顏師古《漢書注》、《藝文類聚》、《初學記》及李善注別處皆引作〈漢宮闕疏〉、作〈閣〉形近而誤。」

【蒼頡篇曰闠市門】唐寫本無此七字。胡氏箋證云、「善引〈倉頡篇〉亦與諸義不合。」伏氏校注117云、「按、善引舊注、皆是擇其以爲正確者、故所引書據、無有與舊注岐義的。唐寫本無此句是也。今本釋一詞而幷列兩種不同說法者、唐寫本只有一種講法、則幷列的不同說法當爲後人讀書記其異于旁而誤入正文者。」

【胡關切】贛州本明州本四部本朝鮮本袁本無此三字、正文〈闤〉字下有音注〈胡關〉二字、但崇本無此音注、疑五臣注原本無此、後據李善音注而記之。

（正文）旗亭五重、俯察百隧。

（注）

旗亭、市樓也。隧、列肆道也。

臣善曰、史記褚先生曰、臣為郎、與方士會旗亭下。

旗亭、市樓也。

善曰、史記褚先生曰、臣爲郎、與方士會旗亭下。隧、已見西都賦。

【市樓也】此下唐寫本有〈隧列肆道也〉五字。案卷一「西都賦」〈貨別隧分〉李善注云、「薛綜西京賦注曰、隧、列肆道也。音遂。」薛注原有此注、唐寫本是也。板本從善注增〈隧已見西都賦〉六字、刪去薛注此五字耳。

【隧已見西都賦】唐寫本無此六字。唐寫本是也、說見前。贛州本四部本作〈薛綜西京賦注曰隧列肆道也音遂〉十四字、疑後人見板本〈隧已見西都賦〉六字、從卷一「西都賦」注而重出。

（正文）周制大肙、今也惟尉。〈周制大胥、今也惟尉〉

【胥】唐寫本上野本作〈肙〉、注同。『干祿字書』云、「〈肙〉〈胥〉上通下正。」饒氏斠證云、「與漢韓勑碑同。」

（注）

臣善曰、周礼曰、司市、肙師廿人。然尊其職、故曰大。漢書曰、京兆尹、長安四市皆屬焉、與左馮翊、右扶風為三輔。更置三輔都尉。

善曰、周禮曰、司市、胥師二十人。然尊其職、故曰大。漢書曰、京兆尹、長安四市皆屬焉、與左馮翊、右扶風爲三輔。然市有長丞而無尉。蓋通呼長丞爲尉耳。

【二十人】唐寫本作〈廿〉。凡唐寫本〈二十〉〈三十〉〈四十〉各作〈廿〉〈卅〉〈卌〉、下不再出校。胡氏考異云、「〈十〉字下當有〈肆則一〉三字。各本皆脫。此『周禮』地官序官文也。」但唐寫本既無〈肆則一〉三字。

【職】唐寫本九條本紙背作〈軄〉。『玉篇』云、「〈軄〉、俗〈職〉字。」

【京】唐寫本作〈亰〉。『干祿字書』云、「〈亰〉〈京〉、上通下正。」下不再出校。

【然市有長丞而無尉蓋通呼長丞爲尉耳】朝鮮本〈呼〉作〈乎〉。唐寫本作〈更置三輔都尉〉六字。案五臣李周翰注云、「周禮市致大胥職、今但屬三輔都尉。」（四部本〈今〉誤作〈令〉）此與唐寫本李善注意略同。高氏義疏云、「唐寫李注無〈然市有長丞〉以下十六字、作〈更置三輔都尉〉六字、與翰注意同、與今本迥異。疑今本非是。」饒氏斠證云、「反與賦文不相照、殆後人誤改、而翰注襲用者乃未誤改之本也。」伏氏校注[120]云、「按、唐寫本是。正文〈周制大胥、今也惟尉〉、謂《周禮》市致大胥職、今但屬三輔都尉。唐寫本正是此意。依今本、僅推揣之詞、意不合矣、此其一。其二、李注乃節引《漢書・百官公卿表》、《公卿表》謂〈右扶風與左馮翊、京兆尹是爲三輔……元鼎四年更置三輔都尉、都尉丞各一人。〉唐寫本與之正合。」九條本紙背作〈漢書曰市有長丞而無尉蓋通呼長丞爲尉耳〉十八字。今『漢書』無此文、疑〈漢書曰〉下有脫文。

13 b

（正文）瑰貨方至、鳥集鱗萃、〈瓌貨方至、鳥集鱗萃〉

【瓌】唐寫本上野本北宋本殘卷作〈瑰〉、與注正合。

（注）

瑰、奇貨也。方、四方也。言奇寶有如鳥之集、鱗之接也。

瑰、奇貨也。方、四方也。奇寶有如鳥之集、鱗之萃也。

【瑰】朝鮮本作〈瓌〉、與正文正合。他板本作〈瑰〉、與正文不合。

【奇寶】唐寫本〈奇〉上有〈言〉字。饒氏斠證云、「胡刻六臣幷誤脫〈言〉字。」伏氏校注121云、按、薛注《西京》、析訓單字、無有冠〈言〉字者。渾釋句意、往往冠以〈言〉字。據此、則唐寫本是也。」

【萃】唐寫本作〈接〉。

（正文）鬻者兼贏、求者不匱。〈鬻者兼嬴、求者不匱〉

【贏】唐寫本上野本作〈嬴〉。饒氏斠證云、「〈嬴〉乃〈贏〉之譌、注同。」

（注）

鬻、賣也。兼、倍也。贏、利也。匱也。

鬻、賣也。兼、倍也。嬴、利也。匱、乏也。

【贏】唐寫本作〈嬴〉。當作〈贏〉字。

【匱乏也】唐寫本〈匱〉下脫〈乏〉字。

（正文）尓乃商賈百族、裨販夫婦、〈爾乃商賈百族、裨販夫婦〉

【商】尤本作〈商〉、但注文作〈商〉。『干祿字書』云、「〈商〉〈商〉、上俗下正。」

（注）

坐者為商、行者為賈。裨販、買賤賣貴、以自裨益者。

坐者爲商、行者爲賈。裨販、買賤賣貴、以自裨益。裨、必彌切。

臣善曰、周礼曰、大市、日仄而市、百族為主。朝市、朝時而市、

善曰、周禮曰、大市、日仄而市、百族爲主。朝市、朝時而市、

商賈為主。夕市、日夕為市、販夫販婦為主也。

一商賈爲主。夕市、夕時爲市、裨販夫婦爲主。

【裨益】唐寫本〈益〉下有〈者〉字。

【裨必彌切】唐寫本無此四字。贛州本明州本四部本朝鮮本袁本正文〈裨〉下有音注〈必彌〉二字、崇本作〈必尓〉。板本薛注混入五臣音注、唐寫本是也。高氏義疏云、「後人竄入。」饒氏斠證云、「知薛注混入之音切、殆在增併六臣注之前。」伏氏校注123云、「凡薛注中有反切者、皆後人竄入。」

【仄】唐寫本北宋本殘卷作〈庂〉。〈仄〉〈庂〉同。下文〈駢田偪庂〉、胡刻本亦作〈庂〉。

【夕時爲市】唐寫本作〈日夕爲市〉。『周禮』地官司市作〈夕時而市〉。高氏義疏云、「此注尤本……〈而〉誤〈爲〉。」饒氏斠證云、「永隆本微誤、各刻本亦以〈而〉作〈爲〉。」

【裨販夫婦爲主】唐寫本作〈販夫販婦爲主也〉、贛州本明州本四部本朝鮮本袁本同、但無〈也〉字。高氏義疏云、「尤本……〈販夫販婦〉作〈裨販夫婦〉、亦涉正文而誤。唐寫及六臣本皆不誤。」饒氏斠證云、「永隆本六臣本同、與周禮地官司市合。」

(正文)鬻良雜苦、蚩眩邊鄙。

(注)

良、善也。先見良物、價定而雜與惡物、以欺或下土之人也。

良、善也。先見良物、價定而雜與惡物、以欺惑下土之人。

臣善曰、周礼曰、辯其苦良而賈之。鄭司農曰、苦讀為監也。

善曰、周禮曰、辨其苦良而買之。鄭玄曰、苦讀爲鹽。蒼頡篇曰、蚩、侮也。廣雅曰、眩、亂也。杜預左氏傳注曰、鄙、邊邑也。

【惑】唐寫本作〈或〉。高氏義疏、饒氏斠證、伏氏校注126竝云、「〈惑〉〈或〉字通。」

【下土之人】唐寫本〈人〉之下有〈也〉字。

【辨】唐寫本北宋本殘卷尤本明州本袁本作〈辯〉。

【買之】〈買〉字、唐寫本作〈賈〉。案『周禮』天官典婦功作〈賈〉、與唐寫本合、板本誤耳。

【鄭玄】唐寫本作〈鄭司農〉。案此文見『周禮』天官典婦功鄭玄引鄭司農注、唐寫本是也。

【苦讀爲鹽】唐寫本〈鹽〉作〈監〉、下有〈也〉字。案『周禮』注作〈鹽〉、無〈也〉字。伏氏校注128云、「作〈監〉疑爲形誤。」

【蒼頡篇曰蚩侮也廣雅曰眩亂也杜預左氏傳注曰鄙邊邑也】唐寫本無此二十四字。

(正文)何必昏於作勞、邪嬴優而足恃。〈何必昏於作勞、邪嬴優而足恃〉

【贏】上野本作〈贏〉。〈贏〉字是也。

（注）

昏、勉也。優、饒也。言何必當勉力作勤勞之事乎。欺僞之利、
自饒足恃也。
臣善曰、尚書曰、不昏作勞也。

昏、勉也。邪、僞也。優、饒也。言何必當勉力作勤勞之事乎。
欺僞之利、自饒足恃也。
善曰、尚書曰、不昏作勞。

【邪僞也】唐寫本無此三字。高氏義疏云、「是此疑後人所竄。胡紹煐曰、邪當讀與餘同。邪贏猶贏餘。」

【勤】唐寫本作〈懃〉。『干祿字書』云、「〈勤〉〈懃〉、上勤勞下慇懃。」但『毛詩』豳風鴟鴞〈恩斯勤斯〉鄭箋云、「慇勤於此」、周頌賚〈文王既勤止〉毛傳云、「勤勞」、蓋〈勤〉〈懃〉字通。『正字通』云、「〈懃〉、同〈勤〉。韻補〈勤勞也、懃、慇懃也。〉分爲二、非。」

【作勞】唐寫本〈勞〉下有〈也〉字。

（正文）彼肆人之男女、麗靡奢乎許史。〈彼肆人之男女、麗美奢乎許史〉

【美】唐寫本上野本作〈靡〉。伏氏校注131云、「唐寫本是、麗靡同義爲詞、古時常用。」

（注）

臣善曰、漢書曰、孝宣許皇后、元帝母、生元帝、〻封外祖父廣
漢為平恩侯。又曰、衞太子史良娣、宣帝祖母也。兄恭、宣帝立、
恭已死、封恭長子高為樂陵侯。

言長安市井之人、被服皆過此二家。
善曰、漢書曰、孝宣許皇后、元帝母、帝封外祖父廣漢爲平恩侯。
又曰、衞太子史良娣、宣帝祖母也。兄恭、宣帝立、恭已死、封
恭長子高爲樂陵侯。

【言長安市井之人被服皆過此二家】唐寫本無此十四字。

【元帝母】唐寫本〈母〉下有〈生元帝〉三字。伏氏校注133云、「凡善注所引舊籍、多爲摘引。此處〈生元帝〉三字亦爲《漢書・外戚傳》文、然帝封許皇后父廣漢爲平恩侯、乃許皇后崩五年、立皇太子後之事、故摘引亦不確。」

14 a

（正文）若夫翁伯濁質、張里之家、擊鍾鼎食、連騎相過、東京公侯、壯何能加。〈若夫翁伯濁質、張里之家、擊鍾鼎食、連騎相過、東京公侯、壯何能加〉

【鍾】 上野本作〈鐘〉、贛州本明州本四部本袁本亦作〈鐘〉、注同。朝鮮本唯注作〈鐘〉耳。

（注）

臣善曰、漢書曰、翁伯以敗脂而傾縣邑、濁氏以胃脯而連騎、質氏以洫削而鼎食、張里以爲翳而擊鍾。晉灼曰、胃脯、今大官常以十月作沸湯、燖羊胃、以末椒薑坋之、訖、暴使㶮者也。燖、翔鹽反。坋、步寸反。如淳曰、洒削、作刀劒削也。晉灼曰、張里、里名也。

善曰、漢書食貨志曰、翁伯以販脂而傾縣邑、濁氏以胃脯而連騎、質氏以洗削而鼎食、張里以馬醫而擊鍾。晉灼曰、胃脯、今大官以十日作沸湯、燖羊胃、以末椒薑坋之、訖、曝使燥者也。燖、在鹽切。坋、步寸切。如淳曰、洗削、謂作刀劒削也。張里、里名也。

【食貨志】 唐寫本無此三字。饒氏斠證云、「案所引漢書乃貨殖傳文、此後人以旁批誤混者。」

【販】 唐寫本誤作〈敗〉。

【濁氏】〈氏〉字、袁本誤作〈昏〉。

【胃脯】〈脯〉字、袁本作〈餔〉、下同。九條本紙背引〈胃〉誤作〈買〉。

【質氏以洗削】〈洗〉字、唐寫本作〈洫〉。饒氏斠證云、「〈洫〉乃〈洒〉字形近之譌、下文〈洒〉字不誤、各本上下文竝作〈洗〉、與漢書原文不合。」

【馬醫】 唐寫本作〈爲翳〉、竝字形近之譌。饒氏斠證云、「〈爲〉乃〈馬〉之譌、〈翳〉乃〈醫〉之譌。」

【大官以十日】 唐寫本〈以〉上有〈常〉字、〈日〉作〈月〉、竝與『漢書』貨殖傳合、板本誤耳。胡氏考異云、「案〈日〉當作〈月〉、各本皆譌。」〈大〉字、四部本作〈太〉、與『漢書』貨殖傳合。

【訖】 饒氏斠證云、「〈訖〉字與『史記』索隱引同、『漢書』注無。」

【曝】 唐寫本作〈暴〉、與『漢書』貨殖傳注合。伏氏校注138云、「按、〈暴〉爲本字、〈曝〉爲後起字。」

【燥】 唐寫本作〈㶮〉。『干祿字書』云、「〈㶮〉〈燥〉、上俗下正。」

【在鹽切】 唐寫本作〈翔鹽反〉。高氏義疏從唐寫本改〈翔鹽切〉。伏氏校注139云、「按、燖有兩音、義同。《集韻》〈慈鹽切〉、《韻會》〈昨鹽切〉、幷從紐字。《廣韻》〈徐鹽切〉、《集韻》〈徐廉切〉、幷邪紐字。翔邪紐字、在從紐字、故作〈在〉不誤。郭晉稀師云、唐寫本作〈翔鹽反〉是也、作從母者後世訛音也。」

【洗削】〈洗〉字、唐寫本作〈洒〉、是也。說見前。

【謂作刀劒削也】唐寫本九條本眉批引北宋本殘卷贛州本明州本四部本朝鮮本袁本無〈謂〉字、是也。『漢書』貨殖傳注作〈作刀劒削者〉。九條本眉批引北宋本殘卷贛州本明州本四部本朝鮮本袁本脫〈削也〉二字。〈也〉字下、唐寫本九條本眉批引北宋本殘卷贛州本明州本四部本朝鮮本袁本有〈晉灼曰〉三字、是也。胡氏考異云、「袁本茶陵本無〈謂削也〉三字、下有〈晉灼曰〉三字。案『漢書』顏注引如淳曰、作刀劒削者。尤依之校改也。〈晉灼曰〉三字誤去。」

【里名也】九條本眉批引無〈也〉字。

（正文）都邑遊俠、張趙之倫、齊志無忌、擬跡田文、〈都邑游俠、張趙之倫、齊志無忌、擬跡田文〉

（注）

臣善曰、漢書曰、長安宿豪大猾、箭張禁、酒趙放、皆通耶結黨。

善曰、漢書曰、長安宿豪大猾、箭張回、酒市趙放、皆通邪結黨。
一云、張子羅趙君都、其長安大俠、具游俠傳。

【箭張回酒市趙放】唐寫本〈回〉作〈禁〉、〈酒〉下無〈市〉字。此摘引『漢書』王尊傳文、今『漢書』作〈長安宿豪大猾東市賈萬、城西萬章、翦張禁、酒趙放、杜陵楊章等皆通邪結黨〉、與唐寫本合。高氏義疏云、「諸本〈禁〉作〈回〉、〈酒〉下有〈市〉字、乃後人誤以《游俠傳》亂之、今依唐寫改正。若依《游俠傳》、當作〈箭張回、酒市趙君都、皆長安名豪、報仇怨、養刺客者也〉。又《王尊傳》今本〈箭〉作〈翦〉。晉灼曰、此二人作翦、作酒之家。宋祁曰、〈翦〉、江南本、浙本竝作〈箭〉。《游俠傳》作〈箭張回、酒市趙君都、賈子光〉。服虔曰、〈作箭者、姓張、名回。趙君都、賈子光、酒市中人也。〉顧炎武《日知錄》卷二十七、謂回卽禁、君都卽放也。其說當是。則〈翦〉字亦當依宋校作〈箭〉也。」

【邪】唐寫本作〈耶〉。『干祿字書』云、「〈耶〉〈邪〉、上通下正。」

【一云張子羅趙君都其長安大俠具游俠傳】唐寫本無此十七字。高氏義疏云、「案、《游俠傳》無張子羅、此〈張子羅〉以下十五字、乃五臣呂向注、後人采以附李注後者、實與李注不合。依唐寫刪去。」

（正文）輕死重氣、結黨連羣、寔蕃有徒、其從如雲。

（注）

寔、實也。蕃、多也。徒、衆也。
臣善曰、尙書曰、寔煩有徒。毛詩曰、齊子歸止、其從如雲也。

寔、實也。蕃、多也。徒、衆也。
善曰、尙書曰、寔繁有徒。毛詩曰、齊子歸止、其從如雲。

【繁】唐寫本作〈煩〉。伏氏校注144云、「按、《十三經注疏》本《尙書・仲虺之誥》作〈寔繁有徒〉、《經典釋文》〈繁音煩〉。則唐寫本作〈傾〉乃同音假借。又按、《仲虺之誥》爲僞古文、然唐初尚不知也。」

【其從如雲】唐寫本〈雲〉下有〈也〉字。

（正文）茂陵之原、陽陵之朱、趬悍虓壑、如虎如貙、〈茂陵之原、陽陵之朱、趫悍虓豁、如虎如貙〉

【趫】唐寫本上野本作〈趬〉、注同。高氏義疏云、「案《漢書・衞靑霍去病傳》顏注〈獟〉或作〈趬〉。《說文》曰、趬、行輕皃。一曰舉足也。唐寫正作〈趬〉、今從之。」伏氏校注148云、「《說文》曰、〈趬、行輕貌。一曰趬、舉足也。〉〈趫、善緣木走之才〉、二義相較、以唐寫本作〈趬〉爲長。顏注〈獟、或作趬〉、更可證明唐寫本是對的。」

【豁】唐寫本作〈壑〉、上野本作〈谿〉。伏氏校注146云、「按、《廣韻》〈豁、呼括切〉、〈壑、呵各切〉、古音同爲曉紐鐸部、同音通假。《爾雅・釋詁》〈壑、虛也。〉郭璞注〈壑、溪壑也。〉《廣韻》〈壑、谷也。〉《玉篇》〈壑、通谷也。〉其義也相同。」

【貙】上野本九條本崇本贛州本明州本四部本朝鮮本袁本作〈貙〉。

（注）

臣善曰、原、原涉、朱、ゝ安世也。史記曰、誅猇猂。猇與趬同、欺譙反。說文曰悍、勇也、戶旦反。毛詩曰、闞如虓虎。虓、呼交反。尒雅曰、貙獌、似狸。貙、勑珠反。

善曰、原、原涉也。朱、朱安世也。史記曰、誅猇猂。猇與趫同、欺譙切。說文曰、悍、勇也、戶旦切。毛詩曰、闞如虓虎。呼交切。爾雅曰、貙獌、似貍。貙、勑珠切。

【原涉也】唐寫本無〈也〉字。

【趫】唐寫本作〈趬〉、是也。說見前。

【呼交切】唐寫本〈呼〉上有〈虓〉字。高氏義疏云、「〈呼交〉上尤本脫〈虓〉字。據唐寫補。」贛州本明州本四部本朝鮮本袁本無此音注、正文〈虓〉字下有音注〈呼交〉二字、崇本同。

【貙】明州本朝鮮本袁本作〈貙〉。但袁本下〈貙〉字作〈貙〉。

（正文）睚眦蠆芥、屍僵路隅。〈睚眦蠆芥、屍僵路隅〉

【眦】崇本作〈眥〉、贛州本四部本誤作〈眦〉。

【芥】唐寫本作〈莾〉。饒氏斠證云、「〈莾〉乃〈芥〉之譌。」

（注）

僵、仆也。

臣善曰、漢書曰、源涉、字巨先、自陽翟徙茂陵。涉好煞、睚眦於塵中、獨死者甚多。廣雅曰、睚、裂也。說文曰、眥、目匡也。淮南子曰、瞋目裂眥。睚、五懈反眥、在賣反。張揖子虛賦曰、蔕介、刺鯁也。蠆與蔕同、竝丑介反。

善曰、漢書曰、原涉、字巨先、自陽翟徙茂陵。涉外溫仁、內隱忍好殺、睚眦於塵中、觸死者甚衆。廣雅曰、睚、裂也。說文曰、眥、目匡也。淮南子曰、瞋目裂眥。睚、五解切。眥、在賣切。張揖子虛賦注曰、蔕介、刺鯁也。蠆與蔕同、竝丑介切。

【僵仆也】唐寫本無此三字。

【原】唐寫本作〈源〉。『漢書』游俠傳原涉、無〈原〉作〈源〉者。唐寫本誤耳。

【外溫仁內隱忍好殺】唐寫本作〈好煞〉二字。『漢書』游俠傳作〈外溫仁謙遜、而內隱好殺〉、無〈忍〉字。『干祿字書』云、「〈煞〉〈殺〉、上俗下正。」

【觸】唐寫本作〈獨〉。『漢書』游俠傳亦作〈獨〉。王念孫『讀書雜志』云、「〈獨〉當爲〈觸〉、草書之誤也。」高氏義疏云、「唐寫亦作〈獨〉、諦審似是〈擉〉字。作〈獨〉者、乃〈擉〉之誤。作〈觸〉者、疑亦〈擉〉與〈觸〉字草書相似、遂作〈觸〉耳。」伏氏校注152云、「高說是、唐寫本正作〈擉〉。」饒氏斠證云、「高步瀛謂永隆本作〈擉〉、案此字犬旁甚分明、以爲從手者、乃傅會之談。」

【衆】唐寫本作〈多〉、與『漢書』游俠傳合、是也。板本誤耳。

【匡】朝鮮本作〈眶〉。

【裂眥】〈眥〉字、朝鮮本作〈眦〉。

【解】唐寫本贛州本明州本四部本朝鮮本袁本作〈懈〉。

【子虛賦注】唐寫本脫〈注〉字。

【竝丑介切】贛州本明州本四部本朝鮮本袁本無此音注、正文〈蠆〉字下有音注〈丑介〉二字、崇本作〈敕介〉。疑六臣諸本從李善注改五臣音注。

14b

（正文）丞相欲以贖子罪、陽石汙而公孫誅。

【汙】九條本崇本贛州本明州本四部本朝鮮本袁本作〈汚〉。

（注）

臣善曰、漢書曰、公孫賀為丞相。子敬聲為大僕、擅用北軍錢千

善曰、漢書曰、公孫賀爲丞相。子敬聲爲太僕、擅用北軍錢千九

九百萬、下獄。是時詔捕陽陵朱安世、賀請逐捕以贖敬聲罪。後果得安世。安世者、京師大俠也。遂從獄中上書、告敬聲與陽石公主私通。遂父子死獄中。

百萬、下獄。是時詔捕陽陵朱安世、賀請逐捕以贖敬聲罪。後果得安世。安世遂從獄中上書曰、敬聲與陽石公主私通。遂父子俱死獄中也。陽石、北海縣名也。

【太僕】〈太〉字、唐寫本作〈大〉。

【安世遂】唐寫本〈世〉下有〈者京師大俠也〉六字、與『漢書』公孫賀傳合。各本脫耳。

【上書曰】〈曰〉字、唐寫本作〈告〉、與『漢書』公孫賀傳合。各本誤耳。

【俱死獄中也】唐寫本無〈俱〉〈也〉字、與『漢書』公孫賀傳合。各本衍耳。

【陽石北海縣名也】唐寫本無此七字。高氏義疏云、「案、此七字必非李注、蓋後人誤以銑注羼入者。陽石竝不屬北海。」但崇本張銑注無此注、恐以別人注混入。

（正文）若其五縣遊麗、辯論之士、街談巷議、彈射臧否、剖析豪氂、擘肌分理。〈若其五縣遊麗、辯論之士、街談巷議、彈射臧否、剖析毫釐、擘肌分理〉

【辯】朝鮮本作〈辨〉。

【剖】上野本作〈剖〉。『干祿字書』〈宮〉爲〈害〉之俗字、然則〈剖〉即〈割〉字。高氏義疏云、「古鈔〈剖〉作〈割〉。」饒氏斠證云、「上野本作〈割〉。」

【毫釐】唐寫本作〈豪氂〉、上野本〈豪氂〉。〈釐〉字、九條本崇本贛州本明州本四部本作〈氂〉。許氏筆記云、「〈毫釐〉、何改〈豪氂〉、見漢書。嘉德案〈豪毛〉〈豪氂〉字本作〈豪〉、後人乃用〈毫〉。〈氂〉作〈釐〉、假借。」高氏義疏云、「步瀛案、唐寫李注正作〈豪氂〉。《漢書・律曆志》曰、〈不失豪氂〉。顏注引孟康正同。」〈釐〉乃〈氂〉之異體字。『玉篇』『廣韻』作〈釐〉、同。『龍龕手鑑』云、「〈氂〉、〈氂〉同。」

（注）

臣善曰、五縣、謂長陵、安陵、陽陵、茂陵、平陵。毛詩曰、未知臧否。聲類曰、豪、長毛也。漢書音義曰、十豪爲氂、力之反。鄭玄周礼注曰、擘、破裂也、補革反。說文曰、肌、宍也。

善曰、五縣、謂五陵也。長陵、安陵、陽陵、武陵、平陵五陵也、已見西都賦。毛詩曰、未知臧否。聲類曰、毫、長毛也。漢書音義曰、十毫爲釐、力之切。鄭玄周禮注曰、擘、破裂也、補革切。說文曰、肌、肉也。

【謂五陵也】唐寫本無〈五陵也〉三字。板本下亦有〈五陵也〉三字、疑衍。

【武陵】〈武〉字、唐寫本朝鮮本作〈茂〉。胡氏考異云、「何校〈武〉改〈茂〉、袁本亦作〈武〉、茶陵本所複出作〈茂〉、〈茂〉字是也。」唐寫本朝鮮本不誤。

【五陵也已見西都賦】唐寫本無此八字。贛州本四部本〈長陵安陵陽陵武陵平陵五陵也已見西都賦〉作〈漢書曰高帝葬長陵惠帝葬安陵景帝葬陽陵武帝葬茂陵昭帝葬平陵五陵也〉、此從卷一「西都賦」〈北眺五陵〉注重出、贛州本四部本之體例耳。九條本紙背引作〈善曰五縣謂五陵也漢書曰高帝葬長陵惠帝葬安陵景帝葬陽陵武帝葬茂陵昭帝葬平陵〉、與贛州本四部本略同。

【毫長毛也】〈毫〉字、唐寫本作〈豪〉。

【十毫爲氂】〈毫〉字、唐寫本作〈豪〉。〈氂〉字、唐寫本作〈氂〉、明州本袁本朝鮮本作〈氂〉。『干祿字書』〈氂〉爲〈氂〉之俗字、然則〈氂〉卽〈氂〉、〈氂〉同。

【力之切】贛州本明州本四部本朝鮮本袁本無此三字、正文〈氂〉字下有音注〈力之〉二字、崇本亦同。

【肌肉也】〈肌〉字、唐寫本作〈肥〉、疑誤寫。〈肉〉字、唐寫本作〈宍〉。『干祿字書』云、「〈宍〉〈肉〉、上俗下正。」

（正文）所好生毛羽、所惡成創痏。

【創】九條本崇本贛州本明州本四部本朝鮮本袁本作〈瘡〉、但明州本朝鮮本袁本薛注作〈創〉。許氏筆記云、「〈瘡痏〉、〈瘡〉何改〈創〉。案《說文》〈刅、傷也〉。或作〈創〉。徐曰、〈今俗別作〈瘡〉、非是〉。」伏氏校注160云、「〈創〉、〈瘡〉同聲假借。《玉篇》〈瘡、瘡痍也。古作創。〉」

（注）

毛羽、言飛揚。創痏謂槃痕也。
臣善曰、蒼頡曰、痏、歐傷也。胡軌反。

毛羽、言飛揚。創痏謂瘢痕也。
善曰、蒼頡曰、痏、毆傷也。胡軌切。

【創】贛州本四部本作〈瘡〉

【瘢】唐寫本作〈槃〉。伏氏校注161云、「按、同音假借。」

【蒼頡】胡氏考異云、「何校〈頡〉下添〈篇〉字、陳同、是也。各本皆脫。」

【毆】唐寫本贛州本明州本四部本朝鮮本袁本作〈歐〉。『說文』〈毆〉字段注云、「按此字卽今經典之〈毆〉字、《廣韻》曰、俗作〈毆〉、是也。」

（正文）郊甸之內、鄉邑殷賑、

（注）

五十里為近郊、百里為甸師。殷賑、謂富饒也。

五十里爲之郊、百里爲甸師。殷賑、謂富饒也。

臣善曰、尙書曰、五百甸服。尒雅曰、賑、富也。之忍反。

善曰、尙書曰、五百里甸服。爾雅曰、賑、富也。之忍切。

【之郊】〈之〉字、唐寫本贛州本明州本四部本朝鮮本袁本作〈近〉。胡氏考異云、「袁本茶陵本〈之〉作〈近〉、是也。」

【五百里甸服】唐寫本無〈里〉字。案『尙書』禹貢亦有〈里〉字、唐寫本脫耳。

15 a

（正文）五都貨殖、既遷既引、

（注）

遷、易也。引、致也。

遷、易也。引、致也。

臣善曰、王莽於五都立均官、更名雒陽、邯鄲、淄、宛、成都市長皆為五均司市師也

善曰、五都已見西都賦。遷謂徙之於彼、引謂納之於此。

【五都已見西都賦】唐寫本作〈王莽於五都立均官更名雒陽邯鄲淄宛成都市長皆爲五均司市師也〉。案『漢書』食貨志下云、「遂於長安及五都立五均官、更名長安東西市令及洛陽、邯鄲、臨甾、宛、成都市長皆爲五均司市稱師。東市稱京、西市稱畿、洛陽稱中、餘四都各用東西南北爲稱、皆置交易丞五人、錢府丞一人。」此李善節引『漢書』文耳。但〈淄〉上脫〈臨〉字。伏氏校注以爲〈王莽〉上脫〈漢書曰〉三字。王念孫『讀書雜志』云、「第一〈稱〉字、涉下四〈稱〉字而衍。司市師、卽上文所云市令、市長。」唐寫本無〈稱〉字、可以爲王說證左。〈五都已見西都賦〉七字、九條本紙背引贛州本四部本作〈漢書曰王莽於五都立均官更名雒陽邯鄲臨淄宛城郭市長安皆爲五均〉、此從卷一「西都賦」〈五都之貨殖〉注重引耳。卷一「西都賦」注尤本胡刻本〈成〉誤作〈城〉、又各本〈長〉下衍〈安〉字。此贛州本四部本亦〈成都〉誤作〈城郭〉、衍〈安〉字。

【遷謂徙之於彼引謂納之於此】唐寫本無此十二字。伏氏校注167云、「薛注〈遷、易也。引、致也〉、已將〈遷引〉解釋清楚、今本〈遷〉下十二字疑後儒竄入者。」

（正文）商旅聯槅、隱隱展ゝ。〈商旅聯槅、隱隱展展〉

【隱隱】上野本九條本作〈隱ゝ〉。

（注）
言賈人多、車栀相連屬、隱展ゝ、重車聲也。
臣善曰、說文曰、槅、大車栀。居責反。

言賈人多、車栀相連屬、隱隱展展、重車聲也。丁謹切。
善曰、說文曰、槅、大車栀也。居責切。

【隱隱展展】唐寫本脫〈隱〉一字。
【重車聲也】北宋本殘卷贛州本明州本四部本朝鮮本袁本無〈車〉字。胡氏考異云、「袁本茶陵本無〈車〉字、是也。」黄氏北宋本殘卷校證云、「此乃形容車聲之大、疑當有〈車〉字爲是。」伏氏校注168云、「按、上文既言車栀相連、則此言重車聲爲隨文釋義、〈車〉字不是衍文。」
【丁謹切】唐寫本贛州本明州本四部本朝鮮本袁本無此三字。崇本贛州本明州本四部本朝鮮本袁本正文〈展〉字下有音注〈丁謹〉二字、此乃五臣音注混入耳。
【栀也】唐寫本無〈也〉字。伏氏校注169云、「按、今本《說文》有〈也〉字、唐寫本脫。」
（正文）冠帶交錯、方轅接䡅。〈冠帶交錯、方轅接軫〉
【軫】唐寫本上野本〈䡅〉、唐寫本注同。『集韻』云、「〈軫〉、俗作〈䡅〉。」
【轅】崇本作〈圓〉。
（注）
臣善曰、楊雄蜀都賦曰、方轅齊轂、隱䡅幽輵。枚乘兎園賦曰、車馬接䡅相屬、方輪錯轂。說文曰、䡅、車後横木也。

冠帶猶搢紳、謂吏人也。
善曰、楊雄蜀都賦曰、方轅齊轂、隱隱軫軫。枚乘兎園賦曰、車馬接軫相屬、方輪錯轂。說文曰、軫、車後横木也。

【冠帶猶搢紳謂吏人也】唐寫本無此薛注。朝鮮本〈搢〉作〈縉〉。
【隱隱軫軫】唐寫本作〈隱䡅幽輵〉。高氏義疏云、「唐寫本李注引、與《古文苑》所載《蜀都賦》合。但〈幽輵〉二字與下〈埃敎〉爲句、則〈隱軫〉似重文是。」
（正文）封畿千里、統以京尹。〈封畿千里、統以京尹〉
（注）
臣善曰、漢書曰、內史、周官、武帝更名京兆尹。張晏曰、地絕

善曰、毛詩曰、封畿千里、惟民所止。漢書曰、內史、周官、武

高曰京、十億曰兆。尹、正也。

帝更名京兆尹。張晏曰、地絶高曰京、十億曰兆。尹、正也。

【毛詩曰封畿千里惟民所止】唐寫本無此十一字。今『毛詩』商頌玄鳥〈封〉作〈邦〉、〈惟〉作〈維〉。

【地絶高曰京】北宋本殘卷贛州本明州本四部本朝鮮本袁本〈高〉下有〈平〉字。黄氏北宋本殘卷校證云、「漢書百官公卿表注曰、〈張晏曰、地絶高曰京。〉則無〈平〉字是也。」

（正文）郡國宮館、百卌五。〈郡國宮館、百四十五〉

【四十】唐寫本上野本作〈卌〉。饒氏斠證云、「容齋隨筆五云、〈今人書二十爲廿、三十字爲卅、四十爲卌、皆説文本字也、卌音先立反、今直以爲四十字。案秦始皇刻石頌德之辭、皆四字一句、泰山辭曰、皇帝臨位、二十有六年、史記所載、每稱年者輒五字一句、嘗得石本、乃書爲廿有六年、而太史公誤易之、其實四字句也。〉永隆本之〈卌〉、乃所謂〈直以爲四十〉者、如依泰山石刻讀一音、則不合本賦句法。」上野本傍記云、「有在一本無集注」疑有作〈百卌有五〉者。

（注）

離宮別館、在諸郡國者也。
臣善曰、三輔故事曰、秦時殿觀百卌五。

離宮別館、在諸郡國者。
善曰、三輔故事曰、秦時殿觀百四十五所。

【國者】唐寫本〈者〉下有〈也〉字。

【百四十五所】唐寫本作〈百卌五〉、無〈所〉字。

（正文）右極盩厔、并卷酆鄠、〈右極盩厔、并卷酆鄠〉

【盩】上野本朝鮮本袁本作〈⿱執皿〉、朝鮮本注文亦作〈⿱執皿〉。『正字通』云、「〈⿱執皿〉、〈盩〉之譌。」

【厔】唐鈔本作〈屋〉。〈屋〉、乃〈厔〉之譌。

（注）

臣善曰、漢書、右扶風有盩厔縣。盩、張流反。厔、張栗反。

盩厔、山名。因名縣。
善曰、漢書曰、右扶風有盩厔縣。盩、張流切。厔、張栗切。

【盩厔山名因名縣】唐寫本無此七字。高氏義疏云、「唐寫無薛注、是。盩厔、非山名。」

【漢書曰】唐寫本無〈曰〉字、是也。案李注體例、引『漢書』地理志釋地名、不添〈曰〉字。高氏義疏云、「今依唐寫刪。」饒氏斠證云、「各本誤衍〈曰〉字。」

【盩厔縣】〈厔〉字、唐寫本作〈庢〉、下同。『說文』幸部〈盩〉字段注云、「〈庢〉、俗作〈厔〉、非。」高氏義疏云、「〈庢〉、从广、至聲、不从厂、俗竝誤。」

【盩張流切】朝鮮本袁本脫〈盩〉字。

（正文）左暨河華、遂至虢土。

（注）

暨、言及也。

臣善曰、漢書、右扶風有虢縣也。

暨、言及也。華陰縣、故屬京兆。
善曰、漢書、右扶風有虢縣。

【華陰縣故屬京兆】唐寫本無此七字。四部本〈華〉誤作〈蓋〉。

【虢縣】唐寫本〈縣〉下有〈也〉字。

（正文）上林禁苑、跨谷弥阜、〈上林禁苑、跨谷彌阜〉

【苑】唐寫本上野本作〈菀〉、唐寫本注文亦同。饒氏斠證云、「〈菀〉〈苑〉字通用。」伏氏校注177云、「〈菀〉〈苑〉同聲假借。《詩・正月》〈有菀其特〉《釋文》〈菀字亦作苑〉。《漢書・王嘉傳》〈詔書罷菀〉師古注〈菀、古苑字。〉」

（注）

跨、越也。弥、猶掩也。大陵曰阜。上林、苑名。禁人妄入也。

跨、越也。弥、猶掩也。大陵曰阜。上林、苑名。禁、禁人妄入也。

【弥】北宋本殘卷贛州本尤本明州本四部本朝鮮本袁本作〈彌〉。

【大陵】〈大〉字、袁本誤作〈太〉。

【禁禁人】唐寫本不複〈禁〉字。

（正文）東至鼎湖、邪界細柳、

【邪】上野本九條本崇本贛州本明州本四部本朝鮮本袁本作〈斜〉。

（注）

鼎湖、細柳、皆地名。鼎湖、在華陰東。細柳、在長安西北。

鼎湖、細柳、皆地名也。鼎湖、在華陰東。細柳、在長安西北。

【地名也】唐寫本無〈也〉字。高氏義疏云、「尤本〈地名〉誤作〈池名〉。」但今尤本正作〈地〉、恐高氏誤。

15b
(正文) 掩長楊而聯五柞、
(注)
長楊宮、在盩厔。五柞、亦舘名、云有五株柞樹也。

長楊宮、在盩厔。五柞、亦館名、云有五株柞樹。
善曰、鄭玄毛詩箋曰、掩、覆也。

【盩厔】〈厔〉字、唐寫本作〈庢〉。
【五株柞樹】贛州本明州本四部本朝鮮本袁本脱〈五〉字。唐寫本〈樹〉下有〈也〉字。
【善曰鄭玄毛詩箋曰掩覆也】唐寫本無此善注。

(正文) 繞黄山而款牛首。
(注)
繞、裏也。款、至也。
臣善曰、漢書、右扶風槐里縣有黄山宮。三輔黄圖曰、甘泉宮中有牛首池。

繞、裏也。款、至也。
善曰、漢書、右扶風槐里縣有黄山宮。三輔黄圖曰、甘泉宮中有牛首山。

【牛首山】〈山〉字、唐寫本作〈池〉。高氏義疏云、「今本《黄圖》無此文。《長安志》四引之。朱珔曰、〈案《元和志》於鄠縣云、牛首山在縣西南二十三里、南接終南、在上林苑中。澇水所自出。卽引此賦語。鄠縣有甘泉宮、乃隋代所造。漢之甘泉宮則在雲陽、似與牛首非一地矣。又案《中山經》、吳林之山又北三十里、曰牛首之山。郭注云、今長安西南有牛首山、上有館、下有水。未知此是否。郝氏謂彼在霍太山之南、當在今山西浮山縣界。《寰宇記》神山縣、黑山在縣東四十四里、一名牛首。則非鄠縣之山甚明〉。步瀛案、郝氏懿行《山海經箋疏》謂、〈《中山經》之牛首山、非長安西南之山〉、是也。此賦繼黄山而言、當亦非鄠縣之牛首山。甘泉宮在甘泉山上、此山豈甘泉山之一峰歟。又案、唐寫作〈牛首池〉。據《上林賦》張揖注、〈牛首池在上林苑西頭〉、亦不在甘泉宮中。」案『三輔黄圖』〈牛首池〉〈牛首山〉、於史無證、不知何是。但正文敍上林苑、則知〈牛首〉是〈牛首池〉。然則李善引『三輔黄圖』證爲〈牛首池〉、唐寫本似是。

(正文) 繚亘綿聯、四百餘里、〈繚垣緜聯、四百餘里〉
【垣】唐寫本上野本作〈亘〉、唐寫本薛注亦作〈亘〉。胡氏考異云、「陳云、〈善曰、今竝以〈亘〉爲〈垣〉。案據此則正文及薛注中

〈垣〉皆當作〈亘〉。〉案所説是也。善但出〈垣〉字於注、其正文必同薛作〈亘〉。至五臣銑注直云、〈垣墻〉、是其本乃作〈垣〉、各本所見非。」孫氏考異云、「楊愼《丹鉛錄》云、〈此句本不必註、薛綜注、〈繚垣、猶繞了也。〉李善又改〈垣〉爲〈亘〉、益不通矣。〉志祖案、薛綜本作〈繚亘〉、故以繞了解之。李善本自作〈垣〉、故云、〈今竝以〈亘〉爲〈垣〉。〉且引西都賦句爲證。非李善改〈垣〉爲〈亘〉也。」高氏義疏云、「唐寫李注作〈亘〉當爲〈垣〉、下引西都賦以證其説、則未改正文可知。孫謂李本自作〈垣〉。胡紹煐謂善所據作〈垣〉。許嘉德謂正文善既申其説、仍爲〈垣〉字。恐皆非是。當以陳景雲、胡克家説爲定。」伏氏校注181云、「《考異》説與唐寫本合、是矣。」

【緜】唐寫本上野本朝鮮本作〈綿〉、唐寫本朝鮮本注文亦同。『正字通』云、「本作〈緜〉。説文〈緜聯微也。从帛从系。〉今从絲作〈綿〉、義同。」下不再出校。

（注）

繚亘、猶繞了也。綿聯、猶連蔓也。四百苑之周圍。臣善曰、亘當為垣。西都賦曰、繚以周廧。三輔故事曰、北至甘泉九嵕、南至長楊五柞、連綿四百餘里也。

繚垣、猶繞了也。緜聯、猶連蔓也。四百餘里、苑之周圍也。善曰、今竝以亘爲垣。西都賦曰、繚以周牆。三輔故事曰、北有甘泉九嵕、南至長楊五柞、連緜四百餘里也。

【繚垣】〈垣〉字、唐寫本作〈亘〉、是也。説見前。

【四百餘里苑之周圍也】唐寫本作〈四百苑之周圍〉。〈菀〉〈苑〉字通用。

【今竝以亘爲垣】唐寫本作〈亘當爲垣〉、是也。上野本鼇頭云、「臣君曰、亘當爲垣。」〈君〉乃〈善〉之譌字。〈亘當爲垣〉四字與唐寫本合。饒氏斠證云、「案善注、永隆本與他本文句雖異、其意則一。因善據薛本作〈亘〉、薛幷以亘本義繞了釋之、而善意則以垣墻爲義、故云當爲垣也。若作〈以亘爲垣〉、雖不失李注指爲叚借之意、而劉申叔則認爲非李注。至五臣本則作〈垣〉、故銑注〈垣墻也。〉今各本賦文已作〈垣〉、而又載善注以亘爲垣、是文注不照。案説文云、〈亘、求回也。〉此亘之本義、卽薛注猶繞了意。又説文云、〈垣、墻也。从土亘聲。〉是亘又可借聲作垣用、此善訓垣墻而云以亘爲垣也。其意仍本諸西都賦〈繚以周墻四百餘里〉二句、諸家説幷不了了。」

【周牆】〈牆〉字、唐寫本作〈廧〉。『廣韻』云、「〈牆〉、垣牆。〈廧〉、上同。〈墻〉、俗。」

【北有】〈有〉字、唐寫本作〈至〉。饒氏斠證云、「〈至〉字胡刻誤作〈有〉。」伏氏校注185云、「按、依文意、作〈至〉是。」

【九嵕】〈嵕〉字、贛州本尤本作〈巙〉。『正字通』云、「〈巙〉、俗〈嵕〉字。」

【五柞】〈柞〉字、袁本誤作〈作〉。

（正文）植物斯生、動物斯止、

【植物斯生動物斯止】高氏義疏云、「此二句各本合上爲一節、注亦相連。故有兩〈善曰〉字。何焯刪前〈善曰〉、非也。胡克家、張雲璈皆謂二句當自爲節、與唐寫合。」饒氏斠證云、「此尤本剔注時失檢。」

（注）

植、猶草木。動謂禽獸。

臣善曰、周礼曰、動物宜毛物、植物宜皂物也。

植物、草木、動物、禽獸。

善曰、周禮曰、動物宜毛物也。植物宜皁物也。

【植物】〈物〉字、唐寫本作〈猶〉。

【動物】〈物〉字、唐寫本作〈謂〉。高氏義疏云、「薛注兩〈謂〉字、各本作〈物〉。李注〈毛物〉下有〈也〉字、皆非。今竝依唐寫改。」但薛注〈植〉下、唐寫本作〈猶〉、不作〈謂〉。饒氏斠證云、「高步瀛謂永隆本二字皆作〈謂〉、亦一時目誤。」

【毛物也】唐寫本無〈也〉字、是也。饒氏斠證云、「此『周禮』地官大司徒文、兩句竝無〈也〉字。注末之〈也〉字、乃注文用爲止截詞。胡刻及叢刊本兩句竝有〈也〉字、似『周禮』原文如此、此傳寫時淺人所加。」

【皁物】唐寫本作〈皂〉。『干祿字書』云、「〈皂〉〈皁〉、上通下正。」尤本明州本四部本誤作〈皁〉。今『周禮』地官大司徒作〈早〉、釋文云、「〈早〉音〈皁〉、本或作〈皁〉。」阮元校勘記云、「唐石經宋本嘉靖本閩監毛本〈早〉皆作〈皁〉。案〈皁〉俗〈早〉字、據唐石經已作〈皁〉、知今本作〈早〉者、後人依釋文改從正字也。」饒氏斠證云、「〈皂物〉與相臺本『周禮』同、釋文八出〈早物〉字、注云〈音〈皁〉、本或作〈皁〉。〉是永隆本又勝陸氏據本矣。」

（正文）衆鳥翩翻、羣獸否騃。〈衆鳥翩翻、羣獸駓騃〉

【駓】唐寫本上野本作〈否〉。伏氏校注190云、「按、駓乃本字、否爲借字。」

【騃】上野本作〈俟〉。

（注）

皆鳥獸之形貌也。

臣善曰、韓詩曰、趍曰否ゝ、行曰騃ゝ。否音鄙。騃音俟。

皆鳥獸之形皃也。

善曰、薛君韓詩章句曰、趨曰駓、行曰騃。駓音鄙。騃音俟。

【皃】諸本作〈貌〉、唯胡刻本作〈皃〉耳。

【薛君韓詩章句曰】唐寫本脫〈薛君〉〈章句〉四字。饒氏斠證云、「當從各本作〈薛君韓詩章句曰〉。」伏氏校注191云、「乃釋《韓詩・吉日》〈駓駓騃騃、或羣或友〉、依善注體例、以今本爲是。」

【趨曰駓行曰騃】〈趨〉字、唐寫本朝鮮本作〈趍〉。『廣韻』云、「〈趨〉、走也。〈趍〉、俗、本音池。」〈駓〉字、唐寫本作〈否否〉二字、〈騃〉字亦重。九條本鼇頭云、「善曰、趨曰駓、行曰騃。」案今『毛詩』小雅吉日「儦儦俟俟」毛傳云、「趨則儦儦、行則俟俟。」然則作〈駓駓〉〈騃騃〉爲是。高氏義疏云、「《韓詩》之〈駓騃〉、正字也。唐寫作〈趨曰否否、行曰騃騃〉。作〈否〉未必是、而〈駓騃〉二字各宜複、與毛同、則是也。宜從之。」

【駓音鄙】〈駓〉字、唐寫本作〈否〉。

【騃音俟】贛州本明州本四部本朝鮮本袁本無此三字、正文〈騃〉字下有音注〈俟〉字、崇本亦有〈音俟〉二字。

〔正文〕㪔似驚波、聚似京洔。〈散似驚波、聚以京峙〉

【散】唐寫本作〈㪔〉、注同。『干祿字書』云、「〈㪔〉〈散〉、上俗下正。」下不再出校。

【聚以】〈以〉字、唐寫本上野本九條本北宋本殘卷崇本贛州本明州本四部本朝鮮本袁本作〈似〉。伏氏校注193云、「按、〈似〉、〈以〉同聲通訓。《左傳・襄公三十一年》〈令尹似君矣〉、《正義》曰〈服虔云、令尹動作似君儀、故云以君矣。俗本作似。〉《史記・高祖本紀》〈鄉者夫人嬰兒皆似君〉、《漢書・高帝紀》似作以、師古注引如淳曰、〈以或作似〉。」

【峙】唐寫本作〈洔〉、注同。上野本作〈跱〉。高氏義疏云、「〈洔〉、各本作〈峙〉、誤。」饒氏斠證云、「此爲永隆本保存善注眞貌之一特點。案本書二十二謝叔源西池詩〈褰裳順蘭沚〉、善注云〈潘岳河陽詩曰歸雁映蘭洔、沚與洔同。〉此李善沚同洔之說也。而卷二十六河陽詩次首云〈歸雁映蘭時〉、叢刊本〈時〉下校云〈五臣作洔〉、善注〈韓詩曰宛在水中沚、薛君曰大渚曰沚〉、經典釋文二九爾雅釋水出〈沚〉字、注云〈本或作洔、音同〉。此善以韓詩之沚釋潘詩之洔、而釋文可證其相同也。又薛綜謂水中有土曰洔、薛君章句謂大渚曰洔、穆天子傳一郭注謂水岐成洔、洔、小渚也、經典釋文五謂水枝成渚、此又洔與沚皆訓小渚之說也。毛詩傳及爾雅皆謂小渚曰沚。陳奐以薛君之〈大〉字爲誤。」伏氏校注193云、「是則作洔正字、峙乃形近致誤者、唐寫本是矣。《漢語大字典》據今本《文選》字增加〈峙〉有〈水中土丘〉的義項、誤矣。」

〔注〕

京、高也。水中有土曰洔。言禽獸散走之時、如水驚風而揚波。聚時如水中之高土也。

京、高也。水中有土曰峙。言禽獸散走之時、如水驚風而揚波。聚時如水中之高土也。

善曰、峙、直里切。

【揚波】〈揚〉字、四部本誤作〈楊〉。
【善曰峙直里切】唐寫本無此善注。
（正文）伯益不能名、隸首不能紀。〈伯益不能名、隸首不能紀〉
【隸】唐寫本上野本作〈隶〉、唐寫本注文同。『干祿字書』云、「〈隶〉〈隸〉、上俗下正。」下不再出校。
（注）
臣善曰、列子曰、北海有魚名鵾、有鳥名鵬。大禹行而見之、伯益知而名之。廿本曰、隶首作數。宋衷曰、隶首、黄帝史。

善曰、列子曰、北海有魚名鯤、有鳥名鵬。大禹行而見之、伯益知而名之。夷堅聞而志之。世本曰、隸首作數。宋衷曰、隸首、黄帝史也。

【魚】袁本誤作〈鳥〉。
【鯤】唐寫本北宋本殘卷贛州本明州本朝鮮本袁本作〈鵾〉。案今『列子』湯問篇作〈鯤〉。
【夷堅聞而志之】唐寫本北宋本殘卷贛州本明州本四部本朝鮮本袁本無此六字。饒氏斠證云、「或後人照列子湯問篇加入。」伏氏校注196云、「此句同正文義無涉、無者爲是。」
【世本】〈世〉字、唐寫本作〈廿〉。饒氏斠證云、「〈世〉字缺筆作〈廿〉。」
【黄帝史也】〈史〉字、北宋本殘卷贛州本明州本四部本朝鮮本袁本誤作〈吏〉。唐寫本無〈也〉字。九條本傍記引善注作〈黄帝史也〉。
（正文）林麓之饒、于何不有。
（注）
木藂曰林。
臣善曰、穀梁傳曰、林屬於山爲麓。

木叢生曰林。
善曰、穀梁傳曰、林屬於山曰麓。注曰、麓、山足也。

【叢生】唐寫本作〈藂〉一字。『干祿字書』云、「〈藂〉〈叢〉、上通下正。」下不再出校。伏氏校注197云、「按、《說文》曰、〈叢、聚也〉。〈木叢曰林〉、即木聚曰林、于義亦通。《周禮・地官・大司徒》〈其植物宜叢物〉、鄭玄注、〈叢物、萑葦之屬〉、亦含生義在其中。故不必言唐寫本奪〈生〉字。」
【山曰麓】〈曰〉字、唐寫本作〈爲〉。『穀梁傳』僖公十四年作〈爲〉、與唐寫本合。

【注曰麓山足也】唐寫本北宋本殘卷贛州本明州本四部本朝鮮本袁本無此六字。案『穀梁傳』僖公十四年范甯注云、「鹿、山足。」又五臣劉良注云、「山足曰麓。」此不知後人從『穀梁傳』注增補者。

（正文）木則樅栝椶柟、梓棫楩楓、

【柟】九條本崇本贛州本明州本四部本朝鮮本袁本作〈楠〉、善注〈爾雅〉上有〈楠亦作柟〉四字。

【楩】贛州本四部本作〈梗〉。

（注）

樅、松葉栢身也。栝、栢葉松身。梓、如栗而小。棫、白蕤。楓、〻香也。

臣善曰、郭璞山海經注曰、椶、一名幷閭尒雅曰、梅、柟。樅、七容反。栝、古活反。椶、子公子。柟音。梓音姊。棫。郭璞上林賦注曰、楩、杞也。似梓。楩、臯綿反。楓音風也。

樅、松葉柏身也。栝、柏葉松身。梓、如栗而小。棫、白蕤。楓、香木也。

善曰、郭璞山海經注曰、椶、一名幷閭。爾雅曰、梅、柟。郭璞曰、柟、木似水楊。又曰、棫、白桵。樅、七容切。栝、古活切。椶、子公切。柟音南。梓音姊。棫音域。郭璞上林賦注曰、楩、杞也。似梓。楩、臯緜切。楓音風。

【柏】唐寫本朝鮮本作〈栢〉、下同。『干祿字書』云、「〈栢〉〈柏〉、上俗下正。」下不再出校。

【柏身也】贛州本明州本四部本朝鮮本袁本無〈也〉字。

【白蕤也】唐寫本無〈也〉字。

【香木】唐寫本作〈楓香〉。『爾雅』釋木「楓、欇欇」郭璞注云、「楓樹似白楊、圓而岐、有脂而香。今之楓香是。」伏氏校注[199]云、「唐寫本薛注本郭注、作〈楓香〉亦是也。」

【爾雅】贛州本明州本四部本朝鮮本袁本此上有〈楠亦作柟〉四字。袁本〈柟〉作〈枏〉、高氏義疏云、「〈柟〉、〈枏〉字同。」胡氏考異云、「袁本茶陵本〈爾〉上有〈楠亦作柟〉四字。案此校語錯入注也。二本正文作〈楠〉、蓋善〈柟〉、五臣〈楠〉而著此耳。」

【郭璞曰柟木似水楊又曰棫白桵】〈桵〉字、袁本作〈挼〉、朝鮮本作〈棯〉。唐寫本無此十三字。案今『爾雅』郭璞注竝無此文、疑後人從他書增入。

【樅七容切栝古活切椶子公切】〈子公切〉、唐寫本作〈子公子〉、下〈子〉乃〈反〉之譌。贛州本明州本四部本朝鮮本袁本無此十二字、正文〈樅〉〈栝〉〈椶〉字下各有音注〈七容〉〈古活〉〈子公〉、崇本同。

【柟音南】唐寫本脫〈南〉字。

【梓音姊棫音域】唐寫本脫〈音域〉二字。贛州本明州本四部本朝鮮本袁本無此六字、正文〈梓〉〈棫〉字下各有音注〈姊〉〈域〉、崇本〈梓〉字無音注、〈域〉作〈音域〉。

【梗皐縣切楓音風】唐寫本〈風〉下有〈也〉字。贛州本明州本四部本朝鮮本袁本無此七字、正文〈梗〉〈楓〉字下各有音注〈皐縣〉〈音風〉、崇本同。

16a

〈正文〉嘉卉灌叢、蔚若鄧林。

〈注〉

嘉、猶美也。灌叢、蔚、皆盛皃。
臣善曰、山海經曰、夸父與日競走、渴飲河渭。河渭不足、北飲大澤、未至、道渴而死。弃其杖、化爲鄧林也。

嘉、猶美也。灌叢、蔚若、皆盛貌也。
善曰、山海經曰、夸父與日競走、渴飲河渭。不足、北飲大澤、未至、道渴死。棄其杖、化爲鄧林。

【蔚若】唐寫本無〈若〉字。饒氏斠證云、「各本〈蔚〉下竝衍〈若〉字。」伏氏校注204云、「原卷脫〈若〉字、據今本補。」案兩說不同、高氏義疏云、「〈灌〉〈叢〉義同。《淮南・兵略篇》許注曰、〈草木繁茂曰蔚〉、故薛皆以盛貌釋之。」然則無〈若〉字者爲是。

【貌也】唐寫本無〈也〉字。

【競走】〈競〉字、唐寫本作〈竸〉。『干祿字書』云、「〈竸〉〈競〉、上俗下正。」〈競〉〈競〉同。下不再出校。『山海經』海外北經作〈逐〉。袁本〈競〉上衍〈相〉字。九條本眉批善注『山海經』與胡刻本同。

【不足】唐寫本〈不〉上複〈河渭〉二字、與『山海經』海外北經合。各本脫耳。

【北飲】〈北〉字、尤本誤作〈比〉。

【渴死】唐寫本〈渴〉下有〈而〉字、與『山海經』海外北經合。各本脫耳。

【棄其杖】〈棄〉字、唐寫本作〈弃〉、與『山海經』海外北經合。袁珂『山海經校注』云、「〈弃〉、古〈棄〉字。」下不再出校。

【鄧林】唐寫本〈林〉下有〈也〉字。『山海經』海外北經無。

〈正文〉欝蓊薆薱、橚爽櫹槮、〈鬱蓊薆薱、橚爽櫹槮〉

【爽】九條本作〈樉〉。〈爽〉與〈爽〉同。『集韻』云、「〈爽〉、或作〈爽〉。」下不再出校。

【欑】崇本作〈欑〉。

（注）

皆草木盛貌也。

臣善曰、欑音肅。欑音蕭。槮音森。

皆草木盛貌也。

善曰、薱、徒對切。欑音肅。欑音簫。槮音森。

【貌】九條本眉批作〈皃〉。

【薱徒對切】唐寫本無此四字。贛州本明州本四部本朝鮮本袁本正文〈薱〉字下亦有音注〈徒對〉二字、崇本亦有。

【欑音簫槮音森】〈簫〉字、唐寫本作〈蕭〉。贛州本明州本四部本朝鮮本袁本無此六字、正文〈欑〉〈槮〉字下各有音注〈蕭〉〈森〉字、崇本亦有〈音蕭〉〈音森〉。

（正文）吐葩颺榮、布葉垂陰。

【颺】上野本誤作〈颶〉。

（注）

葩、華也。

葩、華也。

（正文）草則葴莎菅蔽、薇蕨荔芃、〈草則葴莎菅蒯、薇蕨荔芃〉

【菅】朝鮮本作〈管〉。

【蒯】唐寫本作〈蔽〉、注同。高氏義疏云、「本字當作蔽。」伏氏校注208云、「按、《廣韻》〈蔽、苦壞切〉、〈蒯、苦怪切〉、皆溪紐微母、同音通假。《說文》〈蔽、草也〉。《玉篇》〈蔽、草、中爲索。《左氏傳》云、〈無棄菅蔽〉。今本《左傳・成公九年》作〈蒯〉。《集韻》〈蔽、或作蒯。〉蔽爲本字、蒯乃借字也。」『漢書』司馬遷傳〈蒯聵〉王先謙補注云、「古蒯字、本作蔽。」

【芃】唐寫本上野本作〈芃〉、唐寫本注文亦同。案字書無〈芃〉字、疑是〈芃〉之俗體。伏氏校注209爲〈芜〉云、「實則當作〈芃〉。」

（注）

臣善曰、尒雅曰、葴、馬藍。郭璞曰、今大葉冬藍、音針。尒雅曰、蒿侯、莎。又曰、白華、野菅。郭璞曰、菅、茅屬也。聲類曰、蔽、草、中爲索。苦恠反。毛萇詩傳曰、薇、菜也。尒雅曰、蕨、虌也。說文曰、荔、草似蒲。音棙。尒雅曰、芃東蠡。郭璞

善曰、爾雅曰、葴、馬藍。郭璞曰、今大葉冬藍、音針。爾雅曰、蒿侯、莎。又曰、白華、野菅。郭璞曰、菅、茅屬。古顏切。聲類曰、蒯、草、中爲索。苦怪切。毛萇詩傳曰、薇、菜也。爾雅曰、蕨、虌也。說文曰、荔、草似蒲。音隸。爾雅曰、芃、東蠡。

曰、未詳。胡郎反。

―郭璞曰、未詳。芫、胡郎切。

【音針】贛州本明州本四部本朝鮮本袁本無此二字、正文〈葴〉字下有音注〈針〉字、崇本作〈音針〉。
【茅屬】唐寫本〈屬〉下有〈也〉字。
【古顔切】唐寫本贛州本明州本四部本朝鮮本袁本無此三字。
【音隷】贛州本明州本四部本朝鮮本袁本無此二字、正文〈荔〉字下有音注〈隷〉字、崇本作〈音隷〉。
【芫胡郎切】唐寫本無〈芫〉字、贛州本明州本四部本朝鮮本袁本無此四字。饒氏斠證云、「叢刊本錄各家注中之字音多移于正文之下、而注中從省、如善注〈芫〉字、胡刻有〈胡郎反〉〈今反作切〉三字、而叢刊本無、但正文〈芫〉下系〈胡郎〉二字、是其例。然亦有不盡省者、且有注中之音與正文下不一者、如此句〈蒯〉字、善注內已有〈苦怪切〉三字、正文下又注〈古懷〉二字。殆未細辨原注與後人混加之注也。」

（正文）王蒭茵臺、戎葵懷羊、〈王芻茵臺、戎葵懷羊〉

【芻】唐寫本上野本九條本崇本贛州本明州本四部本朝鮮本袁本作〈蒭〉。贛州本明州本四部本朝鮮本袁本注文作〈芻〉。
【懷羊】崇本贛州本明州本四部本朝鮮本袁本此句下有注云、「皆草名。」九條本傍記亦有此三字。饒氏斠證云、「此非薛李注、不知如何混入。」伏氏校注211云、「六臣本此處不分節、不當有注。此讀書批語誤入注者。」

（注）

臣善曰、尒雅曰、菉、王蒭。郭璞曰、今菉蓐也。尒雅曰、茵、貝母。郭璞曰、似韭、武行反。尒雅曰、臺、夫湏。又曰、肎、茙葵。郭璞曰、今蜀葵也。肎、音肩茙、音戎。尒雅曰、廆、懷羊。郭璞曰、未詳。

―善曰、爾雅曰、菉、王芻。郭璞曰、今菉蓐也。爾雅曰、茵、貝母。郭璞曰、似韭、武行切。爾雅曰、臺、夫湏。又曰、葿、茙葵。郭璞曰、今蜀葵。葿、音眉。茙、音戎。爾雅曰、瘣、懷羊。郭璞曰、未詳。

【臣善曰】〈曰〉字、唐寫本原缺而傍補記。
【王芻】〈芻〉字、唐寫本作〈蒭〉。今『爾雅』釋草作〈芻〉。
【臺夫湏】〈湏〉字、明州本四部本朝鮮本作〈須〉。今『爾雅』釋草亦作〈須〉。
【今蜀葵】唐寫本〈葵〉下有〈也〉字。
【葿茙葵】〈葿〉字、唐寫本作〈肎〉、與『爾雅』釋草合、是也。高氏義疏云、「此注各本〈肎〉誤〈葿〉、又〈蜀葵〉下脫〈也〉字、

〈肩〉誤〈眉〉、竝依唐寫改。」

【葿音眉】唐寫本作〈葿音肩〉、與『爾雅』釋草釋文合、是也。各本誤耳。伏氏校注以〈眉〉爲是、亦誤。

【瘣】唐寫本作〈廆〉。今『爾雅』釋草作〈藱〉。高氏義疏云、「《集韻》有〈藱〉字。朱珔謂注引《爾雅》作〈藱〉與《玉篇》同。今本《爾雅》或作〈藱〉。」

16b

（正文）苯䔿蓬茸、彌皐被崗、〈苯䔿蓬茸、彌皐被岡〉

【苯】九條本崇本贛州本明州本四部本袁本作〈莾〉。伏氏校注214云、「六臣本作〈莾〉。按、〈苯〉爲正字、〈莾〉爲俗體。見《干祿字書・上聲》。」然今六臣本作〈莾〉、『干祿字書』云、「〈莾〉〈莾〉、上俗下正。」伏氏有誤。〈莾〉〈苯〉別字、但崇本贛州本明州本四部本袁本音注作〈本〉、然則〈莾〉當作〈苯〉、朝鮮本正作〈苯〉不誤。

【岡】唐寫本作〈崗〉、上野本作〈崗〉、唐寫本注文亦同。案字書無〈崗〉〈崗〉字、疑竝是〈崗〉之俗體。

（注）

彌、猶覆也。言草木熾盛、覆被於皐澤及山崗之上也。
臣善曰、苯音本。䔿、子本反。

彌、猶覆也。言草木熾盛、覆被於高澤及山岡之上也。
善曰、苯音本。䔿、子本切。

【高澤】〈高〉字、唐寫本作〈皐〉。高氏義疏云、「各本〈皋澤〉誤〈高澤〉、依唐寫改。」伏氏校注215云、「按、正文作〈皋〉、注文以〈皋澤〉釋之、是矣。」

【山岡】〈岡〉字、唐寫本作〈崗〉。袁本〈山岡〉二字作〈崗〉。

【䔿】尤本誤作〈尊〉。

【苯音本䔿子本切】贛州本明州本四部本朝鮮本袁本無此七字、正文〈苯〉〈䔿〉字下各有音注〈本〉〈子本〉、崇本亦同、但〈本〉作〈音本〉。

（正文）篠蕩敷衍、編町成篁、〈篠簜敷衍、編町成篁〉

【簜】唐寫本作〈蕩〉、注同。伏氏校注216云、「从竹从草之字、後世常混用。《說文》〈簜、大竹也〉、是〈簜〉爲本字。今本《尚書》亦作是。」

（注）

篠、箭也。敷、猶布也。衍、曼也。編、連也。町謂畎畝。篁、竹墟名也。臣善曰、尚書曰、篠蕩既旁。町音挺也。

篠、竹箭也。蕩、大竹也。敷、布也。衍、蔓也。編、連也。町謂畎畝。篁、竹墟名也。善曰、尚書曰、瑤琨篠簜既敷。町音挺。

【竹箭也】唐寫本無〈竹〉字。案『爾雅』釋草云、「篠、箭。」與唐寫本合。

【蕩大竹也】唐寫本無此四字。伏氏校注217云、「蓋抄寫時奪之。」〈蕩〉字、北宋本殘卷贛州本尤本明州本四部本朝鮮本袁本作〈簜〉。

【敷布也】唐寫本〈布〉上有〈猶〉字。

【衍蔓也】〈蔓〉字、唐寫本作〈曼〉。

【瑤琨】唐寫本無此二字。梁氏旁證云、「〈瑤琨〉二字衍。」高氏義疏云、「如此則當作〈瑤琨篠簜又曰篠簜既敷〉、不應合二句爲一。」案『尚書』禹貢云、「篠簜既敷。」唐寫本是也。〈簜〉字、朝鮮本作〈蕩〉。

（正文）山谷原隰、泱莽無疆。〈山谷原隰、泱漭無疆〉

【漭】唐寫本作〈莽〉。伏氏校注219云、「〈莽〉〈漭〉同音通假。《史記・司馬相如傳》〈過乎泱莽之野〉、《文選・上林賦》〈莽〉作〈漭〉。」尤本胡刻本〈漭〉下有音注〈馬黨切〉三字、崇本贛州本明州本四部本朝鮮本袁本作〈馬黨〉二字。高氏義疏云、「唐寫無、今據删。」此非李注之體例、蓋五臣音注混入。

【疆】唐寫本上野本作〈彊〉。伏氏校注219云、「原卷〈疆〉作〈彊〉、誤。今據改。」

（注）

言其多無境限也。

臣善曰、泱、烏朗反。

泱漭、無限域之貌。言其多無境限也。

善曰、泱、烏朗切。

【泱漭無限域之貌】唐寫本無此七字。

（正文）迺有昆明靈沼、黑水玄阯。〈廼有昆明靈沼、黑水玄阯〉

【廼】唐寫本上野本贛州本明州本四部本朝鮮本作〈迺〉。『正字通』云、「〈迺〉、俗作〈廼〉。」下不再出校。

【阯】上野本崇本明州本朝鮮本袁本作〈沚〉。贛州本四部本校語云、「五臣作〈沚〉。」高氏義疏云、「《説文・水部》曰、小渚曰沚。《阜部》曰、阯、基也。諸〈沚〉字以〈沚〉爲本字、〈阯〉借字。」

（注）

小渚曰阯。

小渚曰阯。

臣善曰、漢書、武帝穿昆明池。黒水玄阯、謂昆明靈沼之水沚也。水色也。

善曰、漢書曰、武帝穿昆明池。黒水玄阯、謂昆明靈沼之水沚也。水色黒。故曰玄阯也。

【小渚曰阯】〈阯〉字、朝鮮本作〈沚〉。
【漢書曰】唐寫本脫〈曰〉字。
【黒水玄阯】〈阯〉字、朝鮮本作〈沚〉。
【靈沼之水沚】胡氏考異云、「案〈沚〉當作〈阯〉。各本皆譌。」高氏義疏云、「胡氏謂當作〈阯〉、與本文一致、非謂本字當作〈沚〉也。」
【水色黒故曰玄阯也】唐寫本無〈黒故曰玄阯〉五字。伏氏校注223云、「按、唐寫本意謂〈黒水玄阯〉講的是昆明靈沼中小渚、水色、是矣。較今本〈水色黒、故云玄沚〉意更長、因爲水色黒、渚亦有白者。據此、則唐寫本〈水阯也〉之〈也〉字爲衍文、〈水色也〉當連上而讀。」

（正文）周以金堤、樹以栁杞。〈周以金堤、樹以柳杞〉
【柳】唐寫本上野本作〈栁〉。〈栁〉與〈柳〉同。下不再出校。

（注）
金堤、謂以石為邊隁、而多種杞柳之木。
臣善曰、金堤、言堅也。子虛賦曰、上金堤。杞即梗木也。

金堤、謂以石爲邊隁、而多種杞柳之木。
善曰、金堤、言堅也。子虛賦曰、上金堤。杞卽梗木也。山海經曰、杞如楊、赤理。

【梗】唐寫本作〈梗〉。案上文〈梓棫梗楓〉李注云、「郭璞上林賦注曰、梗、杞也。似梓。」然作〈梗〉似是。
【山海經曰杞如楊赤理】唐寫本無此九字。高氏義疏云、「李注引《山海經》、見《東山經》。〈杞〉作〈芑〉、與〈杞〉卽梗木之說岐異。殆後人所增。唐寫本無、是也。」〈楊〉字、袁本作〈揚〉。

（正文）豫章珎館、揭焉中跱、〈豫章珍館、揭焉中峙〉
【峙】唐寫本上野本作〈跱〉。高氏義疏云、「《說文》字作〈跱〉。〈跱〉〈峙〉竝同。」伏氏校注225云、「《廣雅》〈跱、止也〉、《淮南・修務》高注、《文選・鸚鵡賦》李注皆訓爲立。蓋足立爲其本義。《玉篇》〈峙、峻峙〉。故作峙是、跱爲借字。」
【揭】袁本作〈揭〉。

（注）

皆豫章木為臺館也。

臣善曰、三輔黃圖曰、上林有豫樟觀。說文曰、揭、高擧也。渠列反。

皆豫章木爲臺館也。

善曰、三輔黃圖曰、上林有豫章觀。說文曰、揭、高擧也。渠列切。

【豫章觀】〈章〉字、唐寫本作〈樟〉。〈豫章〉亦作〈豫樟〉、義同。

（正文）牽牛立其左、織女處其右、

（注）

臣善曰、漢宮閣疏曰、昆明池有二石人、牽牛織女象。

善曰、已見西都賦。

【已見西都賦】唐寫本作〈漢宮閣疏曰昆明池有二石人牽牛織女象〉。〈已見〉上、袁本有〈牛女〉二字、明州本朝鮮本作〈女牛〉。贛州本四部本與唐寫本同、但〈閣〉作〈闕〉。此見「西都賦」〈左牽牛而右織女〉注。

（正文）日月於是乎出入、象扶桒與濛汜。〈日月於是乎出入、象扶桑與濛汜〉

【桑與】〈桑〉字、唐寫本上野本作〈桒〉。『正字通』云、「〈桒〉、俗〈桑〉字。」下不再出校。上野本〈與〉作〈与〉。

（注）

臣善曰、言池廣大、日月出入其中也。淮南子云、日出湯谷、拂于扶桒。楚辞曰、出自湯谷、次于濛汜。

善曰、言池廣大、日月出入其中也。淮南子曰、日出暘谷、拂于扶桑。楚辭曰、出自陽谷、入于濛汜。汜音似。

【淮南子曰】〈曰〉字、唐寫本作〈云〉。依李注體例作〈曰〉是也。

【日出暘谷】〈暘〉字、唐寫本北宋本殘卷朝鮮本作〈湯〉。胡氏考異云、「案〈暘〉當作〈湯〉。下〈出自陽谷〉〈陽〉亦當作〈湯〉。各本皆誤。」高氏義疏云、「胡校是。唐寫兩字皆作〈湯〉、今據改。《淮南》見《天文篇》。今本亦作〈暘谷〉。《北堂書鈔》《藝文類聚》《初學記》各《天部》、《楚辭・天問》洪《補注》引竝同。《御覽・天部》引作〈陽谷〉、而《離騷》王逸注引作〈湯谷〉。」伏氏校注228云、「按、古多通假、〈暘〉〈湯〉皆同音通假、本無正誤之分。」于大成『淮南子校釋』云、「〈湯〉之與〈暘〉、乃許・高之異同、不關乎是與非也。」

【出自陽谷】〈陽〉字、唐寫本作〈湯〉、贛州本明州本四部本朝鮮本作〈暘〉。『楚辭』天問作〈湯〉。饒氏斠證云、「洪興祖楚辭補注云、〈書云宅嵎夷、曰暘谷。卽湯谷也。說文云、暘、日出也、或作湯、通作陽〉。」

【入于濛汜】〈入〉字、唐寫本作〈次〉。『楚辭』天問作〈次〉與唐寫本合。高氏義疏云、「各本〈次〉作〈入〉、誤。亦據改。」

【汜音似】唐寫本無此三字。崇本贛州本明州本四部本朝鮮本袁本正文〈汜〉字下有〈音似〉二字。饒氏斠證云、「疑後人以洪氏楚辭補注混入。」

（正文）其中則有黿鼉巨鼈、鱣鯉鱮鮦、鮪鯢鱨鯋。脩額短項、大口折臯、詭類殊種。〈其中則有黿鼉巨鼈、鱣鯉鱮鮦、鮪鯢鱨鯋。脩額短項、大口折鼻、詭類殊種〉

【鯋】唐寫本上野本九條本北宋本殘卷贛州本明州本四部本朝鮮本袁本作〈魦〉、崇本作〈鯊〉。胡氏考異云、「袁本茶陵本〈鯋〉作〈魦〉。案此尤誤。」今『毛詩』魚麗・『爾雅』釋魚竝作〈鯊〉、釋文竝云、「〈鯊〉、亦作〈魦〉。」尤本胡刻本注文作〈魦〉。

【額】唐寫本作〈頟〉。伏氏校注230云、「按、〈頟〉〈額〉二字同、〈頟〉爲正體、〈額〉爲俗體。《方言》〈頟、顙也〉。《說文》〈頟、顙也。〉徐鉉注〈今俗作額〉。」

【鼻】唐寫本作〈臯〉。『干祿字書』云、「〈臯〉〈鼻〉、上通下正。」下不再出校。

（注）

自鱨魦以上、皆魚名也。脩額至折臯、皆魚之形也。詭類殊種、多雜物也。

臣善曰、郭璞山海經注曰、鼉、似蜥蜴、徒多反。郭璞尒雅注曰、鱣、似鱏、知連反。鄭玄詩牋曰、鱮、似魴也。尒雅曰、鱧、鮦也。音重。毛萇詩傳曰、鮪、似鮥鮪、乎軌反。鮎、奴謙反。又曰、鱨、揚也。魦、鮀也。鱨音嘗也。

自鱨魦以上、皆魚名也。脩額至折鼻、皆魚形也。詭類殊種、多雜物也。

善曰、郭璞山海經曰、鼉、似蜥蜴、徒多切。郭璞爾雅注曰、鱣、似鱏、知連切。鄭玄詩箋曰、鱮、似魴。翔與切。爾雅曰、鱧、鮦也。音童。毛萇詩傳曰、鮪、似鮎。鮪、乎軌切。鮎、奴謙切。又曰、鱨、揚也。魦、鮀也。鱨音嘗。

【魚形】唐寫本〈魚〉下有〈之〉字。饒氏斠證云、「〈之〉字各本竝脫。」

【郭璞山海經曰】唐寫本〈經〉下有〈注〉字。胡氏考異云、「何校〈經〉下添〈注〉字、陳同、是也。各本皆脫。」

【徒多切】贛州本明州本四部本朝鮮本袁本無此三字、正文〈鼉〉下有音注〈徒多〉二字。案崇本無此音注。疑後人據李注增入五臣本。

【鄭玄詩箋】〈箋〉字、唐寫本作〈牋〉。伏氏校注233云、「按、〈箋〉〈牋〉古今字。《玉篇》〈牋、表也。亦作箋。〉《集韻》〈箋、《說文》表識書也。一曰編也。古者書記其事、以竹編次爲之。或作牋。〉下不再出校。」

【似魴】唐寫本〈魴〉下有〈也〉字。

【翔與切】唐寫本無此三字。贛州本明州本四部本朝鮮本袁本亦無、而正文〈鱮〉下有音注〈翔與〉二字、崇本亦有〈翔與〉二字。疑後人據五臣注增入李注。

【鱧鮦也】〈鱧〉字、袁本作〈鱮〉、贛州本四部本作〈鱣〉、唐寫本先作〈鱮〉後改〈鱧〉。案今『爾雅』釋魚云、「鱧。」郭璞注云、「鮦也。」胡氏考異云、「案〈鮦〉上當有〈郭璞曰〉三字。各本皆脫。」高氏義疏云、「《爾雅》下亦當有〈注〉字。」

【音童】唐寫本先作〈童重〉、後改〈童〉字爲〈音〉、但〈重〉字未改。

【毛萇詩傳曰鮪似鮎】〈鮎〉字、唐寫本作〈鮥〉、袁本作〈鮎〉而下作〈鮎〉。〈毛萇詩傳曰〉五字、胡氏考異云、「案此五字當作〈又曰〉二字。各本與下互誤。」〈鮪似鮎〉三字、胡氏考異云、「案鮪下當有〈鱣屬鯢〉三字。各本皆脫。」下〈又曰〉二字、胡氏考異云、「案此二字當作〈毛萇詩傳曰〉五字。各本與上互誤。此節注所引〈郭璞曰鮦也〉、在釋魚。所引〈又曰鮪鱣屬鯢似鮎〉亦在釋魚。所引〈毛萇詩傳曰云云〉、在魚麗首章。今脫落顚倒、絕不可通。爲之訂正如此。」高氏義疏云、「唐寫本作〈鮪似鮎〉、而仍有〈鮎奴謙反〉之音。是〈鮥〉字〈鮎〉字皆注中所有、似當作〈鮪、鮥也。《爾雅》注曰、〈鯢似鮎〉〉。〈又曰〉改〈毛萇詩傳曰〉、如胡氏校。」饒氏斠證云、「〈鮥〉字各本竝誤作〈鮎〉、致考異別生枝節、然永隆本〈鮥〉字明與毛詩衞風碩人傳〈鮪鮥也〉及周頌潛鄭箋同、善注〈似〉字殆因傳鈔者與下句相混而又有脫誤所致、此處應依毛傳原文。賦文與注竝無〈鮎〉字、何以忽出此音。又賦云〈鮪鯢鱨魦〉、今此注之前釋鮪、其下釋鱨、則中閒應有釋鯢之注。檢爾雅釋魚郭注有〈鯢魚似鮎〉之文、似爲善所引用。但傳鈔者既因鮥鮎形近而混、遂致上下文有混有脫、今假擬上條及此條注爲〈毛萇詩傳曰、鮪、鮥也、于軌反。爾雅注曰、鯢似鮎、鮎、奴謙反〉。則順賦作注、文無疑誤、卽此本〈似鮥〉之〈似〉字應刪、〈鮥〉下應加〈也〉字、又〈鮎〉字之上加〈爾雅注曰鯢似鮎〉七字。」又下〈又曰鱨揚也魦鮀也〉斠證云、「文見毛萇詩傳魚麗篇、如照上條補回爾雅注、則〈又曰〉應作〈毛萇詩傳曰〉。胡氏考異明於此注脫誤、但未見永隆本之〈鮥〉字、故所訂仍有未洽、此古鈔本所以可貴也。」伏氏校注[235]云、「按、唐寫本是。《說文》〈鮪、鮥也。〉善注正本《說文》。」但李善引「毛萇詩傳」而不引『說文』、饒氏說似是。

【乎軌切】〈乎〉字、贛州本明州本四部本朝鮮本袁本作〈于〉。諸本及崇本正文〈鮪〉字下音注亦作〈于軌〉。

【鱨揚也】〈揚〉字、贛州本明州本四部本朝鮮本袁本作〈楊〉。

17a 【鱨音嘗】唐寫本〈嘗〉下有〈也〉字。贛州本明州本四部本朝鮮本袁本無此三字而正文〈鱨〉下有音注〈嘗〉字、崇本作〈音嘗〉。

（正文）　鳥則鸘鷞鴰鴇、駕鵝鴻鶤。〈鳥則鸘鷞鴰鴇、駕鵞鴻鶤〉

【鴇】　唐寫本作〈鴇〉、注同。『龍龕手鑑』以〈鴇〉爲俗字。

【駕】　唐寫本上野本贛州本四部本作〈駕〉。『文選』卷四「南都賦」卷七「子虛賦」卷八「上林賦」竝作〈駕〉、贛州本四部本亦作〈駕〉、『史記』司馬相如傳作〈駕〉、『漢書』司馬相如傳作〈駕〉、『說文』作〈駧〉。饒氏斠證云、「〈駕〉或作〈駕〉、或又謂當作〈駧〉、異說紛紜。案左傳、唐宋石經從馬、而刊本于定元年及襄廿八年則從馬與從鳥互用、史記漢書亦混用不分、詳見拙著楚辭書錄。」

【鵞】　唐寫本北宋本殘卷作〈鵝〉、注同。贛州本尤本胡刻本明州本四部本朝鮮本注文作〈鵝〉。『玉篇』云、「〈鵞〉亦作〈鵝〉。」

（注）

臣善曰、高誘淮南子注曰、鸘霜、長脛綠色、其形似鴈。張揖上林賦注曰、駕鵝、野鵝。鴰鴇、二鳥名也。凡魚鳥草木皆不重見、他皆類此。鸘音肅。駕音加。

善曰、高誘淮南子注曰、鸘鷞、長脛綠色、其形似鴈。張揖上林賦注曰、駕鵝、野鵝。又曰、鶤雞、黃白色、長頷赤喙。鴰鴇、已見西都賦。凡魚鳥草木皆不重見、他皆類此。鸘音肅。駕音加。鶤音昆。

【鷞】　唐寫本作〈霜〉、朝鮮本作〈鷞〉。今『淮南子』原道訓作〈鸘鷞〉、高誘注不作〈霜〉〈鷞〉、與朝鮮本合。高氏義疏云、「朱珔曰、案《正字通》云、〈鷞〉俗作〈鷞〉。《禽經》云、鸘飛則霜、鷺飛則露、其名以此。《上林賦》鴻鷞、單稱鷞。郭注鸘、鸘鷞也。《吳都賦》鸘鵠、單稱鸘、一也。《左氏・定三年傳》唐成公有兩肅爽馬。疏引馬融說、肅爽、鴈也。其羽如練、高首而修頸。馬似之。與高誘注合。」伏氏校注238云、「《左傳・定公三年》有〈肅爽〉、卽〈鸘鷞〉。〈鷞〉可作〈爽〉、則〈鷞〉亦可〈霜〉。皆表音字。」

【鴈】　唐寫本作〈鴈〉。『干祿字書』云、「〈雁〉〈鴈〉、上通下正。」下不再出校。

【駕鵝】　唐寫本四部本作〈駕〉、下音注同。說見前。

【又曰鶤雞黃白色長頷赤喙】　唐寫本無此十一字。『文選』卷八「上林賦」〈亂昆雞〉張揖注云、「昆雞似鶴、黃白色。」『漢書』司馬相如傳同。但〈鶤〉與〈昆〉字異、此非李注體例、疑是後人增補。〈頷〉字、袁本作〈鴿〉、贛州本明州本四部本作〈鴿〉。伏氏校注239云、「六臣本〈頷〉誤作〈鴿〉。」

【鴇】　唐寫本作〈鴇〉。說見前。

【已見西都賦】　唐寫本作〈二鳥名也〉四字。饒氏斠證云、「永隆本初注如此、則前條十一字及此條從省者、當是後注時所增删。然有可疑者、乃鴰鴇駕鵞之次序、何以不順賦文作注耳。」贛州本四部本作〈爾雅曰鶬麋鴰也鴰音括郭璞曰卽鶬鴰也郭璞上林賦注曰鴇似鴈無後指鴇音保〉三十三字、與卷一「西都賦」〈鶬鴰鴇鶂〉李注同、此贛州本四部本增補之體例耳。

【鸘音肅鴐音加鶤音昆】唐寫本無〈鶤音昆〉三字。贛州本明州本四部本朝鮮本袁本無此九字、正文〈鸘〉〈鴐〉〈贛州本四部本作〈駕〉〉〈鶤〉字下各有音注〈宿〉〈加〉〈昆〉、崇本作〈音宿〉〈音加〉〈音昆〉。

（正文）上春候來、季秋就溫、

（注）

臣善曰、周礼曰、上春生種稑之種。礼記曰、孟春鴻鴈來。鄭玄曰、鴈自南方來、將北反其居也。又曰、季秋之月、鴻鴈來賓。鄭玄曰、來賓、止而未去也。列子曰禽獸之知、違就溫。

善曰、周禮曰、上春生穜稑之種。禮記曰、孟春鴻來。鄭玄曰、鴈自南方來、將北反其居也。又曰、季秋之月、鴻鴈來賓。鄭玄曰、來賓、止而未去也。列子曰、禽獸之智、違寒就溫。

【穜稑】〈穜〉字、唐寫本作〈種〉。今『周禮』天官內宰作〈穜〉、但『釋文』云、「穜、音直龍反。本或作重、音同。」寫本或相混乎。

【孟春鴻來】唐寫本北宋本殘卷贛州本明州本四部本朝鮮本袁本〈鴻〉下有〈鴈〉字、與『禮記』月令合。尤本胡刻本脫耳。

【鴻鴈來賓】明州本朝鮮本袁本脫〈鴈〉字。

【智】唐寫本作〈知〉。今『列子』黃帝篇作〈智〉。

【違寒】唐寫本脫〈寒〉字。

（正文）南翔衡陽、北棲鴈門。〈南翔衡陽、北棲鴈門〉

（注）

臣善曰、尙書曰、荊及衡陽惟荊州。孔安國曰、衡山之陽。漢書有鴈門郡也。

善曰、尙書曰、荊及衡陽惟荊州。孔安國曰、衡山之陽。漢書有鴈門郡。

【鴈門郡】唐寫本贛州本明州本四部本朝鮮本袁本〈郡〉下有〈也〉字。

（正文）集隼歸鳧、沸卉軿訇、〈奮隼歸鳧、沸卉軿訇〉

【奮】唐寫本上野本九條本崇本明州本朝鮮本袁本作〈集〉。九條本傍記云、「〈奮〉善。」明州本朝鮮本袁本校語云、「善本〈集〉字作〈奮〉。」贛州本四部本校語云、「五臣作〈集〉。」胡氏考異云、「案各本所見、皆非也。薛自作〈集〉。〈集隼〉與〈歸鳧〉對文、承上四句而言。猶楊子雲以〈鴈集〉與〈鳧飛〉對文也。善必與薛同。則與五臣亦無異。傳寫譌〈奮〉耳。二本校語但據所見而爲之。」高氏義疏云、「胡氏說是也。薛注奮迅聲也、注下〈沸卉軿訇〉四字。傳寫者遂誤以〈奮〉字相亂。若以〈迅聲〉釋〈奮〉字、則不辭矣。」案胡氏高氏說是也。李善本原作〈集〉。
【皃】上野本作〈皋〉、九條本尤本崇本明州本袁本作〈皃〉。『正字通』云、「〈皃〉、俗省作〈皃〉。」下不再出校。
【輧】唐寫本上野本九條本作〈軯〉、九條本傍記云、「〈砰〉五。」崇本明州本朝鮮本袁本作〈砰〉、校語云、「善本作〈輧〉。」贛州本四部本校語云、「五臣本作〈砰〉。」伏氏校注245云、「〈輧〉爲音借字。」

（注）

奮迅聲也。　　　　奮迅聲也。隼、小鷹也。
臣善曰、周易曰、射集隼高墉之上。軯、芳耕反。訇、火宏反。　　　　善曰、周易曰、射隼高墉之上。輧、芳耕切。訇、火宏切。

【奮迅聲也】贛州本明州本四部本朝鮮本袁本無此四字。胡氏考異云、「案無者最是。詳袁茶陵所載五臣濟注有〈沸卉砰訇、鳥奮迅聲〉之語、既不得於〈奮〉字讀斷、亦不得移作上句之解。尤不察所見正文〈奮〉爲〈集〉之誤、乃割取五臣、增多薛注以實之、斯誤甚矣。」高氏義疏云、「呂延濟曰、〈沸卉砰訇、鳥奮迅聲〉。卽本薛注。胡克家謂袁本茶陵本無〈奮迅聲也〉四字爲是、恐不然也。」饒氏斠證云、「呂延濟注卽襲薛義、考異以袁茶本無此四字爲是、說不可据。」伏氏校注246云、「薛注〈奮迅聲也〉、注正文〈沸卉砰訇〉句。〈奮迅〉爲中古成語、意爲行動迅速。後儒不知此、因正文〈集〉誤作〈奮〉、則以爲〈迅聲〉釋〈奮〉字、斯誤甚矣。呂延濟〈沸卉砰訇、鳥奮迅聲〉、卽本薛注。《考異》之說誤矣。」
【隼小鷹也】唐寫本無此四字。九條本〈隼〉字傍記云、「小鷹也。」饒氏斠證云、「乃他注混入。」
【射隼】唐寫本〈射〉下有〈集〉字。今『周易』解卦上六爻辭無〈集〉字。伏氏校注247云、「蓋唐寫本涉正文衍。」袁本〈隼〉誤作〈準〉。
【輧】唐寫本作〈軯〉。說見前。
【耕】唐寫本作〈𦓤〉。『干祿字書』云、「〈𦓤〉〈耕〉、上俗下正。」下不再出校。

（正文）衆形殊聲、不可勝論。

（注）

論、說也。　　　　論、說也。
17b 臣善曰、廣雅曰、勝、擧也。　　　　善曰、廣雅曰、勝、擧也。

（正文）於是孟冬作陰、寒風肅煞。〈於是孟冬作陰、寒風肅殺〉

【殺】唐寫本作〈煞〉、上野本作〈𣪠〉。『干祿字書』云、「〈煞〉〈敘〉〈殺〉、上俗中通下正。」下不再出校。

（注）

孟冬十月、陰氣始盛、萬物彫落也。

寒氣急殺於萬物。孟冬十月、陰氣始盛、萬物彫落。
善曰、禮記曰、孟秋、天氣始肅。仲秋、殺氣浸盛。

【寒氣急殺於萬物】唐寫本無此七字。饒氏斠證云、「乃他注混入。」伏氏校注248云、「此七字意思同後句重複、疑非薛綜舊注、當以唐寫本爲是。」

【彫落】唐寫本〈落〉下有〈也〉字。

【善曰禮記曰孟秋天氣始肅仲秋殺氣浸盛】唐寫本無此十七字。此見『禮記』月令。

（正文）雨雪飄〻、氷霜憏烈、〈雨雪飄飄、冰霜慘烈〉

【冰】唐寫本上野本朝鮮本作〈氷〉。『干祿字書』云、「〈氷〉〈冰〉、上通下正。」下不再出校。

（注）

飄〻、雨雪皃。憏烈、寒也。

飄飄、雨雪貌。慘烈、寒也。
善曰、李陵書曰、邊上慘烈。

【善曰李陵書曰邊上慘烈】唐寫本無此十字。朝鮮本〈上〉作〈土〉。高氏義疏云、「唐寫無李注、是也。本書卷四十一李少卿《與蘇武書》作〈邊土慘裂〉。注引《廣雅》曰、〈裂、分也。〉不作〈烈〉。」饒氏斠證云、「案與本書李陵文不合、疑他注混入。」

（正文）百卉具零、對蟲搏摯。〈百卉具零、剛蟲搏摯〉

【剛】唐寫本作〈對〉、上野本作〈㓻〉。『正字通』云、「〈㓻〉、俗〈剛〉字。〈對〉、〈㓻〉字之譌。」下不再出校。

【摯】崇本明州本朝鮮本作〈鷙〉、袁本作〈鷙〉、注同。但四部本呂延濟注作〈摯〉。上野本傍記云、「五作〈鷙〉。」九條本傍記云、「〈鷙〉五。」贛州本四部本校語云、「五臣本作〈鷙〉。」伏氏校注251云、「《說文》、〈摯、握持也。〉《西京賦》薛注曰、〈摯、擊也。〉《說文》、〈鷙、擊殺鳥也。〉擊殺鳥卽猛禽。故作〈摯〉是、〈鷙〉爲借字。」

（注）

草木零落、陰氣盛𣪠、鷹犬之屬、可摯擊也。

草木零落、陰氣盛殺、鷹犬之屬、可摯擊也。

臣善曰、毛詩曰、百卉具腓也。

善曰、毛詩曰、百卉具腓。禮記曰、季秋、豺祭獸戮禽也。

【腓】唐寫本〈腓〉下有〈也〉字。此寫本慣用、無甚要緊也。

【禮記曰季秋豺祭獸戮禽也】唐寫本無此十一字。案此見『禮記』月令、但與正文之語不合、非李注體例、疑後人增補。伏氏校注252云、「此十一字與正文意迂遠、當後儒傍記誤入注文者。」

（正文）迺振天維、⿰扌衍地絡、〈爾乃振天維、衍地絡〉

【爾乃】唐寫本作〈迺〉一字。上野本〈乃〉傍邊加〈尒〉字。

【衍】唐寫本作〈⿰扌衍〉。上野本作〈衍〉、眉批云、「〈⿰扌衍〉、陸曰、臣君曰、以善反。申布也。〈衍〉、五臣作之、舒布也。玉云、〈⿰扌衍〉地絡。入手篇。」案〈君〉、蓋〈善〉字之譌。李周翰云、「衍、舒布也。」『玉篇』手部云、「⿰扌衍、餘忍切。西京賦曰、⿰扌衍地絡。⿰扌衍謂申布也。」唐寫本與『玉篇』合、是也。胡氏箋證云、「段氏玉裁曰、〈⿰扌衍〉當是〈敒〉之或體。《說文》〈敒、理也。〉」

（注）

維、經也。絡、罔也。謂其大如天地矣。振、慗理。⿰扌衍、申布也。

臣善曰、⿰扌衍、以善反。

維、綱也。絡、網也。謂其大如天地矣。振、整理也。衍、申布也。

善曰、衍、以善切。

［袁本脫薛綜注］

【綱】唐寫本作〈經〉。『字彙補』云、「〈經〉、俗〈綱〉字。」下不再出校。

【網】唐寫本作〈罔〉。『正字通』云、「〈网〉、〈網〉本字、亦作〈罔〉。」下不再出校。

【整理也】〈整〉字、唐寫本作〈慗〉、無〈也〉字。『干祿字書』云、「〈慗〉〈整〉、上俗下正。」下不再出校。

【善曰】四部本脫〈善曰〉二字、下音注誤爲薛綜注。

【衍】唐寫本作〈⿰扌衍〉。說見前。

（正文）蕩川瀆、⿱艹⿰其皮林薄。〈蕩川瀆、簸林薄〉

【簸】唐寫本作〈⿱艹⿰其皮〉、注同。饒氏斠證云、「案隸書從竹從艸之字多混用、今本槪作〈簸〉。」

（注）

【薄】上野本誤作〈蕩〉。

林薄、草木倶生也。蕩、動。藪、揚。謂驅獸也。

林薄、草木叢生也。蕩、動也。籔、揚也。謂驅獸也。

【叢】唐寫本作〈倶〉。伏氏校注256云、「義同。」

【動也】唐寫本無〈也〉字。

【籔】唐寫本作〈藪〉。說見前。

【揚也】唐寫本無〈也〉字。

（正文）鳥畢駭、獸咸作、草伏木棲、寓居穴託、

【棲】崇本明州本朝鮮本袁本作〈栖〉。贛州本四部本校語云、「五臣作〈栖〉。」伏氏校注257云、「〈棲〉爲〈栖〉之或體。《說文》〈西、鳥在巢上。象形。或从木妻〉。『廣韻』〈栖、同棲〉。」

（注）

謂禽獸驚走、得草則伏、遇木則棲、非其常處。苟寄値穴、爲人窮迫之意也。

謂禽獸驚走、得草則伏、遇木則棲、非其常處。苟寄而居、値穴而託、爲人窮迫之意。

【棲】贛州本明州本四部本作〈栖〉。贛州本四部本朝鮮本袁本與正文字不同。

【苟寄而居値穴而託】唐寫本無〈而居〉〈而託〉四字。

【之意】唐寫本〈意〉下有〈也〉字。

（正文）起彼集此、霍繹紛泊、

（注）

謂為彼人所驚、而來集此人之前。霍繹紛泊、飛走之皀。

謂爲彼人所驚、而來集此人之前。霍繹紛泊、飛走之貌。

【謂】贛州本明州本四部本朝鮮本袁本〈謂〉上有〈起彼集此〉四字。

【貌】唐寫本作〈皀〉。『干祿字書』云、「〈皀〉〈皃〉〈貌〉、上俗中通下正。」下不再出校。

（正文）在於靈囿之中、前後無有垠鍔。〈在彼靈囿之中、前後無有垠鍔〉

【彼】唐寫本上野本九條本崇本明州本朝鮮本袁本作〈於〉。贛州本四部本校語云、「五臣作〈於〉。」五臣本無校語、疑李善本原作〈於〉。

（注）

言禽獸之多、前却顧視、無復齊限也。
臣善曰、毛詩曰、王在靈囿。淮南子曰、出于無垠鄂門。許愼曰、
垠鄂端崖。

言禽獸之多、前却顧視、無復齊限也。
善曰、靈囿已見東都賦。淮南子曰、出於無垠鄂之門。許愼曰、
垠鍔端崖也。

【言】贛州本明州本四部本朝鮮本袁本〈言〉上有〈前後無有垠鍔〉六字。朝鮮本〈無〉作〈旡〉、下同。蓋〈旡〉字之譌。伏氏校注261云、「此乃六臣本分節較長、爲眉目清晰、故加此句。」

【靈囿已見東都賦】唐寫本作〈毛詩曰王在靈囿〉七字。贛州本四部本作〈毛詩曰王在靈囿麀鹿攸伏〉。卷一「東都賦」〈詣合乎靈囿〉注云、「毛詩曰、王在靈囿、麀鹿攸伏。」贛州本四部本依此複出耳。

【於】唐寫本作〈于〉。

【之門】唐寫本無〈之〉字。今『淮南子』原道訓作「出於無垠之門。」有〈之〉而無〈鄂〉字。『淮南鴻烈集解』引陶方琦云、「高注作〈無垠〉、與許引原文亦異。《御覽》(卷五十五)引高注曰、〈無垠鄂、無形之貌也。〉今高本作〈無垠〉、亦係譌敓。」梁氏旁證云、「俶眞訓有〈形埒垠堮〉語。許注當繫彼處。〈堮〉與〈鍔〉通。」高氏義疏云、「步瀛案、毛本正文與注皆作〈鍔〉。本書《七命》注引許注又作〈堮〉。字雖不同、而《淮南・原道篇》許注本自當有〈鄂〉字。梁氏以《俶眞篇》當之、非也。」

【鍔】唐寫本作〈鄂〉。陶方琦云、「〈鍔〉卽《說文》刀部之〈㓵〉字、然應作〈鄂〉。李善引《淮南》正文作〈鄂〉、而引注作〈鍔〉、塙爲誤字。」高氏義疏云、「《說文》無〈鍔〉字、正字當爲〈㓵〉。《淮南》注自當作〈㓵〉、陶說是。」饒氏斠證云、「永隆本賦文作〈垠鍔〉、而所引《淮南子》及許注則竝作〈垠鄂〉、此各依所據本也。各刻本許注作〈垠鍔〉、則與《淮南》〈垠鄂〉原文不照、殆後人因賦文而誤改許注。據陶方琦高步瀛諸氏所說、則〈㓵〉爲正字、〈咢〉〈鄂〉〈堮〉〈鍔〉皆假借字。」

【端崖也】唐寫本無〈也〉字。

(正文)虞人掌焉、為之營域、

(注)

虞人、掌禽獸之官也。

虞人、掌禽獸之官。
善曰、周禮曰、山虞、若大田獵、則萊山之野。

【官】唐寫本〈官〉下有〈也〉字。

【善曰周禮曰山虞若大田獵則萊山之野】唐寫本無李善注。

18a

（正文）焚萊平場、柞木翦棘、〈焚萊平場、柞木翦棘〉

【柞】九條本崇本明州本朝鮮本袁本作〈槎〉、九條本傍記云、「〈柞〉善。」贛州本四部本校語云、「五臣作〈槎〉。」

【翦】上野本作〈剪〉。『干祿字書』云、「〈剪〉〈翦〉、上俗下正。」

【棘】各本作〈棘〉、〈朿〉〈朿〉不別、今作〈棘〉。下不再出校。唐寫本作〈棘〉。『干祿字書』云、「〈棘〉〈棘〉、上俗下正。」

（注）

臣善曰、周礼曰、牧師贊焚萊。毛萇詩傳曰、萊、草也。賈逵國語注曰、槎、斫也。柞與槎同。仕雅反。

善曰、周禮曰、牧師贊焚萊。毛萇詩傳曰、萊、草也。賈逵國語曰、槎、邪斫也。柞與槎同。仕雅切。左氏傳曰、翦其荊棘。

【語曰】唐寫本〈語〉下有〈注〉字。胡氏考異云、「何校〈語〉下添〈注〉字、陳同、是也。各本皆脫。」

【邪】唐寫本無〈邪〉字。案今『國語』魯語上韋昭注無〈邪〉字。

【左氏傳曰翦其荊棘】唐寫本無此八字。

（正文）結罝百里、迒杜蹊塞、

【罝】上野本袁本作〈冝〉、尤本作〈罝〉。〈罝〉、〈罝〉本字、見『說文』。『正字通』云、「〈冝〉、〈罝〉同、俗省。」下不再出校。

（注）

罝、网也。迒、莬道也。蹊、徑也。皆以网杜塞也。臣善曰、迒、公郎反。小雅曰、杜、塞也。

罝、網也。迒、道也。蹊、徑也。皆以網杜塞之也。善曰、迒、公郎切。小雅曰、杜、塞也。

【道】唐寫本〈道〉上有〈莬〉字。饒氏斠證云、「各本脫〈莬〉字。」案『爾雅』釋獸「兔其迹迒」邢昺疏引『字林』云、「迒、兔道也。」與唐寫本薛注合。

【之】唐寫本無〈之〉字。

（正文）麀鹿麌ゝ、駢田偪仄。〈麀鹿麌麌、駢田偪仄〉

【仄】上野本四部本作〈仄〉。贛州本作〈仄〉。九條本崇本明州本朝鮮本袁本作〈側〉。九條本傍記云、「〈仄〉善。」贛州本四部本校語云、「五臣作〈側〉。」『廣韻』〈仄〉阻力切、無〈仄〉字。『龍龕手鑑』云、「〈仄〉、〈仄〉、〈側〉音義皆同。」伏氏校注[273]云、「〈仄〉、俗阻力反。」通假之例極多、不勝枚擧。唐寫本注文作〈偪側〉、《說文》〈仄、側傾也。〉〈側、旁也。〉段注曰〈不正曰仄、不中曰側。二義有別、而經傳多通用。〉」
（注）
鹿牝曰麀。麌、形皀。駢田偪側、聚會意。　―鹿牝曰麀。麌麌、形貌。駢田偪仄、聚會之意。
臣善曰、毛詩曰、麀鹿麌〻。麀、於牛反。麌、魚矩反。　善曰、毛詩曰、麀鹿攸伏。麀、於牛切。麌、魚矩切。
【麌麌】唐寫本四部本脫一〈麌〉字。
【仄】唐寫本朝鮮本作〈側〉。袁本四部本作〈仄〉。
【之】唐寫本無〈之〉字。
【攸伏】唐寫本作〈麌〻〉。〈麀鹿麌麌〉爲『毛詩』小雅吉日句、〈麀鹿攸伏〉爲大雅靈臺句。梁氏旁證云、「金氏甡曰、《詩・吉日》曰〈麀鹿麌麌〉。何以成句不引而引〈攸伏〉句耶。」胡氏箋證云、「按《小雅吉日》〈麀鹿麌麌〉傳〈麌麌、衆多也〉箋〈麌復麌言多也〉、賦文當用此。善不引吉日、而引《靈臺》、所未解也。」高氏義疏云、「金甡、朱珔、胡紹煐皆譏李注引《靈臺》、何不引《吉日》成句。不知唐寫正作〈麌麌〉、蓋後來傳寫誤作〈攸伏〉字耳。」贛州本明州本四部本袁本〈伏〉誤作〈服〉。
（正文）天子迺駕雕軨、六駿駮。〈天子乃駕彫軫、六駿駮〉
【乃】唐寫本上野本作〈迺〉。『正字通』云、「〈迺〉與〈乃〉通。」
【彫】唐寫本上野本九條本崇本贛州本明州本四部本朝鮮本袁本作〈雕〉。『干祿字書』云、「〈鵰〉〈雕〉、竝正。〈彫〉〈凋〉、上彫飾、下凋落。」〈雕〉與〈彫〉爲別。伏氏校注277云、「〈彫〉爲本字、〈雕〉爲借字。《說文》〈彫、琢文也。〉段注曰、〈凡琱琢之成文曰彫、故字从彡。〉〈雕〉之本義爲猛禽、《說文》〈雕、鷻也。〉然二字常通假、例不枚舉。《說文通訓定聲》曰、〈雕、假借爲彫。〉王逸注《楚辭・招魂》曰、〈雕、畫也。〉」蓋爲薛注所本。」下不再出校。
【軫】唐寫本上野本作〈軨〉。寫本〈㐱〉多作〈尓〉、同字耳。下不再出校。
（注）
彫、畫也。天子駕六馬。駮、白馬而黑畫為文、如虎。　―彫、畫也。天子駕六馬。駮、白馬而黑畫爲文、如虎者。
【彫】尤本朝鮮本作〈雕〉。
【者】唐寫本無〈者〉字。九條本眉批引薛注有〈者〉字、與各本同。
（正文）戴翠帽、倚金較、

（注）

翠羽為車盖、黄金以錺較也。
臣善曰、毛詩曰、猗重較兮。説文曰、較、車輢上曲銅也。較、
工卓反。輢、一伎反。

翠羽爲車蓋、黄金以飾較也。古今注曰、車耳重較、文官靑、武
官赤。或曰、車蕃上重起、如牛角也。
善曰、毛詩曰、猗重較兮。音角。説文曰、較、車輢上曲鉤也。
較、工卓切。輢、一伎切。

【飾】唐寫本作〈錺〉。『干祿字書』云、「〈錺〉〈飾〉、上俗下正。」下不再出校。

【古今注曰車耳重較文官靑武官赤或曰車蕃上重起如牛角也】唐寫本無此二十五字。高氏義疏云、「今依前例、移〈善曰〉之後。」伏氏校注279云、「《古今注》三卷、晉崔豹著、薛綜爲三國吳人、不可能引《古今注》。凡今本薛注中所引《古今注》、唐寫本或在善注中、或缺。此既可證明今本《文選》注爲後人竄亂。」

【猗重較兮】〈猗〉字、贛州本明州本四部本朝鮮本袁本作〈倚〉。胡氏考異云、「袁本茶陵本〈猗〉作〈倚〉、是也。」饒氏斠證云、「考異之説、殆謂正文作〈倚〉、則注應同作〈倚〉耳。」案今『毛詩』衞風淇奧作〈倚〉、阮元『校勘記』云、「唐石經・小字本・相臺本〈倚〉作〈猗〉。案〈猗〉字是也。」此李注可以證阮元之説。

【音角】唐鈔本無此二字。贛州本明州本四部本朝鮮本袁本正文〈較〉下有音注〈角〉字、崇本作〈音角〉二字。此非李善原注、疑後人從五臣注竄入善注。

【鉤】唐寫本作〈銅〉。今説文亦作〈銅〉、與唐寫本合。饒氏斠證云、「永隆本此注與『説文』小徐本全合。大徐本〈銅〉字合而〈輢〉作〈騎〉。『文選』則各刻本槪作〈鉤〉不作〈銅〉、卷三十四《七啓》〈俯倚金較〉下善注〈説文較車上曲鉤〉、亦不作〈銅〉。『初學記』十二引作〈較車輢上曲銅鉤〉。案〈輢〉字、因《考工記》鄭注及『廣韻』『韻會』所引相同、故諸家注『説文』尚未槪改爲〈騎〉。若〈銅〉字、則各家竝舍大小徐本而據『文選』誤本改作〈鉤〉字。惜乎其未見永隆本也。」九條本欄脚引與胡刻本同。

（正文）璿弁玉纓、遺光儵爚。

【璿】上野本崇本明州本朝鮮本袁本作〈瓊〉。九條本傍記云、「〈瓊〉五。」贛州本四部本校語云、「五臣作〈瓊〉。」明州本朝鮮本袁本校語云、「善本作〈璿〉。」按今『春秋左氏傳』僖公二十八年作〈瓊辨玉纓〉。阮元『校勘記』云、「《説文》引作〈璿辨玉纓〉、張衡集引同。」高氏義疏云、「宋・翔鳳《過庭錄》曰、按《説文》〈璿、美玉也。从玉、睿聲。《春秋傳》曰、璿辨玉纓。〉許氏所見《左傳》本與此賦合。五臣本作〈瓊〉、據今《左傳》改爾。」梁氏旁證云、「此處專言車馬、故薛注以辨爲馬冠。雖用左傳之語、不必同

其本義也。」

（注）

弁、馬冠。又毦以璿玉作之。纓、馬鞅、亦以玉飾。遺、餘也。
儵爚、有餘光也。

弁、馬冠也。又髦以璿玉作之。纓、馬鞅也。以玉飾之。遺、餘
也。儵爚、有餘光也。爚音藥。

【弁馬冠也】唐寫本無〈也〉字。四部本脫此四字。

【又髦】〈髦〉字、唐寫本作〈毦〉。『龍龕手鑑』〈毦〉爲〈髦〉之俗字。胡氏考異云、「案〈又〉當作〈乂〉。各本皆譌。」

【馬鞅也】唐寫本無〈也〉字。

【以玉飾之】唐寫本〈以〉上有〈亦〉字、無〈之〉字。

【爚音藥】唐寫本無此三字。崇本贛州本明州本四部本朝鮮本袁本正文〈爚〉下有〈音藥〉二字。

（正文）建玄戈、樹招搖、〈建玄弋、樹招搖〉

【弋】唐寫本上野本九條本作〈戈〉。今仔細看、唐寫本似原作弋而後人改戈。注作弋、不改。胡氏箋證云、「何氏焯曰、《史記・天官書》晉灼注〈外、遠北斗也。在招搖南、一名玄戈。〉此書〈玄弋〉疑誤。杜牧詩〈已建玄戈收相土〉。似用此。紹煐按何校是也。」饒氏斠證云、「〈戈〉字先作〈弋〉、後加濃筆作〈戈〉、但注中〈弋〉字尚未改。上野本作〈戈〉、各刻本文注概作〈弋〉。案〈玄戈〉星名、《史記》《漢書》天文志注竝作〈玄戈〉。《晉書》天文志亦曰〈其北一星名玄戈、皆主胡兵。〉《後漢書・馬融傳》作〈玄弋〉誤。」

（注）

玄弋、北斗第八星名、為矛、主胡兵。招搖、苐九星名、為盾。
臣善曰、礼記曰、招搖在、急繕其怒。鄭玄曰、繕讀曰勁。畫招
搖星於其上、以起居堅勁、軍之威怒、象天帝也。

玄弋、北斗第八星名、爲矛頭、主胡兵。招搖、第九星名、爲盾。
今鹵簿中畫之於旗、建樹之以前驅。
善曰、禮記曰、招搖在上、急繕其怒。鄭玄曰、繕讀曰勁。畫招
搖星於其上、以起軍堅勁、軍之威怒、象天帝也。

【第】唐寫本作〈苐〉。『干祿字書』云、「〈苐〉〈第〉、上俗下正。」下不再出校。

【矛頭】唐寫本無〈頭〉字。高氏義疏云、「案《天官書》杓端星曰矛、不云矛頭。又〈昴〉爲髦頭、主胡兵。非矛頭。又非玄戈。則〈頭〉字誤衍。唐寫無〈頭〉字、是也。今從之。」〈矛〉字、朝鮮本作〈旄〉。似從〈髦頭〉而改。

【今鹵簿中畫之於旗建樹之以前驅】唐寫本無此十四字。
【招搖在上】唐寫本無〈上〉字。饒氏斠證云、「永隆本脱〈上〉字。」伏氏校注289云、「《禮記・曲禮上》亦有〈上〉字、唐寫本脱、今據補。」
【起軍】〈軍〉字、唐寫本作〈居〉。今『禮記』曲禮上鄭玄注亦作〈居〉、與唐寫本合。饒氏斠證云、「各本誤作〈軍〉。案孔疏云、〈故軍旅士卒、起居擧動、堅勁奮勇、如天帝之威怒也。〉明指起居説。」
【天帝】〈帝〉字、北宋本殘卷贛州本明州本四部本朝鮮本袁本誤作〈師〉。今『禮記』曲禮上鄭玄注作〈帝〉。

18b

【梢】崇本誤作〈稍〉。
【曳】九條本尤本崇本贛州本明州本四部本袁本作〈曳〉。『正字通』云、「〈曳〉、俗加點作〈曳〉。」下不再出校。
【棲】九條本崇本明州本朝鮮本袁本作〈栖〉。九條本傍記云、「〈棲〉善。」贛州本四部本校語云、「五臣作〈栖〉。」説見前。
【鳶】唐寫本上野本作〈鳶〉。蓋〈鳶〉字之俗體。下不再出校。

（正文）棲鳴鳶、曳雲梢。〈棲鳴鳶、曳雲梢〉

（注）

礼記曰、前有塵埃、則載鳴鳶。雲梢、謂旌旗之流、飛如雲也。
臣善曰、高唐賦曰、建雲旆也。

禮記曰、前有塵埃、則載鳴鳶。棲、謂畫其形於旗上。雲梢、謂旌旗之流、飛如雲也。
善曰、高唐賦曰、建雲旆。

【棲謂畫其形於旗上】唐寫本無此八字。高氏義疏云、「唐寫無〈棲謂畫其形於旗上〉八字、是。《考工記・梓人》〈張皮侯而棲鵠。〉賈疏曰、綴於中央、似鳥之棲。《詩・賓之初筵》鄭箋引《梓人》此文、釋之曰、棲、著也。此〈棲〉字意蓋同。非謂畫於旗上也。」饒氏斠證云、「疑他注混入。」伏氏校注292云、「按、綴於旗上同畫於旗上無大異、據此認爲〈棲謂〉句非薛注、理由不足。李善注引前人成説、皆爲節引。有初引而後削者、有初無而後增者。唐寫本既不是李善定本、則不能否認此句爲定本所增。」案呂延濟注云、「言畫於旌旗之上、以取象焉。」疑後人從此注增補。
【流】贛州本四部本誤作〈旒〉。
【旆】唐寫本〈旆〉下有〈也〉。明州本四部本朝鮮本袁本〈旆〉作〈旆〉。『五經文字』云、「〈旆〉、〈旆〉从市、从巿者譌。」

（正文）弧旌枉矢、虹旃蜺旄。

（注）

弧、星名。通帛為旃。雄曰虹、雌曰蜺。

臣善曰、周礼曰、弧旌枉矢、以象弧。虹旄、已見上注。高唐賦曰、蜺為旄。

弧、星名。通帛爲旃。雄曰虹、雌曰蜺。

善曰、周禮曰、弧旌枉矢、以象牙飾。楚辭曰、建雄虹之采旄。上林賦曰、拖蜺旌也。

【牙飾】唐寫本此二字作〈弧〉。今『周禮』考工記輈人作〈弧旌枉矢以象弧也〉。胡氏考異云、「案〈牙飾〉當作〈弧也〉。各本皆誤。」高氏義疏云、「《周禮》、見《考工記》。各本〈象弧〉誤作〈象牙飾〉。今依唐寫改、亦無〈也〉字。」

【楚辭曰建雄虹之采旄上林賦曰拖蜺旌也】唐寫本作〈虹旄已見上注高唐賦曰蜺爲旄〉。高氏義疏云、「案已見上〈亘雄虹之長梁〉句注、則此不應復見。亦依唐寫本改。又《高唐賦》以下、亦依唐寫。各本作〈上林賦曰拖蜺旌也〉、亦誤。」饒氏斠證云、「此云已見、蓋從省之例。刻本乃重出《楚辭》九字、殆六臣本概行增補、而尤氏從六臣本剔出時失檢耶。《上林賦》善注仍引《高唐賦》句。此節善注、自〈牙飾〉以下、疑六臣併注時有誤、此又永隆本未經混亂之可貴處。」

（正文）華盖承辰、天畢前驅、〈華蓋承辰、天畢前驅〉

【辰】九條本誤作〈震〉。

【畢】九條本崇本明州本朝鮮本袁本作〈罼〉。九條本傍記云、「〈畢〉善。」贛州本四部本校語云、「五臣作〈罼〉。」伏氏校注296云、「〈畢〉〈罼〉音義皆同。《說文》〈畢、田网也。〉《廣雅・釋器》〈罼、率也。〉王念孫疏證云、〈《說文》率、捕鳥畢也。〉故可通訓。」

（注）

華盖星覆北斗、王者法而作之。畢、冈也。象畢星前駈載之。

臣善曰、劉歆遂初賦曰、奉華盖於帝側。韓詩曰、伯也執殳、為王前駈。

華蓋星覆北斗、王者法而作之。畢、網也。象畢星也。前驅載之。

善曰、劉歆遂初賦曰、奉華盖於帝側。韓詩曰、伯也執殳、爲王前驅。

【畢網也】〈畢〉字、朝鮮本作〈罼〉。〈網〉字、唐寫本作〈冈〉。說前見。

【象畢星也】唐寫本無〈也〉字。

【驅】唐寫本作〈駈〉。『干祿字書』云、「〈駈〉〈驅〉、上通下正。」下不再出校。

【韓詩】朝鮮本作〈毛詩〉。案今『毛詩』衞風伯兮與善注引『韓詩』同。

（正文）千乘雷動、萬騎龍趍、〈千乘雷動、萬騎龍趨〉

【趨】唐寫本上野本朝鮮本作〈趍〉。伏氏校注297云、「〈趨〉爲正字、〈趍〉是俗體。《廣韻》〈趨、走也。趍、俗。〉《集韻》〈趨、或作趍。〉《詩・猗嗟》〈巧趨蹌兮〉《釋文》曰、〈趨、本又作趍〉、黃焯《匯校》云、〈唐寫本作趍。趨、正字、趍、後出字。〉」

（注）

臣善曰、東都賦曰、千乘雷起、万騎紛紜。

善曰、東都賦曰、千乘雷起、万騎紛紜。

【紜】袁本誤作〈紘〉。

（正文）屬車之箠、載獫猲獢。〈屬車之箠、載獫玁獢〉

【玁】唐寫本上野本九條本贛州本四部本朝鮮本作〈猲〉。九條本傍記云、「〈玁〉善。」贛州本四部本校語云、「五臣本作〈玁〉字。」胡氏考異云、「案〈玁〉當作〈猲〉。茶陵本作〈猲〉、校語云、五臣作〈玁〉。袁本作〈玁〉、用五臣也。二本注中字、善〈猲〉、五臣〈玁〉、皆不誤。袁但正文失著校語。尤注中上二字〈猲〉、末一字幷改爲〈玁〉、歧出、非也。〈猲〉〈玁〉同字。凡善五臣之異、不必其字不可通也。各還所本來、而同字亦較然分別矣。全書例如此。」高氏義疏云、「古鈔、唐寫皆作〈猲〉。今據改。」

（注）

大駕㝡後一乘、懸豹尾以前、為省中侍御史載之。箠、副也。臣善曰、漢書音義曰、大駕屬車八十一乘。毛詩曰、輶車鸞鑣、載斂鼎驕。毛萇曰、斂、歇驕、田犬也。長喙曰斂、短喙曰歇驕。箠、楚遘反。獫、呂驗反。獢、許喬反。

大駕最後一乘、懸豹尾以前、爲省中侍御史載之。箠、副也。善曰、古今注曰、豹尾車、同制也。所以象君豹變。言尾者、謹也。屬車、已見東都賦。毛詩曰、輶車鸞鑣、載獫猲獢。毛萇曰、獫、猲獢、皆田犬也。長喙曰獫、短喙曰玁獢。箠、初遘切。獫、呂驗切。獢、許喬切。

【最後】〈最〉字、唐寫本作〈㝡〉。『干祿字書』云、「〈㝡〉〈冣〉、上通下正。」『廣韻』云、「〈最〉、俗作〈㝡〉。」『正字通』云、「〈㝡〉、今借作〈最〉、誤。」

【古今注曰豹尾車同制也所以象君豹變言尾者謹也】唐寫本無此二十一字。胡氏考異云、「何校同改周。陳同。是也。各本皆譌。」贛州本明州本四部本〈君〉下有〈子〉字。

【屬車已見東都賦】唐寫本作〈漢書音義曰大駕屬車八十一乘〉。贛州本四部本作〈漢雜事曰諸侯貳車九乘秦滅九國兼其車服故大駕屬車八十一乘〉。朝鮮本〈東都賦〉誤作〈西都賦〉。案卷一「東都賦」〈屬車案節〉注云、「漢書音義曰、大駕、車八十一乘、作三行。」

（胡氏考異云、「案〈車〉上當有〈屬〉字。各本皆脱。」）贛州本四部本非從「東都賦」注重出者、不知何故。

【鸞】尤本作〈鵉〉、略字耳。

【載獫猲獢】唐寫本作〈載斂鼎驕〉。明州本〈猲〉作〈獦〉。案今『毛詩』秦風駟驖作〈載獫歇驕〉、『釋文』云、「〈歇〉、本又作〈猲〉。〈驕〉、本又作〈獢〉。」伏氏校注300云、「〈鼎〉當爲〈歇〉字形誤。」疑〈斂〉亦因與〈獫〉字近形而誤。

【獫猲獢皆田犬也】唐寫本作〈斂歇驕田犬也〉。明州本〈猲〉作〈獦〉。案今『毛詩』秦風駟驖毛傳作「獫歇驕田犬也。」、與唐寫本合。但唐寫本〈獫〉誤作〈斂〉。各本衍〈皆〉字。

【長喙曰獫】〈獫〉字、唐寫本作〈斂〉。案今毛傳作〈獫〉。疑唐寫本誤。

【短喙曰獦獢】〈獦獢〉二字、唐寫本作〈歇驕〉。贛州本四部本朝鮮本袁本〈獦〉作〈猲〉。案今毛傳與唐寫本合。

【初遘切】〈初〉字、唐寫本作〈楚〉。伏氏校注302云、「〈楚〉、〈初〉皆穿紐二等字、切音不變。」

【獫呂驗切】贛州本明州本四部本朝鮮本袁本無此四字。正文〈獫〉下有音注〈呂驗〉二字、崇本同。

【獢許喬切】贛州本明州本四部本朝鮮本袁本無此四字。正文〈獢〉下有音注〈許喬反〉三字、崇本同。

（正文）匪唯翫好、迺有祕書。小說九百、本自虞初。〈匪唯翫好、乃有祕書。小說九百、本自虞初〉

【唯】崇本贛州本明州本四部本朝鮮本袁本作〈惟〉。

【翫】崇本作〈玩〉。

【乃】唐寫本上野本九條本贛州本明州本作〈迺〉、四部本朝鮮本袁本作〈廼〉。

【祕】九條本明州本四部本朝鮮本袁本作〈秘〉。唐寫本ネ旁與禾旁多因連筆不分明。『干祿字書』云、「〈秘〉〈祕〉、上俗下正。」

（注）

小說、毉巫厭效之術、凡有九百卌篇。言九百、擧大數也。
臣善曰、漢書曰、虞初周說九百卌三篇。小說家者、蓋出稗官也。

小說、醫巫厭祝之術、凡有九百四十三篇。言九百、擧大數也。
善曰、漢書曰、虞初周說九百四十三篇。初、河南人也。武帝時以方士侍郎、乘馬、衣黃衣、號黃車使者。小說家者流、蓋出於稗官。應劭曰、其說以周書爲本。

【醫】唐寫本作〈毉〉。『干祿字書』云、「〈毉〉〈醫〉、上俗下正。」

【祝】唐寫本作〈效〉。伏氏校注303云、「〈效〉當爲〈効〉之形誤。〈厭効〉爲禳除災鬼之意、是中古成語。後人不知〈厭効〉乃當時成語、乃改爲〈厭祝〉也。」
【四十三】唐寫本作〈卌〉、無〈三〉字。〈小説〉至〈四十三篇〉、九條本欄脚引薛注與板本同。
【四十】唐寫本作〈卌〉。説見前。
【初河南人也武帝時以方士侍郎乘馬衣黄衣號黄車使者】唐寫本無此二十三字、而〈虞初〉下有〈者洛陽人明此醫術武帝時乘馬衣黄衣號黄車使者〉二十一字。九條本眉批引善注亦作〈虞初者洛陽人明此醫術〉。案今『漢書』藝文志「虞初周説九百四十三篇」原注云、「河南人、武帝時以方士侍郎、號黄車使者。」疑後人據此原注增補。饒氏斠證云、「案善引藝文志止取虞初一句、各本或連注文、或雜他説、紛歧如此、而概括于〈漢書曰〉三字之下、明爲他注所混亂。故永隆本乃善注眞皃、後人欲據此誤本選注以補『漢書』、皆未細考。」伏氏校注305云、「今按、依唐寫本、李善注只引《漢志》正文、不引注、是矣。」梁氏旁證云、「六臣本注不知所據。」高氏義疏云、「《史記・封禪書》曰、〈太初元年、是歳西伐大宛、丁夫人、雒陽虞初等、以方祠詛匈奴、大宛焉。〉顏注曰、〈洛陽人。〉據此、則〈明此醫術〉四字、殆五臣注羼入者。又六臣本無〈以方士侍郎〉五字、亦非。」
【者流】唐寫本北宋本殘卷贛州本明州本四部本朝鮮本袁本無〈流〉字。今「漢志」有〈流〉字。
【出於】唐寫本北宋本殘卷贛州本明州本四部本朝鮮本袁本無〈於〉字。今「漢志」有〈於〉字。胡氏考異云、「案此節注、初同二本（袁本茶陵本）、後尤脩改也。」案李注原本無〈流〉〈於〉字、尤氏據「漢志」增添。
【稗官】唐寫本〈官〉下有〈也〉字。今「漢志」無〈也〉字。有〈也〉字者、寫本體例耳。説見前。
【應劭曰其説以周書爲本】唐寫本無此十字。四部本〈本〉誤作〈才〉。案此「虞初周説」之注也。不當在〈稗官〉下。蓋亦後人增補。

19 a
（正文）從容之求、寔俟寔儲。〈從容之求、寔俟寔儲〉
【寔】唐寫本作〈寔〉。『海篇』云、「〈寔〉、同〈寔〉。」
（注）
持此祕術、儲以自隨、待上所求問、皆當具也。

持此祕術、儲以自隨、待上所求問、皆常具也。
善曰、尙書曰、從容以和。爾雅曰、俟、待也。説文曰、儲、具也。

【常具】〈常〉字、唐寫本作〈當〉。伏氏校注307云、「〈當〉、〈常〉形聲同聲字通假。」
【善曰尚書曰從容以和爾雅曰俟待也說文曰儲具也】唐寫本無此二十一字。案『尚書』見「君陳」。今『爾雅』釋詁下〈俟〉作〈竢〉。今『說文』作〈儲、偫也〉。高氏義疏云、「朱珔曰、本書《羽獵賦》注引作〈儲、偫待也〉。下〈偫〉字當是誤衍。《海賦》注引作〈儲、積也〉。左太冲《詠史詩》注又引作〈儲、蓄也〉。曹子建《贈丁翼詩》注則〈謂蓄積之以待無也〉。與此各異。段氏以爲兼擧、演《說文》語、蓋非原文、是已。」饒氏斠證云、「段茂堂謂爲兼擧演《說文》語、猶是調停之說、縱使崇賢所見《說文》多異本、亦不應無一相同、而前後又絕不作照應語也。未經混亂之永隆本已無此文、則爲他注混入無疑、故據《文選》誤注以刪改其他古籍、乃屬險事。」

（正文）於是蚩尤秉鉞、奮鬣被般、〈於是蚩尤秉鉞、奮鬣被般〉
【蚩】唐寫本上野本九條本尤本崇本贛州本明州本四部本朝鮮本袁本作〈蚩〉。『干祿字書』云、「〈蚩〉〈蚩〉、上俗下正。」下不再出校。
【鬣】上野本作〈鬛〉。

（注）
臣善曰、山海經曰、蚩尤作兵、伐黃帝。史記曰、黃帝與蚩尤戰於涿鹿之野。蒼頡萹曰、鉞、斧也。長毛曰鬛。般、虎皮也。上林賦曰、被班文。般與班古字通也。

善曰、山海經曰、蚩尤作兵、伐黃帝。史記曰、黃帝與蚩尤戰於涿鹿之野。蒼頡篇曰、鉞、斧也。毛萇曰鬣。般、虎皮也。上林賦曰、被班文。般與班古字通。

【伐黃帝】〈伐〉字、贛州本明州本四部本誤作〈戈〉。
【毛萇曰鬣】〈毛萇〉、唐寫本作〈長毛〉。胡氏考異云、「案〈萇〉當作〈長〉。各本皆譌。以四字爲一句。」高氏義疏云、「唐寫作〈長毛〉、今據改。」〈鬣〉字、唐寫本作〈鬛〉。『正字通』云、「〈鬛〉、俗〈鬣〉字。」
【般與班古字通】唐寫本〈通〉下有〈也〉字。高氏義疏云、「《上林賦》本書作〈班〉、《史記・司馬相如傳》作〈豳〉、《漢書》作〈斑〉。案〈斑〉、〈辬〉之或體字。作〈般〉作〈班〉作〈豳〉皆借字。」

（正文）禁禦不若、以知神姦。螭魅蛧蜽、莫能逢旃。〈禁禦不若、以知神姦。螭魅魍魎、莫能逢旃〉
【姦】上野本作〈姧〉。『正字通』云、「〈姧〉、俗〈姦〉字。」
【螭】九條本崇本贛州本明州本四部本朝鮮本袁本作〈魑〉、但下李注引『左氏傳』竝作〈螭〉。『正字通』云、「〈魑〉、左傳作〈螭〉。」高氏義疏云、「《說文》曰、离、山神、獸形。《廣雅・釋天》曰、山神謂之离。是〈离〉本字、〈魑〉俗字。〈螭〉借字也。」

【魍魎】唐寫本上野本作〈蛧蜽〉。九條本崇本明州本四部本朝鮮本袁本作〈蝄蜽〉。『說文』第十三上蟲部〈蛧〉字段氏注云、「按〈蛧蜽〉、『周禮』作〈方良〉、『左傳』作〈罔兩〉、『孔子家語』作〈罔閬〉、俗作〈魍魎〉。」伏氏校注310云、「按、〈蛧蜽〉〈魍魎〉、皆爲傳說中的精怪名、從蟲爲正體、從鬼爲變體。《說文》《玉篇》《龍龕手鑑》《字彙》等字書皆在蟲部。」

（注）

臣善曰、左氏傳、王孫滿謂楚子曰、昔夏鑄鼎蒙物、使人知神姦。人入川澤、不逢不若、螭魅ゝ魎ゝ、莫能逢之。杜預曰、螭、山神、獸刑。魅、恠物。魎ゝ、水神也。

善曰、左氏傳曰、王孫滿謂楚子曰、昔夏鑄鼎象物、使人知神姦。故人入川澤、不逢不若、螭魅魍魎、莫能逢旃。杜預曰、若、順也。說文曰、螭、山神、獸形。魅、怪物。蝄蜽、水神。毛萇詩傳曰、旃、之也。

【左氏傳曰】唐寫本無〈曰〉字。案善注體例、書名下有某曰時、不複〈曰〉字。唐寫本是也。

【象物】〈象〉字、唐寫本作〈蒙〉。饒氏斠證云、「〈蒙〉乃〈象〉之譌。」案『左氏傳』宣公三年作〈象〉。

【故人】唐寫本無〈故〉字。伏氏校注313云、「按、此句《左傳》作〈故民入川澤山林、不逢不若〉。唐寫本删去〈山林〉二字。〈民〉作〈人〉、蓋避太宗諱。」

【螭魅魍魎】唐寫本作〈螭魅ゝ魎ゝ〉。伏氏校注314云、「按、原卷之〈螭魅ゝ魎ゝ〉、當爲〈螭魅魍魎〉之省文。……敦煌唐寫本中〈甲乙甲乙〉型詞組、有簡作〈甲甲乙乙〉型者。……又古人之常用連詞、有〈甲乙〉省作〈甲ゝ〉或〈乙ゝ〉者。……武威《儀禮》漢簡〈主人〉常作〈主ゝ〉、〈大夫〉作〈夫ゝ〉。敦煌本王梵志詩〈游游覔衣食〉、張錫厚注云、〈衣食、原作衣衣、據文義改。〉今査縮微膠卷、〈衣衣〉原作〈衣ゝ〉、即衣食的省略。」

【逢旃】〈旃〉字、唐寫本作〈之〉。饒氏斠證云、「〈之〉與左傳宣三年文同。各本涉賦文誤作〈旃〉。阮元左傳注疏校勘記引誤本文選注〈旃〉字作異文、不知永隆本原與傳同作〈之〉也。」

【若順也說文曰螭山神獸形】唐寫本無〈若順也說文曰〉六字、〈形〉作〈刑〉。饒氏斠證云、「永隆本無〈若順也〉三字。〈刑〉乃〈形〉之譌。案此節皆杜預宣公三年左傳注文、各本〈螭〉上有〈說文曰〉三字乃誤衍。」伏氏校注317云、「按、〈刑〉〈形〉爲形聲同聲字、常通作。敦煌寫本中亦常見。如《大乾連冥閒救母變文》〈直言更無刑迹〉、《吳子胥變文》〈捻脚攢形而映樹〉、〈屈節攢刑而乞食〉。」『說文』第十三上蟲部〈蛧〉云、「蛧蜽、山川之精物也。」段氏注云、「杜注左氏〈罔兩曰水神〉。蓋因上文〈螭〉訓山神、故訓〈罔兩〉爲水神。」

【怪物】〈怪〉字、唐寫本作〈恠〉。『干祿字書』云、「〈恠〉〈怪〉、上俗下正。」『正字通』云、「〈恠〉、俗〈怪〉字。」下不再出校。
【蝄蜽】唐寫本作〈魎〻〉。伏氏校注319云、「按、〈魎〻〉、爲〈魍魎〉之省。」說見前。但伏氏校注之〈魍魎〉、乃〈蝄蜽〉之譌也。
【水神】唐寫本〈神〉下有〈也〉字。
【毛萇詩傳曰旆之也】唐寫本無此八字。饒氏斠證云、「盖魏風陟岵傳文、或以采芑鄭箋當之、誤。」
(正文) 陳虎旅於飛廉、正壘壁乎上蘭。
【乎】上野本作〈于〉。
(注)

陳、列也。
臣善曰、周礼、虎賁、下大夫。旅賁氏、中士。漢書曰、長安作飛廉館。三輔黃圖、上林有上蘭觀。

陳、列也。
善曰、周禮、虎賁、下大夫。旅賁氏、中士也。飛廉、上蘭、已見西都賦。

【中士也】唐寫本無〈也〉字。
【飛廉上蘭已見西都賦】唐寫本作〈漢書曰長安作飛廉館三輔黃圖上林有上蘭觀〉十九字。贛州本四部本作〈漢書武紀曰長安作飛廉館三輔黃圖曰上林有上蘭觀〉二十二字。
(正文) 結部曲、整行伍、
(注)

臣善曰、司馬彪續漢書曰、大將軍營五部、〻校尉一人、部下有(曲)軍候一人。左氏傳曰、行出犬鷄。杜預、廿五人爲行。〻、亦卆之行也。周礼曰、五人為伍。

善曰、司馬彪續漢書曰、大將軍營五部、部有校尉一人、部下有曲、曲有軍候一人。左傳曰、行出犬雞。杜預、二十五人爲行。行、亦卒之行列也。周禮曰、五人爲伍。

【司馬彪續漢書】明州本無〈司馬彪〉三字、有〈駭作駴〉三字、說見下。九條本眉批引亦無〈司馬彪〉三字、〈續〉誤作〈讀〉。
【部有】唐寫本無〈有〉字。九條本眉批引贛州本明州本四部本朝鮮本袁本竝無〈部〉字。
【部下有曲曲有軍候一人】唐寫本初無〈曲曲有〉三字、後淡墨下加〈曲〉一字。袁本〈部〉作〈郶〉。九條本眉批引北宋本殘卷贛州本明州本四部本袁本竝無〈候〉字。黃氏北宋本殘卷校證云、「此注已見西都賦〈部曲有署〉注、與後漢書班固傳注、皆有〈候〉字、是也。尤本〈候〉字擠入、亦是脩補校改。」伏氏校注325云、「今本作〈部下有曲、曲有軍候〈按、六臣本脫〈候〉字〉一人〉。按、當以今本爲是、唐寫本誤脱。」

【左傳】唐寫本作〈左氏傳〉。案善注體例、當作〈左氏傳〉、唐寫本是也。各本脱〈氏〉耳。

【犬雞】〈犬〉字、尤本朝鮮本作〈大〉。〈雞〉字、唐寫本朝鮮本作〈鷄〉。

【行列也】唐寫本無〈列〉字。朝鮮本無〈也〉字。案『左氏傳』隱公十一年杜預注云、「百人爲卒、二十五人爲行、行、亦卒之行列。」唐寫本脱〈列〉字耳。朝鮮本與今本『左氏傳』合。

（正文）燎京薪、駭雷鼓、〈燎京薪、駴雷鼓〉

【駴】唐寫本上野本九條本崇本明州本朝鮮本袁本作〈駭〉。贛州本四部本校語云、「五臣作〈駭〉。」九條本傍記云、「善作〈駴〉、同。」明州本〈善曰〉下有〈駭作駴〉三字。高氏義疏云、「《周禮》大司馬之職曰、〈鼓皆駴〉。《釋文》曰、〈本亦作〈駭〉〉。蓋李氏所據本同。薛傳均（『文選古字通疏證』）曰、〈〈駭〉、〈駴〉字通。或作〈戒〉。《周禮・太僕》戒鼓傳于四方注、故書〈戒〉爲〈駭〉。蓋亥聲戒聲本同部。〉伏氏校注329云、「按、薛説是矣。《篇海類編》〈〈駴〉、與〈駭〉同。〉《莊子・德充符》〈又以悪駭天下〉、《釋文》〈〈駭〉、崔本作〈駴〉〉。……《文選・七啓》李善注〈〈駴〉、古〈駭〉字。〉」胡氏箋證云、「本書《七啓》〈於是駴鳴鐘鼓〉善注〈〈駴〉、古〈駭〉字。〉此不云者、知正文作〈駭〉無疑矣。〈駴〉〈駭〉一字、而王粲《英雄記》云、〈整兵駴駭〉、連言失之。」但『文選』集注本巻六十八（27ａ）李善注無此文。

（注）

積高為京。燎謂燒也。

積高爲京。燎謂燒之。
善曰、周禮曰、鼓皆駭。鄭玄曰、雷擊鼓曰駭。駭與駴同。

【燒之】〈之〉字、唐寫本作〈也〉。高氏義疏本據唐寫本改〈之〉爲〈也〉。

【周禮曰鼓皆駭鄭玄曰雷擊鼓曰駭駭與駴同】唐寫本無此十八字。饒氏斠證云、「案注謂賦文之〈駭〉與《周禮》之〈駴〉字同也、各本倒轉賦文作〈駴〉而《周禮》作〈駭〉。」伏氏校注329云、「《文選・七啓》〈駴鍾鳴鼓〉李善注曰、〈《周禮》曰、鼓皆駴。鄭玄曰、雷擊鼓曰駭。駴、古駭字。〉李注兩引《周禮》、字不同。當有一誤。今本《周禮・夏官・大司馬》作〈鼓皆駴〉、與七啓注同。蓋《西京賦》〈駭雷鼓〉後本無善注、後人據別本《周禮》補記於此（《周禮釋文》〈駴本作駭〉）、因與《七啓》李注大同、故後之刻書者乃補〈善曰〉二字。」案集注本巻六十八「七啓」作〈駭鍾鳴鼓〉、李注竝不引『周禮』・鄭玄注。與唐寫本合、此十八字非李注原注、後人增補耳。

（正文）縱獵徒、赴長莽、

【獵】上野本作〈獦〉。『干祿字書』云、「〈獦〉〈獵〉、上俗下正。」下不再出校。

（注）

莽、草。長、謂深且遠也。

莽、草。長、謂深且遠也。方言曰、草、南楚之閒謂之莽。

【方言曰草南楚之閒謂之莽】唐寫本無此十一字。伏氏校注330云、「依體例、此非薛注、當爲後人誤增者也。據此而推、善注此類後儒竄入者不少。晚唐以來、倡〈無一字無來處〉、儒者讀書、亦好尋其來處、標記於書之天地眉閒、刻書者則誤入正文。」九條本傍記有此十一字、但不記善曰二字。

19b

（正文）迾卒清候、武士赫怒、

【迾】上野本作〈列〉。高氏義疏云、「《玉藻》鄭注曰、〈列之言遮列也〉。豈李氏所據本作〈迾〉耶。《說文》曰、〈迾、遮也〉。是〈迾〉爲本字、〈列〉乃通假字。」九條本誤作〈烈〉。

（注）

臣善曰、鄭玄礼記注曰、迾、遮也。迾、旅結反。清候、清道候望也。

善曰、鄭玄禮記注曰、迾、遮也。迾、旅結切。清候、清道候望也。鄭玄毛詩箋曰、赫、怒意也。

【旅結切】〈旅〉字、袁本誤作〈許〉。

【鄭玄毛詩箋曰赫怒意也】唐寫本無此十字。四部本無〈毛〉字。

（正文）緹衣韎韐、睢盱跋扈。〈緹衣韎韐、睢盱拔扈〉

【韐】唐寫本上野本作〈韐〉。饒氏斠證云、「〈韐〉字永隆本文注从〈夾〉、而引『毛詩』从〈合〉、刻本竝从同。」『集韻』云、「〈韐〉、或作〈韐〉〈韐〉。」

【拔】唐寫本上野本九條本崇本明州本朝鮮本袁本作〈跋〉。九條本傍記云、「〈拔〉善。」明州本朝鮮本袁本校語云、「善本作〈拔〉。」贛州本四部本校語云、「五臣本作〈跋〉。」梁氏旁證云、「按、正文當作〈拔扈〉、注當作〈跋扈〉。」疑梁說非。高氏義疏云、「案、唐寫作〈跋〉。本書陳孔璋《爲袁紹檄豫州》注引此賦作〈跋〉、是李本與五臣同、六臣本校恐不足據也。」伏氏校注332云、「唐寫本作〈跋〉是。《文選・爲袁紹檄豫州》李善注引《西京賦》作〈跋〉、是《文選》本作〈跋〉。又按、〈跋〉〈拔〉形聲同聲字、本可通用。」

《詩・狼跋》釋文〈《跋》字或作《拔》〉、可證。然李善注引鄭玄〈畔換猶拔扈也〉後説〈《拔》與《跋》古字通〉者、李氏所據賦正文作〈跋〉也。胡氏考異於下注〈猶拔扈〉後曰、〈《拔》疑《跋》之誤、正文作《拔》、下云《拔》與《跋》古字通、似善引箋作《跋》也。否則正文作《跋》、爲與五臣無異。乃與此注相應耳。〉胡氏首鼠兩端（〈端〉原誤作〈段〉）、唐寫本可以折中矣。」饒氏斠證云、「阮元詩經注疏校勘記云、〈拔〉〈跋〉古字通用。」

（注）

臣善曰、緹衣韎韐、武士之服。字林曰、緹、帛丹黃色、他米反。毛詩曰、韎韐有奭。毛萇曰、韎者、芧蒐染也。字林曰、睢、仰目也。盱、張目也。睢、火隹反。盱、火于反。毛詩曰、無然畔換。鄭玄曰、畔換、猶抪扈也。抪與跋古字通也。

善曰、緹衣韎韐、武士之服。字林曰、緹、帛丹黃色、他迷切。毛詩曰、韎韐有奭。毛萇曰、韎者、茅蒐染也。字林曰、睢、仰目也。盱、張目也。睢、火隹切。盱、火于切。毛詩曰、無然畔援。鄭玄曰、畔換、猶拔扈。拔與跋古字通。

【緹衣韎韐】〈韐〉字、唐寫本作〈韎〉。說見前。

【他迷切】〈迷〉字、唐寫本作〈米〉。伏氏校注333云、「按、《廣韻・齊韻》〈緹、杜奚切〉、是爲平聲字。〈米〉在《廣韻》上聲薺部。故唐寫本作〈他米反〉誤。」

【茅蒐染也】〈茅〉字、唐寫本作〈芧〉。〈茅〉與〈芧〉別字、此當作〈茅〉。今『毛詩』小雅瞻彼洛矣〈韎韐有奭〉毛傳云、「韎韐者、茅蒐染也。」阮元校勘記云、「〈草〉當作〈韋〉。」高氏義疏云、「案、韎韐者之〈韐〉字誤衍、當依此注削去。染革爲韎、合韋曰韐。知此注無〈韐〉字、是也。王引之《經義述聞》以〈草〉爲〈韋〉之譌。且衍〈者茅蒐〉三字、謂毛傳但作染韋、鄭箋始以爲茅蒐染、竝以《說文》韎、茅蒐染韋也、〈茅蒐〉字亦後人依誤本毛傳加之。」饒氏斠證云、「此六字可證今本『毛詩』之失、并可止王氏《經義述聞》紛如之說。」

【睢火隹切盱火于切】贛州本明州本四部本朝鮮本袁本無此八字、正文〈睢〉下有音注〈火隹〉二字。崇本無。此六臣本亂善注耳。

【無然畔援】〈援〉字、唐寫本朝鮮本袁本作〈換〉。今『毛詩』大雅皇矣作〈畔援〉、毛傳鄭箋釋文皆作〈畔援〉。釋文引『韓詩』亦作〈畔援〉。饒氏斠證云、「案《說文通訓定聲》〈援〉字〈換〉字下竝云、〈援〉假借爲〈換〉、《詩皇矣》〈無畔援〉、《漢書》敍傳注引作〈換〉。」伏氏校注334云、「王先謙《詩三家義集疏》云、《韓詩》作〈畔援〉、《魯詩》作〈伴換〉、《齊詩》作〈畔換〉。」是李善所見《毛詩》與《齊詩》同。今本《詩經》鄭箋作〈畔援〉、而今本《文選》李注引鄭箋作〈畔換〉。是《文選》本作〈畔換〉、後人據所傳《詩經》校改、而鄭箋失校。唐寫本作〈畔換〉是也。又按、〈畔援〉〈伴換〉〈畔換〉〈跋扈〉〈拔扈〉皆一聲之轉、其義一也。

然上下文當以一律爲是。」

【鄭玄曰畔換】〈換〉字、贛州本明州本四部本作〈援〉。

【猶拔扈】〈拔〉字、唐寫本作〈抪〉。〈扈〉下、唐寫本贛州本明州本四部本朝鮮本袁本有〈也〉字。今『毛詩』鄭箋有〈也〉字。胡氏考異云、「袁本、茶陵本〈扈〉下有〈也〉字、是也。」又胡氏考異云、「〈拔〉疑〈跋〉之誤、正文作〈拔〉、下云〈拔〉與〈跋〉古字通、似善引箋作〈跋〉也。否則正文作〈跋〉、爲與五臣無異。乃與此注相應耳。」高氏義疏云、「胡克家疑善引箋作〈跋〉、又疑正文作〈跋〉、其後說是已。李氏注陳孔璋《檄》引《詩》作〈跋〉、而引本賦亦作〈跋〉、則以彼正文作〈跋〉耳。」案『毛詩』大雅皇矣〈無然畔援〉釋文云、「〈拔〉、蒲末反。下同。字或作〈跋〉。」『廣韻』、〈拔〉〈跋〉〈抪〉竝在入聲十三末韻、蓋音通字。說見前。

【拔與跋古字通】〈拔〉字、唐寫本作〈抪〉。〈通〉下、唐寫本有〈也〉字。

（正文）光炎燭天庭、䎘聲震海浦、〈光炎燭天庭、囂聲震海浦〉

【炎】九條本崇本明州本朝鮮本袁本作〈焰〉。九條本傍記云、「〈炎〉善。」明州本朝鮮本袁本校語云、「善本作〈炎〉。」贛州本四部本校語云、「五臣作〈焰〉。」高氏義疏云、「五臣〈炎〉作〈焰〉、字通。〈焰〉字又作〈燄〉。」

【燭】九條本崇本贛州本明州本四部本朝鮮本袁本作〈爥〉。『正字通』云、「〈爥〉、同〈燭〉。」

（注）

燭、照也。海浦、四瀆之口也。　｜燭、照也。海浦、四瀆之口。｜

臣善曰、解嘲曰、未仰天庭。鄭玄周礼注曰、䎘、讙也。許朝反。｜善曰、解嘲曰、未仰天庭。鄭玄周禮注曰、囂、讙也。許朝切。

【照】袁本作〈炤〉。『廣韻』去聲三十五笑韻云、「〈照〉、明也。之少切。〈炤〉、上同。」

【四瀆之口】唐寫本〈口〉下有〈也〉字。

【讙】四部本誤作〈權〉。

【許朝切】贛州本明州本四部本朝鮮本袁本無此三字、正文〈䎘〉下有音注〈許朝〉二字。崇本無。此六臣本亂善注耳。

（正文）河渭爲之波盪、吳岳爲之陁堵。〈河渭爲之波盪、吳嶽爲之陁堵〉

【嶽】唐寫本作〈岳〉。『干祿字書』云、「〈岳〉〈嶽〉、竝正。」各本李善注竝作〈岳〉。下不再出校

（注）

波盪、搖動也。陁、落也。　｜波盪、搖動也。陁、落也。

臣善曰、漢書曰、自華西名山七、有岳山、吳山。

善曰、漢書曰、自華西名山七、一曰吳山。郭璞云、吳岳別名。

【一曰吳山郭璞云吳岳別名】唐寫本無此十一字、有〈有岳山吳山〉五字。饒氏斠證云、「此善注節引《漢書・郊祀志》〈自華以西山名山七〉之文。卽志中列擧之華山薄山岳山岐山吳山鴻冢瀆山共七山也。注止引吳山岳山以釋賦文〈吳岳〉、卽與上句〈河渭〉對擧蓋吳山在汧縣、岳山在武功縣、明是二山各別。但吳山又有吳岳之名、致異說紛岐。此注五字、胡刻本叢刊本竝作〈一曰吳山郭璞云吳岳別名〉十一字、訓詁未諦、乃不明地理者妄改、此亦永隆本未經混亂之可貴。」

(正文) 百禽㥄遽、騤瞿奔觸、

【㥄】上野本作〈棱〉。

【騤】上野本作〈騷〉、眉批云、「〈騷〉爲〈騤〉誤。」

(注)

㥄、猶怖。遽、促也。睽瞿、走狠。奔觸、唐突也。
臣善曰、羽獦賦曰、虎貇之凌遽。㥄、音陵。遽、渠庶反。騤、
音逵。瞿、巨駒反。

㥄、猶怖也。遽、促也。騤瞿、走貌。奔觸、唐突也。
善曰、羽獵賦曰、虎豹之陵遽。白虎通曰、禽、鳥獸之揔名、爲
人禽制。㥄、音陵。遽、渠庶切。騤、音逵。瞿、巨駒切。

【㥄猶怖也】〈㥄〉字、尤本誤作〈陵〉。唐寫本無〈也〉字。伏氏校注340云、「唐寫本無〈也〉是也。此注分兩層。第一層釋單字、第二層釋雙音詞。故每層末尾有〈也〉字、中閒小層無〈也〉字、對擧有致。」

【騤瞿】〈騤〉字、唐寫本作〈睽〉。胡氏箋證云、「按、本書《魯靈光殿賦》〈䫜顤顟而騤睢〉善注〈睽睢、張目貌。〉〈騤瞿〉與〈睽睢〉音義同。凡走必張兩足。張足之爲〈騤瞿〉、猶張目之爲〈睽睢〉矣。」

【走貌】〈貌〉字、唐寫本誤作〈狠〉。

【虎豹之陵遽】〈豹〉字、唐寫本作〈貇〉。〈豹〉〈貇〉別字、疑唐寫本誤。饒氏斠證云、「〈豹〉字筆微誤。」〈陵〉字、唐寫本作〈凌〉。高氏義疏云、「本書《羽獵賦》作〈凌遽〉。此注〈陵〉字當作〈凌〉。《楊雄傳》顏注曰、凌遽、戰栗也。」饒氏斠證云、「〈凌〉字與第八卷《羽獵賦》同、刻本正文及薛注作〈㥄〉、引《羽獵賦》作〈陵〉。」

【白虎通曰禽鳥獸之揔名爲人禽制】唐寫本無此十四字。伏氏校注341云、「按、李善引證釋詞、皆前後有序。此處先釋〈㥄遽〉而後釋〈禽〉、前後倒置、故〈白虎通〉以下十字、疑爲後人竄入者。又〈爲人禽制〉義與正文不屬、疑爲後文之注誤入此者。」

【㥄音陵遽渠庶切】贛州本明州本四部本朝鮮本袁本無此七字、正文〈㥄〉〈遽〉下各有音注〈陵〉〈渠庶〉。崇本〈㥄〉下有〈音陵〉

二字、〈遽〉下無音注。此六臣本亂善注耳。

（正文）喪精亡魂、失歸忘趣、投輪開輻、不徼自遇。〈喪精亡魂、失歸忘趨、投輪闗輻、不邀自遇〉

【趨】唐寫本上野本九條本崇本明州本朝鮮本袁本作〈趣〉。九條本傍記云、「〈趍〉善。」贛州本四部本校語云、「五臣作〈趣〉。」梁氏旁證云、「據注〈趨〉當作〈趣〉。六臣本亦作〈趣〉。」胡氏箋證云、「按、〈趣〉古皆作〈趨〉。《禮記・曲禮》〈摳衣趨隅〉疏云、趨、猶向也。《淮南・氾論訓》〈故終身而無所定趨〉注〈趨、歸也。〉本書《歸去來辭》〈園日涉以成趨〉善音七喩切、是也。《漢書》〈趣〉字皆作〈趨〉。此注作〈趣〉、蓋後人不知〈趨〉義而改之。」高氏義疏云、「〈趨〉、《說文》訓走、故引伸爲向往之意。〈趣〉、《說文》訓疾、亦借爲〈趣向〉字。顏師古《漢書》注每曰、〈趨〉讀爲〈趣〉。則倒置矣。〈趨〉有七喩切之音、非借作〈趣〉也。」伏氏校注
342云、「按、〈趣〉〈趨〉《廣韻》雖有去聲平聲之分。但古皆淸紐區部同音字。《說文》〈趨、走也。〉〈趣、疾也。〉一動詞、一形容詞、其義亦近。故古常通訓、亦通作。……而謂〈〈趣〉、古皆作〈趨〉〉、亦非也。又按、今本正文作〈趨〉、而注文作〈趣〉、可見正文作〈趣〉、後人誤改、而注文未及改也。故唐寫本作〈趣〉、是也。」

【闗】唐寫本作〈開〉。說見前。

【邀】唐寫本上野本作〈徼〉。高氏義疏云、「《說文》有〈徼〉字、無〈邀〉字。〈邀〉與〈徼〉同。」『正字通』云、「〈徼〉與〈邀〉同。」

（注）

言禽獸亡失精魂、不知所當歸趣也。反開入輪輻之閒、不須徼逐、往自得之。

｜言禽獸亡失精魂、不知所當歸趍也。反闗入輪輻之閒、不須邀逐、往自得之。趣、向也。邀、遮也。

【所當歸趍也】〈趍〉字、唐寫本作〈趣〉、贛州本明州本四部本袁本作〈趨〉。

【邀逐】〈邀〉字、唐寫本作〈徼〉。

【趣向也邀遮也】唐寫本無此六字。饒氏斠證云、「但〈趣〉字異于正文之〈趨〉、當是他注混入。」胡氏考異云、「案、〈趣〉當作〈趨〉。各本皆誤。」說見前。

（正文）飛罕潚箾、流鏑㩲㩧、〈飛罕潚箾、流鏑㩲㩧〉

【罕】唐寫本上野本九條本崇本贛州本明州本四部本朝鮮本袁本作〈罕〉、尤本胡刻本注文亦作〈罕〉、唐寫本薛注作〈罕〉。饒氏斠證云、「『羣經正字』曰、〈篆作〈罕〉、隸當作〈罕〉、今皆作〈罕〉、凡从网之字經典皆作罒、其變罒爲四者、惟〈罕〉與〈罙〉二字、

此隷變之尤謬者。〉」『廣韻』上聲二十三旱韻〈䍐〉字云、「『說文』作〈罕〉、或作〈罕〉。」下不再出校。

【潚箾】〈潚〉字、明州本袁本作〈⿰扌肅〉、崇本朝鮮本作〈橚〉。明州本朝鮮本袁本校語云、「善本作〈潚〉。」九條本傍記云、「〈⿰扌肅〉五。」贛州本四部本校語云、「五臣作〈⿰扌肅〉。」〈箾〉字、唐寫本上野本作〈萷〉。胡氏箋證云、「按、〈潚箾〉猶〈橚萷〉。《九辯》〈萷橚槮之可哀。〉、《說文》〈橚、長木貌。〉〈箾〉與〈橚〉通、是〈箾〉亦長貌也。故〈簫韶〉亦作〈箾韶〉。」伏氏校注[346]云、「〈潚萷〉爲連綿字、薛綜訓爲〈罕形也〉、五臣向訓〈著者貌〉、都作爲一個詞解釋。連綿字表音不表義、故〈潚〉〈⿰扌肅〉、〈萷〉〈箾〉、皆形聲同聲字、本當同音。又从木之字與从扌之字、从草之字與从竹之字、古常混用、故〈⿰扌肅箾〉可作〈橚萷〉。……〈蕭騷〉〈蕭散〉〈蕭索〉〈橚爽〉等、皆其音轉之變體也。」

【⿰扌雹⿰扌暴】唐寫本作〈⿰木雹⿰扌暴〉、崇本作〈⿰木雹⿰木暴〉。从木之字與从扌之字、古常混用、此皆同音字。『干祿字書』云、「〈㬥〉〈暴〉、上俗下正。」竝下不再出校。高氏義疏云、「唐寫〈⿰扌雹〉作〈拍〉。」然今唐寫本不作〈拍〉。饒氏斠證云、「高氏謂唐寫作〈拍〉、乃一時目誤。」

(注)

潚萷、罕形也。⿰木雹⿰扌暴、中聲也。 臣善曰、說文曰、罕、冈也。潚、音肅。萷、音玥。⿰扌雹、芳菱反。 ⿰扌暴、芳⿺辶皃反。	潚箾、罕形也。⿰扌雹⿰扌暴、中聲也。 善曰、說文曰、罕、網也。潚、音肅。箾、音朔。⿰扌雹、普麥切。 ⿰扌暴、芳邈切。

【網也】〈網〉字、朝鮮本袁本作〈罔〉。

【潚音肅箾音朔⿰扌雹普麥切】唐寫本作〈玥〉。『干祿字書』云、「〈玥〉〈朔〉、上通下正。」下不再出校。〈普麥〉、唐寫本作〈芳菱〉。贛州本明州本四部本朝鮮本袁本無此十字、正文〈⿰扌肅〉(贛州本四部本作〈潚〉、崇本朝鮮本作〈橚〉)下有〈音肅〉二字、崇本同、又〈箾〉下有音注〈朔〉字、崇本作〈音朔〉、〈⿰扌雹〉下有音注〈普麥〉二字、崇本同。疑尤本胡刻本涉五臣音注而誤作〈普麥〉。伏氏校注[347]云、「按、《廣韻》〈⿰扌雹、普麦切〉、與今本同。〈普〉在《廣韻》五十一紐中屬滂紐、〈芳〉屬敷滂紐、雖古聲皆歸滂紐、今聲不同也。李善原書、當作〈芳〉、作〈普〉乃後人依《廣韻》改。」

【⿰扌暴芳邈切】〈邈〉字、唐寫本作〈⿺辶皃〉。『干祿字書』云、「〈⿺辶皃〉〈邈〉、上通下正。」下不再出校。

20 a

(正文) 矢不虛舍、鋋不苟躍。

【虛】上野本朝鮮本作〈虗〉。『正字通』云、「〈虗〉、與〈虛〉同。」下不再出校。

【舍】九條本崇本明州本朝鮮本袁本作〈捨〉、九條本傍記云、「〈舍〉善。」贛州本四部本校語云、「五臣本作〈捨〉字。」

（注）

舍、放也。躍、跳也。矢鋋跳躍、必有獲矣。
臣善曰、說文曰、鋋、小矛也。

舍、放也。躍、跳也。矢鋋跳躍、必有獲矣。
善曰、說文曰、鋋、小戈也。

【跳躍】〈跳〉字、四部本誤作〈眇〉。

【鋋小戈也】〈戈〉字、唐寫本作〈矛〉。高氏義疏云、「李注引《說文》各本〈矛〉誤〈戈〉、與《東都賦》引《說文》不合。唐寫作〈矛〉是也。今據改。」饒氏斠證云、「刻本竝誤〈矛〉爲〈戈〉、賴有方言〈〈矛〉或謂之〈鋋〉〉可證、故『說文』注家知刻本選注〈戈〉字之誤。」

（正文）當足見蹍、値輪被轢、

（注）北宋本殘卷脫此注。

足所蹈為蹍、車所加爲轢。
臣善曰、蹍、女展反。

音歷。足所蹈爲碾、車所加爲轢。
善曰、蹍、女展切。

【音歷】唐寫本無此二字。贛州本明州本四部本朝鮮本袁本正文〈轢〉下有音注〈歷〉字、崇本作〈音歷〉。又五臣注各本與下二句合注、〈礫〉下有〈音歷〉二字。高氏義疏云、「蓋五臣注此失削去者。今刪。」饒氏斠證云、「胡刻〈轢〉下有〈音歷〉二字、與薛注相連、殆尤氏从六臣本割取善注時尚有他注未刪。」

【足所蹈爲碾】〈碾〉字、唐寫本朝鮮本作〈蹍〉。高氏義疏云、「張云、〈別作〈碾〉、非。〉步瀛案、張有說也。見《復古編》。」伏氏校注[350]云、「按、今本正文皆作〈蹍〉、注文不當作〈碾〉。《說文》〈蹍、足踏貌。〉薛注本此。唐寫本作〈蹍〉、是。」但今『說文』無「蹍足踏貌」文、疑伏氏引有誤。五臣呂向注四部本作〈碾〉、袁本作〈輾〉、崇本贛州本明州本朝鮮本作〈蹍〉。諸本〈碾〉〈輾〉〈蹍〉字錯見、唯朝鮮本與唐寫本合而不誤。

【善曰蹍女展切】贛州本明州本四部本朝鮮本袁本無此善注。正文〈蹍〉下有音注〈女展〉二字、崇本同。伏氏校注[351]云、「此節善注全爲音注、音注移至正文下、則善注無矣。」

（正文）僵禽斃獸、爛若磧礫。※北宋本殘卷脫此八字。

【若】唐寫本初脫〈若〉字、後淡墨旁加。

【磧】上野本作〈積〉。高氏義疏云、「〈磧〉字、薛氏無注、而說磧礫爲如聚細石。疑本作〈積〉字。李氏本亦然、五臣本乃作〈磧〉。呂向曰、〈磧、沙石也。〉疑當作〈磧礫、沙石也。〉今本以五臣亂李注本。」高氏說與上野本合、但唐寫本作〈磧〉、未審高說是非。

（注）

僵、仆也。石細者曰礫。謂所獲禽鳥、爛然如聚細石也。

僵、仆也。石細者曰礫。謂所獲禽鳥、爛然如聚細石也。

（正文）但觀罝羅之所羂結、竿殳之所揘畢、

【罝】九條本誤作〈置〉。

【羂】上野本誤作〈羅〉、眉批有校語云、「下〈羅〉字誤、當作〈羂〉。」

【畢】崇本明州本朝鮮本袁本作〈觱〉。贛州本四部本校語云、「五臣本作〈觱〉。」九條本傍記云、「〈觱〉五。」明州本朝鮮本袁本〈善曰〉上有校語云、「綜本〈觱〉作〈畢〉。」

（注）

羂、絓也。結、縛也。竿、竹也。殳、抆也。揘畢、謂祕也。臣善曰、羂、古犬反。揘、音横。畢、于筆反。

羂、絓也。結、縛也。竿、竹也。殳、杖也。八稜、長丈二而無刃。或以木爲之、或以竹爲之。揘畢、謂撞抋也。善曰、羂、古犬切。揘、音横。畢、于筆切。又音筆。

【八稜長丈二而無刃或以木爲之或以竹爲之】唐寫本無十八字。伏氏校注353云、「按、此十八字當爲後儒釋薛注者。」九條本眉批引脫下〈以〉字。

【謂撞抋也】唐寫本無〈撞〉字。伏氏校注354云、「唐寫本是、今本〈撞〉字乃探下句〈徒搏之所撞抋〉而衍。《廣韻》〈揘、永兵切〉、古讀匣紐因部。《廣韻》〈畢、卑吉切〉、古讀邦紐壹部。聲紐迥異、而韻母平入對轉、是〈揘畢〉爲疊韻連綿字。又李善注〈畢、于筆切〉、古讀匣紐沒部、則〈揘畢〉爲雙聲連綿字。薛注〈揘畢、謂柲也〉以〈柲〉訓〈揘畢〉、作連綿字釋之也。……唐寫本〈抋〉作〈柲〉者、〈抋〉〈柲〉字同。戴震《方言疏證》卷十二〈〈柲〉、刺也。〈柲〉亦作〈抋〉。〉」但〈抋〉字、唐寫本作〈祕〉、尤本袁本四部本作〈柲〉。唐寫本下句作〈柲〉。从扌、从木、从禾、从ネ之字、寫本常混用、不知此何是。下不再出校。

【羂古犬切揘音横】〈犬〉字、尤本誤作〈大〉。贛州本明州本四部本朝鮮本袁本無此七字。正文〈羂〉〈揘〉下各有音注〈古犬〉〈横〉字、崇本亦有〈古犬〉〈音横〉字。

【又音筆】唐寫本無此三字。崇本正文〈觱〉下有〈音筆〉二字、疑五臣音注混入善注。

（正文）叉蔟之所攙捔、徒搏之所揰柲。〈叉蔟之所攙捔、徒搏之所撞㧙〉

【撞】唐寫本上野本作〈揰〉。伏氏校注356云、「按、《說文》有〈撞〉無〈揰〉、《廣韻》亦無〈揰〉。《唐韻》有〈揰〉、音〈昌用切〉、古讀透紐東部。〈撞〉、直江切、古讀定紐東部、近紐同部。然兩字皆从東聲、故當爲同音字。唐寫本注文作〈撞〉、是其證。」唐寫本注中一作〈揰〉一作〈撞〉、恐此通用字。下不再出校。

（注）

攙捔、貫刺之。揰柲、猶揘畢也。
臣善曰、蔟、楚角反。攙、在銜反。捔、助角反。撞、直江反。
接、房結反。

攙捔、貫刺之。撞㧙、猶揘畢也。
善曰、蔟、楚角切。攙、士銜切。捔、助角切。撞、直江切。㧙、
房結切。

【蔟楚角切攙士銜切捔助角切撞直江切】〈士〉字、唐寫本作〈在〉。『廣韻』下平銜韻云、「攙、楚銜切、又士咸切。」伏氏校注357云、「〈在〉、《廣韻》五十一紐屬从一、〈楚〉屬穿二、〈士〉屬床二、穿二古讀淸、床二古讀从。故本爲一音、後世稍有移易。」贛州本明州本四部本朝鮮本袁本無此十六字。正文〈蔟〉〈攙〉〈捔〉〈撞〉字下各有音注〈楚角〉〈仕銜〉〈助角〉〈直江〉字、崇本同。

【㧙房結切】〈㧙〉字、唐寫本誤作〈接〉。

（正文）白日未及移晷、已獮其什七八。〈白日未及移其晷、已獮其什七八〉

【其晷】唐寫本上野本九條本崇本贛州本明州本四部本朝鮮本袁本〈晷〉上無〈其〉字。胡氏考異云、「袁本茶陵本無〈其〉字。案、此尤衍。」高氏義疏云、「胡克家以爲尤本衍、是也。今刪。」

【什】九條本崇本贛州本明州本四部本朝鮮本袁本作〈十〉。

（注）

晷、景也。獮、謂煞也。言日景未移、禽獸什已煞七八矣。

晷、景也。獮、殺也。言日景未移、禽獸什已殺七八矣。
善曰、漢書、張竦曰、日不移晷、霍然四除。

【獮殺也】唐寫本〈殺〉上有〈謂〉字。

【善曰漢書張竦曰日不移晷霍然四除】唐寫本無此十五字。

（正文）若夫游鷮高翚、絕阬踰斥、

【游】九條本崇本贛州本明州本四部本朝鮮本袁本作〈遊〉。

（注）

雉之健者為鷮。翬、飛也。拆、澤崖也。

臣善曰、鷮、擧喬反。阬、音對。斥、音尺也。

雉之健者爲鷮。尾長六尺。詩云、有集唯鷮。翬、翬飛也。斥、澤崖也。

善曰、鷮、擧喬切。阬、音剛。斥、音尺。

【尾長六尺詩云有集唯鷮】唐寫本無此十字。九條本眉批引有。〈唯〉字、朝鮮本作〈維〉。

【翬翬飛也】唐寫本九條本眉批引贛州本四部本不重〈翬〉字。胡氏考異云、「茶陵本不重「翬」字、袁本與此同。案、似重者是。」高氏義疏云、「薛注各本複〈翬〉字。依唐寫削一。」饒氏斠證云、「胡本誤複一〈翬〉字。」伏氏校注362云、「按、〈翬〉字不當疊。《說文》〈翬、大飛也。〉《方言》〈翬、飛也。〉薛注蓋本此、唐寫本是。」

【斥澤崖也】〈斥〉字、唐寫本作〈拆〉。與正文不合、似唐寫本誤寫。

【善曰鷮擧喬切阬音剛斥音尺】唐寫本〈尺〉下有〈也〉字。贛州本明州本四部本朝鮮本袁本無此注。正文〈鷮〉〈阬〉〈斥〉下各有〈擧喬〉〈剛〉〈音尺〉音注、崇本〈剛〉作〈音剛〉、無〈音尺〉。

（正文）毚兔聯猭、陵巒超壑、〈毚兎聯猭、陵巒超壑〉

【兎】上野本作〈菟〉。『干祿字書』云、「〈菟〉〈兎〉、上通下正。」下不再出校。

【聯】胡氏箋證云、「按、本書《吳都賦》作〈獑猭〉。劉注引《埤倉》〈獑猭、逃也。〉……《玉篇》〈獑猭、兔走貌。〉本此。」許氏筆記云、「〈聯〉當爲〈獑〉。《吳都賦》云、〈獑猭杞柟〉。注《埤蒼》曰、〈獑猭、逃也。〉獑、丑珍切。然此〈聯〉亦當作〈獑〉。」

【猭】九條本崇本明州本朝鮮本袁本作〈逯〉。明州本朝鮮本袁本校語云、「善本作〈猭〉。」贛州本四部本校語云、「五臣本作〈逯〉。」九條本傍記云、「〈逯〉五。」

【陵】上野本作〈淩〉。

（注）

毚、狡兔。聯猭、走也。巒、山也。壑、阬谷也。自游鷮至此、皆說禽輕狡難得也。

臣善曰、毛詩曰、趯〻毚菟。音讒。逯、勑倫反。

毚、狡兔也。聯猭、走也。巒、山也。壑、阬谷也。自游鷮至此、皆說禽獸輕狡難得也。

善曰、毛詩曰、趯趯毚兎。音讒。猭、勑緣切。

【狡兔也】唐寫本無〈也〉字。

【游鶴】〈游〉字、朝鮮本作〈遊〉。
【禽獸輕】唐寫本無〈獸〉字。伏氏校注364云、「唐寫本脱〈獸〉字、據今本補。」
【毛詩曰趯趯毚兎】高氏義疏云、「《毛詩・巧言》〈趯趯〉作〈躍躍〉。《史記・春申君傳》〈歇上書秦昭王曰〈《詩》云、〈趯趯毚兔、遇犬獲之。〉《集解》引韓嬰《章句》曰、〈趯趯、往來貌。〉是《韓詩》作〈趯〉、《毛詩》作〈躍〉。李注《毛詩》疑《韓詩》之誤。」
【音讒】贛州本明州本四部本朝鮮本袁本無此二字。正文〈毚〉下有音注〈讒〉字、崇本作〈音讒〉。
【㺀勑緣切】〈㺀〉字、唐寫本作〈逯〉。〈緣〉字、唐寫本作〈倫〉。伏氏校注365云、「按、唐寫本誤、正文無〈逯〉字。又按、六臣本注曰、〈五臣本作〈逯〉〉、則字本有作〈㺀〉〈逯〉者。然作〈逯〉者、則當讀〈徒困切〉（見《集韻》）、或讀〈春全切〉（亦見《集韻》）。讀〈勑倫切〉則爲〈豚〉之變音、《集韻・魂韻》〈豰（按、卽豚）、《說文》〈小豕也〉。或作〈逯〉。〉」

20b

（正文）比諸東郭、莫之能獲。

（注）

臣善、戰國策、淳于髡曰、夫盧、天下之駿狗也。東郭逡、海内之狡菟也。鄭玄礼記注、猶比方也。孔安國尚書傳曰、者、之。

善曰、戰國策、淳于髡曰、夫韓國盧、天下之駿狗也。東郭㕙、海内之狡兎也。環山三、騰岡五。韓盧不能及之。鄭玄禮記注曰、比、猶比方也。孔安國尚書傳曰、諸、之也。

【善曰】唐寫本脱〈曰〉字。
【戰國策】九條本脚欄引善注〈策〉下有〈曰〉字。案、依善注體例、無者是也。
【夫韓國盧】唐寫本無〈韓國〉二字。饒氏斠證云、「齊策三〈盧〉字作〈韓子盧〉。刻本作〈韓國盧〉、與《詩齊風盧令篇孔疏》所引『戰國策』合、此又唐初『戰國策』異本也。」『太平御覽』卷九百四引亦作〈韓子盧〉。『藝文類聚』卷九十四・『初學記』卷二十九引作〈韓盧〉。諸本所引竝無〈夫〉字。九條本脚欄引〈盧〉誤作〈虞〉。
【駿狗】今本『戰國策』齊策三作〈疾犬〉、『毛詩』齊風盧令孔疏引作〈駿犬〉、『禮記』少儀孔疏・『藝文類聚』卷九十四・『初學記』卷二十九・『太平御覽』卷九百四引竝作〈壯犬〉。〈狗〉字、袁本誤作〈拘〉。
【東郭㕙】〈㕙〉字、唐寫本作〈逡〉、朝鮮本作〈㕙〉。今本『戰國策』齊策三・『毛詩』齊風盧令孔疏引・『太平御覽』卷九百四引竝作〈逡〉、與唐寫本合。『藝文類聚』卷九十四引作〈兔〉、『初學記』卷二十九引作〈㕙〉。伏氏校注367云、「鮑彪注《戰國策》曰、

〈《逡》、㕙同、狡兔名。〉《說文》〈逡、復也。〉《說文新附》〈㕙、狡兔也。〉鄭珍《新附考》曰、〈古止作俊、逡。俊系正字、以狡兔善走輕俊名之。作逡假借、俗改從兔字。〉」

【環山三騰岡五韓盧不能及之】唐寫本無此十二字。九條本脚欄引有此。今本『戰國策』齊策三作〈韓子盧逐東郭逡、環山者三、騰山者五、兔極於前、犬廢於後。〉高氏義疏云、「《盧令》疏・《類聚》・《初學》・《御覽》引〈犬廢〉皆作〈犬疲〉。則今本作〈廢〉字蓋誤。注云〈韓盧不能及之〉、尤非。」饒氏斠證云、「末云〈不能及〉、殊違原意、殆非善注。」

【鄭玄禮記注曰比】唐寫本脫〈曰比〉二字。

【諸之也】唐寫本作〈者之〉二字。高氏義疏云、「孔安國《尙書傳》疑當作《論語》注、見《學而篇》。案、僞古文《說命上》僞孔傳解兩〈諸〉字、皆云〈之於〉。」饒氏斠證云、「〈者〉乃〈諸〉之譌。案『尙書』說命序〈求諸野〉・〈得諸傅巖〉孔傳云、〈求之於野〉・〈得之於傅巖之谿〉、皆以〈諸〉爲〈之於〉合聲。」

（正文）迺有迅羽輕足、尋景追括。〈乃有迅羽輕足、尋景追括〉

【乃】唐寫本上野本作〈迺〉。

【有】崇本明州本朝鮮本袁本作〈使〉。贛州本四部本校語云、「五臣本作〈使〉字。」九條本傍記云、「〈使〉五。」伏氏校注[371]云、「按、作〈有〉是。張衡之賦、〈有〉作爲動詞、其賓語常爲動植物、〈迅羽〉〈輕足〉正此類也。〈使〉的賓語常爲人、如下文〈乃使中黃育獲之儔〉句。」

【景】崇本明州本朝鮮本袁本作〈影〉。贛州本四部本校語云、「五臣本作〈影〉字。」九條本傍記云、「〈影〉五。」

（注）

迅羽、鷹也。輕足、好犬也。括、箭之又御弦者。　—迅羽、鷹也。輕足、好犬也。括、箭括之御弦者。

【箭括之御弦者】唐寫本無〈括〉字、〈之〉下有〈又〉字。胡氏考異云、「陳云、〈御〉當作〈銜〉。案、〈之〉字不當有。各本皆誤。」高氏義疏云、「唐寫作〈括、箭之又御弦者〉、亦有誤字。」『說文』六上木部〈桰〉云、「一曰矢桰、檃弦處。」段注云、「檃、各本作築、不可通。釋名曰、矢末曰栝、栝、會也、與弦會也。……矢栝字、經傳多用括、他書亦用筈。」饒氏斠證云、「築、會、御、銜、義竝相近。」伏氏校注[372]云、「按、胡氏引陳云是、〈御〉當作〈銜〉。〈銜〉俗作〈銜〉、故形近而誤作〈御〉。六朝以來又以〈銜〉爲〈御〉的俗體、〈銜〉〈御〉更亦混用。『龍龕手鑑』〈〈銜〉、〈御〉之俗字〉。又按、唐寫本中〈又〉當〈末〉字之誤、句作〈括、箭之末御弦者。〉《釋名》〈矢末曰栝〉（按、栝、括同）、《尙書・太甲》孔疏〈括謂矢末〉、《儀禮・鄉射禮》正義引郝民敬〈括、矢末受弦處〉、皆其證也。」

〈正文〉鳥不暇擧、獸不得發。

【得】上野本作〈淂〉。

〈注〉

擧、飛也。發、駭走也。
臣君曰、高唐賦曰、飛鳥未及起、走獸未及發。

擧、飛也。發、駭走也。
善曰、高唐賦曰、飛鳥未及起、走獸未及發。

【善曰】唐寫本作〈臣君曰〉。饒氏斠證云、「〈君〉字用以代〈善〉之名。」下文〈長楊之宮〉句下善注亦作〈臣君曰〉、饒氏斠證又云、「〈君〉乃〈善〉之譌。案上文〈獸不得發〉句下善注亦作〈臣君曰〉、疑〈君〉字用以代〈善〉之名、竝非筆誤、如文選集注、任昉《奏彈曹景宗》文末作〈臣君誠惶誠恐〉、乃以〈君〉字代〈昉〉之名、又任昉《奏彈劉整》文開端作〈御史中丞臣任君稽首言〉、〈君〉字亦所以代作者之名也、殆唐人風尚如此。」伏氏校注373云、「原卷〈君〉當爲〈善〉字之誤。」說見第三章第一節。

〈正文〉青骹摯於韝下、韓盧噬於緤末。〈青骹摯於韝下、韓盧噬於緤末〉

【噬】唐寫本作〈噬〉、上野本作〈噬〉。〈⺮〉與〈艹〉、唐寫本不分、下不再出校。

【緤】上野本作〈紲〉。高氏義疏云、「古鈔〈緤〉作〈紲〉。」〈緤〉〈紲〉〈緤〉、字同。『說文』十三上糸部云、「緤、紲。或从枼。」

〈注〉

青骹、鷹青陘者。蓋韓盧犬、謂黑毛也。摯、擊也。噬、齧也。緤、攣也。韝、臂衣。鴈下韝而擊、犬攣末而齧、皆謂急搏、不遠而獲。
臣善曰、說文曰、骹、脛也。戰國策、淳于髡曰、韓子盧者、天下之壯犬也。骹、苦交反。韝、音溝。緤、音薛。

青骹、鷹青脛者。善曰、韓盧犬、謂黑色毛也。摯、擊也。噬、齧也。緤、攣也。韝、臂衣。鷹下韝而擊、犬攣末而齧、皆謂急搏、不遠而獲。
善曰、說文曰、骹、脛也。戰國策、淳于髡曰、韓國盧者、天下之駿狗也。骹、苦交切。緤、音薛。禮記曰、犬則執緤。鄭玄注曰、緤紖靮、皆所以繫制之者。守犬田犬問名、畜養者當呼之名、謂若韓盧宋鵲之屬。

【青脛】〈脛〉字、唐寫本作〈陘〉。『集韻』云、「〈脛〉或从足。」

【善曰】唐寫本作〈蓋〉一字。北宋本殘卷袁本無〈曰〉字。胡氏考異云、「袁本無〈曰〉字、茶陵本與此同。案、袁本最是。〈善〉

字屬上讀、以五字爲一句、下文注〈象鼻赤者怒〉句例正同。自此下盡〈不遠而獲〉、皆薛注也。尤、茶陵甚誤。」許氏筆記云、「妄人意謂〈善〉是李氏之名、遂於〈善〉下加〈曰〉字。」黄氏北宋本殘卷校證云、「敦煌本無〈曰〉字、〈善〉作〈蓋〉、乃涉形近而誤。胡・許說是、各本誤衍〈曰〉字、敦煌本與此本袁本是也。」伏氏校注374云、「胡、許說甚是、唐寫本亦無〈曰〉字、〈蓋〉當爲〈善〉字之訛。」

【謂黑色毛也】唐寫本無〈色〉字。

【鷹下韝而擊】〈鷹〉字、唐寫本作〈鴈〉。饒氏斠證云、「〈鴈〉乃〈鷹〉之譌。」

【搏】尤本誤作〈愽〉。

【說文曰】唐寫本初脫此三字、後淡墨旁加。

【韓國盧】〈國〉字、唐寫本作〈子〉字。今本『戰國策』齊策三・『太平御覽』卷九百四引作〈韓子盧〉、與唐寫本合。但李善注上文唐寫本無〈韓子〉二字。『毛詩』齊風盧令孔疏引作〈韓國盧〉、『藝文類聚』卷九十四・『初學記』卷二十九引作〈韓盧〉。〈戰國策〉下至〈天下之駿狗也〉、胡氏考異云、「案、依善例、當作〈韓盧已見上文〉、此十七字不當有。各本皆誤。此類不盡出。」

【駿狗】唐寫本作〈壯犬〉。唐寫本上文作〈駿狗〉。今本『戰國策』齊策三作〈疾犬〉、『毛詩』齊風盧令孔疏引作〈駿犬〉、『禮記』少儀孔疏・『藝文類聚』卷九十四・『初學記』卷二十九・『太平御覽』卷九百四引竝作〈壯犬〉。伏氏校注378云、「古人引書多以意改、類書尤甚。然〈駿狗〉〈疾犬〉〈壯犬〉、其意皆同、不必是此非彼。唐寫本前後引文不一、當統一爲是。」

【骹苦交切緤音薛】贛州本明州本四部本朝鮮本袁本無此七字。正文〈骹〉〈緤〉下各有音注〈苦交〉〈薛〉字、崇本〈薛〉上有〈音〉字。

【苦交切】唐寫本此下有〈韝音溝〉三字。尤本胡刻本贛州本明州本四部本朝鮮本袁本正文〈韝〉下有音注〈溝〉字、崇本作〈音溝〉。高氏義疏云、「案、此三字當有、今尤本以〈韝〉字旁注〈溝〉字、遂妄删此三字、不知旁注本字下者、非李氏注也。」伏氏校注379云、「按、六臣本將李善之音注全部移至正文字下、而刪削〈善曰〉後之音注（也有未刪者）。從六臣本分刊的李注本即將正文字下之音注移至〈善曰〉之後、但也有移遷未盡者。〈音溝〉二字見胡本正文〈韝〉字下、即屬此類。唐寫本正文無一字下有旁注、則旁注正文下者、非李氏舊注明矣。然六臣本正文字下之注有移李氏舊注者、有後人讀書旁記混入者。由于六臣本行而李善單行本廢、遂使李氏注與讀書旁記混淆難分。後之分刻者、將正文字下注一律移至〈善曰〉之下、此卽胡本李善音注多于唐寫本之原因。」

【禮記曰犬則執緤鄭玄注曰緤紖靮皆所以繫制之者守犬田犬問名畜養者當呼之名謂若韓盧宋鵲之屬】唐寫本北宋本殘卷贛州本明州本

四部本朝鮮本袁本無此四十二字。高氏義疏云、「無者、蓋是。李注音在注末。〈緤音薛〉三字下似不宜再注也。此蓋是後人附益、然所引甚合、故仍存之。」饒氏斠證云、「胡刻有之、乃他注混入。」伏氏校注380云、「按、六臣本、唐寫本亦無之、是也。《古書疑義學例》引王念孫曰、〈書傳多有旁證之字誤入正文者〉、胡本此四十二字當屬此類。張雲璈《選學膠言》曾說〈通觀李注全書、音釋多在注末。〉此注〈骹苦交反〉以下十字皆爲音注、下不當再有注也。」

（正文）及其猛毅髬髵、隅目高匡、〈及其猛毅髬髵、隅目高匡〉

【匡】上野本朝鮮本作〈眶〉、九條本贛州本明州本四部本袁本作〈眶〉。上野本傍記云、「〈眶〉五。」『正字通』云、「〈眶〉、本作〈匡〉。」朝鮮本不闕筆。

（注）

髬髵、作毛鬛也。隅目、角眼視。高匡、深童子。皆謂猛獸作怒可畏者。
臣善曰、髬、普悲反。髵、音而也。

髬髵、作毛鬛也。隅目、角眼視也。高匡、深瞳子也。皆謂猛獸作怒可畏者。
善曰、髬、普悲切。髵、音而。

【角眼視也】唐寫本無〈也〉字。

【高匡】〈匡〉字、朝鮮本作〈眶〉、贛州本明州本四部本袁本作〈眶〉。

【深瞳子也】唐寫本〈瞳〉作〈童〉、無〈也〉字。『正字通』云、「〈童〉、與〈瞳〉通。」伏氏校注381云、「《漢書・項籍傳》〈舜蓋重童子、項羽又重童子。〉師古注〈童子、目之眸子〉。《史記・項羽本紀》字作〈瞳〉。」

【髵音而】唐寫本〈而〉下有〈也〉字。贛州本明州本四部本朝鮮本袁本無此三字、正文〈髵〉下有音注〈而〉字、崇本作〈音而〉。

（正文）威儞光虎、莫之敢伉。〈威儞兕虎、莫之敢伉〉

【兕】唐寫本上野本作〈光〉。『干祿字書』云、「〈光〉〈兕〉〈兕〉、上俗中通下正。」

【伉】九條本誤作〈犺〉、崇本明州本朝鮮本袁本作〈亢〉。贛州本四部本校語云、「五臣本作〈亢〉字。」九條本傍記云、「〈亢〉五。」明州本朝鮮本袁本校語云、「善本作〈伉〉。」

（注）

光、水牛類。伉、當也。謂獸猛、光虎且猶畏之、人無敢當之者。

兕、水牛類也。伉、當也。謂獸猛、兕虎且猶畏之、人無敢當之者。

臣善曰、伉、古郎反。　　―善曰、鄭玄毛詩箋曰、慑、恐懼也。伉、古郎切。

【水牛類也】唐寫本無〈也〉字。

【鄭玄毛詩箋曰慑恐懼也】唐寫本無此十字。高氏義疏云、「今《詩箋》無此文。此殆後人所增而誤者。」伏氏校注383云、「按、此〈慑〉字薛注已釋之、李注無當再釋之。李注體例、凡薛注已訓釋者、不再重複作注、或僅引例證而已。且今《詩箋》無此文。《禮記・樂記》〈柔氣不慑〉下鄭注有此文。此殆後人所增而誤者。善注有僅音注者、此乃善注體例、後人不知、遂憑記憶補〈鄭玄〉以下十字。」

21 a

（正文）迺使中黄育獲之儔、朱鬓鬣髽、植髮如竿、〈迺使中黄之士育獲之儔、朱鬓鬣髽、植髮如竿〉

【迺】九條本崇本贛州本明州本四部本朝鮮本袁本作〈乃〉。

【之士】唐寫本無此二字。高氏義疏云、「《文心雕龍・指瑕篇》曰、《西京》稱中黄育獲之儔、似無者是。」

【儔】九條本崇本贛州本明州本四部本朝鮮本袁本作〈疇〉。『説文通訓定聲』云、「〈疇〉、引申爲輩類之意。或曰、此誼當爲〈儔〉字本訓。」『荀子』勸學篇「草木疇生」楊倞注云、「〈疇〉、與〈儔〉同、類也。」

【朱】崇本誤作〈失〉。

【鬣】胡氏考異云、「案、〈鬣〉當作〈鬣〉。『廣韻』十三祭〈鬣、露髻〉、卽出此。善注引『通俗文』〈露髻曰鬣〉及善音〈作計切〉也。各本所見、皆傳寫誤。」朱珔『文選集釋』云、「案、〈鬣〉當爲〈鬣〉之誤。『説文』〈鬣、束髮少小也。〉今本脱小字、此从『廣韻』引。」梁氏旁證云、「謹按、『説文』〈鬣、束髮少也。从髟截聲。〉『繫傳』亦引此爲證。」胡氏箋證云、「紹煐按、許云、〈止小〉、卽露髻之義。『廣韻』八霽・十六屑・十七薛皆載〈鬣〉字。」高氏義疏云、「段氏訂《説文》少小作止小。唐寫〈鬣〉作〈鬣〉、蓋卽〈鬣〉字。」但今仔細看、唐寫本作〈鬣〉。

【植】上野本作〈殖〉。

【如竿】崇本明州本朝鮮本袁本作〈隅中〉。贛州本四部本校語云、「五臣本作〈隅中〉。」九條本傍記云、「〈隅中〉五。」明州本朝鮮本袁本校語云、「綜本〈隅中〉字作〈如竿〉。」明州本眉批亦云、「〈隅〉、善本作〈如竿〉。」

（注）

綘栢頟、露頭結、植髮如竿、以擊猛獸、能服之也。　　―綘帕頟、露頭髻、植髮如竿、以擊猛獸、能服之也。

臣善曰、尸子曰、中黄伯曰、余左執秦行之優、而右搏彫虎。戰　　―善曰、尸子曰、中黄伯曰、余左泰行之獶、而右搏雕虎。戰國策、國策、范疽說秦王曰、焉而死、夏育之勇焉而死。鬒、莫亞反。
髽、壯爪反。鬣、作詐計反。

范睢說秦王曰、烏獲之力焉而死、夏育之勇焉而死。說文曰、鬒、
帶髻頭飾也。通俗文曰、露髻曰鬣、以麻雜爲髻。如今撮也。鬒、
莫亞切。髽、士瓜切。鬣、作計切。

【絳帕額】〈帕〉字、唐寫本作〈栢〉。伏氏校注386云、「按、當作〈帕〉、柏乃音誤字。」

［薛綜注］梁氏旁證云、「《文心雕龍・指瑕篇》云、《西京》稱中黃育獲之儔、而薛綜謬注謂之閹尹。是不聞執雕虎之人也。今薛注無閹尹之說、蓋李刪之。」

【露頭髻】〈髻〉字、唐寫本作〈結〉。伏氏校注387云、「〈結〉〈髻〉字通。《集韻》〈結、束髮也。〉段玉裁《說文注》曰、〈結、古無髻字、卽用此。〉」〈頭〉字、袁本作〈頂〉。

【余左奏行之獲】〈奏〉字、唐寫本作〈秦〉、朝鮮本作〈太〉。〈獲〉字、唐寫本作〈優〉。伏氏校注388云、「按、今本是、唐寫本皆形近致誤。」

【范睢】〈睢〉字、唐寫本作〈疽〉。伏氏校注389云、「按、范疽字、《戰國策》《史記》《漢書》皆作〈睢〉、故作〈睢〉是。然〈疽〉〈睢〉形聲同聲字、故可通假。《孟子・萬章上》〈或謂孔子於衞主痈疽〉、《說苑・至公》痈疽作雍睢、是其證也。」

【烏獲之力】唐寫本無此四字。饒氏斠證云、「〈曰〉下脫〈烏獲之力〉四字。」伏氏校注390云、「四字原脫、據今本補。」

【說文曰鬒帶髻頭飾也通俗文曰露髻曰鬣以麻雜爲髻如今撮也】唐寫本無此二十六字。梁氏旁證云、「今《說文》〈鬒、帶結飾也。〉」

高氏義疏云、「今《說文》作帶、結飾也。脫〈頭〉字、〈髻〉作〈結〉、〈結〉與〈髻〉通。」

【鬒莫亞切】贛州本明州本四部本朝鮮本袁本無此四字。正文〈鬒〉下有音注〈莫亞〉二字、崇本同。

【士瓜切】〈士瓜〉二字、唐寫本作〈壯爪〉。但唐寫本〈瓜〉與〈爪〉多不分、恐是〈瓜〉字。『廣韻』下平九麻韻云、「髽、莊華切。」〈瓜〉字亦屬麻韻。袁本誤作〈爪〉。伏氏校注392云、「壯爲照紐二等字、士則床紐二等字。照二古讀精、床二古讀从、精、从齒音近紐、其音相近。」

【鬣作計切】唐寫本〈作〉下衍〈詐〉字。贛州本明州本四部本朝鮮本袁本無此四字。正文〈鬣〉下有音注〈作計〉二字、崇本同。

〈正文〉襢裼戟手、奎踽槃桓。〈袒裼戟手、奎踽盤桓〉

【袒】唐寫本上野本九條本作〈襢〉、尤本誤作〈祖〉、注亦同。

【裼】尤本作〈裼〉、朝鮮本四部本作〈禓〉、注亦同。下不再出校。

【奎】九條本崇本明州本朝鮮本袁本作〈跬〉。贛州本四部本校語云、「五臣本作〈跬〉。」九條本傍記云、「〈奎〉善。」梁氏旁證云、「按、《說文》奎、兩髀之閒。《莊子・徐无鬼篇》奎蹄曲隈。則作〈奎〉自通。」伏氏校注394云、「按、〈奎〉〈跬〉古今字。《集韻》〈跬、跬踽開足貌、或省（作奎）。〉」

【桓】唐寫本上野本北宋本殘卷崇本尤本朝鮮本袁本作〈桓〉、不闕筆。但崇本注文作〈桓〉。下不再出校。

【盤】唐寫本上野本作〈槃〉。伏氏校注394云、「又按、槃桓爲連綿字、或作盤桓、盤旋、盤跚、般桓。」

（注）

奎踽、開足。槃桓、便旋如搏形也。臣善曰、毛詩、襢裼暴虎。左氏傳曰、戟其手。廣雅曰、般桓、不進也。奎、欺棰反。踽、去禹反。

奎踽、開足也。盤桓、便旋也。善曰、毛詩曰、袒裼暴虎。左傳曰、戟其手。廣雅曰、盤桓、不進也。奎、欺棰切。踽、去禹切。

【奎踽】〈奎〉字、贛州本明州本四部本袁本作〈跬〉。

【開足也】唐寫本無〈也〉字。

【盤桓】〈盤〉字、唐寫本作〈槃〉。

【便旋也】唐寫本〈旋〉下有〈如搏形〉三字。饒氏斠證云、「五臣李周翰注則作〈跬踽、盤桓、搏物之貌〉、仍存襲用薛注之迹、殆刪併六臣注時、刪薛綜而存五臣、尤氏剔取善注、不知曾經刪併、故尤本善注無此三字。（高氏李注義疏未校出此三字。）」

【毛詩曰】唐寫本脫〈曰〉字。

【袒裼】〈袒〉字、唐寫本作〈襢〉。

【左傳】唐寫本〈左〉下有〈氏〉字、是也。今本脫耳。

【廣雅曰盤桓】〈盤〉字、唐寫本作〈般〉。『廣雅』釋訓作〈般桓〉、與唐寫本合。

【奎欺棰切】〈奎〉字、明州本袁本作〈跬〉。〈棰〉字、贛州本明州本四部本朝鮮本袁本作〈捶〉。

（正文）皐赤象、圏巨狿、〈鼻赤象、圏巨狿〉

【象】上野本作〈爲〉。『干祿字書』云、「〈象〉〈爲〉、上通下正。」下不再出校。

【狿】唐寫本上野本作〈狿〉。『干祿字書』云、「〈㢟〉〈延〉、上通下正。」下不再出校。

（注）

象赤者、怨。巨狿、麔ゝ也。怨走者為狿。謂能戾象皐、又穿麔以着圈。
臣善曰、說文曰、圈、養畜圈也。其兗反。狿、音延。

象鼻赤者、怒。巨狿、麔也。怒走者爲狿。謂能戾象鼻、又穿麔以著圈。
善曰、說文曰、圈、畜閑也。其兗切。狿、音延。

【象鼻赤者】唐寫本無〈鼻〉字。高氏義疏云、「薛注〈象〉下〈鼻〉字、疑涉正文〈鼻〉字而衍、應刪。」

【怒】唐寫本〈怨〉與〈怒〉不分、恐是〈怒〉字。下不再出校。

【麔也】唐寫本重〈麔〉字。伏氏校注399云、「按、不疊是、唐寫本誤衍。」梁氏旁證云、「顧氏千里曰、按字書皆無〈麔〉字、當俟考。姜氏皐曰、疑卽〈麔〉字、徂古切、『集韻』大也。」胡氏箋證云、「薛訓爲〈麔〉。字書無其字。惟劉向《請雨華山賦》有〈麔〉字、形相近、然音義均無可攷。」

【圈畜閑也】唐寫本〈畜〉上有〈養〉字、〈閑〉作〈圈〉。高氏義疏云、「李注引《說文》、各本脫〈養〉字。本書《赭白馬賦》注引同。今依唐寫本增。」伏氏校注400云、「按、《說文》〈圈、養畜之閑也、今本脫〈養〉字、當依唐寫本補。段玉裁〈疑閑《說文》本作圏、後人改之耳〉。《集韻》〈圈圏二同〉、則段氏之疑有以也。」

【其兖切狿音延】〈兖〉字、唐寫本作〈兗〉。贛州本明州本四部本朝鮮本袁本無此六字、正文〈圈〉〈狿〉下各有音注〈其兖〉〈延〉字、但朝鮮本〈兖〉作〈兗〉、與唐寫本同。崇本〈圈〉下無音注、〈延〉作〈音延〉二字。

（正文）摣䰗彔、批䆗狻、〈摣狒猬、批窳狻〉

【狒猬】唐寫本作〈䰗彔〉。〈狒〉字、上野本崇本明州本袁本作〈髴〉。贛州本四部本校語云、「五臣本作〈髴〉字。」九條本傍記云、「〈髴〉五。」〈猬〉字、上野本九條本作〈彙〉、贛州本四部本誤作〈猥〉。『集韻』云、「〈𩰪〉、或作〈狒〉〈𥦕〉〈䰗〉〈𦍋〉〈𥨊〉。」『正字通』云、「〈𩰪〉、〈𥦕〉本字。」『龍龕手鑑』云、「〈䰗〉、獸名。」皆異體字耳。饒氏斠證云、「〈䰗〉、『說文』内部作〈𥦕〉、所引卽『王會解』之〈費費〉及『爾雅』之〈狒狒〉、桂馥『說文義證』又引『山海經』郭注作〈髴髴〉、竝聲借字、皆指一名梟陽之食人獸。又『說文』彖部〈〈彙〉、彙蟲也。似豪豬而小。重文作〈蝟〉。〉『經典釋文』三十〈〈彙〉本或作〈猬〉、又作〈蝟〉〉、各本竝字異而義同、字或不能畫一。」

【窳】九條本崇本贛州本明州本四部本朝鮮本袁本作〈貐〉。高氏義疏云、「《釋獸》曰、猰貐、類貙、虎爪、食人、迅走。《說文》作〈猰貐〉、與《爾雅》同。《釋文》曰、〈猰〉字亦作〈猰〉、或作〈契〉。〈貐〉字或作〈窳〉。《北山經》曰、少咸之山、有獸焉。其狀如牛、而赤身、人面、馬足。名曰〈窫窳〉。《海内南經》曰、窫窳龍首、居弱水中、食人。又見《海内西經》。《吳都賦》劉逵注引作

〈猰㺄〉。《七命》李善注引作〈猰𤡿〉。」然則〈貏〉〈猰〉〈契〉〈窫〉、及〈貐〉〈㺄〉〈窳〉〈𤡿〉、竝字異而義同。

（注）

畳、獸身人面、身有毛、披髮、迅走、食人。彔、其毛如刺矣。窳、窫窳也。類貙、虎爪、亦食人。狻、〻猊也。一曰師子。摣批、皆謂撠撮之。臣善曰、摣、疰加反。髴、房沸反。彙、音謂。批、側倚反。窳、音庾。狻、音酸。猊、五兮反。

鸓、獸身人面、身有毛、被髮、迅走、食人。猬、其毛如刺。窳、窫窳也。類貙、虎、亦食人。狻、狻猊也。一曰師子。摣批、皆謂戟撮之。善曰、摣、子加切。狒、房沸切。猬、音謂。批、側倚切。窳、音庾。狻、音酸。猊、五奚切。

【鸓】唐寫本作〈畳〉、朝鮮本作〈狒〉。說見前。

【被髮】〈被〉字、唐寫本作〈披〉。從衤之字與從扌之字、唐寫本不分。

【猬】唐寫本作〈彔〉。伏氏校注401云、「〈彔〉、即〈彙〉的俗體（見『龍龕手鑑』）。」但今『龍龕手鑑』作〈彚〉。

【如刺】〈刺〉字、唐寫本作〈刾〉、下有〈矣〉字。『顏氏家訓』書證篇云、「〈刺〉字之傍應爲朿、今亦作〈夾〉。」『集韻』云、「〈刺〉、俗作〈刾〉。」

【窫窳也】〈窫〉字、唐寫本袁本作〈窫〉、朝鮮本作〈窫〉、贛州本四部本作〈窫〉。說見前。

【虎亦食人】唐寫本〈虎〉下有〈爪〉字。胡氏考異云、「案、〈亦〉當作〈爪〉。各本皆誤。」梁氏旁證與胡氏考異同。高氏義疏云、「〈虎爪〉、各本誤作〈虎亦〉、今依唐寫改。」饒氏斠證云、「〈爪〉字各刻本誤作〈亦〉、考異謂〈亦當作爪〉、蓋以『爾雅』文義推之、適與永隆本合。」但唐寫本有〈爪〉〈亦〉兩字、各本脫〈爪〉字耳。高氏饒氏、依胡氏考異而一時目誤。

【師子】〈師〉字、朝鮮本作〈獅〉。

【戟撮之】〈戟〉字、唐寫本作〈撠〉。『史記』孫武傳「救鬭者不搏撠」索隱云、「撠、以手撠刺人。」『漢書』揚雄傳下「不能撠膠葛騰九閎」師古注云、「撠、挶也。」唐寫本似是。

【子加切】〈子〉字、唐寫本作〈疰〉。『干祿字書』云、「〈疰〉〈莊〉〈莊〉、上俗中通下正。」『廣韻』作女加切、『集韻』作壯加切。伏氏校注403〈疰〉爲〈癡〉、乃一時目誤。

【狒房沸切】〈狒〉字、唐寫本作〈髴〉。伏氏校注404云、「按、唐寫本正文作〈鸓〉、故注文也當作〈鸓〉。」

【猬音謂】〈猬〉字、唐寫本作〈彙〉。伏氏校注405云、「先唐時期、同音近音替代的現象、比我們想象的要多、漢簡帛書、六朝碑文、假借字連篇累牘、觸目皆是、雖劉向校讎群書、鄭玄箋經典、力求劃一歸眞、但終難挽狂瀾。唐代初期、顏師古・孔穎達・司馬貞・李賢・李善等人、注解群經、剔去異文、刪除繁濫、做了大量工作。然唐寫本李善《文選注》、上下相連、而用字不一。可見移風易俗、實在不易。〈彔〉〈猬〉〈猥〉〈蝟〉〈彔〉〈狒〉〈鬻〉、舉此一端、而三隅可反矣。」

【側倚切】伏氏校注406唐寫本〈倚〉爲〈依〉、乃一時目誤。唐寫本亦作〈倚〉、與諸本同。

【瓵音庾狻音酸】贛州本明州本四部本朝鮮本袁本無此六字。正文〈瓵〉〈狻〉下各有音注〈庾〉〈酸〉字、崇本作〈音庾〉〈音酸〉。

【五奚切】〈奚〉字、唐寫本作〈兮〉。伏氏校注407云、「按、切音同。」

（正文）揩枳落、窔棘藩。〈揩枳落、突棘藩〉

【突】唐寫本作〈窔〉、上野本作〈窔〉。『干祿字書』云、「〈窔〉〈突〉、上俗下正。」下不再出校。

【棘】唐寫本作〈棘〉。『干祿字書』云、「〈棘〉〈棘〉、上俗下正。」諸本〈棘〉與〈棘〉不分、此是〈棘〉字也。下不再出校。

【藩】唐寫本上野本作〈蕃〉。伏氏校注408云、「按、〈蕃〉通〈藩〉。《詩・大雅・崧高》〈四國于蕃、四方于室〉鄭玄箋〈四國有難、則往扞禦之、爲之蕃屛。〉《韓詩》作〈藩〉。《周禮・地官・鄉師》鄭玄注〈止以爲蕃營。〉孫詒讓正義〈蕃、與藩通。蕃、籬落也。〉」

（注）

臣善曰、字林曰、揩、摩也。口階反。説文曰、枳、木、似橘。居紙反。

善曰、字林曰、揩、摩也。口階切。説文曰、枳、木、似橘。居紙切。杜預左氏傳注曰、藩、籬也。落、亦籬也。

【杜預左氏傳注曰藩籬也落亦籬也】唐寫本無此十四字。

（正文）梗林為之靡拉、樸叢為之摧殘。〈梗林爲之靡拉、樸叢爲之摧殘〉

【樸】尤本誤作〈撲〉。

（注）

靡拉、摧殘、言揩窔之、皆僻碎毀折也。臣善曰、方言、凡草木剌人者為梗。古杏反。毛萇詩傳曰、樸、包木也。補木反。

靡拉、摧殘、言揩突之、皆擗碎毀拆也。拉、郎荅切。善曰、方言曰、凡草木刺人爲梗。古杏切。毛萇詩傳曰、樸、包木也。補木切。

【擗碎毀拆】〈擗〉字、唐寫本作〈僻〉。〈拆〉字、唐寫本作〈折〉。案、〈扌〉與〈亻〉、唐寫本不明分、蓋此〈擗〉字。伏氏校注410云、「唐寫本作〈析〉是。〈擗碎〉〈毀析〉、動補結構聯合而成。作〈毀拆〉、則動詞幷列、與〈擗碎〉不一致。」但唐寫本不作〈析〉、

〈扌〉與〈木〉、唐寫本不明分、不審何字。

【拉郎荅切】唐寫本贛州本明州本四部本朝鮮本袁本無此四字。崇本贛州本明州本四部本朝鮮本袁本正文〈拉〉下有音注〈郎荅〉二字、此從五臣音亂善注。高氏義疏云、「唐寫薛注無〈拉郎荅切〉四字、是。」饒氏斠證云、「叢刊本只注〈郎荅〉二字于正文〈拉〉下、可見確非薛注、胡刻本此四字誤連于薛注之末。」伏氏校注410云、「唐寫本無此四字是、薛注一律無音注。」

【方言曰】唐寫本脱〈曰〉字。

【剌人爲梗】唐寫本〈人〉下有〈者〉字。高氏義疏云、「案、《方言》三曰、凡草木剌人、自關而東或謂之〈梗〉。」饒氏斠證云、「案方言三原無〈者〉字。」伏氏校注412云、「按、今本《方言》卷三有〈者〉字、唐寫本與之合。」但今『方言』無〈者〉字、不知伏氏見何本。諸本〈剌〉與〈刺〉不分、此是〈剌〉字也。下不再出校。

【古杏切】贛州本明州本四部本朝鮮本袁本無此三字。正文〈梗〉下有音注〈古杏〉二字、崇本同。

【補木切】贛州本明州本四部本朝鮮本袁本無此三字。正文〈樸〉下有音注〈補木〉二字、崇本同。

21b

（正文）輕銳僄狡、趫捷之徒、〈輕銳僄狡、趫捷之徒〉

【銳】『干祿字書』云、「〈兊〉〈兑〉、上通下正。」下不再出校。

【趫】唐寫本作〈趫〉。『干祿字書』云、「〈喬〉〈喬〉、上俗下正。」下不再出校。

（注）

輕銳、謂便利。捷、疾也。言如此者多也。　｜輕銳、謂便利。捷、疾也。言如此者多也。

（正文）赴洞穴、探封狐、陵重巘、獵昆駼、〈赴洞穴、探封狐、陵重巘、獵昆駼〉

【陵】上野本作〈淩〉。上野本〈阝〉多作〈冫〉〈氵〉。

【巘】唐寫本作〈甗〉。高氏義疏云、「《詩・皇矣》孔疏引亦作〈甗〉。孫義鈞曰、《爾雅・釋山》重甗隒。郭注謂山形如累兩甗、甗、甑也。山形似之、因以名云。與注山上大下小之義合。作〈甗〉者是也。胡紹煐曰、〈巘〉與〈甗〉同。《爾雅》重甗隒。《說文》隒、崖也。重甗謂之隒、重甗、卽重崖矣。《王風・葛藟》《釋文》引李巡曰、隒、阪也。《爾雅・釋畜》《釋文》引舍人曰、甗者、阪也。甗隒義同。故同訓爲阪。……薛注以爲上大下小、未知所據。郭注《釋畜》本之、遂有山形似甑之異說矣。步瀛案、《說文》無〈巘〉字。《瓦部》云、甗、甑也。一曰穿也。劉熙《釋名・釋山》曰、山上大下小曰〈甗〉。甗、甑一孔者。甗形孤出處似之也。《爾雅・

釋畜》郭注曰、甗、山形似甑、上大下小。……是劉氏、郭氏說〈甗〉竝與薛同。胡氏斥爲異說、非也。又本書《長笛賦》《晩出西射堂詩》注引《釋山》竝作〈巘〉。《玉篇》引亦作〈巘〉。郝懿行據爲古本作〈巘〉之證。然本賦注唐寫作〈甗〉、又安知唐寫《長笛賦》注等不作〈甗〉。則古本作〈巘〉之說、亦未必確。」據高氏說、則從唐寫本當作〈甗〉字。饒氏斠證云、「胡刻叢刊竝作〈巘〉。又善注末〈巘言免反〉、永隆本仍从山。知薛从瓦、而善从山。」

【昆】九條本作〈騉〉。『爾雅』釋畜作〈騉駼〉、『釋文』云、「〈騉〉本亦作〈昆〉。」

（注）

洞穴、深且通也。探、取也。封、大也。陵、猶升也。山之上大下小者甗。昆駼、如馬、枝蹄、善登高。言能升重甗之嶺、而獵取昆駼之獸。

臣善曰、巘、言免反。駼、音途。

洞穴、深且通也。探、取也。封、大也。陵、猶升也。山之上大下小者巘。昆駼、如馬、枝蹄、善登高。言能升重巘之嶺、而獵取昆駼之獸。

善曰、巘、言免切。駼、音途。

【小者曰巘】唐寫本無〈曰〉字、〈巘〉作〈甗〉。伏氏校注414云、「〈曰〉字原脱、據今本補。」

【跂蹄】〈跂〉字、唐寫本作〈枝〉。朱珔『文選集釋』云、「案、注〈跂〉字、當爲〈枝〉。《爾雅》〈釋畜〉〈騉駼、枝蹄趼、善陞甗。〉」朱氏說與唐寫本合。

【重巘之嶺】〈巘〉字、唐寫本作〈甗〉。

【善曰】唐寫本初脱〈曰〉字、後淡墨旁加。

【駼音途】贛州本明州本四部本朝鮮本袁本無此三字。正文〈駼〉下有音注〈途〉字、崇本作〈音途〉。

（正文）杪木末、擭獑猢、

【擭】尤本誤作〈檴〉。

（注）

杪、猶表。獑猢、猨類而白、自要以前黑、在木表。擭謂握取之。

臣善曰、杪、音眇。擭、於白反。獑、在銜反。猢、音胡也。

杪、猶表也。獑猢、猨類而白、腰以前黑、在木表。擭謂掘取之也。

善曰、杪、音眇。擭、於白切。獑、在銜切。猢、音胡。

【猶表也】唐寫本無〈也〉字。

【腰以前】〈腰〉字、唐寫本作〈自要〉二字。饒氏斠證云、「各本竝脫〈自〉字。」伏氏校注416云、「〈要〉〈腰〉、古今字。」『廣韻』下平四宵韻云、「要、俗言要勒。說文曰、身中也。象人要自臼之形。今作腰。」高氏義疏云、「薛注〈臼〉字、唐寫作〈自〉。」乃一時目誤。

【掘取之也】唐寫本〈掘〉作〈握〉、無〈也〉字。

【杪音眇】贛州本明州本四部本朝鮮本袁本無此三字。正文〈杪〉下有音注〈眇〉字、崇本作〈音眇〉。

【猢音胡】唐寫本〈胡〉下有〈也〉字。贛州本明州本四部本朝鮮本袁本無此三字。正文〈猢〉下有音注〈胡〉字、崇本作〈音胡〉。

（正文）超殊榛、摕飛鼺。

（注）

殊、猶大也。榛、木也。摕、梢取之也。
臣善曰、尔雅曰、鼺鼠、夷由。郭璞曰、狀如狐、肉翅、飛且乳。
摕、大結反。鼺、音吾。

殊、猶大也。榛、木也。摕、捎取之也。
善曰、爾雅曰、鼺鼠、夷由。郭璞曰、狀如小狐、肉翅、飛且乳。
摕、大結切。鼺、音吾。

【如小狐】唐寫本無〈小〉字。饒氏斠證云、「永隆本誤脫。」伏氏校注417云、「按、今本《爾雅・釋鳥》郭注亦有〈小〉字、蓋唐寫本脫。」

【鼺音吾】贛州本明州本四部本朝鮮本袁本無此三字。正文〈鼺〉下有〈音吾〉二字、崇本同。

（正文）是時後宮嬖人、昭儀之倫、

（注）

嬖、幸也。昭儀、後宮也。

嬖、幸也。昭儀、後宮官也。

【昭儀】〈昭〉字、袁本誤作〈明〉。

【後宮官也】唐寫本〈宮〉下無〈官〉字。饒氏斠證云、「永隆本誤脫。」九條本傍記云、「後宮官也。」

（正文）常亞於乘輿。

（注）

亞、次也。乘輿、天子所乘車也。

亞、次也。乘輿、天子所乘車。

【所乘車】唐寫本〈車〉下有〈也〉字。

（正文）慕賈氏之如皐、樂北風之同車、
【皐】上野本作〈睾〉。『干祿字書』云、「〈睾〉〈皐〉、上俗下正。」
（注）
臣善曰、左氏傳曰、昔賈大夫惡、取妻、三年不言不咲。御以如皐、射雉獲之。其妻始咲而言。杜預曰、賈國之大夫也。毛詩北風曰、惠而好我、携手同車。

善曰、左氏傳曰、賈大夫惡、取妻、三年不言不笑。御以如皐、射雉獲之。其妻始笑而言。杜預曰、賈國之大夫。詩北風曰、惠而好我、攜手同車。

【賈大夫】唐寫本〈賈〉上有〈昔〉字。饒氏斠證云、「〈昔〉字、與『左傳』昭公二十八年文合、各刻本誤脫。」九條本眉批引無〈昔〉字。
【不笑】〈笑〉字、唐寫本作〈咲〉。『干祿字書』云、「〈咲〉〈笑〉、上通下正。」下不再出校。
【賈國之大夫】唐寫本〈夫〉下有〈也〉字。
【詩北風】唐寫本〈詩〉上有〈毛〉字。饒氏斠證云、「〈毛〉字、各刻本竝脫。」伏氏校注420云、「按、李善引《詩》、一律稱《毛詩》或《齊詩》《魯詩》《韓詩》、無有只稱〈詩〉者、唐寫本是。」九條本眉批引善注脫〈毛〉字。
（正文）般于游畋、其樂只且。〈盤于游畋、其樂只且〉
【盤】唐寫本上野本作〈般〉。高氏義疏云、「古鈔及唐寫〈盤〉作〈般〉。唐寫注同、與《爾雅・釋詁》合。而《書・無逸》疏引《釋詁》亦作〈盤〉。」伏氏校注421云、「按、《爾雅・釋詁上》〈般、樂也〉、薛注當本此。唐寫本與之合。然《尚書・無逸》作〈盤〉、疏引《爾雅》亦作〈盤〉、是〈般〉〈盤〉通作矣。」
【游】九條本崇本贛州本明州本四部本朝鮮本袁本作〈遊〉、李善注中竝作〈游〉。
（注）
般、樂也。
臣善曰、尚書曰、文王弗敢般于遊田。毛詩曰、其樂只且。只且、辭也。且、子余反。

盤、樂也。
善曰、尚書曰、不敢盤于游畋。毛詩曰、其樂只且。辭也。子余切。

【盤樂也】〈盤〉字、唐寫本作〈般〉。下同。
【不敢盤于游畋】唐寫本作〈文王弗敢般于遊田〉。案今『尚書』無逸篇作「文王不敢盤于遊田」。斯波博士以唐寫本爲李善注之舊、說詳見『文選李善注所引尙書攷證』。

【辭也】贛州本明州本四部本朝鮮本袁本〈辭〉上重〈且〉字。胡氏考異云、「袁本、茶陵本重〈且〉字、是也。」高氏義疏云、「尤本不複〈只且〉字、六臣本但複〈且〉字、唐本複二字、今從之。又依唐寫〈子〉上增〈且〉字。」唐寫本最是、刻本竝脫字。〈辭〉字、唐寫本作〈辤〉。『干祿字書』云、「〈辞〉〈辤〉〈辭〉、上中竝辤讓、下辭說、今作辞、俗作辞、非也。」但此皆通用。下不再出校。

【子余切】唐寫本〈子〉上有〈且〉字。贛州本四部本善注無此三字、正文〈且〉下有音注〈子余反〉、崇本同。

22 a

【殫】唐寫本作〈單〉、注同。高氏義疏云、「唐寫〈殫〉作〈單〉、通借字。」

（正文）於是鳥獸單、目觀窮、〈於是鳥獸殫、目觀窮〉

（注）

單也。窮、極也。所觀畢也。　　殫、盡也。窮、極也。所觀畢也。
善曰、國語、伍擧曰、若周於目觀。

【殫盡也】唐寫本作〈單也〉、脫〈盡〉字。饒氏斠證云、「永隆本誤脫。」

【國語伍擧曰若周於目觀】唐寫本無此十字。案今『國語』楚語上作〈若於目觀則美〉、無〈周〉字。

（正文）遷延邪睨、集乎長楊之宮。〈遷延邪睨、集乎長楊之宮〉

【遷延】上野本作〈延遷〉、誤倒。

（注）

遷延、退還也。　　遷延、退旋也。
臣君曰、高唐賦曰、遷延引身。　　善曰、高唐賦曰、遷延引身也。說文曰、睨、斜視也。魚計切。

【退旋也】〈旋〉字、唐寫本作〈還〉。伏氏校注428云、「按、假借字。」

【善曰】唐寫本作〈臣君曰〉。饒氏斠證云、「〈君〉乃〈善〉之譌。」案上文〈獸不得發〉句下善注亦作〈臣君曰〉、疑〈君〉字用以代〈善〉之名、竝非筆誤、如文選集注、任昉奏彈曹景宗文末作〈臣君誠惶誠恐〉、乃以〈君〉字代〈昉〉之名、又任昉奏彈劉整文開端作〈御史中丞臣任君稽首言〉、〈君〉字亦所以代作者之名也、殆唐人風尙如此。」伏氏校注429云、「原卷〈君〉字當爲〈善〉字之訛。」

【高唐賦曰遷延引身也】唐寫本無〈也〉字、是也。梁氏旁證云、「高唐賦當作神女賦。此偶誤。」

【說文曰睨斜視也魚計切】唐寫本無此十字。高氏義疏云、「『說文』見〈目部〉。〈斜〉當作依原文作〈衺〉。」

〈正文〉息行夫、展車馬、

〈注〉

息、𠇗也。
臣善曰、左氏傳曰、子反令軍吏、繕甲兵、展車馬。鄭玄礼記注曰、展、慗也。張輂反。

息、休也。
善曰、左氏傳曰、子反令軍吏、繕甲兵、展車馬。鄭玄禮記注曰、展、整也。張輂切。

【息休也】〈休〉字、唐寫本作〈𠇗〉。『干祿字書』云、「〈𠇗〉〈休〉、上俗下正。」下不再出校。

【子反令軍吏】〈軍〉字、伏氏校注・敦煌賦彙謂唐寫本誤作〈車〉、今仔細看、實作〈軍〉、但〈冖〉淡墨也。兩本乃一時目誤。

【張輂切】贛州本明州本四部本朝鮮本袁本無此三字、正文〈展〉下有音注〈張輂〉二字。崇本無。此從六臣本體例而亂善注。

〈正文〉收禽舉𪗋、𣪠課衆𡨴、〈收禽舉𪗋、數課衆寡〉

【收】唐寫本作〈収〉。『干祿字書』云、「〈収〉〈收〉、上通下正。」下不再出校。

【寡】唐寫本作〈𡨴〉、上野本作〈寡〉。『干祿字書』云、「〈寡〉〈𡨴〉〈寡〉、上俗中通下正。」下不再出校。

〈注〉

𪗋、死禽獸將腐之名也。𣪠、計。課、錄校所得多少。

𪗋、死禽獸將腐之名也。數、計。課、錄校所得多少。
善曰、𪗋、取肉名、不論腐敗也。

【善曰𪗋取肉名不論腐敗也】唐寫本無此十一字。高氏義疏云、「案、此正薛注將腐之說。李注當有。」〈取〉字、贛州本明州本四部本作〈聚〉。

〈正文〉置牙擺牲、頒賜獲鹵。〈置互擺牲、頒賜獲鹵〉

【互】唐寫本上野本作〈牙〉。饒氏斠證云、「案『漢書』顏注〈互或作牙、謂若犬牙相交〉、『廣韻』〈互俗作㸦〉。」『敦煌俗字研究』云、「《字樣》〈互、正。㸦、相承用。〉……按、〈㸦〉與〈牙〉形近、〈㸦〉字或〈㸦〉旁古籍中多有誤作〈牙〉的。《漢書・谷永傳》〈百官盤互、親疏相錯。〉顏師古注〈互字或爲牙、言如豕牙之盤曲、犬牙之相入也。〉或本的〈牙〉、顯係〈㸦〉之譌字。顏氏望文生訓、實屬大謬。」袁本誤作〈玄〉。

【擺】唐寫本上野本作〈擺〉。『干祿字書』云、「〈䏻〉〈能〉、上通下正。」下不再出校。

【鹵】九條本明州本朝鮮本袁本作〈虜〉。九條本傍記云、「〈鹵〉善。」上野本傍記云、「〈虜〉五。」贛州本四部本校語云、「五臣作〈虜〉。」但崇本不作〈虜〉、明州本朝鮮本袁本無校語。伏氏校注433云、「按、鹵爲借字、虜爲正字。《說文通訓定聲》〈鹵、假借爲虜。〉《史記・高祖本紀》〈毋得掠鹵〉、《集解》引應劭曰、〈鹵與虜同。〉」

（注）

牙、所以掛肉。擺、謂破磔懸之。頒、謂以所鹵獲之禽獸、賜士衆也。
臣善曰、擺、芳皮反。漢書音義曰、鹵與虜同也。

互、所以挂肉。擺、謂破磔懸之。頒、謂以所鹵獲之禽獸、賜士衆也。
善曰、擺、芳皮切。漢書音義曰、鹵與虜同。

【互】唐寫本袁本作〈牙〉。說見前。

【所以挂肉】〈挂〉字、唐寫本作〈掛〉。『干祿字書』云、「〈掛〉〈挂〉、上俗下正。」

【謂破磔懸之】〈磔〉字、唐寫本作〈磔〉。高氏義疏云、「各本薛注〈磔〉誤〈磔〉、今依唐寫本改。」伏氏校注434云、「唐寫本是、今本形近致誤。『說文』〈磔、辜也。〉段注曰、〈凡言磔者、開也、張也。刳其胸腹而張之、令其乾枯不收。〉《字彙》〈磔、裂也。〉與薛注釋意同、作〈磔〉、則不通矣。」

【芳皮切】〈芳〉字、袁本誤作〈若〉。

【鹵與虜同】唐寫本〈同〉下有〈也〉字。

（正文）割鮮野饗、犒勤賞功。〈割犒野饗、犒勤賞功〉

【犒】唐寫本作〈槁〉。〈槁〉、即〈槁〉。〈犒〉、即〈犒〉。『九經字樣』云、「〈高〉〈高〉、上『說文』下隸省。〈亭〉〈亳〉等字竝從〈高〉省。」『敦煌俗字研究』云、「漢碑中已見〈高〉字。又〈高〉旁古亦或作〈高〉。」饒氏斠證云、「〈槁〉字从木、各本竝从牛。」伏氏校注435云、「按、假借字。《周禮・秋官・小行人》〈若國師役、則令槁襘之。〉鄭玄注〈故書槁爲槀。〉鄭司農云、〈槀當爲槁、謂槁師也。〉今本《左傳・僖公三十二年》杜注正作〈犒〉。」〈高〉旁字、下不再出校。

【功】唐寫本作〈切〉。『干祿字書』云、「〈切〉〈功〉、上俗下正。」下不再出校。

（注）

謂饗食士衆於廣野中、勞勤苦、賞有功也。
臣善曰、子虛賦曰、割鮮染輪。杜預左氏傳注曰、槁、勞也。槁、

謂饗食士衆於疥野中、勞勤苦、賞有功。
善曰、子虛賦曰、割鮮染輪。杜預左氏傳曰、犒、勞也。犒、苦

呰到反。　—到切。

【勞勤苦】〈苦〉字、唐寫本作〈呰〉。『干祿字書』云、「〈呰〉〈苦〉、上通下正。」下不再出校。

【賞有功】唐寫本〈功〉下有〈也〉字。高氏義疏云、「薛注各本〈功〉下無〈也〉字、今依唐寫增。」饒氏斠證云、「各本脱〈也〉字。」

【子虛賦】〈虛〉、即〈虚〉字。『干祿字書』云、「〈虛〉〈虚〉、上通下正。」下不再出校。

【杜預左氏傳曰】唐寫本〈傳〉下有〈注〉字、是也。胡氏考異云、「何校〈傳〉下添〈注〉字、是也。各本皆脱。」

【犒勞也】〈犒〉唐寫本作〈槗〉、下同。與正文〈槗〉字不合。案『干祿字書』云、「〈髙〉〈喬〉、上俗下正。」〈槗〉、即〈橋〉字。此當作〈槗〉。

【犒苦到切】明州本四部本朝鮮本袁本脱〈犒〉字。

（正文）五軍六師、千里列百重、〈五軍六師、千列百重〉

【千列百重】唐寫本〈千〉下衍〈里〉字。饒氏斠證云、「〈里〉字誤衍、高氏以爲〈列作里〉、蓋一時目誤。」

（注）

臣善曰、漢官儀、漢有五營。周禮、天子六軍。五軍、即五營也。六師、即六軍也。尙書曰、張皇六師也。

善曰、漢官儀、漢有五營。五軍、即五營也。周禮、天子六軍。六師、即六軍也。尙書曰、張皇六師。千列、列千人也。

【五軍即五營也】唐寫本此六字在〈周禮天子六軍〉下。

【張皇六師】唐寫本〈師〉下有〈也〉字。

【千列列千人也】唐寫本無此六字。

（正文）酒車酌醴、方駕授邕、〈酒車酌醴、方駕授饔〉

【酌】上野本作〈酌〉。

【醴】上野本作〈醲〉。

【饔】唐寫本上野本作〈邕〉、上野本旁有校筆〈雍〉字。九條本作〈饔〉、旁有校筆〈邕〉字。高氏義疏云、「唐寫〈饔〉作〈邕〉、通借字。」饒氏斠證云、「蓋通假字。」伏氏校注440云、「按、〈邕〉與〈饔〉同音字、故可假借。〈邕〉假借爲〈饔〉、其例罕見、然〈邕〉可假借爲〈雍〉（《集韻》〈雍、地名、古作邕〉）、亦可借爲〈壅〉（見《漢書・王莽傳》師古注）、〈擁〉（見《爾雅・釋言》邢疏）。

〈邑〉通〈雍〉〈壅〉〈擁〉、卽〈邑〉通〈饔〉矣。」

〈注〉

酒肴皆以車布之。

酒肴皆以車布之。
善曰、鄭玄儀禮注曰、方、併也。杜預左氏傳注曰、熟曰饔。

【善曰鄭玄儀禮注曰方併也杜預左氏傳注曰熟曰饔】唐寫本無此二十一字。〈饔〉字、袁本作〈雍〉。伏氏校注441云、「按、今本善注多于唐寫本善注者、一爲今本有而唐寫本無、二爲今本多而唐寫本少。其原因蓋有二。一是唐寫本爲李善未定本（李注《文選》、數易其稿。說見前）。二是晚唐李濟翁以來崇李卑五臣之風大盛、至北宋江西詩派倡〈無一字無來處〉、文人讀書、往往旁記出處、後人刊而合入李注。文獻不足、難遽定、故存疑如上。」

〈正文〉廾鬺舉熢、既釂鳴鍾。〈升觴舉熢、既釂鳴鐘〉

【升】唐寫本作〈廾〉、上野本作〈升〉。『敦煌俗字研究』云、「按、〈外〉蓋〈升〉的增點字。俗書〈斗〉字亦或書作〈升〉、故加點以別之。」又云、「《五經文字》卷中斗部〈升、式陵反、象形、從斗。作〈廾〉訛。〉〈廾〉蓋〈升〉之變、而〈廾〉又爲〈外〉之變。〈廾〉爲〈斗〉字、〈廾〉爲〈升〉字、可見右下加點的〈廾〉也有區別字形的意味在內。」

【觴】唐寫本上野本作〈鬺〉。『干祿字書』云、「〈鬺〉〈觴〉、上俗下正。」

【鐘】唐寫本崇本作〈鍾〉。『干祿字書』云、「〈鍾〉〈鐘〉、上酒器、下鐘磬字。今竝用上字。」

〈注〉

熢、火也。謂行酒、舉烽火以告衆也。以釂、鳴鍾皷也。
臣善曰、說文曰、釂、飲酒盡也。焦曜反。

熢、火也。謂行酒、舉烽火以告衆也。以釂、鳴鍾鼓也。
善曰、升、進也。說文曰、釂、飲酒盡也。焦曜切。

【鳴鍾鼓也】〈鼓〉字、唐寫本作〈皷〉。『干祿字書』云、「〈皷〉〈鼓〉、上俗下正。」下不再出校。〈鍾〉字、贛州本明州本四部本朝鮮本袁本作〈鐘〉。

【升進也】唐寫本無此三字。伏氏校注443云、「按、善注《文選》、皆先引經典成說、有己意者附于後、據此、則〈升進也〉三字爲後儒竄入者。抑或〈升〉前脫〈何休《公羊傳注》曰〉七字。」九條本〈升〉傍訓有〈進也〉二字。

22 b

〈正文〉膳夫騎馳、察貮廉空。〈膳夫馳騎、察貳廉空〉

【馳騎】唐寫本上野本九條本作〈騎馳〉。伏氏校注444云、「按、唐寫本是。〈騎馳〉、卽下注〈騎馬行視〉、如倒作〈馳騎〉則與注不合。」

【貳】唐寫本上野本作〈戜〉、九條本作〈戜〉。竝爲〈貳〉字之變。

【廉】唐寫本上野本作〈廉〉、朝鮮本作〈廉〉。『敦煌俗字研究』云、「隷省作〈兼〉。〈兼〉當是其變體。」又云、「按、《漢魯峻碑》〈兼〉作〈兼〉形、《漢元遥墓誌》作〈兼〉、當皆爲〈兼〉字的隷變字。〈兼〉旁皆從之。」〈兼〉旁字、下不再出校。

（注）

膳夫、宰夫。察、廉、皆視也。突、減無也。言宰人騎馬行視、
看有兼重及減無者也。
臣善曰、礼記曰、御同於長、雖戜不辞。鄭玄曰、戜、重敎膳也。

膳夫、宰夫也。察、廉、皆視也。貳、爲兼重也。空、減無也。
言宰人騎馬行視、看有兼重及減無者。
善曰、礼記曰、御同於長者、雖貳不辭。鄭玄曰、貳、重也看膳
也。

【膳夫宰夫也】唐寫本無〈也〉字。

【貳爲兼重也】唐寫本無此五字。伏氏校注445云、「按、此句疑爲旁記混入正文中者。薛注下文已用〈兼重〉釋〈貳〉、李注亦引用鄭玄《禮記注》釋〈貳〉、〈貳〉爲常用詞、雖此處用法特殊、不當如此反復訓釋。且〈貳爲兼重也〉依前後文體例、當作〈貳、兼重也〉。加〈爲〉字者、明示讀者標志下文〈兼重〉爲釋正文之〈貳〉字。唐寫無之、更爲確證。」

【空減無也】〈空〉字、唐寫本誤作〈突〉。〈減〉字、唐寫本作〈減〉、北宋本殘卷贛州本明州本四部本朝鮮本袁本作〈滅〉、下同。『干祿字書』云、「〈減〉〈減〉、上俗下正。」胡氏考異云、「袁本、茶陵本〈減〉作〈減〉、下同。案、此尤改之也。」高氏義疏云、「六臣本〈減〉作〈滅〉、誤。」饒氏斠證云、「二〈滅〉字叢刊本竝誤作〈滅〉。」伏氏校注446云、「按、作〈滅〉乃形近致誤。」

【看有兼重及減無者】唐寫本〈者〉下有〈也〉字。高氏義疏云、「依唐寫增。」饒氏斠證云、「各刻本〈者〉下脱〈也〉字。」

【御同於長者】唐寫本無〈者〉字。饒氏斠證云、「〈長〉下脱〈者〉字。」伏氏校注447云、「按、今本《禮記・曲禮》有〈者〉、唐寫本脱。」

【貳重也看膳也】唐寫本無上〈也〉字、〈看〉作〈敎〉。案、唐寫本是也。〈敎〉、卽〈殺〉字。今『禮記』曲禮上「御同於長者、雖貳不辭」鄭玄注云、「貳、謂重殺膳也。」各校本從板本句讀竝誤。

（正文）鍊忽鏁、淸酤妓。〈炙忽夥、淸酤妓〉

【炙】唐寫本作〈鍊〉、上野本作〈錬〉。高氏義疏云、「唐寫〈炙〉作〈鍊〉。薛注有〈鍊炙也〉三字。字書無〈鍊〉字。若是〈鍊〉

字、竝不訓〈炙〉。且俗字、不足據。疑〈餗〉字之訛。然無他證、今不取。」案『說文』〈炙〉字云、「〈鍊〉、籒文。」『廣韻』燭韻云、「〈錸〉、弗錸、炙具。」〈炙〉字俗作〈炙〉、見『唐宋俗字譜』。北宋本殘卷贛州本明州本四部本朝鮮本作〈炙〉、其證。然則〈錸〉卽〈錸〉、上野本是也。唐寫本正文〈錸〉・注〈錸〉、竝當爲〈錸〉字。後正文〈錸〉字改爲〈炙〉、而删薛注〈錸炙也〉三字。

【夥】唐寫本上野本九條本崇本朝鮮本袁本作〈夥〉。『說文』『玉篇』作〈夥〉、『廣韻』作〈夥〉。『字彙補』夕部云、「〈夥〉、與〈夥〉同。」袁本注字作〈夥〉。

【敍】唐寫本作〈敍〉、注字作〈敍〉。

（注）

錸、炙也。詩有怱鼈。清酤、美酒也。

臣善曰、史記曰、楚人謂多夥。音禍。毛詩曰、既載清酤。音戶。

廣雅曰、敍、多也。音支。

詩有怱鼈。清酤、美酒也。

善曰、史記曰、楚人謂多爲夥。音禍。毛詩曰、既載清酤。音戶。

廣雅曰、敍、日多也。音支。

【詩有怱鼈】唐寫本〈詩〉上有〈錸炙也〉三字。〈錸〉當爲〈錸〉、說見前。

【楚人謂多爲夥】唐寫本〈多〉下無〈爲〉字。案、今『史記』陳涉世家有〈爲〉字、唐寫本誤脫。

【音禍】贛州本明州本四部本朝鮮本袁本無此二字、正文〈夥〉下有音注〈禍〉字、崇本作〈音禍〉。此五臣本之體例、下同。

【音戶】贛州本明州本四部本朝鮮本袁本無此二字、正文〈酤〉下有音注〈戶〉字、崇本作〈音戶〉。

【廣雅曰敍日多也】唐寫本無〈日〉字、是也。胡氏考異云、「案、〈日〉字不當有。各本皆衍。」孫氏考異云、「『左傳』襄二十九年正義云、〈古人〈多〉〈祇〉同音。〈施〉與〈多〉爲韻。〉引此賦〈敍〉作〈多〉。邢昺『論語』疏同。汪氏師韓云、〈李善注文選改〈多〉爲〈敍〉而云、〈廣雅曰敍多也〉。〉志祖案、邢疏係襲孔疏引用。蓋崇賢所見本與穎達有異、亦未必據『廣雅』改耳。」

【音支】贛州本明州本四部本朝鮮本袁本無此二字、正文〈敍〉下有音注〈支〉字、崇本作〈音支〉。

（正文）皇恩溥、洪德施。〈皇恩溥、洪德施〉

【恩】唐寫本作〈恩〉。『干祿字書』云、「〈曰〉〈因〉、上俗下正。」『敦煌俗字研究』云、「敦煌卷子中〈因〉旁亦多從俗作〈曰〉。〈咽〉作〈咺〉、〈烟〉作〈烜〉、〈姻〉作〈姮〉、皆其例。」竝下不再出校。

【溥】唐寫本上野本九條本作〈溥〉。『干祿字書』云、「〈慱〉〈博〉、上通下正。」又云、「〈専〉〈專〉、上通下正。」『敦煌俗字研究』云、「〈專〉旁俗亦書〈専〉。」然則唐寫本〈專〉〈専〉〈專〉皆不別。竝下不再出校。

【皇恩溥洪德施】北宋本殘卷無此二句。贛州本四部本校語云、「善本無此二句。」高氏義疏云、「尤本此二句在上二句下。今依唐寫本別爲一節。」饒氏斠證云、「案《魏都賦》〈皇恩綽矣〉節下善注有〈西京賦曰皇恩溥〉七字、可見善本非無此二句、故六臣本校語有不可信處。」黄氏北宋本殘卷校證云、「或善本有此二句、後傳寫誤脱、六臣本據之以言〈善無此二句〉。」

（注）

皇、ゝ帝也。普、博。

皇、皇帝。普、博施也。

【皇皇帝普博施也】唐寫本〈帝〉下有〈也〉字、無〈施也〉二字。北宋本殘卷贛州本明州本四部本朝鮮本袁本無此注七字。胡氏考異云、「茶陵本正文下校語云、善無此二句。袁本有、無校語。尤初亦無、後脩改添入注七字。袁、茶陵皆無。案、善《魏都賦》注引西京賦曰〈皇恩溥〉。似無者但傳寫脱。其注七字、未審何出也。」梁氏旁證云、「本書《魏都賦》注引《西京賦》曰〈皇恩溥〉、則有者是。『左傳』襄二十九年正義引亦有此六字。其注七字、乃尤本所添、不知何所出。且正文〈溥〉注作〈普〉、亦似有誤也。」饒氏斠證云、「永隆本此七字是薛注。叢刊本薛李二注竝無此文。胡刻混作善注。此上四句、永隆本分二節錄注、胡刻併四句爲一節、致〈皇帝〉之注、直接〈音支〉之下、故混成善注。」伏氏校注452云、「按、正文〈皇恩溥洪德施〉兩句當有、胡氏説是也。注文當依唐寫本爲薛綜舊注、作善注者、分節竄亂也。薛注一律無引出處、與善注迥異。胡本之〈施〉當爲涉正文而衍。正文〈溥〉、注作〈普〉者、〈溥〉、〈普〉音同義同、且常混用、故注文誤而不覺也。」

（正文）徒御説、士忘罷。〈徒御悦、士忘罷〉

【徒】唐寫本上野本作〈徒〉。『干祿字書』云、「〈徒〉〈徒〉、上俗下正。」唐寫本〈止〉旁書〈辶〉、竝下不再出校。

【悦】唐寫本上野本九條本作〈説〉。高氏義疏云、「古書多借〈説〉爲〈悦〉。」『干祿字書』云、「〈兊〉〈兌〉、上通下正。」唐寫本〈兌〉旁書〈兊〉、竝不出校。

【罷】九條本崇本贛州本明州本四部本朝鮮本袁本作〈疲〉。但李善注作〈罷〉。

（注）

臣善曰、毛詩曰、徒御不驚。毛萇曰、徒、輦者也。御、ゝ馬也。

善曰、毛詩曰、徒御不驚。毛萇曰、徒、輦者也。御、御馬也。

罷、音皮。

【罷音皮】唐寫本無此三字。

（正文）巾車命駕、回旆右移、〈巾車命駕、迴旆右移〉

【迴】唐寫本作〈囬〉、上野本朝鮮本作〈迴〉。『干祿字書』云、「〈囬〉〈回〉、上俗下正。諸字有從〈回〉者、竝準此。」下不再出校。
【旆】唐寫本上野本九條本北宋本殘卷贛州本四部本作〈旆〉。

（注）

巾車、主車官也。囬車右轉、將旋也。
臣善曰、孔藂子、歌曰、巾車命駕、將適唐都。鄭玄周礼注曰、巾猶衣也。

巾車、主車官也。回車右轉、將旋也。
善曰、孔叢子、歌曰、巾車命駕、將適唐都。鄭玄周礼注曰、巾、猶衣也。

【歌曰】袁本朝鮮本脱〈曰〉字。
【將適唐都】〈適〉字、唐寫本尤本作〈適〉。『干祿字書』云、「〈啇〉〈商〉、上俗下正。」唐寫本〈商〉旁多書〈啇〉、竝下不再出校。

（正文）相羊五柞之館、旋憩昆明之池。〈相羊乎五柞之館、旋憩乎昆明之池〉

【相羊乎】唐寫本北宋本殘卷無〈乎〉字。黃氏北宋本殘卷校證云、「此本同敦煌本、或善本無〈乎〉字、而五臣有耶。『藝文類聚』卷六十一引作〈儴佯乎五柞之館、旋憩乎昆明之池〉、有〈乎〉字。」伏氏校注456云、「按、有者爲是、唐人抄寫經籍、常有删削虛字者。伯3480載王粲《登樓賦》、〈兮〉字皆删。」但此敦煌本「西京賦」不删虛字、似黃氏說是。〈相羊〉二字、崇本贛州本明州本四部本朝鮮本袁本作〈儴佯〉、上野本校語云、「〈儴佯〉五。」九條本校語云、「〈儴〉五、〈佯〉五。」贛州本明州本四部本朝鮮本袁本校語云、「善本作〈相羊〉。」伏氏校注455云、「按、相羊爲連綿字、儴佯・纕徉・襄羊・方羊・徜徉・倘佯・仿洋等、皆其變體、字異而義同。」
【旋憩乎】唐寫本北宋本殘卷無〈乎〉字。〈憩〉字、或作〈愒〉、〈憇〉、亦同。

（注）

相羊、仿羊也。池、即所謂靈沼也。
臣善曰、楚辞曰、聊逍遥以相羊。

相羊、仿羊也。池、即所謂靈沼也。
善曰、楚辭曰、聊逍遥以相羊。憩、息也。

【相羊仿羊也】上野本鼇頭云、「相羊、本注云、彷羊也。」
【即所謂靈沼也】〈沼〉字、唐寫本作〈沼〉。『干祿字書』云、「〈㕣〉〈㔽〉〈召〉、上俗中下正。諸從〈召〉者準此。」唐寫本〈召〉旁多書〈㕣〉、竝下不再出校。
【聊逍遥以相羊】上野本鼇頭云、「臣君云、聊逍遥以相羊。」
【憩息也】唐寫本無此三字。

（正文）登豫章、蕳矰紅、〈登豫章、簡矰紅〉

（注）

豫章、池中臺也。蕳、省也。繳射、天長八寸、其丝名繒紅也。

—豫章、池中臺也。簡、省也。繳射、矢長八寸、其絲名矰。音曾。

【射矢】〈矢〉字、唐寫本作〈天〉、誤寫耳。

【其絲名矰音曾】唐寫本〈矰音曾〉作〈繒紅也〉。贛州本明州本四部本朝鮮本袁本無〈音曾〉二字、正文〈矰〉下有音注〈曾〉字、崇本作〈音曾〉。高氏義疏云、「合兩文校之、疑當作〈矰、射矢、長八寸、其絲名紅也。音曾。〉」饒氏斠證云、「案〈矰紅〉與〈豫章〉對文、則絲名應是〈矰紅〉、刻本于〈矰音曾〉上誤脫〈紅也〉二字耳。叢刊本同胡刻、〈音曾〉字移正文之下。」伏氏校注458云、「按、高氏說有誤、薛注〈繳射、矢長八寸、其丝名繒紅也〉、總括訓釋〈蕳矰紅〉之意、〈繳射〉爲狀態語。高氏誤讀爲〈繳、射矢、長八寸、其丝名繒〉、故有〈《說文》無以繳爲矢、矰爲絲者〉之疑。李善《文選・文賦注》曰、〈《說文》曰、繳、生絲縷也。謂縷系矰矢而以弋射也。〉自〈謂〉字以下十字乃李善注《文選》時因文立訓、于引《說文》後續申其義之辭（段注《說文》據此補今本《說文》、非是）。……〈紅〉與〈縷〉聲音也相近。……故〈繒紅〉卽〈繒縷〉、亦卽〈矰縷〉矣。高氏謂唐寫本〈繒紅也〉有誤、亦非是也。」

（正文）捕且發、弋高鴻、〈蒲且發、弋高鴻〉

【蒲】唐寫本作〈捕〉、注同。『干祿字書』云、「〈捕〉〈蒲〉、上俗下正。」

【發】唐寫本作〈發〉。『干祿字書』云、「〈䒠〉〈發〉、上俗下正。」

（注）

臣善曰、列子曰、捕且子之弋、弱弓纖繳、乘風而振之、連雙鶬於青雲。

—善曰、列子、蒲且子之弋、弱矢纖繳、射乘風而振之、連雙鶬於青雲也。且、子余切。

【列子】唐寫本〈子〉下有〈曰〉字、是也。各本及九條本眉批引竝脫。

【弱矢纖繳】〈矢〉字、唐寫本作〈弓〉。案『列子』湯問篇作〈弓〉、與唐寫本合。各本及九條本眉批引竝誤。高氏義疏云、「各本〈弓〉作〈矢〉、誤。唐寫作〈兮〉、則〈弓〉字之誤。今依《列子》作〈弓〉。」饒氏斠證云、「高氏謂永隆本〈弓〉誤作〈兮〉、非是、書手連筆似〈兮〉字耳。」九條本眉批引脫〈繳〉字、餘與各本同。

【射乘風】唐寫本無〈射〉字。高氏義疏云、「各本〈繳〉下衍〈射〉字、唐寫無、與《列子》合。今據刪。」

【靑雲也】唐寫本無〈也〉字、是也。今『列子』〈靑雲〉下有〈之際〉二字。
【且子余切】唐寫本無此四字。贛州本明州本四部本朝鮮本袁本正文〈且〉下有音注〈子余〉二字、崇本同。此四字非李善原注、後人從五臣音注增添耳。
【鴡】崇本贛州本明州本四部本朝鮮本袁本作〈鶴〉。九條本傍記云、「〈鶴〉五。」贛州本明州本四部本朝鮮本袁本校語云、「善本作〈白鴡〉。」
【挂】唐寫本作〈掛〉、注同。『干祿字書』云、「〈掛〉〈挂〉、上俗下正。」上野本誤作〈桂〉。
（正文）掛白鴡、聯飛龍、　〈挂白鴡、聯飛龍〉
【聯】卽〈聯〉字。九條本作〈聡〉、亦同。『龍龕手鏡』云、「〈聅〉〈聰〉〈䏈〉〈聡〉四俗、〈聯〉正。」
（注）
掛、矢丝掛鳥上也。飛龍、鳥名也。　挂、矢絲挂鳥上也。飛龍、鳥名也。
（正文）磻不特絓、往必加雙。
【磻】卽〈磻〉字。『五經文字』卷上云、「〈番〉〈畨〉、音煩、上『說文』下經典相承隷省。凡〈潘〉〈蕃〉之類、皆從〈畨〉。」『敦煌俗字研究』云、「凡〈番〉旁皆從俗省作〈畨〉。」下竝不出校。
（注）
沙石膠丝爲磻。非徒獲一而已、必雙淂之也。　沙石膠絲爲磻。非徒獲一而已、必雙得之。
臣善曰、說文曰、磻、以石繳也。磻、音波。　善曰、說文曰、磻、似石著繳也。磻、音波。絓、音卦。
【必雙得之】〈得〉字、唐寫本作〈淂〉。〈之〉下、唐寫本有〈也〉字。『敦煌俗字研究』云、「草書〈彳〉旁與〈氵〉旁無別、據以楷化、〈彳〉旁或變作〈氵〉旁、故〈得〉俗或書作〈淂〉。」高氏義疏云、「〈得之〉下各本無〈也〉字。據唐寫增。」
【似石著繳也】唐寫本作〈以石繳也〉。胡氏考異云、「何校〈似〉改〈以〉、陳同、是也。各本皆譌。」高氏義疏云、「各本〈以〉誤〈似〉。唐寫不誤。今據改。唐寫無〈著〉字、亦非。」饒氏斠證云、「案『說文』〈磻以石箸隿繳也〉、應有〈著〉字。」伏氏校注463云、「唐寫本脫〈著隿〉二字、今本脫〈隿〉一字矣。」〈著〉字、袁本作〈着〉。
【磻音波】贛州本明州本四部本朝鮮本袁本無此三字、正文〈磻〉下有音注〈波〉字、崇本作〈音波〉。
【絓音卦】唐寫本無此三字。崇本贛州本明州本四部本朝鮮本袁本正文〈絓〉下有音注〈胡卦〉二字。

23a

（正文）於是命舟牧、爲水嬉、

（注）

舟牧、主舟官。嬉、戲也。

臣善曰、礼記曰、舟牧覆舟。琴道、雍門周曰、水嬉則舫龍舟。

【水嬉則艕龍舟】〈艕〉字、唐寫本作〈舫〉。梁氏旁證云、「據『後漢書』桓譚傳注、〈琴道〉爲所著『新論』篇名。本書注引〈琴道〉者、前後凡十一見、三十五卷〈七命〉注引〈琴道〉語與此同。」高氏義疏云、「唐寫〈艕〉作〈舫〉、與《蜀志・郤正傳》注引合。」案『三國志』郤正傳裴注引桓譚新論作〈水戲則舫龍舟建羽旗〉。饒氏斠證云、「〈舫〉字各刻本竝作〈艕〉、乃〈舫〉之籀文。」伏氏校注465云、「按、形聲同聲字。《集韻》〈〈艕〉、幷兩船。或從〈方〉〉。」

（正文）浮鷁首、翳雲芝、

【鷁】〈益〉旁字、唐寫本竝寫作〈益〉旁。『干祿字書』云、「〈益〉〈益〉、上俗下正。」下竝不出校。

（注）

船頭象鷁鳥、鷁鳥厭水神、故天子乘之。翳、覆也。

臣善曰、淮南子曰、龍舟鷁首。甘泉賦曰、登夫鳳皇而翳華之。

【船頭象鷁鳥厭水神】唐寫本重〈鷁鳥〉二字。

【爲畫芝草及雲氣以爲船覆飾也】唐寫本無此十三字。九條本傍記有〈畫芝草及雲氣爲船覆也〉十字。

【而翳華芝】〈芝〉字、唐寫本誤作〈之〉。饒氏斠證云、「〈之〉乃〈芝〉之譌。」

（正文）垂翟葆、建羽旗。〈垂翟葆、建羽旗〉

【旗】上野本作〈旗〉。

（注）

謂垂羽翟為葆盖、建隼羽為旌旗也。

臣善曰、琴道、雍門周曰、水嬉、建羽旗。

舟牧、主舟官。嬉、戲也。

善曰、禮記曰、舟牧覆舟。琴道、雍門周曰、水嬉則艕龍舟。

船頭象鷁鳥、厭水神、故天子乘之。翳、覆也。爲畫芝草及雲氣、以爲船覆飾也。

善曰、淮南子曰、龍舟鷁首。甘泉賦曰、登夫鳳皇而翳華芝。

謂垂羽翟爲葆蓋飾、建隼羽爲旌旗也。

善曰、琴道、雍門周曰、水嬉則建羽旗。

【謂垂羽翟爲】贛州本明州本四部本朝鮮本袁本〈謂〉上有〈垂翟〉二字。

【爲葆蓋飾】唐寫本無〈飾〉字。饒氏斠證云、「各刻本〈蓋〉下衍〈飾〉字。」伏氏校注469云、「按、有〈飾〉是、唐寫本脫。」

【水嬉則建羽旗】唐寫本無〈則〉字。高氏義疏云、「〈琴道〉、本書陸士衡《樂府》注引同。〈建羽旗〉三字本在〈舫龍舟〉三字下。見《蜀志・郤正傳》注。以分引二句、故仍出〈水嬉則〉三字。」伏氏校注470云、「據此、則唐寫本脫〈則〉字矣。」今『三國志』郤正傳裴注引桓譚新論〈嬉〉作〈戲〉。

（正文）齊栧女、縱櫂歌、〈齊栧女、縱櫂歌〉

【櫂】上野本九條本崇本作〈棹〉。九條本傍記云、「〈櫂〉善。」贛州本四部本校語云、「五臣作〈棹〉。」

（注）

臣善曰、栧子、鼓栧之子。漢書音義韋昭曰、栧、楫也。櫂歌也。西都賦曰、櫂女謳。漢武帝秋風辝曰、發櫂歌。方曰、楫或謂之櫂。郭璞曰、今𠙺櫂歌也。莫教反。

善曰、栧女、鼓栧之女。漢書音義韋昭曰、栧、楫也。楊至切。櫂歌、引櫂而歌也。西都賦曰、櫂女謳。漢武帝秋風辭曰、發櫂歌。方言曰、楫或謂之櫂。郭璞曰、今云櫂歌也。直教切。

【栧女鼓栧之女】二〈女〉字、唐寫本竝作〈子〉。伏氏校注471云、「按、依正文、作〈女〉是。」

【楊至切】唐寫本無此三字。贛州本明州本四部本朝鮮本袁本有此三字、又正文〈栧〉下有音注〈陽制〉二字、崇本作〈揚制〉。

【引櫂而歌也】唐寫本無〈引櫂而歌〉四字。饒氏斠證云、「〈歌〉下脫〈引櫂而歌〉四字。」伏氏校注473云、「按、今本是。兪樾《古書疑義擧例》有〈字以兩句相連而誤脫例〉一節、所敍與此相近。此乃兩句字相同而誤脫例。」

【方言曰】唐寫本脫〈言〉字。

【今云櫂歌也】〈云〉字、唐寫本作〈𠙺〉。〈𠙺〉、卽〈正〉字。高氏義疏云、「《方言》卷九、郭注作〈今云櫂歌、依此名也〉。〈依此名〉三字、似當有。」饒氏斠證云、「〈正〉乃〈云〉之譌。」

【直教切】贛州本明州本四部本朝鮮本袁本無此三字。

（正文）發引龢、狡鳴葭、奏淮南、度陽阿、〈發引和、校鳴葭、奏淮南、度陽阿〉

【和】唐寫本上野本九條本作〈龢〉。唐寫本注字作〈和〉。高氏義疏云、「唐寫〈和〉作〈龢〉、非是。《說文》〈龢、調也。咊、相應也。〉今字作〈和〉、此賦乃唱和之〈和〉、不應作〈龢〉。」伏氏校注475云、「〈龢〉與〈和〉同、高說非是。《說文》〈龢、調也。讀與和同。〉高引刪後半句。」

【校】唐寫本上野本作〈狡〉。唐寫本注文亦作〈狡〉。

（注）

暰引和、言一人唱、餘和也。葭、更狡急之乃鳴。
臣善曰、杜執葭賦曰、李伯陽入西戎所造。漢書有淮南鼓貟。謂
舞人也。淮南鼓貟四人、然鼓貟謂無人也。淮南子曰、足蹺陽阿
之舞。

發引和、言一人唱、餘人和也。葭、更校急之乃鳴。和、胡卧切。
杜摯葭賦曰、李伯陽入西戎所造。漢書曰、有淮南鼓貟四人。
謂舞人也。淮南子曰、足蹺陽阿之舞。

【餘人和也】唐寫本無〈人〉字。九條本眉批引作〈發引和言一人唱餘人和也〉。伏氏校注476云、「按、今本是、唐寫本誤脱。」

【和胡卧切】唐寫本無此四字。饒氏斠證云、「薛注末各刻本混入〈和胡臥切〉四字。」伏氏校注477云、「按、薛注一律無音注、唐寫本是。」

【杜摯葭賦曰】〈摯〉字、唐寫本作〈執〉。尤本胡刻本〈杜〉上脱〈善曰〉二字、贛州本明州本四部本朝鮮本袁本〈杜摯葭賦曰〉以下三十七字誤爲薛綜注。九條本紙背引有〈善曰〉二字。高氏義疏云、「六臣本已混薛注、不能辨矣。今依唐寫增入〈善曰〉二字。」

【漢書曰有淮南鼓貟四人謂舞人也】唐寫本作〈漢書有淮南鼓貟謂舞人也淮南鼓貟四人然鼓貟謂無人也〉二十四字。今『漢書』禮樂志有〈淮南鼓員四人〉。胡氏考異云「案、〈曰〉字不當有。各本皆衍。」饒氏斠證云、「此注所引有複誤處、如删去〈謂舞人也淮南鼓員〉八字、改〈無〉字爲〈舞〉字、則文義適合、蓋賦云〈奏淮南〉而善引此舞人解釋之、竝非十分適切、故用〈然〉字作轉語。他本無〈然〉字者殆非善注原意。各刻本〈漢書〉下有〈曰〉字、誤。」

（正文）感河馮、懷湘娥、〈感河馮、懷湘娥〉

（注）

臣善曰、痓子曰、馮夷浔道、以潛大川。楚辤曰、帝子降子北渚。
王逸曰、言堯二女娥皇、女英、隨舜不及、墮湘水之中、曰為湘
夫人也。

善曰、感、動也。莊子曰、馮夷得道、以潛大川。說文曰、懷、
念思也。楚辭曰、帝子降兮北渚。王逸曰、言堯二女娥皇、女英、
隨舜不及、墮湘水中、因爲湘夫人。

【感動也】唐寫本無此三字。伏氏校注480云、「按、此三字不當有。」九條本紙背引作〈善曰莊子曰馮夷得道以潛大川王逸楚辭注曰堯二人娥皇女英隨舜不及墮湘水中因爲湘夫人〉。

【莊子曰】〈莊〉字、唐寫本作〈痓〉。『干祿字書』云、「〈痓〉〈莊〉〈莊〉、上俗中通下正。」下不再出校。

【說文曰懷念思也】唐寫本無此七字。伏氏校注481云、「按、此亦後儒爲與上〈感動也〉三字意對而補者。」

【帝子降兮北渚】〈兮〉、即〈兮〉字、唐寫本作〈子〉。『干祿字書』云、「〈亍〉〈兮〉、上通下正。」『敦煌俗字研究』云、「〈八〉形偏旁俗書多寫作〈丷〉形、故〈兮〉字俗書作〈兮〉。」下不再出校。

23b

【隨湘水中因爲湘夫人】唐寫本〈水〉下有〈之〉字、〈人〉下有〈也〉字。案『楚辭』九歌・湘夫人有此二字、與唐寫本合。

（正文）驚蝄蜽、憚蛟虵。〈驚蝄蜽、憚蛟蛇〉

【蛇】唐寫本上野本作〈虵〉。『敦煌俗字研究』云、「《玉篇・蟲部》〈虵〉、正作〈蛇〉。」《九經字樣・蟲部》〈蛇〉、今俗作〈虵〉。」〈它〉旁〈也〉旁篆文形近、隸變二旁每多相亂。」唐寫本上野本〈蟲〉旁竝寫作〈虫〉、注同。『敦煌俗字研究』云、「〈虫〉、〈蟲〉旁的俗寫。」竝下不再出校。

（注）

蝄蜽、水神。蛟虵、龍類。驚憚、謂皆使駭怖也。
臣善曰、楊雄蜀都賦曰、其深則有水豹蛟虵。

蝄蜽、水神。蛟、|龍類。驚憚、謂皆使駭怖也。
善曰、楊雄蜀都賦曰、其深則有水豹蛟虵也|。

【蛟龍類】唐寫本〈蛟〉下有〈虵〉字。〈類〉字、袁本作〈類〉。『漢語大字典』（四川辭書出版社）云、「同〈類〉。《五音集韻・至韻》〈類、善也。法也。等也。種也。〉」

【其深】〈深〉字、四部本誤作〈㴱〉。

【蛟虵也】唐寫本無〈也〉字。高氏義疏云、「依唐寫刪。」

（正文）然後釣魴鱧、灑鰋鮋。〈然後釣魴鱧、纚鰋鮋〉

【纚】唐寫本上野本作〈灑〉。唐寫本注文亦作〈灑〉。高氏義疏云、「唐寫〈纚〉作〈灑〉、注竝同。疑誤。」伏氏校注484云、「按、《說文》〈纚、冠織也〉、即束髮的布帛。又〈灑、汎也〉、謂灑水于地也。是二字皆無〈網〉意。高氏謂〈纚〉是而〈灑〉非、疑非是。……〈纚〉〈灑〉形聲同聲字、本當通訓。」

（注）

灑、罓如箕形、狹後廣前。魴、鱧、鰋、鮋、皆魚名。
臣善曰、灑、所買反。鰋、音偃。鮋、長由反。

纚|、網|如箕形、狹後廣前。魴、鱧、鰋、鮋、皆魚名。
善曰、纚、所買切。|鮋、長由切。

【纚網如箕形】〈形〉字、袁本作〈狀〉。
【魴鱧鰋鮋】〈鱧〉字、袁本誤作〈醴〉。
【纚所買切】贛州本明州本四部本朝鮮本袁本無此四字、正文〈纚〉下有音注〈所買〉二字。案崇本無此音注、從五臣體例亂李善注耳。又唐寫本〈切〉下有〈鰋音偃〉三字。贛州本明州本四部本袁本正文〈鰋〉下有音注〈匽〉字、朝鮮本作〈偃〉、崇本作〈音偃〉二字。案、此亦從五臣體例亂李善注、北宋本殘卷尤本胡刻本脱。
【鮋長由切】贛州本明州本四部本朝鮮本袁本無此四字。
（正文）摭紫貝、搏耆龜、〈摭紫貝、搏耆龜〉
【摭】唐寫本崇本作〈摭〉、上野本作〈樜〉。『干祿字書』云、「〈庻〉〈庶〉、上俗下正。」
【搏】唐寫本上野本九條本作〈搏〉。〈尃〉〈專〉〈専〉旁、寫本不別。說見前。
【耆】卽〈耆〉字。北宋本殘卷作〈耆〉。
（注）

搏、撫、皆拾取之名。耆、老也。龜之年者神。 臣善曰、相貝経曰、赤電黒雲、謂之紫貝。楚辞曰、耆蔡子踊躍。 王逸曰、蔡、龜也。摭、之石反。	搏、摭、皆拾取之名。耆、老也。龜之老者神。 善曰、相貝經曰、赤電黑雲、謂之紫貝。楚辭曰、耆蔡亍踊躍。 王逸曰、蔡、龜也。摭、之石切。

【搏摭皆拾取之名】〈摭〉字、唐寫本作〈撫〉。饒氏斠證云、「〈撫〉乃〈摭〉之譌。」
【龜之老者神】〈老〉字、唐寫本作〈年〉。伏氏校注486云、「按、上注〈耆、老也〉、此當作〈老〉、唐寫本作〈年〉非。」
【赤電黑雲】〈電〉字、朝鮮本作〈雷〉。九條本紙背引云、「善曰、相貝經曰、赤電黑雲、謂之紫貝。」
（正文）搤水豹、⿱畕虫潛牛。〈搤水豹、馽潛牛〉
【馽】唐寫本作〈⿱畕虫〉、注文作〈⿱畕虫〉、上野本九條本崇本贛州本明州本四部本袁本作〈馽〉。饒氏斠證云、「〈⿱畕虫〉字从䖵、各刻本从中、注各同正文。案『說文』〈馽〉重文作〈縶〉。」伏氏校注487云、「按、作〈馽〉是、《說文》亦作〈馽〉。」
（注）

水豹、潛牛、皆謂水處也。 臣善曰、說文曰、搤、捉也。楊雄蜀都賦曰、水豹蛟虵。說文曰、	水豹、潛牛、皆謂水處也。 善曰、說文曰、搤、捉也。楊雄蜀都賦曰、水豹蛟蛇。說文曰、

馽、絆馬也。上林賦曰、沉牛麈麋。南越志、潛沊、形角似水牛。
一名沉牛。搤、音厄。馽、中十反。

駡、絆馬也。上林賦曰、沈牛鹿麋。南越誌、潛牛、形角似水牛。
搤、音厄。駡、中立切。

【沈牛鹿麋】〈鹿〉字、唐寫本作〈麈〉。高氏義疏云、「〈麈〉、各本作〈鹿〉、唐寫作〈麈〉、皆誤。依本書〈上林賦〉改。」饒氏斠證云、「〈麈〉初寫作〈麈〉、後加淡墨作〈麈〉、高氏指爲誤作〈麈〉者、未審其後改也。各刻本竝誤作〈鹿〉。」案『文選』卷八・『漢書』司馬相如傳「上林賦」竝作〈麈〉。

【南越誌】〈誌〉字、唐寫本作〈志〉。高氏義疏云、「字同。」

【潛牛形角似水牛】〈潛牛〉、唐寫本作〈潛沊〉。饒氏斠證云、「〈沊〉乃〈牛〉之譌。」〈水牛〉下、唐寫本有〈一名沉牛〉四字。高氏義疏云、「唐寫有、與〈上林賦〉注引《南越志》合。今據增。」饒氏斠證云、「此節善注所引〈上林賦〉文注、惟永隆本全合。」朝鮮本〈潛牛〉下衍〈牛〉字。

【駡中立切】〈立〉字、唐寫本作〈十〉。高氏義疏云、「韻同。」贛州本明州本四部本朝鮮本袁本無此四字、正文〈駡〉下有音注〈中立〉二字、崇本同。

（正文）澤虞是濫、何有春秋。〈澤虞是濫、何有春秋〉

【濫】北宋本殘卷作〈濫〉。

（注）

澤虞、主水澤官。濫、施罛冈也。音不順時節、常誤之也。
善曰、國語曰、魯宣公濫於泗湍。

澤虞、主水澤官。濫、施罛罔也。言不順時節、常設之也。
善曰、周禮曰、澤虞掌國澤之政。國語曰、魯宣公濫於泗流。

【施罛罔也】〈罛〉、卽〈罛〉字。〈罒〉旁字、北宋本殘卷尤本胡刻本多作〈冈〉旁、唐寫本或作〈罒〉旁、或作〈冈〉旁。下皆改爲〈罒〉旁、而不出校。

【言不順時節常設之也】〈言〉、〈設〉字、唐寫本誤作〈音〉、〈誤〉。『敦煌賦彙』云、「原作〈音〉、〈誤〉、從他本。」饒氏斠證云、「〈誤〉乃〈設〉之譌。」

【善曰】唐寫本〈善〉上脱〈臣〉字。

【周禮曰澤虞掌國澤之政】唐寫本無此十字。高氏義疏云、「〈澤虞〉見〈地官〉。〈政〉下有〈令〉字、宜增。」

【濫於泗流】〈流〉字、唐寫本作〈湍〉。高氏義疏云、「《國語》、見〈魯語〉。〈濫〉上有〈夏〉字、宜增。〈魯語〉泗淵、注改〈泗流〉、避唐諱耳。」饒氏斠證云、「〈淵〉字避唐諱缺左右兩直、各刻本代以〈流〉字。」

（正文）摘潔灑、搜川瀆、布九罭、設罜麗、〈擿瀏灑、搜川瀆、布九罭、設罜麗〉

【擿】唐寫本上野本作〈摘〉、九條本朝鮮本作〈摘〉、崇本作〈擿〉。唐寫本注文亦作〈摘〉。高氏義疏云、「唐寫本〈擿〉作〈摘〉、誤作〈槒〉。尤本李注曰、摘、土狄反。疑李本亦作〈摘〉、與唐寫本同。五臣作〈擿〉耳。……〈擿〉爲〈摘〉之借字。」案唐寫本作〈摘〉、高氏一時目誤。九條本朝鮮本作〈摘〉、又各本無校語、疑五臣亦原作〈摘〉、作〈擿〉者、後人妄改。『敦煌賦彙』云、「原作〈摘〉、形近致誤。」饒氏斠證云、「永隆本書手、从木與从手之字、似無嚴格分別。然今寫從木之字、此卷右旁必有分明小點。今寫从手之字、此卷雖從上向左撇下、但右旁必無小點也。此〈摘〉字左旁不能謂爲从木、惟右旁則誤从〈啇〉。伏氏校注[493]云、「敦煌寫本中、〈啇〉〈商〉常混淆、故〈摘〉卽〈摘〉字、下音注作〈摘〉卽其證。……〈摘〉作〈擿〉、乃借字。……然《西京賦》本當作正字〈摘〉、今本注音亦作〈摘〉、皆其證。」

【瀏】唐寫本作〈潔〉、上野本作〈潔〉。『敦煌俗字研究』云、「〈翏〉旁俗亦書作〈尒〉。」又云、「〈翏〉旁俗書又或作〈尒〉。」〈㐱〉旁、唐寫本多寫作〈尒〉、或作〈尒〉。下不再出校。

【罭】胡氏考異云、「〈罭〉當作〈緎〉。善注〈罭〉與〈緎〉古字通、謂引毛詩、爾雅之〈罭〉與正文之〈緎〉通也。蓋善〈緎〉、五臣〈罭〉、而各本亂之。」梁氏旁證云、「段校云、賦文本是〈緎〉字、後人因詩改之。」孫氏考異云、「據注、〈罭〉當作〈緎〉。」高氏義疏亦云、「今依孫志祖・段玉裁・胡克家諸家校改〈緎〉。」饒氏斠證云、「案考異所云非是、說詳下。」

【罜】朝鮮本誤作〈罣〉、注文同。

（注）

潔灑、小水別名。摘、探、謂一二周索也。臣善曰、毛詩曰、九域之魚鱒魴。國語、里革曰、禁罝罜麗。韋昭曰、罜麗、小罔也。摘、土狄反。潔、音了。灑、音蟹。罭與域、古字通。罭、音域。里、音獨。麗、音鹿。

瀏灑、小水別名。擿、搜、謂一一周索也。善曰、毛詩曰、九罭之魚鱒魴。爾雅曰、九罭、魚網。國語、里革曰、罝禁罜麗。韋昭曰、罜麗、小網也。擿、土狄切。瀏、音了。灑、音蟹。罭與緎、古字通。罭、音域。罜、音獨。麗、音鹿。

【擿搜謂一一周索也】〈擿〉字、唐寫本作〈摘〉、下同。朝鮮本袁本作〈摘〉。〈搜〉字、唐寫本作〈探〉。〈一一〉、唐寫本誤作〈一二〉。饒氏斠證云、「〈探〉字各本作〈搜〉、與正文相應、但〈探〉字亦與五臣向注〈擿探也〉同。〈二〉乃〈一〉之譌。」

【毛詩曰九罭之魚鱒魴】〈罭〉字、唐寫本作〈域〉。見豳風九罭。饒氏斠證云、「案毛詩及釋文皆作〈罭〉、此作〈域〉者、善所見本也、故下云、〈罭與域古字通〉。各本引 毛詩作〈罭〉、非善眞皃。」

【爾雅曰九罭魚網】唐寫本無此七字。見釋器。伏氏校注495云、「據唐寫本、則正文作〈罭〉、《毛詩》作〈域〉、善注〈罭與域古字通〉、謂正文之〈罭〉與所引《毛詩》之〈域〉通也。故今本正文作〈罭〉不誤、引《詩》之〈罭〉與善注之〈緎〉誤矣、今本〈罭音域〉（不作〈緎〉）卽其證。《文選李注義疏》徑改正文〈罭〉爲〈緎〉、非是。」

【罝禁罜麗】〈罝禁〉、唐寫本作〈禁置〉。胡氏考異云、「案、〈罝〉字不當有。各本皆衍。此蓋有依國語記〈罝〉字於〈罜〉旁者、而誤在〈禁〉上也。」高氏義疏云、「案、胡校極確。今從之。而〈魯語〉作〈禁罝罟〉。韋注曰、〈〈罝〉當作〈罜〉、罜、麗、小網也。〉」案唐寫本〈置〉字似〈罝〉、伏氏校注496以爲〈罝〉字而云、「按、胡氏高氏之說非是、今本《國語・魯語上》〈鳥獸成、水蟲孕、水虞于是禁罝罜麗〉、韋昭注〈罜麗、小網也。〉唐寫本與之合。《荀子・成相篇》楊注引《國語》作〈禁罝罜麓〉、宋明道本《國語》亦作〈禁罝罜麓〉、皆與唐寫本同。至如〈韋注、〈罝〉當作〈罜〉、麗、小網也〉之誤、王引之《經義述聞》辯之已詳。此皆足證唐寫本是矣。」饒氏斠證云、「頗疑永隆本之〈置〉字爲正、各本之〈罝〉、乃有疑于〈置〉字而妄改者。」『敦煌賦彙』亦爲〈置〉字。

【摘土狄切】〈摘〉字、贛州本明州本四部本作〈擿〉。

【漻音了】贛州本明州本四部本朝鮮本袁本無此三字、正文〈漻〉下有音注〈了〉字、崇本作〈音了〉。此從五臣體例、亂李善注耳。

【罭與緎古字通】〈緎〉字、唐寫本作〈域〉。九條本眉批引作〈罭與緎古字通也〉。饒氏斠證云、「〈域〉字乃善注對所據『文選』之〈罭〉與所見『毛詩』之〈域〉作疏通語、應是善注本眞皃、各刻本作〈緎〉、誤、胡克家郝懿行等所謂善作〈緎〉者、殆隨誤本而爲想當然之辭。」

【罜音獨】〈罜〉字、唐寫本誤作〈里〉。饒氏斠證云、「〈里〉字乃〈罜〉之譌。」

【麗音鹿】贛州本明州本四部本朝鮮本袁本無此三字、正文〈麗〉下有音注〈鹿〉字、崇本作〈音鹿〉。此亦從五臣體例、亂李善注耳。

（正文）㨨昆鮞、弥水族、〈㨨昆鮞、殄水族〉

【㨨】上野本崇本誤作〈樔〉。

【昆】上野本九條本崇本贛州本明州本四部本朝鮮本袁本作〈鯤〉。伏氏校注498云、「按、〈昆〉〈鯤〉字通、依下注、則作〈鯤〉是。」

（注）

昆、奐子。鮞、細奐。族、類也。㨨、弥、言盡取之。　｜昆、魚子。鮞、細魚。族、類也。㨨、殄、言盡取之。㨨、責交｜

臣善曰、國語、里革曰、奥禁鯤鱬。鯤、音昆。鱬、音而。

切。

善曰、國語、里革曰、魚禁鯤鮞。鯤、音昆。鮞、音而。

【鮞細魚】〈鮞〉字、袁本作〈鱬〉。胡氏考異云、「袁本〈鮞〉作〈鱬〉、茶陵本亦作〈鮞〉、下同。案、〈鱬〉卽〈鮞〉別體字、蓋袁所見正文是〈鱬〉也。」伏氏校注500云、「按、胡氏說是也。『龍龕手鏡』以爲〈鱬〉同〈鱬〉、誤矣。《說文》〈鱬、魚子也。〉《廣韻》〈鱬、朱鱬、魚名、魚身人面〉。則二字義不同。今本《國語・魯語上》作〈鮞〉、與胡本合。唐寫本正文作〈鮞〉、則注文亦當統一作〈鮞〉矣。」

【操責交切】唐寫本無此四字。伏氏校注499云、「按、此四字不當有、乃後人旁證誤入正文者。」案、薛注本無音注。贛州本明州本四部本朝鮮本袁本無此四字、正文〈操〉下有音注〈責交〉二字、崇本同。後人從五臣音注竄入善注。

【魚禁鯤鮞】〈鮞〉字、唐寫本袁本作〈鱬〉。疑李善所見『國語』本作〈鱬〉。

【鯤音昆】贛州本明州本四部本朝鮮本袁本無此三字、正文〈鯤〉下有音注〈昆〉字、崇本作〈音昆〉。此亦從五臣體例、亂李善注耳。

【鮞音而】〈鮞〉字、唐寫本作〈鱬〉。贛州本明州本四部本朝鮮本袁本無此三字、正文〈鮞〉下有音注〈而〉字、崇本作〈音而〉。此亦從五臣體例、亂李善注耳。

24 a

（正文）蘧藕抶、蜃蛤剝。〈蘧藕拔、蜃蛤剝〉

【蘧】九條本崇本贛州本明州本四部本朝鮮本袁本作〈蕖〉。朱珔『文選集釋』云、「〈蘧〉爲〈蕖〉之同音借字。」高氏義疏引薛傳均云、「《荀子・脩身篇》有法而無志、其義則渠渠然。楊倞注、〈渠〉讀爲〈遽〉。〈蘧〉字遽聲、〈蕖〉字渠聲、〈渠〉〈遽〉既通、則〈蘧〉〈蕖〉亦可通矣。」胡氏箋證云、「按、蘧、蘧蔬也。今謂之茭白。蘧、菜類、故曰蘧蔬。薛以〈蘧〉〈蕖〉音同、故謂〈蘧〉爲芙蓉、而六臣本逕改〈蘧〉爲〈蕖〉、誤矣。」高氏義疏云、「案、〈蘧〉、〈蕖〉之通借字、當以朱・薛說爲是。胡氏箋證以爲蘧蔬、亦可備一解。」

（注）

蘧、芙渠。蜃蛤、蚌也。

臣善曰、蜃、音賢。

蘧、芙蕖。蜃蛤、蚌也。

善曰、蜃、音腎。

【蘧】朝鮮本作〈蕖〉

【芙蕖】〈蕖〉字、唐寫本作〈渠〉。高氏義疏引薛傳均云、「毛公《澤陂》傳云、荷、夫渠也。《說文》亦無〈芙蕖〉二字。蓋〈夫渠〉爲正字、〈芙蕖〉乃俗字也。」

【蚌】唐寫本作〈蚌〉。袁本作〈蚌〉。『敦煌俗字研究』云、「〈虫〉、〈虫〉旁的俗寫。」『龍龕手鏡』以〈蚌〉爲〈蚌〉之俗字。

（正文）逞欲畋魰、效獲麑麌、〈逞欲畋魰、效獲麑麌〉

【畋】崇本誤作〈魰〉。

【麌】唐寫本作〈麌〉。『干祿字書』云、「〈叐〉〈夭〉、上通下正。」

（注）

逞、極也。鹿子曰麑、麋子曰麌。
臣善曰、左氏傳、季梁曰、今𡰥餧而君逞欲。音臭。國語曰、獸長麑。麑、音迷。麌、烏老反。

逞、極也。鹿子曰麑、麋子曰麌。
善曰、左氏傳、季良曰、今民餒而君逞欲。廣雅曰、逞、快也。
孔安國尚書傳曰、田、獵也。田與畋同。說文曰、魰、捕魚也。
音魚。國語曰、獸長麑麌。麑、音迷。麌、烏老切。

【麋子曰麌】〈麌〉字、唐寫本誤作〈麋〉。饒氏斠證云、「〈麋〉字乃〈麌〉之譌。」

【季良曰】〈良〉字、唐寫本作〈梁〉。案『左氏傳』桓公六年亦作〈梁〉、與唐寫本合。『敦煌賦彙』云、「文選本叢刊本作〈季良曰〉、與《左傳》未合、顯誤。」

【今民餒而君逞欲】〈民〉字、唐寫本作〈𡰥〉。〈餒〉字、唐寫本作〈餧〉。贛州本四部本脫〈今〉字。饒氏斠證云、「〈𡰥〉字缺筆。」伏氏校注502云、「〈餧〉、通〈餒〉。《說文》有〈餧〉無〈餒〉。《說文》〈餧、飢也。〉《廣雅》〈餒、飢也。〉《集韻》〈餒、或作餧。〉」

【廣雅曰逞快也孔安國尚書傳曰田獵也田與畋同說文曰魰捕魚也】唐寫本無此二十七字。高氏義疏云、「《說文・鰲部》曰、瀏、捕魚也。無〈魰〉字。此李就正文改。」饒氏斠證云、「〈音〉上當有脫文。案《說文》無〈魰〉字。《周禮・天官魰人》釋文云、〈音魚本又作魚亦作魰〉、依釋文是〈魚〉與〈魰〉通。《左傳・隱五年》孔沖遠疏觀魚者云、〈說文云、漁、捕魚也、然則捕魚謂之魚〉。此善注訓〈魰〉爲捕魚說自可通、但以《說文》所無之字而謂之〈說文曰〉、則恐爲後人所加、王紹蘭《說文段注訂補》舉此〈魰〉爲李注《文選》望文傅會之證、是以誤本歸罪于崇賢也。但永隆本〈音魚〉之上所脫佚者不知究爲何文。」伏氏校注502云、「此幾句當有、蓋唐寫本脫、否則下文〈音魚〉無着落。」

【音魚】贛州本明州本四部本朝鮮本袁本〈音〉上有〈魰〉字。

【獸長麑麇】唐寫本脫〈麇〉字。

【麑音迷麇烏老切】贛州本明州本四部本朝鮮本袁本無此七字、正文〈麑〉下有音注〈迷〉字、崇本作〈音迷〉、〈麇〉下有音注〈烏老〉二字、崇本同。此亦從五臣體例、亂李善注耳。

（正文）摎蓼泙浪、〈摎蓼泙浪〉

（注）

所求偏也。

臣善曰、摎、古巧反。蓼、音老。泙、音勞。浪、音郎。

所求偏也。

善曰、摎、古巧切。蓼、音老。泙、音勞。浪、音郎也。

【摎古巧切蓼音老】贛州本明州本四部本朝鮮本袁本無此七字、正文〈摎〉下有音注〈古巧〉二字、崇本同、〈蓼〉下有音注〈老〉字、崇本作〈音老〉。此亦從五臣體例、亂李善注耳。

【浪音郎也】唐寫本無〈也〉字、是也。依李善注體例、音注下不當有〈也〉字。明州本四部本朝鮮本袁本無此四字、正文〈浪〉下有音注〈郎〉字、崇本作〈音郎〉。此亦從五臣體例、亂李善注耳。

【乾】唐寫本作〈乹〉。『干祿字書』云、「〈乹〉〈乹〉〈乾〉、上俗中通下正。」

（正文）乹池滌藪、〈乾池滌藪〉

（注）

臣善曰、孔安國尚書傳曰、滌、除也。

善曰、孔安國尚書傳曰、滌、除也。鄭玄禮記注曰、藪、大澤。

【鄭玄禮記注曰藪大澤】唐寫本無此九字。此見「月令」山林藪澤注。

（正文）上無逸飛、下無遺赱、擭胎拾夘、甄蝝盡耴、〈上無逸飛、下無遺走、擭胎拾卵、蚳蝝盡取〉

【擭】上野本作〈獲〉。

【夘】卽〈卵〉字。『敦煌俗字研究』云、「隸作〈卯〉、俗作〈夘〉。〈卯〉旁從之。」〈卯〉旁字、竝下不再出校。上野本作〈歼〉。

【蚳】唐寫本作〈甄〉、注同。『干祿字書』云、「〈互〉〈氏〉、上通下正。諸從〈氏〉者竝準此。」〈氏〉旁字、竝下不再出校。上野本作〈蚑〉。

【取】唐寫本作〈耴〉。『干祿字書』云、「〈耴〉〈取〉、上通下正。」下不再出校。

（注）

臣善曰、國語曰、鳥翼鷇夘、蟲舍蝝。韋昭曰、蚳、蟻子也。可以爲醢。蝝、復陶也。可食。未孚曰夘。蚳、亘尸反。蝝、音緣也。

善曰、國語曰、鳥翼鷇夘、蟲舍蚳蝝。韋昭曰、蚳、蟻子也。可以爲醢。蝝、復陶也。可食。未乳曰夘。蚳、直尸切。蝝、音緣。取、蒼苟切。

【國語曰】四部本脱〈曰〉字。

【蟲舍蚳蝝】唐寫本脱〈蚳〉字。〈蟲〉字、朝鮮本作〈虫〉。

【陶】即〈陶〉字。『龍龕手鏡』云、「〈缶〉通、〈缶〉正。」『敦煌俗字研究』云、「〈缶〉旁多寫作〈缶〉。」〈缶〉旁字、竝下不再出校。

【未乳曰夘】〈乳〉字、唐寫本作〈孚〉。案『國語』魯語上韋昭注、明道本作〈乳〉、公序本作〈孚〉、唐寫本與公序本合。饒氏斠證云、「各刻本及韋注原文作〈乳〉。」伏氏校注508云、「《國語・魯語上》韋昭注作〈未孚曰卵〉、唐寫本與之合。《說文》曰、〈凡物無乳者卵生〉、今本蓋由此致誤。」饒氏據明道本、伏氏據公序本。〈未〉字、四部本茶陵本誤作〈去〉、慶安本不誤。伏氏校注508云、「〈去〉爲〈未〉字形近致訛者。」

【直尸切】〈直〉字、唐寫本作〈亘〉。『干祿字書』云、「〈亘〉〈直〉、上俗下正。」

【蝝音緣】唐寫本〈緣〉下有〈也〉字。音注下不當有、此寫本慣例耳。贛州本明州本四部本朝鮮本袁本無此三字、正文〈蝝〉下有音注〈緣〉字、崇本作〈音緣〉。此亦從五臣體例、亂李善注耳。

【取蒼苟切】唐寫本贛州本明州本四部本朝鮮本袁本無此四字。崇本贛州本明州本四部本朝鮮本袁本正文〈取〉下有音注〈蒼句〉二字。後人從五臣音注增添李善注。

（正文）耴樂今日、遑恤我後。〈取樂今日、遑恤我後〉

【取】上野本九條本作〈ゝ〉。

【恤】唐寫本上野本作〈恤〉。唐寫本上野本〈血〉旁寫作〈皿〉。下不再出校。

（注）

遑、暇也。言且快今日之苟樂、烏能復顧後日之長久也。臣善曰、毛詩曰、我躬不悅、遑恤我後。

皇、暇也。言且快今日之苟樂、焉能復顧後日之長久也。善曰、毛詩曰、我躬不閱、遑恤我後。

【皇暇也】〈皇〉字、唐寫本朝鮮本作〈遑〉。高氏義疏云、「薛注〈遑〉作〈皇〉、與李注本不同。然唐寫薛注亦作〈遑〉。」伏氏校注510云、「正文作〈遑〉、注文亦當作〈遑〉、唐寫本是。」不知高氏何據爲說、伏氏說是也。

【焉能復顧後日之長久也】〈焉〉字、唐寫本原作〈烏〉、後以淡墨加〈一〉旁、似爲〈焉〉字。〈顧〉字、唐寫本作〈頋〉。『干祿字書』云、「〈頋〉〈顧〉、上通下正。」下不再出校。

【我躬不閱】〈閱〉字、唐寫本作〈悅〉、尤本明州本袁本作〈説〉。案『毛詩』邶風谷風作〈閱〉、「釋文」云、「閱、音悅。」伏氏校注512云、「王先謙《詩三家義集疏》謂〈閱〉是〈説〉之借字、馬瑞辰《毛詩傳箋通釋》云、《孟子》以容悅并言、亦以容爲悅也。〈悅〉〈閱〉同音字、自可通假。」

（正文）既㝎且寧、焉知傾陁。〈旣定且寧、焉知傾陁〉

【陁】上野本作〈陀〉。

（注）

天下已㝎、貴且安樂、極意恣心、何能復顧後日傾懷耶。

天下已定、貴在安樂、極意恣心、何能復顧後日傾壞也。陁、音雉。

【貴在安樂】〈在〉字、唐寫本作〈且〉。伏氏校注513云、「唐寫本作〈且〉是、作〈且〉則〈貴〉〈安樂〉成并列成份、與下文語意相連、直至〈焉能〉而一轉、正合正文〈既定且寧、焉知傾陁〉之意。如作〈在〉、則既與下文語意齟齬、又與正文之義不合。」但伏氏〈何能〉誤作〈焉能〉。

【何能復顧後日傾壞也】〈也〉字、唐寫本作〈耶〉。伏氏以爲唐寫本〈何〉作〈焉〉、一時目誤。

【陁音雉】唐寫本贛州本明州本四部本朝鮮本無此三字。崇本贛州本明州本四部本朝鮮本袁本正文〈陁〉下有音注〈音雉〉二字。後人從五臣音注增添李善注。

（正文）大駕幸乎平樂、張甲乙而襲翠被。

【乎】上野本作〈于〉。

【平樂】崇本贛州本明州本四部本朝鮮本袁本〈樂〉下有〈之館〉二字。九條本傍記云、「〈之館〉五。」贛州本明州本四部本朝鮮本袁本校語云、「善本無〈之館〉。」

【張】崇本明州本朝鮮本袁本作〈帳〉。九條本傍記云、「〈帳〉五。」贛州本四部本校語云、「五臣作〈帳〉。」孫氏考異云、「〈張〉〈帳〉古字本通。如供帳古只作供張也。」

（注）

樂觀、大作樂處也。

臣善曰、班固漢書贊曰、孝武造甲乙之帳、襲翠被、馮玉几。

平樂館、大作樂處也。襲、服也。李尤樂觀賦曰、設平樂之顯觀、處金商之維限。

善曰、班固漢書贊曰、孝武造甲乙之帳、襲翠被、馮玉几。音義曰、甲乙、帳名也。左氏傳曰、楚子翠被。杜預曰、翠羽飾被。披義切。

【平樂館】唐寫本脫〈平〉字。〈館〉字、唐寫本作〈觀〉。伏氏校注517云、「按、今本薛注引《平樂觀賦》、亦作〈觀〉、與唐寫本同。又按、古〈觀〉〈館〉字同、《史記》〈觀〉字、《漢書》多作〈館〉。」

【襲服也李尤樂觀賦曰設平樂之顯觀處金商之維限】唐寫本無此二十一字。饒氏斠證云、「觀其誤改李尤賦之〈維陬〉爲〈維限〉、當非薛注。又此二十二（疑饒氏誤）字中脫一〈平〉字誤一〈限〉字、六臣本與善單注本竟同其誤、亦可證兩本同出一源。」胡氏考異云、「案、〈樂〉上當有〈平〉字。各本皆衍。陳云、別本有、今未見。」

【馮玉几】〈馮玉〉二字、袁本誤作〈馬王〉。

【音義曰甲乙帳名也左氏傳曰楚子翠被杜預曰翠羽飾被披義切】唐寫本無此二十六字。案『左氏傳』昭公十二年杜預注作〈以翠羽飾被〉。

24b

（正文）攢珎寶之玩好、紛瑰麗以奓靡。〈攢珍寶之玩好、紛瑰麗以奓靡〉

【奓】九條本崇本明州本朝鮮本袁本作〈侈〉、九條本傍記云、「〈奓〉善。」、贛州本四部本校語云、「五臣作〈侈〉。」伏氏校注520云、「按、〈奓〉〈侈〉字同。本編〈心奓體忲〉李注引《聲類》曰、〈奓、侈字也。〉」

（注）

攢、聚也。紛、猶雜也。瑰、奇也。麗、美也。奓靡、奢放。

攢、聚也。紛、猶雜也。瑰、奇也。麗、美也。奓靡、奢放也。

【奢放也】唐寫本無〈也〉字。

（正文）臨逈望之廣場、程角牴之妙戱。〈臨迥望之廣場、程角觝之妙戲〉

【程】上野本鼇頭云、「〈程〉、六〈呈〉或爲〈逞〉忍静反通。」

【觝】唐寫本作〈牴〉、卽〈牴〉字。『干祿字書』云、「〈互〉〈氐〉、上通下正。諸從〈氐〉者、竝準此。」注字作〈抵〉、唐寫本〈牛〉

與〈扌〉或不別。上野本誤作〈粒〉、傍記云、「〈觝〉五。」高氏義疏云、「唐寫〈觝〉作〈牴〉、蓋〈抵〉字之誤。注皆作〈抵〉可證。《漢書・武帝紀》作〈抵〉。」饒氏斠證云、「〈牴〉字疑誤筆、注中竝作〈抵〉、與『漢書』武紀合。」伏氏校注521云、「按、〈觝〉〈抵〉通。『集韻』〈抵、或作觝。〉角旁與手旁字常有通作者、如〈扛〉或作〈舡〉、〈擉〉同〈觸〉、〈, 〈䚃〉同〈摑〉之類。」

【妙】崇本誤作〈侈〉。

（注）

程、謂課其伎能也。

臣善曰、漢書曰、武帝作角抵戲。文穎曰、秦名此樂為角抵。兩ゝ相當、角力伎藝射御、故名角抵。

程、謂課其技能也。
善曰、漢書曰、武帝作角觝戲。文穎曰、秦名此樂爲角觝。兩兩相當、角力技藝射御、故名角觝也。

【謂課其技能也】〈技〉字、唐寫本作〈伎〉、下同。贛州本明州本四部本朝鮮本袁本脫〈謂〉字。伏氏校注522云、「按、〈伎〉同〈技〉。」

【武帝作角觝戲】〈觝〉字、唐寫本作〈抵〉、下同。即〈抵〉字。說見前。

【秦名此樂爲角抵】饒氏斠證云、「『漢書』武紀文穎注無〈秦〉字、〈抵〉下有〈者〉字、文義較順。」

【故名角觝也】唐寫本無〈也〉字。

（正文）烏獲舡鼎、都盧尋橦。〈烏獲扛鼎、都盧尋橦〉

【扛】唐寫本作〈舡〉。胡氏考異云、「案、〈扛〉當作〈舡〉。善注云〈扛〉與〈舡〉同、謂引『說文』之〈扛〉與正文之〈舡〉同也。蓋善〈舡〉、五臣〈扛〉、而各本亂之。」梁氏旁證云、「段校云、正文作〈舡〉、故注引《說文》而曰、〈扛與舡同〉。《魏大饗碑》〈舩鼎緣橦〉、〈舩〉〈舡〉同。」胡氏箋證云、「按《後漢書》李尤〈平樂觀賦〉〈烏獲扛鼎〉作〈扛〉。」饒氏斠證云、「觀下注〈扛與舡同〉、知善本賦文作〈舡〉。」伏氏校注523云、「段胡校極確、唐寫本正文正作〈舡〉。」

（注）

臣善曰、史記曰、秦武王有力、ゝ士烏獲、孟說、皆至大官。王與孟說皆至大官王與孟說舉鼎。說文曰、扛、横開對舉也。扛與舡同、古尨反。漢書曰、武帝享四夷之客、作巴俞、盧都。音義曰、體輕善緣也。

善曰、史記曰、秦武王有力士烏獲、孟說、皆大官。王與孟說舉鼎。說文曰、扛、横開對舉也。扛與舩同、古尨切。漢書曰、武帝享四夷之客、作巴俞、都盧。音義曰、體輕善緣。橦、直江切。

【力士烏獲】〈力士〉、唐寫本作〈力ゝ士〉。案『史記』秦本紀云、「武王有力好戲、力士任鄙、烏獲、孟說皆至大官。王與孟說舉鼎。」

唐寫本是也。饒氏斠證云、「各刻本少一〈力〉字、失『史記』原意。」

【皆大官王與孟說舉鼎】唐寫本作〈皆至大官王與孟說皆至大官王與孟說舉鼎〉。案、各本〈皆〉下脫〈至〉字。唐寫本〈孟說〉下衍〈皆至大官王與孟說〉八字。

【說文曰扛橫開對舉也】〈扛〉字、唐寫本誤作〈扛〉。〈開〉字、唐寫本作〈閞〉、卽〈關〉字。胡氏考異云、「案、〈開〉當作〈關〉。各本皆譌。」梁氏旁證云、「今《說文》〈開〉作〈關〉、此誤。」高氏義疏云、「《說文》見手部。〈關〉各本誤作〈開〉。唐寫本作〈關〉、與《說文》合、今從之。」饒氏斠證云、「〈閞〉『說文』作〈關〉、『龍龕手鑑』手部〈扛〉下引『說文』則作〈閞〉、與永隆本合。」

【扛與舡同】〈舡〉字、唐寫本北宋本殘卷贛州本明州本四部本朝鮮本袁本作〈舡〉、尤本誤作〈船〉。胡氏考異云、「袁本、茶陵本〈舡〉作〈舡〉。案、此尤改之也。」伏氏校注528云、「按、〈舡〉〈舡〉字同、然正文作〈舡〉、引《說文》作〈扛〉、當依唐寫本作〈舡〉爲是。」

【作巴俞都盧】〈都盧〉、唐寫本作〈盧都〉。伏氏校注529云、「按、今本《漢書・西域傳》作〈都盧〉、唐寫本誤倒。」

【體輕善緣】唐寫本〈緣〉下有〈也〉字。

【橦直江切】唐寫本無此四字。贛州本明州本四部本朝鮮本袁本無〈直江切〉三字、正文〈橦〉下有音注〈直江〉二字、崇本同。後人從五臣音注增添李善注。而且贛州本明州本四部本朝鮮本袁本不刪〈橦〉字。尤本誤作〈撞〉。

(正文) 衡陘鷀濯、匈突銛鋒。〈衡狹鷺濯、胷突銛鋒〉

【衡】唐寫本九條本作〈衡〉。高氏義疏云、「唐寫〈衡〉作〈衡〉、殆誤字。」伏氏校注531云、「按、高氏說是矣。」

【狹】唐寫本上野本作〈陘〉。伏氏校注531云、「〈狹〉〈陘〉字通。《集韻》〈陜、《說文》隘也、或作〈陘〉〈狹〉〉。

【鷺】唐寫本上野本作〈鷀〉、崇本九條本明州本朝鮮本袁本作〈燕〉。九條本傍記云、「〈鷺〉善。」贛州本四部本校語云、「五臣本作〈燕〉。」唐寫本注文作〈燕〉、明州本朝鮮本袁本注文及九條本紙背引作〈鷺〉。許氏筆記云、「〈鷺〉、俗字也。凡鳥獸艸木之字、後人率加偏旁。此例甚多、不可枝舉。」

【胷】唐寫本作〈匈〉。高氏義疏云、「案《說文》、匈、膺也。重文作〈肎〉。後人又作〈胷〉。」伏氏校注532云、「按、〈匈〉〈胸〉古今字。《說文》〈匈、聲（段玉裁改爲〈膺〉）也。或从肉。〉」

(注)

卷簟席、以矛函其中、伎以身投從中過。燕濯、以盤水置前、坐卷簟席、以矛插其中、伎兒以身投從中過。鷺濯、以盤水置前、其後、踊身張手跳前、以乏偶莭踰水、復却坐、如鸞之浴也。
臣善曰、漢書音義、銛、利也。息廉反。

坐其後、踊身張手跳前、以足偶節踰水、復却坐、如鸞之浴也。
善曰、漢書音義曰、銛、利也。息廉切。

【挿】唐寫本作〈㮒〉。『干祿字書』云、「〈揷〉〈插〉、上俗下正。」疑唐寫本脫〈扌〉旁。『敦煌賦彙』誤作〈垂〉。

【鸞】唐寫本作〈燕〉。

【漢書音義曰】唐寫本脫〈曰〉字。

（正文）跳丸劒之徽霍、走桒上而相逢。〈跳丸劒之揮霍、走索上而相逢〉

【揮】唐寫本上野本作〈徽〉、唐寫本注文同。饒氏斠證云、「案『說文』〈徽、幟也。从巾、微省聲。春秋傳曰、揚徽者公徒。〉石經借作〈徽〉。張衡東京賦〈戎士介而揚揮〉、薛綜注〈揮謂肩上絳幟如燕尾者〉、是借〈揮〉作〈徽〉。李善注引左傳與石經同作〈徽〉、故又云、〈〈徽〉與〈揮〉古字通。〉此文〈跳丸劍之徽霍〉、謂跳丸劍者之形疾、是借〈徽〉作〈揮〉。又陳孔璋爲袁紹檄豫州〈揚素揮以啓降路〉、善注亦云、〈〈徽〉與〈揮〉古通用。〉」伏氏校注[533]云、「此蓋〈徽霍〉也。作〈揮〉者、借字也。」

【索】唐寫本作〈桒〉。『干祿字書』云、「〈桒〉〈索〉、上俗下正。」

（注）

徽霍、躍丸劒之形也。桒上、長縄繋兩頭於梁、擧其中央、兩人各從一頭上、交相度、所謂儛絙者也。

揮霍、謂丸劒之形也。索上、長繩繋兩頭於梁、擧其中央、兩人各從壹頭上、交相度、所謂儛絙者也。跳、都彫切。

【謂丸劒之形也】〈謂〉字、唐寫本作〈躍〉、似是。伏氏校注[534]云、「按《廣雅・釋詁》〈躍、跳也。〉躍丸劍之形、卽丸劍跳躍之形貎也。上引《列子・說符》、亦以〈躍〉形容劍之跳躍飛舞。」

【長繩】〈繩〉字、唐寫本作〈縄〉。『干祿字書』云、「〈縄〉〈繩〉、上通下正。」

【兩人各從壹頭上】〈壹〉字、唐寫本九條本紙背引贛州本明州本四部本朝鮮本袁本作〈一〉。伏氏校注[535]云、「按、《說文》曰、〈壹、專壹也。〉先秦文獻中、二字雖常通用、但〈壹〉常表示抽象意義、〈一〉表示具體數目。據此、則唐寫本作〈一〉較今本作〈壹〉爲長。」

【所謂儛絙者也】〈儛〉字、九條本紙背引四部本朝鮮本作〈舞〉。『干祿字書』云、「〈儛〉〈舞〉、上俗下正。」

【跳都彫切】唐寫本無此四字。高氏義疏云、「唐寫本無〈跳都彫切〉四字、是。」

（正文）華岳峨峨、崗巒㕘差、神木靈草、朱實離〻。〈華嶽峩峩、岡巒參差、神木靈草、朱實離離〉

【嶽】唐寫本上野本作〈岳〉、唐寫本注同。『干祿字書』云、「〈岳〉〈嶽〉、竝正。」高氏義疏云、「《說文》〈岳〉古文、〈嶽〉篆文。」

【岡】唐寫本作〈崗〉、上野本作〈崑〉。伏氏校注537云、「按、〈崗〉爲〈岡〉之俗字。《唐韻》〈岡、俗作崗〉。」『敦煌俗字研究』云、「〈崗〉卽〈岡〉的後起增旁字。〈崗〉又爲〈崗〉字俗書。〈崗〉又譌變作〈崑〉〈崑〉〈崑〉等形的。」

【巒】崇本誤作〈鑾〉。

（注）

華山為西岳。峨ゝ、高大。叅差、伍仰皃也。神木、松栢靈壽之	華山爲西嶽。峩峩、高大貌。參差、低仰貌。神木、松栢靈壽之
屬。靈草、芝莫赤。離ゝ、實垂之皃也。	屬。靈草、芝英。朱、赤也。離離、實垂之貌。
臣善曰、西都賦曰、靈草冬榮、神木叢生。毛詩曰、其桐其椅、	善曰、西都賦曰、靈草冬榮、神木叢生。毛詩曰、其桐其椅、其
其實離ゝ。毛萇曰、離ゝ、垂也。	實離離。毛萇曰、離離、垂也。

【高大貌】唐寫本無〈貌〉字。伏氏校注538云、「按、有〈貌〉字是、唐寫本脫。」

【低仰貌】唐寫本〈貌〉下有〈也〉字。

【芝英朱赤也】唐寫本作〈芝莫赤〉三字。饒氏斠證云、「〈莫〉乃〈英〉之譌。〈赤〉上脫〈朱〉字。」『敦煌賦彙』云、「原脫〈朱〉字、據他本補。」〈也〉字、四部本誤作〈色〉。

【實垂之貌】唐寫本〈貌〉下有〈也〉字。

【毛萇曰】贛州本四部本脫〈毛〉字。

25 a

（正文）總會僊倡、戲豹僲羆、白虎皷瑟、倉龍吹箎。〈總會僊倡、戲豹舞羆、白虎鼓瑟、蒼龍吹篪〉

【僊】崇本贛州本明州本四部本朝鮮本袁本〈僊〉作〈仙〉、唐寫本注文作〈仙〉。伏氏校注540云、「按、《說文》有〈僊〉無〈仙〉。段注曰、《《聲類》〈仙、今僊字。〉蓋〈仙〉行而〈僊〉廢矣〉。」

【倡】崇本誤作〈昌〉。

【舞】唐寫本上野本作〈僲〉。『干祿字書』云、「〈僲〉〈舞〉、上俗下正。」

【蒼】唐寫本作〈倉〉。『毛詩』王風黍離「悠悠蒼天」釋文云、「蒼、本亦作倉。」『說文通訓定聲』云、「倉、假借爲蒼。」蓋〈倉〉〈蒼〉通用字。

【篪】唐寫本上野本尤本明州本朝鮮本袁本作〈篪〉。許氏筆記云、「〈篪〉當作〈篪〉。『說文』〈龥、管樂也。从龠虒聲、或从竹作篪。〉今作〈篪〉、非。邵長蘅作『韻略』、尙沿其謬。」

（注）

仙倡、僞作假形、謂如神也。羆豹熊虎、皆為假頭。

仙倡、僞作假形、謂如神也。羆豹熊虎、皆爲假頭也。

【羆豹熊虎】胡氏考異云、「案、〈熊〉當作〈龍〉。各本皆誤。」高氏義疏云、「〈龍虎〉各本誤作〈熊虎〉、依胡克家校改。」饒氏斠證云、「據賦文四獸類當作〈龍〉。」

【皆爲假頭也】唐寫本無〈也〉字。

（正文）女娥坐而長歌、聲清鬯而蟉虵。〈女娥坐而長歌、聲清暢而蟉蛇〉

【暢】唐寫本上野本作〈鬯〉。上野本傍記云、「〈暢〉五。」案〈鬯〉卽〈鬯〉字。與〈暢〉通。『漢書』郊祀志上〈草木鬯茂〉師古注云、「〈鬯〉、與〈暢〉同。」

【蛇】唐寫本作〈虵〉、上野本作〈蚫〉。說見前。

（注）

蟉虵、聲餘詰曲也。

蟉蛇、聲餘詰曲也。

臣善曰、女娥、ゝ皇女莫也。

善曰、女娥、娥皇女英也。

【娥皇女英也】〈英〉字、唐寫本誤作〈莫〉。饒氏斠證云、「〈莫〉乃〈英〉之譌。」『敦煌賦彙』云、「〈英〉〈莫〉形近致誤、從他本。」

（正文）洪涯立而指麾、被毛羽之襳䙰。〈洪涯立而指麾、被毛羽之襳䙰〉

【襳䙰】唐寫本作〈襳䙰〉。饒氏斠證云、「〈襳䙰〉字、注皆从衣、各刻本注竝作〈襳䙰〉。『龍龕手鏡』以〈襳〉爲正、〈襳〉爲俗。」案、唐寫本〈衤〉〈衤〉〈木〉〈禾〉旁不分、此蓋作〈襳䙰〉。

（注）

洪涯、三皇時皮人。倡家記作之、毛羽之襳䙰、衣毛形也。

洪涯、三皇時伎人。倡家託作之、衣毛羽之衣。襳、衣毛形也。

臣善曰、襳、所炎反。䙰、史冝反。

善曰、襳、所炎切。䙰、史冝切。

【三皇時伎人】〈伎〉字、唐寫本作〈皮〉。朱珔集釋云、「注中〈伎〉字、當爲〈仙〉之誤。」高氏義疏云、「唐寫〈伎〉作〈皮〉、蓋以形與〈伎〉相近而誤。倘作〈仙〉字、與〈皮〉字絕不相類。不至有此誤。朱謂〈伎〉當爲〈仙〉、殆未確。」饒氏斠證云、「〈皮〉

乃〈仗〉之譌。」

【倡家託作之】〈託〉字、唐寫本作〈記〉。伏氏校注544云、「按、作〈託〉是、唐本形近而誤。」

【衣毛羽之衣】唐寫本無二〈衣〉字。伏氏校注545云、「按、依今本、則〈衣毛羽之衣〉當爲上句。」

【襳衣毛形也】唐寫本〈襳〉下有〈纚〉字。胡氏考異云、「案、〈衣〉當作〈纚〉。各本皆誤。」高氏義疏云、「薛注各本〈襳〉下脫〈纚〉字、依唐寫補。彼無上兩〈衣〉字。」

【襳所炎切纚史纖切】二〈切〉字、四部本作〈反〉。

（正文）度曲未終、雲起雪飛。初若飄ゝ、後遂霏ゝ。〈度曲未終、雲起雪飛。初若飄飄、後遂霏霏〉

（注）

飄ゝ、霏ゝ、雪下皃也。皆幼僞作之。臣善曰、班固漢書贊曰、元帝自度曲。臣瓚曰、度曲、歌終、更授其次、謂之度曲也。	飄飄、霏霏、雪下貌。皆巧僞作之。善曰、班固漢書曰、元帝自度曲。瓚曰、度曲、歌終、更授其次、謂之度曲。毛詩曰、雨雪霏霏。

【雪下貌】唐寫本〈貌〉下有〈也〉字。

【皆巧僞作之】〈巧〉字、唐寫本作〈幼〉。饒氏斠證云、「〈幼〉乃〈巧〉之譌。」

【班固漢書曰】唐寫本〈書〉下有〈贊〉字、是。各本脫耳。此見『漢書』元紀贊。

【瓚曰】唐寫本朝鮮本〈瓚〉上有〈臣〉字、是。唐寫本朝鮮本不脫。

【謂之度曲】唐寫本贛州本明州本四部本朝鮮本袁本〈曲〉下有〈也〉字。

【毛詩曰雨雪霏霏】唐寫本無此七字。贛州本明州本四部本朝鮮本袁本無〈毛〉字。見「小雅采薇」。

（正文）復陸重閣、轉石成雷。〈複陸重閣、轉石成雷〉

【複】唐寫本上野本崇本明州本朝鮮本袁本作〈復〉。九條本傍記云、「〈復〉五。」贛州本四部本校語云、「五臣作〈復〉。」茶陵本慶安本校語云、「五臣作〈覆〉。」唐寫本朝鮮本注文亦作〈復〉、明州本袁本注文作〈複〉。梁氏旁證云、「六臣本〈複〉作〈覆〉。」高氏義疏云、「〈複〉〈復〉字通。然此處皆〈復〉之通假字。《說文》曰、〈復、重也。〉六臣本作〈覆〉、非。」饒氏斠證云、「高步瀛曰、〈〈複〉〈復〉字通。〉又曰、〈六臣本作〈覆〉、非。〉不知指何種六臣本。」

【陸】朱珔『文選集釋』云、「《左氏・昭四年傳》日在北陸。服注云、〈陸、道也。〉故注以複陸爲複道。何氏焯校本、疑〈陸〉爲

〈陛〉。孫氏考異亦據之。然〈陛〉乃階級之名、與此殊不合。〈陸〉字非、誤。注〈閣〉字殆衍。」

（注）

復陸、復道閣也。於上轉石、以象雷聲。

複陸、複道閣也。於上轉石、以象雷聲。

（正文）礔礰激而增響、磅礚象乎天威。〈礔礰激而增響、磅礚象乎天威〉

【響】崇本明州本朝鮮本袁本作〈音〉。九條本傍記云、「〈音〉五。」贛州本四部本校語云、「五臣作〈音〉。」明州本朝鮮本袁本校語云、「善本作〈響〉。」伏氏校注550云、「按、作〈音〉乃缺泐所致。」

【磅】崇本明州本朝鮮本袁本作〈砰〉。九條本傍記云、「〈砰〉五。」贛州本四部本校語云、「五臣作〈砰〉。」明州本朝鮮本袁本李善注末有校語云、「〈砰〉善本作〈磅〉。」伏氏校注551云、「按、皆象聲詞、〈磅〉〈砰〉雙聲隣韻（陽、耕）、音近字。」

（注）

增響、重聲。磅礚、雷霆之音、如天之威怒也。

臣善曰、辟、敷赤反。磅、怖萌反。礚、呰盖反。

增響、委聲也。磅礚、雷霆之音、如天之威怒。

善曰、礔、敷赤切。磅、怖萌切。礚、古盖切。

【增響委聲也】〈委〉字、唐寫本尤本明州本袁本朝鮮本四部本作〈重〉。唐寫本無〈也〉字。胡氏考異云、「袁本茶陵本〈委〉作〈重〉、是也。案、此與上注〈重聲也〉可互證、皆尤改之而誤。」案尤本作〈重〉、此胡刻本誤耳。

【如天之威怒】唐寫本〈怒〉下有〈也〉字。高氏義疏云、「依唐寫增。」

【礔敷赤切】〈礔〉字、唐寫本作〈辟〉。『敦煌賦彙』云、「各本〈辟〉作〈礔〉、是也。」伏氏校注553云、「按、正文作〈礔〉、今本是。」

【礚古盖切】〈古〉字、唐寫本作〈呰〉。〈呰〉卽〈苦〉字、說見前。贛州本明州本四部本作〈直〉字。伏氏校注554云、「按、《廣韻》〈礚、古盖切〉、與唐寫本同。」

（正文）巨獸百尋、是為曼延。〈巨獸百尋、是爲曼延〉

【曼】崇本贛州本明州本四部本朝鮮本袁本作〈蔓〉。高氏義疏云、「六臣本〈曼〉作〈蔓〉、非。」

（注）

作大獸、長八十丈、所謂虵龍曼延也。

臣善曰、漢書曰、武帝作漫衍之戯。

去聲。作大獸、長八十丈、所謂蛇龍曼延也。

善曰、漢書曰、武帝作漫衍之戲也。

【去聲】唐寫本贛州本明州本四部本朝鮮本袁本無此二字。崇本贛州本明州本四部本朝鮮本袁本正文〈延〉下有音注〈去〉字、九條本傍記亦有〈去聲〉二字。高氏義疏云、「蓋五臣本音注、尤失刪削者。今依唐寫本刪。」

【曼延也】〈曼〉字、九條本紙背引贛州本明州本四部本朝鮮本作〈蔓〉。

【武帝作漫衍之戲也】唐寫本無〈也〉字。伏氏校注556云、「按、今本《漢書・西域傳贊》此句亦無〈也〉字、唐寫本與之合。」

（正文）神山崔巍、欻從背見。〈神山崔巍、欻從背見〉

【巍】上野本九條本崇本明州本朝鮮本袁本作〈嵬〉。九條本傍記云、「〈巍〉善。」贛州本四部本校語云、「五臣作〈嵬〉。」伏氏校注557云、「按、〈嵬〉字始見于《集韻》、云、〈山貌〉、蓋後起字。」

（注）

欻之言忽也。所作大獸從東來、當觀樓前。背上忽然出神山正崔巍也。	欻之言忽也。偽所作也。獸從東來、當觀樓前。背上忽然出神山崔巍也。欻、許律切。

【偽所作也獸從東來】唐寫本無〈偽〉〈也〉二字、〈獸〉上有〈大〉字。北宋本殘卷無〈偽〉字。饒氏斠證云、「各刻本是分作二句讀。高步瀛謂永隆本勝。」

【背上忽然出神山崔巍也】唐寫本〈山〉下有〈正〉字。

【欻許律切】唐寫本贛州本明州本四部本朝鮮本袁本無此四字。贛州本明州本四部本朝鮮本袁本正文〈欻〉下有音注〈許律〉二字、崇本同。九條本傍記亦有〈許律〉二字。此後人從五臣音注增添李善注。

25b

（正文）熊虎廾而拏攫、猨狖超而高援。〈熊虎升而拏攫、猨狖超而高援〉

【挐】明州本朝鮮本袁本誤作〈挐〉、注同。高氏義疏云、「〈拏〉、尤本六臣本作〈挐〉、今依毛本。案、今本《說文》〈拏〉〈挐〉二字互誤。今依段氏訂正曰、〈拏、持也。从手奴聲。〉段注曰、〈煩挐、紛挐字當从加、女居切。拏攫字當从奴、女加切。〉」饒氏斠證云、「案本書九辯〈枝煩挐而交橫〉、〈挐〉字从如、則此賦拏攫字應从奴。」

【攫】崇本袁本誤作〈玃〉。

（注）

【超】四部本誤作〈招〉。

皆偽所作也。	―皆偽所作也。

臣善曰、拏攫、相搏持也。拏、皆僞反。攫、居碧反。　―善曰、拏攫、相搏持也。拏、奴加切。攫、居縛切。

【皆僞所作也】〈僞〉字、袁本誤作〈爲〉。

【拏奴加切】〈奴加〉、唐寫本誤作〈皆僞〉。饒氏斠證云、「〈皆僞〉二字、涉上下注文而誤、依胡刻則作〈拏奴加反〉、依訂正應作〈拏女加反〉。」

【攫居縛切】〈縛〉字、唐寫本北宋本殘卷贛州本明州本四部本朝鮮本袁本作〈碧〉。伏氏校注562云、「按、《廣韻》〈碧〉在葯、〈縛〉在昔、皆入聲字。」

（正文）恠獸陸梁、大雀踆〻。〈怪獸陸梁、大雀踆踆〉

（注）

皆僞所作也。陸梁、東西倡佯也。踆〻、大雀容也。　―皆僞所作也。陸梁、東西倡佯也。踆踆、大雀容也。七輪切。

臣善曰、尸子曰、先王豈無大鳥恠獸之物哉。然而不私也。　―善曰、尸子曰、先王豈無大鳥怪獸之物哉。然而不私也。

【七輪切】唐寫本無此三字。案崇本正文〈踆〉下有音注〈七輪〉二字。疑是五臣音。高氏義疏云、「唐寫無〈七輪切〉三字、是。」

【先王】〈王〉字、四部本誤作〈生〉。

【私】唐寫本作〈私〉。『干祿字書』云、「〈私〉〈私〉、上俗下正。」

（正文）白象行孕、垂皐轔囷。〈白象行孕、垂鼻轔囷〉

【囷】九條本崇本贛州本明州本四部本朝鮮本袁本作〈輑〉。九條本傍記云、「〈囷〉善。」贛州本明州本四部本朝鮮本袁本校語云、「善本作〈囷〉。」胡氏箋證云、「轔囷、屈曲之貌。本書《吳都賦》輪囷糾蟠、善注〈屈曲貌〉。《七發》注引《漢書音義》張晏曰、〈輪囷、委曲也。〉〈轔囷〉與〈輪囷〉同、物屈曲謂之輪囷、故象鼻屈曲亦謂之轔囷。」伏氏校注565云、「按、〈轔囷〉爲連綿字、或作〈輪囷〉〈轔輑〉〈輪輑〉、義皆同。」

（注）

僞作大白象、從東來、當觀前、行且乳、皐正轔囷也。　―僞作大白象、從東來、當觀前、行且乳、鼻正轔囷也。

臣善曰、轔、音隣。囷、巨貧反。　―善曰、轔、音鄰。囷、巨貧切。

【巨】唐寫本作〈巨〉。『干祿字書』云、「〈巨〉〈巨〉、上俗下正。」

（正文）海鱗變而成龍、狀蜿〻以蝹〻。〈海鱗變而成龍、狀蜿蜿以蝹蝹〉

【成】上野本作〈為〉。

【蜿蜿】崇本贛州本明州本四部本袁本作〈踠踠〉。贛州本明州本四部本袁本注文作〈蜿蜿〉。

（注）

海鱗、大海也。初作大奐、從東方來、當觀前、而變作龍。蜿〻、蝹〻、龍形皃也。	海鱗、大魚也。初作大魚、從東方來、當觀前、而變作龍。蜿蜿、蝹蝹、龍形貌也。
臣善曰、蜿、於袁反。蝹、於君反。	善曰、蜿、於袁切。蝹、於君切。

【海鱗大魚也】〈魚〉字、唐寫本作〈海〉。高氏義疏作〈海鱗大海魚也〉云、「薛注各本作〈大魚也〉、〈海〉字依唐寫增。」饒氏斠證云、「下〈海〉字或〈魚〉字之誤、或其下脫〈魚〉字。」伏氏校注566云、「按、唐寫本誤。《文選李注義疏》據此改原文為〈大海魚也〉、疑亦不當。海鱗謂大魚、江中大魚亦曰海鱗、非謂大海中魚作〈海鱗〉也。」

（正文）含利颬〻、化為仙車、驪駕四鹿、芝盖九苉。〈含利颬颬、化爲仙車、驪駕四鹿、芝蓋九葩〉

【含】唐寫本作〈含〉。『干祿字書』云、「〈含〉〈含〉、上通下正。」高氏義疏云、「唐寫〈含〉作〈含〉、毛本同。案、《續漢書・禮儀志》注引蔡質《漢儀》亦作〈含〉。薛注云、〈性吐金、故曰含利。〉似〈含〉字是。」但唐寫本不作〈含〉。饒氏斠證云、「高氏謂〈唐寫〈含〉作〈含〉、毛本同。〉蓋偶爾目誤。」

【驪】胡氏考異云、「案、〈驪〉當作〈麗〉、薛注云、〈驪猶羅列駢駕之也〉。〈驪〉亦當作〈麗〉。唯薛正文作〈麗〉、故如此注之。若作〈驪〉不可通。善必與薛同。袁、茶陵二本所載五臣濟注云、〈仍以驪馬駕之〉、是其本乃作〈驪〉。各本以之亂善而失著校語、又幷薛注中字改為〈驪〉、甚非。」胡氏箋證云、「正文作〈驪〉、不誤。《呂覽・執一篇》今御驪者注、〈驪馬、駢馬也〉。《漢書・平帝紀》立軺併馬、服虔曰、〈併馬、驪駕也〉。《後漢書・寇恂傳》恂以輦車驪駕注、〈驪駕、併駕也〉。《說文・木部》楷下曰、〈讀若驪駕〉、皆是。」

（注）

含利、獸名。性吐金、故曰含利。颬〻、容也。驪、猶羅列駢駕之也。以芝為之盖、〻有九苉之采也。	含利、獸名。性吐金、故曰含利。颬颬、容也。驪、猶羅列駢駕之也。以芝爲蓋、蓋有九葩之采也。
臣善曰、颬、呼加反。	善曰、颬、呼加切。

【以芝爲蓋】唐寫本〈為〉下有〈之〉字。

（正文）蟾蜍與龜、水人弄蚍。〈蟾蜍與龜、水人弄蛇〉

【人】崇本誤作〈入〉。

（注）

作千歳蟾蜍及千歳龜、行舞於前也。水人、狸兒、能禁固弄蚍也。	作千歳蟾蜍及千歳龜、行舞於前也。水人、俚兒、能禁固弄蛇也。
臣善曰、蟾、音詹。蜍、市余反。	善曰、蟾、昌詹切。蜍、市余切。

【歳】唐寫本朝鮮本作〈歳〉、尤本作〈嵗〉、袁本作〈歳〉、贛州本四部本作〈歳〉。『干祿字書』云、「〈嵗〉〈歳〉〈歳〉、上俗中通下正。」

【水人俚兒】〈俚〉字、唐寫本明州本作〈狸〉。伏氏校注568云、「按、作〈俚〉是、唐寫本誤。」

【蟾昌詹切】〈昌詹切〉、唐寫本作〈音詹〉二字。

（正文）（奇幻倏忽、易貌分形。）〈奇幻儵忽、易貌分形〉

【儵】唐寫本作〈倏〉。

（注）

〔饒氏斠證云、「永隆本原脱此二句、後以淡墨旁加、各刻本句下有薛注善注共十八字、則未加上。」〕

〔唐寫本脱〕	儵忽、疾也。易貌分形、變化異也。 善曰、幻、下辦切。

【辦】北宋本殘卷作〈辯〉。

（正文）呑刀吐火、雲霧杳冥。〈呑刀吐火、雲霧杳冥〉

（注）

臣善曰、西京雜記曰、東海黃公、立興雲霧。漢官典職曰、正旦作樂、漱水成霧。	善曰、西京雜記曰、東海黃公、立興雲霧。漢官典職曰、正旦作樂、漱水成霧。楚辭曰、杳冥兮晝晦。

【漱水成霧】〈漱〉字、袁本作〈潄〉。

【楚辭曰杳冥兮晝晦】唐寫本無此八字。高氏義疏作〈楚辭曰杳冥冥兮羌晝晦〉云、「《楚辭》見《九歌・山鬼》。原脱下〈冥〉字及〈羌〉字、今據《九歌》補。唐寫無《楚辭》以下。」

26a

（正文）畫地成川、流渭通涇。〈畫地成川、流渭通涇〉

【畫】唐寫本作〈畫〉、上野本作〈畫〉。『干祿字書』云、「〈畫〉〈畫〉、上通下正。」

【涇】唐寫本上野本作〈涇〉。

（注）

臣善曰、西京雜記曰、東海黃公、成山河。又曰、淮南王好士方、畫地成河。

善曰、西京雜記曰、東海黃公、坐成山河。又曰、淮南王好方士、方士畫地成河。

【坐成山河】唐寫本無〈坐〉字。伏氏校注572云、「原脫〈坐〉字、今本《文選》、今本《西京雜記》俱有〈坐〉、據補。」

【淮南王好方士方士畫地成河】唐寫本上〈方士〉二字作〈士方〉、無下〈方士〉二字。伏氏校注573云、「原卷〈士方〉、乃〈方士〉誤倒。」又574云、「原卷句首無〈方士〉二字、今本《文選》、今本《西京雜記》俱有〈方士〉二字、據補。」

（正文）東海黃公、赤刀粵祝。〈東海黃公、赤刀粵祝〉

【粵】卽〈粵〉字。上野本崇本作〈奧〉。

（注）

有能持赤刀禹步、越祝厭虎者、號黃公。又於觀前爲之。

音呪。東海有能赤刀禹步、以越人祝法厭虎者、號黃公。又於觀前爲之。

【音呪】唐寫本贛州本明州本四部本朝鮮本袁本無此二字。九條本脚注引薛注亦無。贛州本明州本四部本朝鮮本袁本正文〈祝〉下有音注〈呪〉字、崇本作〈音呪〉。此後人從五臣音增添薛注。伏氏校注575云、「按、此亦削刊未盡者。」高氏義疏云、「〈呪〉卽〈祝〉之俗字。」

【東海有能赤刀禹步】唐寫本無〈東海〉二字、〈能〉下有〈持〉字。九條本脚注引下竝與胡刻本同。高氏義疏從唐寫本改。

【以越人祝法厭虎者】唐寫本無〈以〉〈人〉〈法〉三字。高氏義疏云、「今亦依唐寫改。」饒氏斠證云、「〈虎〉字原寫作〈唐〉、後以淡墨微改似〈虎〉字。」

（正文）巢厭白虎、卒不能救。〈冀厭白虎、卒不能救〉

【冀】唐寫本作〈巢〉、九條本贛州本明州本四部本朝鮮本袁本作〈兾〉、崇本作〈巢〉。『玉篇』云、「〈兾〉、同〈冀〉。」『敦煌俗字研究』云、「按、〈龔〉即〈冀〉的簡筆俗字。」又云、「〈八〉形構件手書往往寫作〈ソ〉形、故〈巽〉當是〈龔〉字手書之變。」又云、「〈冀〉即〈冀〉的變體。」上野本誤作〈慕〉。

（注）

臣善曰、西京雜記曰、東海人黃公、少時為幼、能制蚍禦虎、常佩赤金為刀。及襄老、飲酒過度、有白虎見於東海、黃公以赤刀往厭之、術既不行、遂為虎所煞也。

善曰、西京雜記曰、東海人黃公、少時能幻、制蛇御虎、常佩赤金刀。及衰老、飲酒過度、有白虎見於東海、黃公以赤刀往厭之、術不行、遂爲虎所食。故云不能救也。皆僞作之也。

【少時能幻制蛇御虎】〈能幻〉二字、唐寫本作〈爲幼能〉三字。饒氏斠證云、「〈幼〉乃〈幻〉之譌。」案『西京雜記』卷三作〈少時爲術能制蛇御虎〉、唐寫本與之較近。

【常佩赤金刀】唐寫本〈金〉下有〈爲〉字。案『西京雜記』卷三無〈爲〉字。

【及衰老】〈衰〉字、唐寫本誤作〈襄〉。伏氏校注581云、「按、作〈衰〉是。」

【術不行】唐寫本〈不〉上有〈既〉字。案『西京雜記』卷三有〈旣〉字、與唐寫本合。蓋各本脫。

【遂爲虎所食】〈爲〉字、唐寫本原脫、後以淡墨加旁。〈食〉字、唐寫本作〈煞也〉二字。〈煞〉即〈殺〉字、說見前。案『西京雜記』卷三作〈遂爲虎所殺〉。高氏義疏云、「今依唐寫本。彼〈殺〉作〈煞〉、即俗〈殺〉字而誤者。依《西京雜記》改。」

【故云不能救也皆僞作之也】唐寫本無此十一字。九條本紙背引無〈皆僞作之也〉五字。

（正文）挾邪作蠱、於是不售。〈挾邪作蠱、於是不售〉

【售】唐寫本上野本作〈隻〉。『干祿字書』云、「〈隻〉〈售〉、上俗下正。」

（注）

蠱、或也。隹、猶行也。謂懷挾不正道者、於是時不得行也。

蠱、惑也。售、猶行也。謂懷挾不正道者、於是時不得行也。

【蠱惑也】〈惑〉字、唐寫本作〈或〉。『干祿字書』云、「〈或〉〈或〉、上通下正。」伏氏校注584云、「按、同音假借字。」

（正文）爾乃建戲車、樹脩旃。〈爾乃建戲車、樹脩旃〉

【乃】上野本作〈迺〉。

【戲】唐寫本作〈戯〉。『干祿字書』云、「〈戯〉〈戲〉、上通下正。」下不再出校。

【脩】唐寫本作〈脩〉。案、〈脩〉即〈循〉字、但唐寫本〈脩〉與〈脩〉不別。

（注）

樹、植也。旃、謂橦也。建之於戯車上也。

—樹、植也。旃、謂旛也。建之於戲車上也。

【旃謂旛也】〈旛〉字、唐寫本朝鮮本作〈橦〉。九條本眉批引與胡刻本同。高氏義疏云、「《玉篇》曰、〈幢、翳也。或作〈橦〉。〉〈旛〉、乃俗字。」伏氏校注585云、「按、《説文》曰、〈橦、帳柱也。〉〈旛〉字不見《説文》。《字彙補》曰、〈旛、楊氏《轉注古音》曰、與幢同。〉《説文新附》〈幢、旌旗之屬。〉是則〈橦〉〈旛〉義別。據下文〈侲童程材、上下翩翻〉、則作〈橦〉是。今本下文亦作〈橦〉、是其證。《文選李注義疏》謂〈橦〉爲〈幢〉之借、似不當。」

（正文）侲童程材、上下翩翻。〈侲僮程材、上下翩翻〉

【僮】唐寫本九條本作〈童〉。高氏義疏云、「似薛注本作〈童〉。然童子本字當作〈僮〉、經傳假〈童〉字爲之。」伏氏校注586云、「按、今本注文亦作〈童〉、故本當作〈童〉。」

【程】九條本作〈呈〉、崇本明州本袁本作〈逞〉。上野本眉批云、「〈程〉或作〈逞〉。」

（注）

侲之言善。ゝ童、幼子也。程、猶見也。材、伎能也。翩翻、戱橦形也。

臣善曰、史記、徐福曰、海神云、若振女、即淂之矣。侲、之刃反。

侲之言善。善童、幼子也。程、猶見也。材、伎能也。翩翻、戲橦形也。

善曰、史記、徐福曰、海神云、若侲女、即得之矣。侲、之刃切。

【若侲女】〈侲〉字、唐寫本作〈振〉。高氏義疏云、「《史記》見《淮南王安傳》。〈侲〉作〈振〉。《集解》引此賦亦作〈振〉。〈振〉〈侲〉字通。」饒氏斠證云、「惟引『史記』則依『史記』作〈振〉。」又云、「『史記』淮南王安傳〈振女〉下注云、〈集解徐廣曰、西京賦曰、振子萬童。駰案、薛綜曰、振子童男女。〉字竝作〈振〉、字句與『文選』少異。」

（正文）突倒投而跟絓、譬隕絶而復聯。〈突倒投而跟絓、譬隕絶而復聯〉

【隕】九條本崇本贛州本明州本四部本朝鮮本袁本作〈殞〉。『干祿字書』云、「〈隕〉〈殞〉、上墜下死。」案、作〈隕〉者是也。

【譬】唐寫本上野本作〈辟〉。『干祿字書』云、「〈辟〉〈譬〉、上俗下正。」

【絶】唐寫本作〈絶〉。『干祿字書』云、「〈色〉〈色〉、上俗下正。」

（注）

突然倒投、身如將墮、𧾷跟反絓檣上、若已絶而復連也。

臣善曰、投、他豆反。說文曰、跟、𧾷踵也。音根。

突然倒投、身如将墜、足跟反絓檣上、若已絶而復連也。

善曰、投、他豆切。說文曰、跟、足踵也。音根。

【身如将墜】〈墜〉字、唐寫本作〈墮〉。〈如〉字、明州本誤作〈也〉。

【投他豆切】明州本四部本朝鮮本袁本無此四字、正文〈投〉下有音注〈他豆〉二字。此從五臣體例亂李善注。

【音根】贛州本明州本四部本朝鮮本袁本無此二字、正文〈跟〉下有音注〈根〉字、崇本作〈音根〉。此從五臣體例亂李善注。

（正文）百馬同轡、騁𧾷並馳。〈百馬同轡、騁足並馳〉

【轡】上野本作〈轡〉。『敦煌俗字研究』云、「按、慧琳《音義》卷五三《起世因本經》第二卷音義、〈轡、經文從亡作〈轡〉、俗用非正體。〉〈轡〉又爲〈轡〉字俗省。」

【騁】唐寫本上野本作〈駒〉。『干祿字書』云、「〈駒〉〈騁〉、上通下正。」

【並】袁本作〈竝〉。

（注）

於檣上作其形狀。

臣善曰、陸賈雜語曰、楚平王增駕、百馬而行。

於檣子作其形狀。

善曰、陸賈新語曰、楚平王增駕、百馬同行也。

【於檣子作其形狀】〈子〉字、唐寫本作〈上〉。高氏義疏云、「各本誤作〈檣子〉、依唐寫改。」

【陸賈新語曰】〈新〉字、唐寫本誤作〈雜〉。饒氏斠證云、「〈雜〉乃〈新〉之譌。」

【百馬同行也】〈同行也〉三字、唐寫本作〈而行〉二字。高氏義疏云、「《新語》見《無爲篇》。唐寫與《新語》合、今從之。」

26b

（正文）檣末之伎、態不可彌。〈檣末之伎、態不可彌〉

【態】九條本誤作〈熊〉。

【彌】上野本作〈㳽〉。

（注）

彌、猶極。言變巧之多、不可極也。

彌、猶極也。言變巧之多、不可極也。

【彌猶極也】唐寫本無〈也〉字。

〈正文〉彎弓射乎西羌、又顧發乎鮮甲。〈彎弓射乎西羌、又顧發乎鮮卑〉

【羌】崇本作〈羗〉、朝鮮本作〈羌〉、注同。許氏筆記云、「俗加點作〈羗〉、或又加〈厶〉作〈羗〉、竝非。」

【甲】卽〈卑〉字。唐寫本上野本作〈甲〉。『敦煌俗字研究』云、「考兩漢以下碑刻〈卑〉字多作〈甲〉形。〈卑〉字上半從〈甲〉、以〈甲〉字篆文隸定作〈甲〉律之、則〈卑〉隸定自可作〈甲〉〈甲〉等形。」

〈注〉

彎、挽弓也。鮮甲、在羌之東。皆於橦上作之。	彎、挽弓也。鮮甲、在羌之東。皆於橦上作之。
臣善曰、魏書、鮮甲者、東胡之餘也。別保鮮甲山、囙號焉。	善曰、魏書曰、鮮甲者、東胡之餘也。別保鮮甲山、因號焉。

【魏書曰】唐寫本脱〈曰〉字。高氏義疏云、「《隋書・經籍志》有《魏書》四十八卷、晉司空王沈撰。《三國・魏志・鮮卑傳》裴注引與此注同。《後漢書・鮮卑傳》亦同。」

〈正文〉於是衆變盡、心醒醉。般樂極、悵懷萃。〈於是衆變盡、心醒醉。盤樂極、悵懷萃〉

【盡】唐寫本作〈盡〉、上野本作〈盡〉、九條本作〈盡〉、竝同。

【盤】唐寫本上野本作〈般〉。上野本傍記有〈盤〉字。伏氏校注592云、「〈般〉、〈盤〉字通。」

【極】唐寫本上野本作〈極〉。『敦煌俗字研究』云、「按、《五經文字》卷上木部、〈極、作〈極〉訛。〉〈極〉〈極〉形微別。《手鏡・火部》〈亟、紀力反、急也、疾也、趣也。又去吏反、數也、遽也。〉卽〈亟〉的俗字。〈極〉從〈亟〉聲、故〈亟〉旁亦或從俗作〈亟〉。」

〈注〉

醒、飽也。萃、猶至也。於是遊戯畢、心飽於悅樂、悵然思念所當復至也。	醒、飽也。萃、猶至也。於是游戲畢、心飽於悅樂、悵然思念所當復至也。
臣善曰、孟子曰、般樂飲酒、驅𨈚田獵。	善曰、孟子曰、盤游飲酒、馳騁田獵。

【悵然思念所當復至也】〈所〉字、贛州本明州本四部本作〈明〉。伏氏校注593云、「六臣本誤〈所〉爲〈明〉。」

【盤游飲酒】〈盤游〉、唐寫本作〈般樂〉。高氏義疏云、「唐寫本與『孟子』合、今從之。」『孟子』盡心下作〈般樂飲酒驅騁田獵〉。

【馳騁田獵】〈馳騁〉、唐寫本作〈驅𨈚〉。案『孟子』盡心下作〈驅騁〉。唐寫本〈騁〉作〈𨈚〉、疑有誤。〈𨈚〉、當從〈馬〉旁作〈騁〉。『干祿字書』云、「〈騁〉〈騁〉、上通下正。」『敦煌俗字研究』云、「按、《五經文字》卷中耳部〈〈聘〉、從身訛。〉慧琳《音義》卷五一《起信論序》音義〈〈聘〉、或從身作〈𨈚〉、非也。〉俗書從耳從身相亂、故〈聘〉俗書作〈𨈚〉。漢碑中已見〈𨈚〉字。而

〈䠙〉又爲〈𨉖〉之俗寫。」

（正文）陰戎期門、微行要屈。〈陰戒期門、微行要屈〉

【要】〈要〉下、崇本贛州本明州本四部本朝鮮本袁本有音注〈平〉字。

（注）

臣善曰、漢書曰、武帝與北地良家子、期諸殿門、故有期門之號。
又曰、武帝微行始出。張晏曰、騎出入市里、不復警蹕、若微賤
之所為、故曰微行也。

要或爲徼。
善曰、期門、已見西都賦。漢書曰、武帝微行所出。張晏曰、騎
出入市里、不復警蹕、若微賤之所爲、故曰微行。要屈、至尊同
乎畀賤也。

【要或爲徼】唐寫本無此四字。伏氏校注596云、「按、此四字非薛注、當爲後人旁證誤入正文者。」

【期門已見西都賦】唐寫本作〈漢書曰武帝與北地良家子期諸殿門故有期門之號〉二十一字。贛州本四部本及九條本脚注引亦同。卷一「西都賦」〈爾乃期門佽飛〉注引『漢書』（東方朔傳）與此同。饒氏斠證云、「胡刻此二十一字作〈已見西都賦〉、蓋已見从省之例。叢刊本有此、乃从西都賦注補回、卽陳仁子本所謂增補六臣注之例。」

【漢書曰】〈漢書〉、唐寫本作〈又〉字。贛州本四部本及九條本脚注引作〈漢書〉。饒氏斠證云、「〈又曰〉二字承上文引漢書期門事、胡刻作〈漢書曰〉、因上文期門事所引漢書已从省、故此處應出〈漢書曰〉、叢刊本上文已有〈漢書曰〉、此處不云〈又曰〉而再複出、是删併六臣注時失檢。」

【武帝微行所出】〈所〉字、唐寫本作〈始〉。高氏義疏云、「〈始出〉、各本皆誤作〈所出〉、依唐寫改。」案『漢書』東方朔傳作〈初建元三年微行始出〉、與唐寫本合。

【故曰微行】〈行〉下、唐寫本有〈也〉字。案今『漢書』東方朔傳〈微行始出〉無張晏注。

【要屈至尊同乎畀賤也】唐寫本無此九字。九條本脚注引有此。高氏義疏云、「〈要屈至尊〉以下、李語、非張注。」

（正文）降尊就畀、懷璽藏紱。〈降尊就畀、懷璽藏紱〉

【就】唐寫本作〈就〉、上野本作〈旎〉。『干祿字書』云、「〈京〉〈京〉、上通下正。」〈亯〉、省略字。

【畀】唐寫本作〈畀〉、注文作〈畀〉。『干祿字書』云、「〈畀〉〈畀〉、上尊畀、下畀与、必寐反。」『正字通』云、「〈畀〉、俗〈卑〉字。」

〈畀〉、卽〈畁〉字、與也。伏氏校注600云、「按、作〈畁〉乃音誤。」羅氏校釋715云、「案、敦煌本作〈畁〉訛、當改。」

【璽】上野本誤作〈蠒〉。『集韻』云、「〈薾〉、俗作〈蠒〉。」

【紱】崇本明州本朝鮮本袁本作〈黻〉、校語云、「善本作〈紱〉。」贛州本四部本校語云、「五臣本作〈黻〉。」九條本傍記云、「〈黻〉五。」上野本眉批云、「〈黻〉五。□本云、或作〈紱〉、非也。」羅氏校釋716云、「案、〈黻〉與〈紱〉通。」

（注）

天子印曰爾。紱、綬也。懷藏之、自同畀者。

―天子印曰璽。紱、綬也。懷藏之、自同畀者也。

【璽】唐寫本作〈爾〉。伏氏校注601云、「按、作〈璽〉是。原卷缺泐。」

【自同畀者也】唐寫本無〈也〉字。

（正文）便旋閭閻、周觀郊遂。

【旋】上野本作〈琁〉。上野本〈方〉旁屢作〈弓〉。

【遂】上野本九條本崇本明州本朝鮮本袁本作〈隧〉、九條本傍記云、「〈遂〉善。」贛州本四部本校語云、「五臣作〈隧〉。」羅氏校釋719云、「案、《禮記・王制》曰、〈不變、移之郊、如初禮。不變、移之遂。〉鄭玄注、〈遠郊之外曰遂。〉又《史記・魯周公世家》曰、〈魯人三郊三隧。〉集解引王肅注云、〈邑外曰郊、郊外曰隧。〉是〈遂〉與〈隧〉通也。」

（注）

臣善曰、字林曰、閭、里門也。閻、里中門也。周礼有六遂。

―善曰、閭、里門也。閻、里中門也。郊、已見西都賦。周禮有六遂也。

【閭里門也】〈閭〉上、唐寫本有〈字林曰〉三字。高氏義疏云、「各本注脱〈字林曰〉三字、依唐寫補。」饒氏斠證云、「案任大椿《字林考逸》七閭閻條所引止後漢書班固傳注及西都賦注、而不及此注、蓋所見本亦脱此三字也。」伏氏校注603云、「按、今本誤甚、李注釋字、皆引經史傳注、今本脱〈字林曰〉三字、則失李氏體例矣。」

【郊已見西都賦】唐寫本無此六字。贛州本四部本作〈鄭玄周禮注王國百里爲郊〉十一字、九條本紙背引同。羅氏校釋721云、「案、敦煌本此下有〈遂〉之注、則〈遂〉之注上當有〈郊〉之注、當依寫本舊例、於〈里中門也〉下補引《西都賦》〈若乃觀其四郊〉句下善注引〈鄭玄《周禮》注〈王國百里爲郊。〉〉十一字。」

【周禮有六遂也】〈遂〉字、朝鮮本作〈隧〉。唐寫本無〈也〉字。

（正文）若神龍之變化、章后皇之為貴。

【章】崇本贛州本明州本四部本朝鮮本袁本作〈彰〉。羅氏校釋723云、「案、〈章〉與〈彰〉通。」

【后皇】崇本朝鮮本袁本作〈皇后〉。

（注）

龍出則廾天、潛則泥蟠、故云變化。章、明也。天子稱元后。皇、漢帝稱也。 臣善曰、管子曰、龍被五色、欲小、則如蚕蠋、欲大、函天地。	龍出則昇天、潜則泥蟠、故云變化。章、明也。天子稱元后。皇、漢帝稱也。 善曰、管子曰、龍被五色、欲小、則如蠶蝎、欲大、函天地也。

【昇天】〈昇〉字、唐寫本作〈廾〉、卽〈升〉字、說見前。伏氏校注605云、「按、〈升〉〈昇〉古今字。《說文新附》〈昇、日上也。从曰、升聲。古只用升。〉《廣韻》〈昇、日上。本亦作升。〉」

【章明也】〈章〉字、朝鮮本作〈彰〉。

【蠶蝎】〈蠶蝎〉字、唐寫本作〈蚕蠋〉。『干祿字書』云、「〈蚕〉〈蠶〉、上俗下正。」朝鮮本作〈蚕〉。高氏義疏云、「《管子》、見水地篇。各本〈蠋〉誤〈蝎〉。今依《管子》改。又今《管子》〈如〉上有〈化〉字、〈函天地〉作〈則藏於天下〉。」

【函天地也】唐寫本無〈也〉字。

（正文）然後厯掖庭、適驩館、〈然後歷掖庭、適驩館〉

【歷】唐寫本作〈厯〉。『干祿字書』云、「〈厯〉〈歷〉、上俗下正。」

【適】唐寫本作〈適〉。羅氏校釋726云、「案、敦煌本〈商〉〈啇〉常混用、此又一例、作〈適〉是。」

【驩】九條本崇本贛州本明州本四部本朝鮮本袁本作〈歡〉。上野本傍記云、「〈歡〉五。」饒氏斠證云、「案叢刊本〈歡〉下無校語、而五臣良注則作〈歡〉、知叢刊本從五臣也。」伏氏校注606云、「〈驩〉、〈歡〉形聲同聲假借。六臣本注文作〈驩〉、則本當作〈驩〉、唐寫本是矣。」羅氏校釋726云、「〈驩〉〈歡〉同聲假借。明州本叢刊本正文作〈歡〉、注文作〈驩〉、是薛本作〈驩〉也。」

（注）

掖庭令官、主後宮、擇所驩者、乃幸之。	掖庭今官、主後宮、擇所驩者、乃幸之。

【掖庭今官】〈今〉字、唐寫本作〈令〉。胡氏考異云、「陳云、〈今〉當作〈令〉。是也。各本皆譌。」高氏義疏云、「步瀛案、唐寫正作〈令〉、今從之。《漢書・百官公卿表》曰、〈武帝更名永巷爲掖庭。〉《續漢書・百官志》〈掖庭令〉、本注曰、〈宦者掌後宮貴人采女事。〉」

【擇所驢者】〈驪〉字、朝鮮本作〈歡〉。

27 a

（正文）揄衺色、從嬿婉。〈揄揄衺色、從嬿婉〉

【衺】唐寫本作〈衺〉、上野本崇本作〈衺〉。『干祿字書』云、「〈衺〉〈衺〉、上通下正。」

【色】唐寫本作〈色〉。『干祿字書』云、「〈色〉〈色〉、上俗下正。」

【嬿婉】〈嬿〉下、崇本有音注〈音宴〉二字。〈婉〉下、崇本有音注〈於遠反〉三字、贛州本明州本四部本朝鮮本袁本作〈於遠切〉。

（注）

嬿婉、美好之皃也。臣善曰、毛詩序曰、華落色衺。韓詩曰、嬿婉之求。薛臣善曰、嬿婉、好皀也。嬿、於見反。婉、於万反。

嬿婉、美好之貌。善曰、毛詩序曰、華落色衺。韓詩曰、嬿婉之求。嬿婉、好貌。嬿、於見切。婉、於萬切。揄、棄也。

【美好之貌】〈貌〉下、唐寫本有〈也〉字。

【華落色衺】〈華〉字、明州本朝鮮本袁本作〈花〉。

【韓詩曰】〈韓〉字、朝鮮本作〈毛〉。

【嬿婉好貌】唐寫本作〈薛臣善曰嬿婉好皀也〉。高氏義疏云、「各本引《韓詩》句下脫去〈薛君曰〉三字。唐寫作〈薛臣善曰〉、蓋〈臣〉爲〈君〉字之誤、又衍〈善〉字也。治《韓詩》者不見此本、故不敢輯入薛君《章句》中。然則此本雖誤、有益於古書亦大矣。」饒氏斠證云、「〈臣善〉二字、殆〈君〉字、或〈君章句〉字之譌。」

【嬿於見切】贛州本明州本四部本朝鮮本袁本無此四字。

【揄棄也】唐寫本無此三字。饒氏斠證云、「案善注順文作注、此三字順序應在引毛詩序之上、今在注末、殆爲後人所加、故永隆本無之。」伏氏校注609云、「按、李注之例、先釋義、後注音、唐寫本無例外者。今本有義音顚倒者、則音後之義注乃後人旁記誤入者也。」

（正文）促中堂之陿坐、羽觴行而無筭。〈促中堂之陿坐、羽觴行而無筭〉

【陿】明州本朝鮮本袁本作〈狹〉、明州本眉批云、「〈狹〉、善本作〈陿〉。」贛州本四部本校語云、「五臣本作〈狹〉。」九條本傍記云、「〈狡〉五。」（案、〈狡〉、疑〈狹〉誤。）羅氏校釋731云、「案、〈陿〉與〈狹〉同。」

【觴】唐寫本作〈觴〉。『干祿字書』云、「〈觴〉〈觴〉、上俗下正。」

（注）
中堂、〻中央也。
臣善曰、楚辞曰、瑤漿蜜勺實羽觴。漢書音義曰、羽觴、作生爵形。儀礼曰、無筭爵。鄭玄曰、筭、數也。

中堂、中央也。
善曰、楚辭曰、瑤漿蜜勺實羽觴。漢書音義曰、羽觴、作生爵形。
儀禮曰、無筭爵。鄭玄曰、筭、數也。

【中堂中央也】唐寫本重〈堂〉字。高氏義疏云、「薛注各本不複〈堂〉字、今依唐寫增。」羅氏校釋732云、「〈堂〉字當複、各本脫、當補。」

（正文）秘僊更奏、妙材騁伎。〈祕舞更奏、妙材騁伎〉
【祕】唐寫本作〈秘〉。『干祿字書』云、「〈秘〉〈祕〉、上俗下正。」
【舞】唐寫本作〈僊〉。『干祿字書』云、「〈僊〉〈舞〉、上俗下正。」
（注）
秘、言希見爲竒也。更、遆也。奏、進也。

祕、言希見爲奇也。更、遞也。奏、進也。

（正文）妭蠱豔夫夏姫、美聲𩰪於虞氏。〈妖蠱豔夫夏姬、美聲暢於虞氏〉
【妖】唐寫本上野本作〈妭〉。『干祿字書』云、「〈犮〉〈夭〉、上通下正。」
【蠱】〈蠱〉下、贛州本明州本四部本袁本有音注〈也〉字、朝鮮本有〈古〉字。許氏筆記云、「〈蠱〉注音〈古〉、或妄音爲〈冶〉。」
【暢】唐寫本作〈𩰪〉。上野本傍記云、「〈𩰪〉、一本。」〈𩰪〉、卽〈鬯〉字。『漢書』郊祀志上師古注云、「〈鬯〉、與〈暢〉同。」〈暢〉下、贛州本明州本四部本朝鮮本袁本有音注〈勑亮〉二字。
（注）
臣善曰、左氏傳曰、產曰、在周易、女惑男、謂之蠱。音古。左氏傳曰、楚荘王欲納夏姫。杜預曰、夏姫、鄭穆公女、陳大夫御叔妻。七略曰、漢興、善歌者魯人虞公、發聲動梁上塵。𩰪、條暢也。勑亮反。

善曰、左氏傳、子產曰、在周易、女惑男、謂之蠱。音古。又左氏傳曰、楚莊王欲納夏姬。杜預曰、夏姬、鄭穆公女、陳大夫御叔妻。七略曰、漢興、善歌者魯人虞公、發聲動梁上塵。暢、條暢也。勑亮切。蠱、媚也。

【左氏傳子產曰】〈傳〉下、唐寫本有〈曰〉字、無〈子〉字。九條本眉批引與板本同。案、依善注引書體例、當作〈左氏傳子產曰〉。唐寫本誤〈子〉爲〈曰〉。伏氏校注612、羅氏校釋736竝爲板本脫〈曰〉字、非是。高氏義疏正作〈左氏傳子產曰〉、饒氏〈傳〉下刪

〈曰〉字、斠證云、「〈產〉上脫〈子〉字。」

【又左氏傳曰】唐寫本無〈又〉字。

【楚莊王欲納夏姬】贛州本明州本四部本袁本脫〈夏〉字。

【陳大夫御叔妻】〈叔〉字、尤本誤作〈奴〉。

【暢條暢也】上〈暢〉字、唐寫本作〈𤕤〉。

【勑亮切】贛州本明州本四部本朝鮮本袁本無此三字、正文〈暢〉下有音注〈勑亮〉二字。此從五臣本體例亂善注。

【蠱媚也】唐寫本無此三字。饒氏斠證云、「此後人所加。」羅氏校釋741云、「案、李善上文已釋〈蠱〉、此處不當重出、此三字殆他注混入者也。」

（正文）始徐進而羸形、似不任乎羅綺、嚼清商而却轉、增蟬蜎以此豸。〈始徐進而羸形、似不任乎羅綺、嚼清商而却轉、增嬋蜎以此豸〉

【羸】〈羸〉下、崇本贛州本明州本四部本朝鮮本袁本有音注〈力爲〉二字。

【嚼】上野本作〈爵〉。〈嚼〉下、贛州本明州本四部本朝鮮本袁本有音注〈牆躍〉二字。

【嬋】唐寫本上野本作〈蟬〉。饒氏斠證云、「〈蟬蜎〉二字从虫、而音注竝从女。胡刻作〈嬋蜎〉、文注同。叢刊本二字竝从女、文注同。」羅氏校釋742云、「案、〈蟬蜎〉〈嬋娟〉音義竝同。」

【蜎】九條本崇本北宋本殘卷贛州本明州本四部本朝鮮本袁本作〈娟〉。

【此】九條本崇本明州本朝鮮本袁本作〈跐〉、下有音注〈此〉字、崇本作〈音此〉。上野本傍記云、「〈跐〉、□五。」贛州本校語云、「五臣作〈跐音此〉。（四部本〈作〉作〈家〉）」羅氏校釋742云、「案、〈跐〉與〈此〉同音假借、明州本注文作〈此〉、是薛本作〈此〉也。」

【豸】唐寫本上野本作〈豸〉。『敦煌俗字研究』云、「〈豸〉〈豸〉爲隷變之異。」贛州本明州本四部本朝鮮本袁本下有音注〈雉〉字、崇本作〈音雉〉。

（注）

清商、鄭音。蟬媥、此豸、姿態妭蠱也。
臣善曰、宋玉笛賦曰、吟清商、追流徵。嬋、音蟬。娟、於緣反。

音雉。清商、鄭音。蟬蜎、此豸、恣態妖蠱也。
善曰、宋玉笛賦曰、吟清商、追流徵。嬋、音蟬。蜎、於緣切。

【音雉】唐寫本無此二字。明州本朝鮮本袁本正文〈豸〉下有音注〈雉〉字、崇本作〈音雉〉。饒氏斠證云、「與薛注混。」羅氏校釋742云、「案、此二字不當有、殆他注混入者也。」

【蟬蛸】〈蛸〉字、唐寫本作〈媚〉、卽〈媚〉字闕筆。〈蟬蛸〉二字、贛州本明州本四部本朝鮮本袁本作〈嬋娟〉。饒氏斠證云、「薛注〈媚〉字與正文異書。」

【此豸】〈此〉字、朝鮮本作〈跐〉。

【恣態妖蠱也】〈恣〉字、唐寫本作〈姿〉。高氏義疏云、「〈恣態〉疑〈姿態〉之誤。」

【蛸於緣切】〈蛸〉字、唐寫本贛州本明州本四部本朝鮮本作〈娟〉。

（正文）紛縱體而迅赴、若驚鶴之羣罷。〈紛縱體而迅赴、若驚鶴之羣罷〉

【鶴】唐寫本作〈鶮〉。『干祿字書』云、「〈鶮〉〈鶴〉、上俗下正。」

【羣】上野本作〈群〉。

【罷】崇本贛州本明州本四部本朝鮮本袁本作〈羆〉、下有音注〈魄美反〉、四部本袁本〈反〉作〈切〉。胡氏考異云、「袁本、茶陵本〈罷〉作〈羆〉、下〈音媿美切〉。案、此疑善〈罷〉、五臣〈羆〉也。〈媿美切〉、蓋善〈罷〉字之音。凡善音、合并六家、多所割裂失舊、尤又删削不全。詳在後。」胡氏箋證云、「王氏念孫曰、〈羆〉字、與伎・氏・綺・豸・纚爲韻、蓋〈罷〉字之譌。韋昭注〈吳語〉曰、罷、歸也。言若驚鶴之羣歸也。紹煐按、王校是也。〈罷〉〈羆〉形近易譌。本書〈七啓〉罷獠回邁、今亦誤作〈羆〉、賴有六臣本可證耳。」

（注）

縱體、儛容也。迅疾赴莭相越也。

縱體、舞容也。迅疾赴節相越也。相鶴經曰、後七年學舞、又七年舞應節。

【舞容也】〈舞〉字、唐寫本作〈儛〉、同。說見前。

【相鶴經曰後七年學舞又七年舞應節】唐寫本無此十五字。〈後〉字、贛州本明州本四部本朝鮮本袁本作〈復〉。

（正文）振朱屣於盤樽、

【朱屣】〈朱〉字、明州本朝鮮本袁本〈珠〉。〈屣〉字、崇本明州本朝鮮本袁本〈履〉。九條本傍記云、「〈珠〉五。」上野本傍記云、「〈履〉五。」明州本朝鮮本袁本校語云、「善本作〈朱屣〉。」贛州本四部本校語云、「五臣本作〈珠履〉。」

(注)

振、猶棹也。朱屣、赤地丝屣。

振、猶掉也。朱屣、赤絲履也。

【猶掉也】〈掉〉字、唐寫本作〈棹〉。案、〈扌〉旁與〈木〉旁、唐寫本不分。此卽〈掉〉字。

【赤絲履也】〈履〉字、唐寫本作〈屣〉。又唐寫本無〈地〉〈也〉字。高氏義疏云、「各本注〈赤地絲屣〉作〈赤絲履〉、今依唐寫。案、〈屣〉字、《說文》本作〈躧〉、云、舞履也。重文作〈韃〉。今字亦作〈蹝〉、作〈屣〉。」伏氏校注619云、「按、〈地〉字當衍文。」

(正文)奮長褎之颯纚。〈奮長袖之颸纚〉

【長】崇本作〈紅〉。

【袖】唐寫本作〈褎〉、薛注同。薛注〈袖〉字、袁本作〈褏〉、朝鮮本作〈褒〉。北宋本殘卷贛州本四部本作〈袖〉。高氏義疏云、「《說文》以〈袖〉爲〈褎〉之俗字。」『敦煌俗字研究』云、「按、衣袖之〈袖〉、『說文』作〈褎〉、又載其俗體作〈袖〉。〈褏〉則是〈褎〉〈袖〉二形交互影響的產物。」又云、「按、俗書從衣從示不分、故〈袖〉卽〈袖〉字俗書。『字鑑』卷四宥韻、〈褎、俗從由作褏、袖誤。〉實則六朝前後〈袖〉便取代〈褎〉成爲通行用字、而罕用〈褎〉字。」案、朝鮮本〈褒〉字、疑〈褏〉字之譌。

【颸】贛州本明州本四部本朝鮮本袁本下有音注〈素合〉二字。

【纚】贛州本明州本四部本朝鮮本袁本下有音注〈史〉字、崇本作〈音吏〉。

(注)

舞人特作長褎。颯纚、長皀也。

臣善曰、韓子曰、長袖善舞。颯、素合反。纚、所倚反。

舞人特作長袖。颸纚、長貌也。

善曰、韓子曰、長袖善舞。颸、素合切。纚、所倚切。

【袖】卽〈袖〉字。唐寫本作〈褎〉、袁本作〈褏〉、朝鮮本作〈褒〉。北宋本殘卷贛州本四部本作〈袖〉。說見前。

【長袖善舞】〈袖〉字、贛州本四部本誤作〈神〉。

【颸素合切】贛州本明州本四部本朝鮮本袁本無此四字。正文〈颯〉字下有音注〈素合〉二字。從五臣本體例亂善注。

27b

(正文)要绍循態、麗服颺菁。〈要紹修態、麗服颺菁〉

【要】贛州本明州本四部本朝鮮本袁本下有音注〈杳〉字、崇本作〈音杳〉。

【修】唐寫本上野本作〈循〉、崇本贛州本明州本四部本朝鮮本袁本作〈脩〉、竝同。說見前。

【態】九條本誤作〈熊〉。

【菁】贛州本明州本四部本朝鮮本袁本下有音注〈精〉字。

（注）

要紹、謂姡嬋作姿容也。徜、為也。態、驕媚意也。菁、華英也。
臣善曰、楚辭曰、夸容徜態。要、於妙反。菁、音精。

要紹、謂姡嬋作姿容也。修、爲也。態、嬌媚意也。菁、華英也。
善曰、楚辭曰、夸容脩態。要、於妙切。菁、音精。

【嬌媚意也】〈嬌〉字、唐寫本作〈驕〉。〈驕〉、即〈驕〉字。伏氏校注621云、「按、驕媚字本作〈驕〉、〈嬌〉爲後起字。段注《說文》曰、〈古無〈嬌〉字、凡云〈驕〉即〈嬌〉也。〉」

【夸容脩態】〈態〉字、袁本誤作〈熊〉。

【菁音精】贛州本明州本四部本朝鮮本袁本無此三字。正文〈菁〉字下有音注〈精〉字。從五臣本體例亂善注。

（正文）昭藐流盻、壹頋傾城。〈眳藐流眄、一顧傾城〉

【眳】唐寫本作〈昭〉、崇本朝鮮本袁本作〈昭〉。饒氏斠證云、「案〈昭〉、齒紹切、『玉篇』〈昭、目弄人也〉、據此則賦文作〈昭〉、當無疑義、惟永隆本善注〈昭亡挺反〉、是善作〈眳〉字讀。案『廣雅』〈眳、諆也〉、『玉篇』〈眳、不悅皃〉、如此、則與賦文不照。高步瀛未校出〈昭〉字、謂眳藐猶緜藐。」羅氏校釋753云、「饒說是也。」案、作〈昭〉者、誤也。饒氏未校出〈昭〉字。

【藐】上野本九條本崇本明州本朝鮮本袁本作〈邈〉。九條本傍記云、「〈藐〉善。」明州本朝鮮本袁本校語云、「善本作〈眳藐〉。」（明州本〈眳〉誤作〈昭〉）。贛州本四部本校語云、「五臣本作〈昭邈〉。」

【眄】唐寫本上野本作〈盻〉、即〈眄〉字。『玉篇』云、「〈眄〉、俗作〈盻〉。」九條本崇本四部本誤作〈盼〉。

【一】唐寫本作〈壹〉、上野本誤作〈臺〉。

（注）

眳、眉映之閒。藐、好眍容也。流盻、轉眼視也。
臣善曰、目、亡挺反。漢書、李迗年歌曰、北方有佳人、絶廿稱獨立。一頋傾人城、再頋傾人国。

眳、眉睫之閒。藐、好視容也。流眄、轉眼貌也。眳、亡井切。
善曰、漢書、李延年歌曰、北方有佳人、絶世而獨立。一顧傾人城、再顧傾人國。

【眉睫之閒】〈睫〉字、唐寫本作〈映〉、即〈睞〉字。『史記』扁鵲傳索隱云、「〈睞〉、即〈睫〉也。」

【好視容也】〈視〉字、唐寫本作〈眍〉、即〈眡〉字。『干祿字書』云、「〈互〉〈氏〉、上通下正。」『正字通』云、「〈眩〉、俗〈眡〉字。」

又云、「〈眂〉、俗〈眡〉。」『集韻』云、「〈視〉、或作〈眡〉。」伏氏校注624云、「按、〈眡〉、〈視〉古今字。《玉篇》〈眡、古文視〉。《漢書・王莽傳》師古注〈眡、古視字。〉」

【轉眼貌也】〈貌〉字、唐寫本作〈視〉。高氏義疏云、「各本薛注〈視〉作〈貌〉、今依唐寫。」饒氏斠證云、「〈視〉字各刻本誤作〈貌〉。」伏氏校注625云、「唐寫本作〈視〉義長、〈貌〉當爲〈視〉字形近致訛。」羅氏校釋756云、「案、細玩文意、似以作〈視〉爲勝。」朝鮮本無〈也〉字。

【眳亡井切】唐寫本作〈眳亡挺反〉、在〈臣善曰〉下。高氏義疏云、「〈善曰〉、各本在〈眳亡井切〉四字下。唐寫在其上。〈井〉作〈挺〉、今皆據改。」伏氏校注626云、「按、此則將〈眳亡挺反〉誤爲薛綜注。」又627云、「按、〈眳〉、《廣韻》莫迥切、又亡井切。〈挺〉在《廣韻・迥》、〈井〉在《廣韻・靜》、是中古二字讀音略有差異、上古皆在嬰部。」羅氏校釋757云、「案、各刻本〈昭〉訛〈眳〉、將善注誤作薛注、敦煌本竝不誤也。」

【北方有佳人】〈北〉字、尤本誤作〈此〉。黄氏北宋本殘卷校證云、「尤本以形近誤〈此〉。」

【絶世而獨立】〈世〉字、唐寫本作〈卋〉。〈而〉字、唐寫本作〈稱〉。饒氏斠證云、「〈世〉字缺筆。」伏氏校注628云、「按、今本《漢書・外戚傳》亦作〈而〉。」

〔正文〕展季桒門、誰能不營。〈展季桑門、誰能不營〉

〔注〕

臣善曰、國語曰、咸文仲聞柳下季之言。韋昭曰、柳下、展禽之邑。季、字也。家語、昔有婦人曰、柳下惠嫗不逯門之女、國人不稱其亂焉。桒門、沙門也。東觀漢記、詔楚王曰、以助伊蒲塞桒門之咸饌。

善曰、國語曰、臧文仲聞柳下惠之言。韋昭曰、柳下、展禽之邑。季、字也。家語曰、昔有婦人召魯男子、不往。婦人曰、子何不若柳下惠。然嫗不逮門之女也。國人不稱其亂焉。桑門、沙門也。東觀漢記、制楚王曰、以助伊蒲塞桑門之盛饌。說文曰、營、惑也。

【柳下惠之言】〈惠〉字、唐寫本作〈季〉。〈言〉字、袁本朝鮮本作〈賢〉。九條本紙背引作〈善曰國語曰臧文仲聞柳下惠之言韋昭曰柳下展禽之邑季字也〉。案今『國語』魯語上作〈文仲聞柳下季之言〉、與唐寫本合。

【家語曰】唐寫本無〈曰〉字。案唐寫本善注〈昔有婦人〉下無〈召魯男子不往婦人〉八字、然則依善注體例、〈家語〉下不當有〈曰〉字。伏氏校注630、羅氏校釋760竝爲唐寫本脱〈曰〉字、非是。

【昔有婦人召魯男子不往婦人曰子何不若柳下惠然嫗不逮門之女也】唐寫本作〈昔有婦人曰柳下惠嫗不逯門之女〉十四字。贛州本明州本四部本朝鮮本袁本作〈昔有婦人召柳下惠惠不往曰嫗不逮門之女也〉十八字。北宋本殘卷作〈昔有婦人召柳下惠惠不往曰嫗不逮門人女也〉十九字、黄氏校證云、「明州本・廣都本與此本同、唯不重〈惠〉字、下〈人〉作〈之〉、〈人〉卽〈之〉之誤。」饒氏斠證云、「此注刪節家語好生篇文。案家語記此事略與毛詩巷伯傳荀子大略篇相同、永隆本善注節引二十一字、意義自明、胡刻及叢刊本增加字數、並多一〈召〉字、有違原意、此亦永隆本未經淺人混亂之可貴處。」伏氏校注631云、「按、〈逯〉、通〈逮〉、《集韻》〈逯、待戴切〉、又〈逮、及也。古作逯〉。李注引《家語》爲節引、今本〈不逮門之女〉後有〈也〉字、非。六臣本混〈魯男子〉爲〈柳下惠〉、更誤。」

【制楚王曰】〈制〉字、唐寫本作〈詔〉。高氏義疏云、「唐寫作〈詔〉、與《漢記》楚王英傳合、今從之。」

【說文曰營惑也】唐寫本無此六字。許氏筆記云、「案『說文』〈營、市居也。〉〈䁝、惑也。〉然營乃䁝字之譌。」梁氏旁證云、「〈營〉當作〈䁝〉。今『說文』目部〈䁝、惑也。〉李卽引此。今各本皆誤作〈營〉、遂以爲『說文』無此訓矣。」胡氏箋證云、「經典通作〈營〉。善以〈營〉爲〈䁝惑〉、故引『說文』。〈䁝〉作〈營〉者、依正文改也。良注〈見此之美、亦經營〉、則大謬。」疑後人所加。

【競】唐寫本作〈竸〉、上野本作〈競〉。『敦煌俗字研究』云、「《字樣》、〈競〉正、〈竸〉通用。按、《干祿字書》、〈竸〉〈競〉、上俗下正。〉《手鏡・立部》、〈竸〉俗、〈競〉古、〈競〉正。〉自以據《字樣》《五經文字》作〈競〉爲近正。漢代碑刻字或作〈競〉、乃隸變增筆字、顏元孫等定爲正字、實未切當。」

（正文）列爵十四、竸媚取榮。〈列爵十四、競媚取榮〉

（注）

後宮官、從皇后以下、凡十四等、竸争耶媚、求榮愛也。	後宮官、從皇后以下、凡十四等、競爭邪媚、求榮愛也。
臣善曰、漢書曰、漢興、因秦之稱號、帝正適稱皇后、妾皆稱夫人、稱號凡十四等云。	善曰、列爵十四、見西都賦也。

【從皇后以下】〈以〉字、朝鮮本袁本作〈已〉。

【競爭邪媚】〈邪〉字、唐寫本作〈耶〉。『干祿字書』云、「〈耶〉〈邪〉、上通下正。」九條本紙背引作〈綜曰後宮官從皇后以下凡十四等競爭邪媚求榮愛也〉。

【列爵十四見西都賦也】唐寫本作〈漢書曰漢興因秦之稱號帝正適稱皇后妾皆稱夫人稱號凡十四等云〉二十八字。贛州本四部本作

〈漢書曰大星正妃餘三星後宮又贊曰漢興因秦之稱號帝正適稱皇后妾皆稱夫人號十四等云昭儀位視丞相婕妤視上卿娙娥視中二千石傛華視眞二千石美人視二千石八子視千石十子視八百石良人視七百石長使視六百石少使視四百石五官視三百石順常視二百石無涓共和娛靈保林良夜皆視百石〉一百二十四字。九條本紙背引與四部本同。饒氏斠證云、「此善注節引『漢書』外戚傳文。案西都賦〈十有四位〉下注、先引『漢書』天文志九字、次引外戚傳一百餘字。叢刊本以西都賦注天文志及外戚傳增補、而列舉十四等、有遺漏有誤併、則彙錄六臣注時錯誤也。」

（正文）咸衺無常、唯愛所丁。〈盛衰無常、唯愛所丁〉

【衰】唐寫本作〈衺〉、上野本崇本作〈衺〉。說見前。

【唯】崇本贛州本明州本四部本朝鮮本袁本作〈惟〉。

（注）

臣善曰、尒雅曰、丁、當也。	善曰、爾雅曰、丁、當也。

（正文）衛后興於鬒髪、飛燕寵於體輕。〈衛后興於鬒髮、飛燕寵於體輕〉

【鬒】〈鬒〉下、崇本有音注〈音修〉二字、贛州本明州本四部本朝鮮本袁本有音注〈軫〉字。

【燕】上野本崇本明州本朝鮮本袁本作〈鷰〉、九條本傍記云、「〈鷰〉五。」贛州本四部本校語云、「五臣作〈鷰〉。」高氏義疏云、「五臣〈燕〉作〈鷰〉、俗字。」

（注）

臣善曰、漢書曰、孝武衛皇后、字子夫。漢武故事曰、子夫淂幸、頭解、上見其美髪、悅之。毛詩曰、鬒髪如雲。之忍反。荀悅漢紀曰、趙氏善舞、號曰飛鸛、上悅之。事由體輕、而封后皇。	善曰、漢書曰、孝武衛皇后、字子夫。漢武故事曰、子夫得幸、頭解、上見其美髮、悅之。毛詩云、鬒髮如雲。之忍切。荀悅漢紀曰、趙氏善舞、號曰飛燕、上說之。事由躰輕、而封皇后也。

【上見其美髮】〈髮〉字、九條本紙背引誤作〈鬒〉。

【毛詩云鬒髮如雲之忍切】〈云〉字、唐寫本作〈曰〉、是也。九條本紙背引無此十字。

【號曰飛燕】〈燕〉字、唐寫本作〈鸛〉、明州本作〈鷰〉。案今『漢記』成帝紀作〈鷰〉。

【上說之】〈說〉字、唐寫本作〈悅〉。案今『漢記』成帝紀作〈說〉。

【事由躰輕】〈躰〉字、唐寫本贛州本明州本四部本朝鮮本袁本作〈體〉。『玉篇』云、「〈躰〉、俗〈體〉字。」

【而封皇后也】〈皇后也〉、唐寫本作〈后皇〉二字。羅氏校釋769云、「案、敦煌本〈皇后〉二字誤倒。」

28a

（正文）爾乃逞志究欲、窮身極娯。〈爾乃逞志究欲、窮身極娯〉

【志】崇本明州本朝鮮本袁本作〈至〉。九條本傍記云、「〈至〉五。」贛州本四部本校語云、「五臣作〈至〉。」高氏義疏云、「五臣〈志〉作〈至〉、非是。」

【身】九條本崇本明州本朝鮮本袁本作〈歡〉。九條本傍記云、「〈身〉善。」明州本朝鮮本袁本校語云、「善本作〈身〉。」贛州本四部本校語云、「五臣作〈歡〉。」高氏義疏云、「〈身〉作〈歡〉、則是也。疑本作〈驩〉、脫去左半、僅餘〈馬〉字、而後人遂改爲〈身〉字耳。」伏氏校注639云、「按、作〈歡〉義順。」饒氏斠證云、「高步瀛謂〈身〉作〈歡〉是、且多推測語。案『楚辭』大招云、〈窮身永樂年壽延〉。王注〈言居於楚國、窮身長樂、保延年壽、終無憂患也〉。賦文二句正用大招二句、毋庸別生枝節。」

（注）

逞、快也。娯、樂也。

臣善曰、楚辭曰、逞志究欲、心意安。

逞、娯也。娯、樂也。

善曰、楚辭曰、逞志究欲、心意安之也。

【逞娯也】〈娯〉字、唐寫本作〈快〉。高氏義疏云、「各本薛注〈快〉誤作〈娯〉、今依唐寫改。」伏氏校注640云、「按、作〈娯〉乃因下文〈娯〉致誤。」

【心意安之也】唐寫本無〈之也〉二字。高氏義疏云、「《楚辭》、見大招、各本〈安〉下有〈之也〉二字。〈之〉字當作〈只〉。唐人引書、往往於句末加〈也〉字。亦有傳寫人所加者、有無、無甚要也。唐寫無〈之也〉二字、與他注引招魂合、今從之。」羅氏校釋773云、「敦煌本注引省略句末語辭〈只〉、各刻本誤衍〈之也〉二字。」〈心〉字、明州本誤作〈恣〉。

（正文）鑒戒唐詩、他人是媮。〈鑒戒唐詩、他人是媮〉

【媮】〈媮〉下、崇本有音注〈音逾〉二字、贛州本明州本四部本朝鮮本袁本作〈音俞〉。

（注）

唐詩曰、子有衣裳、弗曳不婁、宛其死矣、他人是媮。言今日之不極意恣驕、亦如此矣。

唐詩、刺晉僖公不能及時以自娯樂、曰、子有衣裳、弗曳弗婁、宛其死矣、他人是媮。言今日之不極意恣嬌、亦如此也。

善曰、國語曰、鑒戒而謀。賈逵曰、鑒、察也。

【刺晉僖公不能及時以自娯樂】唐寫本無此十二字。

【子有衣裳】〈裳〉字、贛州本四部本誤作〈常〉。

【弗曳弗婁】下〈弗〉字、唐寫本作〈不〉。案今『毛詩』唐風山有樞作〈弗〉。饒氏斠證云、「〈不〉字不作〈弗〉、與『白帖』所引同、而與『韓詩外傳』及『玉篇』所引不合。」

【言今日之不極意恣嬌】〈嬌〉字、唐寫本作〈驕〉。〈驕〉、卽〈驕〉字。伏氏校注645云、「按、〈驕〉、〈嬌〉古今字。說見前。」

【亦如此也】〈也〉字、唐寫本作〈矣〉。

【善曰國語曰鑒戒而謀賈逵曰鑒察也】唐寫本無此十五字。此見『國語』晉語三。

（正文）自君作故、何礼之拘。〈自君作故、何禮之拘〉

（注）

臣善曰、國語、魯侯曰、君作故。韋昭曰、君所作則爲故事也。 商君書曰、賢者更礼、不肖者拘焉。	善曰、國語、魯侯曰、君作故事。韋昭曰、君所作則爲故事也。 商君書曰、賢者更禮、不肖者拘焉。

【君作故事】唐寫本無〈事〉字。案今『國語』魯語上無〈事〉字。胡氏考異云、「案、〈事〉字不當有、各本皆衍。」饒氏斠證云、「殆淺人所加。」

（正文）增昭儀於婕妤、賢既公而又侯。〈增昭儀於婕妤、賢既公而又侯〉

（注）

臣善曰、漢書曰、孝元帝傅倢伃有寵、乃更號曰昭儀、在倢伃上、昭儀尊之也。又曰、封董賢為高安侯、後代丁明為大司馬、即三公之職也。	善曰、漢書曰、孝成帝趙皇后有女弟、爲婕妤、絶幸、爲昭儀。又曰、孝元帝傅婕妤有寵、乃更號曰婕妤、在昭儀上、尊之也。又曰、封董賢爲高安侯、後代丁明爲大司馬、即三公之職也。

【孝成帝趙皇后有女弟爲婕妤絶幸爲昭儀又曰】唐寫本無此十九字。九條本紙背引善注與板本同。案『漢書』外戚傳下云、「孝成趙皇后、本長安宮人。……有女弟復召入、倶爲倢伃、貴傾後宮。許后之廢也、……皇后既立、後寵少衰、而弟絶幸、爲昭儀。」此節引耳。但下引『漢書』（外戚傳下孝帝傅昭儀）有〈昭儀〉〈倢伃〉之引證、此注未必可有。

【孝元帝傅婕妤有寵】〈傅〉字、唐寫本明州本尤本朝鮮本袁本作〈傅〉、贛州本四部本九條本紙背引誤作〈傳〉。〈婕妤〉、唐寫本作〈倢伃〉、與『漢書』合。

【更號曰婕妤在昭儀上尊之也】唐寫本〈婕妤〉作〈昭儀〉、〈昭儀〉作〈倢伃〉、〈尊〉上又有〈昭儀〉二字。〈上〉上、九條本紙背引有〈之〉字。案『漢書』外戚傳下孝帝傅昭儀云、「更號曰昭儀、賜以印綬、在倢伃上。昭其儀、尊之也。」高氏義疏云、「各本〈昭儀在婕妤上〉誤作〈婕妤在昭儀上〉、又無〈昭其儀〉三字。今依唐寫改。唐寫亦脱〈其〉字、依外戚傳增。〈婕妤〉作〈倢伃〉、則與『漢書』合。」饒氏斠證云、「各刻本止存〈尊之也〉三字而無上半句、誤甚。」

（正文）許趙氏以無上、思致董於有虞。〈許趙氏以無上、思致董於有虞〉

【以】崇本贛州本明州本四部本朝鮮本袁本作〈之〉。

（注）

臣善曰、漢書曰、成帝謂趙昭儀曰、約趙氏故不立許氏、使天下無出趙氏上者。

善曰、漢書曰、成帝謂趙昭儀曰、趙氏故不立許氏、使天下無出趙氏上者。

【趙氏故不立許氏】〈趙〉上、唐寫本有〈約〉字。九條本紙背引與板本同。高氏義疏云、「唐寫與外戚傳合、今從之。幷據外戚傳增〈以〉字。」饒氏斠證云、「外戚傳〈約〉下有〈以〉字、永隆本脱、各刻本竝無〈約以〉二字。」

（正文）王閎爭於坐側、漢載安而不渝。〈王閎爭於坐側、漢載安而不渝〉

（注）

渝、易也。

臣善曰、漢書曰、上置酒麒麟殿、視董賢而咲曰、吾欲法尭禪舜、何如。王閣曰、天下乃高帝天下、非陛下之有。統業至重、天子無戯言。

善曰、漢書曰、上置酒麒麟殿、視董賢而笑曰、吾欲法尭禪舜、何如。王閎曰、天下乃高帝天下、非陛下有之。統業至重、天子無戲言。

【渝易也】唐寫本無此三字。羅氏校釋784云、「案、敦煌本無、殆他注混入者也。」

【笑曰】〈笑〉字、唐寫本作〈咲〉。『干祿字書』云、「〈咲〉〈笑〉、上通下正。」『廣韻』云、「〈咲〉、俗〈笑〉。」

【王閎曰】〈閎〉字、唐寫本誤作〈閣〉。

【非陛下有之】〈有之〉、唐寫本作〈之有〉。九條本紙背引竝與板本同。高氏義疏云、「唐寫與佞幸傳合、今從之。」饒氏斠證云、「各刻本誤倒作〈有之〉。」

（正文）高祖創業、継體承基。蹔勞永逸、無爲而治。〈高祖創業、繼體承基。暫勞永逸、無爲而治〉

【承】上野本作〈氶〉、同。

【暫】唐寫本崇本明州本朝鮮本袁本作〈蹔〉。九條本傍記云、「〈蹔〉五。」贛州本四部本校語云、「五臣作〈蹔〉。」羅氏校釋786云、「案、〈暫〉與〈蹔〉同。」

（注）

臣善曰、劇秦美新曰、漢祖創業蜀。漢書、平當曰、今漢繼體承業、三百餘年。又楊雄曰、不壹勞者不久佚。論語曰、無為而治、其舜也與。

善曰、劇秦美新曰、漢祖創業蜀漢。漢書、平當曰、今漢繼體承基、三百餘年。又楊雄曰、不一勞者不夂佚。論語曰、無爲而治、其舜也歟。

【漢祖創業蜀漢】唐寫本無下〈漢〉字。饒氏斠證云、「〈蜀〉下應有〈漢〉字、與下〈漢書〉字連、永隆本脫一〈漢〉字。」

【今漢繼體承基】〈基〉字、唐寫本作〈業〉。高氏義疏云、「各本〈業〉作〈基〉、乃涉正文而誤。唐寫與平當傳合、今從之。」

【三百餘年】高氏義疏云、「各本〈二〉誤〈三〉、依平當傳改。」饒氏斠證云、「〈三〉字永隆本與各刻本同誤、依平當傳應作〈二〉字。」

【不一勞者不夂佚】〈一〉字、唐寫本作〈壹〉。高氏義疏云、「楊雄語、見『漢書』匈奴傳。各本〈壹〉作〈一〉、唐寫作〈壹〉、與『漢書』合、今從之。」

【其舜也歟】〈歟〉字、唐寫本作〈與〉。案『論語』衞靈公篇作〈無爲而治者其舜也與〉。高氏義疏云、「唐寫與『論語』合、今從之。又依『論語』補〈者〉字。」

28 b

（正文）躭樂是從、何慮何思。〈耽樂是從、何慮何思〉

【耽】唐寫本作〈躭〉、上野本作〈躭〉。『玉篇』云、「〈躭〉、俗〈耽〉字。」

（注）

臣善曰、尚書曰、惟湛樂之從。周易曰、天何思何慮。

善曰、尚書曰、惟耽樂之從。周易曰、天下何思何慮。

【惟耽樂之從】〈耽〉字、唐寫本作〈湛〉。高氏義疏云、「『尚書』見無逸。唐寫引『書』〈耽〉作〈湛〉、與『論衡』語增篇引同。是一本作〈湛〉也。然本文作〈耽〉、則注引『書』亦當作〈耽〉、否則當有〈湛與耽同〉之語。」伏氏校注659引高氏說、羅氏校釋791以高氏說爲是。斯波博士『文選李善注所引尙書攷證』云、「案、唐寫本文選此注〈耽〉作〈湛〉、與內藤博士景照敦煌本及內野本尙書無逸篇合。是也。」饒氏斠證云、「案『尙書』無逸〈惟耽樂之從〉傳疏與釋文耽皆从耳、『論衡』語增篇引作〈惟湛樂是從〉、〈是〉

字與張衡所見同。)〈湛〉字與李善所見本同。『毛詩』鹿鳴常棣之〈和樂且湛〉竝作〈湛〉。陳喬樅韓詩遺說攷云、〈〈耽〉『毛詩』作〈湛〉、〈耽〉〈湛〉、皆〈媅〉之假借、……〉。以〈耽〉〈湛〉爲〈媅〉之假借、段玉裁王筠諸家說文注竝同。文選集注本陳孔璋答東阿王牋〈謹韞玩躭〉之〈躭〉、各本作〈耽〉、集注『音決』云、〈〈媅〉多含反、或爲〈躭〉、同。〉知各本之〈耽〉或〈躭〉、『音決』乃作〈媅〉。」

【天下何思何慮】唐寫本無〈下〉字。伏氏校注660云、「原卷脫〈下〉字、據今本及《周易・繫辭下》補。」羅氏校釋792云、「敦煌本脫〈下〉字、當補。」

(正文)多歷年所、二百餘朞。〈多歷年所、二百餘朞〉

【朞】崇本誤作〈基〉。

(注)

朞、壹匝也。從高祖至于王莽、二百餘年。　　朞、一帀也。從高祖至于王莽、二百餘年。
臣善曰、尙書曰、殷礼配天、多歷年所。　　善曰、尙書曰、殷禮配天、多歷年所。

【一帀也】〈一〉字、唐寫本作〈壹〉。〈帀〉字、唐寫本朝鮮本作〈匝〉。『干祿字書』云、「〈迊〉〈帀〉、上通下正。」袁本誤作〈市〉。伏氏校注661云、「按、〈匝〉同〈帀〉、《史記・高祖本紀》〈黎明、圍宛城三帀〉、一本作〈匝〉。」

【從高祖至于王莽二百餘年】贛州本四部本綜注無此十一字、李周翰注有〈從高祖至王莽二百三十年〉十一字。饒氏斠證云、「叢刊本薛注無此句、而別見於翰注、作二百三十年。似彙六臣注者取翰注之確數、舍薛注之不定數之所爲。」

【尙書曰】明州本朝鮮本袁本脫此三字。朝鮮本〈殷〉上有〈書〉字、〈禮〉下有〈陟〉字。高氏義疏云、「『尙書』見君奭。〈禮〉下當有〈陟〉字。」案『文選』卷四十三丘遲「與陳伯之書」李善注引作〈殷陟配天〉、有〈陟〉字而脫〈禮〉字。斯波博士『文選李善注所引尙書攷證』以爲、〈陟〉字有無、不遽可定。

(正文)徒以地泼野豐、百物殷阜。〈徒以地沃野豐、百物殷阜〉

【沃】唐寫本上野本作〈泼〉。『干祿字書』云、「〈泼〉〈沃〉、上俗下正。」

(注)

泼、肥也。豐、饒也。殷、感也。阜、大也。　　沃、肥也。豐、饒也。殷、盛也。阜、大也。

(正文)巖險周固、衿帶易守、〈巖險周固、衿帶易守〉

【衿】九條本崇本明州本朝鮮本袁本作〈襟〉。高氏義疏云、「〈襟〉〈衿〉字同。」

(注)

謂左崤函、右隴坻、前終南、後高陵。
臣善曰、左氏傳曰、制、巖邑也。李尤函谷開銘曰、衿帶喉咽。
管子曰、地形險阻、守而難攻。

謂左崤函、右隴坻、前終南、後高陵。
善曰、左氏傳曰、制、巖邑也。李尤函谷關銘曰、衿帶咽喉。管
子曰、地形險阻、易守難攻。

【函谷關銘】〈關〉字、唐寫本作〈開〉。饒氏斠證云、「此本常以〈開〉爲〈關〉。」說見前。

【衿帶咽喉】〈衿〉字、贛州本明州本四部本作〈襟〉。〈咽喉〉、唐寫本作〈喉咽〉。〈咽〉字、袁本作〈咡〉、同。高氏義疏云、「『藝文類聚』地部引《函谷關銘》曰、〈函谷險要、襟帶喉咽。尹從李老、留作二篇。〉則〈咽喉〉當作〈喉咽〉、與〈篇〉字韻也。」

【易守難攻】唐寫本作〈守而難攻〉。案今『管子』九變篇作〈易守而難攻〉。唐寫本無〈易〉字、〈守〉下有〈而〉字。高氏義疏云、「案、二字皆當有。」

(正文) 淂之者彊、摭之者久。流長則難竭、抵深則難朽。故奢泰肆情、聲烈彌楙。〈得之者强、據之者久。流長則難竭、柢深則難朽。故奢泰肆情、馨烈彌茂〉

【强】唐寫本崇本贛州本明州本四部本朝鮮本袁本作〈彊〉。『干祿字書』云、「〈强〉〈彊〉、上通下正。」

【柢】唐寫本上野本作〈抵〉、同。唐寫本上野本〈木〉旁與〈扌〉旁不分、〈互〉卽〈氐〉、說見前。〈柢〉下、贛州本明州本四部本朝鮮本袁本有音注〈蔕〉字（贛州本四部本作〈帶〉）、崇本有〈音蔕〉二字。

【馨】唐寫本上野本九條本作〈聲〉。上野本眉批云、「〈馨〉、誤〈聲〉。」九條本傍記云、「〈馨〉扌。」〈馨〉上、崇本贛州本明州本四部本朝鮮本袁本有〈而〉字、九條本亦有。伏氏校注667云、「按、今本作〈馨〉、乃〈聲〉字形近而誤。〈馨烈〉不辭、唐寫本作〈聲〉是、〈聲烈〉爲中古習用詞、謂顯赫功業。《文選・琴賦》〈洋洋習習、聲烈遐布。〉韓愈《唐故相權公墓碑》〈督省府長史、綽有聲烈。〉」

【烈】崇本誤作〈列〉。

【彌】上野本作〈旀〉。上野本〈方〉旁與〈弓〉旁不分、此卽〈弥〉字、與〈彌〉同。

【茂】唐寫本作〈楙〉、卽〈楙〉字。注文作〈茂〉。『漢書』律曆志師古注云、「〈楙〉、古〈茂〉字。」上野本作〈懋〉。『說文通訓定聲』云、「〈懋〉、叚借爲〈楙〉、爲〈茂〉。」

(注)

言圡地险固、故淂放心瘷意而夸泰之、聲列益以茂戚。

言土地險固、故得放心極意而夸泰之、馨烈益以茂盛。

【言土地險固】〈土〉字、袁本誤作〈士〉。

【馨烈益以茂盛】〈馨烈〉、唐寫本作〈聲列〉。羅氏校釋802云、「案、敦煌本〈烈〉訛〈列〉、各本〈聲〉訛〈馨〉。」

（正文）鄙生ゝ乎三百之外、傳聞於未聞之者、〈鄙生生乎三百之外、傳聞於未聞之者〉

【乎】上野本作〈于〉。

【未】九條本作〈末〉。高氏義疏云、「姚鼐『古文辭類纂』辭賦類載此賦、〈未聞〉作〈末聞〉。步瀛案、〈未聞〉、猶言未之前聞、則下文〈者〉字指事言。若從姚氏爲〈末〉字、〈末聞〉猶言後學、則下文當作〈之口〉指人言。兩義皆通。」伏氏校注668云、「按、作〈末聞之者〉亦可講通。」

【者】崇本明州本朝鮮本袁本作〈口〉。明州本朝鮮本袁本校語云、「善本作〈者〉。」九條本傍記云、「〈口〉五。」贛州本四部本校語云、「五臣作〈口〉。」胡氏箋證云、「五臣〈者〉作〈口〉。按、〈者〉與下睹・五・土・苦、古音同在魚部、〈口〉則侯部之字。當從善本。」高氏義疏云、「侯部魚部可通轉。」饒氏斠證云、「永隆本〈者〉下注一小〈口〉字、然其下善注有〈者之與反〉、亦非改〈者〉爲〈口〉也。」

（注）

鄙生、公子自稱、謙辞也。三百、高祖以下至作賦時。

臣善曰、者、之與反。

鄙生、公子自稱、謙辭也。三百、自高祖以下至作賦時也。

善曰、孔叢子、子高謂魏王曰、君聞之於耳邪。聞之於傳邪。者、之與切。

【自高祖以下】唐寫本無〈自〉字。

【至作賦時也】〈時〉字、尤本誤作〈詩〉。唐寫本無〈也〉字。北宋本殘卷正作〈時〉、黃氏北宋本殘卷校證云、「〈詩〉卽〈時〉字、形似之而譌。」

【孔叢子子高謂魏王曰君聞之於耳邪聞之於傳邪】唐寫本無此二十字。高氏義疏云、「『孔叢子』、見陳士義篇。今本作〈未審君之所聞、親聞之於不死者耶、聞之於傳聞者耶〉、與李注引異。」

（正文）增髣髴其若夢、未一隅之能睹。〈曽髣髴其若夢、未一隅之能睹〉

【曽】唐寫本作〈增〉。伏氏校注671云、「按、〈增〉〈曽〉字通。」

【睹】崇本贛州本明州本四部本朝鮮本袁本作〈覩〉。〈覩〉〈睹〉、古今字。『說文』云、「〈睹〉、見也。〈覩〉、古文、从見。」『集韻』云、「〈睹〉、古从見。」

（注）

臣善曰、甘泉賦曰、猶髣髴其若夢。論語、子曰、舉一隅而示之。

善曰、甘泉賦曰、猶髣髴其若夢。說文曰、彷彿、相似、見不諦也。論語曰、子曰、舉一隅而示之。

【說文曰彷彿相似見不諦也】唐寫本無此十一字。梁氏旁證云、「〈髣髴〉〈彷彿〉竝當作〈仿佛〉。今『說文』人部〈仿、相似也。佛、見不審也。〉《繫傳》作〈見不諟也〉。本書《甘泉賦》注・《魯靈光殿賦》注竝引作〈仿佛相似、視不諟也〉、《海賦》注引作〈仿佛見不審也〉。惟《悼亡詩》注引與此同。《甘泉賦》注云、〈〈諟〉卽〈諦〉字。〉《魯靈光殿賦》注云、〈〈諟〉與〈諦〉同。〉」胡氏箋證云、「本書《甘泉賦》作〈仿佛〉、據此、則正文與注作〈髣髴〉、竝誤。按、今『說文』〈仿、相似也。佛、見不諟也。〉《甘泉賦》《魯靈光殿賦》注引『說文』竝作〈仿佛相似、視不諟也〉、注一云、〈〈諟〉卽〈諦〉字。〉一云、〈〈諟〉與〈諦〉同。〉是。許本作〈諟〉、而《悼亡詩》注引及此注作〈諦〉。又後人依善注解〈諟〉同〈諦〉、而以訓詁改之。今段氏『說文』注本《甘泉賦》《魯靈光殿賦》二注引訂正。於〈仿〉下云、〈仿佛相似、視不諦也。〉〈佛〉下云、〈仿佛也。〉最合。〈仿〉〈佛〉雙聲。正字當作〈仿佛〉。」高氏義疏云、「步瀛案、梁・胡說均是。但唐寫無〈說文〉以下十一字。所引《甘泉賦》與本書合、互見彼賦。」

【論語曰】唐寫本無〈曰〉字。案、依李注體例、則不當有〈曰〉字。高氏義疏云、「各本『論語』下有〈曰〉字。今依唐寫刪。」是也。伏氏校注673・羅氏校釋809竝以爲敦煌本脫〈曰〉字、非也。

【而示之】朝鮮本無此三字。梁氏旁證云、「今『論語』無下三字。皇侃義疏本・高麗國集解本竝有。日本山井鼎『七經攷異』云、〈足利本作〈示之〉、無〈而〉字。〉晁公武『蜀石經攷異』云、〈〈舉一隅〉下有〈而示之〉三字、與李鶚本不同。〉知古本『論語』皆如是也。」饒氏斠證云、「今本『論語』述而篇無〈而示之〉三字。阮元論語注疏校勘記云、〈皇本・高麗本〈隅〉下有〈而示之〉三字。案『文選』西京賦注引有此三字。又晁公武『蜀石經考異』云、〈〈舉一隅〉下有〈而示之〉三字、與李鶚本不同。〉據此、則古本當有此三字也。〉案四部叢刊景日本覆刻古卷子本『論語』有此三字。又日本所稱能存先唐眞本面目之天文板『論語』無〈而〉字、有〈示之〉二字。」敦煌本『論語集解』（斯〇八〇〇號）有此三字。李方校證云、「伯三七八三號白文・皇本・古本・唐本・津藩本・正平本・武内本・卷子本・大永本・永祿本、『文選』卷二張平子《西京賦》注引同。篁墩本・足利本・天文本・伊氏本無〈而〉字。伯三七〇五號闕〈之〉字。邢本無〈而示之〉三字。『四書考異』所據本亦無此三字。晁公武『蜀石經考異』、『文獻通考』、阮校記、

『彙考』皆云以有〈而示之〉三字爲勝。」

29 a

（正文）此何與於殷人屢遷、前八後五、居相圮耿、不常厥土、盤庚作誥、師人以峕。〈此何與於殷人屢遷、前八而後五、居相圮耿、不常厥土、盤庚作誥、帥人以苦〉

【與】上野本九條本崇本明州本朝鮮本袁本作〈異〉。九條本傍記云、「〈與〉善。」贛州本四部本校語云、「五臣作〈異〉。」明州本朝鮮本袁本注〈圮平鄙切〉下有校語云、「〈異〉善本作〈與〉。」

【前八而後五】唐寫本上野本無〈而〉字。

【圮】上野本作〈圯〉、唐寫本注文亦作〈圯〉。『敦煌俗字研究』云、「偏旁亦或作〈巳〉、又作〈巴〉。」〈圮〉下、贛州本明州本四部本朝鮮本袁本有音注〈備〉字、崇本有〈音備〉二字。

【帥】唐寫本上野本作〈師〉。『干祿字書』云、「〈師〉〈帥〉、上通下正。」崇本誤作〈師〉。

【苦】唐寫本作〈峕〉、卽〈苦〉字。上野本誤作〈若〉、眉批云、「〈峕〉誤〈若〉。」

（注）

臣善曰、尚書曰、自契至成湯八遷。尚書序曰、盤庚五遷。又曰、河亶甲居相、祖乙圮于耿。尚書曰、盤庚遷于殷、人弗適有居、率喩衆戚、出矢言。

善曰、廣雅曰、與、如也。言欲遷都洛陽、何如殷之屢遷乎。言似之也。尚書曰、自契至成湯八遷。尚書序曰、盤庚五遷。又曰、河亶甲居相、祖乙圮于耿。孔安國曰、河水所毀曰圮。盤庚遷于殷、殷人弗適有居、率籲衆慼、出矢言。圮、平鄙切。

【廣雅曰與如也言欲遷都洛陽何如殷之屢遷乎言似之也】唐寫本無此二十三字。

【尚書曰自契至成湯八遷】胡氏考異云、「案、〈書〉下當有〈序〉字。各本皆脱。」高氏義疏云、「此注頗錯亂、各本〈尚書〉下無〈序〉字。胡克家曰〈當有。〉是也。今據補。」饒氏斠證云、「〈書〉下應有〈序〉字、永隆本及各刻本竝脱。」案斯波博士『文選李善注所引尚書攷證』不必以胡氏説爲是、疑李善本引篇序作〈尚書曰〉、引僞孔安國序作〈尚書序〉、然則引篇序作〈尚書序〉者、後人妄加〈序〉字。

【尚書序曰】九條本眉批引無〈尚書〉二字。胡氏考異云、「案、此四字不當有。各本皆衍。」高氏義疏以胡氏説爲是。饒氏斠證云、「〈尚書序曰〉應作〈又曰〉、永隆本及各刻本竝誤。」

【又曰】九條本眉批引無〈又曰〉二字。

【祖乙圮于耿】〈耿〉下、九條本眉批引有〈又曰祖乙圮于耿〉七字。

【孔安國曰河水所毀曰圮。】唐寫本無此十字。九條本眉批引無〈河水〉二字。

【盤庚遷于殷】唐寫本〈盤〉上有〈尙書曰〉三字。胡氏考異云、「陳云〈盤〉上脫〈尙書曰〉三字。是也。各本皆脫。」梁氏旁證云、「陳曰〈盤〉上脫〈尙書曰〉三字。按所校非也。此李注述書意耳。若以爲引書詞、則不應云〈殷人弗適有居〉也。」案梁說非也。板本衍〈殷〉字耳。唐寫本與陳氏說合。高氏義疏以陳說爲是。饒氏斠證云、「各刻本脫〈尙書曰〉三字、〈殷〉下竝誤複一〈殷〉字。」

【殷人弗適有居】唐寫本無〈殷〉字、是也。高氏義疏云、「下〈殷〉字據『尙書』刪。」伏氏校注678云、「今本《尙書》此句無〈殷〉字、唐寫本與之合。」又高氏義疏云、「〈人〉當作〈民〉、〈弗〉當作〈不〉。」斯波博士『文選李善注所引尙書攷證』以爲李善所見本作〈弗〉。

【率籲衆慼】〈籲〉字、唐寫本作〈喩〉。〈慼〉字、唐寫本明州本朝鮮本袁本作〈戚〉。高氏義疏云、「唐寫本〈籲〉作〈俞〉亦非是。」但唐寫本不作〈俞〉。斯波博士『文選李善注所引尙書攷證』不以高說爲是、疑李善所見本作〈籲〉〈戚〉。饒氏斠證云、「各刻本作〈率籲衆慼〉、與今本『尙書』同。案釋文三出〈籲〉字及〈慼〉字、〈籲〉注〈音喩〉。『說文』『玉篇』引〈慼〉作〈戚〉。故永隆本之〈喩〉與〈籲〉同音假借、〈戚〉〈慼〉字通。」

【圮平鄙切】唐寫本贛州本四部本無此四字。〈切〉下、明州本朝鮮本袁本有「異善本作與」五字。

(正文) 方今聖上同天、號於帝皇、〈方今聖上同天、號於帝皇〉

【於】九條本贛州本四部本作〈于〉。

(注)

天稱皇天。帝、今漢天子號。皇帝兼同之。

臣善曰、尙書刑德放曰、帝者、天号也。天有五帝。皇者、煌〻也。春秋元命苞曰、皇者、煌〻也。道爛顯明也。

天稱皇天。帝、今漢天子號。皇帝兼同之。

善曰、方今、猶正今也。尙書刑德放曰、帝者、天號也。天有五帝。春秋元命苞曰、皇者、煌煌也。

【皇帝兼同之】伏氏校注679以爲唐寫本〈兼〉作〈義〉、蓋一時目誤。

【方今猶正今也】唐寫本無此六字。伏氏校注680云、「按、〈方今〉唐時亦常用。毋須作注。又與善注體例不合、當爲後儒竄入者。」羅氏校釋821云、「此六字與善注體例不合、殆他注混入者也。」

【天有五帝】〈帝〉下、唐寫本有〈皇者煌ゝ也〉五字。高氏義疏云、「注引『尚書刑德放』、各本〈五帝〉下無〈皇者煌煌也〉五字。今依唐寫增。『藝文類聚』帝王部引、亦有此句。『太平御覽』皇王部引『書緯』同。」

【皇者煌煌也】〈也〉下、唐寫本有〈道爛顯明也〉五字。高氏義疏云、「今依唐寫增。但唐寫脫〈然〉字、依『御覽』補。又『御覽』〈皇者〉作〈天道〉。」饒氏斠證云、「『御覽』引此二句、〈皇者〉作〈天道〉、〈爛〉下有〈然〉字、永隆本似涉上注而誤、應據改。」伏氏校注682云、「按、《太平御覽・皇王部》引《春秋元命苞》此句作〈天道煌煌也、道爛然顯明也〉、則唐寫本〈爛〉後脫一〈然〉字。」

（正文）掩四海而為家。

（注）

掩、覆也。

臣善曰、礼記、孔子曰、大道既隱、天下為家。又曰、聖人能天下為一家。

掩、覆也。

善曰、禮記、孔子曰、大道既隱、天下爲家。又曰、聖人能以天下爲一家也。

【聖人能以天下爲一家也】唐寫本無〈以〉〈也〉二字。饒氏斠證云、「『禮記』禮運此句〈能〉下有〈以〉字、各刻本竝有、永隆本誤脫。」高氏義疏云、「此注〈一家〉下、下注〈大業〉下、又〈童蒙〉下、各本皆有〈也〉字。今竝依唐寫刪。」

（正文）冨有之業、莫我大也。〈富有之業、莫我大也〉

【富】唐寫本作〈冨〉。『干祿字書』云、「〈冨〉〈富〉、上俗下正。」『敦煌俗字研究』云、「〈冨〉字漢碑已見、而〈冨〉則又是〈冨〉的變體。」

（注）

三皇以來、無大於漢者。

臣善曰、周易曰、冨有之謂大業。

三皇以來、無大於漢者。

善曰、周易曰、富有之謂大業也。

［饒氏斠證云、此節注、永隆本初寫脫〈漢〉字、又〈業〉字誤作〈漢〉字、後各以淡墨改正。」

【富有之謂大業也】唐寫本無〈也〉字。『周易』繫辭傳上亦無。

（正文）徒恨不能以靡麗為国華。〈徒恨不能以靡麗爲國華〉

（注）

臣善曰、国語、季文子曰、吾聞以德榮為国華。韋昭曰、為国光華也。

善曰、國語、季文子曰、吾聞以德爲國華。韋昭曰、爲國光華也。

【善曰國語】〈國語〉、贛州本四部本作〈又曰〉而在下文〈曰何也〉下。案、上文不引國語、故不當作〈又曰〉。贛州本四部本有誤。

【吾聞以德爲國華】〈德〉下、唐寫本有〈榮〉字。高氏義疏云、「『國語』、見魯語上。各本脱〈榮〉字、唐寫與魯語合、今據補。」

（正文）獨儉嗇以偓促、忘蟋蟀之謂何。〈獨儉嗇以齷齪、忘蟋蟀之謂何〉

【嗇】唐寫本上野本作〈嗇〉、卽〈嗇〉字。『干祿字書』云、「〈穡〉〈穡〉、上俗下正。」

【齷齪】唐寫本上野本作〈偓促〉、上野本眉批云、「〈齷齪〉、五臣作之、小也。」饒氏斠證云、「〈偓促〉二字、各刻本竝從齒旁。『玉篇』分收于人部齒部足部。案『史記』司馬相如傳作〈握齪〉、『漢書』作〈握齪〉、本書相如《難蜀父老》文作〈喔齪〉、善引應劭注同。又『史記』酈食其傳作〈握齱〉、『漢書』同。本書《吳都賦》六臣校云、〈善作〈握齪〉〉。竝通用字。」伏氏校注686云、「按、二詞同。」

【蟋】唐寫本作〈蟋〉。上野本作〈蟋〉。『干祿字書』云、「〈悉〉〈悉〉〈悉〉、上俗中通下正。」

【蟀】唐寫本作〈蟀〉、上野本作〈蟀〉。『干祿字書』云、「〈率〉〈率〉、上俗下正。」九條本誤作〈蜶〉、〈蟀〉與〈蜶〉別字。

（注）

儉嗇、茚愛也。蟋蟀、唐詩刾儉也。言獨為此茚愛、不念唐詩所刾耶。

儉嗇、節愛也。蟋蟀、唐詩刺儉也。言獨爲節愛、不念唐詩所刺邪。

漢書注曰、齷齪、小節也。王逸楚辭注曰、謂、説也。何休公羊傳注曰、謂據疑問所不知者曰何也。

【言獨爲節愛】〈節〉上、唐寫本有〈此〉字。九條本眉批引與板本同。饒氏斠證云、「各刻本脱〈此〉字。」伏氏校注687云、「按、依句意、有〈此〉爲是。」

【不念唐詩所刺邪】〈邪〉字、唐寫本作〈耶〉、同。説見前。

【漢書注曰齷齪小節也王逸楚辭注曰謂説也何休公羊傳注曰謂據疑問所不知者曰何也】唐寫本無此三十六字。明州本朝鮮本袁本以爲薛注。贛州本四部本〈漢書〉上有〈善曰〉二字。胡氏考異云、「茶陵本〈漢〉上有〈善曰〉二字。案、有者最是。袁本連上作薛注、誤與此同。」伏氏校注688云、「按、李善定本、數易其稿、有增亦有刪。此節所引諸家訓釋、皆無關緊要、當爲善定本刪除者。」高氏義疏云、「『漢書』注、蓋韋昭注也。見『史記』陸賈傳（案此酈食其傳之誤）索隱引。『楚辭』注、見九章懷沙。」饒氏斠證云、「案『漢書』注乃韋昭注、今本『漢書』無之、見『史記』酈食其傳索隱所引、高氏指爲陸賈傳、偶混。」下〈謂〉字、北宋本殘卷贛州本明州本四部本朝鮮本袁本作〈諸〉。胡氏考異云、「袁本、茶陵本〈謂〉作〈諸〉、是也。」黃氏北宋本殘卷校證云、「與公羊傳隱公元年注合、胡校是也。」案今『公羊傳』隱公元年〈元年者何〉何休注云、「諸据疑問所不知、故曰者何。」高氏義疏云、「各本〈諸〉誤作〈謂〉、〈曰者〉誤作〈者曰〉。今依何注訂正。」饒氏斠證云、「注引公羊傳注、案之隱公元年何休解詁、有誤有倒、考異尚未檢原文而悉正之。」

29 b

（正文）豈欲之而不能、將能之而不欲歟。蒙竊惑焉。〈豈欲之而不能、將能之而不欲歟。蒙竊惑焉〉

（注）

言我不解何故、及去西都、從東京、置奢逸、即俭嗇也。　｜言我不解何故、反去西都、從東京、置奢逸、即儉嗇也。

臣善曰、蒙、謙稱也。周易曰、非我求童蒙。　｜善曰、蒙、謙稱也。周易曰、匪我求童蒙也。

【反去西都】〈反〉字、唐寫本作〈及〉。饒氏斠證云、「〈及〉乃〈反〉之譌。」〈西〉字、四部本誤作〈四〉、贛州本茶陵本慶安本不誤。

【從東京】伏氏校注689、羅氏校釋830竝以爲唐寫本〈從〉作〈徙〉、蓋一時目誤。

【匪我求童蒙也】唐寫本〈匪〉作〈非〉、無〈也〉字。案今『周易』蒙卦作〈匪我求童蒙〉。羅氏校釋831云、「〈非〉與〈匪〉通。」饒氏斠證云、「各本句末加〈也〉字。」

（正文）頠聞所以辯之ゝ說也。〈願聞所以辯之之說也〉

【願】唐寫本作〈頠〉。『敦煌俗字研究』云、「可見〈頠〉〈願〉本是不同的字、但由於二字皆可借用來表示欲愿的〈愿〉、唐代前後遂混而爲一、以至訓大頭的〈願〉亦寫作〈頠〉、〈顛〉便被當成了〈願〉的俗字。」

【辯】崇本作〈辨〉。羅氏校釋832云、「〈辨〉與〈辯〉通。」

【也】高氏義疏云、「毛本無〈也〉字、非是。」

（注）

說、猶分別解說之。　｜說、猶分別解說。

【猶分別解說】〈說〉下、唐寫本有〈之〉字。高氏義疏云、「今依唐寫。毛本作〈也〉字。」

文選巻第二　　永隆年二月十九日　弘濟寺写

[『敦煌賦彙』云、「〈永隆年〉、原作〈永年〉、後以淡墨小字補〈隆〉字於〈永〉字右下方、故饒校稱此卷爲〈永隆本〉。」]

《乙巻》（巻四十五　東方朔「荅客難」、楊雄「解嘲」）

4a

（正文）不可勝數。悉……、……失門戶。使蕂……之廿、曾不得掌……。〈不可勝數。悉力慕之、困於衣食、或失門戶。使蘇秦張儀與僕並生於今之世、曾不得掌故、安敢望侍郎乎。傳曰、天下無害、雖有聖人、無所施才。上下和同、雖有賢者、無所立功。〉

[〈數〉下、板本有李善注云、「文子曰、群臣輻湊。」唐寫本無此注。]

[〈戶〉下、板本有李善注云、「言上書忤旨、或被誅戮。」唐寫本無此注。]

[〈乎〉下、板本有李善注云、「應劭漢書注曰、掌故百石吏、主故事者。」據字數推之、似唐寫本無此注。]

[〈傳曰、天下無害、雖有聖人、無所施才。上下和同、雖有賢者、無所立功〉二十六字、『漢書』（巻六十五）東方朔傳無。『史記』滑稽列傳褚少孫補引〈害〉下有〈菑〉字。據字數推之、似唐寫本無此注。]

（正文）…曰…異事異。雖……身乎哉。詩曰、鼓鍾……、〈故曰、時異事異。雖然、安可以不務脩身乎哉。詩曰、鼓鍾于宮、聲聞于外〉

【事異】〈事〉上、『史記』褚補引有〈則〉字。〈異〉字、崇本明州本朝鮮本袁本作〈殊〉。明州本朝鮮本袁本校語云、「善本作〈異〉字。」贛州本四部本校語云、「五臣作〈殊〉字。」

【脩】崇本贛州本四部本朝鮮本袁本作〈修〉。『干祿字書』云、「〈脩〉〈修〉、上脯脩、下修飾。」

【乎哉】九條本無〈乎〉字。『史記』褚補引無〈哉〉字。

【詩曰】〈曰〉字、九條本作〈云〉。『漢書』亦同。

【鼓】九條本作〈皷〉。『干祿字書』云、「〈皷〉〈鼓〉、上俗下正。」

【鍾】崇本贛州本明州本四部本袁本作〈鐘〉。『漢書』亦同。『干祿字書』云、「〈鍾〉〈鐘〉、上酒器、下鐘磬字。今竝用上字。」
〔〈雖〉上、各本有李善注云、「韓子曰、文王行仁義而王天下、偃王行仁義而喪其國。故曰、時異則事異。」（〈時〉字、明州本朝鮮本袁本作〈世〉。）唐寫本無此注。又〈外〉下、各本不分節、與下〈鶴鳴九皐、聲聞于天〉二句合注。」

（注）

…善曰、毛詩小雅文也。……、有諸中、必刑見於外。　｜毛詩小雅文也。毛萇曰、有諸中、必見於外也。

【毛詩】〈毛〉上、唐寫本有〈□（臣）善曰〉三字。從李注體例、當有此三字。唐寫本是也。尤本胡刻本或以〈善曰〉二字與舊注別、而於本卷竝脫〈善曰〉二字。下不再出校。

【有諸中】〈諸〉下、朝鮮本袁本有〈於〉字。

【必見於外也】唐寫本作〈必刑見於外〉。案今『毛詩』小雅白華「鼓鍾于宮聲聞于外」毛傳作〈有諸宮中必形見於外〉。唐寫本似是、但〈形〉誤作〈刑〉。各本脫〈形〉字。又唐寫本板本竝脫〈宮〉字。

（正文）鵠鳴于九皐、聲聞于天。〈鶴鳴九皐、聲聞于天〉

【鶴】唐寫本作〈鵠〉。袁本作〈鸖〉。九條本原無此字、後以淡墨加〈鸖〉字。〈鸖〉、即〈鶴〉字。『干祿字書』云、「〈鸖〉〈鶴〉、上俗下正。」『毛詩』小雅鶴鳴作〈鶴鳴于九皐、聲聞于天〉。羅氏校釋云、「〈鵠〉與〈鶴〉古字通。」

【鳴】〈鳴〉下、唐寫本九條本有〈于〉字。『漢書』亦有。

【皐】唐寫本作〈臯〉、九條本作〈睾〉、尤本崇本袁本作〈皐〉。『干祿字書』云、「〈睾〉〈皋〉〈皐〉、上俗中通下正。」〈臯〉似〈皐〉字。下不再出校。

（注）

臣善曰、毛詩小雅文也。…萇曰、皐、澤也。　｜又曰、皐、澤也。

【又曰皐澤也】贛州本四部本無此五字。疑是五臣張銑注有〈皐澤也〉之訓、因省。饒氏斠證云、「刻本併兩節注爲一節、故〈小雅文〉止一見、下〈毛萇〉字亦改爲〈又〉字。」羅氏校釋19云、「敦煌本此二節注文不誤、各刻本合併爲一節、遂致誤、此乃敦煌本之可貴處也。」

（正文）苟能脩身、何患不榮。太公體行仁義、七十有二、乃設用於文武、得信厥說、封七百歲而不絕。〈苟能脩身、何患不榮。太公體行仁義、七十有二、乃設用於文武、得明信厥說、封於齊、七百歲而不絕〉

【體】九條本作〈軆〉。『干祿字書』云、「〈軆〉〈體〉、上俗下正。」『史記』褚補引作〈躰〉。
【七十有二乃設用於文武得信厥說】『史記』褚補引作〈七十二年逢文王得行其說〉十一字。
【乃】九條本作〈迺〉。
【設】卽〈設〉字。『敦煌俗字研究』云、「『說文』〈殳〉字、上從几聲、〈𠬛〉卽其隸變字。〈殳〉旁亦皆寫作〈𠬛〉。〈𠬜〉旁俗或作〈殳〉、故其偏旁亦或寫作〈𠬛〉。」又云、「〈多〉〈多〉皆〈殳〉字篆文的隸楷變體。」又云、「〈𠬛〉、〈殳〉旁的俗寫。〈𠬜〉旁亦寫作〈𠬛〉。」〈殳〉旁字、下皆不再出校。
【得信】〈信〉上、唐寫本九條本有〈明〉字。
【厥說】〈厥〉字、唐寫本作〈𠩺〉、九條本作〈厥〉。『干祿字書』云、「〈𠩺〉〈厥〉、上俗下正。」
【封】〈封〉下、唐寫本無〈於齊〉二字。
（注）
臣善曰、說菀、鄹子說梁王曰、太公年七十而相周、九十而封齊。｜說苑、鄒子說梁王曰、太公年七十而相周、九十而封齊。
【說苑】〈苑〉字、唐寫本作〈菀〉。『干祿字書』云、「〈菀〉〈苑〉、上藥名、下園苑。」『敦煌俗字研究』云、「但俗書園苑之字亦或繁化作〈菀〉、與藥名之〈菀〉同形。《五經文字》卷中艹部〈苑〉〈菀〉、竝於阮反。《說文》獨以上字爲苑囿字。今則通用之、經文多作〈苑〉。」」案此見『說苑』尊賢篇。
【鄒子】〈鄒〉字、唐寫本作〈鄹〉。『干祿字書』云、「〈鄹〉〈鄒〉、上通下正。」下不再出校。
4b
（正文）此士所以日孳孳、敏行而不敢怠也。〈此士所以日夜孳孳、脩學敏行而不敢怠也〉
【此士】〈士〉字、九條本誤作〈土〉。〈士〉下、『史記』褚補引有〈之〉字。
【日】〈日〉下、唐寫本無〈夜〉字。
【孳孳】『史記』褚補引作〈孜孜〉。師古注云、「〈孳〉與〈孜〉同。」
【敏】〈敏〉上、唐寫本九條本無〈脩學〉二字。『漢書』亦無。〈脩學敏行而不敢怠也〉九字、『史記』褚補引作〈修學行道不敢止也〉八字。又下〈譬若〉至〈廣矣〉二百七十八字、『史記』褚補不引。
（注）

臣善曰、孟子曰、雞鳴而起、孳孳為善、舜之徒也。　―孟子曰、雞鳴而起、孳孳爲善、舜之徒也。

【爲善】〈善〉下、朝鮮本有〈者〉字。與『孟子』盡心篇下合。

（正文）譬若鵖鴒、飛且鳴矣。〈譬若鶺鴒、飛且鳴矣〉

【譬】九條本作〈譬〉。『漢書』作〈辟〉。『干祿字書』云、「〈譬〉〈譬〉、上俗下正。」下不再出校。

【鶺】唐寫本九條本作〈鵖〉、『漢書』作〈鵖〉。

（注）

臣善曰、毛詩曰、題彼脊令、載飛載鳴。毛萇曰、題、視也。　―毛詩曰、題彼鶺鴒、載飛載鳴。毛萇曰、題、視也。

【鶺鴒】唐寫本作〈脊令〉、與『毛詩』小雅小宛合。唐寫本是、各本涉正文改字。

（正文）傳曰、天不為人之惡寒而輟其冬、地不為人之惡險而輟其廣、君子不為小人之匈匈而易其行。天有常度、地有常形、君子有常行。君子道其常、小人計其㓛。詩云、礼義之不㥶、何恤人之言。〈傳曰、天不爲人之惡寒而輟其冬、地不爲人之惡險而輟其廣、君子不爲小人之匈匈而易其行。天有常度、地有常形、君子有常行。君子道其常、小人計其功。詩云、禮義之不愆、何恤人之言〉

【君子不爲】〈爲〉字、崇本明州本朝鮮本袁本作〈以〉。朝鮮本袁本校語云、「善本作〈爲〉字。」明州本校語云、「善本作〈爲〉。」贛州本四部本校語云、「五臣作〈以〉。」

【功】唐寫本九條本作〈㓛〉。『干祿字書』云、「〈㓛〉〈功〉、上俗下正。」下不再出校。

【詩云】〈云〉字、崇本贛州本明州本四部本作〈曰〉。

【愆】唐寫本作〈㥶〉。『干祿字書』云、「〈㥶〉〈愆〉、上俗下正。」九條本作〈𠎝〉。疑〈𠎝〉之譌字。『說文』云、「〈愆〉、過也。从心衍聲。〈𠎝〉、籀文。」

【禮義之不愆何恤人之言】〈愆〉下、〈言〉下、九條本竝有〈兮〉字。

（注）

臣善曰、皆孫卿子文也。　―皆孫卿子文。―

[『孫卿子』見『荀子』天論篇。]

【文】〈文〉下、唐寫本有〈也〉字。

（正文）水至清則無魚、人至察則無徒、冕而前旒、所以蔽明。黈纊塞耳、所以塞聰。〈水至清則無魚、人至察則無徒、冕而前旒、所

以蔽明。黈纊充耳、所以塞聰〉

【水至】〈水〉上、九條本有〈故曰〉二字。『漢書』亦有。

【無徒】〈無〉字、九條本作〈无〉。〈徒〉字、九條本作〈徒〉、下同。『干祿字書』云、「〈徒〉〈徒〉、上俗下正。」

【明】唐寫本九條本作〈明〉、下同。『干祿字書』云、「〈明〉〈朙〉、上通下正。」

【充耳】〈充〉字、唐寫本九條本作〈塞〉。崇本明州本朝鮮本袁本作〈蔽〉。朝鮮本袁本校語云、「善本作〈充〉字。」明州本校語云、「善本作〈充〉。」贛州本四部本校語云、「五臣作〈蔽〉。」

【塞聰】〈塞〉字、九條本作〈掩〉。

（注）

臣善曰、皆大戴礼孔子之辞也。黈纊、以黄綿為丸、懸之於冕、以當兩耳、所以塞聰也。劉兆穀梁傳注曰、黈、黄色也。圡斗反。

皆大戴禮孔子之辭也。薛綜東京賦注曰、黈纊、以黄緜爲丸、懸冠兩邊。當耳、不欲聞不急之言也。

[『大戴禮』見子張問入官篇。]

【薛綜東京賦注曰黈纊以黄緜爲丸懸冠兩邊當耳不欲聞不急之言也】唐寫本作〈黈纊以黄綿為丸懸之於冕以當兩耳所以塞聰也〉。饒氏斠證云、「案此節善注、寫卷與刻本義同而文異、或後注修改前注之故。」卷三「東京賦」〈黈纊塞耳〉薛綜注同。

【劉兆穀梁傳注曰黈黄色也圡斗反】板本無此注。饒氏斠證云、「劉兆之〈劉〉字不甚明、疑指晉劉兆。」〈斗〉、即〈斗〉字。『敦煌俗字研究』云、「漢碑〈斗〉字或作〈升〉、〈斗〉蓋卽隸變字。《五經文字》卷中斗部〈斗〉亦寫作〈斗〉。……〈斗〉蓋〈斗〉的變體。」羅氏校釋36云、「此節善注、敦煌本與各刻本雖詳略不同、然義同而文異、是敦煌本與各刻本竝不誤也。」崇本贛州本明州本四部本朝鮮本袁本正文〈黈〉字下有音注〈土斗〉二字。

（正文）明有所不見、聰有所不聞、舉大德、赦小過、毋求備於一人之義也。〈明有所不見、聰有所不聞、舉大德、赦小過、無求備於一人之義也〉

【赦】唐寫本作〈赦〉。『干祿字書』云、「〈赦〉〈赦〉、竝正。」

【無】唐寫本九條本作〈毋〉。

【備】唐寫本作〈俻〉、九條本作〈俻〉、袁本作〈備〉。『干祿字書』云、「〈俻〉〈俻〉〈備〉、上俗中通下正。」『敦煌俗字研究』云、「〈俻〉當是〈俻〉的譌變俗字。《魏溫泉頌》〈備〉作〈俻〉、形微別。」

【義】唐寫本作〈義〉。『干祿字書』云、「〈義〉〈義〉、上俗下正。」

(注)

臣善曰、論語曰、仲弓為季氏宰、問政。子曰、先有司、赦小過、舉賢才。尚書曰、與人弗求倫、檢身若弗及。

論語曰、仲弓爲季氏宰、問政。子曰、先有司、赦小過、舉賢才。尚書曰、與人弗求備、檢身若不及。

[『論語』見子路篇。]

【若不及】〈不〉字、唐寫本作〈弗〉。今『尚書』伊訓二〈弗〉字竝作〈不〉。斯波博士『文選李善注所引尚書攷證』據足利古本・內野本『尚書』竝作〈弗〉、以爲敦煌本存李善注原貌。

5a

(正文)枉而亘之、使自得之。優而柔之、使自求之。揆而度之、使自索之。〈枉而直之、使自得之。優而柔之、使自求之。揆而度之、使自索之〉

【使自求之】九條本脫〈之〉字。

【索】九條本作〈索〉。『干祿字書』云、「〈索〉〈索〉、上俗下正。」

(注)

臣善曰、皆大戴礼孔子之辞也。家語亦同。王肅曰、雖當亘枉、縱容使自得也。優寛和柔之、使自求其宜也。揆度其法以開示之、使自索得也。趙岐孟子注曰、使自得之、使自得其本善性也。

皆大戴禮孔子之辭也。家語亦同。王肅曰、雖當直枉、從容使自得也。優寛和柔之、使自求其宜也。揆度其法以開視之、使自索得也。趙岐孟子注曰、使自得其本善性也。

[『大戴禮』見子張問入官篇。『家語』見入官篇。]

【從容】〈從〉字、唐寫本作〈縱〉。

【寛】尤本作〈寛〉。『干祿字書』云、「〈寛〉〈寛〉、上俗下正。」

【開視之】〈視〉字、唐寫本作〈示〉。

【使自得其本善性也】唐寫本〈使〉上有〈使自得之〉四字。案〈使自得之〉四字見『孟子』滕文公上正文、今趙岐注不複引此四字。

〈夲〉、卽〈本〉字。『干祿字書』云、「〈夲〉〈本〉、上通下正。」下不再出校。

(正文)盖聖人之教化如此、欲其自得之。自得之、則敏且廣矣。今廿之處士、䵝然無徒、廓然獨居、上觀許由、下察接輿、計同范蚉、忠合子胥、〈蓋聖人之教化如此、欲其自得之。自得之、則敏且廣矣。今世之處士、時雖不用、塊然無徒、廓然獨居、上觀許由、下察接輿、計同范蠡、忠合子胥〉

【聖人之教化】『漢書』無〈之〉字。

【欲其自得之】『漢書』無〈其〉字。

【世】唐寫本作〈廿〉、缺筆。

【時雖不用】唐寫本崇本明州本朝鮮本袁本無此四字。『漢書』亦無。明州本朝鮮本袁本校語云、「善本有〈時雖不用〉一句。」贛州本四部本校語云、「五臣無〈時雖不用〉四字。」案唐寫李善注本無此句、疑板本增補。贛州本明州本四部本朝鮮本袁本所據板本非李善本原貌。『史記』褚補引有此句。

【塊然無徒廓然獨居】『史記』褚補引作〈崛然獨立塊然獨處〉。〈塊〉字、唐寫本九條本作〈凷〉。『漢書』作〈魁〉、師古注云、「〈魁〉讀曰〈塊〉。」〈塊〉、卽〈塊〉字。『敦煌俗字研究』云、「〈鬼〉〈鬼〉爲篆文隷變之異。《五經文字》《手鏡》皆以〈鬼〉爲部首。〈鬼〉旁亦或作〈鬼〉。」『文選』諸本〈鬼〉旁字多作〈鬼〉或作〈鬼〉、下不再出校。

【無徒】〈無〉字、九條本作〈无〉。

【計】『史記』褚補引作〈策〉。

【蠡】唐寫本作〈蚉〉、九條本作〈蝨〉。『干祿字書』云、「〈蝨〉〈蠡〉、上俗下正。」

【胥】唐寫本九條本作〈胥〉。『干祿字書』云、「〈胥〉〈胥〉、上通下正。」

（注）

臣善曰、史記曰、勾踐之栖會稽、范蚉令卑辝厚礼以遺之。後欲伐吴、勾踐復問蚉、蚉曰、可矣。遂滅之。子胥已見上。｜史記曰、勾踐之栖會稽、范蠡令卑辭厚禮以遺吴。後欲伐吴、勾踐復問蠡、蠡曰、可矣。遂滅之。｜

【栖】贛州本明州本四部本作〈棲〉。『干祿字書』云、「〈棲〉〈栖〉、竝正。」

【遺吴】〈吴〉字、唐寫本作〈之〉。『史記』句踐世家作〈之〉、與唐寫本合。

【滅之】〈之〉下、唐寫本有〈子胥已見上〉五字。羅氏校釋52云、「案、『文選』卷四十四陳琳《檄吴將校部曲文》〈用申胥之訓兵〉句善注云、〈樂毅《遺燕王書》曰、昔吴子胥說聽於闔閭、而吴王遠跡至郢。韋昭『國語』注曰、申胥、楚大夫吴奢之子子胥也。名員、員奔吴、吴與地、故曰申胥。〉敦煌本作〈已見上〉、從省之例也。各刻本脫此五字、當補。」

(正文) 天下和平、與義相扶、寡偶少徒、固其宜也、子何疑於予哉。若夫燕之用樂毅、秦之任李斯、酈食其之下齊、〈天下和平、與義相扶、寡偶少徒、固其宜也、子何疑於予哉。若夫燕之用樂毅、秦之任李斯、酈食其之下齊〉

【寡】唐寫本作〈寘〉、九條本作〈稟〉。『干祿字書』云、「〈寡〉〈寘〉〈寡〉、上俗中通下正。」

【偶】『漢書』作〈耦〉。

【宜】『史記』褚補引作〈常〉。

【疑】唐寫本作〈疑〉、九條本作〈疑〉。『干祿字書』云、「〈疑〉〈疑〉、上通下正。」

【予】『漢書』作〈我〉、『史記』褚補引作〈余〉。

【燕】九條本誤作〈濂〉。

【毅】唐寫本作〈毅〉、九條本作〈毅〉、下竝同。『干祿字書』云、「〈毅〉〈毅〉〈毅〉、上俗中通下正。」

【酈食其】〈酈〉上、崇本贛州本明州本四部本朝鮮本袁本有〈漢用〉二字。明州本朝鮮本袁本校語云、「善本無漢用字。」贛州本四部本校語云、「善無漢用字。」

[〈若夫〉以下、『史記』褚補不引。]

(注)

臣善曰、史記曰、樂毅去趙適魏、聞燕昭王招賢、樂毅為魏昭王使於燕。昭以礼待之、遂委質為臣下。李斯已見上。漢書、酈食其謂上曰、臣請説齊王使……而稱東蕃。上曰、善。乃説齊。齊王田廣以為然、迺聽食其罷歷下守戰備。

史記曰、樂毅去趙適魏、聞燕昭王好賢、樂毅爲魏昭王使於燕。燕時以禮待之、遂委質爲臣下。又曰、秦卒用李斯計謀、競并天下、以斯爲丞相。漢書、酈食其謂上曰、臣説齊王使爲漢而稱東蕃。上曰、善。乃説齊。齊王田廣以爲然、迺罷歷下守戰之備。

【聞燕昭王好賢】〈好〉字、唐寫本作〈招〉。

【燕時以禮待之遂委質爲臣下】〈燕時〉二字、唐寫本作〈昭〉字。胡氏考異云、「陳云、〈時〉、〈王〉誤、〈禮〉上脱〈客〉字、〈下〉字衍。是也。此所引樂毅傳文。」饒氏斠證云、「此刪節『史記』文、寫卷與刻本各有長短。」羅氏校釋60云、「案、從〈樂毅去趙適魏〉至此句、乃删節《史記・樂毅傳》文、敦煌本與各刻本文字雖不同、然竝未竄亂、二者皆可也。」

【又曰秦卒用李斯計謀競幷天下以斯爲丞相】唐寫本作〈李斯已見上〉。案卷四十一司馬遷「報任少卿書」〈李斯相也具于五刑〉注引『史記』云、「李斯、楚上蔡人也。從荀卿學帝王之術。入秦、秦卒用其計、二十餘年、竟幷天下、以斯爲丞相。云云」饒氏斠證云、

「寫卷此五字乃善注〈已見從省〉之例。刻本竝作〈又曰〉以次十八字、殆合併六臣注者複錄已見上文之注、卽茶陵本所標之〈增補〉六臣注也。」羅氏校釋61云、「案、敦煌本此五字、乃善注從省之例、各刻本複節引《史記・李斯傳》文、殆後人竄亂者也。」〈競〉字、朝鮮本作〈竟〉。胡氏考異云、「案、〈競〉當作〈竟〉。各本皆譌。」

【臣說】〈臣〉下、唐寫本有〈請〉字。『漢書』酈食其傳作〈臣請得奉明詔說齊王使爲漢而稱東蕃〉。

【東蕃】〈蕃〉字、朝鮮本作〈藩〉。

【廼罷歷下守戰之備】唐寫本作〈迺聽食其罷歷下守戰俻〉。〈廼〉字、朝鮮本作〈迺〉。案『漢書』酈食其傳作〈乃聽食其罷歷下守戰備〉。饒氏斠證云、「此《漢書》酈食其傳文、善注所引、但有删節、竝無竄改。刻本乃經後人竄改、比對《漢書》本傳、卽見所改之陋。」羅氏校釋63云、「案、〈酈食其謂上曰〉至此、乃節引《漢書・酈食其傳》文、敦煌本但有删節、竝無竄亂、各刻本無〈請〉、無〈聽食其〉而多〈之〉者、乃後人竄亂者也。」

5b

（正文）説行如流、曲從如環、所欲必得、功若丘山、海內定、國家安、是遇其時者也。子又何恠之邪。語曰、以管窺天、以蠡測海、以筳撞鍾。豈通其條貫、考其文理、發其音聲哉。〈説行如流、曲從如環、所欲必得、功若𠀉山、海內定、國家安、是遇其時者也。子又何怪之邪。語曰、以筦窺天、以蠡測海、以筳撞鍾。豈能通其條貫、考其文理、發其音聲哉〉

【流】九條本朝鮮本作〈㳅〉。『干祿字書』云、「〈㳅〉〈流〉、上俗下正。」

【定】九條本作〈㝎〉。『干祿字書』云、「〈㝎〉〈定〉、上通下正。」

【是遇其時者也】崇本贛州本明州本朝鮮本袁本無〈者〉字、明州本朝鮮本袁本校語云、「善本有〈者〉字。」贛州本校語云、「善有〈者〉字。」四部本校語云、「五臣本無〈者〉字。」『漢書』亦無。

【怪】唐寫本作〈恠〉、九條本作〈恠〉。『干祿字書』云、「〈恠〉〈恠〉、上俗下正。」

【邪】九條本作〈耶〉。『干祿字書』云、「〈耶〉〈邪〉、上通下正。」

【筦】唐寫本九條本崇本贛州本明州本四部本朝鮮本袁本作〈管〉。師古注云、「〈筦〉、古〈管〉字。」饒氏斠證云、「〈管〉字殆書手偶從別本、善本當作〈筦〉、觀此卷善注引服虔音管、可以推知、胡刻及『漢書』竝作〈筦〉。」羅氏校釋66云、「案、〈筦〉〈管〉古今字。」

【窺】唐寫本九條本作〈窺〉。『干祿字書』云、「〈窺〉〈窺〉、上俗下正。」『漢書』作〈闚〉。羅氏校釋66云、「〈闚〉與〈窺〉通也。」

【筳】唐寫本作〈筳〉、九條本作〈筳〉、『漢書』作〈莛〉。『干祿字書』云、「〈迋〉〈廷〉、上通下正。」下不再出校。

【撞】唐寫本九條本作〈揰〉。羅氏校釋67云、「案、《顔氏家訓・勉學》篇〈揰挏、此謂撞擣挺挏之〉。又《說文・手部》〈撞、迅擣也。〉
〈揰〉〈撞〉都有擣義、二字相通也。」
【鍾】崇本贛州本明州本四部本朝鮮本袁本作〈鐘〉、『漢書』亦同。
【豈能通其條貫】唐寫本無〈能〉字。
【考】唐寫本九條本作〈孝〉。『干祿字書』云、「〈孝〉〈考〉、上通下正。」
【發】九條本作〈彂〉。『干祿字書』云、「〈彂〉〈發〉、上俗下正。」
【音聲哉】〈聲〉下、崇本贛州本明州本朝鮮本袁本有〈者〉字、明州本朝鮮本袁本校語云、「善本無〈者〉字。」贛州本校語云、「善無〈者〉字。」四部本校語云、「五臣本有〈者〉字。」

（注）

服虔曰、筦音管。張晏曰、蠡、瓠瓢也。文穎曰、莛音稾莛。
臣善曰、庄子、魏牟謂公孫龍曰、子乃規規而求之以察、索之以
辯、是亘管闚天、用錐指地、不亦小乎。說苑、趙襄子謂子路曰、
吾甞問孔子曰、先生事七十君、無明君乎。孔子不對。何謂賢邪。
子路曰、建天下之鳴鍾、揰之以莛、豈能發其聲哉。

服虔曰、筦音管。張晏曰、蠡、瓠瓢也。文穎曰、莛音庭。
莊子曰、魏牟謂公孫龍曰、乃規規而求之以察、索之以辯、是直
用管窺天、用錐指地、不亦小乎。說苑、趙襄子謂子路曰、吾嘗
問孔子曰、先生事七十君、無明君乎。孔子不對。何謂賢邪。子
路曰、建天下之鳴鍾、撞之以莛、豈能發其音聲哉。

【服虔曰筦音管】贛州本明州本四部本袁本無此六字。胡氏考異云、「此六字袁本、茶陵本無。案、二本以善音而誤删也。下〈文穎曰莛音庭〉、及〈如淳曰鼱音精〉、〈服虔曰鼩音劬〉、亦然。凡善音二本誤删而此仍有者、餘不悉出。」『漢書』注引同。
【張晏曰蠡瓠瓢也】『漢書』注引同。此七字、贛州本四部本誤刊入張銑注末。
【文穎曰莛音庭】贛州本明州本四部本朝鮮本袁本無此六字。正文〈莛〉下有音注〈廷〉字、崇本同。此從五臣本體例、亂善注也。〈庭〉字、唐寫本作〈稾莛〉二字。『漢書』作〈謂稾莛也〉、無〈音〉字。
【莊子曰】唐寫本無〈曰〉字。從李善注體例、不當有此〈曰〉字、唐寫本是也。
【乃規規】〈乃〉上、唐寫本有〈子〉字。朝鮮本脫〈乃〉字。案『莊子』秋水篇有〈子〉字、板本脫耳。又今『莊子』〈規規〉作〈規規然〉。
【是直用管窺天】唐寫本無〈用〉字、〈窺〉作〈闚〉。『莊子』秋水篇有〈用〉字、作〈窺〉。〈天〉字、袁本誤作〈矣〉。

【指】唐寫本作〈指〉、尤本作〈指〉。『干祿字書』云、「〈旨〉〈旨〉〈旨〉、上中通下正。」〈旨〉旁字、下不再出校。
【鳴鍾】〈鍾〉字、贛州本明州本四部本朝鮮本袁本作〈鐘〉。
【撞之以莛】〈撞〉字、唐寫本作〈揰〉、明州本作〈橦〉。
【發其音聲哉】唐寫本無〈音〉字。羅氏校釋77云、「案、《說苑・善說》（程榮《漢魏叢書》本）作〈子路曰、建天下之鳴鐘、而撞之以挺、豈能發其聲乎哉〉、無〈音〉、與敦煌本合。」
（正文）猶是觀之、譬由鼱鼩之襲狗、孤豚之咋虎、至則靡耳、何切之有。〈猶是觀之、譬由鼱鼩之襲狗、孤豚之咋虎、至則靡耳、何功之有〉
【猶】朝鮮本袁本作〈由〉。『漢書』作〈繇〉。
【鼱鼩】即〈鼱鼩〉。九條本作〈鼱鼩〉、亦同。
【由】『漢書』作〈猶〉。
【孤】九條本誤作〈狐〉、尤本誤作〈狐〉。
【虎】九條本作〈虒〉。『干祿字書』云、「〈虒〉〈虎〉、上通下正。」
（注）
如淳曰、鼱音精。服虔曰、鼩音劬。
臣善曰、李巡尔雅注曰、鼱鼩、一名奚鼠。應劭風俗通曰、案方言、豚、豬子也。今人相罵曰孤豚子、是也。

如淳曰、鼱音精。服虔曰、鼩音劬。
李巡爾雅注曰、鼱鼩、一名奚鼠。應劭風俗通曰、按方言、豚、豬子也。今人相罵曰孤豚之子、是也。說文曰、靡、爛也。亡皮切。靡與縻古字通也。

【如淳曰鼱音精服虔曰鼩音劬】贛州本明州本四部本朝鮮本袁本無此十二字。正文〈鼱〉〈鼩〉下各有音注〈精〉〈劬〉字、崇本同。此從五臣本體例、亂善注也。『漢書』注引作〈服虔曰音縱劬〉〈如淳曰鼱鼩小鼠也音精劬〉、與李善注引異。
【按方言】〈按〉字、唐寫本作〈案〉。
【孤豚之子】唐寫本無〈之〉字。〈孤〉字、尤本誤作〈狐〉。
【說文曰靡爛也亡皮切靡與縻古字通也】唐寫本無此十六字。胡氏考異云、「案、〈靡〉當作〈縻〉。各本皆誤。」饒氏斠證云、「《說文》則米部〈縻、糝也〉、非部〈靡、披靡也〉、皆與善注所引不合。惟火部云〈爢、爛也〉、桂氏義證云〈客難借靡字、李引爢義以釋之〉、王銙沈濤等皆信此是善注曲爲之說、其實寫卷已無此注、刻本所有者又與原引書不同、故此注當是後人混入。本書二五盧子諒贈劉琨詩〈靡軀不悔〉下同有此誤。檢本書卷三三招魂〈靡散不可止〉下、善錄王逸舊注〈靡、碎也〉、此乃善引舊說眞貌。」贛州本明州本四部本朝鮮本袁本無〈亡皮切〉三字、正文〈靡〉下有音注〈亡皮〉二字。

(正文) 今以下愚而非處士、雖欲勿困、固不得已。此適足以明其不知權變、而終或於大道也。〈今以下愚而非處士、雖欲勿困、固不得已。此適足以明其不知權變、而終惑於大道也〉

【困】袁本誤作〈去〉。

【適】九條本作〈適〉。『干祿字書』云、「〈商〉〈商〉、上俗下正。」下不再出校。

【足】九條本作〈㞓〉、下同。『干祿字書』云、「〈㞓〉〈足〉、上通下正。」下不再出校。

【權】九條本作〈權〉。『干祿字書』云、「〈權〉〈權〉、上俗下正。」下不再出校。

【惑】唐寫本作〈或〉、『漢書』亦同。羅氏校釋85云、「〈或〉與〈惑〉通。」

6a

解嘲一首　楊子雲〈解嘲一首幷序　楊子雲〉

【解】九條本作〈觧〉、下同。『干祿字書』云、「〈觧〉〈觧〉〈解〉、上俗中下正。」下不再出校。朝鮮本誤作〈鮮〉。

【嘲】『漢書』揚雄傳下作〈謿〉、下竝同。饒氏斠證云、「〈嘲〉字、刻本皆從口、『漢書』皆從言、寫卷題從口、文中皆從言。」

【一首】崇本贛州本四部本無〈一首〉二字。

【幷序】唐寫本無〈幷序〉二字。

(正文) 哀帝時、丁傅董賢用事、

【傅】尤本袁本四部本作〈傅〉、下同。『敦煌俗字研究』云、「〈専〉俗字作〈專〉、相應〈傳〉俗作〈傅〉。」『干祿字書』云、「〈専〉〈專〉、上通下正。」然此〈傅〉、非〈傳〉、卽〈傅〉字也。尤本袁本四部本〈傅〉字亦作〈傅〉。尤本明州本四部本袁本〈専〉旁字多作〈専〉、或作〈専〉、〈専〉〈専〉〈専〉〈専〉旁、不分。下不再出校。

(注)

臣善曰、漢書曰、定陶丁姬、哀帝母也。兄明為大司馬。又曰、孝哀傅皇后、哀帝即位、封后父晏為孔鄉侯。

漢書曰、定陶丁姬、哀帝母也。兄明爲大司馬。又曰、孝哀傅皇后、哀帝即位、封后父晏爲孔鄉侯。

（正文）諸附離之者、起家至二千石。

【起】〈起〉上、九條本有〈或〉字。『漢書』亦同。

（注）

漢書音義曰、荘子曰、附離不以膠漆。　―漢書音義、莊子曰、附離不以膠漆。―

【漢書音義】〈漢〉上、贛州本四部本有〈善曰〉二字。案卷二「西京賦」〈薛綜注〉下李善云、「舊注是者、因而留之、竝於篇首題其姓名。其有乖繆、臣乃具釋、竝稱〈臣善〉以別之。他皆類此。」從李注體例、〈漢〉上不當有〈善曰〉二字。下『漢書』舊注上、贛州本四部本竝有〈善曰〉二字。此贛州本四部本之體例也。不再出校。

【音義】〈義〉下、唐寫本有〈曰〉字。

（正文）時雄方草創太玄、有以自守、泊如也。人有謿雄以玄之尚白、〈時雄方草創大玄、有以自守、泊如也。人有嘲雄以玄之尚白〉

【草創】『漢書』無〈創〉字。胡氏考異云、「何校去〈創〉字、云漢書無。案、袁、茶陵二本所載五臣濟注云〈草創〉、是其本有此字、恐各本所見以之亂善、而失著校語耳。」饒氏斠證云、「王先謙補注云、〈宋祁曰、〈草〉下當有〈創〉字。〉案濟注云〈草創言造作也〉、知五臣本亦有〈創〉字。」羅氏校釋4云、「案、〈創〉字當有、『漢書』脫、當據補。」

【人有】唐寫本無〈有〉字。『漢書』〈人有〉二字作〈或〉字。饒氏斠證云、「補注云、〈宋祁曰、〈或〉上當有〈人〉字〉。」

【嘲雄】〈嘲〉字、唐寫本九條本作〈謿〉。『漢書』亦同。

【玄】唐寫本四部本朝鮮本作〈玄〉。胡刻本缺筆。尤本崇本贛州本明州本袁本作〈玄〉、亦缺筆。下不再出校。

【之尚白】崇本贛州本明州本朝鮮本袁本無〈之〉字、『漢書』亦無。明州本朝鮮本袁本校語云、「善本有〈之〉字。」贛州本校語云、「善有〈之〉字。」四部本校語云、「五臣本無〈之〉字。」

（注）

服虔曰、玄當黑而尚白、将無可用也。　―服虔曰、玄當黑而尚白、將無可用。―

【無可用】〈用〉下、唐寫本有〈也〉字。

（正文）而雄解之、號曰解謿。其辝曰、〈雄解之、號曰解嘲。其辭曰〉

【雄】〈雄〉上、唐寫本九條本崇本贛州本明州本四部本朝鮮本有〈而〉字。『漢書』亦有。明州本朝鮮本校語云、「善本無〈而〉字。」贛州本四部本校語亦云、「善無〈而〉字。」案唐寫本有〈而〉字、李善注原本有此、六家・六臣本據所脫〈而〉字李善注刻本校也。

【嘲】唐寫本作〈謿〉。『漢書』亦同。

（正文）客謿楊子曰、吾聞上世之士、人綱人紀、不生則已、〈客嘲楊子曰、吾聞上世之士、人綱人紀、不生則已〉

〔『藝文類聚』卷二十五「漢楊雄解嘲」不引〈不生則已〉四字。〕

【嘲】唐寫本作〈謿〉。『漢書』亦同。

【楊】『漢書』作〈揚〉、下同。

【楊子】〈子〉下、九條本有〈雲〉字。

【世】唐寫本作〈廿〉、注文同、缺筆。

【綱】唐寫本誤作〈網〉、九條本作〈經〉。『敦煌俗字研究』云、「〈綱〉作〈綗〉爲隷書之變、而〈經〉又爲〈綗〉字俗訛。《手鏡・絲部》〈《經〉正、〈綱〉今。〉〈經〉又爲〈綗〉的訛字、行均以爲〈正〉、謬。」羅氏校釋9云、「案、作〈綱〉是、敦煌本訛。」

（注）

臣善曰、孔叢子、子魚曰、丈夫不生則已、生則有云為於廿者也。尚書曰、先王肇修人紀。孔安國曰、修爲人綱紀也。孔叢子、子魚曰、丈夫不生則已、生則有云爲於世也。

【尚書曰先王肇修人紀孔安國曰修爲人綱紀也】唐寫本無此十九字。〈肇〉字、尤本作〈肈〉。『干祿字書』云、「〈肇〉〈肈〉、上通下正。」

案『尚書』見伊訓篇。斯波博士『文選李善注所引尚書攷證』云、「正文〈人綱人紀〉與注引『尚書』〈人紀〉、其意小異。」

【於世也】〈世〉下、唐寫本有〈者〉字。『孔叢子』獨治篇（明・程榮輯「漢魏叢書」本）亦有。

（正文）生必上尊人君、下榮父母、析人之圭、儋人之爵、懷人之符、分人之祿、〈生必上尊人君、下榮父母、析人之珪、儋人之爵、懷人之符、分人之祿〉

〔『類聚』不引〈生必上尊人君下榮父母〉十字及〈懷人之符分人之祿〉八字。〕

【必】『漢書』作〈則〉。

【母】朝鮮本作〈毋〉。〈母〉與〈毋〉、朝鮮本混用。

【珪】唐寫本九條本作〈圭〉、『漢書』同。羅氏校釋12云、「案、〈珪〉與〈圭〉通。」

【儋】九條本誤作〈擔〉。

【爵】唐寫本九條本尤本作〈爵〉。『敦煌俗字研究』云、「〈爵〉〈爵〉篆文隷變之異。」下不再出校。

(注)
臣善曰、說文曰、僭、荷也。應劭曰、文帝始與諸王竹使符。
―說文曰、僭、荷也。應劭曰、文帝始與諸王竹使符。
【說文曰】尤本明州本朝鮮本袁本脫〈曰〉字。
(正文)紆青拖紫、朱丹其轂。〈紆青拖紫、朱丹其轂〉
【拖】『漢書』作〈拕〉。羅氏校釋14云、「案、〈拕〉與〈拖〉同。」
[此下唐寫本不分節、無善注。]
(注)
―東觀漢記曰、印綬、漢制、公矦紫綬、九卿青綬。漢書曰、吏二千石朱兩幡。

6b
(正文)今吾子幸得遭明𠩄之廿、處不諱之朝、與羣賢同行、歷金門、上玉堂有日矣、〈今吾子幸得遭明盛之世、處不諱之朝、與羣賢同行、歷金門、上玉堂有日矣〉
[『類聚』不引〈與羣賢同行〉五字。]
【今吾子】『漢書』無〈吾〉字。
【幸】九條本誤作〈㚔〉。〈㚔〉與〈幸〉別字、『正字通』云、「〈㚔〉、俗〈幸〉字。」
【明盛】九條本作〈𠩄明〉。『類聚』引亦同。
【丗】唐寫本作〈廿〉、缺筆。
【與】九條本作〈与〉、下竝同。『干祿字書』云、「〈与〉〈與〉、上俗下正。」下不再出校。
(注)
應劭曰、待詔金馬門。晉灼曰、黃圖有大玉堂、小玉堂殿。
―應劭曰、待詔金馬門。晉灼曰、黃圖有大玉堂、小玉堂。―
【待詔金馬門】『漢書』注引作〈金門金馬門也〉
【小玉堂】〈堂〉下、唐寫本有〈殿〉字。『漢書』注引有〈殿也〉二字。
(正文)曾不能畫壹奇、出壹筞、上說人主、下談公王。目如燿星、舌如電光、壹從壹橫、論者莫當、〈曾不能畫一奇、出一策、上說

人主、下談公卿。目如耀星、舌如電光、一從一横、論者莫當〉
[『類聚』不引〈目如耀星舌如電光一從一横論者莫當〉十六字。]
【書】九條本誤作〈書〉。
【一】唐寫本竝作〈壹〉。羅氏校釋18云、「案、〈一〉與〈壹〉通。」
【策】唐寫本九條本明州本袁本作〈筞〉。『干祿字書』云、「〈筴〉〈筞〉〈策〉、上俗中下正。」〈策〉、卽〈策〉字。
【卿】唐寫本九條本作〈王〉。饒氏斠證云、「〈三〉字頗晦、畫閒似有兩點、各本竝作〈卿〉字。」今看唐寫本九條本、竝明作〈王〉字。
【耀】唐寫本九條本崇本贛州本明州本四部本朝鮮本袁本作〈燿〉、『漢書』亦同。『正字通』云、「〈耀〉、與〈燿〉同。」饒氏斠證云、「宋本『漢書』作〈曜〉、補注本作〈燿〉。」
【一從一横】唐寫本作〈壹從壹横〉、九條本作〈壹縱壹横〉、『漢書』作〈壹從壹衡〉。羅氏校釋21云、「〈衡〉與〈横〉通。」
[此下唐寫本不分節、無善注。]

(注)

史記、秦王曰、知一從一横、其說何。

【史記秦王曰知一從一横其說何】饒氏斠證云、「案《史記》田完世家、〈秦王曰、吾患齊之難知、一從一衡、其說何也。〉又《戰國策》韓策、〈秦王曰、吾固患韓之難知、一從一横、此其說何也。〉此注似刪節舊文、但句讀錯誤、且爲寫卷所無、當是他注混入。」羅氏校釋22云、「案、《史記・田敬仲完世家》〈秦王曰、吾患齊之難知。一從一衡、其說何也。〉注文蓋刪節此文而成、然字句有脫、故文義不通、敦煌本無此十三字、當是他注混入。」

(正文)頋默而作太玄五千文、攴葉扶踈、獨說數十餘萬言、〈顧默而作太玄五千文、枝葉扶踈、獨說數十餘萬言〉
[『類聚』不引〈枝葉扶踈獨說數十餘萬言〉十一字。]
【顧默】〈顧〉字、唐寫本九條本作〈頋〉。『干祿字書』云、「〈頋〉〈顧〉、上通下正。」〈默〉字、『類聚』引作〈黙〉。『漢書』無〈默〉字。
【太】九條本誤作〈大〉。
【枝】唐寫本九條本作〈攴〉、『漢書』作〈支〉。『干祿字書』云、「〈攴〉〈支〉、上俗下正。」

【葉】卽〈葉〉字。唐寫本作〈茉〉。羅氏校釋24云、「〈茉〉乃〈葉〉之別體。」
【踈】九條本作〈䟽〉、『漢書』作〈疏〉。
【數十】『漢書』無〈數〉字。胡氏考異云、「案、漢書無〈數〉字、此不當有。袁、茶陵二本所載五臣向注有之、是其本誤衍、後又以之亂善。」梁氏旁證云、「王氏鳴盛曰、此當指『法言』。然今『法言』正文不及萬言、而此云云、則非指『法言』。」饒氏斠證云、「胡克家以向注有〈數十萬言〉句指爲五臣亂善、不知寫卷善單注本正文亦有此〈數〉字。又『漢書』補注引王鳴盛曰、〈今太玄經具存、正文大約與五千文之數合、此云十餘萬言、不可解。〉」羅氏校釋25云、「案、敦煌本有〈數〉、〈數〉字當有、非五臣亂善、胡說非也。」
【萬】九條本作〈万〉、下同。『干祿字書』云、「〈万〉〈萬〉、竝正。」下不再出校。
［此下唐寫本不分節、無善注。］

（注）
以樹喩文也。說文曰、扶踈、四布也。

【以樹喩文也說文曰扶踈四布也】明州本無〈說文曰〉三字。梁氏旁證云、「朱氏珔曰、〈踈〉當作〈疏〉。今『說文』〈扶佐也〉〈疏通也〉無四布之訓。此注不知何據。疑注本云〈以樹喩文扶疏四布也〉、乃自解之辭、而後人誤加〈說文曰〉三字。」饒氏斠證云、「案《說文》木部〈扶〉字下作〈扶疏〉、段注云、〈古書多作扶疏、同音假借也。〉刻本此注似後人誤混。」疑是板本增添善注而衍〈說文曰〉三字、但明州本似不誤。

（正文）深者入黃泉、高者出倉天、大者含元氣、孅者入無閒。〈深者入黃泉、高者出蒼天、大者含元氣、細者入無閒〉

【蒼】唐寫本九條本作〈倉〉。羅氏校釋26云、「〈倉〉與〈蒼〉通。」
【含】唐寫本作〈含〉。『干祿字書』云、「〈含〉〈含〉、上通下正。」九條本作〈圅〉。
【細】唐寫本作〈孅〉、九條本崇本明州本朝鮮本袁本作〈纖〉、『漢書』『類聚』引作〈纖〉。朝鮮本袁本校語云、「善本作〈細〉字。」明州本校語云、「善本作〈細〉。」贛州本校語云、「善作〈細〉。」四部本校語云、「五臣本作〈纖〉。」羅氏校釋27云、「案、〈孅〉乃〈纖〉之別體。」案唐寫李善單注本作〈孅〉字、六家・六臣本所校李善本、蓋後人所改也。
【無】九條本作〈无〉。
【閒】崇本明州本朝鮮本袁本作〈倫〉。『漢書』亦同。明州本朝鮮本袁本校語云、「善本作〈閒〉字。」贛州本校語云、「善作〈間〉字。」

四部本校語云、「五臣本作〈倫〉。」
［此下唐寫本不分節、無善注。］
（注）
春秋命厤序曰、元氣正、則天地八卦孳。無閒、言至微也。淮南子曰、出入無閒。
【厤】尤本朝鮮本袁本作〈曆〉、贛州本明州本四部本作〈歷〉。
（正文）然而位不過侍郎、櫂纔給事黃門。〈然而位不過侍郎、擢纔給事黃門〉
【然而】『類聚』引無〈而〉字。
【擢】唐寫本作〈櫂〉。此即〈擢〉字。羅氏校釋29云、「敦煌本從〈木〉從〈手〉之字常混用。」
（注）
蘇林曰、擢之纔爲給事黃門、不長作。
蕛林曰、櫂之纔為給事黃門、不長作也。
【蘇林曰擢之纔爲給事黃門不長作】明州本無此十四字。〈蘇〉字、唐寫本作〈蕛〉。『干祿字書』云、「〈蕛〉〈蘇〉、上俗下正。」下不再出校。
【不長作】〈作〉下、唐寫本有〈也〉字。
（正文）意者玄得無尚白乎。何為官之柘落也。〈意者玄得無尚白乎。何爲官之拓落也〉
［『類聚』不引此十五字。］
【無】『漢書』作〈毋〉。
【拓】唐寫本九條本〈拓〉作〈柘〉。寫本〈衤〉與〈扌〉常混用、〈柘〉、即〈拓〉字。『玉篇』云、「〈柘〉、廣大也。」案〈拓〉與〈柘〉通。
［此下唐寫本不分節、無善注。］
（注）
拓落、猶遼落、不諧偶也。
（正文）楊子笑而應之曰、客徒欲朱丹吾轂、不知跌将赤吾之族也。〈楊子笑而應之曰、客徒朱丹吾轂、不知一跌将赤吾之族也〉

【笑】九條本作〈咲〉、下同。『干祿字書』云、「〈咲〉〈笑〉、上通下正。」

【客徒】〈徒〉下、唐寫本九條本尤本崇本贛州本明州本四部本朝鮮本袁本有〈欲〉字。贛州本四部本校語云、「善無〈欲〉字。」『漢書』『類聚』引亦有。胡氏考異云、「何校〈徒〉下添〈欲〉字。袁本、茶陵本云、善無〈欲〉字。案、漢書有。此傳寫脫、校語非。」饒氏斠證云、「案六臣本校語疑所見異本。若胡刻無〈欲〉字、乃尤氏從六注剔取善注時、照校語刪去耳。」案今尤本有〈欲〉字、胡克家所見與此異。

(注)

【一跌】唐寫本無〈一〉字。饒氏斠證云、「〈知〉下脫〈一〉字。」羅氏校釋34云、「案、〈一〉字當有、敦煌本脫、當補。」

臣善曰、廣雅曰、跌、差也。　—廣雅曰、跌、差也。赤、謂誅滅也。

【廣雅曰跌差也赤謂誅滅也】唐寫本無〈赤謂誅滅也〉此五字。明州本無此十一字。〈差〉字、唐寫本作〈老〉。『干祿字書』云、「〈老〉〈差〉、上俗下正。」羅氏校釋35云、「案、『漢書』注、師古曰、〈見誅殺者必流血、故云赤族。〉此卽〈赤謂誅滅也〉之所本、敦煌本無此五字、殆後人混入者也。」

7a

(正文)往者周冈解結、羣鹿争逸、〈往昔周網解結、羣鹿爭逸〉

【往】九條本作〈昔〉、傍記云、「〈往〉イ。」

【昔】唐寫本崇本贛州本明州本四部本朝鮮本袁本作〈者〉、『漢書』亦同。朝鮮本袁本校語云、「善本作〈昔〉字。」明州本校語云、「善本作〈昔〉。」贛州本四部本校語云、「善作〈昔〉。」但唐寫李善單注本作〈者〉字、六家・六臣本所校李善本、蓋後人所改也。

【網】唐寫本作〈冈〉、九條本作〈网〉、『漢書』作〈罔〉。羅氏校釋36云、「案、〈罔〉與〈網〉通、〈冈〉乃〈罔〉之別體。」

【羣】九條本作〈群〉。

【逸】九條本作〈佚〉。『類聚』引亦同。羅氏校釋37云、「案、〈佚〉與〈逸〉通。」

(注)

服虔曰、鹿、喩在爵位者也。　—服虔曰、鹿、喩在爵位者。—

【在爵位者】〈者〉下、唐寫本有〈也〉字。

(正文)離爲十二、合為六七、〈離爲十二、合爲六七〉

[『類聚』不引此八字。]
【離爲】九條本原脫〈爲〉字、後以淡墨傍加〈爲〉字。
(注)
臣善曰、十二、已見東方朔荅客難。張晏曰、謂齊、燕、楚、趙、　十二國、已見上文。張晏曰、謂齊、燕、楚、韓、趙、魏爲六、
韓、魏為六、就秦而七也。　就秦爲七。
【十二國已見上文】唐寫本作〈十二已見東方朔荅客難〉。贛州本四部本無此七字、〈張晏曰〉下有〈周千八百國在者十二謂魯衞齊宋楚鄭燕趙韓魏秦中山又曰〉二十五字。饒氏斠證云、「案胡刻此注、義與寫卷相同、但添一〈國〉字。仍非善注眞貌、叢刊本則所謂增補也。」羅氏校釋39云、「案、《荅客難》〈并爲十二〉句下注與叢刊本複引同。」
【謂齊】贛州本四部本無〈謂〉字。
【韓趙】唐寫本作〈趙韓〉。
【爲七】唐寫本作〈而七也〉三字。
(正文) 四分五剖、並為戰國。〈四分五剖、並爲戰國〉
[『類聚』不引此八字。]
【剖】九條本作〈剖〉、卽〈割〉。『干祿字書』云、「〈宫〉〈害〉、上俗下正。」
(注)
晉灼曰、此直道其分離之意耳。鄱陽傳云、濟北、四分五裂之國　晉灼曰、此直道其分離之意耳。鄱陽傳云、濟北、四分五裂之國
也。四分、則交午而裂如田字也。　也。
【四分五裂之國也】〈也〉下、唐寫本有〈四分則交午而裂如田字也〉十一字。案『漢書』注引作〈道其分離之意四分則交五而裂如田字〉。唐寫本似是、疑板本脫十一字。
(正文) 士亡常君、國亡定臣、得士者富、失士者貧、〈士無常君、國無定臣、得士者富、失士者貧〉
【無】唐寫本九條本竝作〈亡〉。『類聚』引亦同。『漢書』下〈無〉字作〈亡〉。
【富】尤本明州本作〈富〉。『干祿字書』云、「〈富〉〈富〉、上俗下正。」
[此下唐寫本不分節、無善注。]

（注）

——春秋保乾圖曰、得士則安、失士則危。

【失士則危】〈危〉下、袁本有〈也〉字。

（正文）嫣翼厲翮、恣意所存、故士或自慼以橐、或鑿坏以遁。〈嬌翼厲翮、恣意所存、故士或自盛以橐、或鑿坏以遁〉

［『類聚』不引此二十字。］

【遁】九條本作〈遯〉、卽〈遯〉字。

（注）

服虔曰、范睢入秦、藏於橐中。

臣善曰、史記曰、王稽辭魏去、過載范睢入秦、至湖見車騎、曰、為誰。王稽曰、穰侯。范睢曰、此恐辱我、我寧匿車中。有頃、穰侯過。淮南子曰、顏闔、魯君欲相之而不肯、使人以幣先焉、鑿坏而遁之。普來反。

服虔曰、范睢入秦、藏於橐中。

史記、王稽辭魏去、竊載范睢入秦、至湖、見車騎、曰、爲誰。王稽曰、穰侯。范睢曰、此恐辱我、我寧匿車中。有頃、穰侯過。淮南子曰、顏闔、魯君欲相之而不肯、使人以幣先焉、鑿坏而遁之。坏、普來切。

【服虔曰范睢入秦藏於橐中】明州本無此十一字。

【史記】〈記〉下、唐寫本有〈曰〉字。

【竊載范睢入秦】唐寫本〈竊〉作〈過〉。饒氏斠證云、「案善注節取《史記》范睢傳、〈過〉字與原文合、刻本作〈竊〉、疑後人所改。」

【淮南子曰顏闔魯君欲相之而不肯使人以幣先焉鑿坏而遁之坏普來切】明州本無此二十九字作〈餘見向注〉。『淮南子』見齊俗訓。

【坏普來切】唐寫本無〈坏〉字。朝鮮本袁本無此四字。

（正文）是故騶衍以頡頏而取廿資。〈是故鄒衍以頡頏而取世資〉

［『類聚』不引此十一字。］

【鄒】唐寫本作〈騶〉、九條本作〈鄹〉、『漢書』作〈騶〉。『干祿字書』云、「〈茧〉〈蕐〉〈芻〉、上中通下正。」羅氏校釋50云、「案、《說文・邑部》〈鄒、魯縣、古邾婁國、帝顓頊之後所封。〉段注〈周時作鄒、漢時作騶者、古今字之異也。〉是〈鄒〉與〈騶〉古今字也。」

【頏】『漢書』作〈亢〉。羅氏校釋50云、「又《亢部》〈亢、人頸也……頏、亢或从頁。〉是〈亢〉與〈頏〉同也。」

【廿】唐寫本作〈廿〉、缺筆。
［此下唐寫本不分節、無注。］
（注）

應劭曰、齊人、著書所言多大事、故齊人號談天鄒衍、仕齊至卿。
蘇林曰、頡、音提挈之挈。
頡頏、奇怪之辭也。鄒衍著書雖奇怪、尚取世以爲資、而已爲之師也。言資以避下文也。頏、苦浪切。

【應劭曰齊人著書所言多大事故齊人號談天鄒衍仕齊至卿】『漢書』注引作〈應劭曰衍、齊人也。著書所言皆天事、故齊人曰談天衍。遊諸侯、所言則以爲迂闊遠於事情、然終不屈。嘗仕於齊、位至卿。〉胡氏考異云、「案、〈鄒〉字不當有、各本皆衍。顏注引無、可證也。」饒氏斠證云、「以《漢書》注引應劭說校勘此注、知注中誤〈天事〉爲〈大事〉、又〈談天鄒衍〉句多一〈鄒〉字。此種錯誤、兩刻本相同、亦可證尤氏善單注本乃從六臣注中剔出。」〈應〉上、四部本有〈善曰〉二字。明州本朝鮮本袁本下文〈頡〉上有〈善曰〉二字。羅氏校釋50云、「案、今本《漢書》注引應劭說、〈大事〉作〈天事〉、〈談天鄒衍〉無〈鄒〉字。敦煌本無此七十字注、殆後人混入者也。」

【雖奇怪尚取世以爲資】朝鮮本〈取〉下無〈世〉字、〈怪〉字下有〈世〉字。

【頏苦浪切】明州本四部本朝鮮本袁本無此四字。正文〈頏〉字下有音注、朝鮮本袁本作〈苦浪〉、崇本贛州本明州本四部本作〈苦良〉。

（正文）孟軻雖連蹇、猶為万乘師。〈孟軻雖連（去聲）蹇、猶爲萬乘師〉
［『類聚』不引此十字。］

【孟】九條本作〈孟〉。

【去聲】唐寫本無此音注。崇本贛州本明州本四部本朝鮮本袁本在正文〈連〉下、無〈聲〉字。此從五臣體例、竄亂善本。唐寫本是也。

【萬】唐寫本九條本作〈万〉。

【乘】九條本誤作〈垂〉、以淡墨傍記〈乘〉字。

（注）

藊林曰、連蹇、言語不便利也。

蘇林曰、連蹇、言語不便利也。
趙岐孟子章指曰、滕文公尊敬孟子、若弟子之問師。

【趙岐孟子章指曰滕文公尊敬孟子若弟子之問師】唐寫本無此二十字。〈趙〉上、明州本朝鮮本袁本有〈善曰〉二字。四部本上文〈蘇〉上有〈善曰〉二字。案此見滕文公上題辭章指、〈若弟子之問師〉作〈問以古道猶衞靈公問陳於孔子論語因以題篇〉。阮元校勘記云、「宋本考文古本作〈若弟子之問師故以題篇〉。」

7 b

（正文）今大漢左東海、

［此下唐寫本不分節、無善注。］

（注）

應劭曰、會稽東海也。

（正文）右渠欆、〈右渠搜〉

【渠】九條本作〈渠〉、下同。『干祿字書』云、「〈叵〉〈巨〉、上俗下正。」下不再出校。

【搜】唐寫本作〈欆〉。羅氏校釋53云、「案、此乃敦煌本從手從木之字常混用的又一例。」

（注）

服虔曰、連西戎國也。應劭曰、禹貢、扸支、渠搜、属雍州、在金城、河關之西。

服虔曰、連西戎國也。應劭曰、禹貢、析支、渠搜、屬雍州、在金城河閒之西。

【析支】〈析〉字、唐寫本作〈扸〉。『干祿字書』云、「〈扸〉〈析〉、上俗下正。」『尚書』禹貢作〈析支渠搜〉。袁本誤作〈折〉。

【河閒】〈閒〉字、唐寫本作〈關〉。胡氏考異云、「何校〈閒〉改〈關〉、陳同。是也。各本皆誤。」饒氏斠證云、「〈關〉字與《尚書》禹貢孔傳合、刻本及《漢書》補注並誤作〈閒〉。何焯校作〈關〉、與寫卷暗合。」羅氏校釋55云、「案、《禹貢》〈析支渠搜〉句孔安國傳云、〈馬云、析支在河關西〉、與敦煌本合、各刻本作〈閒〉誤。」

（正文）前番禺、〈前番禺〉

（注）

應劭曰、南海縣。張晏曰、南越王都也。蕤林曰、音番。　――應劭曰、南海郡。張晏曰、南越王都也。蘇林曰、畨音潘。――

【南海郡】〈郡〉字、唐寫本作〈縣〉。饒氏斠證云、「『漢書』補注引官本亦作〈郡〉。」羅氏校釋56云、「案、《漢書・地理志》有南海郡、屬縣六、番禺其一焉。作〈郡〉是、敦煌本訛。」

【蘇林曰畨音潘】唐寫本作〈蕤林曰音畨〉。贛州本明州本四部本朝鮮本袁本無此六字。正文〈畨〉下有音注〈潘〉字、崇本同。此從五臣體例、亂善注也。饒氏斠證云、「『漢書』補注〈宋祁曰、畨、蘇林音潘〉。」

（正文）後梂塗。〈後椒塗〉

【椒】唐寫本九條本作〈梂〉。『干祿字書』云、「〈尗〉〈叔〉、上通下正。」崇本贛州本明州本四部本朝鮮本袁本作〈陶〉、明州本朝鮮本袁本校語云、「善本作〈椒〉字。」贛州本四部本校語云、「善作〈椒〉。」案唐寫李善單注本作〈椒〉字、六家・六臣本所校李善本、蓋後人所改也。『漢書』亦作〈陶〉、師古注云、「今書本〈陶〉字有作〈椒〉者、流俗所改。」胡氏考異云、「袁本、茶陵本〈椒〉作〈陶〉、云善作〈椒〉。何校云〈椒〉漢書作〈陶〉。師古曰、〈有作〈椒〉者、乃流俗所改。〉陳同。今案、何、陳所校非也、顏本作〈陶〉、具見彼注。善此引〈應劭曰、在漁陽之北界〉、與顏義迥別、蓋應氏漢書作〈椒〉、顏所不取、而善意從之也。若以顏改善、是所未安。凡選中諸文、謂與他書必異亦非、必同亦非、其爲例也如此。」饒氏斠證云、「考異謂善從應劭作〈椒〉、而不從顏監作〈陶〉。王先謙謂當闕疑。」

（注）

應劭曰、漁陽之北界也。　――應劭曰、漁陽之北界。――

【北界】〈界〉下、唐寫本有〈也〉字。〈北〉字、尤本誤作〈比〉。

（正文）東南一尉、

［『類聚』不引此四字。］

（注）

如淳曰、地理志云、在會稽回浦也。　――如淳曰、地理志云、在會稽。――

【如淳曰地理志云在會稽】〈稽〉下、唐寫本有〈回浦也〉三字。饒氏斠證云、「案《漢書》地理志會稽郡回浦下云、〈南部都尉治〉、寫卷有此三字、與《漢書》合。」羅氏校釋60云、「〈回浦也〉三字當有、各刻本脫、當補。」此十字、贛州本四部本在向注末。此從五臣李善注本體例、而〈如〉上脫〈善曰〉二字。

（正文）西北一候。

［『類聚』不引此四字。］

【候】卽〈候〉字。

（注）

如淳曰、地理志云、龍勒、玉門、陽關有候也。

—如淳曰、地理志曰、龍勒、玉門、陽關有候也。

【地理志曰】〈曰〉字、唐寫本作〈云〉。

【玉門】〈玉〉字、袁本誤作〈王〉。

【有候也】朝鮮本無〈也〉字。

（正文）徽以糺墨、製以鑕鈇、〈徽以糾墨、制以鑕鈇〉

［『類聚』不引此八字。］

【糾】唐寫本九條本作〈糺〉、注文同。朝鮮本作〈糾〉、注文同。『集韻』云、「〈糾〉、或作〈糺〉。」〈糾〉與〈糾〉、別字。但『敦煌俗字研究』云、「按、〈斗〉蓋〈乆〉的變體。《略雜難字》載〈料〉字、〈斗〉旁亦寫作〈斗〉。」朝鮮本〈糾〉字、疑〈糾〉字之變體。

【墨】九條本作〈纆〉。〈墨〉與〈纆〉、意通。卷十三賈誼「鵩鳥賦」、卷二十孫楚「征西官屬送陟陽候作詩」、卷五十七顏延之「陶徵士誄」並作〈糾纆〉。

【制】唐寫本九條本崇本贛州本明州本四部本朝鮮本袁本〈製〉、『漢書』亦同。

【鑕】『漢書』作〈質〉。

（注）

服虔曰、刑、縛束之也。應劭曰、音以繩徽弩之徽。臣善曰、說文曰、糺、三合繩。又曰、墨、索也。公羊傳曰、不忍加之鈇質。何休曰、斬腰之刑也。

服虔曰、制、縛束也。應劭曰、束以繩徽弩之徽。說文曰、糾、三合繩也。又曰、墨、索也。公羊傳曰、不忍加之鈇鑕。何休注曰、斬腎之刑也。音質。

【制縛束也】唐寫本作〈刑縛束之也〉。〈制〉字、朝鮮本袁本作〈製〉。饒氏斠證云、「王念孫謂〈制〉字乃〈徽〉之譌。」羅氏校釋[63]云、「案、〈刑〉〈制〉皆訛、當作〈徽〉。《廣雅・釋詁》〈徽、束也〉、王念孫疏證云、《《說文》又云、徽、三糾繩也。〉《坎・上六》〈係用徽纆〉、馬融注云、〈徽纆、索也。〉劉表注云、〈三股爲徽、兩股爲纆。〉《文選・解嘲》〈徽以糾墨〉李善注引服虔云、〈徽、縛束也。〉是王念孫所見之《文選》注引作〈徽、縛束也〉、此可正敦煌本及各刻本之訛。」

【束以】〈束〉字、唐寫本尤本作〈音〉。饒氏斠證云、「〈音〉字刻本譌作〈束〉（饒氏本誤作〈束〉、今改）。『漢書』補注云、〈官本引蕭該音義曰、徽舊作㦽、應劭曰、徽音以繩㦽弩之㦽、該案音揮。〉案此乃王先謙錄宋祁校語、蕭該文選音已佚、宋祁引此、至堪重視。」羅氏校釋64云、「《漢書補注》引蕭該《漢書音義》與敦煌本合。各刻本作〈束〉、誤。（尤刻本作〈音〉不誤、胡刻本改作〈束〉誤。）」

【三合繩也】唐寫本無〈也〉字。羅氏校釋66云、「案、《說文・糸部》作〈糾、繩三合也〉、敦煌本及各刻本〈繩〉與〈三合〉並誤倒。」案糸部云、「徽、一曰三糾繩也。」

【又曰墨索也】今『說文』作〈纆索也〉。段注云、「按从黑者所謂黑索拘攣罪人也。今字从墨。」梁氏旁證云、「〈墨〉當作〈纆〉。糸部〈纆、索也。〈纆〉與〈纆〉通。〉」

【不忍加鈇鑕】〈鑕〉字、唐寫本作〈質〉、袁本誤作〈鑕〉。案『公羊傳』昭公二十五年作〈不忍加之以鈇鑕〉。

【何休注曰】唐寫本無〈注〉字。從李注體例、無者是也。

【斬胥之刑】〈胥〉字、袁本誤作〈善〉。案『公羊傳』昭公二十五年何休注作〈胥斬之罪〉。

【音質】唐寫本贛州本明州本四部本朝鮮本袁本無此二字。崇本贛州本明州本四部本朝鮮本袁本正文〈鑕〉下有音注〈質〉字。此從五臣本體例也。羅氏校釋68云、「案、〈音質〉二字不當有、殆他注混入者也。」

（正文）散以禮樂、風以詩書、曠以歲月、結以倚廬。〈散以禮樂、風以詩書、曠以歲月、結以倚廬〉

[『類聚』不引〈曠以歲月結以倚廬〉八字。」

【散】九條本作〈散〉。『干祿字書』云、「〈散〉〈散〉、上俗下正。」

【禮】九條本作〈礼〉。『干祿字書』云、「〈禮〉〈礼〉、並正。多行上字。」

【曠】朝鮮本〈廣〉。

【廬】九條本誤作〈盧〉。

（注）

應劭曰、漢律、以爲親行三年服、不得選舉。

臣善曰、左氏傳曰、齊晏桓子卒、晏嬰麤衰斬、居倚廬。

應劭曰、漢律、以爲親行三年服、不得選舉。

結爲倚廬、以結其心。左氏傳曰、齊晏桓子卒、晏嬰麤斬衰、居一倚廬。

【以爲親行三年服】〈以〉字、贛州本明州本四部本作〈不〉。『漢書』注引作〈以不爲親行三年服〉。胡氏考異云、「茶陵本〈以〉作〈不〉、是也。袁本亦作〈以〉。漢書注引〈以〉〈不〉兩有、皆非。」羅氏校釋69云、「案、敦煌本〈以〉下脫〈不〉、當補。」

【不得選舉】〈舉〉下、袁本衍〈之〉字。

【結爲倚廬以結其心】唐寫本無此八字。

【齊晏桓子卒】〈桓〉字、袁本誤作〈相〉。

【麤】四部本作〈麄〉。『干祿字書』云、「〈麄〉〈麆〉〈麤〉、上中通下正。」

【斬衰】唐寫本作〈衰斬〉。案『左氏傳』襄公十七年作〈衰斬〉、與唐寫本合。

（正文）天下之士、雷動雲合、魚鱗雜襲、咸營于八區。

【天下】〈天〉上、九條本崇本贛州本明州本四部本朝鮮本袁本有〈是以〉二字。九條本傍記云、「イ本。」朝鮮本袁本明州本校語云、「善本無〈是以〉字。」贛州本四部本校語云、「善無〈是以〉字。」

【雷動】〈動〉下、九條本有〈而〉字。『類聚』引亦有。

【于】袁本誤作〈干〉。

［此下唐寫本不分節、無善注。］

（注）

一史記、蒯通曰、天下之士、雲合霧集、魚鱗雜遝。遝、徒合切。

【雜】『史記』淮陰侯列傳作〈襍〉。『集韻』云、「〈雜〉、或从衣集。」

（正文）家家自以為稷𢍍、人人自以為皐繇。〈家家自以爲稷契、人人自以爲皐陶〉

【稷】九條本作〈禝〉。疑〈禝〉之訛字。『干祿字書』云、「〈禝〉〈稷〉、上俗下正。」

【契】唐寫本九條本作〈𢍍〉。『干祿字書』云、「〈契〉〈𢍍〉、上通下正。」

【皐】唐寫本作〈皐〉、九條本作〈臯〉。『干祿字書』云、「〈睾〉〈皐〉〈臯〉、上俗中通下正。」『漢書』作〈咎〉。

【陶】唐寫本崇本明州本朝鮮本袁本作〈繇〉。『漢書』亦同。明州本朝鮮本袁本校語云、「善本作〈陶〉字。」贛州本校語云、「善作〈陶〉字。」四部本校語云、「五臣本作〈繇〉。」羅氏校釋76云、「〈皐繇〉〈咎繇〉〈皐陶〉、同音通假也。」

（注）

臣善曰、尚書、帝曰、俞、咨禹、汝平水土、惟時楙哉。禹讓于稷契臮咎繇。

尚書、帝曰、俞、咨禹、汝平水土、惟時懋哉。禹讓于稷契暨皐陶。

【懋哉】〈懋〉字、唐寫本作〈楙〉。『尚書』舜典作〈俞咨禹汝平水土惟時懋哉禹讓于稷契暨皐陶〉。斯波博士『文選李善注所引尚書攷證』據敦煌本釋文・『北堂書鈔』、以〈楙〉爲是。

【于】袁本誤作〈干〉。

【暨皐陶】唐寫本作〈臮咎繇〉。案『説文』云、「臮、眾與詞也。从乑自聲。虞書曰、臮咎繇。」『史記』夏本紀〈淮夷蠙珠臮魚〉索隱云、「臮、古暨字、與也。」斯波博士『文選李善注所引尚書攷證』以唐寫本爲是。

（正文）戴縦垂纓、而談者皆擬於阿衡。〈戴縰垂纓、而談者皆擬於阿衡〉

【縰】唐寫本誤作〈縦〉。九條本崇本明州本朝鮮本袁本作〈纚〉。崇本明州本朝鮮本袁本校語云、「善本作〈縰〉。」贛州本四部本校語云、「五臣作〈纚〉。」『集韻』云、「〈纚〉、説文、冠織也。謂以緇帛韜髮、或作〈縰〉。」『類聚』引亦作〈纚〉。

【擬】唐寫本九條本作〈擬〉。『干祿字書』云、「〈疑〉〈疑〉、上通下正。」

【衡】九條本作〈衡〉、朝鮮本作〈衡〉。『敦煌俗字研究』云、「〈魚〉旁俗書亦或作〈魚〉。」又云、「〈魚〉旁亦寫作〈奐〉。」

（注）

臣善曰、鄭玄儀礼注曰、纚、今之幘也。纚與縰同。所氏反。阿衡、已見上。

鄭玄儀禮注曰、纚與縰同。縰、所氏切。詩曰、實惟阿衡、左右商王。毛萇曰、阿衡、伊尹也。

【纚與縰同】〈纚〉上、唐寫本有〈纚今之幘也〉五字。案『儀禮』士冠禮〈緇纚廣終幅〉鄭玄注作〈纚今之幘也纚與縰同所氏反〉、與唐寫本合。〈縰〉字、袁本誤作〈縦〉。

【縰所氏切】唐寫本無〈縰〉字、與『儀禮』士冠禮鄭玄注合、是也。明州本袁本無此四字。

【詩曰實惟阿衡左右商王毛萇曰阿衡伊尹也】唐寫本作〈阿衡已見上〉五字。〈商〉字、朝鮮本作〈啇〉。明州本無〈毛萇曰阿衡伊尹〉七字。羅氏校釋81云、「案、《文選》卷四十阮嗣宗《爲鄭沖勸晉王牋》〈遂荷阿衡之號〉句下注與各刻本注複引同、複引時〈詩〉上
8a 脱〈毛〉。敦煌本作〈已見上〉、從省之例也。」

〔正文〕五尺童子、羞比晏嬰與夷吾。

〔注〕

臣善曰、五尺童子、已見李令伯表。

―孫卿子曰、仲尼之門、五尺豎子羞言五伯。

【孫卿子曰仲尼之門五尺豎子羞言五伯】唐寫本明州本朝鮮本袁本作〈五尺童子已見李令伯表〉十字。胡氏考異云、「袁本無此十六字、有〈五尺童子已見李令伯表〉十字、是也。茶陵本複出、非。」饒氏斠證云、「此注乃〈已見從省〉例。案茶陵本題作〈增補〉、此十六字卽所補也。尤袤善單注本異于此寫卷作〈已見〉、竟同于茶陵本所增補、知尤本所从出之六臣本盖與茶陵本同源。」羅氏校釋82云、「案、《文選》卷三十七李密《陳情事表》〈內無應門五尺之僮〉句下注引《孫卿子》與此同。」此見『荀子』仲尼篇。

〔正文〕故當塗者升青雲、失路者委溝渠。旦握權則為卿相、夕失勢則為匹夫。譬若江湖之崖、勃澥之蟲、乘鴈集不為之多、雙凫飛不為之少。〈當塗者升青雲、失路者委溝渠。旦握權則爲卿相、夕失勢則爲匹夫。譬若江湖之崖、渤澥之島、乘鴈集不爲之多、雙凫飛不爲之少〉

〔『類聚』不引〈當塗者升靑雲失路者委溝渠〉十二字。〕

【當】〈當〉上、唐寫本九條本有〈故〉字。

【塗】崇本贛州本明州本四部本朝鮮本袁本作〈途〉。『干祿字書』云、「〈塗〉〈途〉、上塗泥、下途路。」

【升】『漢書』作〈入〉。

【青】袁本誤作〈貴〉。

【溝】唐寫本作〈溝〉、九條本作〈溝〉。『干祿字書』云、「〈溝〉〈溝〉、上通下正。」

【勢】唐寫本贛州本明州本四部本袁本作〈勢〉、九條本作〈勢〉。『干祿字書』云、「〈勢〉〈勢〉、上俗下正。」

【匹】九條本作〈疋〉。『干祿字書』云、「〈疋〉〈匹〉、上俗下正。」『類聚』引作〈疋〉。

【崖】九條本作〈厓〉、『漢書』作〈雀〉。師古注云、「〈雀〉字或作〈厓〉。」『類聚』引作〈涯〉。羅氏校釋云、「案、作〈雀〉誤。」

【渤澥之島】〈渤〉字、唐寫本作〈勃〉、九條本作〈勃〉。『干祿字書』云、「〈勃〉〈勃〉、上俗下正。」〈澥〉字、九條本作〈海〉。〈島〉字、唐寫本袁本四部本作〈蟲〉、九條本作〈嶋〉。『漢書』作〈勃解之鳥〉。師古注云、「〈鳥〉字或作〈島〉。島、海中山也。其義兩通。」梁氏旁證云、「今案、『文選』正與顏注〈解嘲〉或作本同。作〈厓〉字〈島〉字者是也。沈休文詩、謝元暉牋兩注所引與本書此篇不合、皆後人所改。臧氏琳曰、〈此言江湖之厓、勃解之島、其地廣濶、故雁凫飛集、不足形其多少、或改〈厓〉作〈雀〉。師古不能定、因謂其義兩通也。若此文先言〈雀鳥〉、則下文爲贅語矣。〉」饒氏斠證云、「王念孫曰、〈臧玉林經義雜記云、『古〈蟲〉字有通借〈鳥〉者。《禹貢》鳥夷、孔讀〈鳥〉爲〈蟲〉、可證。此言江湖之厓、勃解之蟲、其地廣潤、子雲借〈鳥〉爲〈蟲〉、淺者因改〈厓〉作〈雀〉以配之。』臧說是也。〉宋祁引蕭該音義曰、〈案字林、渤澥、海別名也。字旁宜安水。〉」羅氏校釋85云、「敦煌本作〈蟲〉、不誤。」

【乘】九條本誤作〈垂〉、以淡墨傍記〈乘〉字。

【鴈】唐寫本九條本作〈鴈〉、『漢書』作〈雁〉。『干祿字書』云、「〈雁〉〈鴈〉、上通下正。」

【雙】崇本作〈雙〉。

【鳬】唐寫本袁本作〈鳬〉、『類聚』引亦同。九條本作〈𫛞〉。『敦煌俗字研究』云、「〈鳬〉字《說文》從鳥、几聲作〈鳧〉、俗省作〈鳬〉。」又云、「〈𫛞〉即〈鳬〉的俗字。漢碑中〈鳬〉字或作〈𫛞〉、又作〈鳨〉、〈𫛞〉又〈𫛞〉之省。……《手鏡・鳥部》〈𫛞〉〈鳨〉音力、似鳬而小也。〉《廣韻》《集韻》〈鳨〉字音義與《手鏡》相近。頗疑這個〈𫛞〉〈鳨〉實亦即〈鳬〉的俗字。〈鳬〉既變〈几〉爲〈力〉、字訛音變、俚俗遂讀作〈力〉音、又與〈鳬〉字異釋、而不知其實本一字也。……慧琳以〈𫛞〉爲別一鳥、恐亦失之。」

（注）

臣善曰、方言曰、飛鳥曰雙、鴈曰乘鴈。　　─方言曰、飛鳥曰雙、四鴈曰乘。

【四鴈曰乘】唐寫本作〈鴈曰乘鴈〉。朝鮮本無〈四〉字。饒氏斠證云、「案『方言』六〈飛鳥曰雙、鴈曰乘。〉此卷句末〈鴈〉字疑衍。刻本作〈四鴈曰乘〉、非『方言』文、殆因『漢書』注應劭〈乘鴈四鴈也〉之說致混。『漢書』補注云、〈乘之爲數、其訓不一、〈四〉字後人所加、『方言』無〈四〉字。〉」朝鮮本與『方言』合。

（正文）昔三仁去而殷虛、二老歸而周熾、〈昔三仁去而殷墟、二老歸而周熾〉

「『類聚』不引此十三字。」

【墟】唐寫本作〈虛〉、『漢書』亦同。師古注云、「一曰〈虛〉讀曰〈墟〉、言其亡國爲丘墟。」

【老】唐寫本作〈耂〉。『干祿字書』云、「〈耂〉〈老〉、上俗下正。」

（注）

臣善曰、三仁、已見上。孟子曰、伯夷避紂、居北海之濵、聞文王作、興曰、盍歸乎來。吾聞西伯善養老者。太公避紂、居東海

三仁、微子、箕子、比干。孟子曰、伯夷避紂、居北海之濵、聞文王作、興曰、盍歸乎來。吾聞西伯善養老者。二老者、天下之

之濵、聞文王祚、興曰、盍歸乎來。吾聞西伯善養老者。二老者、大老也。
天下之大老。

【三仁微子箕子比干】唐寫本作〈三仁已見上〉。贛州本明州本四部本無此八字。〈干〉下、朝鮮本袁本有〈也〉字。饒氏斠證云、「叢刊本善注無三仁之文、而五臣翰注列舉比干箕子微子後略述其事、竝譏李善引孟子注二老爲〈誤甚〉、且以楊雄爲〈用事之誤〉、其陋如此、疑非五臣眞貌。但併六臣注者取此較詳之注、因删去李善三仁之注、其事甚顯。胡刻善單注本云、〈三仁微子箕子比干〉、其次序與『論語』微子篇同、但已違〈从省〉之例。又『考異』無此注校記、當是袁本茶陵本與胡刻從同、而與寫卷相異。」

【聞文王作】〈作〉字、唐寫本作〈祚〉。羅氏校釋89云、「案、《孟子・離婁》篇〈祚〉作〈作〉、下同、敦煌本兩〈作〉字皆訛〈祚〉、當據改。」

【二老者】〈二〉上、唐寫本有〈太公避紂居東海之濱聞文王祚興曰盍歸乎來吾聞西伯善養老者〉二十七字。案今『孟子』離婁篇有此文、與唐寫本合。但唐寫本二〈作〉字誤作〈祚〉、〈大老〉下少〈也〉字。梁氏旁證云、「林先生曰、善注〈二老〉只引伯夷、而遺太公。蓋有脱文。」林說以唐寫本善注可證。饒氏斠證云、「五臣譏善引二老、姚寬《西溪叢話》既反斥之、乃併注者竟删善注以曲就五臣、然可證尤氏單注乃從六臣本剔取。」羅氏校釋90云、「五臣本注云、翰曰、〈太公歸文王而周業盛、是爲一老、不聞其二老焉。李善引伯夷與太公爲二老、甚誤矣。且伯夷去絶周粟、死於首陽、奈何得去（明州本作云）歸周也。揚雄言二老、亦用事之誤也。〉案、此說非也。善注所引乃《孟子・離婁》篇文、此下尚有〈二老者、天下之大老也、而歸之。〉又應劭注云、〈二老、伯夷、太公也。〉是『孟子』及應劭注竝云〈伯夷、太公歸周也。〉而五臣注反誣子雲用事有誤、且譏善注〈甚誤〉、其合併六家注時誤信此說、本擬删〈伯夷避紂〉一段存〈太公避紂〉一段、却誤删彼而存此、各刻本從之、遂誤也。敦煌本有此二十七字、不誤。」

【大老也】唐寫本無〈也〉字。『孟子』離婁篇有〈也〉字。

（正文）子胥死而吴亡、種蠡存而越霸、〈子胥死而吴亡、種蠡存而越霸〉

［『類聚』不引此十二字。］

【存】崇本明州本朝鮮本袁本作〈在〉。朝鮮本袁本校語云、「善本作〈存〉字。」明州本校語云、「善本作〈存〉。」贛州本四部本校語云、「五臣作〈在〉。」

【越霸】『漢書』作〈粵伯〉。師古注云、「〈伯〉讀曰〈霸〉。」〈霸〉字、唐寫本作〈覇〉、九條本作〈覇〉。『干祿字書』云、「〈覇〉〈霸〉、上通下正。」

（注）
臣善、史記曰、吳既誅子胥、遂伐齊。越王勾踐襲殺吳太子。王聞、乃歸與越平。越王勾踐遂滅吳。又曰、越王勾踐反國、奉國政屬大夫種、而使范蠡行成為質於吳。後越大破吳也。

史記曰、吳既誅子胥、遂伐齊。越王勾踐襲殺吳太子。王聞、乃歸與越平。越王勾踐遂滅吳。又曰、越王勾踐返國、奉國政屬大夫種、而使范蠡行成爲質於吳。後越大破吳也。

［唐寫本〈臣善〉下脫〈曰〉字。］
【返國】〈返〉字、唐寫本作〈反〉。『史記』越王句踐世家亦作〈反〉。
［明州本無此注］
（正文）五羖入而秦喜、樂毅出而燕懼、〈五羖入而秦喜、樂毅出而燕懼〉
［『類聚』不引此十二字。］
【毅】唐寫本作〈穀〉。說已見前。

（注）
臣善曰、五羖、已見李斯上書。史記曰、樂毅伐齊、破之。燕昭王死、子立為燕惠王、乃使刼騎代將而召樂毅。樂毅畏誅、遂西降趙。惠王恐趙用樂毅以伐燕。

史記曰、百里奚亡秦走死、秦穆公聞百里奚、欲重贖之、恐楚不與、請以五羖皮贖之、楚人許與之。繆公與語國事、繆公大悅。又曰、樂毅伐齊、破之。燕昭王死、子立爲燕惠王、乃使騎刼代將而召毅。毅畏誅、遂西奔趙。惠王恐趙用樂毅以伐燕也。

【史記曰百里奚至繆公大悅】唐寫本作〈五羖已見李斯上書〉。胡氏考異云、「陳云〈奚〉下脫〈賢〉字、是也。各本皆脫。」案卷三十九李斯「上書」〈東得百里奚於宛〉注引『史記』、板本亦脫〈賢〉字。『史記』秦本紀有〈賢〉字。饒氏斠證云、「於此可推知者、卽六注之祖本李斯書注原脫〈賢〉字、其後增補者隨之亦脫〈賢〉字。單注本已從六注中剔取、故李斯書及解嘲兩注皆同脫〈賢〉字。」
【又曰】〈又〉字、唐寫本作〈史記〉。贛州本四部本無此二字。明州本無〈又曰至燕也〉四十五字、有〈餘見銑注〉四字。羅氏校釋96云、「叢刊本無〈史記曰〉或〈又曰〉、遂將樂毅事與上引《史記・秦本紀》載百里奚事相混、誤甚。」饒氏斠證云、「案五臣注常用善注所引古籍而刪去書名、又常增減古書中二三字以滅其襲引之迹、如以五臣單注本與善注對勘、卽可了然。據叢刊本此注、可以推知其爲五臣之銑注、併六臣注者上段已采善注、因下段銑注與善注大同小異、但文較平近而稍詳、故卽以銑注爲善注之下段、只于注末記〈銑注同〉三字、此爲六臣注本通病、所謂五臣亂善者多屬此類。」

【騎劫】唐寫本作〈劫騎〉。饒氏斠證云、「寫卷此注乃删節『史記』樂毅傳文、兩〈樂毅〉皆不省〈樂〉字及〈降趙〉之〈降〉字、竝與『史記』樂毅傳原文相符、但〈騎劫〉二字誤倒。」
【召毅】〈毅〉上、唐寫本有〈樂〉字、與『史記』合、是也。
【毅畏誅】〈毅〉上、唐寫本有〈樂〉字、與『史記』合、是也。
【遂西奔趙】〈奔〉字、唐寫本作〈降〉、與『史記』合、是也。
【惠王恐】〈王〉字、四部本誤作〈大〉。茶陵本慶安本不誤。
【以伐燕也】唐寫本無〈也〉字、與『史記』合、是也。贛州本四部本脱〈以〉字。

8 b

〈正文〉范睢以折槢而危穰侯、〈范睢以折摺而危穰侯〉
〔『類聚』不引此九字。〕
【摺】崇本明州本朝鮮本袁本作〈拉〉。明州本校語云、「善本作〈摺〉。」贛州本四部本校語云、「五臣作〈拉〉力荅切。」
【危】九條本作〈兎〉。
【穰】九條本作〈攘〉。

〈注〉

臣善曰、危穰侯、已見李斯上書。折摺、已見郰陽上書。晉灼曰、
摺、古拉字也、力荅反。

危穰侯、已見李斯上書。折摺、已見鄒陽上書。晉灼曰、摺、古
拉字也。力荅切。

【危穰侯已見李斯上書折摺已見鄒陽上書】贛州本明州本四部本無此十七字。羅氏校釋98云、「案、敦煌本、尤刻本作〈已見李斯上書〉〈已見鄒陽上書〉、從省之例、不誤。明州本、叢刊本〈良曰〉云云、係删節《文選》卷三十九李斯《上書秦始皇》〈昭王得范睢、廢穰侯〉句注引《史記・穰侯傳》載秦昭王罷穰侯相事及同卷鄒陽《獄中上書自明》〈范睢摺脇折齒於魏〉句注引《史記・范睢傳》載范睢摺脇折齒事而成、既不補錄原注、又無〈又見〉等語、其鈔襲善注甚明。」
【晉灼曰摺古拉字也】『漢書』注引同。
【力荅切】贛州本明州本四部本朝鮮本袁本無此三字。明州本朝鮮本袁本正文〈拉〉下有音注〈力荅〉二字。崇本贛州本四部本作〈力荅切〉。

(正文) 蔡澤以噤吟而笑唐舉。

[『類聚』不引此九字。]

【以】『漢書』作〈雖〉。

【噤吟】〈吟〉下、九條本衍〈頣〉字。

(注)

臣善曰、史記曰、唐舉見蔡澤、孰視而笑曰、先生曷鼻巨肩魋顏蹙齃膝攣。吾聞聖人不相、殆先生乎。韋昭曰、噤、欺廩反。吟、疑甚反。

史記曰、唐舉見蔡澤、熟視而笑曰、吾聞聖人不相、殆先生乎。韋昭曰、噤、欺稟切。吟、疑甚切。

【熟視】〈熟〉字、唐寫本作〈孰〉。『干祿字書』云、「〈孰〉〈熟〉、上誰也、下孰也。」

【笑曰】〈曰〉下、唐寫本有〈先生曷鼻巨肩魋顏蹙齃膝攣〉十二字。饒氏斠證云、「此注與『史記』蔡澤傳文相合。」羅氏校釋101云、「案、此十二字與《史記・蔡澤傳》同、敦煌本有之、不誤。」

【稟】唐寫本作〈廩〉。

【韋昭曰噤欺稟切吟疑甚切】贛州本明州本四部本朝鮮本袁本無此十一字、正文〈噤〉〈吟〉下各有音注〈欺稟〉〈疑甚〉二字。此從五臣本體例、亂李善注。羅氏校釋102云、「此十一字當有。」

(正文) 故當其有事也、非蕭、曺、子房、平、勃、樊、霍、則不能安。當其亡事也、章句之徒、相與坐而守之、亦亡所患。故廿亂、則聖哲馳騖而不足。廿治、則庸夫高枕而有餘。〈故當其有事也、非蕭、曹、子房、平、勃、樊、霍、則不能安。當其無事也、章句之徒、相與坐而守之、亦無所患。故世亂、則聖哲馳騖而不足。世治、則庸夫高枕而有餘〉

[『類聚』不引此五十九字。]

【曹】唐寫本九條本作〈曺〉。『干祿字書』云、「〈曺〉〈曹〉、上通下正。」

【勃】九條本作〈勃〉。說已見前。

【樊】九條本誤作〈樊〉。『集韻』云、「〈樊〉、或作〈樊〉。」〈樊〉與〈樊〉別字。

【無】唐寫本竝作〈亡〉。『漢書』亦同。九條本上〈無〉字作〈亡〉。

【章句】九條本作〈章勾〉。朝鮮本〈章〉作〈章〉。『干祿字書』云、「〈章〉〈章〉、上通下正。」又云、「〈勾〉〈句〉、上俗下正。」

【坐】九條本作〈坐〉。『干祿字書』云、「〈坐〉〈坐〉〈坒〉、上俗中下正。」
【亦】九條本作〈⺈灬〉。『敦煌俗字研究』云、「〈⺈灬〉當是〈亦〉的俗字。」
【世】唐寫本作〈廿〉、缺筆、下同。
【亂】九條本作〈乱〉。『干祿字書』云、「〈乱〉〈亂〉、上俗下正。」
【馳騖】九條本作〈騖馳〉。
【治】唐寫本作〈治〉、缺筆。
【庸】九條本作〈庯〉。『干祿字書』云、「〈庯〉〈庸〉、上俗下正。」

（注）

臣善曰、說苑曰、管仲、庸夫也、桓公得之以為仲父。高枕、已見上。

説苑曰、管仲、庸夫也、桓公得之以爲仲父。漢書、賈誼曰、陛下高枕、終無山東之憂。楚辭曰、堯、舜皆有擧任兮、故高枕而自適。

【漢書至自適】唐寫本作〈高枕已見上〉。饒氏斠證云、「當是併六臣注者增補之例、胡刻單注本亦同複出、則尤氏剔取善注時、未審其爲後人增補也。」羅氏校釋107云、「案、敦煌本作〈高枕已見上〉、從省之例也。各刻本複引《文選》卷三十七曹子建《求自試表》〈謀士未得高枕者〉句下注引《漢書・賈誼傳》幷增引《楚辭・九辯》句、從〈增補〉之例也。」案『楚辭』九辯〈有〉下有〈所〉字。

（正文）夫上廿之士、或解縛而相、或釋褐而傅、〈夫上世之士、或解縛而相、或釋褐而傳〉

［『類聚』不引此十五字。］

【世】唐寫本作〈廿〉、缺筆。
【褐】尤本作〈褐〉。

［唐寫本至〈傳〉字止、以下佚。］

結章　『文選』李善注活用の展望

古典文學には文學言語の型があり、型の形成、繼承、改變こそ古典文學の基本であると考え、近年の古典離れの中でこの問題を明確にして後世に傳承する必要があるとの認識から、本書を着想した。中國知識人の必讀文獻であった『文選』は、まさしく中國古典文學の型として定着し、日本の古典を始め漢字文化圈の文學言語の型ともなっていた。中でも、李善注がその型の形成を解明する最大の根據となる。

本書の第一部第一章では、『文選』正文とそれに附された李善注の引書の言葉を比較して、文學言語の創作過程と繼承とを考察した。そこからは、曹植を起點に、陸機・謝靈運とつながる文學言語の繼續性と、各詩人の新たな詩語創作の特色が浮かび上がってきた。

第二章では、同じ文學言語を使用しつつ、獨自の意味を附與していることを解明しようとした。特に、「孤」の憂鬱性を拂拭して自立性の意を強く打ち出した陶淵明と、從來は怠惰の象徵だった「散志」を遊び心の有用性へと轉換した昭明太子の發想は、現代にも通じるものが感じられ、古典文學を今讀むことの意味を改めて教えられた。林英德氏の『《文選》與唐人詩歌創作』の書評は、今後の『文選』研究の大きな課題である唐詩と『文選』（李善注を含む）との關係の具體的實證的な解明への出發點になることを願望して記した。唐詩と『文選』の關係、これこそが文學言語の創作と繼承の當面の到達目標だからである。白居易は「偶以拙詩數首寄呈裴少尹侍郎、蒙以盛製四篇、一時酬和、重投長句、美而謝之」詩（謝思煒撰『白居易詩集校注』では、金澤文庫本に據って「少尹」の二字を削る）で、裴侍郎（顧學頡校點、朱金城箋校によれば、開成二年に兵部侍郎から河南尹になった裴潾）の詩を稱贊して、「毛詩三百篇後得、文選六十卷中無」（毛詩三百篇の後に得、文選六十卷の中に無し）という。この「文選六十卷」は李善注本を指すと思われる。杜甫以來、李善注『文選』が讀み繼がれていたことがわかる。『文選』によって唐以前の詩語を體系的に把握することが望まれる。

第二部では、依然として未解明の『文選』版本についての私見を述べた。唐鈔本李善單注本『文選』殘卷が『文選』李善注の原型を留めるものであり、唐鈔本・集注本から宋代の板本への流れの解明は、李善注の活用に際して必要不可缺のものであることは言を待たない。岡村繁氏の『文選の研究』に對する書評を通して、繰り返し述べた。この閒、日本に於ける『文選』受容について調べていて、改めて氣づかされたことがある。

正倉院文書（正倉院文書續々修第四十四帙第十卷所收）に日本に現存する最古の「李善注文選」と言われるものが現存する。天平十七年（七四五）十二月二日の寫經所日記の裏面に記されたもので、全文の書影は、『南京遺芳』（佐佐木信綱・橋本進吉編、昭和二年刊。八木書店復刊、一九八七年）第二十九に「李善註文選拔萃」として掲載されている。その解說に橋本進吉氏は次のように記す。

李善の註ある文選の本文及註の中から順次に語句を拔粹したものである。本文も註も同大の文字であつて一寸區別し難いが、大抵本文は初に「𪊨」の字、註は初に「注」の字をおいて區別してゐる。白格をひいた紙に書いてあるが、今あるのは斷簡であつて前後がきれてゐる。その裏をかへして、前條に揭げた天平十七年十二月の寫經所日記を書いたのであるから、これは天平十七年より前の書寫と認められる。拔粹ではあるが、現存せる李善註文選としは恐らく最古のものであろう。今存するのは文選卷五十二の最初の王命論から博弈論までの部であつて、閒々普通本とは字句を異にする處があつて、校勘上參考に供する事が出來る。この斷簡は前後兩端及中程の繼目に「志」の草字があるのは裏面の文書の爲のものであつて志斐麻呂の署名である。

志斐麻呂の筆になること、及び本文の頭に「麁」字を附して注と區別することは、內藤乾吉氏の「正倉院文書の書道史的研究」（正倉院事務所編『正倉院の書蹟』、日本經濟新聞社、一九六四年）にも同様に指摘されている。志斐麻呂は、天平十七年九月ごろから金光明寺造物所政所の官人から寫經所の案主として配屬されたと推測されていて（山下有美『正倉院文書と寫經所の研究』、吉川弘文館、一九九九年）、膨大な寫經と文書に名を留め、日本書道史でも特筆される人物である（『書の日本史』第一巻「飛鳥／奈良」一六〇頁「志斐麻呂《しひのまろ》」〈皆川完一〉、平凡社、一九七五年）。

東野治之氏は、奈良時代における『文選』の普及について詳細に論述され、この文書に關して、「この寫本は、本文と注をともに大字で書寫しており、その行書風な書風や省略箇所の存在、抄出語句の轉倒などからしても、典籍として正式に書寫されたものとは考え難い。おそらく、志斐麻呂が、手近にあった李善注の寫本から、自己の學習用に拔き書きしたものであろう。」と述べられている（『正倉院文書と木簡の研究』、塙書房、一九七七年）。今、胡刻本と比較してみると、李善注の寫本を見て拔き書きしたとは思えず、とても學習に資することはできないほど、不可解な內容である。從來、この文書の本文を取り上げて考察されたものが見當たらないので、以下にその全文を擧げて檢討してみたい。まず最初に文書の一行の字數をそのままに記す。「、」は省略箇所に附されている。太字の「志」は志斐麻呂の署名と思われる。なお、筆寫體は今の活字體に改めた。

麁思有裋褐之褻擔石之蓄注韋昭曰裋为裋ゝ
襦也毛布曰褐說文曰褻重衣也字林曰褻大㡭反
晋灼曰無一擔与㪷之餘、麁易曰鼎折足覆公餗不
勝其任也、審此二者帝王之分決矣

典論ゝ文魏文帝、傅毅之於班固伯仲之間耳而固小
之與苐超書曰、注東觀漢記曰吴漢入蜀都縱兵大
椋上詔讓漢曰城降孩兒老母口万數一旦放兵縱火
聞之可為酸鼻家有弊帚享之千金禹宗室子孫
故嘗更職何忍ゝ行此左傳注曰享享：通也、斯七子者
咸以自騁驥騄於千里仰齊足而並馳以此相服
亦良難矣盖君子審己以度人故能免於斯累
而作論文、然不能持論理不勝詞至乎雜以謿戲
及其時所善楊班儔也、唯通才為能偹其體辭諸
音樂曲度雖均莭奏同檢至於孔氣不齊巧拙有
素雖在父兄不能以移子弟、不假良史之辞不
託飛馳之勢而聲名自傳於後　志
兼親踈而兩用叅同異而並進是以軽重足以相鎮親
踈足以相衛并兼路塞逆莭不生及其衰也桓文
帥礼苞茅不貢齊師伐楚宋不城周晋戮其宰
自此之後轉相攻伐、曠日若彼用力若此、易曰其ゝ亡
ゝ繫于苞桒周德其可謂當之矣、自幽深宮委政
讒賊、勝廣唱之於前劉項斃之於後也、雖使子孫有
失道之行時人無湯武之賢姧謀未䔀而身已

屠戮何區ゝ之陳項而復得措其手足哉、漢
鑒秦之失封植子弟及諸呂擅權畐危劉氏而天下
所以不傾動百姓所以不易心者徒以諸侯強大磐
石膠固東牟朱虛授命於內齊代吴楚作衛於外故也、
賈誼曰諸侯強臧長乱起姧、遂以陵遲子孫微弱衣
食祖稅不豫政事或以酎金免削或以無後國陵注後漢
書曰列侯坐獻黃金酎祭宗廟不如法奪爵者百六人
漢儀注王子為侯ゝ歲以戶口酎黃金於漢廟皇帝臨受
獻金助祭大祀曰飲酎飲酎受金小不如斤兩色惡王削
縣侯免国漢書曰趙哀王福薨無子國除也、而曾不
鑒秦之失策襲周之舊制踵亡國之法而僥倖
無疆之期至于桓靈奄竪執衡、而宗室子弟曾無
一人間廁其間與相維持非所以強幹弱枝備万一之意、
其言深切多所稱引成帝雖悲傷歎息而不能用
由斯言之非宗子獨忠孝於惠文之間而畔逆
哀平之際也徒權軽勢弱不能有定耳
注裴松之曰曜本名昭史為晋諱改之䖍夫一木之枰
孰與方國之封枯棊三百孰與万人之將袞龍之
服金石之楽足以兼棊局而貿博弈矣　志

これに句読點を附して胡刻本の該當箇所と比較してみると、次のようになる。傍線部が上記の正倉院文書に抜き書きされた箇所である。（　）内は李善注。

［巻五二　班彪「王命論」］

……夫餓饉流隷、飢寒道路、（善曰、說文曰、餓、飢也。穀梁傳曰、五穀不升、謂之饉。流隷、流移賤隷也。左氏傳曰、人有十等、輿臣隷也。饉或爲殣。荀悦曰、道瘞、謂之殣也。）［麁］思有短褐之襲、檐石之蓄、［注］（韋昭曰、短爲裋、裋、襦也。毛布曰褐。善曰、裋、丁管切。說文曰、襲、重衣也。字林曰、襲、大篋也。晉灼曰、無一檐與一斛之餘。）所願不過一金、終於轉死溝壑。……［麁］易曰、「鼎折足、覆公餗。」不勝其任也。（善曰、周易鼎卦之辭也。說文曰、鬻、鼎實也。鬻與餗同、音速。）……嬰母知廢、陵母知興、審此二者、帝王之分決矣。蓋在高祖、其興也有五。……

［魏文帝「典論論文」］

典論論文魏文帝

文人相輕、自古而然。傅毅之於班固、伯仲之閒耳、而固小之、與弟超書曰、「武仲以能屬文爲蘭臺令史、下筆不能自休。」（伯仲、喩兄弟之次也。言勝負在兄弟之閒、不甚相踰也。范曄後漢書曰、班超、字仲升、徐令彪之少子也。）夫人善於自見、而文非一體、……里語曰、「家有弊帚、享之千金。」斯不自見之患也。［注］（東觀漢記曰、吳漢入蜀都、縦兵大掠。上詔讓漢曰、城降、孩兒老母口萬數。一旦放兵縱火、聞之可爲酸鼻。家有弊帚、享之千金。禹宗室子孫、故嘗更職、何忍行此。杜預左氏傳注曰、亨［享］、通也。亨或爲享。）今之文人、魯國孔融文擧、……東平劉楨公幹、斯七子者、於學無所遺、於辭無所假、咸以自騁驥騄於千里、仰齊足而竝馳。以此相服、亦良難矣。（千里、已見上文。毛萇詩傳曰、田獵齊足尚疾也。）蓋君子審己以度人、故能免於斯累、（呂氏春秋曰、君子必審諸己、然後任人。楚辭曰、羌內恕己以量人。王逸曰、量、度也。）而作論文。王粲長於辭賦。……孔融體氣高妙、有過人者、然不能持論、理不勝詞、

（漢書、東方朔、枚皐不根持論。孔叢子、平原君謂公孫龍曰、公無復與孔子高辯事也、其理勝於辭、公辭勝於理。）以至乎雜以嘲戲、及其［時］所善、楊班儔也。常人貴遠賤近、向聲背實。……唯通才能備其體。……文以氣爲主。氣之清濁有體、不可力強而致。譬諸音樂、曲度雖均、節奏同檢。（蒼頡篇曰、檢、法度也。）至於引氣不齊、巧拙有素、雖在父兄、不能以移子弟。……是以古之作者、寄身於翰墨、見意於篇籍、不假良史之辭、不託飛馳之勢、而聲名自傳於後。…………

［曹冏「六代論」］

…………知獨守之不能固也、故與人共守之。（班固漢書贊曰、昔周盛、則周、召相、其治致刑措、衰則五伯扶其弱、與共守之。）兼親疏而兩用、參同異而竝進。是以輕重足以相鎭、親疏足以相衞、幷兼路塞、逆節不生。（賈誼過秦曰、秦幷兼諸侯山東三十郡。漢書、主父偃說上曰、今以法割削諸侯、則逆節萌起。）及其衰也、桓文帥禮。（齊桓、晉文。）苞茅不貢、齊師伐楚。宋不城周、晉戮其宰。（左氏傳曰、齊侯伐楚、楚子使與師言曰、不虞君之涉吾地、何故。管仲對曰、爾貢苞茅不入、王祭不共、無以縮酒、寡人是徵。又曰、晉魏舒合諸侯之大夫于翟泉、將以城成周、宋仲幾不受功、曰、滕、薛、郳、吾役也、爲宋役亦職也。士伯怒曰、必以仲幾爲戮。乃執仲幾歸諸京師。）……自此之後、轉相攻伐。吳幷於越、晉分爲三、魯滅於楚、鄭兼於韓。……曠日若彼、用力若此、（班固漢書贊曰、至始皇乃幷天下。以德若彼、用力如此、其艱難也。）……易曰、「其亡其亡、繫于苞桑。」周德其可謂當之矣。（周易否卦之辭也。鄭玄曰、苞、植也。否世之人、不知聖人有命、咸云其將亡矣、其將亡矣、而聖乃自繫於植桑、不亡也。王弼曰、心存將危、乃得固也。）……自幽深宮、委政讒賊、（史記、李斯上書二世曰、能明申、韓之術、而修商君之法、法修術明而天下亂者、未之聞也。應劭漢書注曰、申不害、韓昭侯相。衞公孫鞅、秦孝公相。李奇曰、法皆深刻無恩。史記曰、二世常居禁中、與趙高決事、事無大小、輒決於高。蒼頡篇曰、委、任之也。）……勝廣唱之於前、劉項斃之於後［也］。（史記曰、吳廣爲假王、擊秦。班固漢書贊曰、秦竊自號謂皇帝、而子弟爲匹夫、吳、陳奮其白挺、劉、項隨而斃之。）……雖使子孫有失道之行、時人無湯武之賢、姦謀未發、而身已屠戮、何區區之陳項、而復得措其手足哉。故漢祖奮三尺之劍、驅烏集之衆、……漢鑑秦之失、封植子弟。及諸呂擅權、圖危劉氏、（漢書、太后崩、上將軍呂祿、相國呂産專兵秉政、謀作亂。賈逵國語注曰、權、秉、卽柄字也。）而天下所以不能傾動、百姓所以不易心者、徒以諸侯强大、盤石膠固、（漢書、宋昌曰、高帝王子弟、所謂盤石之宗也。莊子曰、待膠漆而固者、是侵其德者也。范曄後漢書曰、鄭泰曰、以膠固之衆、當解合之勢。）東牟朱虛授命於內、齊代吳楚作衞於外故也。（漢書、宋昌曰、諸呂擅權專制、太尉卒以滅之。內有朱虛、東牟之親、外畏吳、楚、齊、代之强。又曰、齊悼惠王肥、高祖六年立。又曰、齊悼惠王子章、高后封爲朱虛侯。章弟興居爲東牟侯。）……賈誼曰、「諸侯强盛、長亂起姦。夫欲天下之治安、莫若衆建諸侯而少其力。……遂以陵遲、子孫微弱、衣食租稅、不豫政事、（班固漢書贊曰、景帝遭七國之難、抑損諸侯、諸侯唯得衣食租稅、不與政事。）或以酎金免削、或以無後國除［陵］。（［注後］漢書曰、列侯坐獻黃金酎祭宗廟、不如法奪爵者百六人。漢儀注、王子爲侯、侯歲以戶口酎黃金於漢廟、皇帝臨受獻金助祭。大祀曰飮酎、飮酎受金、小不如斤兩色惡者、王削縣、侯免國。漢書曰、趙哀王福薨、無子、國除［也］。）至於成帝、王氏擅朝。……其言深切、多所稱引。成帝雖悲傷歎息而不能用。（漢書曰、成帝卽位、向數上疏、言得失、陳法戒。書數十上、以助觀覽、補遺闕。上雖不能盡用、然嘉其言、常嗟嘆之。）至乎哀平、異姓秉權、假周公之事、而爲田常之亂。……由斯言之、非宗子獨忠孝於惠文之閒、而叛逆於哀平之際也、徒以權輕勢弱、不能有定耳。……禽王莽於已成、紹漢祀於既絕、斯豈非宗子之力耶。而曾不鑑秦之失策、襲周之舊制、踵亡國之法、而僥倖無疆之期。至於桓靈、奄豎執衡、（范曄後漢書曰、桓帝立、曹騰以定策功、遷大長秋。又曰、靈帝時、大將軍竇武謀誅中官、曹節矯詔誅武等。鄭玄尙書注曰、稱上曰衡。）……且今之州牧、郡守、古之方伯、諸侯、皆跨有千里之土、兼軍武之任、或比國數人、或兄弟並據。而宗室子弟、曾無一人閒廁其閒、與相維持、非所以强榦弱枝、備萬一之慮［意］也。（班固漢書贊曰、徙吏二千石於諸陵、蓋亦强榦弱枝也。）今之用賢、或超爲名都之主、或爲偏師之帥。……………

［韋昭「博弈論」］

韋弘嗣（呉志曰、韋曜、字弘嗣、呉郡人。爲太子中庶子。時蔡穎亦在東宮、性好博弈、太子和以爲無益、令曜論之。後爲中書僕射。孫皓誅之。［注］裴松之曰、曜本名昭、史爲晉諱改之也。）……

……蓋君子恥當年而功不立、疾沒世而名不稱。（論語、子曰、君子疾沒世而名不稱焉。）……乃君子之務、當今之先急也。［麁］夫一木之枰、孰與方國之封。枯棋三百、孰與萬人之將。（邯鄲淳藝經曰、棋局、縱横各十七道、合二百八十九道。白黑棋子、各一百五十枚。）袞龍之服、金石之樂、足以兼棋局而貿博弈矣。（周禮曰、三公自袞冕而下。鄭玄曰、袞龍、九章衣也。東都賦曰、修袞龍之法服。左氏傳曰、晉侯以樂之半賜魏絳、始有金石之樂。廣雅曰、貿、易之也。）……

第四章で取り上げた唐鈔本の字體と共通する字が多く、唐代の寫本から書き寫されたことがわかる。しかし、省略箇所があまりに多く、ほとんど原文の内容を留めない狀態になっていて、これでは文意は全くわからない。一句の途中で切られてはいないが、文意とは關係ない拔き書きになっていて、しかも李善注はあまり書き寫されていない。その上、後ろから10行目の途中からの7行（二重傍線部）には錯簡があり、これは李善注『文選』が手元にあれば起こりえない現象である。どのようにすれば、このような拔き書きになるのか全く謎である。ただ一つ氣になるのは、文書中にある「、」である。これは、春日政治氏が「正倉院文書中に一二の實例を擧げるならば、句點を示したものには、天平十七年以前の書寫と見られる李善註文選拔萃の文に附した「、」の如きがある。」（『古訓點の研究』、風間書房、一九五六年）と指摘されて以來、句讀點の最古の例として話題にされることがある。もちろん、これは現在の讀點の使い方とは違い、省略箇所に附されたものと思われる。確かに、9行目の「者」、13行目の「體」、19行目の「宰」字の後の省略箇所に「、」が附されていない他はすべて「以下略」の意で「、」が附されている。二重傍線の四箇所にも「、」がある。ではなぜ錯簡が起こるのか、それは李善注『文選』を見ながら拔き書きしたのではなく、既にばらばらにあった切れ端を勝手につないで書き寫したからではないかと想像できる。錯簡のある箇所は、「、」ごとに切れたものを書寫したからであろう。東野氏が指摘されている（前掲書）ように、この時期、『文選』が盛んに讀まれていて、拔き書きされた斷片が相當數あった可能性がある。因みに、東京大學史料編纂所の『大日本古文書・正倉院編年文書』によると、天平三年から十八年の閒に、「文選上帙九卷」「文選音義七卷　紙一百八十一張」「文選下帙五卷　紙一百卄」「文選第四十五卷、第七、第四、第八、第五十、第九、第六、第一、第二、第三、第六、第五」「文選上帙　用二百卅張」「文選上帙　第二卷……第十」「文選上帙九卷紙二百卌四張」などが散見し、この文書の表書きである天平十七年十二月二日の寫經所日記にも「文選音議一卷」が記載されている。これらについては、東野氏の前掲書でも論及され、孫猛『日本國見在書目錄詳考』（上海古籍出版社、二〇一五年）にも詳細に列擧されている。記錄に殘されていないものは、もっと數多くあったであろう。

この狀況から、仏典と同樣に數多く書寫されたという當時の『文選』の盛況ぶりがわかるとともに、『文選』版本研究において、鈔本から板本への過程を考察する際に、卷ごとの違い、或いは拔き書きされた斷片の存在を念頭に置く必要があることを改めて感じさせられた。鈔本の時代、『文選』完本が常に筆寫され續けるのは至難のことだったと思われるからである。

以下、今後の李善注の研究の方向性を記して結びとしたい。『文選』は、文學言語創作の規範として準據するにせよ、或いはそこからの脫却を試みるにせよ、唐代以降、文學言語の創作の重要な規範の一つであった。その『文選』が中國古典文學の型を形成していく上では、唐・李善の注が大きな役割を果たしている。李善は「作者必ず祖述する所有るを示す」という姿勢を貫いて、『文選』正文作者の言語表現の典據を示そうとしているからである。この李善注が『文選』正文の解釋にとって必要不可缺であることは言うまでもないが、更にそれを活用すれば、文學言語の型の形成を知るのに役立てることができるであろう。本論中に記したものを例として擧げてみる。

○卷四二、曹植「與楊德祖書」常作小文、使僕潤飾之。［李善注］論語曰、行人子羽脩飾之、東里子產潤色之。

から、「潤飾」という語彙を抽出し、李善注に引く『論語』（憲問篇）と對照すれば、曹植が『論語』の二句の字をあわせて、「潤飾」（技巧を加えて仕上げをする）という言葉を作ったことがわかる。

○巻三六、傅亮「爲宋公修張良廟教」微管之歎、撫事彌深。［李善注］論語、子曰、管仲相桓公、霸諸侯、一匡天下、民到于今受其賜。微管仲、吾其被髮左衽矣。

傅亮は、張良がいなかったらどうなっていたのだろうかという思いを「微管の歎」と表現している。「微管」という言葉は、李善注に引く『論語』（憲問篇）の「管仲微《な》かりせば」の上二字を切り取って作ったものである。この傅亮の創作した語は、

○巻三〇、謝朓「和王著作八公山」阽危賴宗袞、微管寄明牧。
○巻四〇、任昉「百辟勸進今上牋」經綸草昧、嘆深微管。

と、繼承されている。當然、この二例ともに、李善は『論語』憲問篇を引證としている。

巻八、司馬相如「上林賦」の美女の香氣を表現した「芬芳漚鬱、酷烈淑郁」という句は、李善注で五箇所に引かれている。これを、

「酷烈」○巻四、左思「蜀都賦」芬芬酷烈
　　○巻一五、張衡「思玄賦」美襞積以酷烈兮
　　○巻三四、曹植「七啓」酷烈馨香
「郁烈」○陸機「演連珠」郁烈之芳
「鬱郁」○劉峻「廣絶交論」言鬱郁於蘭茝

のようにまとめると、張衡・曹植・左思が「上林賦」の語をそのまま使い、陸機が「酷烈淑郁」の四字から「郁烈」の語を、劉峻は「上林賦」の二句から「鬱郁」の語を創作していることがわかる。さらに、「春華」については、

A．詩文の美しさの比喩
○巻四五、班固「荅賓戲」摛藻如春華　［李善注］〈鹽鐵論（遵道篇）〉「文學繁於春華」
○巻二四、張華「荅何劭」奐若春華敷　［李善注］〈班固「荅賓戲」〉「摛藻如春華」
○巻二四、潘尼「贈河陽」摛藻艷春華　［李善注］「摛藻春華、已見上文」
○巻五六、陸倕「新刻漏銘」譬彼春華　［李善注］「春華、言其文麗」〈班固「荅賓戲」〉「摛藻如春華」
○巻五六、曹植「王仲宣誄」文若春華　［李善注］「春華、已見上文」
B．少年の比喩
○巻二四、陸機「贈馮文羆遷斥丘令」及子春華　［李善注］〈蘇武「詩」〉「努力愛春華」
○巻二九、蘇武「詩」努力愛春華　［李善注］「春華、喩少年也」
C．春の花
○巻二四、曹植「贈王粲」樹木發春華　［李善注］なし
○巻二六、陸厥「奉荅内兄希叔」春華與秋實　［李善注］「春華」に對する注はなし

というデータを『文選』李善注すべての言葉について作成する。つまり、李善注を辭典の形に變える。そしてそれを應用することによって、「杜詩韓文無一字沒來歷」と言われる唐代以降の詩人たちが文學言語の型をどのように繼承し、あるいは改變したのかを明確にすることができるのではないかと考えている。

初出一覧

序章　言語表現へのこだわり
・「言語表現へのこだわり」　廣島大學大學院文學研究科「總合人間學」平成十八年度實施報告書　二〇〇六・五

第一章　李善注の引書の活用
第一節　注引『論語』から見た文學言語の創作
・「『文選』李善注の活用─注引『論語』から見た文學言語の創作─」『岡村貞雄博士古稀記念中國學論集』白帝社　一九九九・一〇
第二節　注引「子虛賦」「上林賦」から見た文學言語の繼承
・「從《文選》李善注引〈子虛賦〉〈上林賦〉看文學言語的繼承與創作」『北研學刊』創刊號　廣島大學北京研究中心　二〇〇四・八
・「資料集『文選』李善注引「子虛賦」「上林賦」「西京賦」」『中國古典文學研究』（廣島大學中國古典文學プロジェクト研究センター研究成果報告書Ⅲ）第三號　二〇〇五・一二
第三節　注引「西京賦」から見た文學言語の繼承

・「資料集『文選』李善注引「子虛賦」「上林賦」「西京賦」」『中國古典文學研究』（廣島大學中國古典文學プロジェクト研究センター研究成果報告書Ⅲ）第三號　二〇〇五・一二

第四節　注引曹植詩文から見た文學言語の創作と繼承

・「『文選』李善注の活用―注引曹植詩文から見た文學言語の創作と繼承―」『六朝學術學會報』（六朝學術學會）第四集　二〇〇三・三

・「資料集『文選』李善注引曹植詩文」『中國古典文學研究』（廣島大學中國古典文學プロジェクト研究センター年報）創刊號　二〇〇三・一二

第五節　注引陸機・潘岳の詩文から見た文學言語の創作と繼承

・「『文選』李善注引陸機潘岳の詩文―李善注から見た文學言語の繼承と創作―」『中國中世文學研究』第四五・四六合併號（小尾郊一博士追悼特集）二〇〇四・一〇

・「資料集『文選』李善注引陸機潘岳詩文」『中國古典文學研究』（廣島大學中國古典文學プロジェクト研究センター研究成果報告書Ⅱ）第二號　二〇〇四・一二

第二章　文學言語の繼承と語意の變化

第一節　「孤」を用いた文學言語の展開―陶淵明に至るまで―

・「「孤」を用いた文學言語の展開―陶淵明に至るまで―」『未名』（神戸大學中文研究會）第二二號　二〇〇四・三

第二節　「散志」考―昭明太子の言葉―

・「「散志」考―昭明太子の言葉―」『中國中世文學研究』四〇周年記念論文集　白帝社　二〇〇一・一〇

第三節　「情」と「自然」、「山水」と「山河」について

・「「情」と自然」　小尾郊一著作選3「陶淵明の故郷」　研文出版　二〇〇二・二
・「『杜甫の涙』に寄せて」　小尾郊一著作選2「杜甫の涙」　研文出版　二〇〇一・二
（附）書評「林英德『《文選》與唐人詩歌創作』（知識產權出版社）」
・「（書評）林英德『《文選》與唐人詩歌創作』（知識產權出版社）」『中國文學報』（京都大學）第八四冊　二〇一三・一〇

第三章　板本『文選』李善注の形成過程

第一節　舊鈔無注本『文選』に見られる「臣君」について
・「舊鈔無注本『文選』に見られる「臣君」について」『松浦友久博士追悼記念中國古典文學論集』研文出版　二〇〇六・三

第二節　『文選』李善注の增補改變―從省義例「已見～」について―
・「『文選』李善注の增補改變―從省義例「已見～」について―」『立命館文學』五九八號　二〇〇七・二
・「資料集『文選』李善注の從省義例「已見～」」『中國古典文學研究』（廣島大學中國古典文學プロジェクト研究センター研究成果報告書Ⅳ）第四號　二〇〇六・一二

第三節　『文選』李善注の傳承―唐鈔本から尤本へ―
・「『文選』李善注の傳承―唐鈔本から尤本へ―」『日本中國學會報』第五九集　二〇〇七・一〇
（附）書評「岡村繁著『文選の研究』（岩波書店）」
・「（書評）「岡村繁著『文選の研究』（岩波書店）」」『中國文學報』第六〇冊（京都大學）二〇〇〇・四

第四章　『文選』李善注の原形

第一節　唐鈔李善單注本『文選』殘卷考

・「唐鈔李善單注本『文選』殘卷考」『中國學研究論集』（廣島中國學學會）第七號　二〇〇一・四

第二節　唐鈔李善單注本『文選』殘卷校勘記

・「唐鈔李善單注本『文選』殘卷校勘記（一）」『中國學研究論集』（廣島中國學學會）創刊號　一九九八・四

・「唐鈔李善單注本『文選』殘卷校勘記（二）」『中國學研究論集』（廣島中國學學會）第二號　一九九八・一〇

・「唐鈔李善單注本『文選』殘卷校勘記（三）」『中國學研究論集』（廣島中國學學會）第三號　一九九九・四

・「唐鈔李善單注本『文選』殘卷校勘記（四）」『中國學研究論集』（廣島中國學學會）第四號　一九九九・一〇

・「唐鈔李善單注本『文選』殘卷校勘記（五）」『中國學研究論集』（廣島中國學學會）第五號　二〇〇〇・四

・「唐鈔李善單注本『文選』殘卷校勘記（六）」『中國學研究論集』（廣島中國學學會）第六號　二〇〇〇・一〇

あとがき

二〇一五年三月に廣島大學を定年退職し、五月に東千田キャンパスで、遲まきながら「「夢」から始まった「小説」と『文選』」と題して最終講義(『中國學研究論集』第三四號に〈講演録〉所收)を行った。その後に開催していただいた退職祝賀會で、退休記念文集として「思い出」と拙文を收録した『慢慢風』を頂戴した。また、同年十月には退休記念論集として二十二名の論考を集めた『中國古典テクストとの對話』(研文出版)が刊行された。

本書は、當初、過去の作業を整理し、今後の展望を示すべく、最終講義に閒に合わせようと考えていたが、慌ただしさに紛れて遲延してしまった。『慢慢風』、『中國古典テクストとの對話』とセットだとお考えいただければ幸いである。

最終講義でも話し、本書の「結章」にも記したように、李善の頭腦を辭書にする、これが李善注の活用の最終段階だと考えている。その意味では、本書の第一部はその前段階、途中經過ということになる。

これを完成するためには、第二部で示した李善注の校勘作業が基礎となることは言うまでもない。このテキストの校勘は、單純作業のように見えるが、實は容易なことではない。同じテキストを十回見ても、まだ見落としがあると言われるほど、いくら注意しても完璧にはできない。歳を重ねても、經驗によって精度が上がるわけではなく、逆に低下するかもしれない。本書でも見落としがあると思う。ご容赦願いたい。

いずれ、見落としが全くない完璧な校勘は、コンピューターが擔うことになるのではないかと思っている。ただ、字句の異同や改變を問うには、さまざまなテキストの内容に習熟した者の知恵が欠かせない。そのためには、より多くの人が古典に興味關心を懐く環境が必要なことはいうまでもない。しかし古典離れが進む中、とりわけ人文基礎學への逆風は強くなり、地道に基礎學への習熟を重ねるには相當な覺悟が必要になっているのが現状である。

一昨年から、安田女子大學文學部日本文學科で漢文の授業を擔當している。人文基礎學の傳統を有する文學部に集う學生たちに、少しでも古典への關心を高めてもらえればと願いつつ、言葉を通して人の心を知る文學の有用性を語ることに努めている。

古典を師から弟子へという古典的手法でそのまま傳達しようとするだけでは、時代の流れに取り殘されてしまうのは目に見えている。今に活かす、いかに自分の色づけをするか、「今讀む」という認識が欠かせない。千年、二千年と生き續けている古典の樹を倒木にしないためには、それを愛でる人を少しでも增やし、榮養を供給し、美しい枝葉や花や實を賞玩し續けられるようにしなければならない。一人で樹にしがみついているだけでは、邪魔者扱いされ、結局伐採されてしまうであろう。そんなことを考えながら、本書の校正や索引づくりを行った。

研文出版の山本實社長には、校正段階での大幅な修正、大量の外字作成など、多大なご迷惑をおかけしてしまった。にもかかわらず、自ら校正の筆を執って丁寧に目を通していただいた。衷心より厚くお禮申し上げる。

本書の刊行に際しては、獨立行政法人日本學術振興會の平成二十八年度科學研究費補助金（研究成果公開促進費）を受けた。感謝の意を表する。

二〇一七年一月一五日

富永一登

語彙索引

凡　例

(一) この索引では、第一部から、「孤」「散」に關わるもの以外は李善注に關係する語彙のみを抽出した。

(二) 項目は、原則として漢字音により、五十音順に配列した。

あ 行

愛客……81
握手……139
握靈珠……74,102,132
握靈蛇之珠……75,102
安懷……39
安老……39
安回徐邁……61
安翔徐回……61
案衍……57
已往……38,191
以一理貫……41
以俟……37,141
以筆札見知……112,131
伊昔……126
夷險……126
位竊……47
依水……83,89,99
怡怡……28
怡顏……124
惟德……107
猗靡……56,58
爲邦……16,45
意散……177,178
葦杖……101
遺音……83,90
遺身……70,92
遺聲……17,18,20,35
遺芳射越……61
郁郁乎……38,43,44
郁烈之芳……63
一言蔽……36
一喜……21
一簣……24,25
一匡……16,29,30
一懼……21
一顧重……73,97,203
逸爵……34,47,51
引顧見京室……118,137
引領望京室……118,119,137,138
沇溶……56
淫淫裔裔……60
淫裔……60,61
淫樂……60
殷賑……66
陰慘……67
隱隱……57
隱鱗……101
于何不有……66
羽蓋……58,60
羽旗……115,130
羽旆……115,130
雨絕……9,123,138
紆餘……57
鬱郁……63,64
鬱蒼蒼……100
鬱盤……61～63
鬱律……66
雲幄……127
雲罕……54
雲歸……9,81
雲際……92
雲屯……131
雲旆……61
雲髦……61
雲曼……67
轀櫝……45,51
永言……21,96
永慕……83,88,93
英辯……83,87
英妙……76,88
榮哀……18,49
榮條……108
翳陽景……100
亦然……95
曰子曰身……117,137
越八九……98
閱水……126
謁帝……95
怨路長……73,90,91,128
宴喜……118,142
烟熅……107,108
煙霏雨散……116,132
煙霧之霏霏……116,132
偃齊……21
淵映……114,125
淵沖……114,125
援旗……132
援纙……27
圓景……11,80
遠朋……8,30
遠遊(履き物)……9
王略……136
泱漭之野……58
枉錯……49
奧區……66,68
隩區……68
應如草靡……42
憶舊歡……135
音塵……114,119,127,201
溫故……16
溫房……10

か 行

下機……101
下邑……22,23
下流……40
下輦……69
可觀……36
加顏色……97
佳人撫鳴琴……100,129
佳人撫鳴瑟……129
佳麗……79～81,86,97
河陽視京縣……119,138
河陽別……77,98
河靈……82,86
家王……80,81
家陪……51
華裔……136
華纓……76,94,95
華旗……54
華軒……127,137
華袞……141
華緇鬟……123
華榱……58
華組之纓……76,94,95

華宗 ………………84,85,94,102
華薄 …………………11,112,129
華容 ……………………83,91,94
暇日 ……………83,93,183～186
嘉運 ……………………125,129
嘉藻 ……………………107,109
嘉庸莫疇 ………………117,131
晦蒼蒼 ………………………100
開襟(衿) ………75,76,78,88,100,
143,144
會日長 ………………73,74,90,91
懷少……………………………39
懷璽……………………………67
懷土 ……………………36,47,154
懷文……………………………44
害義……………………………38
鶴唳 ……………………125,128
岳牧 …………………………141
學綜 …………………………141
學優……………………………37
壑舟 ……………………………6,161
割鮮……………………………54
干雲 ………………………62,63,67,68
函京之作 ……………………77,101
罕言……………………………37
悍目……………………………87
患失……………………………41
莞然……………………………51
閑敞 ……………………88,140
閑都……………………………62
閑歩 ……………………84,100
閒言……………………………43
寒女……………………………92
煥乎有文………………………43
感今惟昔 ……………………137
感今懷昔 ……………………137
銜思 …………………………130
銜組……………………………96
還期 ………………120,121,135
還城邑…………………………99
翰藻 ………………7,64,198,217
翰鳥……………………………89
灌園鬻蔬 ………………117,137
灌畦鬻蔬 ………………117,137
鰥寡 ……145,146,148～150,153,
154,157,160,165
觀過……………………………37
觀古今 ………………………123
丸劍……………………………65
含景 ……………………114,128
含毫 ……………………114,127
含生 ……………………85,101
含藻景 …………………114,128
含涷……………………………54
紈緇 ……………………116,127
巖險……………………………69
巖嶔……………………………55
其樂只且………………………67
其憂 ……………………39,43,47
鬼神莫之要 ……………118,142
鬼神莫能預 ……………118,142
旂旒……………………………96
起長歎…………………………95
起豫 ……………………28,29
飢饉是因………………………42
寄松 ……………………83,89,99
既庶……………………………20
既富……………………………42
既立……………………………51
毀垣 …………………………134
毀譽……………………………50
葵藿 ……………74,88,129,210
睢盱……………………………65
綺寮……………………………67
龜玉 ……………………24,45
冀闕緬 …………………112,139
歸窮泉 ………………………139
歸重泉 ………………………139
歸鳥 ……………84,94,97,152
宜城 ……………………74,98
義心 …………………………136
巍巍 ……………43,46,79,200
九合 ……………………16,30,31
九秋 ……………85,87,90,153
九霄 …………………………141
九鑾……………………………37
久矣 ……………………40,43,44
久敬……………………………50
久而可敬 ……………………45,49
丘園秀 ………………………126
求焉斯至………………………41
求己……………………………49
求賢……………………………20
求仁 ……………………43,98
求生……………………………38
求備……………………………37
穹隆……………………………65
宮牆……………………………39
裘馬……………………………43
舊楚 …………………………126
巨海……………………………54
巨鼇贔屓………………………67
巨靈贔屓………………………67
巨麗……………………………57
居其所 ………………41,45,48
虛發……………………………61
虛無……………………………60
虛論……………………………81
鉅海……………………………59
擧觴 ……………………106,107
擧燧 ……………………66,69,91
蘧伯玉 ………………23,31,32,43
魚須……………………………55
匡合……………………………30
狂簡 ……………………35,40
協德 …………………………128
拱北辰…………………………41
恭己 ……………………38,45,49
喬林 ……………84,94,97,152
徼訐……………………………31
矯迹 …………………………129
玉宇 ……………………84,97
玉壺 ……………………11,210,211
玉臺……………………………66
玉容 ……………………76,78,90,91
玉輦 …………………………141
今泰 ……………………118,142
听然而笑………………………59
金壺 …………………………110

金羓……69
金水……132
金樽……80～82,99
金墀……69
金堤……54
衿衛……69
衿帶……69
琴摯……32
琴瑟……102,148
錦紅……93
苦心……98
苦熱……94,95
苦樂……90
區別……49
具惟帝臣……67
具惟命臣……67
愚殊甯生……43
虞韶……40
空房……125
耦耕……48
訓若風行……42
燻灼……118,142
軍旅……43
羣善……40
羣浮……58
形影曠不接……119,125
形影相弔……73,86,97,99
京畿……28,93
京洛多風塵……119,127,128,201
契闊……130
勁松……42
荊山之玉……75,102
啓四體……41
惠露……131
惸獨……146
傾河……11,110,115,126
經始圖終……138
經始復圖終……138
輕死……70
輕肥……43
輕命……70
罄天……95
警策……75,88,89,143
繼絕……26,27,46
馨香……63,64
迎風……92,211
蜺旄……54
激水……56
結客少年場……94
結黨……70
結倫……70
闕竦……65
犬馬戀主……87
見危……36,38,45
卷舒……31,32,137
妍蚩……115,130
建旗……59,63,98,104
軒翥……68
娟娟……61
揵鬐掉尾……60
蹇滻……55
蹇謝……141
騫翥……69
玄晏……91
玄猨……57
玄朔……87
玄髮已改素……117,130
玄髮吐素華……117,130
玄鬢吐素華……123
玄廬……90
言爾志……35,36
弦(絃)歌……22,43,51,128
絃絕……121
嚴風……116,127
古約……118,142
固窮……37,43,44,163,164
固守……140,155
孤夷……149
孤逸……156
孤雲……124,164
孤運……155
孤映……156,165
孤影……154,159,168
孤猿……165
孤遠……155
孤鴛鴦……84,99,152
孤往……5,6,152,162,163,165,169
孤寡……148,149,153,166
孤介……163
孤孩……150,153
孤客……79,151,152,154,165
孤玃……156
孤學……150
孤宦……155
孤寒……154
孤幹……158,168
孤雁(鴈)……151,152
孤危……145,150
孤棄……154
孤歸……160
孤技……150,152,156
孤丘……156
孤居……149,154,167
孤虛……153,163
孤舉……156
孤據……151
孤境……155
孤卿……148
孤琴……155
孤禽……151,152,154
孤襟……163
孤苦……49,150,153
孤駒……148
孤軀……155
孤莖……156
孤煢……147,166
孤煢……150,152
孤景……151,154,159
孤孑……155
孤月……165
孤懸……155
孤行……150,152,154,155
孤興……158
孤鴻……155,165
孤鵠……151,153
孤根……155～157
孤魂……89,150,152,154,167
孤散……154
孤子……147～149,182

孤志 ……………………………165
孤思 ……………………………155
孤嗣…………………150,152,153
孤雌 ……………149,152,154,167
孤峙 ……………………………156
孤疾 ……………………………148
孤弱 ……………147,149,153,154
孤豎 ……………………………153
孤舟………5,6,144,158,159,161～163,165,169
孤州 ……………………………155
孤獸 ………………83,90,152,155
孤黍 ……………………………155
孤女 ……………………153,160
孤松………4～6,160,161,163,165,169
孤妾 ……………………………152
孤傷 ……………………………149
孤觴 ……………………………165
孤城 ……………………140,155
孤植 ……………………………155
孤岑…………………151,152,156
孤臣 ……………………………149
孤人 ……………………………154
孤雛 ……………………………153
孤生 ………149,150,154,158,161,164,167,168
孤生松 …………………………161
孤生竹 …………………………150
孤征 ……………………156,159
孤聖 ……………………………149
孤栖 ……………………………151
孤棲 ……………………150,158
孤寂 ……………………………165
孤賤 ……………………………150
孤竹…………………102,149,168
孤沖 ……………………154,160
孤鳥……………………151～154
孤枕 ……………………………165
孤亭 ……………………………156
孤貞 ……………………………165
孤停 ……………………………156
孤燈 ……………………………165
孤桐 ……………………………148
孤童 ……………………………148
孤特 …………145～147,149,166
孤獨 ……6,73,144～150,153,159,160,162,164,166,168,169,191
孤獨之交 ………………………150
孤突 ……………………………149
孤豚 ……………………149,167
孤柏 ……………………156,169
孤飛 ……………………………165
孤微 ……………………………154
孤貧 ……………………………153
孤阜 ……………………………156
孤風 ……………………………164
孤墳 ……………………155,168
孤畝 ……………………149,167
孤放 ……………………………147
孤迸 ……………………………157
孤峯 ……………………………156
孤蓬 ……………………………165
孤藐 ……………………………154
孤鳴 ……………………………151
孤蒙 ……………………150,167
孤游 ……………………………156
孤遊…………………156,163,191
孤幼 ……………………………148
孤鸞 ……………………………164
孤立 ………145,149,150,153,154,157,158,161
孤柳…………………151,152,156
孤林 ……………………………156
孤嶺 ……………………………150
孤露 ……………………………153
孤老 ……………………………148
孤陋 ……146,149,154,166～169
狐白……………………………96
故有窮………43,135,139,155,161,100
涸流 ……………………………108
鼓瑟琴 …………………………102
鼓怒……………………………60
顧念 ……………………………100
顧步 ……………………………130
五色相宣 ………………………131
五色之相宣 ……………………131
五情 ………………73,86,97,123
五情愧赧 ………………73,86,97
五臣茲六 ………………112,138
吾衰……………………………43
吾生 …………………37,107,162
口納胸吐 ………………116,132
公朝 ……………………93,101
功濟 ……………………………128
巧言……………………………44
交綺 ……………………66,67
交頸禽…………………………89
交錯糾紛………………………59
交黨……………………………70
交輪……………………………90
向陽 ……………………74,88
行行道轉遠 ……………117,126
行行逐已遠 ……………117,126
行藏 ……………………18,19,48
考辰正晷 ………………………132
考正三辰 ………………………132
抗志 ……………………22,92
抗旌 ……………………66,91
後宮不移………………………54
後悴…………………118,119,142
洪基 ……………………87,97
洪殺 ……………………117,132
洪祚 ……………………………142
洪濤……………………………65
皇祇 ……………………95,96
皇邑……………………………78
效足 ………………76,85,90,95
降辱……………………………49
高興 ……………………………134
高視 ……………………………103
高談 ………………81,84,100,129
高談一何綺 ……………………129
高卑異級 ………………117,132
高文一何綺 ……………………129
高樓 ……72,74,76,90,95,100,129,201,202

皓腕　……………………………86,91
煌煌……………………………………57
膠葛……………………………………60
膠盭……………………………………60
膠戾……………………………………60
興廢……………………………………26
興微……………………………………27
衡漢落……………………72,95,110
鮫人　…………………………92,93
轇轕……………………………………60
豪素　………………………………125
告謝　………………………………138
刻肌刻骨　……………………77,97
國慶　……………………109,122
國軫喪淑　……………………137
酷烈　…………………………63,64
崑玉　……………74,75,102,132
魂靈　…………………………74,99
墾發……………………………………61
墾闢……………………………………61

さ　行

沙棠……………………………………58
沙漠垂…………………………………93
才輕……………………………………87
采樵　…………………………100,141
采其樵　……………………………141
采明珠…………………………………99
歲寒……………………………………42
綵閣……………………………84,95,109
璀粲　…………………………57,86
在茲　………………………23,41,50,91
在天……………………………………39
作鎮淮泗　…………………………141
作程　………………………………102
殺身　…………………………36,91
三益……………………………………49
三雄　…………………………112,133
山河　………………………90,188,192
山川脩且廣　………………111,128
山藻　…………………………50,141
山水……120,180,181,186,188,190
～192,205
山陽讌　……………………77,98
參塗……………………………………65
散哀　………………………………179
散意…………………………176,178,183
散逸　………………………………170
散越　………………………………172
散懷　……………178,180,183,190
散其意　……………………………178
散其思　……………………………174
散其廉操　…………………………178
散魂　………………………………181
散志　…………170～173,183,186
散思　…………………………174,178
散所懷　……………………………177
散心…………………………170,173,183
散神　………………………………183
散人…………………………170,179,183
散人懷　……………………………179
散儒　………………………………173
散情…………………………177,179,183
散齊　…………………………171,187
散雪……………………………………92
散滯積　……………………………178
散木　………………………………173
散朗　………………………………180
鑽仰……………………………………48
鑽之　…………………………38,49
鑽燧……………………………………37
瀺灂……………………………………55
四海皆兄弟……………………………35
死哀　…………………………18,20
自然　……5,160,162,182,183,187,
188,190～192
至娛……………………………………92
志學……………………………………50
志散　………………………………172
芝廛　…………………………59,96
芝田　…………………………96,176
侈靡……………………………………60
始泰終約　…………………119,142
思婦　………74,83,90,100,101,127,
137,201,202
思勞　………………77,95,119,125
指塗　………………………………106
指途　………………………106,107
施重　…………………………88,137
師旅既加……………………42,45,147
蚩妍　…………………………115,130
紫淵　…………………………57,58
紫極　…………………………88,140
斯宇……………………………………65
斯武　…………………………41,91
斯文　…………………………23,41
視明聽聰………………………………47
視豫猶父………………………………37
資忠履信　……………93,112,133
肆議……………………………107,111,125
緇塵染素衣　………………119,128
緇磷……………………………………50
賜顏色…………………………………97
自遠集　……………………116,136
自遠風　……………………116,136
自憐　………………………………130
似不能言　……………………16,17
事遠闊音形　……77,95,119,125
事君直道………………………………42
事自定…………………………………23
事父……………………………………36
時菊　…………………………137,140
時不我與………………………………36
時文載郁………………………………43
時網　…………………………83,89
珥彤　………………………………138
爾身爾子　……………………117,137
色思……………………………………41
色斯　…………………………25,45
色勃　…………………………28,32
七盤……………………………85,90,125
執戟……………………………74,89,135
執鞭……………………………………47
瑟琴　………………………………102
日域　………………………………109
日月蔽虧　……………………59,63
日際　…………………………95,136
日昃景西　……………………116,141

日曜……88
舍藏……18,40
芍藥……55
爵馬……68
釋耒……101
守空帷……100,129
守空闈……100,129
朱軒……119,126
朱紘……11,91,116,130
朱光……11,87,94
朱絲……11,210,211
朱明……11
殊塗軌……126
酒駕……69
酒車……69
受黜……42
授命……36,38
授饗……69
樹塞……29
樹風……22
周監二代……38
秋蘭……99
修己安民……45
崇虛……111,125
崇山……54
終身而誦之……35
終天……140
衆香發越……61
繡甍……67
繡栭……67
十亂……50
充牣……55
柔撓……58
重陰……89
重仞……39
重欒……69
從好……50
從所欲……130
淑媛……102
肅淸……87,113,114,129,139
述作……45,47
春醞……84,96
春服……36
蕣榮……115,133
蕣華……115,133
潤飾……27
潤色……26,27
遵渚……120,135
遵北渚……115,120,129
遵塗……108
所裁……35
所不用心……37
所欲……38,47,130
書紳……48
書圃……60
諸己……47,49,186
如雨……9,201
如渴如飢……86
如在……50
如仁……31,32
如風之偃……42
舒卷……18,32,48
升雲烟(煙)……79
升遐……138
升降……56,115,128,142
升堂……24
承華……59,120,130
承基……69
承羞……49
承波……110
松柏森……79
商搉……131
唼喋……56
將死而鳴哀……44
將墜……21,23
勝引……34,47
椒庭……84,95,109
椒塗……84,92,95
椒與蘭……68,123
椒蘭室……123
湘娥……67
湘川娥……67
象輿……56
韶武……47
嘗聞……43
賞音……83,89
賞之不竊……37
蕭曼雲征……67
縱輕體……67
縱體……67
上干……62,63
上干青雲……62,63
上堂……136
乘蹻……93
乘桴……41
情散……175,178～180
情志……180,190
情話……171,188
場圃……60
攘袂……87
躡景……83,86
溽暑……135
辛苦誰爲情……123
辛苦誰爲心……123
辰駕……33
辰極……45,48
身輕……88,89,137,139
宸網……69
振遠……119,126,136
振策……90,126
神宇……83,84,88,101
神皋……66,68
神筭……138
神造……132
神飇……99
神理……78,79,98
晨禽……95
晨鳥……95
愼終追舊……37
寢興……139
親友……85,90,140
人否其憂……43
仁義之塗……61
仁者必勇……38
仁智……48
仁道不遐……41
仁里……20,21
迅赴……67
荏苒……108

盡盛德之容 ……………112,131
水鄕 ……………114,115,126,130
水國 ……………………114,126
推賢 ……………………45,49
遂往……………………………59
翠華……………………………55
翠粲 ……………………57,86
隨波澹淡……………………56
趨林 ……………………84,94
世喪母儀 ……………………137
世範 …………………………101
生榮 ……………………18,20
生絶弦 ………………111,125
生知……………………………50
成矣……………………………98
成仁……………………………36
成範 …………………………101
成立……………………………49
西夏 ……………………87,91
西罐 …………………………133
西傾……………………75,87,176
西津 …………………115,129
西清……………………………56
西臭 …………………116,141
西匿 ……………………88,139
靑閣……………………………99
靑樓 ……………………99,199
星流電激 ……………………102
星流電耀 ……………………102
淸宴 …………………………123
淸讌 …………………123,124
淸新 …………………………131
淸晨 ……………78,84,99,101
淸川帶華薄 …………………129
淸池映華薄 ……………111,129
淸汎 …………………116,130
淸論 ……………………81,135
逝者 ……………18,36,41,47,50
逝者如斯 ………18,36,41,47,50
逝如激電 ……………117,132
逝川 ……………………41,50
聖朝西顧 ……………………140
聖朝乃顧 ……………………140
聖哲不能謀 …………118,142
聖哲弗能預 …………118,142
聖靈 …………………………123
誓肌骨 …………77,97,114,128
齊之以刑……………………38
齊都 ……………17,18,20,35
齊禮……………………………44
靚莊……………………………59
聲音日夜闊 …………119,125
夕秀 …………………………105
夕惕……………………………32
夕淪 …………………………110
尺波 …………………………131
赤岸 …………………………102
昔時歡 ………………………135
寂爾……………………………61
寂寥忽慌 ……………118,142
寂漻 ……………………58,61
磧礫……………………………55
積實 …………………111,125
積水 …………………………132
拙亦宜然 ……………68,135
拙疾 …………………………135
雪落……………………………92
絶弦 …………………111,125
絶世 ……………………26,27,46
千鐘……………………………69
千駟 ……………17,20,38,45
川后 …………79,81,82,85,103
川陸 …………………………126
先朝露 ………………84,95
染翰 …………………………136
遄征……………………85,88,101
遄逝……………………………88
銓衡 …………………………131
撰德……………………………96
潛牛……………………………60
潛靈 ……………………96,136
踐八九………………………98
遷貳……………………………31
遷怒 ……………………23,31
選衆……………………………44
鮮飈 …………………115,130
鮮風 …………………115,130
蟬翼 ……………………89,139
纖雲 ……………………83,87
纖穀……………………………61
纖羅……………………………57
全城 …………………………140
前榮……………………118,119,142
前驅 ……………56,66,69,91
前載……………………………67
前世之載……………………67
前瞻 …………………………136
前典 …………………………141
善誘 ……………………39,46
沮溺……………………………48
俎豆……………………………43
祖述 ……………8,10,12,121
素衣化爲緇 ……116,119,127,128,201
素章增絢……………………42
素膚……………………………92
楚舞……………………………87
相追隨 ……………99,100,201
桑梓 …………………116,129
草偃風從……………………42
巢龜……………………………92
莊敬……………………………44
創痏……………………………66
喪國……………………………36
喪精 ……………………66,67
揔駕 …………………115,130
揔轡 …………………115,130
愴矣其悲……………………86
雙栖……………………………89
臧文竊位……………………36
增今日歎 ……………………135
增新悲 ………………………135
藏紱……………………………67
束紳……………………………33
足百姓………………………41
則大……………………………49
則天……………………………49
率厲 …………………………140
存榮 ……………………18,20

損益之友……40

た　行

大哉……43,44
對筵……106
隤牆……54,60
頹綱……129
頹牆……60
頹年……114,117,122,127,130,131
頹齡……114,122,130
託慕……87,141
託身……120,130,161
澤無不漸……141
澤靡不漸……141
丹帷……83,92
丹脣……85,90,91
誕德……85,101
澹淡……55
澶蔓……54
簞瓢……39
知新……16
知仁……37
知方……45
知命……49,174
治國以禮……38
致其身……42
致美……39
致命……38,45
稚齒……138
稚節……109
置酒高堂……87
置酒高殿……87,99,209
馳波……60
馳騁……58
中區……128
中必……61
仲路諾……44
抽毫……114,127
誅賞……140
疇庸……116,131
黜殯……131
弔影慙魂……73,99
弔影獨留……73,97
長往……137,138
長纓……129
長筵……88
長戚……29
長途……56
長鶩……102
彫龍……34
旐旌……96
朝榮……110,111
朝華……105
朝市……41,163
朝肆……47
朝霜……83,90
朝廷……8
朝聞夕沒……40
朝列……121,135,136
趙俎昌國……118,142
趙喪望諸……118,142
聽覽之暇……60
聽覽餘閑……60
聽覽餘日……60
沈牛……60
沈思……7,64,198,217
沈迹……124
沈浮……100
珍怪……56
墜(於)地……21,23
通川……56
貞矣……98
亭皐……59
棣華……44
鄭聲……16
騁伎……67
騁絕技……67
的皪……55
的礫……57
摘明珠……99
涅而……36,38,39,45,50
天雲……78,82,190,200
天漢……11,110,115,126
天機……96,131,139
天璣……96
天啓其心……66
天吳……79,81
天生德……36
天畢……69
天步……109,122
天網……98
天臨……136
天之臨……136
塡壍……54
黜絢……42
轉蓬……84,95,96,201,210
顚沛……124,168
電醽……69
電動……67
電發……98,132
斗筲……47
吐納……116,132
塗殊軌……126
土未乾……101
投生……116,141
投杼……101
投紱……67
東皐……5,116,140,141,162
東瑟……133
東朝……136
東北鶩……62
洞開……141
洞胸腋……60,61
洞胸達腋……60
倒日……132
登降……54,115,142
當衢……66
當仁……35,36
踏和……51
蕩蕩……43,44,134
燈滅……118,137
鬫雞……100
同懷客……123
同懷子……123
同氣……101
同門……44
道行……49
道消……124

導德……44
導流……132
得情……44
德亦有言……38
德務中庸……40
獨往……5,6,162,163
獨孤……145,146,148～150,153,154,157,160,165
獨悲……6,163
訥言……50

な　行

南荊……132
南國麗人……94,109
南津……115,120,129
難於上天……39
二三子……99
入室……24,136
任重道遠……36
佞人……16
年力互頽侵……117,122,127
納賢用能……67

は　行

波瀾……117,132,208
馬煩……95,176
背流……62
徘徊……72～74,95,100,110,114,127,155,157,201,202
廢言……20,24
白日西匿……139
博我……17,19
薄暮……84,101,127
莫從……94,97
莫與同……135
邈若墜雨……118,138
邈然雨絕天……118,138
八元斯九……112,138
拔迹……124
汎愛……34,47
汎此忘憂物……117,134
汎瑟……116,130
汎流英於清醴……117,134
潘楊之睦……101,141
藩籬之固……129
盤于遊田……67
盤于游畋……67
盤紆……58,61～63
盤紆岪鬱……61
盤樂……60
蠻貊……39
比蹤……71
皮軒……54
卑室……39
飛欄……68
飛蓋……99.100,201
飛髾……57
飛文……94
飛揚……61,74,99
飛蝪……55
匪緇……24,45
匪爵而重……141
匪爵而貴……141
被髮左衽……29,37
被般……60
悱憤……49
斐然……35,40,45,47
菲薄……47,49
裶裶……55
鄙夫……41
眉連娟……57
美價……51
微雨……134
微管……29
微臣……99
微身……89,139
彌高……46,48,89
靡施……54,66
匹夫之志……36
百世可知……37,38
冰漿……115,130
表賢簡能……67
表門……67
飄塵……110
病諸……36
廟筭……140
品物……124
彬彬……26,44,46,107
殯宮……113,114,129,139
不遠……43,183～185
不告疲……81
不語怪……42
不緇……36,38,39,45,50
不取孫吳……102
不習孫吳……102
不讓……35,36
不知疲……81
不敏……20
不夢周……43
布濩……57
布寫……55
扶輿王……107
扶疏(踈)……56
赴喬林……84,94,97,152
赴節……132
俯喬林……84,97
浮雲之志……22,37
鳧藻踴躍……117,142
鳧躍……60,116,142
膚受……46
武功……90,93
武功烈……90,93
武城……22,23,43,51
武烈……93,112,133
撫臆論報……114,128
撫臆論心……114,128
撫机……128
撫襟……139
撫墳……135
風煙……97
風徽……107,108
風塵……91,97,110,116,118,119,127,128,142,201
風舞……50
覆簣……48
弗喜……44
芬芳漚鬱……63,64

芬芬酷烈 ……63,64
分區 ……116,138
文過……30
文勝……37
文章之林府 ……26,115,127
文奏 ……84,97
文德……90
文德昭 ……90,93
文府 ……115,127
文武……21,23,124
聞之前典 ……141
聞達……48
平素……74,88,126
屛營 ……124
屛翳 ……81,85,89,103
弊之穹壤 ……101
弊之天壤 ……101
蔽陽景 ……100
鬢積 ……63,64
瀲洌……58
別館……54
別魂 ……74,99
別所期 ……123
別促 ……73,74,90,91
翩翩 ……90,150～152
變態……66
駢羅……66
方駕……69
芳春 ……113,128
芳訊 ……107～109,111,125
芳塵 ……80,128,131
奉土……95,136
奉轡……59
抱質……44
匏瓜……10,40,103
崩離 ……28,93
奉茸……65
萌隸……61
鋒鏑流 ……115,128
寶劍……99
亡魂……67
亡精……67
忘戚……38
忘味……40
防露 ……114,127
房露 ……114,127
望京室 ……118,119,137,138
滂流……92
榜人歌……59
暴怒……60
沒哀 ……18,20
沒世 ……21,40
飜覆 ……117,132

ま　行

末景 ……126
萬燧……69
萬族……124,129,164
未晞……94
未嘗晞……94
未喪 ……41,91
密親 ……116,129
妙簡 ……136,138
妙姬 ……109
妙年 ……76,88,89
妖麗 ……109
無衣……96
無爲 ……40,83,91
無涯……55
無偶 ……10,103
無輕舟 ……84,98,99
無尺椽……95
無道 ……23,31～33,43
無得而稱 ……17,35,38,45
無德而稱 ……17,20,38,39
無匹 ……10,103,166
無聞……40
無與同 ……135,139
夢寐 ……139
霧縠 ……59,61
名自正……23
明鏡 ……77,97
冥漠 ……125,126
鳴手中……91
緬邈 ……108
茂績 ……137
毛褐……93
孟諸呑楚夢……62
網羅之目……98

や　行

夜哭 ……132
約其身 ……17,45
約身 ……17,45
唯我與子……37
友朋……41
有異於此 ……101,141
有窮 ……37,43
有道 ……21,23,31～33
有勇 ……38,45
有令德 ……102
幽鏡 ……77,97
幽圄 ……116,130
幽執囹圄 ……116,130
幽塗 ……127
猶草……21
猶父……37
雄戟 ……59,61
雄芒……61
游于六藝……35
游極……69
游獵……58
遊藝……44
遊豫……83,93,185
輶車 ……119,126
與朋信心……42
餘基 ……138,200
餘輝 ……124
餘論……54
用行 ……18,40
用舍 ……18,19,48
用情……37
妖冶 ……58,62
容華 ……110
容光 ……72,87
揚鰭掉尾……60
揚厚德……96

揚志……92
揚節……59
揚濁清……101
揚旆……141
陽雲臺……61
陽舒……67
養眞……83,84,91,94
膺圖……89
膺符……89
膺靈符……41,91
抑亦其次……38
欲罷……17

ら　行

來者……38,40
來訊……94
來哲……37,141
雷駭……138
雷動……67,98
洛靈……82,85
闌暑……135,209
蘭錡……68
蘭沚……112,134
蘭汻……112,134
蘭渚……83,87
覽物……120
瀾漫……57
利口……44
離宮……54
離思……83,89,90,130,155
六玉虯……60
六素虯……60
六蔽……46
立朝……36
流塵……84,97
流芳……57,83,86,89,92,137,180
流鋒鏃……115,128
龍鱗……133
瀏瀏……135
良辰……5,6,152,162,163,165,169
良時……136
兩宮……128
兩如直……33
凌波……55,84,100
淩波……60
陵夷……132
涼室……10
涼野……126
梁陳……125,126,129,130
梁塵……124
梁棟響……123,124
菱華……58
寥廓忽恍……118,142
燎煙……80
林薄杳……130
臨川……41
嶙峋……65
鱗萃……56
靈衣……83,88,137
靈液……84,93
靈鑒……94,95
靈丘……90
靈蔡……51
靈芝……100,150,152
靈珠……74,75,102,132
靈蛇之珠……75,102
靈符……41,86,91
靈變……100
歷世承基……69
列營……136
列國同傷……118,142
列素……42
列邦揮涕……118,142
連輦……70
連娟……61
輦道……59
聯横……132
路長……73,74,87,90,91,114,122,128,201
陋巷……39,43,47,49
廊廟……118,139
漏迹……92

わ　行

和琴瑟……102
和而……38

富永 一登（とみなが かずと）
一九四九年広島県生まれ
広島大学名誉教授・安田女子大学文学部教授
著書 『文選李善注の研究』、『文選李善注引書索引』、『文選李善注引書攷證』上下（共著）、『中国古小説の展開』、『先秦・両漢・三国辞賦索引』（合編）〔いずれも研文出版〕など

『文選』李善注の活用
——文學言語の創作と繼承——

二〇一七年二月一七日 第一版第一刷印刷
二〇一七年二月二八日 第一版第一刷発行

定価［本体一二五〇〇円＋税］

著 者 富 永 一 登
発行者 山 本 實
発行所 研文出版（山本書店出版部）
〒101−0051
東京都千代田区神田神保町二―七
TEL 03（3261）9337
FAX 03（3261）6276
振 替 00100−3−59950
印 刷 富士リプロ㈱
製 本 大 口 製 本

ISBN978-4-87636-417-6